《建康问学》编委会　编

建康问学

麦舟和他的弟子们

凤凰出版社

图书在版编目（CIP）数据

建康问学 ：麦舟和他的弟子们 / 《建康问学》编委会编. -- 南京 ：凤凰出版社，2022.11
ISBN 978-7-5506-3761-0

Ⅰ. ①建… Ⅱ. ①建… Ⅲ. ①史学－中国－文集②考古－中国－文集 Ⅳ. ①K207-53②K87-53

中国版本图书馆CIP数据核字(2022)第195557号

书　　名	建康问学:麦舟和他的弟子们
编　　者	《建康问学》编委会
责任编辑	张永堃
特约编辑	张　蕾
装帧设计	陈贵子
出版发行	凤凰出版社(原江苏古籍出版社) 发行部电话025-83223462
出版社地址	江苏省南京市中央路165号,邮编:210009
照　　排	南京凯建文化发展有限公司
印　　刷	南京新洲印刷有限公司 江苏省南京市六合区雨花路2号,邮编:211500
开　　本	880毫米×1230毫米　1/32
印　　张	22.5
字　　数	501千字
版　　次	2022年11月第1版
印　　次	2022年11月第1次印刷
标准书号	ISBN 978-7-5506-3761-0
定　　价	188.00元

(本书凡印装错误可向承印厂调换,电话:025-57500228)

花甲述怀

张学锋

我1962年11月2日(壬寅年十月初八)生于南京鼓楼医院,今年是花甲之年。

我的祖籍是江苏省丹阳县南门外麦溪村,村东为三国孙吴时期开凿的人工运河简渎。北宋范仲淹次子纯仁(字尧夫)赠麦救济困顿文士石曼卿于此,曼卿因余资建桥渡人,水曰"麦溪",桥曰"麦溪桥"。靖康二年(1127),东京(开封)城陷,曾知青、海二州刺史,时为资政殿学士、签书枢密院事张叔夜与徽、钦二宗同为金兵虏而北上,于白沟绝食而亡。其堂弟张叔迁奉家人随高宗南渡,卜居润城之郊。建炎、绍兴间,叔千公历三品嘉议大夫、南道都总管、签书枢密院事、绍兴知府,谥"康懿",是我三十代祖。南宋理宗时期,南迁五世孙千宁公将张氏本支迁至简渎河麦溪桥西,村亦因桥为名,称"麦溪村"。此后枝繁叶茂,宗族强盛,明嘉靖时合族已有八百余丁,与同期南渡的岳飞第三子岳霖后裔所居培棠村、保护岳霖南渡的贡祖文后裔所居柳茹村成鼎足之势,雄踞丹阳南乡及西南乡。旧志家乘所见合族有进士十人、贡士八人、举人十八人、乡贡四十余人、秀才百余人。我幼时居第曰"敦叙堂",堂前里巷名"相门头",皆因此而来。

我儿时在麦溪村长大,7岁入宗祠改建的麦溪小学起蒙。8岁回南京父母身边，入盐仓桥多伦路小学上二年级。10岁随父母由南京迁往苏州，安居养育巷古吴路西头（唐宋龙兴寺遗址），先后在水潭巷纯一小学（由古纯一道观改建）、学士街第十八中学（由明王鏊祠堂改建）、孔府司前第十中学（由明税监司及清苏州制造府改建）接受基础教育。1981年9月，以苏州市文科第三名的成绩考入南京大学历史系考古专业。本科阶段，与冰凉的石器、陶片及捉摸不定的文明起源、类型学相比，自己对历史时期的考古学更感兴趣，觉得从历史时期的考古学现象中更能体会到人的气息和脉动。在蒋赞初先生的指导下以南朝帝陵出土砖印壁画为题、在秦浩先生的指导下以唐代石窟寺为题，先后完成了学年论文和毕业论文。也正是在练习撰写学术论文的过程中，深感历史时期考古学与历史文献、历史学研究的密切关系，因此，硕士研究生阶段我选择了中国古代史专业的唐史方向。硕士三年间，导师孟昭庚先生给我的学习任务就是校读《资治通鉴》与《后汉书》以下十七史。但愚钝如我者，临近毕业才读到南北朝时期。因此，与其说自己是唐史方向的研究生，不如说是魏晋南北朝史方向的研究生。虽以《唐代灾荒研究》获得历史学硕士学位，但深知自己对隋唐五代史料的了解远远不够。

1988年6月获硕士学位后留校任教，先在历史系古籍整理研究室任助教，1990年该室撤销，我被归入中国古代史教研室。进入20世纪90年代，在国家政策的鼓动下，攻读博士学位在高校在职中青年教师中蔚然成风。在友人村尾进（日本天理大学教授）的介绍和帮助下，1993年春天来到日本京都大学文学部东洋史研究室留学，这一呆就是8年。

当时的京大东洋史研究室，宫崎市定先生居家颐养天年，谷川道雄、竺沙雅章等先生已于数年前荣休，在职的有永田英正（先秦秦汉史、简牍研究）、砺波护（隋唐史、日唐文化交流史）、杉山正明（蒙元史、内陆亚洲史）、夫马进（明清史、朝鲜史）等四位教授。在各位先生的指导下，安静读书成为京都八年的主旋律。2001 年初，以《魏晋租调制研究》获京都大学文学博士学位。

2001 年春天，回到了阔别八年的母校南京大学。历史系从学科建设的需要出发，将我安排在了考古学专业。1985 年本科毕业离开考古学专业，到再次回到考古学科，这个轮回花了 16 年！

虽生于耕读之家，但家中藏书经太平天国、日军侵华及“文革”而丧失殆尽，少时所见惟父亲离家时所携《千家诗》《唐诗三百首》《玉台新咏》及《文心雕龙》等数种线装书，都是清末民初的版本，无甚珍奇。我自幼极不善于背诵，至今能完整背诵的古诗不超过 10 首，其中还包括发蒙初级阶段的“鹅，鹅，鹅”。对这些书的认识，是通过练字实现的。在字帖稀少的年代，上述几种古籍就成了家中的法帖，中学以后又临了几年《曹全碑》，因此，至今我都不会写连笔的行草汉字。

最早对历史产生兴趣是在“批林批孔”运动中。当时我还在读小学，有一天到黄鹂坊桥吴趋坊南口的南货店去打酱油，看到施林巷北口的公厕外壁上贴满了“批林批孔”的漫画。对漫画中“奴隶主贵族”这几个字甚是不解。回家后查《新华字典》所附少数民族一览表，没有找到被叫做“贵族”的少数民族。询问父亲后才知道，“贵族”不是民族称谓。几天后，父亲从单位借回中华书局标点本的《史记》给我看。当时看了些什么现在大多记不起来了，只记得汉高祖刘邦“龙尊而龙颜”，暗地里觉得他应该长得很丑。此后不久的一次雪天停课时，政治老师反抄着袖管用他那乡音很重的苏州话给我们讲的“西门豹治邺”，令人如痴如醉。初中、高中阶段的历史老师魏更生、周笃行也都以其幽默的言语及人格的魅力，把我一步步吸引到了历史学的门口。

本科阶段的第一篇习作是大三上学期在蒋赞初先生指导下完成的学年论文，是一篇关于南朝帝陵砖印壁画的习作。那时除了按规范整理相关资料外，自己没有任何想法，总觉得罗宗真、林树中等先生早已把这些问题说透了。蒋先生只是不温不火地说了句"不要着急，慢慢积累"而已。大三下学期上秦浩老师的"隋唐考古"课时，似乎觉得有了点感悟。秦老师的教学特点是善于提问题，虽然今天看来当时很多问题秦老师自己也解决不了，但那么多问题往那儿一放，就让学生觉得还是有很多事情可做的。今天看来，秦老师的"隋唐考古"课，很大程度上是一种励志教育。大四时在秦老师的指导下，以唐代石窟寺研究为题完成了毕业论文。当时的学年论文也好、毕业论文也好，今天看来稚拙毕现，但正是在这样的训练中，我决心报考中国古代史专业的硕士研究生。

虽然报考了硕士研究生，但在当时的工作分配制度下，我已基本确定被派往浙江省考古研究所或苏州博物馆。我是非常想去杭州的。1974 年，12 岁的我陪祖母去上虞和余姚之间的五夫看望在那儿服役的表叔时，对浙江山水留下了难以忘怀的印象。尤其后来在苏州当地报纸上读到了一篇《一夜渔火天堂间》的文章，对沿江南运河上下的苏杭夜航船心向往之。因此，乘寒假期间去了趟杭州，在西湖边环城西路浙江省考古研究所的大门前伫立良久，心想再过几个月我就要来报到上班了。春季开学后，考研成绩发榜了，我竟然考上了。这是意料之外的事，因为那年考研的中国古代史题目太难了，一半没做出来，最终成绩也不到 60 分，即使这样，我还是过了总分线。浙江所去不了了，同班的朱琼华去了。现在想来，如果当年去了浙江所，这一辈子可能就是挖良渚遗址了，说不定在良渚申遗成功后也能被评个“最美浙江人”。

当时南京大学的硕士生是由导师组来指导的，我的导师组由历史系孟昭庚和中文系卞孝萱、高国藩这三位老师组成。导师孟昭庚先生是民国晚期进入中央大学土木工程系读书的，后因病转到历史系并完成学业，多少带有些那个时代的印记。在20世纪50年代以后的政治氛围中，孟师述而不作，韩儒林先生誉其“非不能为也，是不为也”。我报考的专业方向虽是唐史，但孟师的教导却是：要学好唐史，必先学习魏晋南北朝史；要学好魏晋南北朝史，必须从东汉历史开始。当时我甚是不解，但多年以后接触到内藤湖南的中国历史分期法并回忆起国内的所谓“魏晋封建论”，深感孟师见解之高明，这也成为我到京都后与“京都学派”顺利对接的契机。

卞孝萱先生更是著名的文史大家。从卞先生那儿，我感受到了文史不分家的传统治学方法，更感受到了卞先生对学术研究的高涨热情。高国藩先生讲授敦煌民俗学，从高先生那儿初窥了敦煌学的门径。正因为有这样的导师组，我与同期及前后中文系的学子们也有了较多的交流，从他们那儿汲取不同学科的养分。与孟、卞二师更属忘年之交，以至于今天我还能讲出较好的河南许昌方言和江苏扬州方言。

读研时对我影响较大的还有孟素卿先生。孟老师在“反右”后的百般艰辛之中，坚持不懈地研读《后汉书》，终成一家之言。读研期间选修孟老师的“《后汉书》导读”课，在了解《后汉书》体例、史源的基本情况后，我选择了逐条整理《后汉书》中与社会经济有关的史料作为课程作业，以补《续汉书》未列《食货志》的缺憾。孟老师对此十分赞赏，不仅给了高分，而且听说在后来讨论留校任教人选时，还大声主张："不留小张留谁?"孟老师的这门课，对我今后在很长一段时间内选择文献整理及社会经济学研究产生了深刻的影响。

留校工作后，在承担"中国历史文选""历史文献学"等课程之余，出于本科专业情结及考古专业师资缺乏等原因，依然参与指导考古专业学生的田野实习工作，先后参与了安徽怀远双古堆（1989 年）、江苏镇江花山湾古城（1991 年）和镇江铁瓮城（1992 年）的发掘工作。总之，与田野发掘和考古学研究并没有彻底绝缘。

1993 年春天到京都大学第一次见到永田英正先生时，他告诉我为什么会接受我这样的自费留学生，就是因为看中了我本科阶段是学考古的。永田先生是秦汉史大家，尤其是在简牍的古文书学研究上，继承森鹿三、藤枝晃、鲁惟一等前辈学者的学术传统，将基于居延汉简的中国古文书学研究及秦汉文书行政研究推向了一个新的高峰。永田先生对本科生的教育给了我极大的启发。例如在讲授商鞅变法时，只是复印分发《史记·商君列传》的相关内容，领着本科学生一字一句把它读通、读懂，然后请学生书面写出自己对商鞅变法的理解。这里，没有知识或理念的灌输，没有教科书整理出来的所谓意义、影响，而是让每个学生独立自由地思考。我回南大后的本科生"中国历史文选""中国经济史"课堂上，采用的也是同样的授课方式。永田先生给硕博士生开的课程看似是枯燥的，就是一条一条精读出土简牍。我随先生读了五年简牍，尚未入流的我（即使现在也未入流），除了倾耳静听外，未尝发一言，但从中深刻体会到，仅将简牍文字作为史料来用是远远不够的，简牍的书写格式、笔迹异同、墨色浓淡等等，无一不是简牍留给我们的原始信息。数年之后，谢桂华先生组织翻译“简帛研究文库”，永田先生指定我为其《居延汉简研究》的译者。译稿出来后，先生感慨道：“如果把你的中文稿再次翻译成日文的话，我的很多想法也许能表达得更加清晰！”

由于专业相近，砺波护先生是我学业上最直接的指导教师。砺波先生是全球屈指的隋唐史大家，但除此之外，他在日本史及佛教史的研究上造诣颇深。因此，从砺波先生身上，我感受到了什么叫做学术视野的宽广。在留学的最后两年，我安排时间学习日本史、朝鲜史，并关注东亚世界文化交流，即缘于与砺波先生的交往。砺波先生那段时间给硕博士生开设的课程是“基本史料研读”和“中国中世文物资料研究”，八年间，讲授内容从来没有重复过，这对我的影响非常大。我回校任教后，给研究生开的课也是这两门，虽然达不到砺波先生那样的高度，但坚持不讲或原则上不讲重复的内容，一直是我坚持的理念。这促使我必须不断地关注最新的考古资料，不断地发现新课题，与研究生们共同讨论，听取意见，促使观点日趋成熟，最终完成论文的写作。

杉山正明先生是内陆亚细亚研究的大家，夫马进先生是中国明清史研究的大家，虽然专业相距较远，但从他们身上，我看到了一个学者在学术征途上的不懈努力。今天在国内学术界成为话题的“内亚视野”“从周边看中国”甚至“新清史”等视角甚至争论，其实在国际学术界都不是问题。我之所以有这样的想法，就是长年受杉山先生学术影响的结果。夫马先生以《中国善会善堂史研究》一书获得日本学士院奖和天皇恩赐奖。在翻译这部著作的过程中，我对中国的近世社会，即宋元明清的历史面貌有了较深的理解。

京都八年,对我影响最大的或许是谷川道雄先生。我去京都时,谷川先生已从京大退休,但依然在龙谷大学任教。谷川先生租用的个人研究室就在京大附近,每月一次,魏晋隋唐史的同好者都会聚集到谷川研究室参加“六朝史研究会”(Lの会),在谷川先生的指导下通过各自宣读论文提纲的形式研习中古史,我前后参加了七年。众所周知,谷川先生与川胜义雄先生提倡的“豪族共同体”(以教养豪族为中心形成的共同体)是理解中国魏晋南北朝史尤其是社会史的一个切入点,但这个学说同时也遭遇了各种批评。批评者中既有中国大陆学者,也有日本本国学者。晚年的谷川先生也经常表示困惑,想找出自己的学说遭受批评的理由。我觉得,作为一种方法论,犹如竹内好提倡的“作为方法的亚细亚”一样,是观察问题的一种视角,而不是什么“理论”,更不是放之四海而皆准的“真理”。因此,对作为方法的“豪族共同体”学说,我是非常理解的,犹如理解“贵族制社会”“唐宋变革论”一样。也许,成长在丹阳县南门外麦溪村相门头敦叙堂的我,更能够理解传统乡村“豪族”的教养性、自律性及其在地域社会中的重要意义。

从事专业阅读以来,有三部著作在我的认识论上产生过重大影响。第一部是马长寿先生的《碑铭所见前秦至隋初的关中部族》。这部分量极小的单行本让我认识到了在历史研究领域,传世文献之外还存在着大量可资利用的实物资料,历代正史或官方史料并不关注的问题,很多能够在这些资料中窥知一斑。在其影响下,自己对历史问题的关注点也不自觉地偏离了传统的政治制度史,更多地集中到了地域或社会方面。第二部是河原正博先生的《汉民族华南开发史研究》。这部并不著名的著作阐述了中原文明随着中原汉人一步步深入华南地区的几个侧面。书中的论述让我联想到了川胜义雄先生在《六朝初期的贵族制与封建社会》一文中提到的“美国西部片”这个比喻，打开了我对历史上南方地区与中原地区日趋均质化过程的认识窗口，使我更深刻地感悟到了中华文明多元一体的发展历程。也正是在这个基础上，我才有信心对素有聚讼之府之称的西晋“户调之式”文本展开了探讨。今天我们在研究里耶秦简、郴州晋简等出土文献时，依然离不开河原先生在书中向我们提示的观点和方法。第三部就是谷川先生的《中国中世社会与共同体》。对纷繁复杂的魏晋十六国北朝社会的解读可以是多种多样的，但“以教养豪族为中心形成的共同体”（豪族共同体）这个学说，不乏是其中比较有效的一种方法。很多批评意见没有顾及“豪族共同体”基于魏晋十六国北朝黄河中下游地区这一时空立场，用其他地区或不同时代的史料来加以评论，从而得出了“寄生贵族”等不同意见。这犹如用江汉地区或长城沿线的史料及马王堆汉墓出土的文献来批驳宫崎市定的“都市国家”学说一样，未得要领。晚年的谷川先生将宫崎市定《亚洲史论考》三卷本的汉译任务交给了我，觉得我或许能够真正理解宫崎市定乃至“京都学派”的真实想法。经十年的努力，宫崎市定《亚洲史论考》中译本终于面世，共三卷，总1432页、129万字。

1988年6月我留校任教时，正值孟师荣休之际，对刚踏上教学科研岗位的我，孟师仅有一言：“教好书，写好论文！”在此后几十年的教研科研生涯中，我基本上在践行着恩师的这一教诲。

出国留学以前，我主要承担中国古代史方向本科生的“中国历史文选”“中国历史文献学”这两门课程，同时指导考古专业本科生田野实习。2001年留学回校后，继续承担本科生的教学工作。为考古学科的本科生开设“隋唐考古”“历史文选”，与同事范金民、马俊亚两位老师共同为历史专业的本科生开设“中国经济史”，每年指导本科毕业论文。本科生的课重在专业基础训练，考古课程中使用的资料图片，大多数是自己考察所获，每年坚持的现场教学实习以及个人藏书中较多的国外资料，也为开阔本科生的视野提供了很大的帮助。也许是因为教学效果良好，2019 年、2021 年两次被本科生评为“我最喜爱的老师”，2020 年被学校授予“赵世良讲座教授”荣誉称号。

回校工作的次年开始招收硕士研究生和博士研究生，专业方向为中国考古学汉唐考古方向。也曾一度在中国古代史方向招收硕士研究生，但在强调学科专业的氛围下被迫停招。政策是多变的，近年又开始强调学科专业的交叉与交融，因此我再次被安排在中国古代史学科招收硕博士研究生。自己独立开设课程有考古学科的“汉唐文物资料研究”“汉唐史料学”(硕士生课程)、“中国中古文物资料研究”“中国中古基础史料研读”(博士生课程)，与其他导师共同开设的历史学科课程有“中国古代史研究理论与方法”(中古史硕士生课程)、“中国古代史研究”(中古史博士生课程)、“考古学研究专题”(考古学博士生课程)。迄今已指导硕士生 57 人、博士生 24 人、博士后 1 人、留学生 4 人，共计 86 人。或许也是因为教学指导效果良好，愿做年轻人的忘年之友，2019 年被研究生评为“我最喜爱的生涯导师”。

由于自己的求学过程经历了从考古学到中国古代史学，又从中国史学趋向了更加广阔的东洋史学，回南大后又回到了考古学科，所以在被问及自己的专业方向及专业研究时，我总觉得用一个既有的名词似乎难以答复。平心而论，自己最熟悉的方向是魏晋南北朝史、其次是隋唐史，回归考古以后，身份或岗位上的方向又是“考古学”，于是就有了“汉唐考古与历史研究”这样一个自创的方向，对自己的专业要求或定位是:能够运用田野考古发掘过程中的考古学现象及出土遗物来研究历史,让没有文字的出土遗物也能成为史料,同时希望在深厚的历史学背景下去探讨考古资料。

从研究生毕业留校工作后最初参与杨燕起、高国抗先生主编《中国历史文献学》的1989年开始,到2021年底,三十余年间的研究业绩(不管好丑)详见书后所附《论著目录》。

从《论著目录》中不难发现,我的研究生涯基本上可以分成两个时期。前一时期是1988年留校任教到2001年归国这12年。当时由于身在古代史学科及东洋史学科,因此,成果以文献史学为主。从孟素卿老师的"《后汉书》导读"课堂作业开始,我便对中国古代社会经济史产生了兴趣,当然20世纪80年代也是社会经济史学相对比较时髦的时期。留校任教后,在洪家义老师的推荐下参与了由唐嘉弘先生主持的《中国古代典章制度大辞典》的编写工作,我承担了其中与唐五代财政经济制度有关的一百八十余个词条的撰写工作。这部工具书今天看来并不太理想,自己撰写的条目问题也不少,但这项工作对我的学术成长来说非常重要,让我有机会仔细翻阅了唐五代的基本史料,补上了硕士阶段"唐史"研究生专业学习的不足,也为今后继续从事社会经济史的研究打下了基础。

赴日留学后,依然以中古时期的社会经济问题为课题。我在京都大学生活学习了八年,在图书馆、资料室坐了五年冷板凳,没有发表一篇论文,五年以后才陆续撰文发表。我的阅读地点主要在京大文学部资料室。文学部资料室按学科分为A—G共七个书库,数年间,我徜徉在各书库之间,除主要阅读东洋史学、考古学、日本史学的藏书外,其他书库及各教授退休后整体捐赠的特藏库中的每一本书,我至少都用右手的食指点触过，因此，自己想读的书在第几书库第几排，心里大致都是有数的。

求学阶段的读书生活给我留下的最宝贵的经验是：一定要精读几种前人的著作。在南大求学期间，虽然也精读过部分汉唐史料，但却无暇精读前人著述，真正开始精读是到了京大以后。精读的第一种书是大川富士夫的《六朝江南的豪族社会》，该书于 1987 年出版，篇幅近四百页，精读过程费时一年。书中引用的每一条史料，都找出原书来核实；引用的每一篇前人著述，必须找出来阅读；出现的每一个人名、地名必须对之了解；加上日语单词、语法、惯用法，每一项力争做到无死角。虽然看起来只读了一本书，但涉猎的历史文献和前人著述却不下百种，而且还基本掌握了日文的学术写作。更重要的是，《六朝江南的豪族社会》精读完后，这部书已不再是大川富士夫的“专”著了，它也成了“我”的书。

1998 年后，先后在《香港中文大学中国文化研究所学报》（香港）、《史林》（京都）、《东洋史研究》（京都）、《古代文化》（京都）、《中国史研究》（大邱）、《中国经济史研究》（北京）、《中国史研究》（北京）、《江海学刊》（南京）等海内外学术期刊上发表了《战国秦汉时期的大小亩制新证》《曹魏租調制度についての一考察 ——特にその租額問題を中心として》《西晋の占田、課田、租調制の再検討》《论东晋的度田税米制》《西晋诸侯分食制度考实》《九品相通：再论魏晋时期的户调》等多篇长文，这些论文构成了我申请博士学位论文《魏晋租调制研究》的骨干。学位论文主审官砺波护先生在评语中称：“各章紧密关联，郁然自成体系。”

后一时期是 2001 年回校工作至今。在由历史学回归考古学的头几年，因不自信而产生的焦虑不言而喻。为尽快培养对出土资料的感情，首先选择从相对近亲的出土文字资料入手，撰写的第一篇论文便是《读西安出土唐姚无陂墓志》。以后，碑志研究亦成为自己以及所指导研究生的一个方向，《南京司家山出土谢氏墓志研究》《南京象山东晋王氏家族墓志研究》等篇都是在这样的环境中撰成的。关于出土墓志的研究，如果说姚无陂墓志研究还止于单篇墓志的考释，那么，南京象山王氏家族墓志和南京司家山谢氏家族墓志的研究，已经开始成组地利用墓志了，这得益于永田英正先生居延汉简研究中积累的经验和方法。《墓志所见北朝的民族融合——以北魏司马金龙家族墓志为线索》一文，则可作为我目前基于墓志展开历史叙述能够达到的水平。

此后，则逐步跨入了考古学的主要内容城址与墓葬的研究。《六朝建康城的研究、发掘与复原》是关于六朝都城建康城遗址的研究，该文在学界产生过较大的影响，在国内及日本、韩国多所大学与研究机构就该题展开讨论或演讲，后经小尾孝夫以《六朝建康城の研究——発掘と復原》为题译成日文，刊载在《山形大学歴史・地理・人類学论集》，后又被收入新宫学编《近世東アジア比較都市史の諸相》，以至于今日我被东亚学术界视为六朝都城研究的前沿学者。《论南京钟山南朝坛类建筑遗存的性质》《山东临沂洗砚池晋墓墓主身份研究》两篇，是关于建筑遗存和墓葬出土器物的研究。以上三篇分别代表了我自己目前对城市遗址、建筑遗存及墓葬出土器物研究所能达到的水平。

尤其是在中古都城的问题上，《所谓"中世纪都城"——以东晋南朝建康城为中心》(《社会科学战线》2015 年第 8 期)，在六朝建康都城复原研究的基础上，全面思考中国中古时期从曹魏邺北城、魏晋洛阳城，经东晋南朝建康城、北魏洛阳城、东魏北齐邺南城，到隋唐长安城这一系列都城在规划设计上的共性及时代背景，提出了这一时期的都城既有别于先秦秦汉的“多宫制”，又不同于宋元以后的近世街市制，充分体现了中国中古时期相对浓厚的中世纪特征，提出了“中世纪都城”这个命题。这个命题，现已被多数三国—隋唐考古工作者接受。在后续撰写的《“近世都城”的出发——以南唐金陵城为例》一文中，简要叙述了“中世纪都城”向“近世都城”演变的轨迹。

近十年来，我已基本突破了所谓的专业方向的束缚，对历史学、考古学、文献学、文化交流史学等学科内容展开综合考察，成果主要集中在以下两个方面。

第一，利用文物考古资料展开早期东亚世界的研究。

关于江苏连云港地区土墩石室遗存，读本科时秦浩老师就有所提及，一直想解决这个问题。在资料整合及实地考察的基础上最早成文的报告，是提交给 2010 年 12 月举办的“东亚土墩遗存国际学术研讨会”（南京）的参会论文，后经增订，以《江苏连云港“土墩石室”遗存性质刍议——特别是其与新罗移民的关系》为题，刊发于《东南文化》2011 年第 4 期。作为该文的基础研究之一，此前曾撰《圆仁〈入唐记〉所见晚唐新罗移民在江苏地域的活动》，对《入唐记》所见新罗移民在江苏境内的活动进行了梳理，刊发于《淮阴师范学院学报（哲学社会科学版）》2011 年第 3 期。

《江苏连云港“土墩石室”遗存性质刍议》一文刊发后，随即被译成朝鲜语文，刊发于韩国财团法人湖南文化财研究院编《湖南文化财研究》第 11 辑（2011 年 12 月）。朝鲜语文稿刊发后，引起韩国学界的关注。韩国国立忠南大学朴淳发先生在《百济研究》上撰文，赞同拙稿所倡观点的同时，也对“新罗移民”的内涵提出了疑议。为回应朴淳发先生的疑议，在连云港市文物部门对土墩石室遗存展开更大规模的考古调查并公布新资料的基础上，笔者再次撰文《"百济遗民"还是"新罗移民"？——连云港土墩石室墓墓主群体身份的再辨析》，参加2018年4月浙江大学举办的"文明交往的意义——以'一带一路'为中心的历史与现实思考高层论坛"，论文刊发于该校"一带一路"合作与发展协同创新中心编《丝路文明》第三辑（上海古籍出版社，2018年）。文稿刊出后，韩国公州大学徐呈锡教授译成朝鲜语文，刊于韩国公州大学百济文化研究所《百济文化》第60辑（2019年2月）。

目前，连云港地区的这批土墩石室遗存作为唐代新罗移民的墓葬，被列入该市文物保护单位，成为"海上丝绸之路"的重要遗迹点，也成为连云港市建设"一带一路"文化工程的重要内容。

此外，关于朝鲜半岛及东亚古代历史文化与交流，笔者尚有《四—五世纪における東アジア世界の形成と東晉南朝——中国側の史料を中心として》（增订中文稿《四至五世纪东亚世界的形成与东晋南朝》刊于《魏晋南北朝史研究：回顾与探索——中国魏晋南北朝史学会第九届年会论文集》，湖北教育出版社，2009年。英文稿"The Formation of East Asian World during 4th and 5th Centuries: A Study Based on Chinese Sources". *Frontiers of History in China*. Volume 5. Number 4. December 2010）、《"卑離""夫里"그리고"buri"——馬韓早期社會의百越文化요소검토》（增订中文稿《"卑离""夫里"与"buri"》刊于中国中古史青年学者联谊会会刊《中国中古史研究》第5卷，中西书局，2015年），《从"狗邪"到"加罗"》（张伯伟主编：《域外汉籍研究集刊》第十二辑，中华书局，2015年）等，以上数篇，基本构成了我对早期东亚世界的初步认识。

第二，基于考古资料的中古都城空间与葬地的研究。

都城空间与“都城圈”是近年国际学界广泛关注的课题，我最早的成果是2014年12月初中村圭尔先生主持“魏晋南北朝时期主要都城‘都城圈’社会的地域史研究”项目国际学术研讨会上提交的《六朝建康都城圈的东方——以破冈渎的探讨为中心》（成稿刊于《魏晋南北朝隋唐史资料》第三十二辑，上海古籍出版社，2015年）。

此后我在承担日本学术振兴会平成27年度基础研究“政治、社会比较视野下的东亚都城与葬地综合研究”项目的部分课题时，对六朝建康的都市空间与葬地问题展开了阶段性研究，积累了一些认识，同时也阅读到了更多相关的论文，因此编集了《“都城圈”与“都城圈社会”研究文集——以六朝建康为中心》，作为南京大学六朝研究所书系·乙种论集·第壹号，2021年由南京大学出版社出版发行。《文集》收录中日学者相关论文16篇，以六朝建康城为中心，为理解和讨论“都城圈”与“都城圈社会”提供了新的视角。

与以六朝都城空间为中心展开的相关研究尚集中在城市空间与葬地的研究上。作为日本东亚比较都城史研究项目的成果，先后撰有《吳나라 수도建業의都城공간과 葬地》（忠南大学百济研究所编《百济研究》第65辑，2017年2月。增订中文稿以《吴都建业的都城空间与葬地》为题，载《魏晋南北朝隋唐史资料》第三十六辑，上海古籍出版社，2017年），《孙吴、东晋的都城空间与葬地》，载夏炎主编《中古中国的都市与社会》（南开中古社会史工作坊系列文集一，中西书局，2019年），《南朝建康的都城空间与葬地》（《中华文史论丛》2019年第3期，上海古籍出版社，2019年）。

为迎接南京大学120周年华诞，不久前历史学院让每位教师提供两篇代表作,计划编集成册为母校献礼。我提交的就是上述两个领域的论文,一是连云港“土墩石室”,一是都城空间与葬地,这或许是我为数不多拿得出手的研究业绩。

自然年龄是很奇妙的,在望六临退的这两年,我再也没了过多的学术热情,最终以《唐陵蕃酋像、蕃酋殿所处位置的考察》(《唐研究》第二十五卷,北京大学出版社,2020 年)一文告慰已故恩师:自己曾经是唐史方向的研究生。此外,工作上只是想督课诸生,日常里只是想安静地读些书。点校古籍是乐趣,在读书班轮读的基础上整理出版了《建康实录》,近期又点校了《六朝故城图考》,用以检验自己的学术积累程度。社会服务上,更多地是为各博物馆的特展做些讲座,写些普及性的小文,如《西风东渐——大视野下的早期东西文明交流》(南京博物院“法老·王展”)、《从吴文化到江南文化》(苏州博物馆讲座、吴中博物馆图录)、《白太守的苏州一年》(吴中博物馆讲座)、《南朝瑰宝——齐梁帝王陵墓石刻》(南京大学博物馆)、《上书房行走:走进张学锋教授的书房》(南京大学图书馆)以及近期将出的《长安人的生存空间与生活环境》(吴中博物馆“乐居长安展”)、《东都洛阳的江南趣味》(中国大运河博物馆“中兹神州展”)等。近期完稿的《哑巴的故事》及《有土野人的故事》两篇,则是上年纪后对儿时见闻的记录;自选随笔集《麦舟的朋友圈》的出版,更是闲适初老生活的象征。

当下人文学科的研究成果亦为量化的考核数据所绑架,发文看数量,期刊看等级,优秀与否看被引率,总之,学问似乎都是在为他人而做,无一不需要获得官方的认可。刻薄一点说,学术研究在很大程度上已经异化成了获取名利的手段。我深知自己能力不足,性格有缺陷,早已将这些非学术的量化因素置之脑后,因此,我不知道现有的评价体系将我的研究业绩定位在一个什么样的层次。其实，这并不是我必须关心的事。

在评价体系相对学术化的日本，我用日文发表的五篇论文，即《曹魏租調制度についての一考察——特にその租額問題を中心として》《西晋の占田・課田・租調制の再検討》《東晉の哀帝——哀帝を通してみた東晉前・中期の政治と社會》《六朝建康城の研究——発掘と復原》《墓誌から見た中国北朝時代の民族融合》，均被“论说资料保存会”编集的《中国关系论说资料》分别收入第41、42、43、54、57号，作为重要论文永久保存。

很长一段时间以来，在人文学科的学术评价体系中，国家级重大课题、省部级以上奖项更是重中之重，课题的多少、课题的等级、获取经费的多寡、标志性成果的有无，俨然成为评判高校教师优劣的最重要标准。我深知自己完全没有组织能力，无法组成自己的团队来申请重大课题，这一点我让学校和院系失望了。我的特长在于做好自己的每件事，做不了“首席”，成不了“领军”。就像最近一篇很火的文章所说的那样：学术研究不是打仗，不需要行政圈定的“领军人物”，只需要正常宽松的学术环境和自由独立的学人。我追求的是学术自由，不愿为各种课题所累。但若自己真有兴趣，也会参与一些课题的合作研究，如“江南地域文化的历史演进”（全国社科重大招标项目）、“倭五王与五世纪的东亚世界”（日本文科省项目）、“古代东亚都城空间与葬地”（日本学术振兴会项目）、“中日文化交流史”（全国社科项目）、“东亚古代都城与都市网的宗教空间”（日本学术振兴会项目）等，力争保质保量完成任务。

在各种量化指标的要求下，太多的高等院校几近疯狂，古典一点说就是“其政也察察”。母校南京大学，虽难免有“察察”之名，但亦少“察察”之实，宽宏大量，留下空间，以至于我今天还能在教授、博导的岗位上呆着，这充分显示了这座百年老校应有的风度。感谢南大！

我在南京大学的日常教学科研工作之外，适量参加一些学术团体或其他高校及学术机构的服务工作。以下以报流水账的形式给自己的花甲述怀打上句号。

曾任日本德岛大学、京都大学客座教授。兼任中国魏晋南北朝史学会副会长、中国唐史学会理事、中国考古学会三国—隋唐考古专业委员会委员、南京大学六朝研究所副所长、江苏省六朝史学会常务副会长、日本东洋史学会会员、韩国中国史学会会员、南京市博物总馆理事会理事、南京市考古研究院专业委员会委员、苏州博物馆学术委员会委员、吴中博物馆·吴文化博物馆学术委员会委员。

2022年元月5日

张学锋　书于

潮打空城旧处 石城篱门西下

目　录

从兼容并蓄的课堂和张师的微笑谈起

晋海燕

（天津城建大学城市艺术学院）

从南京毕业之后的十四年间，回忆起读书的时光，总觉得是那么得美好，人们回忆自己年轻时待过的地方，都会对求学时期的大学充满美好的回忆。想起在张学锋老师的课堂里，我与考古系的研究生同学们围坐在棕红色长桌的周围，大家各抒己见，张老师坐在桌子的主位，静静地看着我们，从不批评或表扬某个同学，只是微笑着……老师的笑容感染力极强，给足同学们发表意见的勇气。张老师听完大家的陈述后，才将自己的想法娓娓道来……每次想起那些读书的日子，这样的情景就会浮现在我的眼前。现在看来，张老师这种兼容并蓄的课堂里，会给多少学生的心里种下美好的种子啊。

2005 年 9 月我考入南京大学美术研究院，我有幸成为傅江老师的学生，我是老师的第一个硕士研究生。记得入学师生见面会上，傅老师笑盈盈地看着我说："开学见到你们，发现你们一个个都这么可爱这么漂亮。"这句话表达了老师对学生的喜爱之情，也瞬间拉近了我和老师的距离，时隔多年这句话一直深深地记在了我的心里。

学写论文

开学后不久，我和傅老师单独见面，针对我日后的学习计划进行第一次沟通，我把自己写的“论文”拿给老师看，老师委婉地告诉我，写的东西非常不成熟，也没有什么意义。现在看来，一个本科美术生的写作能力就是在网上找找资料，然后复制、粘贴到一张白纸上，关于写作的逻辑思路是完全没有的，更别提什么学科范式。研究生开学后，傅老师开始给我们授课，带着我一点一滴地了解美术史，了解美术考古。

研究生一年级我旁听了张学锋老师的“隋唐考古”课程，我混在考古专业的学生堆里，有点紧张，因为自己不是考古专业的学生，但张老师对大家一视同仁。张老师上课的板书是繁体字，并且是竖着排列写板书，我觉得非常新鲜，还第一次见到这样复古的老师。现在看来张老师的这些授课习惯可能与他当时刚从日本归国有关，在此之前张老师留学日本近十年。张老师在讲课的时候旁征博引，非常有意思，一点都不枯燥，讲到唐朝的地理时，拿起粉笔就在黑板上画了起来。随着地图路线在黑板上延伸，我感觉把唐朝的某些区域走了个遍，大受震撼，感觉老师就是一本唐朝史书。在研究生期间我接触了考古专业的课程，对我后来写美术考古的硕士论文《青铜器的凤鸟纹》有非常大的帮助。

当我向傅老师提出研究课题定为青铜器的凤鸟纹时，傅老师非常赞成，鼓励我相信自己的观点，然后一点一点去实证。写论文的时间非常漫长，前后大概有一年多的时间不断地修改。直到研二的上学期才基本上写完。傅老师对我研究生阶段的学习时间是有规划的，我知道这个非常不容易，是在春风化雨的过程中帮我把握了学习的节奏。在整个写论文的过程中，老师没有一句责备的话，每字每句逐一提出修改意见，因此我也没有感觉到做研究的痛苦，反而是文章发表出来以后非常有成就感。

在我读书期间，美术研究院聘请日本漆艺雕塑家小杉三朗给我们授课，傅老师担任翻译，给同学们讲解日本漆器的制作工艺，为我们开拓了学术研究的视野。

小杉三朗(左)、傅江(中)、时任美术研究院院长的吴为山(右)

生病期间的老师

2006年傅老师查出来患有肾脏肿瘤，我当时对肿瘤还没有概念，记得她当时做摘除肿瘤的手术是在南京的鼓楼医院，包括我在内，她的研究生都去了医院等待，张老师也和他的好友在医院焦急地等待。还好手术比较成功，但是还要等化验结果。老师在医院住院期间，美术研究院2005级的所有学生都去看望了傅老师，当傅老师见到自己的学生都来看望她时，她也很开心，露出了甜美的笑容。

出院后，傅老师的研究生到她位于龙江小区的家里上课，这样可以避免老师的舟车劳顿。我们在老师家上课的那段时光非常的欢乐，一点也没有阴云密布的忧伤。傅老师的家里总是鲜花不断，应该是时常有人来拜访她。老师给我们上课的日子里，她总是很漂亮很精神地面对我们。因为接受化疗，傅老师的头发日渐减少，有一次见到傅老师时，她带上了假发，老师看上去有点腼腆，但是见到我们很快就露出了笑容，缓解我们的尴尬。我当时虽然笑脸相迎，但是回到宿舍就很伤心，因为傅老师是那么地让人敬佩，处处表现出对学生深沉的爱。

在老师患病期间，我只陪她去过一次医院，大概是常规的抽血检查，我和她坐在医院的座椅上等待检查结果。因为我不知道检查的流程，其实只要抽完血就可以回家，我还带着她傻傻地在医院里等了一个多小时，回到宿舍后，我很自责没有照顾好老师。

风华正茂的老师

傅老师博士毕业于日本京都大学，师从美术史学者曾布川宽先生，攻读博士学位有六年之久。曾布川宽是日本京都大学人文科学研究所东方部教授、美术史论家，主编《世界美术大全集（东洋篇）》（小学馆），出版专著《往昆仑山的升仙》（中央公论社），发表了大量有影响的论文，内容涉及美术考古、佛教艺术、传世绘画等各个方面，是日本美术史界最著名的学者之一。

傅老师在1996年第一次接触曾布川宽的《南朝帝陵的石兽和砖画》，这是一篇长达十余万字的论文，发表在权威杂志《东方学报》上。傅老师起初的想法只是为了德国友人而翻译这篇文章，经过六年与老师的学习相处，回国后又把文章重新翻译一遍。她在文中是这样记录的："以前在日本翻译的软盘回国后无法识读，我只能照着以前的打印稿，重新一个字一个字输入。在输入的过程中，我发现原来的译稿无论在文字上，还是在对文意的理解上，都有太多的不足之处，实际上我当时的语言能力还不足以胜任这样的学术论文的翻译，不觉暗自庆幸，幸亏当时没有发表！接下来，我抛开原来的译稿重新翻译，译完后重新核对文献史料，插入图版，同时对文字进行润色，以求更符合中文习惯，争取文章读起来平易、通顺、流畅。"这本译著是以南朝帝陵的石兽和墓室砖画为题，在实地考察南京和丹阳附近南朝帝陵的基础上，结合帝陵的比定，广征博引，对石兽和砖画进行样式学上的编年，并从图像学的角度缜密考证它们的名称、表现内容，提出了许多不同于前人的看法，对于六朝造型艺术的背景、特征及发展都有自己独到的见解，是关于南朝帝陵石兽和砖画研究的集大成之作，被日本和欧美国家许多学校列入美术史和考古专业学生的必读书目。

留学京都大学时的傅老师

傅老师把这本著作翻译成中文，把曾布川宽的研究成果传播到国内，让中国学者了解到外国学者对六朝帝陵的研究，丰富了历史资料，开拓了学人的视野。

2004年傅江老师在韩国岭南大学"通过美术看中国历史"国际学术研讨会上发表《唐代的宦官像——以墓葬壁画和石刻线画为中心》

的研究报告，回国后把文章发表于《艺术史研究》第七辑（中山大学出版社，2005 年）。

傅老师在南京大学历史系取得学士、硕士学位，再去日本留学攻读美术史专业博士学位，她的学术经历在国内是非常少见的。博士毕业后大量的研究成果陆续发表，她的日文论文有《唐昭陵新城长公主墓仕女图壁画的研究》（2002 年发表于《古代文化》）、《唐代美术中的仕女图样式研究》（2002 年发表于《鹿岛美术研究》）、《都市时尚——唐代女性的服饰》（2004 年发表于《大唐王朝女性之美》）、《高松冢古坟壁画中女性像研究》（2006 年发表于《中国美术的图像学》）等。傅老师的学术研究工作开始崭露头脚、脱颖而出，对国际学术交流产生了一定的影响。

傅江老师生于 1966 年 1 月 20 日，2009 年 7 月，风华正茂的她像樱花一样凋零，离开了我们，留给我们的是无尽的怀念和遗憾。

仅以此文纪念已经离开我们十三年之久的老师。

2008 年笔者（左一）硕士毕业时与老师（右二）、黄辉（左二）、杨小妹（右一）合影

翠青与天籁

——从"莼羹鲈脍"谈起

孙　彦

（常熟理工学院艺术学院）

> 三径初成，鹤怨猿惊，稼轩未来。
>
> 甚云山自许，平生意气，衣冠人笑，抵死尘埃。
>
> 意倦须还，身闲贵早，岂为莼羹鲈脍哉？
>
> 秋江上，看惊弦雁避，骇浪船回。（辛弃疾《沁园春·带湖新居将成》）

北人南渡的我，在阅读辛弃疾归隐前所作《沁园春》时，有颇多费解之处，而其中的"莼羹鲈脍"更是不知所云，如坠云雾。随着日常繁杂事务的堆积，这个疑惑也被一同搁置在脑后。

一过经年，当我再次面对"莼羹鲈脍"时，竟然是在恩师张学锋先生新出的论文集《汉唐考古与历史研究》中，其第一篇文章就是《菰菜、莼羹、鲈鱼脍与吴人的乡思》。于是，我迫不及待地读完全文，数年来的疑惑至此消解，颇感心情愉悦。然而，张师文章开头所引的第一则史料又令我陷入了沉思：

翰因见秋风起，乃思吴中菰菜、莼羹、鲈鱼脍，曰："人生贵得适志，何能羁宦数千里以要名爵乎！"遂命驾而归。（《晋书·张翰传》）

引文中的"秋风起""吴中""菰菜、莼羹、鲈鱼脍""人生""适志""名爵""驾而归"等词句具有强烈的画面感：思念"吴中"的张翰，伫立在洛阳的秋风中，果断地在"莼羹鲈脍"和官位名爵之间做出了人生的选择。坦率地讲，这种画面感非常具有想象力，不过，我脑海中画面里的主人不是张翰，而是张师学锋先生和师母傅江老师。

一、翠青

"翠青"一词出现在标题中，或许略显突兀，但是，于我而言，却又是一个萦绕了数年的问题。

多年以前，南京冬季的降临往往出乎意料。色彩斑斓的梧桐叶在风雨中飞舞，行色匆匆的学子们怀揣着学术的理想，穿梭于南园与北大楼之间的小路上。当时的我虽然年龄稍长，但是也非常强烈地渴望着知识与学术。于是在未经提前申请的情况下，我悄悄地溜进了美术研究院傅江老师的课堂——《商周青铜器研究》。温暖的教室里非常安静，屏幕上播放着清晰的青铜器图片，傅江老师正在耐心地讲解着有关青铜器纹饰的内容：饕餮纹、蟠螭纹、夔龙纹、凤鸟纹、蟠虺纹等，并对青铜器纹样深刻的文化内涵进行了详尽地解读。不得不说的是，青铜器的艺术魅力及其所负载的丰富文化信息，深深地打动了我，学习的眼界也随之打开了。

课间休息时，傅江老师和同学们亲切地聊起了中国古代的各种器物。关于瓷器，她说："在各种瓷器中，我最喜欢青瓷。千峰翠色的青瓷最好看。"那时，我对瓷器的认识尚在懵懂状态，却脱口而出："我喜欢青花瓷。"傅江老师看了我一眼，停顿了一下，说："青花瓷也很好啊，但是我还是觉得青瓷更好看。"由于课间时间很短，此话题没能再进行下去。

或许是因为对文学的喜爱，抑或是对传说中才子佳人故事的向往，江南意象就像一粒种子种植在我流浪的心中，以至于在南大毕业后，我义无反顾地奔向了江南。但是，久而久之，与枯燥的生活一样，南渡的北人（我）对"水"也屡见不鲜了。虽然出于工作的原因，我对青瓷的了解越来越多，但是依然不能完全理解傅江老师的深意。

多年以后，时光荏苒，我亦发至花白。闲暇之时，常常漫步水岸湖畔，若有所思，又思无所有。记得那是一个初春的早晨，风雨过后的虞山，在青霭温柔地抚摸下愈加妩媚。湖畔的杨柳丝绦万千，惠风和畅，空气中洋溢着青春的气息。像往常一样漫不经心散步的我，突然被眼前的一片湖水惊呆了：那不就是傅江老师曾经所讲的青瓷吗？"千峰翠色"的青瓷原来不在山峰，而在春水——答案如此简单，却居然如此隐晦，令我猝不及防。

我迅速在脑海中搜寻，唐代陆龟蒙千余年前所作的诗句映现出来："九秋风露越窑开，夺得千峰翠色来，好向中宵盛沆瀣，共嵇中散斗遗杯。"同时，五代徐夤的一首诗也接连呈现：

捩翠融青瑞色新，陶成先得贡吾君。
功剜明月染春水，轻旋薄冰盛绿云。
古镜破苔当席上，嫩荷涵露别江濆。

中山竹叶醅初发，多病那堪中十分。

徐夤把越窑青瓷的“瑞色”描绘为“捩翠融青”，并把“翠青”形象地比喻成“明月染春水”“薄冰盛绿云”，又具体地解释为“嫩荷涵露”与“竹叶初发”。对“青”的解释如此清晰，我顿时目瞪口呆，只可惜愚钝如我，顽石不化，“不惑”之后，方能感悟，真是有愧教诲。

虽然遗憾、自责，但是无论如何，我的心情还是非常轻松的，因为当年傅江老师留给我的问题究竟还是解决了：颜色表达情感，情感出自内涵，内涵显示品格。老师的品格犹如“翠青”的青瓷一般，“夺千峰翠色”而“瑞色恒新”。

二、云泥

近日搬家，忙于整理内务，终于有机会把廿余年来的藏书安置在一个较大的房间里了。藏书不多，除了因为辗转搬家留弃于各地的之外，保存至今的大部分藏书基本都是在南大读书时所购得。此刻每拿起一本书，总有一段回忆浮现在脑海，令我不胜唏嘘。其中，最难以释怀的就是那一本十多年前的博士学位论文初稿。

经过学锋先生修改的论文初稿，呈现出了一种别样的风貌：朱笔勾画满篇，从谋篇立意，到结构段落，甚至是标点符号。寂静的文字也因线条的串联而活跃起来，史籍中所谓“朱批”也不过如此。如果说这篇论文初稿是一篇学术文章，不如说是一幅可以用来展示的艺术作品，而作品背后隐藏的则是焚膏继晷的学锋先生对学生的关怀、教导和爱护之情。事实上，先生对学生认真负责的态度，不仅是于我如此，对其他数十位同学来说也是如此。

令我非常感动的是，学位论文出版时需要一篇序言，我首先想到了在学界具有较大影响力的学锋先生，并做了试探性的请求，先生居然出乎意料地同意了。我知道，以先生的个性和对学术的要求，他是不会轻易接受这样的请求的，既然写了，那一定是有感而发。

客观而言，张师的《序：栖息在 frontier 的"蚁群"》虽然篇幅不长，但却是我目前所见此领域中理念最为超前、宏观视野和微观论述最为精当的佳作，不仅见解卓越直指本质，而且文笔犀利且简洁明快，读者无不折服。常读常新，绝非溢美之词。此篇学位论文也有幸被文物出版社收入"考古新视野"丛书，并获得"第十二届江苏省哲学社会科学优秀成果奖"。当然，这无疑从另一个方面表现出先生高超的教学水平和指导学生的能力。

张师对汉唐考古与历史的研究已经持续了三十余年，其主要成果体现在已经出版的几部著作和五十余篇论文中。正如他曾经所言："自己的研究兴趣，从一开始便表现在史实的辨明和对江南历史文化的关注上。"关于做学问之原则，在面对当今学界浮躁之风时，学锋先生也谨遵其师孟昭庚先生"少写论文，写好论文"的教诲，坚持学术研究的原创性，维护着一片学术的净土。毋庸置疑，先生的学术精神及学术操守，在当今众多的"学者"中实属另类，有凌云之势。此谓之"云"。

至于"泥"，可以从学锋先生带领我们进行田野调查和田野考古的事例说起。

坦率地讲，十余年前在溧阳发掘土墩墓，是我平生第一次田野考古发掘，除了在书本上学习地层学和类型学的概念之外，我对田野考古一无所知。非常幸运的是，在学锋先生和刘兴林教授的亲自教导下，田野考古对我而言不再如此陌生。此后，张师又安排我跟随兴林先生参加了三峡奉节的考古发掘。

特别值得一提的是，在我们到达溧阳考古工地并简单吃完晚饭后，张师指着他随身携带的包裹说："还有十几篇毕业论文要审阅呢。"说完就走进了昏暗的灯光里。在偏远乡村简陋的民房中，闪烁着学术的光辉——不是传说，而是现实。

在漫长的田野考古发掘过程中，印象最为深刻的是考古发掘现场和野外生活现场，除了尘沙，就是泥土。日常生活中异常干净整洁、风度翩翩的学锋先生和兴林先生，面对着弥漫的沙尘和泥泞的场地，泰然处之。一时之间，我在内心深处对南大的先生们充满了无限的敬意。毫无疑问，他们正在践行着"诚朴雄伟、励学敦行"的南大校训。

此外，张师还带领我们进行了数次田野调查，其中，我收获最大的是丹阳六朝石刻遗址调查和南唐二陵遗址调查。

在调查走访丹阳六朝石刻遗址之前，我通过阅读傅江老师所译《六朝帝陵——以石兽和砖画为中心》，已对六朝帝陵的规模、制度、石刻艺术和历史价值有所认知。此次通过学锋先生细致入微的讲解，更加深化了我对六朝帝陵的理解。尤其重要的是，此次考察不仅增加了直观的感受，而且远远超出了文本和图片所传达的信息量。在随后几年里，我顺利地撰写完成的"羽人"系列和"天人"系列的论文，均与此次考察的结果和《六朝帝陵》的启迪作用有密切的关系。

在调查南唐二陵遗址时，除了学锋先生的讲解之外，傅江老师也向我们指出了南唐二陵建筑的诸多细节，特别给我们重点讲解了先主李昪钦陵中的装饰绘画和棺床石刻绘画。后来，根据傅江老师的提示，我撰写了一篇题为《"装堂花"新探——以南唐二陵装饰画为例》的学术论文，探讨了徐熙“铺殿花”或“装堂花”的风格和技法以及南唐二陵中的装饰绘画和棺床石刻绘画与徐熙绘画的关系。可以说，如果没有傅江老师的指导，我就不可能写出这篇论文。

除了上述田野考古发掘、田野调查之外，印象深刻的还有我们共同游历明代城墙、北固山和西津渡的情景。与学锋先生在一起，可以时刻感受到他那“学以致用”和“言之有物”的学术立场。简言之，学锋先生既是一位严谨的历史学者，又是一位精通田野考古的研究者，他徘徊在历史与当代之间，行走在云泥之间。

三、天籁

“天籁无缘斋”是曾布川宽著、傅江译《六朝帝陵》之《译者后记》中译者的斋名，出于好奇，我曾多次企图意会“天籁”的深意，然而总是没有满意的收获。

随着时光的沉淀，我觉得可以从芦蒿和青梅酒中寻求突破，因为对芦蒿和青梅酒的喜爱，是我对张师多种口味中最为确定的两种。但是先生独爱芦蒿和青梅酒之于“天籁”的关系，似乎我也只能臆测而已。不过，正如先生教诲所言：虽是臆测，但是也要有所依据。

习史者，往往惯于从史料中寻找论据，以诗证史亦是学术正途。因此，我也试图由此做一尝试。

古人喜爱芦蒿且最为知名者有苏东坡、辛弃疾等人。苏东坡脍炙人口的名篇之一是《惠崇春江晚景（其一）》：“竹外桃花三两枝，春江水暖鸭先知。蒌蒿满地芦芽短，正是河豚欲上时。”借此诗篇，蒌蒿和河豚也随着苏东坡的诗名远播开来，成为妇孺皆知的美食。其在《岐亭五首·昨日云阴重》中又再次赞美了蒌蒿：“久闻蒌蒿美，初见新芽赤”。苏东坡是千年来中国知识分子的人格化身，历来受到士人的推崇，其对蒌蒿的喜爱无疑会对后人追求自我精神超越产生一定的影响。

饶有趣味的是，除了苏轼之外，对“新芽赤”蒌蒿的偏爱，文武全才的辛弃疾也不遑多让，其豪放之风在《蒌蒿宜作河豚羹》中也有透彻的表现：“河豚挟鸩毒，杀人一脔足。蒌蒿或济之，赤心置人腹。方其在野中，卫青混奴仆。及登君子堂，园绮成骨肉。暴乾及为脯，拳曲蝟毛缩。寄君频咀嚼，去翳如折屋。”

从上下文的意思来看，辛弃疾把蒌蒿喻为报国的气节，把腹中蒌蒿的新芽喻为赤诚之心，由此可以明显得出辛弃疾喜爱蒌蒿并将其入诗的原因。但是，因为辛弃疾和苏东坡所处时代的社会环境不同、个人遭遇也不同，他们借蒌蒿所抒发的情感也有所不同，所以，与辛弃疾的英武豪放相比，苏东坡对人生的哲学反思更为深刻，他在《浣溪沙》一词中写道：

> 细雨斜风作晓寒，淡烟疏柳媚晴滩。入淮清洛渐漫漫。
> 雪沫乳花浮午盏，蓼茸蒿笋试春盘。人间有味是清欢。

苏东坡在诗中把“蓼茸蒿笋”的味道与人间的清欢联系起来，表达了其旷达洒脱的胸襟和清新雅致的审美趣味。想必是只有喜爱芦蒿的大学问家和大学者，才能真正领悟芦蒿与清欢之间的微妙关系。或许，这就是张师喜爱芦蒿的原因。

相对于芦蒿而言，我对学锋先生喜爱青梅酒的原因则更为确定。张师曾在 2021 年 5 月 27 日的微信朋友圈中说道：

梅子熟了，又一届弟子要离窠了。观梅有感：1997年的那个不经意的春天，也许是我顿悟的时刻。租住在比叡山麓修学院云母坂野田家的我，读书之余，仔细观察了院子里的那几株梅树。从开出第一朵花，到花满枝头，然后花谢叶长，青梅成形，立夏小满之间摘梅制酒，然后秋风叶落，冬日含苞。梅树的一个春秋，深深地刻印在了我的人生之中。那年我35岁，正是人生走向成熟的时期。也正是这一年，我感悟到了“詫び”“寂び”的美学意义，体会到了世间万物当然也包括我自己人生的“侘寂”。“侘寂”这个词内涵过于丰富，也过于复杂。在众多的含义之中，最能引起我共鸣的是：在阴暗处照亮美，在破灭中寻找真。其实，这就是自我精神世界的建设，就是生命厚度的增加。

通过观察“梅树的一个春秋”，张师借此构建了自我的精神世界，顿悟了“侘寂”的内涵。那么，以此来理解“天籁无缘斋”的含义，也许就非常明确了：“天籁”即“侘寂”，“无缘”即“无由”，“天籁无缘”即是“在阴暗处照亮美，在破灭中寻找真”的“清欢”。

从傅江老师的“青瓷”之“青”，到学锋先生江东三味的菰菜、莼羹、鲈鱼脍，以及芦蒿、青芹、青梅酒，其意蕴绝非仅仅是指江东士人在生活上优雅精致，更是意指江东士人对三江吴地的眷顾和对“魏晋风度”的推崇与赞许。

虽然年近六旬，但是学锋先生仍然常常负笈行走在江东的大地上，或调查研究，或开坛讲学。在其有关六朝历史文化的多篇研究论著和讲稿中，隐藏着他深邃的精神世界，闪现着六朝文化的精神，即昂扬的学术精神。兹录其新诗为证：

暂别金陵往苏州，澹台湖边说太守。
更向阳坞旧家宿，晨炊雕胡晚炙鹅。

补记：近日得闲，再读张学锋、傅江著《东晋文化》(2005 年版)，其中把"菰菜、莼羹、鲈鱼脍"标注为"茭白、莼菜汤、松江鲈鱼的生鱼片"，可惜我当时仅粗略阅读，未有深刻印象。我虽居江南甚久，但是其味道、做法、吃法、风俗等问题，至今尚不十分清晰。期待张师明示。

《太史公自序》原题考

陈侃理

（北京大学中国古代史研究中心）

《史记·太史公自序》罗列一百三十篇，自“五帝本纪第一”至“货殖列传第六十九”皆作者自题，而于篇名下云“第若干”以为序次，唯列传第七十“太史公自序”之名不见于篇中。考诸全篇，司马迁自定之原题当为“太史公书序略”。其事甚著，而识者尚尠，唯一九八三年出版之王叔岷《史记斠证》主此说，云：

> 此当读“为《太史公书序略》”为句，即序《太史公书》之要略也。《淮南子》书末有《要略》篇，亦序其全书之要略也。[①]

惜未深论。今试稍加申说。

“自序”之称，始见于《汉书·司马迁传》。《迁传》引《史记》文终了，乃谓“迁之自叙云尔”。叙、序音义并同。然《汉书》称“自叙”者，谓以上皆太史公自叙述其人其书，非举此二字以为篇名。《杨雄传》引《法言》序，亦曰“雄之自序云尔”，固不得据以为《法言》之序题名“自

① 王叔岷：《史记斠证》，中华书局，2007 年第 3498—3499 页。

序”也。《蒯通传》又云：“通论战国时说士权变，亦自序其说，凡八十一首，号曰《隽永》。”其“自序”指自为编定次序，非谓蒯通书有《自序》篇也。所谓“迁之自叙”，亦当作如是观。

今本小题“太史公自序第七十”，始见于何时，盖不可考。刘宋裴骃《史记集解》于后人所补之《孝武本纪》下云：“太史公自序曰‘作《今上本纪》’。”或其本已用“太史公自序”为篇题。然此乃他称，不得谓司马迁成书之时已名此篇为“自序”。欲知自题原本如何，仍须求诸本篇之内。

《自序》有“凡百三十篇五十二万六千五百字为太史公书序略以拾遗补蓺成一家之言”云云，其末记“第七十”。循前文罗列众篇之例，列传第七十之篇名非“太史公书序略”六字莫属。

“太史公书序略”六字，旧读有二。其一，南宋蔡梦弼及张杅、耿秉分别刊刻《史记》二家注本，将《索隐》散入正文，而置于“序”字之下。是以“序”属上读，“略”从下读，作“略以拾遗补蓺”云云。此后通行本皆然。其二，《史记评林》虽亦断于“序”下，然眉批引明人董份曰：“‘序略’句。”[①]是以此二字单独为句，而前文至“太史公书”句绝。毛晋汲古阁所刻《索隐》单行本，出文作“为太史公书”，不连“序”字，与合刻本异。张文虎据此，疑“序”字当属下读[②]，而中华书局点校本从其说，亦以“太史公书”下为句[③]。若然，则此四字承上之全书篇、字统计，为《史记》之原题，而“序略”二字领起下文。

王叔岷之说另辟蹊径，而知音盖寡。张舜徽曾提出以《太史公书

---

① 凌稚隆：《史记评林》，广陵书社，2017年，第5131页。
② 张文虎：《校刊史记集解索隐正义札记》，中华书局，2012年，第754页。
③ 《史记·太史公自序》，中华书局，1982年，第3319页。

序略》连读为篇题，然又疑今本《自序》“为太史公书序略”七字非司马迁原文，乃汉以后学者据《汉书》所妄增。张氏以为，《汉书·司马迁传》删减《太史公自序》之文，于百三十篇仅录篇目次第，而删去小叙，故称“序略”，犹云“自序之节略”，意谓自此以上乃删取太史公《自序》者也[1]。颜克述则以此七字为舛文，当移至下“第七十”前[2]。张、颜二氏皆主“太史公书序略”连读，是也，然以为增、舛之文，皆失于武断。《汉书·司马迁传》引迁自序，止于“迁之自叙云尔”，删省有之，然必不妄增。颜氏以此为《史记》舛文，而《汉书》正与《史》同，可证其不误。管见所及，唯钱穆《中国史学名著》连读“为太史公书序略”，然是书为讲课记录，未加申说，不能确知钱氏本意若何[3]。

今案《太史公自序》列举各篇篇题、次第，本不必连属，如云“作《平准书》以观事变，第八”，即在篇题、次第之间插叙本篇述作之意。此与《自序》最末之“为《太史公书序略》以拾遗补蓺”云云“第七十”，格式正相同。由此观之，本篇自题当作“太史公书序略”，“以拾遗补蓺，成一家之言”以下，则述《序略》篇之宗旨也。陈苏镇未指实《太史公书序略》为司马迁自题，然已阐明“序略”之宗旨与内容，其说曰：“司马迁用来成一家之言的序略，系指《自序》后半部的内容，即《史记》百三十篇的内容提要。”[4]实则“序略”二字当分别释之，“序”谓自叙家世及写作过程，“略”指全篇后半概括各篇要旨之“内容提要”。

---

① 张舜徽：《广校雠略》，华中师范大学出版社，2004年，第19页。

② 颜克述：《〈史记〉疑义蠡酌》，《上海师范大学学报（哲学社会科学版）》1981年第4期。

③ 钱穆：《中国史学名著》，生活·读书·新知三联书店，2000年，第74页。

④ 陈苏镇：《司马迁“成一家之言”新解》，北京大学中国古代史研究中心：《田余庆先生九十华诞颂寿论文集》，中华书局，2014年，第52页。

“略”之本义，即为提要。王叔岷已举《淮南子》之《要略》篇为证。该篇列举《原道》至《泰族》二十篇之名，逐一概括要旨，与《太史公自序》体例近似。阮孝绪《七录序》云，刘向撰《别录》，而刘歆“撮其指要，著为《七略》”。案《隋书·经籍志》，《别录》二十卷，而《七略》仅七卷，“略”盖取约要简略之义[①]。《淮南·要略》注曰：“作《鸿烈》之书二十篇，略数其要，明其所指，序其微妙，论其大体，故曰‘要略’。”[②]《要略》之于《淮南子》，正如《序略》之于《太史公书》也。

古者《诗》《书》之序皆非出自作，《淮南子》虽自为《要略》，亦仅次第篇目、概括旨趣而已。至太史公，始为《序略》，于篇目旨趣之外，复自述家世、生平，如列传之体。此后杨雄、班固以降，皆循旧辙。自序之作，蔚然成风。此古今著述之一变也。

兹考证太史公之自序原题为“太史公书序略”如上，意在辨章学术。至于“自序”之题目，约定俗成，仍之无妨，亦犹其书本名“太史公书”而今皆谓之“史记”云尔。

---

① 参姚名达：《中国目录学史》，上海古籍出版社，2002年，第39页。

② 据陶方琦：《淮南许注异同诂自序》，此为许慎注。见何宁：《淮南子集解》，中华书局，1998年，第1539—1544页。

汉代玳瑁器初步研究

刘芳芳

（苏州市考古研究所）

玳瑁特指栖息在亚热带、热带海域的玳瑁龟的背甲。玳瑁由角质和骨质等组成，打磨之后呈微透明状，色泽朦胧柔和，具有深褐色和浅黄色相间的花纹，色彩浓郁却不艳丽，迷幻而不斑斓。玳瑁自古以来就是上等装饰品，可作为宫殿、服饰、器皿等生活方面的装饰及宝玩。玳瑁甲片还可入药，具有清热解毒的功效，被古人视为辟邪吉祥之物。因而，既美观又辟邪的玳瑁深得历代王公贵族、富豪之家乃至广大民众的喜爱。

汉代文献中，玳瑁被称为"瑇瑁""瑁瑇"或"毒冒"。贾捐之《弃珠厓议》："又非独珠厓有珠犀瑇瑁也，弃之不足惜，不击不损威。"颜师古曰："瑇瑁，文甲也。瑇音代。瑁音妹。"①司马相如《子虚赋》："其中则有神龟蛟鼍，瑇瑁鳖鼋。"张守节《正义》："（瑇瑁）似觜蠵，甲有文，出南海，可以饰器物也。"②我国黄海、东海、南海等亚热带、热带海域产玳瑁、珍珠、珊瑚、砗磲等海洋珍宝。在古代墓葬中保存下来的玳瑁器数

---

① 《汉书·严朱吾丘主父徐严终王贾传》，中华书局，1962 年，第 2834 页。

② 《史记·司马相如列传》，中华书局，1959 年，第 3004—3007 页。

量极其稀少，出土数量要远远低于同样贵重的象牙和犀角。究其原因，主要有三：一、在古代相当长的时间内，从海洋中捕获玳瑁龟不易；二、玳瑁龟生长速度极其缓慢，原料供应有限；三、玳瑁属于有机宝石，掩埋土中易腐烂。

表一　汉墓出土玳瑁质文物一览表

器名及数量	出土墓葬	墓葬年代	资料来源
玳瑁擿1件、玳瑁璧1件	湖南长沙马王堆一号墓	西汉早期	湖南省博物馆、中国科学院考古研究所：《长沙马王堆一号汉墓(上)》，文物出版社1973年；陈建明、聂菲主编：《马王堆汉墓漆器整理与研究(上)》，中华书局2019年。
玳瑁梳1件、玳瑁篦1件、铜釦玳瑁卮1件、玳瑁璧2件	湖南长沙马王堆二号墓	西汉早期	湖南省博物馆、湖南省文物考古研究所：《长沙马王堆二、三号汉墓》，文物出版社2004年。
玳瑁璧1件	湖南长沙马王堆三号墓	西汉早期	陈建明、聂菲主编：《马王堆汉墓漆器整理与研究(上)》，中华书局2019年。
玳瑁擿2件	山东莱西县岱墅西汉木椁墓	西汉中晚期	烟台地区文物管理组、莱西县文化馆：《山东莱西县岱墅西汉木椁墓》，《文物》1980年第12期。
玳瑁擿1件	江苏仪征国庆前庄12号墓	西汉晚期	仪征市博物馆：《江苏仪征国庆前庄12号墓发掘简报》，《东南文化》2017年第2期。

续表

器名及数量	出土墓葬	墓葬年代	资料来源
玳瑁头饰 4 件；玳瑁擿 2 套 12 件；玳瑁梳篦 1 套 3 件	山东青岛土山屯汉墓 M6	西汉晚期至东汉早期	青岛市文物保护考古研究所、青岛市黄岛区博物馆：《琅琊墩式封土墓》，科学出版社 2018 年。
擿齿若干	山东青岛土山屯汉墓 M148	西汉晚期	青岛市文物保护考古研究所、黄岛区博物馆：《山东青岛土山屯墓群四号封土与墓葬的发掘》，《考古学报》2019 年第 3 期。
玳瑁擿 1 件	朝鲜乐浪五官掾王盱墓	东汉前期	（日）原田淑人、田泽金吾：《乐浪——五官掾王盱の坟墓》，刀江书院 1930 年。
玳瑁龙形佩饰 2 件	安徽巢湖放王岗一号汉墓	西汉中期	安徽省文物考古研究所、巢湖市文物管理所：《巢湖汉墓》，文物出版社 2007 年。
玳瑁心形饰 1 件	江苏扬州郭圾汉墓	西汉晚期	扬州市文物考古研究所：《广陵遗珍：扬州出土文物选粹》，江苏凤凰美术出版社 2018 年。
玳瑁环 1 件	江苏仪征新集螃蟹地七号汉墓	西汉晚期	仪征市博物馆：《仪征新集螃蟹地七号汉墓发掘简报》，《东南文化》2009 年第 4 期。
微雕玳瑁鸡 1 件、微雕玳瑁鸭 1 件、玳瑁漆卮 1 件	江苏扬州邗江西湖胡场 14 号汉墓	西汉晚期	扬州博物馆、天长市博物馆：《汉广陵国玉器》，文物出版社 2003 年；扬州博物馆编：《汉广陵国漆器》，文物出版社 2004 年。

续表

器名及数量	出土墓葬	墓葬年代	资料来源
玳瑁漆卮1件	江苏扬州西湖镇中心村高南组汉墓	西汉晚期	扬州市文物考古研究所：《广陵遗珍：扬州出土文物选粹》，江苏凤凰美术出版社2018年。
银釦玳瑁耳杯1件	江苏盱眙大云山江都王陵一号墓	西汉中期	南京博物院编：《法老·王》，译林出版社2016年。
玳瑁耳杯1件	江苏仪征烟袋山汉墓	西汉中期	南京博物院：《江苏仪征烟袋山汉墓》，《考古学报》1987年第4期。

虽然玳瑁属于广义上的角器，但一般意义上的角器指的是牛角（包括犀牛角）。从外形来看，玳瑁器与角器最大的区别是玳瑁具有红黑夹明黄的如同云彩一样的纹样即"玳瑁斑"，而角器的色泽远不如玳瑁光亮通透，且没有花斑。一直以来，汉代玳瑁类文物出土数量极少，考古学界对此类文物的关注也较少，尤其小型文物常常难以辨别其材质，常把玳瑁、竹、角混淆起来。有的发掘材料对玳瑁器语焉不详，如湖南长沙望城坡古垅坟西汉早期王室墓，发掘者仅仅提到有玳瑁类文物出土①，至于玳瑁器的器形、数量等具体信息皆没有提及。有的材料虽提供了出土文物的信息，但若不刊登彩色图片，也会给研究者进一步判断是否为玳瑁器造成障碍。笔者不揣浅陋，对汉代墓葬出土的玳

① 长沙市文物工作队：《西汉长沙王室墓》，见中国考古学会：《中国考古学年鉴·1994年》，文物出版社，1997年，第248页。

瑁质文物作系统梳理(表一),并重点分析玳瑁器对犀皮漆工艺的影响,希望能对汉代玳瑁器有一个更加深入的了解。不足之处恳请方家不吝赐教。

一、汉代玳瑁器的分类

根据使用功能,考古发现的汉代玳瑁器可以大致分为丧葬礼器、梳妆用具、装饰品、饮食器四大类。

(一) 丧葬礼器

玳瑁质丧葬礼器目前仅在长沙马王堆三座汉墓里有所发现,一共出土 4 件。

其中,一号墓 1 件,二号墓 2 件,三号墓 1 件。一号墓玳瑁璧(内 451),出土时放在锦饰内棺盖板上,为 T 形帛画的顶端所系。璧为圆形,较薄,现呈黑色,似髹有黑色漆,局部呈灰色,可见纹理。璧上系有棕色丝带。肉径 14 厘米、好径 4.3 厘米[①]。二号墓两件玳瑁璧,均出自北椁厢,形制大小相近。为漆棺上的附件。璧表有玳瑁的自然纹理,经检测,发现它们具有与玳瑁一致的物理性质和化学构成。标本北 2,器形完整,稍有裂痕。黑褐色。系有一根黑色丝带。肉径 16.6 厘米、好径 6.2 厘米、厚 0.05 厘米[②](图一)。三号墓玳瑁璧出自内棺(棺 5),出土时放在内棺盖上帛画的顶端,系以棕色丝带[③]。这 4 件玳瑁质,似

① 陈建明、聂菲主编:《马王堆汉墓漆器整理与研究(上)》,中华书局,2019 年,第 66 页。

② 陈建明、聂菲主编:《马王堆汉墓漆器整理与研究(上)》,中华书局,2019 年,第 115 页。

③ 陈建明、聂菲主编:《马王堆汉墓漆器整理与研究(上)》,中华书局,2019 年,第 192 页。

髹漆的璧皆为丧葬礼器。巫鸿先生认为，这种璧的象征和礼仪功能很可能为死者魂魄提供特殊通道，引导魂魄在墓中活动甚至上升天堂[①]。

（二）梳妆用具

玳瑁材质的梳妆用具主要包括擿和栉。

1. 玳瑁擿

早在战国时期，光亮的玳瑁被切磨成簪类头饰，以显示佩戴者荣贵高雅的身份。《史记・春申君列传》载："赵平原君使人于春申君，春申君舍之于上舍。赵使欲夸楚，为玳瑁簪，刀剑室以珠玉饰之，请命春申君客。"[②]2011年山东青岛土山屯二号封土下的西汉墓M6男棺内发现一件木牍，两面均隶书记载着随葬器物，其中一面第五行书有"寿牟簪一"[③]。"寿"通"毒"，"牟"通"冒"，据此遣册，男棺内当时随葬了一件玳瑁簪。玳瑁做成的饰品光彩夺目，汉乐府诗篇《孔雀东南飞》有"足下蹑丝履，头上玳瑁光"之句。

汉代玳瑁发饰常见器形为擿。"擿"或作"揥"，《广韵・霁韵》："揥枝，整发钗也。"[④]擿外形扁平细长，形与梳同，但窄而齿长，不宜梳发，可用来簪发和搔首。擿主要流行于汉代，考古发掘中多有出土，其材质主要为竹木、玳瑁、角质和骨质。

汉代妇人所用擿的长度和材质都会依人物身份等级而变化。"太皇太后、皇太后入庙服……簪以瑇瑁为擿，长一尺，端为华胜，上为凤

---

① ［美］巫鸿：《引魂灵璧》，载《马王堆汉墓漆器整理与研究（中）》，中华书局，2019年。

② 《史记・春申君列传》，中华书局，1959年，第2395页。

③ 青岛市文物保护考古研究所、青岛市黄岛区博物馆：《琅琊墩式封土墓》，科学出版社，2018年，第31页。

④ 周祖谟校：《广韵校本・霁韵》，中华书局，2011年，第373页。

皇爵，以翡翠为毛羽，下有白珠，垂黄金镊。左右一横簪之，以安蔮结。诸簪珥皆同制，其擿有等级焉。”①洛阳西朱村曹魏大墓中出土 200 余件刻铭石牌，其中一件石牌就记载随葬品“六寸瑇瑁叉”②。可见，玳瑁擿代表着等级身份，等级最高的擿约合汉一尺，为玳瑁所制。

马王堆一号汉墓墓主发髻插着三支梳形擿，分别为玳瑁质（图二）、角质和竹质。玳瑁擿和角擿均作长板形，稍弯曲，顶端朱绘花纹，两侧面各有 3 个小孔，孔深约 2 毫米，应为装饰串饰物所用。玳瑁擿长 19.5 厘米、宽 2 厘米、厚约 1 厘米；梳齿 11 个，齿长 12.8 厘米③。马王堆一号墓所出玳瑁擿，长度略小于汉代一尺。

山东莱西县岱墅两座西汉木椁墓，墓主可能是西汉中晚期胶东国统治者的亲属或近臣。M1 出土一件玳瑁擿，七齿，素面，有黑、黄色自然花纹，光滑透明。通长 16 厘米、宽 1.5 厘米、厚 0.1 厘米。M2 也出土一件玳瑁擿，其形制与 M1 同，通长 18 厘米、宽 1.4 厘米、厚 0.2 厘米④。

江苏仪征国庆前庄 12 号墓，墓葬年代为西汉晚期，墓主为士大夫阶层⑤。墓中出土的所谓竹擿（M12：115），比马王堆一号墓玳瑁擿略长，细观简报所提供的彩色图片，这件擿表面的斑纹回转如旋涡，清晰可见，材质为玳瑁的可能性极大。

---

① 《后汉书·舆服志》，中华书局，1965 年，第 3676 页。

② 洛阳市文物考古研究院：《河南洛阳市西朱村曹魏墓葬》，《考古》2017 年第 7 期。

③ 发掘报告称之为“笄”，即为“擿”。湖南省博物馆、中国科学院考古研究所：《长沙马王堆一号汉墓（上）》，文物出版社，1973 年，第 28 页。

④ 烟台地区文物管理组、莱西县文化馆：《山东莱西县岱墅西汉木椁墓》，《文物》1980 年第 12 期。

⑤ 仪征市博物馆：《江苏仪征国庆前庄 12 号墓发掘简报》，《东南文化》2017 年第 2 期。

图一 玳瑁璧

（图片采自《马王堆出土漆器整理与研究（下）》第 253 页）

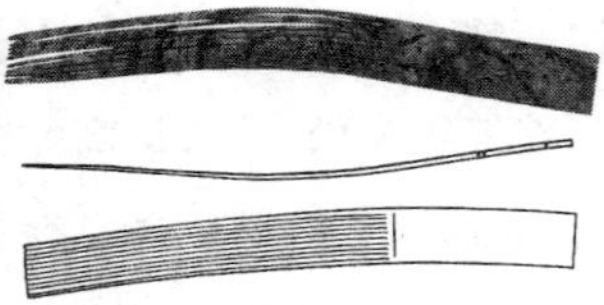

图二 玳瑁擿

（图片采自《长沙马王堆汉墓陈列》第 58 页）

青岛土山屯汉墓 M6 出土多件玳瑁发饰。一号棺内出土玳瑁饰品 4 件，均有穿孔（图三），1—3 号形制相同，长条形，头端铲形，柄端穿孔，长 4 厘米左右。4 号头端尖首刀形，柄端穿孔，全长 2.7 厘米、厚约 0.3 厘米①。二号棺内出土了 2 套 12 件玳瑁擿②，其中一套内含 4 件二齿玳瑁钗，8 件七齿擿，擿长度为 18.5—31.6 厘米。土山屯汉墓 M148 出土擿齿若干，有竹和玳瑁两种材质③。

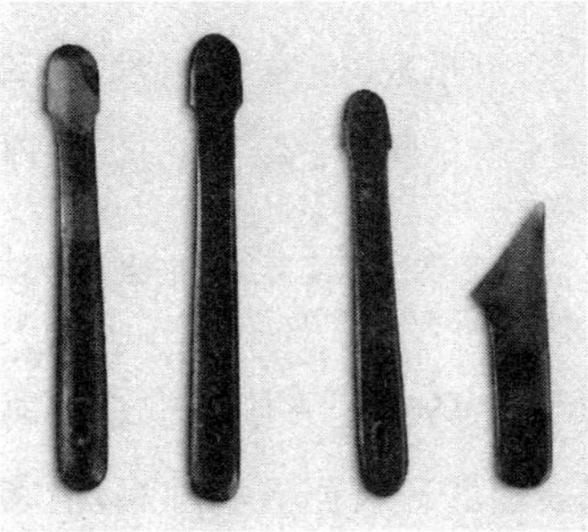

图三 角饰

（图片采自《琅琊墩式封土墓》，第 31 页）

东汉玳瑁擿出土极少。目前仅

① 青岛市文物保护考古研究所、青岛市黄岛区博物馆：《琅琊墩式封土墓》，科学出版社 2018 年，第 31 页。

② 青岛市文物保护考古研究所、青岛市黄岛区博物馆：《琅琊墩式封土墓》，科学出版社 2018 年，第 44—45 页。

③ 青岛市文物保护考古研究所、黄岛区博物馆：《山东青岛土山屯墓群四号封土与墓葬的发掘》，《考古学报》2019 年第 3 期。

有东汉前期的朝鲜乐浪五官掾王盱墓出土 1 件五齿玳瑁擿，插于中棺男性墓主人头部[①]。

2. 玳瑁栉

梳、篦总称为“栉”，古代男女均用。马王堆二号墓出土玳瑁器 5 件[②]，有梳 1、篦 1(图四)、璧 2 和卮 1 件。墓主轪侯利苍的玳瑁梳齿共 20 根、玳瑁篦齿共 59 根[③]，齿间距匀称。青岛土山屯汉墓 M6 二号棺内出土玳瑁梳篦，一套三件(图五)。器呈马蹄形，大小及形制基本相同，齿的数量及疏密不同，两侧齿较粗[④]。分别为 12 齿、27 齿、76 齿。器身上具有行云流水般的斑纹。梳背脊有一周红色漆皮。一般来说，玳瑁质器物表面有变幻莫测的玳瑁斑，无需装饰。此套梳篦在背脊处髹红漆，漆干了之后，会形成一道硬漆膜，可以更好地保护玳瑁梳篦。

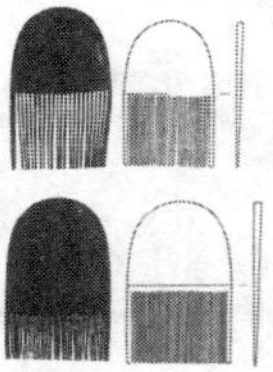

图四　玳瑁梳、篦

(图片采自《长沙马王堆汉墓陈列》第 178 页)

图五　角梳篦

(图片采自《琅琊墩式封土墓》第 43 页，图七九)

---

① [日]原田淑人、田泽金吾:《樂浪——五官掾王盱の墳墓》，刀江书院，1930 年，第 65 页。

② 湖南省博物馆、湖南省文物考古研究所:《长沙马王堆二、三号汉墓》，文物出版社，2004 年，第 20 页。

③ 湖南省博物馆:《长沙马王堆汉墓陈列》，中华书局 2017 年，第 178 页。

④ 青岛市文物保护考古研究所、青岛市黄岛区博物馆:《琅琊墩式封土墓》，科学出版社 2018 年，第 42 页。

（三）装饰品

考古发现的汉代玳瑁装饰品一般个体较小。安徽巢湖放王岗一号汉墓出土两件玳瑁镂空龙形饰，一件双龙佩饰，另一件为单龙佩饰。双龙佩饰整器略呈椭圆形，黑褐色，全器透雕，两面纹样相同。双龙首一左一右，曲身盘绕，左龙昂首张口衔住右龙尾部，曲身强劲有力，双后足较为粗壮，三爪，龙口与尾部相接处有一穿孔供系挂。右龙曲颈向下，张口露齿。口眼、爪部雕刻精致。龙身利用玳瑁的自然纹理点缀，构图精巧，边缘打磨圆润（图六）。长 10.5 厘米、宽 6.6 厘米、厚 0.4 厘米。透雕单龙，黄褐色，作曲颈回盼状，背脊中部有一圆孔，可穿带。曲颈、腹部、前后爪和长尾呈一条直线，并有粘接痕迹，原来可能嵌在其他器物上（图七）。长 9.3 厘米、厚 0.4 厘米[①]。

图六　玳瑁双龙形佩饰

（图片采自《巢湖汉墓》第 88 页，彩版三九，1）

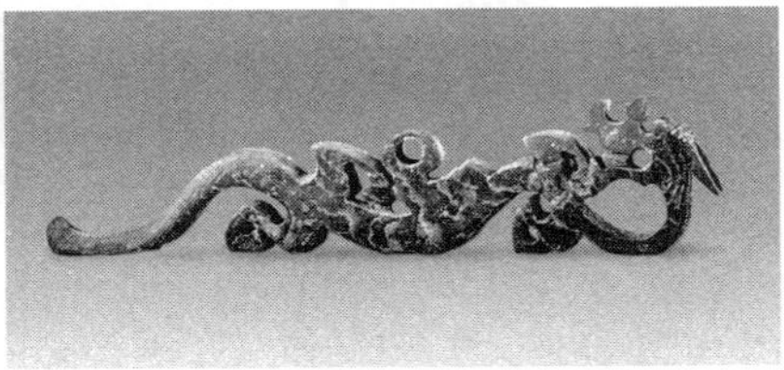

图七　玳瑁单龙形佩饰

（图片采自《巢湖汉墓》第 88 页，彩版三九，2）

2002 年，扬州郭圩汉墓出土一件玳瑁饰件，整体为心形，中部镂空为桃形，连弧形底边（图八）。该器型简洁大方，较为少见[②]。2002 年，

---

① 安徽省文物考古研究所、巢湖市文物管理所：《巢湖汉墓》，文物出版社，2007 年，第 88 页。

② 扬州市文物考古研究所：《广陵遗珍：扬州出土文物选粹》，江苏凤凰美术出版社，2018 年，第 50 页。

江苏仪征新集镇国庆村螃蟹地 7 号汉墓，棺内出土一件玳瑁环，直径 5.6 厘米、好径 1.8 厘米[①]。此环利用玳瑁的天然纹理做成装饰品，小而轻薄，琢磨精细（图九）。

图八　玳瑁饰件

（图片采自《广陵遗珍：扬州出土文物选粹》第 50 页）

图九　玳瑁环

（图片采自《仪征出土文物集粹》第 94 页，图 85）

玳瑁质轻、韧性好，是珍贵的工艺品原料。西汉晚期是古代微雕饰品的繁盛时期，各种代表祥瑞及神仙思想的动物、器物微雕作品十分引人注目。扬州邗江西湖胡场 14 号汉墓的一套串饰，出土于女性墓主人的胸部。串饰是由 28 件金、玉、玛瑙、琥珀、玳瑁等贵重材料制成珠、管、胜、坠、壶、辟邪、戟、鸡、鸭等各种形状的小饰品连缀而成。其中，鸡、鸭则利用玳瑁的天然质地纹路表现禽类的羽毛，高度在 0.5—1 厘米之间（图十），可谓巧夺天工[②]。这类富有艺术气息的微雕一般作为贵族女性的项饰。

---

① 仪征市博物馆：《仪征新集螃蟹地七号汉墓发掘简报》，《东南文化》2009 年第 4 期。

② 扬州博物馆、天长市博物馆：《汉广陵国玉器》，文物出版社，2003 年，第 136 页。

图十　玳瑁鸡、鸭

（图片采自《汉广陵国玉器》第136页，图114）

（四）饮食器

汉代是我国古代漆器发展的黄金时期，漆器价格昂贵，珍稀的玳瑁与漆艺结合的器物尤为罕见，弥足珍贵。汉代漆器中有很大一部分为饮食器具。就器形而言，汉代玳瑁饮食器具主要为卮和耳杯，卮以大片玳瑁贴饰于器腹，耳杯是以整块玳瑁为胎。玳瑁饮食器相对于前述梳妆用具和装饰品来说，所需玳瑁用料较多，这类饮食器出土数量极少，目前主要见于今扬州地区。

1. 玳瑁卮

马王堆二号汉墓中出土的铜釦玳瑁卮（图十一），盖及腹壁采用玳瑁，底为木胎。盖、身的口和底的边皆用铜条釦包。纽扳、足为铜件铆入。盖顶平，纽作S形，直壁，平底，矮蹄足。通体黑色，底髹黑漆。口径8.4厘米、通高 13.6 厘米。[①] 西汉早期，素面卮数量较少，一般以彩绘工艺装饰盖与壁，轪侯墓出土的这件玳瑁卮显然以玳瑁斑代替了彩绘工艺。

图十一　铜釦玳瑁卮

（图片采自《长沙马王堆汉墓陈列》第 160 页）

2010 年，扬州西湖镇中心村高南组西汉墓出土一件玳瑁漆木卮（图十二），木胎，圆筒状，平底，下附三矮蹄足。上下木胎系卷制而成，再用薄木片支撑连接，形成两处留白嵌玳瑁。卮内部髹红漆，外髹褐漆。原应有单环形耳。口径 10 厘米、底径 10.8 厘米、高 9 厘米[②]。无独有偶，1996 年扬州市邗江西湖胡场 14 号西汉晚期墓出土一件针刻云气纹贴饰漆卮，木胎，圆唇口，耳脱落，圆筒状，平底，下置三蹄形足，上置盖。内满髹朱漆，素面无纹。外壁上下口沿处髹黑器，腹部无髹饰，露胎，盖顶针刻连续云气纹，盖侧面饰有针刻连续菱形纹。通高 10.6 厘米、盖径 12 厘米、口径 11.2 厘米（图十三）。图录编写者认为露胎处原应饰有金箔漆画或银箔漆画[③]。汉代出土金银贴花漆器确实常见局部金箔、银箔剥落的现象，但一般剥落都不均匀。对照西湖镇中心村高南组汉墓出土的玳瑁漆卮，胡场 14 号墓这件漆卮的长方形露胎部位，显得极为规整，疑为玳瑁类饰物脱落之后留下的痕迹，当时的粘结材料可能就是大漆。

---

① 湖南省博物馆、湖南省文物考古研究所：《长沙马王堆二、三号汉墓》，文物出版社，2004 年，第 21 页。

② 扬州市文物考古研究所：《广陵遗珍：扬州出土文物选粹》，江苏凤凰美术出版社，2018 年，第 86 页。

③ 扬州博物馆：《汉广陵国漆器》，文物出版社，2004 年，第 107 页。

图十二　玳瑁漆卮

（图片采自《广陵遗珍：扬州出土文物选粹》第86页）

图十三　针刻云气纹贴饰漆卮

（图片采自《汉广陵国漆器》第107页）

2. 玳瑁耳杯

玳瑁耳杯仅在分封于扬州地区的西汉诸侯王室墓葬中出土两件。江苏盱眙大云山江都王陵1号墓出土一件玳瑁银釦耳杯（图十四），口径长10.5厘米、连耳宽7.6厘米、底径长5.6厘米、宽2.6厘米、通高2.3厘米①。此件玳瑁银釦耳杯出自大云山1号墓的回廊中，与众多漆器饮具放置在一起，由整片玳瑁制成。两耳镶银釦，与墓主诸侯王的身份相符②。釦器法是汉代漆器常见的装饰方法之一，此件玳瑁银釦耳杯很可能出自漆工之手。1985年，江苏仪征烟袋山汉墓出土的一件“皮胎”耳杯，保存较差，仅存胎骨，用一块整皮制成，长8.2厘米、宽8厘米、高

图十四　玳瑁银釦耳杯

（图片采自《法老·王》第253页）

① 南京博物院：《法老·王》，译林出版社，2016年，第253页。

② 刘芳芳：《釦器考略》，《东南文化》2017年第2期。

2 厘米。可看出云状斑块[①]。烟袋山汉墓为西汉中期的夫妇合葬墓，据墓葬规模及出土文物，墓主当与江都国或广陵国皇族有关。战国秦汉时期，漆器胎骨确有少量的皮胎[②]，但一般会裱上织物并上漆，从而得到具有一定硬度的胎骨，如此一来，皮胎表面就不会呈现出玳瑁斑似的"云状斑块"。笔者认为烟袋山汉墓出土的这件"皮胎耳杯"应该是玳瑁耳杯。可能受西汉中期玳瑁热压定型技术水平所限，这两件玳瑁耳杯与通常的漆耳杯相比，腹部皆明显偏浅。

二、玳瑁来源

就目前考古发掘资料看，玳瑁器在西汉中期以前主要出土于诸侯王及列侯墓葬中，如湖南长沙望城坡古坃坟西汉早期王室墓、江都王刘非墓、马王堆轪侯墓等等。西汉中期以后，玳瑁器的数量呈现上升的趋势，墓主身份除了地方官员还有一些豪富，仍然不是普通民众所能享用。就分布范围来看，西汉中期以后的玳瑁器主要出土于今扬州地区以及山东沿海城市。

汉代玳瑁来源，一是内供，二是外部输入。今天扬州乃汉代的江都，亦称广陵。据《史记·货殖列传》记载，早在汉初，扬州就天下闻名，"东有海盐之饶"，经济发达，物产丰富，"江南出枏、梓、姜、桂、金、锡、连、丹沙、犀、玳瑁、珠玑、齿革"。[③] 山东因临海，具有得天独厚的地理优势，玳瑁资源较多。秦汉时期，滨海地区为商业比较活跃的经济

---

① 南京博物院：《江苏仪征烟袋山汉墓》，《考古学报》1987 年第 4 期。

② 刘芳芳：《战国秦汉漆奁胎骨刍议——兼谈漆器胎骨的演变》，《中国生漆》2013 年第 3 期。

③ 《史记·货殖列传》，中华书局，1959 年，第 3253—3254 页。

区，形成了以海道为主干的交通体系①。

南海产玳瑁，“瑇瑁形似龟，出南海巨延州”②。元鼎六年（前111年），武帝灭南越，在南越设九郡，其中交趾、九真和日南三郡都在今天越南的中、北部，珠崖和儋耳二郡在今海南岛③。从此，南海玳瑁更加方便输入中土。贾捐之谏言反对汉元帝出兵海南岛的时候，就提到“又非独珠厓有珠犀玳瑁也，弃之不足惜，不击不损威”④。说明元帝时，南海并非中央王朝所需玳瑁的唯一产地。

在中国庞大的消费市场的驱动之下，邻近国家和地区也受到影响，借助朝贡和贸易等方式，玳瑁流入中国。自张骞出使西域后，丝路畅通，后又有海上丝绸之路，中外贸易兴起，商旅往来不绝，文化交流频繁，各种异域奇珍异宝陆续输入中土。江苏大云山江都王陵出土的大量域外文物，如鎏金铜犀牛及驯犀俑、鎏金铜象及训象俑、错银编磬铜虡兽座、动物纹金带板、银盒等，说明海上丝绸之路早在西汉前期就已经影响到长江三角洲一带⑤。东汉桓帝延熹九年（165），“大秦王安敦遣使自日南徼外献象牙、犀角、瑇瑁，始乃一通焉”⑥。日南在今越南南部一带，当时属于汉朝，大秦始与汉王朝直接通使，并输入玳瑁等海珍。

玳瑁因获取不易，自然价格不菲，属于稀缺资源。在史书中，玳

---

① 王子今：《秦汉交通史稿》（增订版），中国人民大学出版社，2012年，第299页。

② 《后汉书·贾琮传》，中华书局，1965年，第1112页。

③ 葛剑雄：《中国历代疆域的变迁》（增订版），商务印书馆，1997年，第49页。

④ 《汉书·严朱吾丘主父徐严终王贾传》，中华书局，1962年，第2834页。

⑤ 刘庆柱：《关于江苏盱眙大云山汉墓考古研究的几个问题》，《东南文化》2013年第1期。

⑥ 《后汉书·西域传》，中华书局，1965年，第2920页。

瑁与象牙、珠玉、犀角、珠玉等一起成为富贵奢华生活的象征。武帝时期社会奢侈之风盛行，东方朔说“宫人簪瑇瑁，垂珠玑”[①]。武帝宠臣韩嫣甚至“以玳瑁为床”[②]。中央政府若要提倡节俭，抑制奢靡之风，也必然会限制玳瑁类奢侈品的使用。西汉文帝时期“后宫贱玳瑁而疏珠玑，却翡翠之饰，除雕瑑之巧”[③]。东汉和帝邓皇后下旨“御府、尚方、织室锦绣、冰纨、绮縠、金银、珠玉、犀象、玳瑁、雕镂玩弄之物，皆绝不作”[④]。

唐代，玳瑁一般从海上输入，史书上多有记载，如“外蕃岁以珠、瑇瑁、香、文犀浮海至”[⑤]。世人皆知唐代髹漆最杰出的代表是嵌螺钿与金银平脱工艺，其实唐代玳瑁加工工艺也极其发达。日本正仓院收藏的螺钿紫檀五弦琵琶、螺钿紫檀阮咸以及玳瑁螺钿八角箱，展示了唐代漆器中玳瑁装饰技法有玳瑁嵌螺钿法与衬色法。玳瑁嵌螺钿法是在玳瑁上嵌入贝片的技法，这是唐代独有的工艺。衬色法是一种在玳瑁、薄螺钿等具有一定透明度的材料的内面蘸涂颜料或描画纹样，使其正面呈现出花纹的技法。这种技法可以改善装饰材料原来的纹理或颜色。正仓院藏玳瑁螺钿八角箱器表以玳瑁为地，在整体敷贴玳瑁之前，在其背面加涂石黄料，于是在它正面浅深不同的透明色中，闪烁出焦茶色的斑纹变化，显现光影色泽之美[⑥]。螺钿紫檀五弦琵琶很多

---

① 《汉书・东方朔传》，中华书局，1962 年，第 2858 页。

② (汉)刘歆等撰，王根林校点：《西京杂记(外五种)》，上海古籍出版社，2012 年，第 44 页。

③ 《汉书・扬雄传》，中华书局，1962 年，第 3560 页。

④ 《后汉书・皇后纪》，中华书局，1965 年，第 422 页。

⑤ 《新唐书・徐申传》，中华书局，1975 年，第 4695 页。

⑥ 吕静：《寻箱问箧：正仓院里的唐制漆盒》，《美成在久》2020 年第 4 期。

部位都运用了玳瑁,覆手处是用整块有厚度的玳瑁制作而成[①]。玳瑁除了用于装饰,唐代还曾用于仿制钱币,西安法门寺地宫中出土 13 枚玳瑁开元通宝[②]。宋元明清时期,各类玳瑁制品的使用更为广泛,无需赘言。

三、玳瑁工艺对犀皮漆器的影响

汉代髹漆工艺连续发展达四百年之久,漆器是汉代最富代表性的器物,种类繁多,价格昂贵。后世各类漆器装饰工艺,在汉代基本都已出现。汉代漆器重视装饰,出现大量用多种材料装饰的华美漆器。除了金、银、铜等金属,玳瑁、琥珀、珍珠、绿松石、玛瑙等宝石也会被用于装饰高档漆器。

金属材料用于装饰漆器,除金属具有优美的光泽之外,更重要的是金属还具有加固器物的作用,如汉代流行的釦器,器口、底、身的金属釦带能使器物既坚固又美观。琥珀、珍珠、玛瑙或绿松石这类装饰材料在出土的汉代漆器上一般都是散点状分布,鲜见大面积、整块使用这类材料装饰的漆器。工匠使用此类宝石装饰漆器,除原料贵重外,主要是因为其颜色美丽,各种不同颜色的宝石散点状搭配使用,可达到异常华美的装饰效果,在汉代漆器尤其在漆奁上并不少见。这种装饰技法后世称为“百宝嵌”。

作为一种天然有机宝石,玳瑁不同于以上任何一种装饰材料,虽

---

① 张爱莉:《日本正仓院藏唐代螺钿紫檀五弦琵琶的髹饰工艺》,《中原文物》2019 年第 1 期。

② 陕西省考古研究院、法门寺博物馆、宝鸡市文物局、扶风县博物馆:《法门寺考古发掘报告》,文物出版社,2007 年,第 252 页。

然它的颜色亮度并不高，但因纹理漂亮独特，汉代常被用来制成梳妆用具或装饰品，鲜少在玳瑁器表再刻绘纹样，如扬州出土的玳瑁鸡、鸭等微雕作品，充分利用玳瑁的天然纹理来表现禽类的羽毛。漆工用玳瑁装饰饮食用器时，一般把玳瑁镶嵌于器物的最显眼处即腹部，以玳瑁的天然纹理代替彩绘，如前文列举的卮、耳杯等器物，皆选用相对较大的切片饰于器腹，较大的镶嵌面可以更好地凸显玳瑁的纹理。

玳瑁韧性极好，加热后变软变暗，具热塑性，切割后可作为器物的装饰配件。汉代漆器器表以黑色为主，玳瑁与黑漆相结合，深沉的底漆可以很好地烘托出玳瑁的纹样，两者搭配起来极其和谐。西汉诸侯王、列侯墓出土的高档漆器中有使用玳瑁进行装饰的情况。北京大葆台广阳顷王刘建墓出土两件玳瑁饰件。一件(293)墨绘飞凤，长 14 厘米、宽 2 厘米。另一件(294)墨绘两只在云端飞翔的小鸟，一只翻身朝上飞翔(图十五)。长 11.6 厘米、宽 1.4 厘米[①]。均为长条扁片，可能在漆器腐烂之后，脱落下来。两件饰件巧妙地运用了玳瑁云雾般的纹样，墨绘的凤鸟如同飞翔在云雾之中，生动形象。动物云气纹在汉代极其盛行，在漆器中常见。盱眙大云山江都王陵一号墓出土的七子奁，除了镶银釦、嵌绿松石、彩绘之外，母奁和子奁的盖顶与盖壁皆填嵌镂空透雕嵌金箔角质饰片，纹饰主体为动物云气纹[②]。此外，乐浪王

① 大葆台汉墓发掘组:《北京大葆台汉墓》，文物出版社，1989 年，第 60—61 页。
② 南京博物院、盱眙县文广新局:《江苏盱眙县大云山西汉江都王陵一号墓》，《考古》2013 年第 10 期。

盱墓发现的玳瑁小匣以玳瑁片镶嵌在漆器上[①],运用玳瑁的自然斑纹,达到特殊的装饰效果。

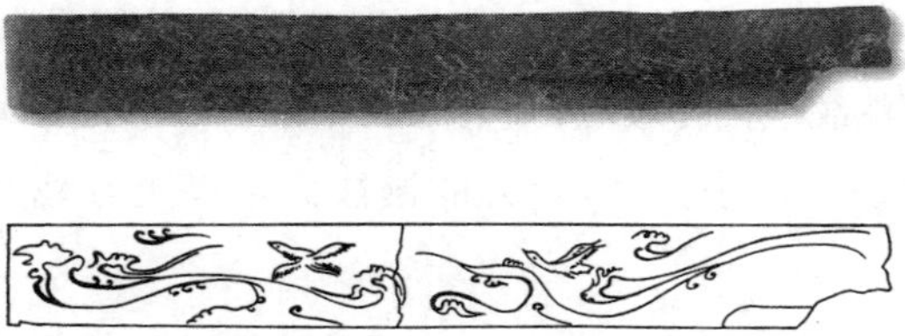

图十五　玳瑁饰件

(图片采自《《大葆台汉墓文物》第 73 页)

作为漆器的一个重要品类,仿生漆器在汉代依然拥有一席之地。山东莱西县岱墅西汉木椁墓 M2 出土一件仿玳瑁形漆盒。通长 17.5 厘米、高 12 厘米。木胎,内髹红漆,甲部满饰黑、红、黄三色花纹,腹下两侧绘四足,头和上颌及背部作为上盖,下颌连在腹部作为盒身。在上下颌中凿长 4 厘米、宽 2 厘米的浅槽,当中嵌有长 3.5 厘米、宽 2 厘米、厚 0.6 厘米的小木栓,下端固定在下颌上,上端钻一直径 0.5 厘米的小孔。上颌内横一小圆柱,插入小孔。使用时合上上下颌,盖便张开。底、盖以子母口扣合[②]。此仿玳瑁漆盒,不仅造型仿制得惟妙惟肖,连纹样也进行仿制,漆绘所用的黑、红、黄三色也是玳瑁斑的常见颜色。

---

① [日]原田淑人、田泽金吾:《樂浪——五官掾王盱の墳墓》,刀江书院,1930 年,第 57 页。

② 烟台地区文物管理组、莱西县文化馆:《山东莱西县岱墅西汉木椁墓》,《文物》1980 年第 12 期。

一件制作考究的漆器在汉代价格不菲。“一文杯得铜杯十”[①]，一个装饰精美、质量上乘的漆杯，其价值相当于十个铜杯。在丰厚利润的驱动下，漆工自然会迎合富贵阶层对奢侈品的需求，努力钻研技艺，从使用昂贵的玳瑁作为漆器的装饰材料，到逐渐能够在光滑的漆层上仿制出玳瑁的纹样，笔者认为存在这种可能性，即汉代人们对玳瑁的推崇，可能直接催生了犀皮漆工艺的萌芽。

“犀皮”是我国古代一种漆器装饰工艺。在文献中，前人对犀皮漆器的记载，莫衷一是，众说纷纭，王世襄先生曾对各家观点进行罗列与分析，认为漆工黄成与杨明的观点较为正确[②]，在此不再赘述。“犀皮”在《髹饰录》“镶嵌第七”章中表述如下：“犀皮，或当作西皮，或犀毗。文有片云、圆花、松鳞诸斑，近有红面者，以光滑为美。”该条目下杨明注：“摩窳诸般，黑面红中黄底为原法。红面者黑为中，黄为底。黄面赤，黑互为中、为底。”[③]可见“犀皮”是一类表面用黑、红、黄三色分层髹涂，底、中、面的颜色顺序并不固定，然后通过打磨露出内层色漆，形成表面颜色相叠、花纹美观的光滑漆器。据袁荃猷先生考证，犀皮漆器的基本做法是先在漆器胎骨上用稠漆堆起高低不平的地子，在地子上刷不同色漆若干道，最后磨平，露出颜色不同的漆层。其纹样的不同，如片云、圆花、松鳞等，取决于地子高低形态的不同。[④]

目前发现的年代最早的两例犀皮漆器皆为三国东吴时期的制品。

---

① (汉)桓宽撰，王利器校注：《盐铁论校注》，中华书局，1992年，第351页。

② 王世襄：《对犀皮漆器的再认识》，《文物》1986年第3期。

③ (明)黄成著，(明)杨明注，王世襄编：《髹饰录·坤集》，“犀皮”条，日本蒹葭堂藏本，朱氏丁卯年刊本合印本，中国人民大学出版社，2004年，第143页。

④ 袁荃猷：《谈犀皮漆器》，《文物参考资料》1957年第7期。

一例是三国朱然墓出土的一对犀皮黄口耳杯，皮胎，平底，月牙形耳，耳及口沿镶鎏金铜釦。表面光滑，花纹自由流畅，如行云流水，匀称而富有变化，保存完好，证明耐腐蚀性强。标本80长径9.6厘米、短径5.6厘米、高2.4厘米[①]。这对犀皮耳杯比现知最早的有关文献记载早六百年[②]。采用动物皮胎，器内髹黑漆，花纹并不太显著，倘若反扣器身，为黑面、红中、黄底片云斑犀皮，外形与一只匍匐的小玳瑁龟极其相似（图十六）。2011年，南京江宁下坊孙吴墓2号棺出土一件犀皮漆耳杯和一件犀皮梳形器，是继朱然墓之后的又一次重要发现。这两件木胎犀皮漆器的花纹由黑、黄二种不同颜色的漆层构成，层层相压，

图十六　犀皮鎏金铜釦漆耳杯

（图片采自《中国漆器全集·第2卷 战国—秦》第19页）

---

① 安徽省文物考古研究所等：《安徽马鞍山东吴朱然墓发掘简报》，《文物》1986年第3期。

② 王世襄：《对犀皮漆器的再认识》，《文物》1986年第3期。

一层叠着一层，纹饰精美异常，回转如旋涡，富于变化，天然流动，可见制作工艺已相当成熟①。

出土的几件三国东吴的犀皮漆器，胎骨既有皮胎，也有木胎，工匠能够自如地利用不同质地胎骨来制造犀皮器。花纹的颜色由黑色、黄色、红色重叠而成，器表呈现出漫无定律、天然流动的纹样。笔者认为其构图应有所本。前文所述，用玳瑁镶嵌于漆器器表，用料较大才能凸显玳瑁的纹理。然而，玳瑁过于珍稀，难以大量生产玳瑁漆器。因为喜爱，故而模仿，工匠就在生产中不断摸索，用玳瑁常见的颜色交替多层髹漆，在漆层上模仿出玳瑁的纹理。于是，慢慢形成了一种新的漆器品种，后世称为"犀皮"。犀皮漆器在髹漆的时候，须遵循一定的规律，对操作技术有很高的要求，比如打埝、反复刷不同色漆、磨平抛光等多道工序，故费工费时。笔者猜测在三国犀皮工艺成熟之前，一定还有一个较长的发展过程，大概在东汉时期，犀皮工艺可能已经比较成熟。

四、结　语

玳瑁纹样美观，质地莹润，寓意长寿，故而玳瑁很早就成为人类所喜爱的贵重装饰材料。玳瑁器在汉墓中出土极少，可分为丧葬礼器、梳妆用具、装饰品、饮食器等四大类。有些玳瑁器被发掘者误认为是竹器或角器。汉代玳瑁材料的来源是内供兼外输。汉代漆器工艺高度发达，玳瑁在汉代即成为漆器的一种昂贵的装饰材料。唐代玳瑁与

① 李澜、杨霖、闵敏：《江宁下坊孙吴墓出土犀皮漆器的保护》，《江汉考古》2019年S1期。

髹漆业的结合又达到了一个新的高度。据文献记载，唐代有犀皮工艺，然而目前未见确为唐代的犀皮漆器。北宋的汴京有多个店铺售卖犀皮漆器，犀皮工艺在北宋成为漆器的一个常见工艺。犀皮工艺到底起于何时，如何产生了犀皮工艺，一直是漆艺界争论的话题。通过分析出土三国时期的犀皮漆器，笔者认为犀皮工艺可能在东汉时期已经成熟，其起源受到玳瑁器的启发，纹样模仿了玳瑁斑纹。

本文原载《东南文化》2021年第2期

西汉长安城市场研究

钱彦惠

（宁波大学人文与传媒学院）

西汉是都城规划发展的重要时期，城址在设计时开始有意地把东周以来诸国都城中不甚固定的市场纳入城市规划中。新的考古发现为我们了解这一时期市场布局情况提供了可靠的依据，通过对相关文献资料的考辨研究，有助于更好地认识西汉时期的都城布局。

汉长安城有计划的考古工作始于1956年，初期通过对遗址的勘探与发掘，揭示了汉长安城的布局，并对重要的城门、宫殿、武库、官署、宗庙、社稷、辟雍、作坊等遗址进行了发掘（图一）；[①]1987—1988年，考古工作者勘探了长乐宫、东市与西市。[②] 20世纪90年代前半叶，勘探发掘了汉长安城的陶俑窑、砖瓦窑和冶铸、铸币等遗址。[③] 经

---

① 中国社会科学院考古研究所编著：《中国考古学·秦汉卷》，中国社会科学出版社，2010年，第176—177页。

② 刘庆柱：《汉长安城》，《中国考古学年鉴（1986）》，文物出版社，1988年；《西安市汉长安城东市和西市遗址》，《中国考古学年鉴（1987）》，文物出版社，1988年。

③ 中国社会科学院考古研究所汉城工作队：《汉长安城窑址发掘报告》，《考古学报》1994年第1期；《汉长安城23—27号窑址发掘简报》，《考古》1994年第11期；中国社会科学院考古研究所汉城工作队：《1992年汉长安城冶铸遗址发掘简报》，《考古》1995年第9期；中国社会科学院考古研究所汉城工作队：《1996年汉长安城冶铸遗（转下页）

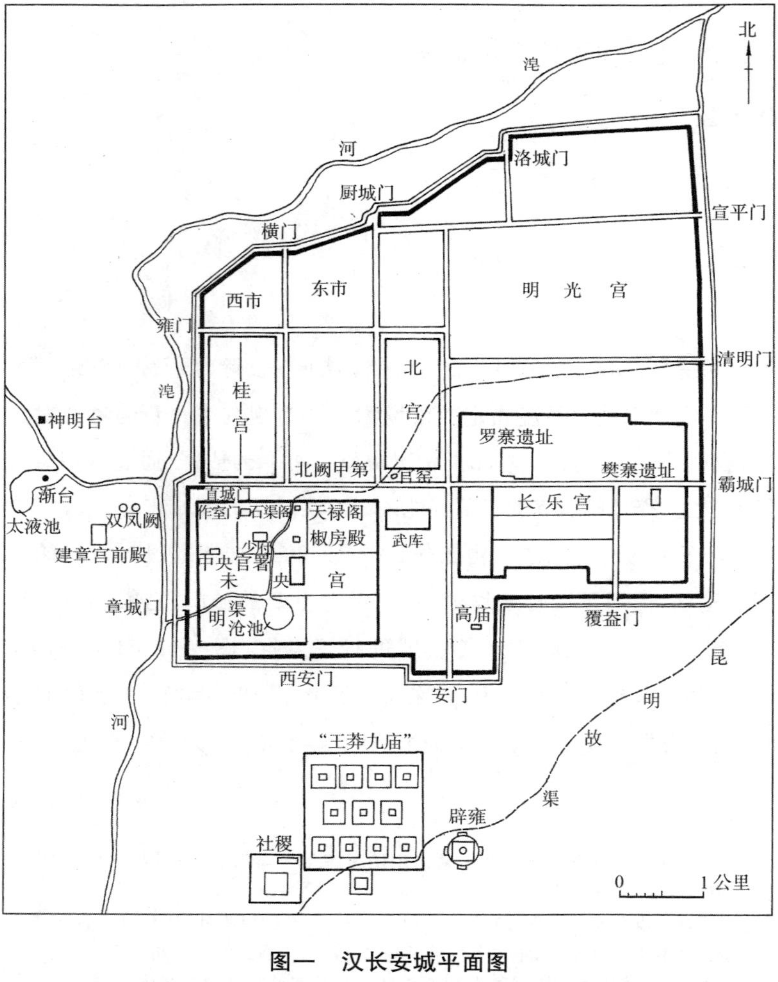

图一　汉长安城平面图

（据《汉长安城综论——纪念汉长安城遗址考古六十年》改绘）

过六十多年的工作，学界已基本搞清了汉长安城的平面形态，对手工业作坊区、居民里坊区和市场也展开了不少工作。随着考古工作的深入，对西汉长安城市场布局的情况进行了详细论述。① 本文拟在前辈学者研究的基础上，结合相关文献，对西汉长安城城内及其附近的市场分布及遗迹保存情况进行探索。

一、汉长安城内的市场

汉长安城的市场多见于史书记载，如有“四市”“九市”“大市”“长安市”“东市”“西市”“柳市”“直市”“交门市”“孝里市”“交道亭市”“槐市”等，其中长安城内的市场有以下几个：

（一）四市

《汉书·刘屈氂传》：

> 太子引兵去，驱四市人凡数万众，至长乐西阙下，逢丞相军，合战五日，死者数万人，血流入沟中。丞相附兵浸多，太子军败，

（接上页）址发掘简报》，《考古》1997年第7期；中国社会科学院考古研究所汉城工作队：《汉长安城北宫的勘探及其南面砖瓦窑的发掘》，《考古》1996年第10期；李毓芳：《汉长安城烘范窑和铸币遗址》，《中国考古学年鉴(1993)》，文物出版社，1995年

① 杨宽：《西汉长安城布局结构的探讨》，《文博》1984年第1期；杨宽：《西汉长安布局结构的再探讨》，《考古》1989年第4期；孟凡人：《汉长安城形制布局中的几个问题》，《汉唐与边疆考古研究》(一)，科学出版社，1994年；赖琼：《汉长安城的市场布局与管理》，《陕西师范大学学报(哲学社会科学版)》2004年第1期；王学理：《从秦咸阳到汉长安的城制重叠》(上、下)，《文博》2010年第5、6期；刘庆柱、李毓芳：《汉长安城的宫城和市里布局形制述论》，《汉长安城遗址研究》，科学出版社，2006年；刘庆柱、李毓芳：《汉代长安市场探讨》，《汉代城市和聚落考古与汉文化》，科学出版社，2012年；刘振东：《汉长安城综论——纪念汉长安城遗址考古六十年》，《考古》2017年第1期。

南奔覆盎城门,得出。[1]

《汉书·百官公卿表》:

右内史武帝太初元年更名京兆尹,属官有长安市、厨两令丞,又都水、铁官两长丞。左内史更名左冯翊,属官有廪牺令丞尉。又左都水、铁官、云垒、长安四市四长丞皆属焉。[2]

王先谦认为,“四市”之“四”属于泛称[3]。陈直以汉长安城出土的东、西、南、北四市封泥为证据,指出四市是存在的[4]。严耕望认为《汉书·百官公卿表》中“长安四市”的“四”属于衍字,并指出“若冯翊领长安四市,则并都水、铁官、云垒为七长丞,是不合”[5]。刘运勇指出,《汉书·百官公卿表》中的四市,应为长安城中建设最早的市,其在筑城之初位置已选定。东市、西市应包括在四市中,“四市”应指长安东、西、南、北四市[6]。张继海指出,“如果严先生的看法正确,那么《刘屈氂传》中的‘四市’仍不可得确解”[7]。刘庆柱则以汉长安城出土的“东、西、南、北四市”封泥的真伪不确为由,倾向于严耕望的观点。他还进一步

① 《汉书·刘屈氂传》,中华书局,1962年,第2881页。
② 《汉书·百官公卿表(上)》,第736页。
③ (清)王先谦:《汉书补注》卷六十六载“四市人犹言诸市人耳”,中华书局,1983年。
④ 陈直:《汉书新证》,天津人民出版社,1979年。
⑤ 严耕望:《正史脱讹小记》,载其著《严耕望史学论文选集》,联经出版事业公司,1991年。
⑥ 刘运勇:《再论西汉长安布局及形成原因》,《考古》1992年第7期。
⑦ 张继海:《汉代城市社会》,社会文献出版社,2006年,第261页。

指出,《汉书·刘屈氂传》中“太子引兵去,驱四市人”的“四”或为“肆”,“肆市”可能是“市肆”。[①]

笔者认为,据《汉书·百官公卿表》可知,左都水、铁官、云垒和长安的下属官员中可能都有市长、市丞的设置,这类市具有官市的性质,设置地点在左冯翊辖区内。而《汉书·刘屈氂传》中“四市”的“四”当为数量词。据载,太子“为江充所谮,杀充,发兵入丞相府”。武帝下令“坚闭城门,毋令反者得出”。卫太子乃“召监北军使者任安发北军兵,安受节已,闭军门不肯应太子”。于是,卫太子发市人数万众,“至长乐西阙下”。[②] 在紧急情况下,卫太子不可能召集到所有市的市人参与作乱,所以这里的“四”当为数量词。这里的“四市”应位于汉长安城中,具体为哪四市尚需进一步考订。

（二）九市

《三辅黄图》卷二《长安九市》引《庙记》:

> 长安市有九,各方二百六十六步。六市在道西,三市在道东。凡四里为一市。致九州之人在突门。夹横桥大道,市楼皆重屋。……旗亭楼,在杜门大道南。[③]

又引张衡《西京赋》:

---

① 刘庆柱、李毓芳:《汉代长安市场探讨》,载中国社会科学院考古研究所、河南省文物考古研究所编:《汉代城市和聚落考古与汉文化》,科学出版社,2012年。

② 《汉书·刘屈氂传》,第2880、2881页。

③ 何清谷:《三辅黄图校释》卷二《长安九市》,中华书局,2005年,第93页。

郭开九市，通阛带阓，旗亭五重，俯察百隧。①

《后汉书·班固传》引《西都赋》云："内则街衢洞达，闾阎且千，九市开场，货别隧分，人不得顾，车不得旋。阗城溢郭，傍流百廛。"李贤注引《汉宫阁疏》云："长安九市，其六在道西，三在道东。"②其说与《黄图》引文相合。陈直注曰，《太平寰宇记》卷二十五引《庙记》文字略同。《文选》卷一《两都赋》李善注引《汉宫阙疏》："长安立九市，其六市在道西，三市在道东。"《太平御览》卷一百九十一引《宫阙记》亦同。《长安志》作"六市在道东，三市在道西"，应为误文。③

对于长安"九市"后世学人有三种不同的注解。一是认为长安城内的九个市场。如王仲殊肯定了长安城内有九个市的说法，指出三市在街道之东，为东市；六市在街道之西，为西市。九市在城的北部。"④二是认为长安城内及附近共有九个市场。如宋敏求《长安志》卷五"街陌里第"中列举有四市、柳市、东市、西市、直市、交门市、孝里市、交道亭市。刘运勇指出，东市、西市包含在长安四市之中，四市再加其他几市共构成了九市。⑤ 陈直也指出，汉长安城有九市，现可考的有柳市、东市、西市、直市、交门市、孝里市、交道亭市等七市。此外，根据汉城曾出土"高市"陶瓶知，应还有高市。⑥ 三是认为"九市"中的"九"为约数，表示市场很多。持这一观点的学者有刘庆柱。其据汪中《述学·

---

① 何清谷：《三辅黄图校释》卷二《长安九市》，中华书局，2005 年，第 93 页。
② 《后汉书·班彪传》，中华书局，1965 年，第 1336、1337 页。
③ 陈直：《三辅黄图校证》，陕西人民出版社，1980 年，第 29 页。
④ 王仲殊：《汉代考古学概说》，中华书局，1984 年，第 8 页。
⑤ 刘运勇：《再论西汉长安布局及形成原因》，《考古》1992 年第 7 期。
⑥ 陈直：《三辅黄图校证》，陕西人民出版社，1980 年，第 31 页。

释三九》言，“凡一二之所不能尽者，则约之以三，以见其多；三之所不能尽者，则约之以九，以见其多”。他还进一步指出“长安九市”与西市有“六市”加东市有“三市”共“九市”有关，或东市为“三市”、西市为“六市”，再到“长安九市”，这种“三六九”模式事实上都应为约数。《长安志》和陈直所列的“九市”与魏晋时代文献中所记的“九市”不同，后者的“九市”应是汉长安城中一条道路两侧分布的九个市场，而前者所说九市既有分布在汉长安城内的东市、西市、孝里市等，又有分布在长安城外的柳市、直市、交道亭市、交门市等。① 笔者认为刘说甚确，即“九市”应表示汉长安城内市有多个。古人多以九言多，如《汉书·东方朔传》载“夫殷作九市之宫而诸侯畔”，颜师古注引应劭曰“纣于宫中设九市”。② 这里的“九”也应为约数。

了解了“九市”是对汉长安城内市场数量多的泛称后，以往根据《三辅黄图》引《庙记》“长安市有九，各方二百六十六步。六市在道西，三市在道东。凡四里一市”一语，推算汉长安城“市”面积的研究便没有实际意义了。但按“六市在道西，三市在道东”的说法，长安城的主要市场应分布在某条大道的两侧。具体是哪条“道”，前辈学者已有讨论。刘运勇认为，可能是指安门以北的大街。因为安门大街是汉长安城的南北中轴线，正好把整个汉城分成东、西两部分。文献中的“道西”“道东”可能是划分九市东、西位置的一条分界线。这样，安门大街作为分界线就最为恰当。在汉代，长乐宫称“东宫”，未央宫称“西宫”，

---

① 刘庆柱、李毓芳：《汉代长安市场探讨》，载《汉代城市和聚落考古与汉文化》，科学出版社，2012 年。

② 《汉书·东方朔传》，第 2851 页。

而东、西划分即以此街为标准。[①] 孟凡人指出，汉长安城内大路称“街”，城外大路称“道”。由于《三辅黄图》已有横门大道和杜门大道附近有市的记载，故“道西”“道东”的“道”不会是两者中的任何一条，而应是安门大街及其南北延长线上的大道。[②] 杨宽认为可能是洛城门大道，道西面积较大，可容六个市，而道东面积较小，可容三个市。洛城门大道是指洛城门的城外大道。东西两市都在北郭，以洛城门外的杜门大道为界（见图二）。[③] 但是，上述说法多与已发现的考古遗迹现象不符。王仲殊引《三辅旧事》中九市在突门（雍门）附近、横桥大道（应即横门大街）两侧的记载，推测长安城的市场主要分布在城的西北部。[④] 这种说法与已发现的考古遗存吻合，笔者赞同此说。

（三）大市

《史记·汉兴以来将相名臣年表》载，汉高祖“六年立大市”。[⑤] “大市”是哪个市，学界众说纷纭。五井直弘推测，史书记载中东市多为行刑之所，应是以庶民为对象的市，西市又被称为大市，可能是销售官营作坊产品的市。[⑥] 杨宽指出，在长安城墙完工以后，惠帝时在北郭兴建

---

① 刘运勇：《再论西汉长安布局及形成原因》，《考古》1992 年第 7 期。

② 孟凡人：《汉长安城形制布局中的几个问题》，载于中国社会科学院考古研究所《汉唐与边疆考古研究》编委会：《汉唐与边疆考古研究（第一辑）》，科学出版社，1994 年。

③ 杨宽：《西汉长安布局结构的探讨》，《文博》1984 年第 1 期。杨宽：《中国古代都城制度史研究》，上海人民出版社，2003 年。

④ 王仲殊：《汉代考古学概说》，中华书局，1984 年，第 8 页。

⑤ 《史记·汉兴以来将相名臣年表》，第 1120 页。

⑥ ［日］五井直弘著，姜镇庆、李德龙译：《中国古代史论稿》，北京大学出版社，2001 年，第 156 页。

了大市。他依据“六市在道西，三市在道东”记载，主张西市为大市。[①] 刘庆柱认为，刘邦立“大市”的举措是针对全国颁行的，全国其他城市中也有“大市”之设。他还根据东、西两市修建时间上的早晚推断，后来的东市应为高祖时的“大市”。惠帝建西市时，其东已有了高祖所立的“大市”，否则“西市”之“西”便无从谈起。自“大市”之西“起长安西市”之时，“大市”即改名为“东市”。[②] 就目前资料看，尚未发现地方城中的市有称“大市”的情况，所以刘文所讲立大市是针对全国举措的观点尚难确定。但其就长安城中的“大市”为东市的说法，笔者表示赞同。“大市”不是西汉长安城的初设，这一点从战国齐都临淄附近发现的“大市”铭刻资料即已得到证明。相关考古成果表明，西市是手工业作坊的集中区，而东市则主要是商品销售区，其面积比西市大。[③]

（四）长安市

《汉书》中还有“长安市”的记载。文献记载中的“长安市”不仅是商品交易场所，还是行刑之所。如《汉书・赵广汉传》载，“初，广汉客私酤酒长安市，丞相吏逐去”[④]；《汉书・天文志》载，孝文后六年“诛反者周殷长安市”[⑤]。

据传世西汉哀帝建平四年（公元前 3 年）“南陵铜锺”铭文“南陵大泉第五十八，乘舆御水铜锺，容一石，重卌四斤半。建平四年十一月，

---

① 杨宽：《中国古代都城制度史研究》，第 115—118 页。

② 刘庆柱：《再论汉长安城布局结构及其相关问题——答杨宽先生》，《考古》1992 年第 7 期。

③ 刘庆柱：《西安市汉长安城东市和西市遗址》，载《中国考古学年鉴》（1987 年），文物出版社，1988 年。

④ 《汉书・赵广汉传》，第 3204 页。

⑤ 《汉书・天文志》，第 1303 页。

长安市造”[1]可知，“长安市”还有监造器物生产的功能。东汉初年，第五伦曾“领长安市”，为“督铸钱掾”[2]。1992 年在汉长安城遗址西北部的六村堡镇相家巷村东的汉代遗址，发现有铸币作坊的遗迹，其地在汉长安城西市之内。这就意味着，“长安市”既可以代表商品生产作坊集中的“西市”，又可代表交易集中和行刑的场所“东市”。由此可见，“长安市”应是“长安之市”的泛称。

（五）东市、西市

总结前人成果，对于两市位置的争论主要集中在对《西京赋》《三辅黄图》相关内容的释读上。有些学者认为，“东市”“西市”分别位于杜门大道和横桥大道附近的城外，以杨宽[3]、孟凡人[4]为代表。

佐藤武敏曾断言东、西两市都在城外郭中，并指出《西京赋》所讲的“郭开九市”，应即九市开设郭中；西市在横门以外的横桥大道，根据《三辅黄图》所说覆盎门即杜门，推定东市所在的杜门大道应在覆盎门外。[5] 马先醒在 1972 年制作的“汉长安城区划略图”中标记西市在横门之外，东市在洛城门之内。[6] 杨宽指出，东市、西市位于汉长安城外的杜门大道两侧，这里的“杜门”指“洛城门”；孝里市位于长安城内的雍门之东。他又根据《三辅黄图》“六市在道西，三市在道东”的记载，

---

① 容庚：《秦汉金文录》，《容庚学术著作全集》第六册，中华书局，2011 年，第 200 页。
② 《后汉书·第五伦传》，中华书局，1965 年，第 1396 页。
③ 杨宽：《西汉长安布局结构的探讨》，《文博》1984 年第 1 期。
④ 孟凡人：《汉长安城形制布局中的几个问题》，载《汉唐与边疆考古研究（第一辑）》，科学出版社，1994 年。
⑤ ［日］佐藤武敏：《汉代长安の市》，《中国古代史研究》2，吉川弘文馆，1965 年。
⑥ 马先醒：《汉代长安城之营筑及其影响》，附图八，载其著《中国古代城市论集（简牍学会丛书之四）》，简牍学会，1980 年。

认为杜门大道以西有六个市，杜门大道以东有三个市，并把“道西”“道东”市分别看作西市、东市（见图二）。① 孟凡人亦根据上两条记载，推断东市和西市均在汉长安外，东市在城外东南部的“杜门大道南”，西市在城外西北部的横桥大道南。

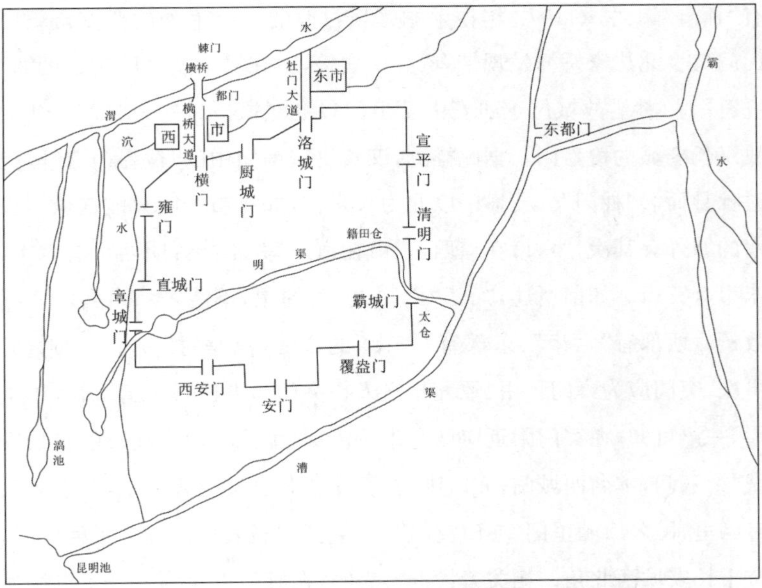

图二　西汉长安城城门与市场布局示意图

（底图为《西汉长安城布局结构的探讨》，《文博》1984 年第 1 期）

笔者认为，上说尚有进一步探讨的空间。首先，杜门应即覆盎门，

① 东市和西市不在汉长安城内，而是在汉长安城外的“北郭”之中，具体地望是以杜门外南北大道为界，道东为东市，道西为西市。西市集中分布在横桥大道的东西两边。他认为“杜门”即洛城门。

而不是洛城门。《水经注》卷八载："太子巫蛊事发，斫杜门东出，史良娣死，葬于苑北"。[①] 这里的"苑"指的是"博望苑"。《三辅黄图》云："博望苑在长安城南，杜门外五里有遗址。"[②]所以"杜门"应是长安城的南门。1962 年在长安区韦曲乡手帕张堡村西出土的一件陶釜盖上发现有"杜市"陶文。[③] 1973 年在手帕张堡村西北 1 公里处的西安市郊区山门口乡北沈家桥村发现带有"兵甲之符，右在君，左在杜"铭记的"杜虎符"。[④] 杜县故城位于西安南郊山门口乡沈家桥村一带。该地北对故汉长安城的覆盎门。据此推测，汉长安城南门中的"覆盎门"或因南对杜县而名"杜门"。覆盎门以北为长乐宫，如有市场则只能在城门以南的城外。其次，"六市在道西，三市在道东"并不能说明西市有六市，东市有三市。如前所述，"三""六""九"为约数，不能表示市场的实际数量。西部有"六市"、东部有"三市"的说法，只是对"九市"的附会。再次，突门应为雍门。由"致九州之人在突门。夹横桥大道，市楼皆重屋"一语可知，在突门附近应该有市场。据《水经・渭水注》载，汉长安城"第三门，本名西城门，亦曰雍门，王莽更名章义门著义亭，其水北入有函里，民名曰函里门，亦曰突门"[⑤]。它是汉长安城西墙北头第一门，位于长安城西北角。相关考古资料表明，在雍门以北确发现了市场遗

① (北魏)郦道元原注，陈桥驿注：《水经注》卷十九《渭水》，浙江古籍出版社，2001 年，第 298 页。

② 何清谷：《三辅黄图校注》，三秦出版社，2006 年，第 229 页。

③ 陈尊祥：《杜虎符真伪考辨》，《文博》1985 年第 6 期。

④ 黑光：《西安市郊发现秦国杜虎符》，《文物》1979 年第 9 期。原报告作"西安郊区山门口公社北沉村"，但陈尊祥考无此村，根据同类器物在北沈家桥村有发现而改。

⑤ (北魏)郦道元原注，陈桥驿注：《水经注》卷十九《渭水》，浙江古籍出版社，2001 年，第 297 页。

迹。最后,汉长安城内雍门附近的不是“孝里市”。宋镇豪根据《三辅黄图》“长安九市”的记载,推测孝里市应属于横门和雍门内市场中的一个。[①] 刘庆柱从文献考证与考古资料分析入手,认为“孝里市”是因“孝里亭”而得名,位于今咸阳市东郊塔儿坡东邻杜邮故城一带,而不在汉长安城中。[②] 笔者赞同后说。

《汉书·外戚传上》载:钩弋赵婕妤之父“坐法宫刑,为中黄门,死长安,葬雍门”。颜师古注曰:“雍门在长安西北孝里西南,去长安三十里。”[③]刘庆柱考“西南”应为“东南”之讹。颜师古注《汉书》凡言“长安”者都为汉长安故城,唐长安称为“京城”。可见,这里的雍门不是汉长安城的雍门。那么,位于雍门附近的市场是否与东、西市有关呢?

有些学者认为东、西两市应位于汉长安城内的西北部。持这一观点的主要是以王仲殊、刘运勇、刘庆柱为代表的考古学者。按《史记》《汉书》的记载,西市修筑时间很早,几乎是与长安北城墙同时配套完工的。刘运勇据《汉书·匈奴传》中“孝惠、高后时,冒顿渐骄”的记载,认为从长安以北易受匈奴军队威胁的情况看,当时不可能把京师财货集中的市建在城外。他还指出,东市、西市应在筑城之初位置即已选定,应在长安城内,并主张西市和东市在横门内大街的西、东两侧。[④]

20 世纪 80 年代中后期,在今西安市未央区六村堡镇的相家巷附近发现了两处汉代遗迹,当时考古工作者推测其为市场。如李遇春根

① 宋镇豪:《中国古代“集中市制”及有关方面的考察》,《文物》1990 年第 1 期。

② 刘庆柱:《再论长安城布局结构及其相关问题——答杨宽先生》,《考古》1992 年第 7 期。

③ 《汉书·外戚传上》,第 3956 页。

④ 刘运勇:《再论西汉长安布局及形成原因》,《考古》1992 年第 7 期。

据在长安城内的横门大街东、西两侧发现有类似市场的遗迹，而在横门之外未发现相关遗迹，推测横门大街东、西两侧的遗存为东、西市。①这一说法也得到了学界的广泛认同，主要成果还有李毓芳《汉长安城的手工业遗址》和刘庆柱《西安市汉长安城东市和西市遗址》等。经过后期研究与勘探，两市遗存内涵已基本明确。

一般认为，两处遗址位于汉长安城的西北部，被横门大街分成东、西两部分，街东为东市，街西为西市。东市位于横门大街以东 90 米，厨城门大街以西 120 米，雍门大街以北 40 米，北城墙以南 170—210 米，今西安市未央区刘家堡乡袁家堡村东、曹家堡村西的南北向水渠以西，在周家堡村北、相家巷村的东西向公路附近；西市位于今西安市未央宫区六村堡乡六村堡以东、袁家堡以西、相家巷以南、黄庄和铁锁村以北。两市周围均筑有“市墙”，市内各有东西、南北向道路 2 条，相交成“井”字形。两市各有“市门”8 座。东市在府城门大街以西 120 米，横门大街以东 90 米，雍门大街以北 40 米，北城墙以南 170—210 米。东市的范围东西约 780 米、南北 650—700 米，市内面积约 52.65 万平方米。西市在横门大街以西 120 米，西城墙以东 400 米，雍门大街以北 80 米，北城墙以南 20—310 米。西市范围东西约 550 米、南北 420—480 米，市内面积约 24.75 万平方米。② 西市面积

① 近年来考古勘查发现了横桥大道遗迹，长 1200 米，宽 50 米。钻探者认为，大道路面和附近汉代地面保存较好，却未发现建筑遗迹，所以横桥大道两侧的市与市楼是不存在的。参李遇春：《宫殿建筑史上的杰作——未央宫》，《百科知识》1986 年第 2 期；李遇春：《汉长安城的发掘与研究》，载《汉唐与边疆考古研究（第一辑）》，科学出版社，1994 年。

② 刘庆柱：《西安市汉长安城东市和西市遗址》，载《中国考古学年鉴（1987 年）》，文物出版社，1988 年；刘庆柱：《汉长安城布局结构辨析》，《考古》1987 年第 10 期。

小于东市。

刘、李两位先生根据《史记》《汉书》的记载指出，西市是相对于东市而言的，营筑西市时，其东已经有市场，故名“西市”。西市建成前，其东的市场应即长安城的“大市”。西市建成后，大市更名为“东市”，两市并列于汉长安城的西北部。①

近年来，考古工作者对汉长安城布局又有了新的认识，如刘振东在重绘《西汉长安城址布局图》时，把雍门大街以北、横门大街以西的区域定为手工业作坊区，雍门大街以北、横门大街以东的区域定为“西市”，厨城门以东、明光宫以西定为“东市”。② 但笔者从市场内也可有手工业作坊分布的认识出发，把雍门大街以北、横门以西的手工业作坊区定为“西市”，横门以东、明光宫以西的区域定性为“东市”（见图一）。

东市是长安城中规模较大的市。在两市之间，发现一座西汉时建筑遗址群，长宽各约 300 米。主体建筑在遗址群的中央，东西 147 米，南北 56 米，发掘者认为该遗址可能就是文献记载的“长安市”市楼。因东市是以交易为目的的场所，除了市墙、市门、道路等遗迹有发现外，其他已不清楚。至今汉长安城的东市遗址区仍未进行全面的考古勘探，现地表多为农田。

西市主要是手工业作坊区（见图三）③。这些作坊部分经考古勘

---

①　刘庆柱、李毓芳：《汉代长安市场探讨》，载《汉代城市和聚落考古与汉文化》，科学出版社，2012 年。

②　刘振东：《汉长安城综论——纪念汉长安城遗址考古六十年》，《考古》2017 年第 1 期。

③　刘庆柱、李毓芳：《汉代长安市场探讨》，载《汉代城市和聚落考古与汉文化》，科学出版社，2012 年。

探,地下遗迹距地表 0.18—2.1 米,其中制陶窑址和铸钱、冶铸遗址已进行了考古发掘。遗址区大部分被六村堡、相家巷等村落和企业厂房占压,破坏严重。①

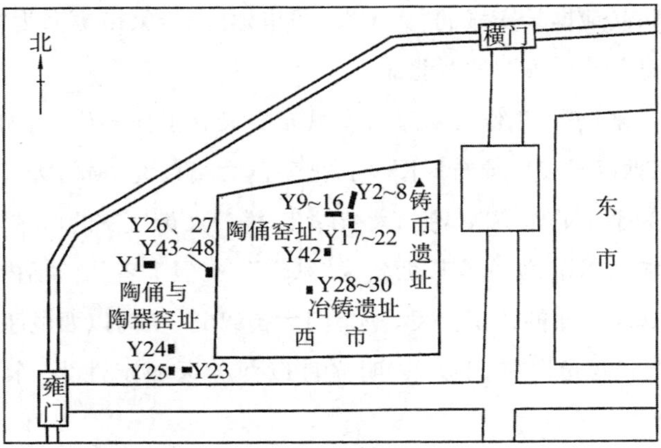

图三　西市及手工业遗址

Y1、23～27、43～48. 陶俑与陶器窑址　Y2～22. 陶俑窑址　Y28～30、42. 烘范窑(图片采自《汉代长安市场探讨》,《汉代城市和聚落考古与汉文化》,科学出版社,2012 年,第 145 页)

这一区域手工业遗存的考古工作,始于 1956 年。20 世纪 50 年代以来,考古工作者在汉长安城遗址西北部,今相家巷和六村堡一带的考古调查中,多次发现了铸范、范模、母范及大量陶制钱背范等遗物,说明这里有铸钱和陶俑烧制作坊。1987—1998 年,在今六村堡和相家巷一带先后多次清理出陶俑烧制作坊及相关窑址 33 座;1992 年和

① 西安市文物局、西安市汉长安城遗址保管所:《汉长安城桂宫——2 号建筑遗址(南区)保护工程报告》,文物出版社,2012 年,第 21 页。

1996年，在相家巷村南一带发现铁器冶铸作坊；1992年，在相家巷东发现铸钱作坊或钱范铸造作坊。在铸币遗址中发现了大量五铢钱砖雕范模和少量石雕范模，出土了大量陶制钱背范。带有题记纪年内容的五铢钱范模和钱模规制相近等现象，说明此处当为一处中央政府设立的铸币作坊遗址。[①]

从发掘情况看，汉长安城的陶俑窑分为民窑和官窑两类，民窑是私人经营的制陶手工业作坊。这类陶窑位于汉长安城西市遗址外的西部和南部，即今西安市六堡村东与东南一带。这些陶窑分布比较分散，产品多样化。与烧砖瓦的民窑形制、大小基本相同。每座窑烧造陶俑的品种很多，形态差异较大。这些民窑生产的陶俑应属于投放市场的商品。[②]

官窑址在汉长安城西北、西市遗址的东北部，位于今西安市未央区六村堡乡相家巷村南。该地北距汉长安城北城墙270—280米，西距西城墙约700米，已发掘的二十一座陶俑窑，形制、大小等相近。从出土遗物看，均为烧制裸体陶俑的陶窑。据官窑的生产规模推算，这里生产的裸体陶俑可以满足西汉京畿地区帝陵和大型汉墓的随葬需求。[③] 这类陶窑的产品主要为陶俑，产品形制、大小相同，均为裸俑，直立式。这类陶俑与汉景帝阳陵陪葬坑和汉宣帝杜陵一号陪葬坑出土

---

① 中国社会科学院考古研究所：《中国考古学·秦汉卷》，中国社会科学出版社，2010年，第209页。

② 中国社会科学院考古研究所：《中国考古学·秦汉卷》，中国社会科学出版社，2010年，第210页。

③ 中国社会科学院考古研究所汉城队：《汉长安城窑址发掘报告》，《考古学报》1994年第1期。

的陶俑相似。[①] 由此推测，这类窑当为少府所属东园匠的官营窑址。

而西市西侧有6座陶窑，分布散乱，其产品多为砖瓦或日常器皿，也有陶俑，可能是民营陶窑。[②] 汉长安城西北部的砖瓦窑，位于西安市六村堡东和相家巷西南。从出土遗物看，这类陶窑的产品多样，专业化程度不高，应为民窑，产品应主要是供一般居民百姓使用。[③]

在汉长安城西市遗址南部还发现汉代冶铸遗址，已清理四座烘范窑址、冶铸遗址与废料堆积坑，出土了大量西汉中晚期的叠铸范和四座烘范窑址。刘庆柱、李毓芳认为该冶铸遗址亦当属官营性质，与西市内的手工业以官营为主是一致的。[④] 可见，西市主要为手工业作坊区，既有官营，又有民营，并以官营作坊为主。

（六）权臣立家市

在汉代，一些官员府第中亦可设立市场。《汉书》卷七十六《赵广汉传》：

> （赵广汉）发长安吏自将，与俱至（霍）光子博陆侯禹第，直突入其门，廋索私屠酤，椎破卢罂。[⑤]

---

① 中国社会科学院考古研究所：《汉杜陵陵园遗址》，科学出版社，1993年，第86页；陕西省考古研究所：《汉阳陵》，重庆出版社，2001年，第8—10页。

② 中国社会科学院考古研究所汉城队：《汉长安城23—27号窑址发掘简报》，《考古》1994年第11期。

③ 西安市文物局、西安市汉长安城遗址保管所：《汉长安城桂宫——2号建筑遗址（南区）保护工程报告》，文物出版社，2012年，第46页。

④ 刘庆柱、李毓芳：《汉长安城》，文物出版社，2003年。

⑤ 《汉书·赵广汉传》，第1182页。

《汉书》卷九十八《元后传》：

(王根)臧累巨万，纵横恣意，大治室第，第中起土山，立两市。[①]

“屠酤”一词在先秦、秦汉典籍中多有出现，并有“屠酤之肆”“屠酤成市”[②]之语。马非百释“屠酤之汁肥流水”时，指出“元材案，屠，屠户。酤一作沽，卖酒者也”。[③] 盐铁会议中，贤良文学在霍光支持下，倡议罢黜与民争利的“酒榷”制度。这之后，屠酤私营基本得到认可。汉长安城内贵族宅地已发现的有北阙甲第，在其周围可能有权臣家市。

二、汉长安城周边的市场

除上述几市外，文献中还记载了汉长安城附近的其他市场。

(一) 交门市

《太平御览·资产部》七“市”引《汉宫殿疏》：“交门市(在渭桥北头也)。”[④]《长安志》“交门市”注云：“在渭桥之北。”[⑤]何清谷校曰，这里的渭桥应为中渭桥，即横桥，其北在今咸阳市东窑店镇一带，这里是长安通往西北的要道。[⑥] 由《三辅黄图》引《庙记》载“夹横桥大道，市楼皆重屋”可知，在横桥大道附近有市场，而交门市可能就是其中一个。

---

① 《汉书·元后传》，第 4028 页。

② 分见《淮南子》卷十三《氾论训》、《东观汉记》卷十六《张禹传》。

③ 马非百释：《管子轻重篇新诠》，中华书局，2006 年，第 665 页。

④ (北宋)李昉等撰：《太平御览》卷八二七《资产部七》，中华书局，1985 年，第 3688 页。

⑤ (北宋)宋敏求撰：《长安志》卷五《宫室三》，中华书局，1991 年，第 61 页。

⑥ 何清谷：《三辅黄图校释》卷二《长安九市》，中华书局，2005 年，第 100、101 页。

（二）孝里市

《太平御览·资产部》七“市”引《汉宫殿疏》：“孝里市（在雍门东）。”①如前所考，“孝里市”因“孝里亭”而得名，其地在今咸阳市东郊塔儿坡东邻杜邮故城一带。

（三）交道亭市

《太平御览·资产部》七“市”引《汉宫殿疏》：“交道亭市（在便桥东）。”②陈桥驿考其地约在今西安市西三桥镇一带。③《汉书·汉武帝纪》建元三年（前 138 年），“初作便门”，师古注曰：“便门，长安城北面西头门，即平门也。古者平便皆同字。于此道作桥，跨渡渭水以趋茂陵，其道易直，即今所谓便桥是其处也。”④考古资料显示，长安城北面西头门即为横门。

“交道亭市”不见《史记》《汉书》，可能距交道厩不远。《汉书》卷九十七《外戚传下》载，成帝废后许皇后“葬延陵交道厩西”。⑤《长安志》卷十三《咸阳县》云：“交道厩去长安六十里，近延陵。”⑥交道，一纵一横即午道。⑦ 而此处的长安，应为宋代长安城。何清谷释曰，交道为纵横交叉的十字大道，厩是马棚或养马处。延陵为成帝陵，在今咸阳市区以北马家窑村东。许皇后墓在延陵之西，封土呈覆斗状。交道厩可能

---

①② （北宋）李昉等撰：《太平御览》卷八二七《资产部七》，中华书局 1985 年，第 3688 页。

③ 陈桥驿编：《中国都城词典》，江西教育出版社，1999 年，第 243 页。

④ 《汉书·武帝本纪》，第 158 页。

⑤ 《汉书·外戚传下》，第 3983 页。

⑥ 《长安志》卷十三《咸阳县》，第 178 页。

⑦ 《资治通鉴》卷九七八“晋穆帝永和四年八月条”胡三省注，中华书局，1956 年，第 3083 页。

位于延陵与许皇后墓之间，在便桥的东北。[①] 他还提到，考古工作者在咸阳市秦都区钓台乡安谷村南发现了交道亭遗址。[②] 学者一般认为，古代城门外多有交道，陵园门外亦置交道。交道厩为十字路口的马厩，延陵交道厩应在延陵陵园南门外，北（或西北）据延陵约二里。[③] 故"交道亭市"是位于长安城城北便桥附近或延陵交道厩的某一个市，还是位于交道处的某一类市，尚需更多资料的证明。

（四）细柳仓市

《太平御览·资产部》七"市"引《汉宫殿疏》："细柳仓市（在细柳仓）。"[④]《三辅黄图·长安九市》：

> 又有柳市、东市、西市，当市楼有令署，以察商贾货财买卖贸易之事，三辅都尉掌之。[⑤]

《汉书·游侠传》：

> 萬章字子夏，长安人也。长安炽热，街间各有豪侠，章在城西柳市，号曰"城西萬子夏"。[⑥]

---

① 何清谷：《三辅黄图校注》，三秦出版社，2006 年，第 119 页。
② 何清谷：《三辅黄图校释》卷二《长安九市》，中华书局，2005 年，第 101 页。
③ 咸阳市文物考古研究所：《西汉帝陵钻探调查报告》，文物出版社，2010 年，第 181 页。
④ （北宋）李昉等撰：《太平御览》卷八二七《资产部七》，中华书局，1985 年，第 3688 页。
⑤ 何清谷：《三辅黄图校释》卷二《长安九市》，中华书局，2005 年，第 95 页。
⑥ 《汉书·游侠传》，第 3705 页。

前人对“细柳仓”位置的争论主要集中在其地位于渭水之北还是渭水之南。《汉书·文帝纪》后元六年，“河内太守周亚夫为将军次细柳”。服虔注“细柳”曰：“在长安西北。”如淳亦曰：“长安细柳仓在渭北，近石徼。”[①]何清谷亦考细柳仓位于汉武帝所筑便桥之西，今陕西咸阳市西南渭水岸上。其地在长安城之西，通向茂陵和平陵的大道上，故云“城西柳市”。他也认为细柳仓应该位于渭水北面。[②] 颜师古引张揖注云：“在昆明池南，今有柳市是也。”又引《汉书·匈奴传》“置三将军，军长安西细柳、渭北棘门、霸上”一语判断，细柳当在渭南，揖说是也。[③] 笔者赞同颜注。

（五）槐市

《艺文类聚》卷三十八《礼部上》：

> 《礼》，小学在公宫之南，太学在东，就阳位也。去城七里，东为常满仓，仓之北为槐市，列槐树数百行为隧，无墙屋。诸生朔望会此市，各持其郡所出货物，及经传书记、笙磬乐器，相与买卖，雍容揖让，论义槐下。[④]

从性质上看，槐市为临时市，即会市，每逢初一、十五，太学生到该市交易，商品主要是本郡土特产、书籍、乐器等。从形制上看，这类市无围墙、无房屋。这里专门说“无墙屋”，可能反映了当时他处的市场

---

① 《汉书·文帝纪》，第130、131页。
② 何清谷：《三辅黄图校释》卷二《长安九市》，中华书局，2005年，第98页。
③ 《汉书·文帝纪》，第130、131页。
④ （唐）欧阳询：《艺文类聚》卷三十八《礼部上》，上海古籍出版社，2007年，第692页。

应有墙屋。市的位置在汉长安城南郊太学以西。

（六）长陵小市

《汉书·外戚传》载，景帝王皇后异父同母妹，“其家在长陵小市”[1]。该市当在高帝长陵邑内。陵邑又称园邑，是因帝王、王后陵墓而设置的城邑。高祖十二年“上崩，葬长陵”，[2]吕后六年“城长陵”，[3]后升为县；王莽时逐渐衰落。陵邑中的人口多为迁徙而来。据《史记》《汉书》载，迁徙的人口主要是大族、豪侠与巨富。如《汉书·地理志》云：“汉兴，立都长安，徙齐诸田，楚昭、屈、景及诸功臣家于长陵。后世世徙吏两千石、高赀富人及豪杰兼并之家于诸陵。盖亦以强干弱枝，非独为奉山园也。”[4]但这种“徙豪富”的政策并没有达到抑制他们的目的，陵邑很快发展为城并升级为县。

长陵邑虽设置于汉高祖时期，但长陵城垣却迟至高后六年才开始修建。据《太平寰宇记》卷二十六载，长陵邑“去高帝陵三里”。石兴邦等学者考察后指出，长陵陵邑在陵北。陵邑南墙与陵园北墙重合，南、北、西三面有墙，但东面无墙。[5] 考古资料表明，长陵陵邑位于今咸阳市秦都区韩家湾乡怡魏村，高祖陵和吕后陵在其南，平面呈长方形，南北长 2200 米，东西宽 1245 米，墙宽 7—9 米。地面遗迹表明，东面无

① 《汉书·外戚传》，第 3947 页。
② 《史记·汉兴以来将相名臣年表》，第 1122 页。
③ 《汉书·高后纪》，第 99 页。
④ 《汉书·地理志下》，第 1642 页。
⑤ 石兴邦、马建熙、孙德瑞：《长陵建置及其有关问题——汉刘邦长陵勘察记存》，《考古与文物》1984 年第 2 期。

城墙痕迹。[①] 这与石兴邦的说法相同。而"长陵小市"当为长陵城中小市。"长陵小市"中的"小市"，是指长陵邑中的市场相对于其他城中的市规模小，还是相对于长陵邑中专设的"大市"而名，则需要更多资料的证明。如"长陵邑"中确有专门的大市，那么刘庆柱所说西汉时期立"大市"的举措是针对全国各个城市实施的观点则可以成立。

另外，既然"长陵"有市，那么其他的陵邑也就都有市场。这种情况在秦代即已出现，如在秦始皇陵周围发现有"丽市"陶文，其应为丽邑之市的省文，丽邑为秦始皇陵周围专设的陵邑。作为县级单位的陵邑可设市场，那么县邑亦应有市场的设置，这类市场应属常设市。

（七）直市

《三辅黄图》卷二《长安九市》：

> 直市在富平津西南二十五里，即秦文公造。物无二价，故以直市为名。[②]

《长安志》谓直市在渭桥北。[③] 何清谷注曰，这里的渭桥应指东渭桥，其地在富平津西南二十五里或十五里。富平津可能是富平堰上的一个渡口，富平堰在今富平县南，并由此推定直市可能在今高陵县境内。《三辅黄图》记载用的是西魏地名。[④] 但喻曦、李令福主张，直市应

① 喻曦、李令福：《西汉长陵邑的设置及其影响》，《陕西师范大学学报（哲学社会科学版）》2012 年第 2 期。

② 何清谷：《三辅黄图校释》卷二《长安九市》，中华书局，2005 年，第 96 页。

③ （北宋）宋敏求：《长安志》卷五《宫室三》，中华书局，1991 年，第 61 页。

④ 何清谷：《三辅黄图校释》卷二《长安九市》，中华书局，2005 年，第 96、97 页。

位于长陵——长安的渭桥北。

笔者认为,《三辅黄图》中对直市的注解有较大的附会成分,不足为据。秦文公是春秋时秦主,当时秦国都城位于西垂,今天水市西南,即礼县的盐官、永兴一带。如何能在长安附近的富平津西南设置直市呢?但就直市是设在长安附近的某一个市,还是某一类市的总称,尚需更多资料予以说明。

三、余　论

俞伟超、宋镇豪曾对中国古代城市发展阶段进行过研究。俞伟超从考古资料入手,把中国古代城市布局形态分为五阶段:一是龙山时代,是城市的形成期;二是商和西周时代,是中国古代都城发展史上的最初阶段;三是东周至两汉时期,是都城的密封式规划阶段。这一阶段的规划思想受到了《周礼·考工记》的影响;四是曹魏到隋唐时期,是两京城的封闭式规划阶段;五是北宋至明清时期,是都城的开放式街道布局阶段。[①] 宋镇豪指出,中国古代城市中的"集中市制"结构,分为三个发展阶段:第一阶段是在商周之际,市具有为贵族统治者服务的"宫市"性质;第二阶段是春秋战国至两汉时,由于商品经济的发展,市在城市中的地位越加明显,并演变成为城市各阶层居民生活服务的一般市。多市制成为这一阶段的主流;第三阶段在北魏至隋唐时,城市规划体制更加制度化、规范化。[②]

可见,俞、宋两位先生都概括地把东周秦汉时期划分为城市发展

---

① 俞伟超:《中国古代都城规划的发展阶段性》,《考古》1985 年第 2 期。
② 宋镇豪:《中国古代"集中市制"及有关方面的考察》,《文物》1990 年第 1 期。

的同一阶段。这一阶段的城市采取封闭式布局,“市”得到进一步发展,并采用“多市制”。笔者认为,市场的这一布局特点也进一步证明了“中国古代都城”学说的正确性。

日本京都大学内藤湖南先生,站在中国文化史的角度上,提出了以“宋代近世说”[①]为核心的中国历史时代划分学说。这一学说,经过宫崎市定、谷川道雄等三代京都学派学者的发展,最终形成了魏晋以前为古代、魏晋隋唐为中世、宋代以后为近世的中国史分期学说。

张学锋师在这一学说的基础上,又提出了“中国古代都城”说。他对这一学说进行了两个层面的说明,一是《考工记·匠人营国》体现的王城观念。成书于战国中期的《考工记》反映了战国时期都城规划理想的布局形式。这种“旁三门”“左祖右社”“面朝后市”的都城布局要素,在先秦到西汉的一些都城遗址中都能找到。二是秦汉统一帝国形成后呈现出来的多宫制,这是古代都城的典型特征。[②] 这种“面朝后市”的市场布局有利于政府对于市场的控制。

到魏晋以后,都城的布局发生了较明显的变化,都城布局模式开始进入“中世纪都城”阶段。对此,张学锋师在《所谓“中世纪都城”——以东晋南朝建康城为中心》和《“近世都城”的出发——以南唐

① 内藤指出,从唐末经五代到宋初,中国社会的各个方面都发生了巨大的变化,他从“贵族政治的废颓和君主独裁政治的代兴”“君主位置的变化”“君主权力的确立”“人民位置的变化”“官吏登用法的变化”“朋党性质的变化”“经济上的变化”“文化性质的变化”等八个方面,具体论述了中国社会的变化。简言之,这时期贵族阶层没落了,君主得以建立独裁政治,与此相应,中国官僚群体最后形成,开始出现平民主义倾向,文化回归到庶民手中,形成独具中国特色的近代社会。中国进入近世社会的标志有“平民发展的时代”“政治的重要性减退”。

② 张学锋:《“近世都城”的出发——以南唐金陵城为例》,《南京晓庄学院学报》2015年第5期。

金陵城为例》中都进行过详细论述。文中指出,曹魏邺城是“中世纪都城”的最早实例,这类都城在布局上经过严格规划,坐北朝南,有明确的中轴线,实行单一宫制,并将之安排在都城中轴线的北端;政府的衙署主要分布在宫城之南的中轴线两侧;社会生活空间(外郭城)由里坊构成,其东、南、西三面围绕在宫城。①

市场布局形式也发生了明显变化。市场位置开始由宫城内,迁到郭城中,这在北魏洛阳城、东晋建康城②等城址中都有体现,并成为“中世纪都城”的重要体现。

本文原载《考古学报》2020 年第 2 期

① 张学锋:《“近世都城”的出发——以南唐金陵城为例》,《南京晓庄学院学报》2015 年第 5 期;张学锋:《所谓“中世纪都城”——以东晋南朝建康城为中心》,《社会科学战线》2015 年第 8 期。

② 张学锋:《六朝建康城的发掘与复原新思路》,《南京晓庄学院学报》2006 年第 2 期。

“朱方”“丹徒”地名新解

——从古越语的视角出发

高逸凡

（江苏大学马克思主义学院）

朱方、丹徒是江苏古城镇江最早见诸文献史料的两个名称，前者是吴越地区最早出现的县制城邑名，而后者则是秦统一以来当地使用时间最长的县级行政区域名，至今仍然沿用。“朱方”始见于《左传》记载的鲁襄公二十八年（前 545）“吴予齐庆封朱方”事[①]；鲁昭公四年（前 538 年）楚伐吴，使屈申克朱方，“执齐庆封而尽灭其族”[②]；《吕氏春秋》和《史记·吴太伯世家》亦记有吴、楚、齐围绕朱方展开的这段历史[③]，其中《史记》的记载首次提到了“朱方”之县：

> 吴予庆封朱方之县，以为奉邑，以女妻之，富于在齐。[④]

---

① 参见杨伯峻：《春秋左传注》，中华书局，1981 年，第 1149 页。

② 参见杨伯峻：《春秋左传注》，第 1253 页。

③ 参见许维遹：《吕氏春秋集释》卷二十二《慎行》，中华书局，2009 年，第 603 页；《史记·吴太伯世家》，中华书局，1959 年，第 1452、1459、1460 页。

④ 《史记·吴太伯世家》，第 1452 页。

此处南朝宋裴骃《史记集解》引《吴地记》谓“朱方，秦改曰丹徒”。案刘宋以前流传的《吴地记》以西晋张勃所著最为知名[①]，故知“丹徒更名自先秦之朱方”大约在六朝早期以前已是一定社会范围内的常识，而六朝以来“朱方”也常被用作镇江一带的古称[②]。一些学者认为朱方应在河南房县或安徽凤阳（钟离），然其直接证据终不及“丹徒”说充分[③]，不足以推翻成说。

“丹徒”始见于《史记·绛侯周勃世家》记载的汉景帝三年（前154年）“吴王刘濞保于江南丹徒”事[④]，《汉书·地理志》载其为会稽郡属县[⑤]，东汉顺帝时吴郡自会稽郡分出，西晋司马彪《郡国志》即载丹徒为吴郡属县，梁刘昭注云“春秋曰朱方”[⑥]。吴嘉禾三年（234年），丹徒县改称武进县，晋太康三年（282年）复改为丹徒县[⑦]。此后除隋改丹徒县为延陵县[⑧]、南京国民政府改丹徒县为镇江县[⑨]外，丹徒作为本地县级行政区域的名称基本不再改变。

一处地名在形成时往往与当地的空间特色、时代特色、社会特色、族群特色、文化特色等历史信息有密切的关联，因此地名的释义对于

---

① 《旧唐书·经籍上》，中华书局，1975年，第2014页；陆振岳：《苏州旧方志概述》，《苏州大学学报》（哲学社会科学版）1986年第4期。

② 参见刘建国：《朱方考》，《镇江师专学报》（社会科学版）1987年第4期；石奕龙：《“朱方”辩》，《东南文化》1993年第1期。

③ 参见刘建国：《朱方考》；石奕龙：《“朱方”辩》。

④ 《史记·绛侯周勃世家》，第2076页。

⑤ 《汉书·地理志》，中华书局，1962年，第1590、1591页。

⑥ 《后汉书·郡国四》，中华书局，1965年，第3489、3490页。

⑦ 《宋书·州郡一》，中华书局，1974年，第1039页。

⑧ 《旧唐书·地理三》，第1583页。

⑨ 参见镇江地方志编纂委员会：《镇江市志》卷一《建置区划》，上海社会科学出版社，1993年，第103页。

历史学、考古学、民族学、语言学、地理学等学科的相关研究都具有重要的意义。

关于地名“朱方”的释义，历代文献并无明确记载，刘建国由“方”字联想到商代“徐方”“虎方”“危方”等众多的方国名，认为“朱方”即这类商代方国地名在春秋时期的孑遗①；肖梦龙进一步认为“朱方”原本应是“夨方”，即宜侯夨簋铭文中名“夨”的方国，由“夨”而“朱”是“音似形近”之讹②。

关于“丹徒”地名的释义，最早出现于南朝时期的地志之中：

> 《南徐州记》云：“秦使赭衣凿其地，因谓之丹徒。”③
>
> 《京口记》曰：“龙目湖，秦王东观，亲见形势，云此有天子气，使赭衣徒凿湖中长冈使断，因改名丹徒，今水北注江也。”④

后世文献由此因袭、层垒，始终未能突破这一传说色彩浓厚的解释框架：

> 始皇三十七年，使赭衣徒三千，凿京岘东南垄，故名丹徒。⑤
>
> 《地理志》言：“秦时望气者云其地有天子气，始皇使赭衣徒三

---

① 参见刘建国：《朱方考》。

② 参见肖梦龙：《吴国的三次迁都试探》，载王玉国、肖梦龙、陆九皋：《镇江吴文化研究》，中国文史出版社，2006年，第126页。

③ （唐）张守节：《史记正义》引文，参见《史记·绛侯周勃世家》，第2077页。

④ （唐）徐坚等：《初学记》卷七《地部下·湖》“龙目、马骨”条，中华书局，1962年，第141页。

⑤ （元）俞希鲁等：《至顺镇江志》卷首《郡县表》，江苏古籍出版社，1999年，第3页。

千人(原注:一作二千)凿坑败其势,故更名丹徒。[①]

然而春秋时期的"朱方"去商已远,"矢"与"朱"古音不似、金文不近,因"赭衣徒"而改名"丹徒"更是明显的穿凿,这些关于"朱方""丹徒"两地名的释义,基本都是后人从汉字字面意思出发的推测或附会,并未切中肯綮。

镇江一带在先秦时期从考古学文化上看属于吴越文化区[②],当地的主要居民是"习俗同,言语通"[③]的吴人和越人,二者都属于古代"百越"民族的范畴[④],所操语言是属于侗台语族的古越语[⑤],而百越民族的人口至少在孙吴以前仍占江南居民的多数[⑥],因此我们在探讨镇江地区先秦乃至秦汉时期古地名的涵义时,不可不考虑当地吴越居民所操古越语的因素。

张敏指出,"对于音译的吴国地名,可音训而不可义解"[⑦],这是非

① (清)何绍章、冯寿镜修,吕耀斗等纂:《光绪丹徒县志》卷一《建置沿革》,(影印)光绪五年刻本,收《中国地方志集成·江苏府县志辑 29》,江苏古籍出版社,1991 年,第 56 页。

② 郑小炉:《吴越和百越地区周代青铜器研究》,科学出版社,2007 年,第 1 页。

③ "夫吴之与越也,接土邻境,壤交通属,习俗同,言语通",《吕氏春秋集释》卷二十三《知化》,第 628 页。

④ 参见吴春明:《"自交趾至会稽"——百越的历史、文化与变迁》,载车越乔、颜越虎编:《越文化实勘研究论文集》,科学出版社,2008 年,第 23—27 页。

⑤ 参见郑张尚芳:《勾践〈维甲令〉中之古越语的解读》,原刊《民族语文》1999 年第 4 期,收郑张尚芳:《郑张尚芳语言学论文集》,中华书局,2012 年,第 650 页。

⑥ 参见潘悟云:《吴语形成的历史背景》,载陈忠敏、陶寰编选:《吴声越韵》,商务印书馆,2017 年,第 83—86 页。

⑦ 张敏:《吴越文化比较研究》,南京出版社,2018 年,第 46 页。

常正确的认识，然而他将“朱方”“丹徒”皆训作“句吴”的不同音译①，却明显有违音韵学常理②。郑张尚芳先生通过汉字上古音与侗台语族亲属语言词汇的比较研究，从古越语的角度对盱眙、余杭、夫椒、姑苏、会稽等吴越地名作出了较为合理的释义③，这对我们探究“朱方”“丹徒”二地名的涵义有重要的启发。

一、“朱方”释义

吴越地区多齐头式地名，如“余杭、余干、余姚”“姑苏、姑孰、姑蔑”等，这些地名的涵义大多与古越语有关，“齐头”的现象亦是侗台语名词修饰成分后置的语法特点造成的，如“余”在词首时可通作“地”解，“余杭”即意为“搁浅之地”，“余干”即意为“干越人的田地”之类④。同样地，“朱方”词首的“朱”字，如果从吴越齐头式地名的角度来看，很可能与“朱余”的“朱”字有着相同的涵义，而“朱余”的古越语释义在东汉时期成书的《越绝外传记地传》中早有记载：

① 参见张敏：《鸠兹新证——兼论西周春秋时期吴国都城的性质》，《东南文化》2014年第5期。

② 其文称“‘朱方’与‘句吴’声同韵转”，“见端旁纽，丹徒与句吴声近韵同”。且不论章母三等与见母一等的关系，将二字地名全部反切为一音来比较声韵未免过于主观，且同组声母可谓“旁纽”，见、端异组声母，并无“旁纽”“声近”可言。

③ 如“盱”同“缓”，为侗台语“道路”音译；“夫”同广西地名用字“岜”，为侗台语“石山”音译；“苏”同“胥”，为侗台语“称心”音译，等等，参见郑张尚芳：《古吴越地名中的侗台语成分》，原刊《民族语文》1990年第6期；《勾践〈维甲令〉中之古越语的解读》；《古越语地名人名解义》，原刊《温州师范学院学报》1996年第4期，均收郑张尚芳：《郑张尚芳语言学论文集》，第637—639、653、665、666页。

④ 参见郑张尚芳：《古吴越地名中的侗台语成分》《古越语地名人名解义》，郑张尚芳：《郑张尚芳语言学论文集》，第638、639、665页。

朱余者,越盐官也。越人谓盐曰"余"。去县三十五里。①

"朱余"意为"盐官",而"余"是古越语"盐"之意,按照侗台语名词修饰成分后置的语法习惯,"朱余"中的"朱"字就极有可能是古越语"官"一词的音译。郑张尚芳援引傣语"头人"一词的发音与"朱"字的上古音拟音进行比较,认为"朱"即古越语"主管"之意②。而在傣语中"头人""主人"一词,其音译汉字应作"召"或"岛",曾是傣族土司的专有称谓,亦是傣族贵族第一大姓"刀"姓的来源③。结合以上材料判断,将"朱余"词首的"朱"字解释为古越语中表示"主管某事之官"这一语素的音译,是最为合理的。由此参照吴越齐头式地名的命名规律,则"朱方"词首的"朱"字也有充分的理由作同样解释,那么剩下的问题就是,"朱方"所"朱"之"方"究竟是何事呢?

"方"字上古音属阳部,帮母或並母,拟音作* paŋ 或* baŋ④,此音正与侗台语中的"河岸"一词相对应:

表一 侗台语中"河岸"一词的发音⑤

原始侗台语构拟	标准泰语	布依语	越南傣语(越南保安县)	南部壮语(广西上思县)	塞卡语(Saek)
* $hwaŋ^{B}$	$faŋ^{B1}$	$paːŋ^{4}$	$phaŋ^{B1}$	$phaŋ^{B1}$	$vaŋ^{B1}$

① 李步嘉:《越绝书校释》卷八《外传记地传》,中华书局,2013 年,第 228 页。

② 参见郑张尚芳:《古吴越地名中的侗台语成分》,《郑张尚芳语言学论文集》,第 639 页。

③ 参见吴东海:《傣族人名的命名方式和文化功能》,《百色学院学报》2011 年第 6 期。

④ 参见郑张尚芳:《上古音系(第二版)》,上海教育出版社,2013 年,第 316 页。

⑤ 表中除"布依语"一项外参见 Pittayawat Pittayaporn, *The Phonology of Proto-Tai*,博士学位论文,康奈尔大学(Cornell University),2009 年,第 334 页,表中声调皆略。

壮语中读音同为 paːŋ[4] 的“bangx”一词还有“像墙一样直立的石山”之意①。

镇江东部丹徒镇至大港五峰山一带在先秦时期是长江入海口的南岸，沿岸一线皆是宁镇山脉的群山丘陵，因为河岸边界条件优良，至今本段长江南岸的岸线仍与先秦时期基本一致②。而这一线山脉的高地或山麓之上，就分布有大量西周春秋时期吴文化的台型遗址和高等级土墩墓③。对于当时的吴人来说，此地以东就是茫茫东海，此地由群山丘陵构成的江岸或海岸正如同天然的城墙一般，即壮语的“bangx[paːŋ[4]]”，是吴国能专心向太湖流域腹地发展的关键屏障。在此后的历史中，镇江也因为这一凭江临海的丘陵地势而号称“浙西门户”，可“内控江、湖，北拒淮、泗”，为“三吴襟带之帮，百越舟车之会”④。春秋晚期，吴国主要军事力量长期在太湖流域与越国争锋，镇江一带的沿岸防御就显得尤为重要，吴国在此地设置主管岸防的官守及城邑是情理中事。

故“朱方”一词，在吴人、越人相通的古越语中应系“主管岸防之官”的意思，其意译可作“堤官”⑤，与“朱余”之译“盐官”相类。从这个角度来看，吴国将庆丰封于朱方同样具有捍御身后之敌的意味。

---

① 参见广西壮族自治区少数民族语言文字工作委员会编：《壮汉英词典》，民族出版社，2005 年，第 48 页。

② 参见曹光杰、王建、屈贵贤：《全新世以来长江河口段河道的演变》，《人民长江》第 37 卷第 2 期，2006 年 2 月。

③ 参见刘树人、谈三平、陆九皋、肖梦龙：《镇江地区吴文化台形遗址及土墩墓分布规律遥感研究》，载王玉国、肖梦龙、陆九皋：《镇江吴文化研究》，第 80—84 页。

④ 参见(清)顾祖禹：《读史方舆纪要》卷二十五《南直七》“镇江府”，中华书局，2005 年，第 1248、1249 页。

⑤ “堤”字兼有“岸”“防”之意。

二、“丹徒”释义

“丹徒”词首位置的“丹”字，上古音属元部，端母，拟音作* taːn[①]，其同音字“单”[②]曾在越王勾践《维甲令》的汉文记载中被用来音译古越语中的“堵”一词：

> 越王句践反国六年，皆得士民之众，而欲伐吴。于是乃使之维甲……治须虑者，越人谓船为“须虑”……习之于夷。夷，海也。宿之于莱。莱，野也。致之于单。单者，堵也。[③]

对此郑张尚芳从《说文》所载上古“堵”字原义（“垣也，五版为一堵”）出发，以泰文中“硬块版”“关隘”“抗敌”三词的发音作参照，指出“单”字应以对译古越语“城垣关隘”义为正解[④]。

如此，根据吴越式地名中心语成分前置的特点，与“单”字同音的“丹”在“丹徒”这一地名中很可能意为“某城”或“某关”，而“某”的具体内容则由后置的修饰成分决定。

在“丹徒”一词中作为修饰成分的“徒”字，上古音属鱼部，定母，上古后期拟音作* daː(秦汉音)[⑤]，此音与侗台语“河川”一词的发音十分契合：

---

① 参见郑张尚芳:《上古音系(第二版)》,第 298 页。

② 参见郑张尚芳:《上古音系(第二版)》,第 299 页。

③ 李步嘉:《越绝书校释》卷三《吴内传》,第 85 页。

④ 参见郑张尚芳:《句践〈维甲令〉中之古越语的解读》,《郑张尚芳语言学论文集》,第 659 页。

⑤ 参见郑张尚芳:《上古音系(第二版)》,第 261、483 页。

表二　侗台语“河川”一词的发音①

原始侗台语拟音	*da:^{B}
标准泰语	tha:^{B2}
越南傣语（越南沙坝县）	ta:^{B2}
越南傣语（越南高平市）	da:^{B2}
南部壮语（广西龙州县）	ta:^{B2}
南部壮语（广西上思县）	ta:^{B2}
热依语（Yay）	ta^{B2}
石家语（Saek）	tha:^{B2}

秦汉时期的丹徒县位于长江入海口南侧，其地理位置很可能还与一条早期运河水道有关：

丹徒水道入通吴会，孙权初镇之。②

在存世文献中，元《至顺镇江志》最早将“秦使赭衣三千凿丹徒”的传说与丹徒水道及大运河的开凿联系起来，称“秦凿丹徒、曲阿，齐通吴会，隋穿使广”，其理由是“今水道所经大小夹冈，一在京岘之南，一在云阳之北，其势委曲周折，皆凿山为之”，正与“秦使赭衣徒三千凿京岘东南垄”“秦凿云阳北冈”诸说相合，并有宋人诗句“自从秦凿兴赭徒，大业

① 参见 Pittayawat Pittayaporn，*The Phonology of Proto-Tai*，第 334 页，表中声调皆略。

② 《南齐书·州郡上》，中华书局，1972 年，第 246 页。

广此事遨娱”为证。①

虽然此说是结合间接证据(与开凿水道并无明确关系)与感性认识而形成的推断,从论证逻辑上看并不严谨,但我们也的确无法排除“丹徒水道”在秦汉时期就已存在的可能。1980 年,在镇江古运河畔的丹徒镇金家山西汉早期墓葬中曾出土过一枚“丹徒右尉”铜印,系秦汉时期大县长吏官印,而丹徒镇坐镇镇江城市东南的古运河入江口,历史上即为汉丹徒县治所在。②

总之,无论是长江入海还是“江河交汇”,“丹徒”此地与“河川”都有着密切的联系,所以这里的“徒”字按照其上古音训为古越语中的“河川”之意是非常合理的。由此可知“丹”对应“关隘”而“徒”对应“河川”,“丹徒”这一地名实为古越语谓“河川之关”的音译,其意引申就是“控扼江河之城关”,如以汉语意译则可称为“江关”或者“河关”。这一释义不仅与秦汉丹徒县治(今丹徒社区)坐镇古运河入江口③的地理位置相吻合,也与后世出现的“镇江”之名异曲同工、不谋而合。

三、结　语

从先秦时期的“朱方”到秦汉时期的“丹徒”,这两个地名从字面上看,可谓毫无联系。然而在古越语的视野下,从主管岸防的“堤官”到控扼河川的“河关”,其内涵竟又如此一致,从源头上清楚地揭示了镇

---

① (元)俞希鲁等:《至顺镇江志》卷七《山水》,第 277、278 页。

② 肖梦龙、戴志恭:《镇江博物馆藏古代铜印》,《文物》1983 年第 8 期。《括地志》云:“丹徒故城在润州丹徒县东南十八里,汉丹徒县也。《晋太康地志》云:‘吴王濞反,走丹徒,越人杀之于此城南’。”《史记・绛侯周勃世家》“保于江南丹徒”下《史记正义》注,第 2076、2077 页。

③ 今丹徒镇东丹徒港仍为镇江市区古运河的入江口。

江这座城市古今一贯的地理意义——屏障太湖的吴越门户，锁钥江河的天下关津。

史载吴王刘濞中原兵败之后退保江南丹徒，此地尚有东越王率领的越军万余人。按东越王封地在东瓯之地（今浙江温州一带），其响应吴王起事，却只屯重兵于丹徒，不曾渡江北上助战，未必没有控此"河关"观望天下，必要时以吴越之境自保的想法。而事情的结果也确实如此：汉军没有选择渡江南征，而是通过收买东越王借刀杀死了刘濞，东越王因此被免除罪过，得以全师归国。① "丹徒"在史册上的第一次亮相，就证明了自己的名副其实。

我国中原以外地区的古代地名往往保留了许多历史上当地居民语言的痕迹，这就使得从汉字字面意思出发对其进行的释义往往不得要领，留下了许多附会敷演的地名传说。而从历史上当地居民语言的角度来审视这些地名的发音时，我们却往往能够获得更为贴近当地自然环境或风土人情的解读，正如"朱方""丹徒"按古越语训为"堤官""河关"，恰与"镇江"之意一脉相通，这是仅凭汉字的音韵训诂无法到达的认知领域，却与历史上的当地生活世界紧密相连。当我们接近这些地名真正的内涵时，也就能够更加清晰地读懂它们在各自的一方山水间所扮演的人文角色。

本文原载《民族语文》2022 年第 2 期

① 参见《史记》卷 106《吴王濞列传》、卷 114《东越列传》，第 2834、2980 页。

试论汉墓出土陶奁的类型及装饰图案

王　涛

（南京大学历史学院）

关于奁的最早文献记载见于《说文解字·竹部》释“籢”曰：“籢，镜籢也。从竹，敛声。”[①]可见，奁最初应为竹制品。奁出现之初，除盛放妆奁用具外，还可以用来盛放食物或日常用品。目前学术界对于汉代漆奁的研究较为系统和深入，如刘芳芳《战国秦汉妆奁研究》、王培佩《魏晋至宋元时代的妆奁研究》等，而对于两汉时期墓葬中出土陶奁的研究则寥寥无几。本文拟在前人研究的基础上，系统梳理汉墓出土陶奁的实物资料，利用考古类型学的研究方法，对各地汉墓出土的陶奁及其装饰图案的发展与演变、传播方向、文化内涵等内容进行阐释。

一、汉墓出土陶奁类型

汉代妆奁的器形相较于战国和秦代发生了巨大的变化。这一时期新增了方形奁，除此之外，双层奁出现，多子奁开始流行[②]。西汉中

① （东汉）许慎撰、（清）段玉裁注：《说文解字注》，上海古籍出版社，1981年，第193页。

② 王培佩：《魏晋至宋元时代的妆奁研究》，东华大学硕士毕业论文，2015年，第22页。

期以后，漆奁装饰工艺更为精美，两汉时期的高等级墓葬中一般随葬精美的漆奁，而制作较为粗糙的陶奁大多出土于中小型汉墓中，墓主人身份也多为一般官吏和平民。根据陶奁装饰工艺可分为素面陶奁、彩绘陶奁和釉陶奁。

（一）素面陶奁

素面陶奁方形、椭圆形较少，大多为圆筒形，多无盖或弧形盖。依据足的不同及腹部的变化可分为四型：

A型 泥质灰陶，直口，直腹，平底，下附三蹄形足。依据腹部装饰不同分四式：

Ⅰ式 口微敛，直壁微弧，腹部没有任何装饰，如河南巩义市康店叶岭砖厂汉墓 M9：16[①]。（见图一-1）

Ⅱ式 腹部贴塑对称铺首衔环，如陕西省交通学校汉墓群 M192：11[②]。（见图一-2）

Ⅲ式 腹部上下饰一周或两周凸弦纹，如河南辉县赵雷墓地 HBZM84：2[③]。（见图一-3）

Ⅳ式 上腹部饰有对称二铺首衔环，上腹部及中部各饰一道或两道凹弦纹，如白鹿原国棉五厂汉墓 M18：9[④]。（见图一-4）

---

① 郑州市文物考古研究所、巩义市文物保护管理所：《河南巩义市康店叶岭砖厂汉墓发掘简报》，《华夏考古》2005年第3期。

② 西安市文物保护考古所，郑州大学考古专业：《长安汉墓》，陕西人民出版社，2004年，第518页。

③ 河南省文物局：《辉县汉墓》，科学出版社，2014年，第201页。

④ 陕西省考古研究所：《白鹿原汉墓》，三秦出版社，2003年，第142页。

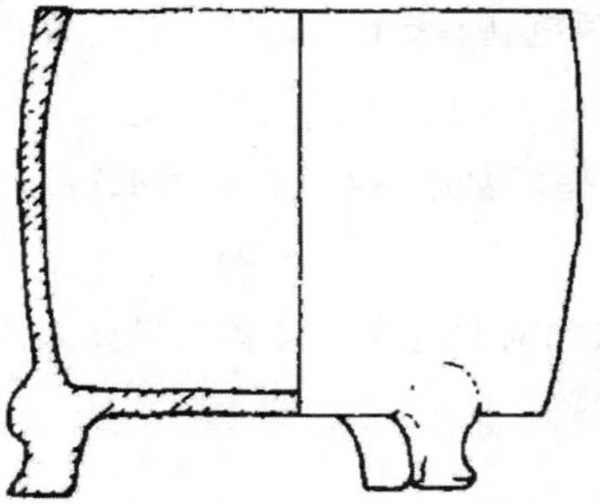

1. A 型　Ⅰ式(河南巩义市康店叶岭砖厂汉墓 M9:16)

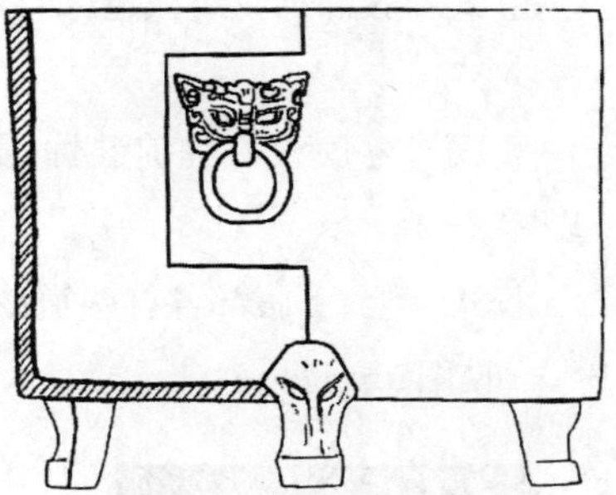

2. A 型　Ⅱ式(陕西省交通学校汉墓群 M192:11)

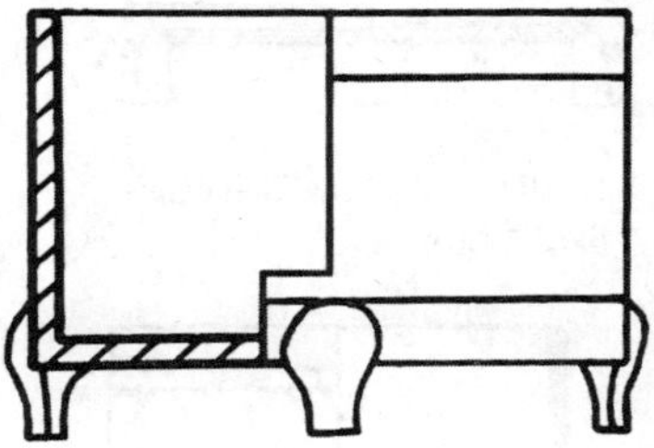

3. A 型　Ⅲ式(河南辉县赵雷墓地 HBZM84:2)

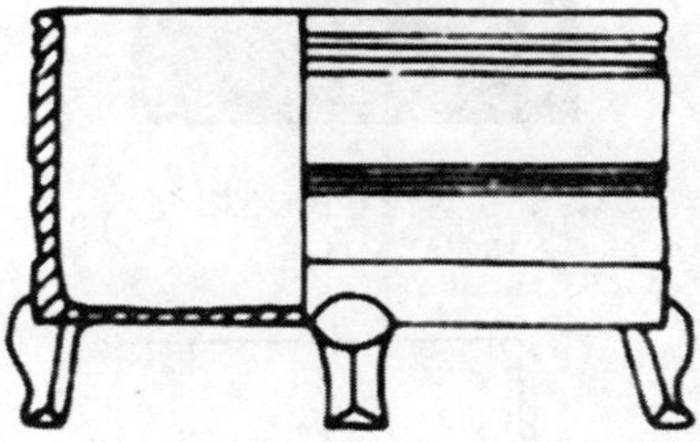

4. A 型　Ⅳ式(白鹿原国棉五厂汉墓 M18:9)

图一　A 型素面陶奁

B 型　泥质灰陶,直口或口微敛,筒腹,平底下附三兽(熊)足,无盖或弧盖顶饰桥形纽。依据腹部装饰不同分四式:

Ⅰ式　腹两侧有兽面铺首,如洛阳金谷园车站 M11:6[①]。(见图二-1)

① 洛阳市文物工作队:《洛阳金谷园车站 11 号汉墓发掘简报》,《文物》1983 年第 4 期。

Ⅱ式　腹部饰弦纹数道，如洛阳尹屯新莽壁画墓 M1：1①。（见图二-2）

Ⅲ式　器腹没有任何装饰，如河南辉县赵雷墓地 HBZM27：1②。（见图二-3）

Ⅳ式　上、下腹部各有两道弦纹，如河北抚宁县邴各庄汉墓 M2：1③。（见图二-4）

1. B型　Ⅰ式（洛阳金谷园车站 M11：6）

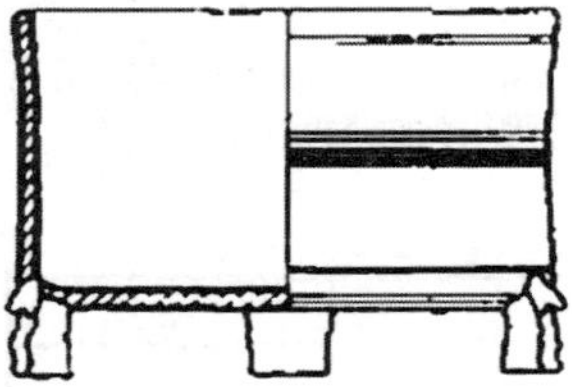

2. B型　Ⅱ式（洛阳尹屯新莽壁画墓 M1：1）

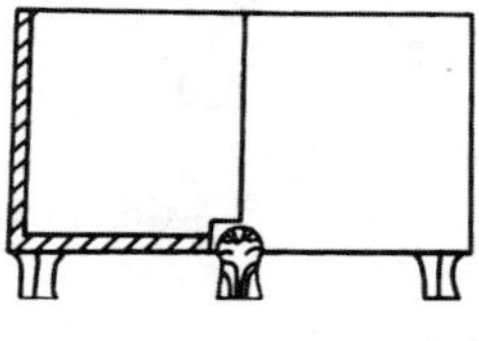

3. B型　Ⅲ式（河南辉县赵雷墓地 HBZM27：1）

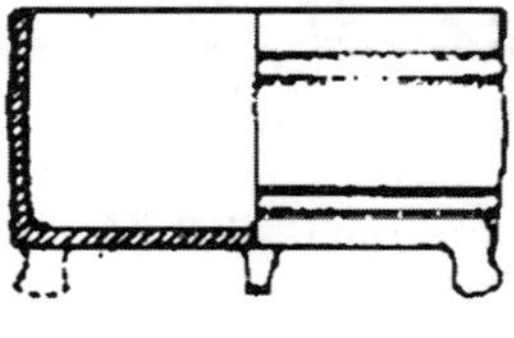

4. B型　Ⅳ式（河北抚宁县邴各庄汉墓 M2：1）

图二　B型素面陶奁

---

① 洛阳市第二文物工作队：《洛阳尹屯新莽壁画墓》，《考古学报》2005 年第 1 期。

② 河南省文物局：《辉县汉墓》，科学出版社，2014 年，第 140 页。

③ 河北省文物研究所：《河北抚宁县邴各庄汉墓发掘简报》，《文物春秋》1997 年第 3 期。

C型　泥质灰陶或泥质红陶，直口或口微敛，底部无足。根据器物底部不同可分为两亚型：

Ca型　筒状腹或曲腹，平底，依据腹部装饰不同分三式：

Ⅰ式　器腹没有任何装饰，如黄河小浪底盐东村汉函谷关仓库建筑遗址99XYEM7：1①。（见图三-1）

Ⅱ式　口沿下或腹部一般均饰有弦纹，其中口沿下多为两周凹弦纹，而腹部仅见一周凸弦纹，如白鹿原国棉五厂汉墓M12：19②。（见图三-2）

Ⅲ式　腹部饰数道弦纹，如甘肃玉门白土良汉晋墓M9：3③。（见图三-3）

Cb型　筒状腹，圜底，依据腹部装饰不同分二式：

Ⅰ式　上腹部有数处钻孔，如辽宁营口鲅鱼圈区天瑞水泥厂M17：12④。（见图三-4）

Ⅱ式　腹部素面，如洛阳市南昌路东汉墓BM3：12⑤。（见图三-5）

---

① 三门峡市文物考古研究所：《三门峡地区考古集成》，大象出版社，2011年，第320页。

② 陕西省考古研究所：《白鹿原汉墓》，三秦出版社，2003年，第142页。

③ 甘肃省文物考古研究所：《甘肃玉门白土良汉晋墓发掘简报》，《考古与文物》2006年第1期。

④ 辽宁省文物考古研究所、辽宁省文物局：《辽宁营口鲅鱼圈区天瑞水泥厂汉代砖室墓发掘简报》，《北方文物》2016年第2期。

⑤ 洛阳市第二文物工作队：《洛阳市南昌路东汉墓发掘简报》，《中原文物》1987年第3期。

1. Ca型Ⅰ式(黄河小浪底盐东村汉函谷关仓库建筑遗址99XYEM7:1)

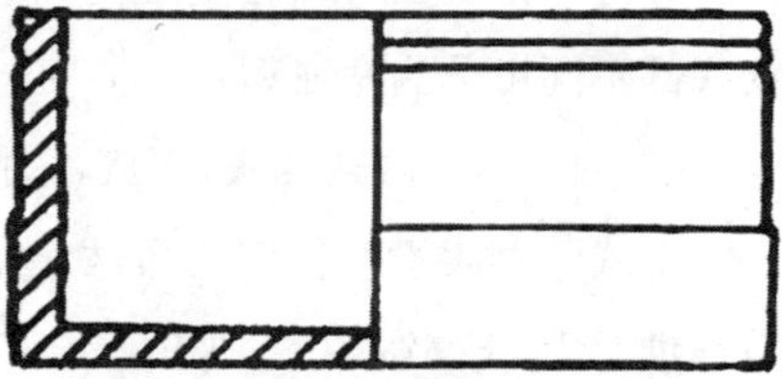

2. Ca型Ⅱ式(白鹿原国棉五厂汉墓M12:19)

3. Ca型Ⅲ式(甘肃玉门白土良汉晋墓M9:3)

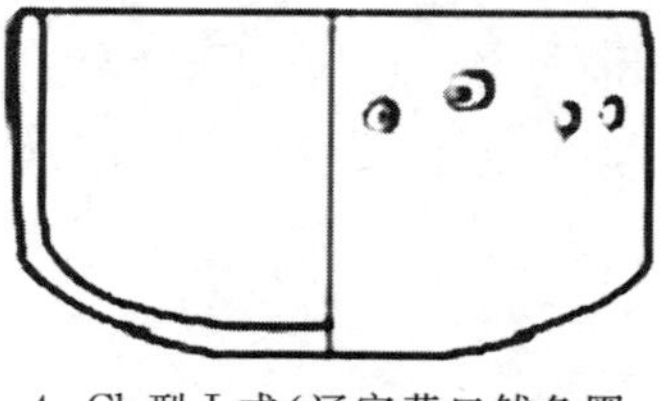

4. Cb型Ⅰ式(辽宁营口鲅鱼圈区天瑞水泥厂M17:12)

5. Cb型Ⅱ式(洛阳市南昌路东汉墓BM3:12)

图三　C型素面陶奁

D型　筒形腹,器身口小底大,平底下附三个乳状足,器盖与器身作圆筒形相互套合,器盖顶部上鼓,盖面有三个乳钉装饰。如三门峡市建设东路汉墓M1:38①。(见图四)

---

① 三门峡市文物考古研究所:《三门峡地区考古集成》,大象出版社,2011年,第291页。

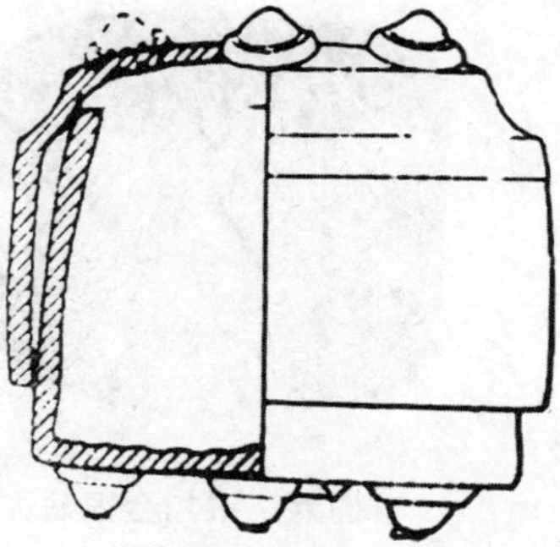

图四 D型素面陶奁

A、B型陶奁从西汉中期以后开始流行，C型陶奁的流行时间最迟也应为西汉中期。A、B、C型陶奁最初流行于关中地区，后不断传播到中原地区，并散见于甘肃、辽宁等地；D型陶奁发现较少，其出现时间和流行区域有待进一步的考古发现。素面陶奁大致经历了从瘦高型到扁宽型、从有足到无足的变化。此外，弦纹、水波纹、铺首衔环等装饰纹样在整个西汉时期都非常流行，A、B型陶奁应为模仿温酒樽（见图五）而制作，故暂将其定名为"樽式素面陶奁"；[①]C型陶奁是A、B型陶奁的变体，D型陶奁是对当时上层社会所用漆奁（见图六）的继承，故暂将其定名为"盒式素面陶奁"。素面陶奁制作都较为粗糙，实用性较差，应为当时的随葬明器。

图五 山西右玉县出土中陵胡傅温酒樽

（二）彩绘陶奁

彩绘陶奁作为陶奁中较为特

① 汉墓中出土的陶奁与陶樽不易区分，笔者认为若墓内出土同类器与陶勺、陶案、陶耳杯等同时出现，应称其为陶樽；若仅出土一件同类器，并无其他随葬品与其配套组合，则应称其为陶奁。

图六　银扣金银贴饰彩绘云气鸟兽人物纹七子奁

（图片采自《汉广陵国漆器》第 120 页）

殊的一类，笔者将其分出叙述。彩绘陶奁方形、椭圆形较少，大多为圆筒形和套筒形，根据彩绘陶奁的形态，将其分为四型：

A 型　泥质灰陶或泥质红陶，直腹，平底，三蹄足或三兽足，无盖，根据装饰图案不同可分为三亚型：

Aa 型　腹部彩绘人物图案，以朱砂铺地，再用墨线勾画，最后涂色，画面上下绘三角云纹。如洛阳金谷园车站 M11：158①。（见图七-1）

Ab 型　通体施红彩，器外腹壁装饰图案分上、中、下三区，上、下两区为连续菱形纹，其间填以漩涡、圆圈、勾云纹等，中区为连弧星云纹及两个对称铺首衔环或饰云气纹。如陕西省交通学校 M65：16②。（见图七-2）

Ac 型　奁上三人倒立或二人、单人倒立。由三俑和一奁一盘组成，二俑倒立于奁沿，头下脚上，一腿相交于奁上，一腿曲伸向外，第三

① 洛阳市文物工作队：《洛阳金谷园车站 11 号汉墓发掘简报》，《文物》1983 年第 4 期。

② 西安市文物保护考古所、郑州大学考古专业：《长安汉墓》，陕西人民出版社，2004 年，第 456 页。

个俑双手倒立于前两俑相交的腿上，双腿向上直挺，三俑面部涂朱，穿红色短裤，将汉代百戏与彩绘陶奁完美结合起来。如出土于洛阳涧西七里河东汉墓的彩绘陶奁①。（见图七-3）

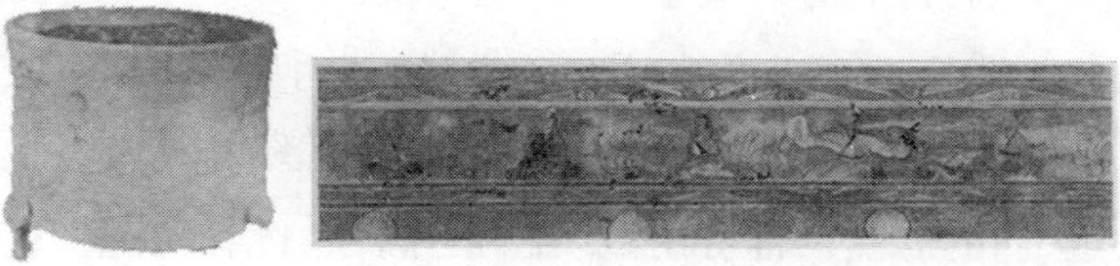

1. Aa型（洛阳金谷园车站M11：158）

2. Ab型（陕西省交通学校M65：16）

3. Ac型（洛阳涧西七里河东汉墓出土陶奁）

图七　A型彩绘陶奁

---

① 洛阳博物馆：《洛阳涧西七里河东汉墓发掘简报》，《考古》1975年第2期。

B型　泥质红陶或泥质灰陶，由盖、盒两部分组成，盖为穹窿顶，折肩或弧肩，直壁，盒身直筒形，平底。根据装饰图案不同，可分为两亚型：

Ba型　器身圆筒形，直壁，平底，奁盖套于器身外，顶为球面形，上有三个半球形纽，盖表涂粉，并绘有花纹，器内涂朱，花纹现已脱落。如山东东平王陵山汉墓出土的彩绘陶奁①。（见图八-1）

Bb型　由盖、盒两部分组成，盖为穹隆顶，折肩，直壁，盒身直筒形，平底。盖顶施红地，中心用紫色或白色绘柿蒂纹，外围饰白色云气纹，间以卷草纹，盖壁中部饰红色宽带纹，内绘白色、紫色云气纹，间以卷草纹，盖壁其余部分与盖顶边缘均饰紫色纹带。如洛阳吉利区东汉墓 M445：34②。（见图八-2）

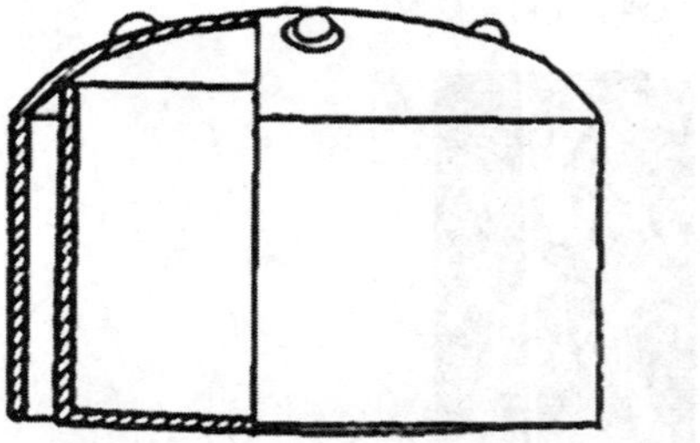

1. Ba型（山东东平王陵山汉墓出土陶奁）

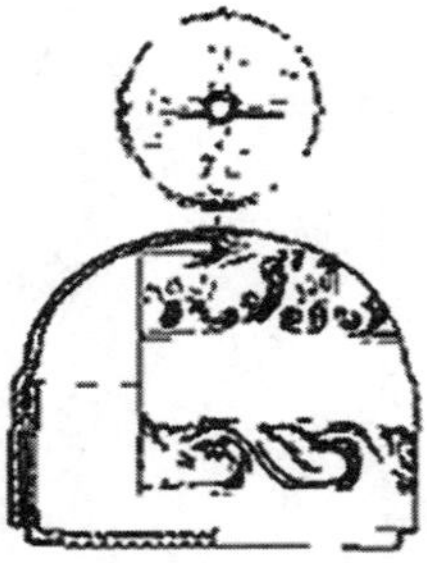

2. Bb型（洛阳吉利区东汉墓 M445：34）

图八　B型彩绘陶奁

---

① 山东省博物馆：《山东东平王陵山汉墓清理简报》，《考古》1966年第4期。

② 洛阳市文物工作队：《洛阳吉利区东汉墓发掘简报》，《文物》2001年第10期。

C型　器体呈长方体，奁身可完全套入盖内，奁盖上部隆起，作长方形锥台状，盖顶有长方形凹槽，四角作乳，出土时奁盖绘有红、白彩花纹。如洛阳西工东汉壁画墓 M120：18①。（见图九）

D型　平面呈椭圆束腰形，直壁，平底无足，盖与身扣合紧密，四角作乳。如河北迁安于家村一号汉墓出土。（见图一〇）

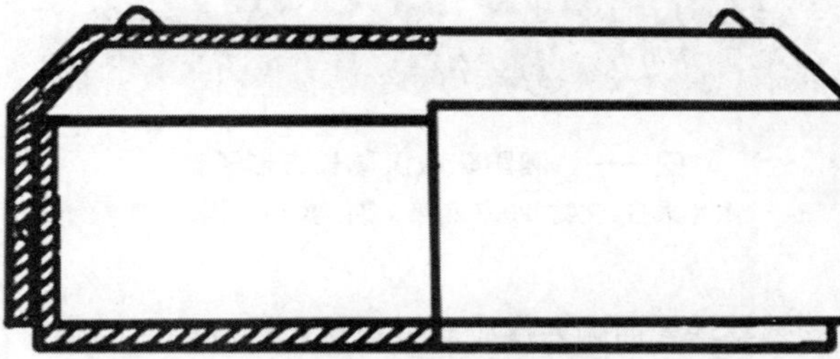

图九　C型彩绘陶奁

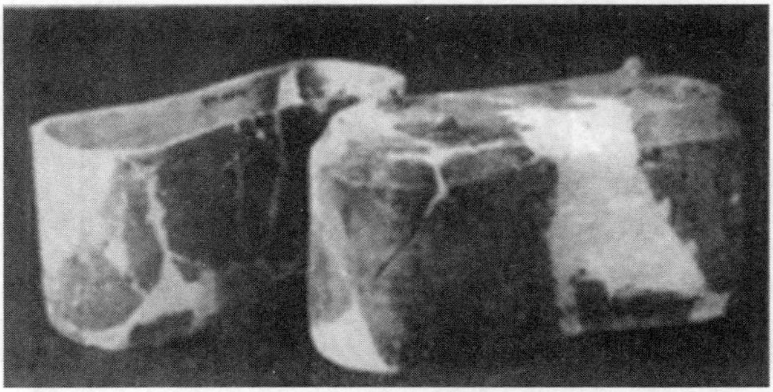

图一〇　D型彩绘陶奁

① 洛阳市文物工作队：《洛阳西工东汉壁画墓》，《中原文物》1982年第3期。

图一一　泗阳陈墩汉墓长方形子奁
(图片采自《文物》2007年第7期,第49页,图二四)

彩绘陶器是指素面陶器烧成后再用颜料绘制图案的陶器,因彩绘图案较易剥落,且这类陶器大多出土于墓葬中,故应不是实用器,而是明器。彩绘陶奁是彩绘陶器中较为常见的一种,A型彩绘陶奁是模仿温酒樽制成的,故暂将其定名为“樽式彩绘陶奁”,B、C、D型彩绘陶奁应是模仿漆奁见图一一的形制和装饰纹样制作的,故暂将其定名为“仿漆奁式彩绘陶奁”。

A型彩绘陶奁在两汉时期非常流行,常与鼎、壶、钫共出,最早出现的时间应为西汉中晚期,最初流行于关中地区,后不断传播到中原地区,随着釉陶器的出现而不断衰落,逐渐退出历史舞台;B、C、D型彩绘陶奁最早出现于西汉中期以后,在整个东汉时期都较为流行,最初流行于洛阳地区,后不断传播到中原地区,山东半岛、辽东半岛地区也有零星发现。

Ac型彩绘陶奁较为特殊,笔者暂将其定名为“百戏式彩绘陶奁”,表现的是三人倒立的情景,栩栩如生,是不可多得的艺术珍品。

此外，还有单人倒立、双人倒立等，演出者多为女性，在汉代画像石、壁画上都可以看到倒立演出的场面，是研究中国杂技史很好的实物资料。

（三）釉陶奁

釉陶奁的发现较多，大多集中于关中及中原地区。釉陶奁分泥质红陶和泥质灰陶两种，大多为泥质红陶，筒状腹，器形没有多大变化，根据足部的不同分为三型：

A型　兽形足（熊形足），根据足的不同分二式：

Ⅰ式　三兽形足（熊形足）略高，足均踞熊形，或无盖，或有博山形盖或覆钵盖，沿下一周弦纹，腹上部两侧贴塑对称铺首衔环。如西安雅荷城市花园 M3：7[①]。（见图一二-1）

Ⅱ式　三兽形足（熊形足）较Ⅰ式略低，多博山形盖，子母口扣合，盖及器身浅浮雕山峦，腹部上下各有一周弦纹，山峦间有走兽、仙禽、羽人及狩猎场面。如西北医疗设备厂 M128：3[②]。（见图一二-2）

Ⅲ式　三兽形足（熊形足）较Ⅱ式略低，奁盖略小于奁身，圆纽，盖顶较平，腹部中间饰两周凹弦纹。如青海西宁陶家寨汉墓 M1：26[③]。（见图一二-3）

---

① 西安市文物保护考古所、郑州大学考古专业：《长安汉墓》，陕西人民出版社，2004年，第240页。

② 西安市文物保护考古所、郑州大学考古专业：《长安汉墓》，陕西人民出版社，2004年，第72页。

③ 青海省文物考古研究所：《青海西宁陶家寨汉墓发掘简报》，《文物》2015年第9期。

1. A型 Ⅰ式(西安雅荷城市花园 M3：7)

2. A型 Ⅱ式(西北医疗设备厂 M128：3)

3. A型 Ⅲ式(青海西宁陶家寨汉墓 M1：26)

图一二 A型釉陶奁

B型 蹄形足，以足面装饰的不同分二亚型：

Ba型 足面线刻兽面或大象头像或素面，以足的高低不同分三式：

Ⅰ式 三蹄形足较高，无盖，多素面。如三门峡市立交桥西汉墓 M4：11[①]。(见图一三-1)

Ⅱ式 三蹄形足较Ⅰ式略低，盖多为博山形，盖及器身模印山峦，山峦间模印虎、羊、羽人、仙鹤、流云等图案。如西安市三兆殡仪馆 M3：9[②]。(见图一三-2)

---

① 三门峡市文物考古研究所：《三门峡地区考古集成》，大象出版社，2011年，第259页。

② 西安市文物保护考古所、郑州大学考古专业：《长安汉墓》，陕西人民出版社，2004年，第721页。

Ⅲ式　三蹄形足较Ⅱ式略低，无盖，中腹对称模贴铺首衔环，上腹及下腹部各有一周凹弦纹，中腹有两周凹弦纹，通体施绿釉。如宁夏固原市北塬东汉墓 M5：39①。（见图一三-3）

Bb型　足面或素面，或线刻弦纹，或为竖形凹槽，以足的高低不同分二式：

Ⅰ式　三蹄形足略高，器表施釉，釉色以红褐或黄褐为主。如陕西省交通学校 M79：19②。（见图一三-4）

Ⅱ式　三蹄形足较Ⅰ式略低，足面或素面，或为竖形凹槽，除个别有博山形盖或覆钵形盖外，多无盖。如西安石油学院 M22：7③。（见图一三-5）

1. Ba型 Ⅰ式（三门峡市立交桥西汉墓 M4：11）

2. Ba型 Ⅱ式（西安市三兆殡仪馆 M3：9）

---

① 宁夏文物考古研究所、固原市原州区文物管理所：《宁夏固原市北塬东汉墓》，《考古》2008年第12期。

② 西安市文物保护考古所、郑州大学考古专业：《长安汉墓》，陕西人民出版社，2004年，第465页。

③ 西安市文物保护考古所、郑州大学考古专业：《长安汉墓》，陕西人民出版社，2004年，第689页。

3. Ba 型 Ⅲ式（宁夏固原市北塬东汉墓 M5：39）

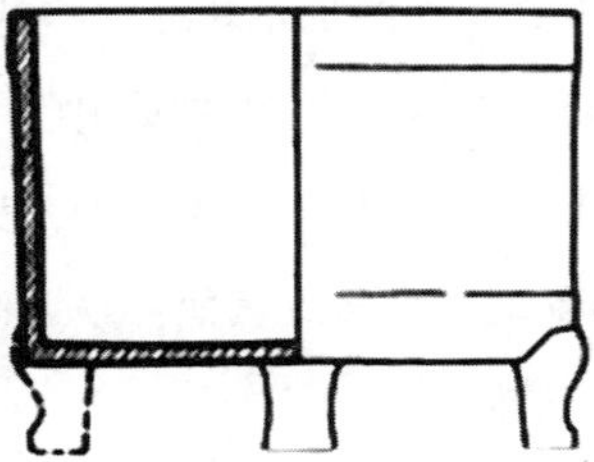

4. Bb 型 Ⅰ式（陕西省交通学校 M79：19）

5. Bb 型 Ⅱ式（西安石油学院 M22：7）

图一三　B 型釉陶奁

C 型　异形足，多为三龙形足或三人形足，无盖，器形没有多大变化，器表施釉，多为绿釉，腹部上下各有一周弦纹，山峦间有仙禽、走兽、羽人等装饰图案。如西安佳馨花园 M80：2①。（见图一四）

釉陶奁在西汉中晚期开始流行，主要流行于三辅地区，后不断扩展到整个关中地区，在西汉末年向西逐渐传播到甘肃、青海、宁夏地区，向东逐渐传播到中原地区及山东半岛等地，无论是器形还是装饰

① 西安市文物保护考古所、郑州大学考古专业：《长安汉墓》，陕西人民出版社，2004 年，第 676 页。

图一四 C型釉陶奁

图案，都是对关中地区的继承，地域特色不强。此外，岭南地区也有零星发现，是南北方文化交流融合的产物。

釉陶奁的装饰图案多为羽人、龙、虎、熊、铺首衔环等，反映出汉代人事死如事生、希望死后能够升天成仙的社会习俗及意识形态。釉陶奁盖中的博山形盖，可能受到汉代流行的博山炉的影响，也是汉代人成仙信仰的生动体现。

两汉时期高等级墓葬中一般随葬有精美的漆奁，西汉中期以后，镶嵌银扣、贴饰金银箔片的漆奁在当时的社会是极其昂贵的奢侈品①，而釉陶奁大多出土于中小型汉墓中，墓主身份多为一般官吏和平民，制作较为粗糙。此外，汉墓中出土的釉陶奁大多为叠烧，器物内底有叠烧痕迹，应有专门烧制釉陶器的手工业作坊。釉陶奁为铅釉陶器，釉层极易剥落，应为当时的随葬明器。

要之，汉墓中出土的各类陶奁基本经历了器形由瘦高向扁宽、由有足向无足，图案纹饰由简单向复杂的演变过程，这既反映出了汉代工匠制作工艺水平的提高，也反映出随着时间的演变，人们据器物使用需求的发展而对器物进行改进的趋势。

---

① 刘芳芳：《战国秦汉妆奁研究》，南京大学博士毕业论文，2011年年，第131页。

二、陶奁装饰图案研究

《易传·系辞上》中有“形而上者谓之道，形而下者谓之器”，“器物”不仅以语言的形式体现古人对形式美的认识，更通过有形之“器”传达无形之“道”，从而突破了“器物”的普遍物质意义，达到追求人生价值的精神境界[①]。陶奁上的装饰图案主要有铺首衔环、云纹、羽人、仙禽神兽等，对于图案背后的内涵和寓意有必要进行深层次解读。

（一）铺首衔环

铺首衔环在汉代器物装饰上运用得非常普遍，形式也比较固定，在汉画像石（见图一五）和墓葬壁画上也表现得非常具体生动。《汉书·哀帝纪》记载：“孝元庙殿门铜龟蛇铺首鸣。”唐颜师古注：“门之铺首，所以衔环者也。”[②]《汉书·扬雄传》曰：“排玉户而飏金铺兮，发兰惠与穹穷。”[③]这些史料虽都是记载地面建筑铺首（见图一六）的情况，但对于我们认识和研究汉代器物上的铺首衔环图案提供了一些信息。铺首衔环图案在素面陶奁、彩绘陶奁、釉陶奁上都有体现，均模制，不具实用性，有一定的艺术性和观赏性。陶奁上的铺首衔环，是对青铜器上铺首衔环的继承和发展，它综合了许多兽类的特征，并在其基础上进行改进，造型似虎类牛，异常凶猛，模制在陶奁上，可以起到辟邪镇凶的功用。

---

① 杨先艺、周蕴斐、王琴：《论中国传统造物的“器以载道”思想》，《理论月刊》2006年第12期。

② 《汉书·哀帝纪》，中华书局，1962年，第344页。

③ 《汉书·扬雄传》，中华书局，1962年，第3529页。

图一五　绥德四十里铺墓左右门扉

图一六　陕西兴平汉武帝茂陵附近出土兽面纹青玉铺首

（二）云纹

云纹，包括勾云纹、云气纹、星云纹等。云纹的出现来自古人对自然天象的崇拜。汉代云纹广泛地运用于各个领域和汉代社会的方方面面，无论是在砖瓦、铜器、玉器、陶器上，还是在丝织品（见图一七）、漆器、绘画作品上，都能看到形形色色的云纹主题。汉代云纹产生的最根本原因在于对自然的崇拜和对长生不老的追求，它既是对秦代艺术的继承，也是对楚国艺术的借鉴，灵动而率性，散漫中不失秩序，奔放中不失韵律。汉墓中出土的彩绘陶奁和釉陶奁上都有云纹，有的是灵动飘逸的云气纹，有的是繁密细腻的星云纹，也有的是流动烂漫的勾云纹，虽是边缘装饰，但使得整个画面生动活泼，能够更巧妙地表达汉代人希望灵魂不灭、羽化成仙的心境。

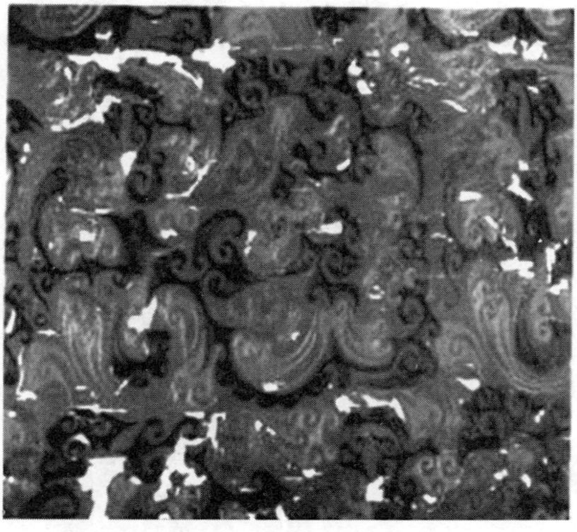

图一七　湖南长沙马王堆汉墓出土的绛红绢地长寿绣残片

（三）羽人

在汉墓中出土的釉陶奁上可以看到一种肩生双翼、手持灵芝（或持节）、驾驭飞龙、作奔走状的人物形象（见图一八），这一形象应该是先秦文献中所说的羽人。《山海经·海外南经》："羽民国在其东南，其为人长头，身生羽。一曰在比翼鸟东南，其为人长颊。"①《楚辞·远游》载："仍羽人于丹丘兮，留不死之旧乡。"②羽人图像广泛出现在汉代艺术的方方面面，大都出土于墓葬中。壁画墓（见图一九）、画像石墓、画像砖墓中都可以看到羽人图像的踪影，在墓中出土文物（见图二〇）上也可以看到此类图像。釉陶奁腹部图案上的羽人手持灵芝（或持节），自然飘逸，起着导引墓主人灵魂升天的作用，游离于龙、虎、鹿、雄、朱雀、仙鹤、羊等仙禽神兽中，与仙山、云气构成一幅生动形象的羽化成仙画面。作为飞仙，羽人出没于阴阳两界，既关照生者，又慰藉死者，其不仅是长生久视的榜样，更是引导众生与灵魂飞升仙界的使者。③

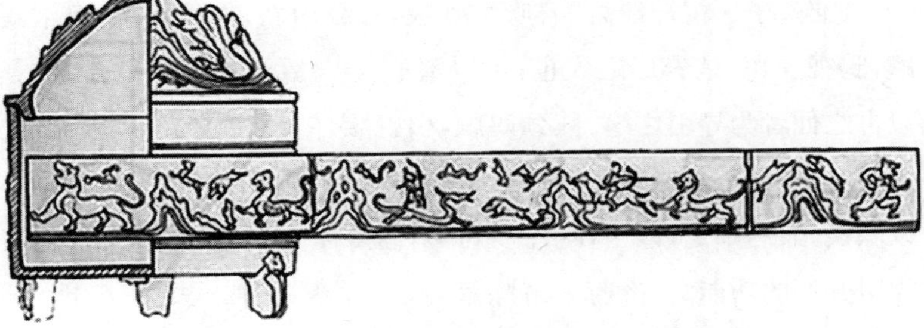

图一八　西安市方新村开发公司 M22:1

① （清）吴任臣：《山海经广注》，中华书局，2020 年，第 316 页。
② 金开诚、董洪利、高路明校注：《屈原集校注》，中华书局，1996 年，第 695 页。
③ 贺西林：《汉代艺术中的羽人及其象征意义》，《文物》2010 年第 7 期。

图一九　西安理工大学西汉墓壁画

图二〇　河南洛阳东郊出土青铜羽人

（四）仙禽神兽

《淮南子·精神训》："若吹呴呼吸，吐故内新，熊经鸟伸，凫浴蝯躩，鸱视虎顾，是养形之人也，不以滑心。"①《后汉书·华佗传》："是以古之仙者为导引之事，熊颈鸱顾，引挽腰体，动诸关节，以求难老。吾有一术，名五禽之戏：一曰虎，二曰鹿，三曰熊，四曰猿，五曰鸟。亦以除疾，兼利蹄足，以当导引。"②可见，仙禽神兽在古人的视域里具有导引升仙的功能。《论衡·解除篇》曰："龙虎猛神，天之正鬼也。"③《风俗通义·祀典》："虎者，阳物，百兽之长也，能执搏挫锐，噬食鬼

① 何宁：《淮南子集释》，中华书局，1998 年，第 527 页。

② 《后汉书·华佗传》，中华书局，1965 年，第 2739—2740 页。

③ 黄晖：《论衡校释》，中华书局，1990 年，第 1043 页。

魅。”[①]《后汉书·礼仪志》中载大傩仪式中方相氏以“黄金四目,蒙熊皮,玄衣朱裳,执戈扬盾”[②]的形象来驱邪。仙禽神兽除了导引升仙外,还有驱邪镇凶的作用。这些仙禽神兽图案大多出现于釉陶奁上,与山峦、云气、羽人等构成一幅仙界景象,栩栩如生。

三、结　语

综上所述,两汉时期墓葬中的陶奁,大都出土于关中平原及中原地区的中小型汉墓,且彩绘陶奁和釉陶奁都是在素面陶奁的基础上发展而来的。陶奁首先在西汉中晚期流行于都城长安和都会洛阳,后不断传播到关中及中原各地,至东汉晚期以后在甘肃、青海、宁夏等地也有零星发现,原因可能是东汉晚期甘青地区较为安定,几乎没有受到战乱的影响,故能够较好地保留汉文化因素。陶奁器形也大致经历了从瘦高到扁宽、从有足到无足的变化,无论从器物形态还是装饰纹样来看,陶奁都是对青铜樽和漆奁的继承。

《史记·孝文本纪》载文帝“治霸陵皆以瓦器,不得以金银铜锡为饰,不治坟,欲为省,毋烦民”[③]。由于统治阶级的倡导,上行下效,客观上加剧了西汉中晚期随葬漆器的社会风气,下层平民阶级没有财力随葬漆器,只能通过随葬制作较为粗糙的素面陶奁和彩绘陶奁来表达自己的心境,以后随着釉陶奁的不断流行,素面陶奁和彩绘陶奁逐渐退出历史舞台。

汉墓中出土的陶奁因其制作工艺较为粗糙,且彩绘和釉层极易脱

---

① 王利器:《风俗通义校注》,中华书局,1981年,第368页。
② 《后汉书·礼仪志下》,中华书局,1965年,第3144页。
③ 《史记·孝文本纪》,中华书局,1959年,第222页。

落,故应不是实用器,而是明器。陶奁上的装饰纹样也是两汉时期人们喜闻乐见的草叶纹、星云纹、铺首衔环、羽人、仙禽神兽等,装饰手法采用了传统的对称、均衡布局,注重器物自身的艺术效果,体现出汉代人事死如事生的丧葬观念和希望死后羽化升仙的美好愿望。

本文原载于《华夏文明》2020 年第 7 期

孙吴墓葬制度述考*

吴桂兵

（南京大学历史学院考古文物系）

一、引　言

中国古代墓葬制度中的“周制”“汉制”“晋制”的具体内涵及特征，学界已有较充分的研究①。甚至，从“周制”向“汉制”，从“汉制”向“晋

* 本文为江苏高校哲学社科重大项目“汉唐时期疾疫考古遗存研究”(2020SJZDA040)、国家社科基金一般项目“六朝墓葬外来因素遗存与古礼研究”(21BKG008)的阶段性成果。

① 关于“周制”的研究，可参考：陈公柔《士丧礼、既夕礼中所记载的丧葬制度》，《考古学报》1956年第4期；俞伟超、高明《周代用鼎制度研究》，原载《北京大学学报》(哲学社会科学版)1978年第1、2期，1979年第1期，后收入俞伟超《先秦两汉考古学论集》，文物出版社，1985年，第62—114页，收入时略有改动。关于“汉制”的研究，可参考：俞伟超《汉代诸侯王与列侯墓葬形制的分析——兼论“周制”、“汉制”与“晋制”的三阶段性》，原载《中国考古学会第一次年会论文集》，文物出版社，1980年，后收入俞伟超《先秦两汉考古学论集》，文物出版社，1985年，第117—124页；俞伟超《考古学中的汉文化问题》，载张忠培、俞伟超《考古、文明与历史》(中国台北“中研院”历史语言研究所傅斯年汉学讲座1997)，中国台北“中研院”历史语言研究所，1999年，第43—61页。关于“晋制”研究的参考除前面俞伟超的《汉代诸侯王与列侯墓葬形制的分析》外，尚可见其著《中国魏晋墓制并非日本古坟之源》，俞伟超《古史的考古学探索》，文物出版社，2002年，第359—369页；刘斌《洛阳地区西晋墓葬研究——兼谈晋制及其影响》，《考古》2012年第4期；霍巍《六朝陵墓装饰中瑞兽的嬗变与(转下页)

制”的演变探讨，也成为了比较集中的研究专题①。墓葬制度考古学研究在宏观和具体内涵上，均已经达到了一定高度。然而，我们注意到在汉晋两大制度之间，魏蜀吴三国的墓葬考古材料近年来不断涌现，如何看待魏蜀吴三国墓葬与汉晋墓葬制度的关系，是仅仅将三国墓葬视作是汉制的消失、晋制的形成材料，还是认为三国墓葬材料自身能够支撑起墓葬制度的归纳，这显然是深入研究墓葬制度必须考虑的问题。三国之中，魏墓、蜀墓考古发现不多，有明确纪年者则更少，而孙吴墓葬的发现不但数量多，而且不少墓葬有纪年，一些墓葬的墓主身份也比较明确。这就为我们回答上述问题，试着对孙吴墓葬制度进行探讨成为可能。

其实，对于孙吴墓葬的特殊性，相关研究已有一定基础。如孙吴墓葬特征的归纳，始源于六朝墓葬的分期研究，宿白先生在其所编《魏晋南北朝考古》讲义中，将南方地区长江中下游墓葬的演变分为五期，第一期为东汉末至吴初（3世纪初至3世纪中）；第二期为孙吴中期以后至东晋初（3世纪中至4世纪初）。第一期墓葬从墓葬形制到随葬器物组合，多仍汉制，但本地旧制和中原影响表现亦较明显；而第二期墓葬却和大约同时期的中原地区迥然不同，且各地区均有复杂表现。对于南方孙吴疆域范围内此期墓葬制度发生的变化，宿白先生从孙吴中期社

（接上页）“晋制”的形成》，《考古》2015年第2期；齐东方《中国古代丧葬中的晋制》，《考古学报》2015年第3期；吴桂兵《两晋墓葬文化因素研究》，南京大学出版社，2017年。

① 从周制向汉制的发展研究表现在如晋系墓葬、秦文化墓葬等方面，可参考：宋玲平《晋系墓葬制度研究》，科学出版社，2007年；王学理、梁云《秦文化》，文物出版社，2001年；赵化成《秦统一前后秦文化与列国文化的碰撞及融合》，宿白主编《苏秉琦与当代中国考古学》，第619—630页，科学出版社，2001年；滕铭予《秦文化：从封国到帝国的考古学观察》，学苑出版社，2002年。从“汉制”向“晋制”的发展研究可参见前注相关著述。

会经济的发展，以及南方入晋以后大族势力及政权控制的角度，进行了分析[①]。安徽马鞍山孙吴左大司马、右军师朱然墓被发掘后，研究以为其形制明显不同于受中原地区影响的墓葬形制，这样的趋势也延续到了南方的西晋时期，地方豪族仍然沿袭着与中原西晋墓不同的形制。此外，在随葬青瓷器数量超过陶器、随葬木刺等方面，也显示出了孙吴墓的时代特征[②]。总之，在南方六朝墓葬的研究中，孙吴墓葬倍受关注[③]，对孙吴墓葬进行制度立论，归纳特征，梳理发展演变，已有一定基础[④]。

然揆之文献，南方地区自东晋立足江左，礼仪制度传承为之两分[⑤]，此后至南朝为隋唐制度之一源，东晋立足江左之礼乐政刑典章文

---

① 宿白论述见北京大学考古系编《魏晋南北朝考古》，北京大学考古系试用讲义，1974 年，第 42 页。韦正将六朝墓葬分为长江下游、长江中游、赣中南闽西北、福建沿海、两广、西南等六个地区。除福建沿海外，孙吴时期墓葬在各地区分期中均有反映，长江下游地区六朝墓葬分为三期，第一期为东吴中期至西晋；长江中游可分为四期，第一期为东吴早期，第二期为东吴中期至东晋早期；赣中南闽西北可分四期，第一期东吴前期，第二期东吴后期至东晋早期；福建沿海地区可分出四期，第一期为西晋至东晋早期；两广地区可分四期，第一期为东吴至西晋中期；西南地区三期中第一期为六朝早期至东晋中期前后。详见韦正《六朝墓葬的考古学研究》，北京大学出版社，2011 年。

② 杨泓：《三国考古的新发现——读朱然墓简报札记》，《文物》1986 年第 3 期。

③ 可参考蒋赞初先生的系列论文：a.《关于长江下游六朝墓葬的分期和断代问题》，载《中国考古学年会第二次年会论文集》，文物出版社，1982 年；b.《长江中游六朝墓葬的分期和断代》，载《中国考古学年会第三次年会论文集》，文物出版社，1984 年；c.《长江中下游孙吴墓葬的比较研究》，载《六朝文化国际学术研讨会暨中国魏晋南北朝史学会第六届年会论文集》，《东南文化》1998 年增刊 2。上述论文均收入蒋赞初《长江中下游历史考古论文集》，科学出版社，2000 年。

④ 杨泓：《谈中国汉唐之间葬俗的演变》，《文物》1999 年第 10 期；韩国河：《秦汉魏晋丧葬制度研究》，第 50—91 页，陕西人民出版社，1999 年；韦正：《东吴墓葬的等级因素》，载其著《六朝墓葬的考古学研究》第五章第一节，第 268—279 页，北京大学出版社，2011 年。

⑤ 据梁沈约《宋书・礼志》记载："晋始则荀顗、郑冲详定晋礼；江左则荀崧、刁协缉理乖紊。"中华书局，1974 年，第 327 页。同书多次出现"江左以来"，将两晋区分出西晋、东晋两个阶段。

物承袭汉、魏、西晋[①],于孙吴的典章文物制度却未置一言。宋时人就以为"终吴之世,未遑礼文"[②]。但是,无论是从六朝制度的连续性考虑,还是面对大量的孙吴墓葬考古材料及已有的研究基础而言,晋之前的孙吴实在不能忽视[③]。本文拟循着孙吴建国的道路,以其中心区域武昌和建业的墓葬材料为基础,试着对孙吴墓葬制度进行述论。

二、汉代旧制影响下的武昌吴墓

经略长江中游一直是孙氏立足江东的主要战略取向,汉建安二十五年(220)曹丕称帝,第二年刘备也称帝于蜀。政治局势的迅速变化,使孙吴政权不得不采取有力的应对措施。黄初二年(221),孙权自公安都鄂(今鄂州),改名武昌,以武昌、下雉、寻阳、阳新、柴桑、沙羡六县为武昌郡,同年八月开始在武昌筑城。黄龙元年(229),孙权在武昌称帝。[④] 及此,武昌及其附近的夏口(今武汉)成为孙吴政权的中心地区,两地区的吴墓我们径称之为武昌吴墓。

---

① 陈寅恪:《隋唐制度渊源略论稿》,生活·读书·新知三联书店,1954年。

② (宋)张敦颐撰,张忱石点校:《六朝事迹编类》,上海古籍出版社,1995年,第24页。

③ 《晋书·五行志》记载:"武帝太康三年平吴后,江南童谣曰:'局缩肉,数横目,中国当败吴当复。'又曰:'宫门柱,且当朽,吴当复,在三十年后。'"中华书局,1974年,第844页。此亦可见孙吴在南方的影响。刘淑芬认为:六朝立国形势相若,而东晋、宋、齐、梁、陈五代皆沿袭孙吴的旧规,建都于建康。此虽言建康与六朝历史的发展,然六朝建都建康自孙吴始,亦可见孙吴在六朝制度连续性中的地位。详见刘淑芬《建康与六朝历史的发展》,原载《大陆杂志》第六十六卷第四期,后收入刘淑芬《六朝的城市与社会》,中国台湾学生书局,1992年,第3—33页。

④ 孙权在武昌称帝后即迁都建业,后且拆武昌宫材瓦徙建建业太初宫,孙皓亦短暂自建业迁都武昌。详见《三国志·吴书二》注引《江表传》、《三国志·吴书三》,中华书局,1982年,第1147页、1164页。

鄂城地区发现的吴墓，除了《鄂城六朝墓》所载材料外[①]，还有鄂钢饮料厂一号墓[②]、鄂州塘角头吴墓[③]、西山南麓 M2[④]、82 百子畈 M18 和 M19[⑤]、郭家细湾吴墓[⑥]等等。武汉地区孙吴墓有武昌任家湾黄武六年墓[⑦]、武昌莲溪寺吴墓[⑧]、武昌钵盂山 M303[⑨]、黄陂滠口吴墓[⑩]、江夏流芳吴墓[⑪]等。上述吴墓材料涉及的纪年有黄初二年(221，鄂城 M4010)、黄武四年(225，鄂城 M3032)、黄武六年(227，武昌任家湾)、黄龙二年(230，鄂城 M1002)、嘉禾二年(233，鄂城 M1004)、赤乌三年(240，鄂城 M5004)、赤乌十二年(249，鄂钢饮料厂 M1)、太平元年(256，鄂城 M2138)、永安四年(261，鄂州塘角头 M2)、永安五年(262，武昌莲溪寺)等，下文对武昌吴墓的分析即参照上述纪年及据此进行

---

① 根据《鄂城六朝墓》发掘报告的断代，该书公布的孙吴墓达到了 118 座。详见南京大学历史系考古专业、湖北省文物考古研究所、鄂州市博物馆:《鄂城六朝墓》，科学出版社，2007 年。

② 鄂州博物馆、湖北省文物考古研究所:《湖北鄂州鄂钢饮料厂一号墓发掘报告》，《考古学报》1998 年第 1 期。

③ 湖北省文物考古研究所、鄂州市博物馆:《湖北鄂州市塘角头六朝墓》，《考古》1996 年第 11 期。

④ 鄂州市博物馆:《湖北鄂城吴晋墓发掘简报》，《考古》1991 年第 7 期。

⑤ 鄂州市博物馆:《湖北鄂城吴晋墓发掘简报》，《考古》1991 年第 7 期。

⑥ 黄义军、徐劲松、何建萍:《湖北鄂州郭家细湾六朝墓》，《文物》2005 年第 10 期。

⑦ 武汉市文物管理委员会:《武昌任家湾六朝初期墓》，《文物参考资料》1955 年第 12 期。材料初次发表时，并没有明确交代纪年，其后由程欣人先生作了专门介绍，详见程欣人《武汉出土的两块东吴铅券释文》，《考古》1965 年第 10 期。

⑧ 湖北省文物管理委员会:《武昌莲溪寺东吴墓清理简报》，《考古》1959 年第 4 期。

⑨ 张柏主编:《中国出土瓷器全集》，科学出版社，2008 年，第 13—15 页。

⑩ 武汉市博物馆:《武汉黄陂滠口古墓清理简报》，《文物》1991 年第 6 期。

⑪ 武汉市博物馆、江夏区文物管理所:《江夏流芳东吴墓清理发掘报告》，《江汉考古》1998 年第 3 期。

的年代比对①。

根据墓葬形制，武昌吴墓可以分出五类。第一类为带耳室、小龛的前后室砖墓，墓葬后室长度在 4 米以上，属于此类的墓葬有鄂钢饮料厂 M1、鄂城孙将军墓、江夏流芳吴墓等②。第二类为前后室砖墓，后室长度在 3 米以上，代表墓例有武昌莲溪寺吴墓、武昌任家湾黄武六年墓、鄂城 M2215、鄂城铁 M105(鄂城 M1002)、鄂州塘角头 M4 等。第三类为带甬道长方形单室砖墓，代表墓例有鄂城 M5004、鄂州塘角头 M9。第四类为长方形单室砖墓，代表墓例有鄂城 M4010、鄂城 M1004、鄂城 M2138 等。第三、第四类长方形墓室长度亦在 3 米以上。第五类为长方形土坑墓，墓室长度在 2 米以上，代表墓例有鄂城 M3035、鄂城 M3009 等(表一)。

表一　武昌吴墓的墓葬形制

类别	墓名	形制结构							
		墓道	门	甬道	前室	前室设施	后室	后室设施	规模(米)
第一类	鄂钢饮料厂 M1	积石	砖	双层券顶	横长方形双层券顶	对称耳室砖台二壁龛设帐	长方形双层券顶	棺床	5. 02 × 3. 08 +3. 22 (残高) 5. 8 × 3. 3 + 2. 76

---

① 武昌吴墓纪年器物有的是地券，有的是铜镜，有的是根据墓主身份结合文献记载而确定。需要注明的是铜镜的纪年铭文，其纪年虽然标志的是铸镜时间，但本文根据对武昌吴墓的整体观察，其与墓葬年代或亦相去不远，故本文将其一并列入墓葬纪年材料。

② 本文关于孙吴墓葬的形制判读，未考虑墓葬附带的侧室。如塘角头 M2，该墓实际为前后室墓附带侧室，侧室与耳室不同，在随葬器物组合等方面不具有空间意义。可参考齐东方《三国两晋南北朝时期的附葬墓》，《考古》1991 年第 10 期。

续表

类别	墓名	形制结构							
		墓道	门	甬道	前室	前室设施	后室	后室设施	规模(米)
第一类	孙将军墓		砖	单层券顶	横长方形双层券顶	对称耳室 砖台二	长方形双层券顶	棺床	4.5×2.8 4.37×2.67
	流芳吴墓		砖	券顶对称耳室	方形双层四面积顶	对称耳室 左右侧室	长方形双层券顶	棺床 壁龛	3×3 4.5×2.1
第二类	莲溪寺吴墓		砖	券顶	方形	对称耳室 砖台一	长方形	棺床	2.58×2.52 3.58×1.7
	任家湾吴墓	斜坡	砖	券顶	方形	对称耳室	长方形	棺床 壁龛	1.99×2.1 3×1.60
	鄂城铁M105		砖	券顶	方形四隅券进	砖台一	长方形双层券顶	棺垫	2.80×2.74+3.10 3.04×1.68+1.62
	鄂城M2215		砖	券顶	方形四隅券进		长方形券顶	外侧柱券	2.5×2.8+2.32 3.84×1.66+1.58
	塘角头M4	斜坡	砖	券顶	横长方形券顶	灯台	长方形券顶	棺床	3.2×1.84+2.2 3.82×1.82+1.86

续表

<table>
<tr><th rowspan="2">类别</th><th rowspan="2">墓名</th><th colspan="8">形制结构</th></tr>
<tr><th>墓道</th><th>门</th><th>甬道</th><th>前室</th><th>前室设施</th><th>后室</th><th>后室设施</th><th>规模(米)</th></tr>
<tr><td rowspan="2">第三类</td><td>鄂城M5004</td><td></td><td>砖</td><td>券顶</td><td colspan="4">带甬道长方形券顶 棺垫</td><td>2.98×1.58
+1.42</td></tr>
<tr><td>塘角头M9</td><td></td><td>砖</td><td>券顶</td><td colspan="4">带甬道长方形券顶　砖台
棺床　砖柱</td><td>3.6×1.1
+1.73</td></tr>
<tr><td rowspan="2">第四类</td><td>鄂城M4010</td><td></td><td>砖</td><td colspan="5">长方形单室砖墓　券顶</td><td>3.52×0.65</td></tr>
<tr><td>鄂城M1004</td><td></td><td>砖</td><td colspan="5">长方形单室砖墓 券顶</td><td>3.3×1.24</td></tr>
<tr><td rowspan="2">第五类</td><td>鄂城M3035</td><td colspan="7">长方形土坑墓</td><td>2.26×0.88</td></tr>
<tr><td>鄂城M3009</td><td colspan="7">长方形土坑墓</td><td>2.54×0.9</td></tr>
</table>

上述五类武昌吴墓差异明显,有限的墓主身份材料反映出的墓葬差异也基本与五类划分相同。上述五类墓葬代表墓例中,鄂钢饮料厂M1出土弩机一张,知墓主为孙邻,据《三国志·吴书六》的记载,孙邻为孙坚兄孙贲子,封都乡侯,迁夏口沔中督、威远将军[①]。鄂城孙将军墓出"孙将军门楼也"建筑模型,推测墓主或为某孙姓将军。属于第二类前后室砖墓中武昌莲溪寺永安五年墓墓主为校尉彭卢,武昌任家湾

① 《三国志·吴书六》,中华书局,1982年,第1210页。

黄武六年墓墓主为道士郑丑。第三类带甬道长方形单室砖墓没有明确的墓主身份材料，属于第四类的有上大将军校尉李周墓（鄂城M4010）、某府吏李作墓（鄂城M1003），属于第五类墓葬中的鄂城M3035出土“别部司马”铜印一枚，推侧墓主应为某位别部司马。由此可见，在形制方面表现出来的武昌吴墓墓主身份具有一定的代表性，其最高身份应该已经达到了侯一级，其下有将军、校尉、将军府校尉、府吏、别部司马等，还有的墓主身份为道士①，在阶层范围上包括了多个不同的层级，对其进行形制分析，基本上能够反映出武昌吴墓的形制特点。

武昌吴墓形制的第一、第二类均为前后室墓，唯第一类为带耳室的前后室墓，第二类有的带耳室，有的不带耳室，可见有无耳室不是武昌吴墓的分类标准，但这里高等级墓葬均有对称耳室。上述两类吴墓是武昌地区高等级吴墓的代表墓形，但两者除了在甬道和前室加砌对称耳室不同外，第一类在前室平面上还表现出横前堂，在前室或者后室壁上加砌壁龛，前室和后室多为双层券顶，有的甬道的券顶也是双层，这些都显示出了第一类墓葬的形制结构复杂，墓主当具有较高身份。需要注意的是，在第一类墓葬中，鄂钢饮料厂M1与其他几座墓葬有明显不同，如墓道积石、甬道双层券顶、前室对称耳室前伸与甬道

---

① 孙吴政权对待道士多有优崇。如孙策时期的道士于吉，其虽被杀，但据策母所言，其随军“助军作福，医护军士”，应有一定地位；颇知术数的吴范被孙权封为都亭侯，范死，孙权募与其相类者，许封千户侯；孙权末年，临海罗阳县有神人王表，权以辅国将军罗阳王印绶迎表。故知孙吴时期道士亦有可能身份很高。事见《三国志·吴书一》，第1110页；《三国志·吴书二》，第1148页；《三国志·吴书十八》，第1421、1423页。

平行，与此墓形制相同的是安徽马鞍山的宋山吴墓①。此类型墓葬墓主当具更高身份，待材料增加，当区别于普通的附对称耳室的墓葬。总之，武昌吴墓第一类墓葬形制具备了该地区吴墓所有的复杂结构，如斜坡墓道、墓道积石、双层券顶、对称耳室、小龛、砖台、棺床等。第二类墓葬重要之处在于前室积顶出现四隅券进，棺床、棺垫、砖柱等墓葬结构设施在第三类墓葬尚有使用，第四、第五类墓葬形制最为简单，上述复杂的墓室结构基本不见。武昌吴墓五类墓葬形制的差异表现十分明显。

墓葬形制是分析墓葬制度的基础要素，武昌吴墓墓葬平面形制复杂，主要有土坑墓、长方形单室砖墓、带甬道长方形单室砖墓、前后室砖墓、前后室附加耳室砖墓等五类；前后室墓与长方形单室墓是常见的墓葬形制，武昌吴墓基本上处于前后室和单室的形制范围内；前后室墓前后室之间一般有券顶甬道；在附耳室的前后室砖墓中，类似于鄂钢饮料厂 M1 附前伸对称耳室与孙将军墓等的对称耳室应有区别。五类墓葬以主室规模而论，第二、三、四类相似，长度一般在 3 米以上；第一类规模较大，长度均在 4 米以上，区别明显的鄂钢饮料厂 M1 长度近 6 米；第五类仅 2 米多。武昌吴墓的结顶形式多样，常见券顶、四面结顶及四隅券进结顶。前后室墓可见纵券顶与横券顶、四面结顶与券顶、四隅券进与券顶的组合，单室砖墓均为券顶。此外，在墓室结构上除附加耳室外，有的还加砌壁龛，也有墓葬附加侧室，如塘角头 M2、江夏流芳吴墓、黄陂滠口吴墓等。墓室内砌砖台、墓壁上加砌砖柱在各

---

① 安徽省文物考古研究所、马鞍山市文物管理所：《安徽马鞍山宋山东吴墓发掘简报》，《江汉考古》2007 年第 4 期。

类墓葬中均有表现。

无论是规模较大、形制复杂的鄂钢饮料厂 M1，还是形制较为简单的第五类武昌吴墓，均随葬有一定数量的随葬器物，具有清晰的器物组合，大致有镇墓组合、仪卫组合、庄园明器①、庖厨明器、生活器具、祭奠器具、兵器组合、棺敛器具、地券、钱币、饰墓器具、工具组合等。各类组合即具体器类对应如下表（表二）。

表二　武昌吴墓随葬器物组合及器类

器物组合	具体器类
镇墓组合	独角镇墓兽、穿山甲镇墓兽、镇墓俑、仪式俑
仪卫组合	牛车、武士俑、侍俑、骑马俑
庄园明器	建筑模型、仓井、磨、臼、碓、劳作俑、畜禽舍、畜禽俑
庖厨明器	炉、灶、鐎斗、釜、盘口壶、双耳罐、双系罐、四系罐、釜形罐、盖罐、盆、盘、碗、篮
生活器具	罐、罍形罐、洗、盆、盂、虎子、唾壶、熏、狮形插器、灯
祭奠器具	槅、案、盆、盘、耳杯、碗、碟
兵器组合	弩机、剑、刀、戟

① 庄园明器是墓主身份和财富的象征，非独死者，生者亦然，非独孙氏，司马氏亦然。《晋书·石崇传》载“有司簿阅（石）崇水碓三十余区，苍头八百余人”，中华书局，1974 年，第 1008 页。

续表

器物组合	具体器类
棺敛器具	钗、镜、水注、黛板、金银饰、玉石饰、握猪、梳、简、刺、方
地券	
钱币	半两、五铢、剪轮、大泉五十、直百五铢、大泉五百
饰墓器具	环、扣、钩
工具组合	锸、锤、凿

结合表二的器物组合，进一步观察上述五类武昌吴墓的随葬器物组合及具体器类。需要说明的是，鄂城和武汉地区的武昌吴墓多经扰乱，在随葬器物组合统计上，组合内一类器物的出现，就可说明该组合的使用。有些在同一组合上会出现不同质地的器物，有些器物在组合归纳上可以归属两个或以上组合，我们一般视其各组合均存在。这样，我们选取鄂钢饮料厂 M1、鄂城孙将军墓、江夏流芳吴墓、黄陂滠口吴墓代表第一类武昌吴墓，任家湾黄武六年墓、武昌莲溪寺永安五年墓、鄂城铁 M105、鄂城 M2215、塘角头 M4 代表第二类，鄂城 M2208、鄂城 M2184、鄂城 M2148 代表第三类，鄂城 M2137、鄂城 M3002 代表第四类，鄂城 M3035、鄂城 M3009 代表第五类。

表三 武昌吴墓随葬器物组合与器类墓例表

组合	器类	鄂钢饮料厂M1	孙将军墓	江夏流芳吴墓	黄陂滠口吴墓	任家湾吴墓	莲溪寺吴墓	鄂城铁M105	鄂城M2215	塘角头M4	鄂城M2208	鄂城M2184	鄂城M2148	鄂城M2137	鄂城M3002	鄂城M3035	鄂城M3009
仪卫类	牛车		△	△	△												
	武士俑	△		△	△												
	侍俑	△		△	△												
	骑马俑		△	△	△												
镇墓类	镇墓兽	△			△		●			▲							
	穿山甲				△		▲			▲							
	镇墓俑		△				●				●	△					
	仪式俑			△	△		▲	●		▲							
庄园类	建筑模型	△	△	△	△												
	仓		△		△		▲	●	●		●	△					
	井	△					▲	●	●	▲	●	△	●				
	磨	△	△		△			●			●	△					
	杵臼	◎	△	△	△							△					
	碓、碓房	△	△	△	△		▲	●			●		●				
	劳作俑	△		△	△						●	△					
	畜禽舍	△	△	△	△		▲	●	●	▲	●	△	●				
	畜禽俑	△	△	△				●	●	▲	●		●				

续表

组合	器类	鄂钢饮料厂M1	孙将军墓	江夏流芳吴墓	黄陂滠口吴墓	任家湾吴墓	莲溪寺吴墓	鄂城铁M105	鄂城M2215	塘角头M4	鄂城M2208	鄂城M2184	鄂城M2148	鄂城M2137	鄂城M3002	鄂城M3035	鄂城M3009
庖厨类	灶炉	△	△		△	●	●	●	●	▲	●	△	●	◆			
	鐎熨斗	★			△							◆		◆			
	釜	★						◆			●						
	盘口壶	△					●	△		△		△	△	●			
	双耳罐					●	●	●	●								
	双系罐						●										
	四系罐	△		△				△					△				
	釜形罐																
	盖罐	△															
	盆	●				●		◆									
	盘	△		△	△				●			△		◆			
	碗	△			△	△		◆	△	△	△	△	△	△	△		
生活类	罐	△		△		▲	△	△			●	△	●	●	●	●	●
	罍形罐	△	△			●											
	洗	△			△	◆		◆	◆				◆	◆			
	壶						△										
	盆	△				●		△					●				
	盂	△				■											
	虎子					△			■								

续表

组合	器类	鄂钢饮料厂M1	孙将军墓	江夏流芳吴墓	黄陂滠口吴墓	任家湾吴墓	莲溪寺吴墓	鄂城铁M105	鄂城M2215	塘角头M4	鄂城M2208	鄂城M2184	鄂城M2148	鄂城M2137	鄂城M3002	鄂城M3035	鄂城M3009
	唾壶							▽	■								
	熏篮	△	△		△	●	▲		●			△					
	盘													■	■		
	耳杯碗													■		△	△
	灯	△	△	△	△	●							△				
祭奠类	槅	●	△	△	△				■								
	案				△				■								
	盆	●															
	盘	△				◇			■								
	耳杯	△			△	◇			■								
	碗	●						△	■								
	碟					■		△	■								
兵器类	弩机	◆						◆									
	剑					★											
	刀	★				★	★		★								
	戟矛								★								

续表

组合	器类	鄂钢饮料厂M1	孙将军墓	江夏流芳吴墓	黄陂滠口吴墓	任家湾吴墓	莲溪寺吴墓	鄂城铁M105	鄂城M2215	塘角头M4	鄂城M2208	鄂城M2184	鄂城M2148	鄂城M2137	鄂城M3002	鄂城M3035	鄂城M3009
棺敛类	钗	▽				▽		▽	▽				▽			▽	▽
	镜	◆				◆		◆					◆		◆	◆	◆
	带钩								◆								
	水注																
	黛板	◎					◎	◎									
	饰件	▼	▼				◆	▼	▼	▼		▼	▽	▼		▽	
	玉石饰	▬							▬					▬			
	握猪											▬					
	梳					□											
	简					□											
	刺																
	方																
其他	地券					▬	▬										
	钱币	▬	▬			▬		▬	▬	▬		▬	▬			▬	▬
	构件	▬						▬									

陶● 硬陶○ 釉陶▲ 青瓷△ 铜◆ 铅◇ 金▼ 银▽ 铁★ 漆■
木□ 石◎ 器物存在▬

通过器物组合及器类排比的墓例观察（表三），五类武昌吴墓在随葬器物组合及器类使用上具有明显的差异。第一类墓葬包括武昌吴墓的所有器物组合，特别是在镇墓组合、仪卫组合、祭奠器具组合方面表现得比较明显，其中的黄陂滠口吴墓几乎使用了镇墓组合中的所有器类，使墓葬具有了浓郁的镇厌色彩。在仪卫组合方面大多使用了牛车、武士俑、侍俑、骑马俑等①。尤其是建筑模型，有的发掘报告称之为坞堡，有的称之为院落，仅在第一类墓葬中出现，显示出了第一类武昌吴墓的独特性及器物使用的限制。与第一类武昌吴墓明显不同的是，第二类武昌吴墓没有使用仪卫组合，其他各类组合均有使用。武昌吴墓第三类与第二类相比较，不见祭奠器具和兵器组合。在镇墓组合方面，第三类墓葬出现的镇墓俑已与前两类墓葬中有较大不同，其形态殊为怪异，如果考虑到此差异，将其单列，则第三类武昌吴墓则不见镇墓器物组合。武昌吴墓第四类与第三类比较，又不见庄园明器组合的使用。第五类与第四类相比较，又不见庖厨明器，仅见生活类器物组合、棺敛器物组合和钱币。上述五类吴墓使用随葬器物组合的差异表示如下(表四)：

表四　武昌吴墓使用随葬器物组合差异

器物组合	武昌吴墓				
	第一类	第二类	第三类	第四类	第五类
仪卫	√				
镇墓	√	√			
祭奠	√	√			

① 黄初年间孙权曾下令诸将："闻诸将出入，各尚谦约，不从人兵，甚非备虑爱身之谓。夫保己遗名，以安君亲，孰与危辱？宜深警戒，务崇其大，副孤意焉。"《三国志·吴书二》，中华书局，1982年，第1121页。可见武昌吴墓仅第一类墓葬随葬有仪卫俑组合，或与墓主身份、地位有关。

续表

器物组合	武昌吴墓				
	第一类	第二类	第三类	第四类	第五类
兵器	√	√			
庄园	√	√	√		
庖厨	√	√	√	√	
生活	√	√	√	√	√
棺敛	√	√	√	√	√
钱币	√	√	√	√	√

武昌吴墓随葬器物的摆放也具有一定空间规律。以形制最为复杂、规模最大的第一类墓葬为例,在甬道内摆放的一般是镇墓兽,如鄂钢饮料厂 M1,也有的在甬道内摆放祭奠用的多子槅以及属于镇墓俑中的仪式俑,如黄陂滠口吴墓即在甬道正中位置安置了多子槅,在近甬道墓壁处还整齐摆放了几件一定姿势的镇墓俑。鄂钢饮料厂、孙将军墓、江夏流芳吴墓以及黄陂滠口等规模较大的墓葬,均在前室的正中摆放一件陶建筑模型,似乎成为此类墓葬一种比较固定的模式。除此之外,第一类大型墓葬前室内还摆放有仪卫器物、祭奠器具、兵器、墓饰器具(前堂设帐的构件等),以及大量的生活用器。庖厨明器和庄园明器分别摆放在对称的左右耳室内,后室主要摆放的是棺敛器具。

与第一类武昌吴墓不同,第二类武昌吴墓的前室成为摆放随葬器物的主要空间。庖厨明器、庄园明器均很规律地分布于前室的一隅或近墓壁处,前室的中间位置多见祭奠类器物组合,如鄂城铁 M105(鄂城 1002)、鄂城 M2215 等。一些墓葬在前后室间的甬道口安置具有特殊宗教含义的仪式俑,如塘角头 M4,该墓即在前后室间的甬道口摆放有佛像俑及仪式俑[①]。第三类带甬道的单室砖墓，其随葬器物主要摆放在墓室前端及甬道，墓室前两个角落一般分别摆放有庖厨明器和庄园明器。第四、五类墓葬形制简单、规模较小，随葬器物的组合也相对简单，在摆放上应该是根据墓室的实际情况因地制宜。

对于武昌吴墓形制与随葬器物的梳理，不可回避的是其与汉代墓葬之间的关系。比较而言，武昌吴墓受汉代墓葬制度影响明显。长江中游地区的汉墓材料发现较多，比较集中的有湖南长沙[②]、湖南大庸[③]、湖北黄冈罗州城[④]、武汉江夏庙山[⑤]以及襄阳王坡[⑥]等。除此之外，湖北房县[⑦]、随州[⑧]、宜都[⑨]、当阳[⑩]、湖南郴州[⑪]、常德南坪[⑫]、衡阳

---

① 杨泓：《跋鄂州孙吴墓出土陶佛像》，《考古》1996年第11期。本文将塘角头M4出土的陶佛像及附近的两件仪式俑归为镇墓组合，这与该墓在武昌吴墓整体五类墓葬的划分一致，也反映出此类器物在孙吴墓葬出现的用途。

② 中国科学院考古研究所：《长沙发掘报告》，科学出版社，1957年。该书的第四部分专门介绍东汉墓葬。

③ 湖南省文物考古研究所、湘西自治州文物工作队、大庸市文物管理所：《湖南大庸东汉砖室墓》，《考古》1994年第12期。该报告公布的东汉砖室墓达到了53座。

④ 黄冈市博物馆、湖北省文物考古研究所、湖北省京九铁路考古队：《罗州城与汉墓》，科学出版社，2000年。

⑤ 武汉市文物考古研究所、江夏区文物管理所：《武汉江夏区庙山东汉墓的清理》，《考古》2006年第5期。

⑥ 湖北省文物考古研究所、襄樊市考古队、襄阳区文物管理处：《襄阳王坡东周秦汉墓》，科学出版社，2005年。

⑦ 湖北省博物馆：《湖北房县的东汉、六朝墓》，《考古》1978年第5期。

⑧ 王善才、王世振：《湖北随州西城区东汉墓发掘报告》，《文物》1993年第7期；王世振、王善才：《湖北随州东城区东汉墓发掘报告》，《文物》1993年第7期。

⑨ 宜昌地区博物馆、宜都县文化馆：《湖北宜都发掘三座汉晋墓》，《考古》1988年第8期。

⑩ 卢德佩：《湖北当阳市郑家大坡东汉画像石墓》，《考古》1999年第1期。

⑪ 湖南省博物馆：《湖南郴州市郊东汉墓发掘简报》，《考古》1982年第3期。

⑫ 湖南省博物馆：《湖南常德南坪东汉"酉阳长"墓》，《考古》1980年第4期。

道子坪①、衡阳茶山坳②等地也有发现。其中衡阳道子坪M1为前中后三室墓,发掘报告根据同一地点墓葬墓砖有“二千石”铭文,推测该墓墓主当在二千石以上③。除此之外,还有“酉阳长”“左尉”“司金司马”等墓主身份,涉及的墓葬纪年有东汉阳嘉元年(132)、本初元年(146)、建宁二年(169)、熹平五年(176)等。武昌吴墓受到该地区东汉墓葬制度的影响主要表现在墓葬形制上为前后室墓,无论是方形前室,还是横前室,在该地区东汉墓葬中均有表现。耳室的设置及其空间器物的摆放,均反映出了东汉、孙吴墓葬制度的延续与变化;在随葬器物组合方面至为明显的是庖厨明器、庄园明器的使用。同时,在具体器类上也表现出东汉、孙吴墓葬之间的联系。

当然,武昌吴墓也出现了一些不同于汉墓的墓葬因素,有的已经形成规制。武昌吴墓的前后室墓前后间多有明显过道,其前室出现了四隅券进积顶,在东汉墓葬中不见,而且成为孙吴前后室墓前室的主要积顶形式。武昌吴墓在具较高等级的前后室墓的左右两侧均附加对称耳室,这也是该地区东汉墓中不常见的。墓内设奠在东汉已经出现,但器物组合及具体器类到孙吴时期已经发生了很大的变化,武昌吴墓使用的是以多子槅为中心的祭奠器物组合,与东汉墓使用以案为中心的器物组合明显不同。耳室随葬器物的组合到孙吴时期也已经成为固定形式,一为庖厨明器,一为庄园明器。吴墓随葬器物

---

① 湖南省博物馆:《湖南衡阳县道子坪东汉墓发掘简报》,《文物》1981年第12期。

② 衡阳市博物馆:《湖南衡阳茶山坳东汉至南朝墓的发掘》,《考古》1986年第12期。

③ 汉代前中后三室墓墓主均具有较高的身份,详细分析参见北京大学历史系考古教研室《战国秦汉考古(下)》试用讲义,1973年,第7—55页。

的质地也与汉墓有了很大的不同，东汉墓常见釉陶、硬陶，孙吴墓则常见软陶和瓷器，瓷器逐渐成为主要随葬器物。在具体器类上也是如此，东汉墓葬中的鼎、壶、车马器等不见，孙吴墓葬完备的镇墓组合、仪卫组合、祭奠组合则成为其不同于汉墓的显著特色。同时，武昌吴墓在墓葬形制结构、随葬器物组合甚至具体器类方面，均与汉墓表现出明显的差异，如在生活器具中，武昌吴墓多出罐、盘口壶、洗、盂、虎子、唾壶、篮等，洛阳烧沟东汉中晚期墓则常见罐、盘、樽、盒、奁、壶、耳杯等①。武昌吴墓与汉代因素的相似，反映出该地区吴墓受到汉代墓葬制度的影响；武昌吴墓与汉代旧制的不同，是否是与孙吴后期孙吴墓葬制度的确立有关，还期待本地区吴墓年代学研究的进一步细化②。

三、建业吴墓的区域因素与新形式

黄龙元年(229)秋九月，孙权在登基为帝后不久即从武昌迁都建业(今南京市区)。甘露元年(265)，孙皓迁都武昌，不久，于宝鼎元年(266)又还都建业，直至太康灭吴。可见，建业是孙吴政权的主要都城，也应是其文物制度表现的核心地区。该地区吴墓是我们观察孙吴

① 中国科学院考古研究所：《洛阳烧沟汉墓》表六七《墓葬总表》，科学出版社，1959年，第242页。

② 韦正将长江中游地区的六朝墓葬分出四期，其中第一期为东吴早期，第二期为东吴中期至东晋早期，与第二期对应的第二组器物，如器类众多的青瓷器组合，许多因素来源于长江下游地区。形制方面第一期和第二期情况相似，明显继承东汉晚期的特点。参见韦正《六朝墓葬的考古学研究》，北京大学出版社，2011年，第44—55、98页。

墓葬制度的重要材料。本文将今天南京市及其附近马鞍山地区的吴墓材料合并考虑，称之为建业吴墓。

南京发现的吴墓有江宁赵史岗 M4 和 M7[①]、西善桥吴墓[②]、张王山 M1 和 M2[③]、郭家山 M6 和 M7[④]、甘家巷吴墓[⑤]、下坊吴墓[⑥]、东善桥吴墓[⑦]、五塘村 M2[⑧]、索墅砖瓦厂 M1[⑨]、长岗村 M5[⑩]、殷巷吴墓[⑪]、上坊棱角山吴墓[⑫]、黄家营 M5[⑬]、邓府山吴墓[⑭]、尧化镇吴墓[⑮]、上坊中下

---

① 江苏省文物管理委员会：《南京近郊六朝墓的清理》，《考古学报》1957 年第 1 期。

② 李蔚然：《南京西善桥六朝墓的清理》，《考古通讯》1958 年第 4 期。

③ 南京市博物馆：《南京郊县四座吴墓发掘简报》，《文物资料丛刊》8，文物出版社，1983 年，第 1—15 页。

④ 南京市博物馆：《江苏南京市北郊郭家山东吴纪年墓》，《考古》1998 年第 8 期。

⑤ 南京博物院、南京市文物保管委员会：《南京栖霞山甘家巷六朝墓群》，《考古》1976 年第 5 期。

⑥ 华国荣：《江苏南京市江宁县下坊村发现东吴青瓷器》，《考古》1998 年第 8 期。

⑦ 南京市博物馆、江宁市博物馆：《南京市东善桥"凤凰三年"东吴墓》，《文物》1999 年第 4 期。

⑧ 南京市博物馆：《南京北郊五塘村发现六朝早期墓》，《文物资料丛刊》8，文物出版社，1983 年，第 65—67 页。

⑨ 南京市博物馆：《南京狮子山、江宁索墅西晋墓》，《考古》1987 年第 7 期。

⑩ 南京市博物馆：《南京长岗村五号墓发掘简报》，《文物》2002 年第 7 期。

⑪ 南京市博物馆：《南京北郊五塘村发现六朝早期墓》，《文物资料丛刊》8，文物出版社，1983 年，第 65—67 页。

⑫ 南京市博物馆：《南京郊县四座吴墓发掘简报》，《文物资料丛刊》8，文物出版社，1983 年，第 1—15 页。

⑬ 江苏省文物管理委员会：《江宁县黄家营第五号六朝墓清理简报》，《文物参考资料》1956 年第 1 期。

⑭ 南京市博物馆：《江苏南京邓府山吴墓和柳塘村西晋墓》，《考古》1992 年第 8 期。

⑮ 南京市博物馆、南京市栖霞区文化局：《江苏南京市尧化镇六朝早期墓》，《考古》1998 年第 8 期。

村吴墓[①]、大光路薛秋墓[②]等。马鞍山地区发现的吴墓有寺门口吴墓[③]、朱然墓[④]、朱然家族墓[⑤]、宋山墓[⑥]、佳山吴墓[⑦]、东苑小区 M4[⑧]、当涂“天子坟”[⑨]等。建业吴墓发现的墓葬纪年有赤乌十二年(249,朱然墓)、赤乌十四年(251,江宁赵史岗 M4)、五凤元年(254,南京幕府山 M1 和 M2)、永安二年(259,郭家山 M7)、永安四年(261,郭家山 M6)、甘露元年(265,五塘村 M2)、建衡二年(270,甘家巷 M29)、凤凰二年(273,赵史岗 M7)、凤凰三年(274,东善桥吴墓)、天册元年(275,上坊棱角山吴墓)、太岁庚子(280,索墅砖瓦厂 M1),涉及的明确墓主身份有右军师左大司马(朱然墓)、长沙太守(江宁下坊凤凰元年墓)、立武校尉陈重(郭家山 M7)、军司马(西善桥吴墓)、大男(幕府山 M1)、大女(郭家山 M6)、折锋校尉薛秋、右将军士俞某(马鞍山东苑小区 M4)、广

---

① 南京市博物馆:《南京上坊孙吴墓》,南京市博物馆申报 2006 年度全国考古新发现图录,2006 年(未公开出版);南京市博物馆、南京市江宁区博物馆:《南京江宁上坊孙吴墓发掘简报》,《文物》2008 年第 12 期。

② 南京市博物馆:《南京大光路孙吴薛秋墓发掘简报》,《文物》2008 年第 3 期。

③ 马鞍山市博物馆:《安徽马鞍山寺门口东吴墓发掘简报》,《东南文化》2007 年第 3 期。

④ 安徽省文物考古研究所、马鞍山市文化局:《安徽马鞍山东吴朱然墓发掘简报》,《文物》1986 年第 3 期。

⑤ 马鞍山市文物管理所:《 安徽省马鞍山市朱然家族墓发掘简报》,《东南文化》2007 年第 6 期。

⑥ 安徽省文物考古研究所、马鞍山市文物管理所:《安徽马鞍山宋山东吴墓发掘简报》,《江汉考古》2007 年第 4 期。

⑦ 安徽省文物考古研究所:《安徽马鞍山市佳山东吴墓清理简报》,《考古》1986 年第 5 期。

⑧ 吴志兴、王俊、殷春梅:《马鞍山东苑小区六朝墓清理简报》,《文物研究》第 11 辑。

⑨ 叶润清、殷春梅、杨彭、罗海明:《安徽当涂“天子坟”孙吴墓发掘收获》,载国家文物局主编:《2016 中国重要考古发现》,文物出版社,2017 年,第 106—109 页。

陵堂邑某处士（甘家巷 M29）等。当涂“天子坟”出土漆皮上有“校尉”文字，不知是否与墓主身份有关。发掘者推测是孙吴宗室墓，不排除是吴景帝孙休与朱夫人的可能。

表五 建业吴墓形制分类

类别	墓名	形制结构							
		墓道	门	甬道	前室	前室设施	后室	后室设施	规模（米）
第一类	上坊吴墓	斜坡	墙	双层券顶石门	方形四隅券进双层起券	对称耳室石雕兽首	长方形四隅券进双层起券石雕兽首	兽首石棺座龛	4. 48 × 4. 48 ＋5 6. 03 × 4. 56 ＋4. 04 均残高
	宋山吴墓	斜坡	墙	券顶	前有石门横长方形	砖台二券顶窗龛对称耳室	前有甬道前有石门	棺床	3. 12 × 5. 70 ＋4. 48 6. 27 × 2. 61 ＋3. 65
第二类	朱然家族墓		墙	石门券顶	方形四面积顶	砖台二	券顶	棺床	3. 22 × 3. 28 ＋2. 06 4. 22 × 1. 82 ＋1. 92 均残高
	朱然墓	阶梯	墙	券顶	方形四隅券进	砖台二灯台	长方形券顶		2. 76 × 2. 78 ＋2. 94 4. 08 × 2. 30 ＋2. 25
	棱角山吴墓			券顶耳室	方形四隅券进	一侧耳室	长方形券顶		3. 05 × 2. 98 ＋3. 45 4. 4 × 1. 95 ＋1. 95

续表

类别	墓名	形制结构							
		墓道	门	甬道	前室	前室设施	后室	后室设施	规模(米)
第二类	黄家营M5			券顶	方形四隅券进	灯台	长方形四隅券进		2.06×2.08 3.8×2.1
	郭家山M7				近方四隅券进	对称耳室	长方形券顶		2.2×2.45+1.25 3.6×1.9×1.4
第三类	赵史岗M7			券顶	长方形墓室 一侧附耳室 券顶				4.84×1.7+2.2
	张王山M1			券顶	长方形墓室 墓室后壁砌小龛 券顶				3.75×1.72+2.27
	长岗村M5			券顶	长方形墓室 附一耳室 券顶				4.64×1.78+1.56
	尧化镇吴墓			券顶	长方形墓室　券顶				4.4×2.1+0.77
	薛秋墓		墙	券顶	长方形墓室　砖台　券顶				4.64×2+2.88
	佳山吴墓			长方形墓室					3.40×1.45
第四类	赵史岗M4			长方形单室					2.9×0.73

根据墓葬形制及墓室规模，建业吴墓大致可以分出四类（表五）。

属于第一类的两座吴墓，即上坊吴墓和宋山吴墓，它们是该地区墓葬规模最大的。宋山墓全长达到 17.68 米，上坊墓的墓室总长达到 20.16 米，如果考虑到墓道的长度，整个墓葬规模的数据将更大。两墓单就墓室的规模而言，主墓室的长度都达到 6 米以上，上坊吴墓的方形前室边长为 4.48 米，其前后室的规模已不亚于鄂城的鄂钢饮料厂 M1。在墓室形制结构上，上坊吴墓与宋山吴墓亦显示出与其他吴墓的不同之处，如上坊吴墓甬道前有石门，整个墓室包括甬道在内均为双层起券，前后室均四隅券进积顶，四角均砌有兽首，两个墓室均对称砌二耳室，后室石棺座雕有兽首，墓顶盖石上亦似角兽画像。宋山吴墓结构虽没有上坊吴墓复杂，但其前后室均设有石门，前室两耳室前伸，与甬道平行，形制结构与鄂钢饮料厂基本一致。

建业吴墓的第二类墓葬均为前后室墓，属于此类的墓葬主要有朱然墓、朱然家族墓、上坊棱角山吴墓、郭家山 M7 等。此类墓葬的形制结构也比较复杂，有的在甬道侧砌有耳室，有的在前室侧壁砌有耳室，也有的在后室墓壁上砌有小龛；前室一般砌有砖台，后室有的砌有棺床；墓室积顶最显著之处就是前室大多为四隅券进积顶，墓室的形制且多为方形。此类墓室规模明显小于建业一类吴墓，以作为棺室的后室而论，其规模以 4 米长度为界两分，一在 4 米以下、3 米以上，一在 4 米以上。这样，我们就发现墓室规模的大小与前后室以至耳室的使用均没有对应关系，身为右军事左大司马的朱然使用了该类形制，其家族墓且使用了石门，身份亦不低，与他们身份有殊的校尉，乃至大男（黄甫）、大女等，也使用了此类墓葬形制。同时，这种不对应也反映出从汉至三国，多室墓以及附加耳室的形制逐渐从墓葬形制主流使用中淡出。

第三类建业吴墓均为带甬道长方形单室砖墓，墓室积顶均为券顶，在形制结构上没有特别复杂的地方，所需注意的是墓室的规模。该类墓葬墓室长度在 3 米以上，这一点与武昌吴墓的第三类相同，但是，我们发现以带甬道长方形单室为主要特征的建业吴墓部分墓室长度达到了 4 米以上，这在武昌吴墓中已经达到了第二类墓葬的主墓室规模，就建业吴墓而言，也比一些第二类吴墓的主墓室规模要大，如赵史岗 M7 达到了 4.84 米，长岗村 M5 达到了 4.64 米，折锋校尉薛秋的墓室长度也有 4.64 米。这与武昌吴墓带甬道长方形单室砖墓的墓室长度仅在 3 米左右明显不同。这或许说明高等级墓主开始使用简单的带甬道长方形单室砖墓，从而改变了此形制墓葬的墓室规模，这是建业吴墓在墓室规模与形制对应方面出现的新情况①。

表六　建业吴墓随葬器物组合与器类墓例表

组合	器类	上坊吴墓	宋山吴墓	朱然家族墓	朱然墓	棱角山吴墓	黄家营吴墓	张王山 M2	殷巷吴墓	郭家山 M7	薛秋墓	赵史岗 M7	长岗村 M5	佳山吴墓
仪卫类	墓主俑	△												
	牛车、羊	△		△							□			△
	侍、吏俑	△					▲				□			
	乐舞俑	△		△										
	马俑										□			

---

① 洛阳晋墓中也发现墓主身份较高者使用简单的长方形单室砖墓，这或许说明孙吴、西晋的墓葬制度均有以此作为薄葬的需要，所不同的是西晋的带甬道长方形单室墓主身份较高，如西晋帝陵陵垣内钻探所见。而孙吴墓较高等级墓葬仍使用的是前后室，甚至附砌对称耳室。西晋情况参见中国社会科学院考古研究所洛阳汉魏故城工作队：《西晋帝陵勘察记》，《考古》1984 年第 12 期。

续表

组合	器类	上坊吴墓	宋山吴墓	朱然家族墓	朱然墓	棱角山吴墓	黄家营吴墓	张王山 M2	殷巷吴墓	郭家山 M7	薛秋墓	赵史岗 M7	长岗村 M5	佳山吴墓
镇墓类	镇墓兽													△
	穿山甲													△
	镇墓俑			△										
	仪式俑													△
	五联罐							●						
	魂瓶	△				△	▲		●			●		
庄园类	仓囷		△	△	△			●			●	●		△
	井				●	△	▲	●	●		●	●	△	
	磨	△		△	●	●	▲	●	●		●	●		△
	筛、帚	△					▲	●	●			●		
	杵臼	△					▲	●	●			●	◎	
	碓、碓房	△		△			▲	●	●					△
	厕所					△		●			●			△
	劳作俑													
	畜禽舍	△		△	●	●		●	●			●		△
	畜禽俑	△		△	●		▲	●	●			●		
庖厨类	灶炉	△			◆	△	▲	●	●		●	●	●	△
	鐎熨斗	△			●			●	◆		★	●	◆	
	釜	△									★			

续表

组合	器类	上坊吴墓	宋山吴墓	朱然家族墓	朱然墓	棱角山吴墓	黄家营吴墓	张王山M12	殷巷吴墓	郭家山M7	薛秋墓	赵史岗M7	长岗村M5	佳山吴墓
庖厨类	案		◎					●	●					
	盘口壶	△	△		△	△			△		△		△	△
	双领罐	△												
	双系罐		△		△	△					●	●		▲
	釜形罐				△								●	
	鸡首罐		△											
	盖罐			△				●						
	盆				●									
	盘	■					▲	●				●	◆	
	碗					●		●			●			△
生活类	四系罐		△								●	△		▲
	罍形罐	△	△	△	●									
	洗	△				△							△	△
	盘口壶	△						△						
	罐		●		●								△	
	盂					△			●			△		
	虎子				■				△	△				
	扁壶									△				
	唾壶	△							△				△	△
	熏篮	△			△		▲	●	●	●		●		△

续表

组合	器类	上坊吴墓	宋山吴墓	朱然家族墓	朱然墓	棱角山吴墓	黄家营吴墓	张王山 M2	殷巷吴墓	郭家山 M7	薛秋墓	赵史岗 M7	长岗村 M5	佳山吴墓
	盘、盆	△			△		▲		△	◆		●		
	碗	△		△		△		△	△	△	△			
	辟邪插器	△												
	灯、盏	△	△		△		△	●				●		
文房类	毛笔	△												
	书刀	△												
	砚				■	●								
祭奠类	槅	△			■		▲				■			△
	案				■									
	凭几		■		■						■			
	盒				■						■			
	樽、勺				■		■							
	樽				■									
	盘、盆				■	■					■		◆	
	耳杯	△			■	■					■		◆	
	碗												◆	
	碟													
兵器类	弩机													
	剑													
	刀					★					★			

续表

组合	器类	上坊吴墓	宋山吴墓	朱然家族墓	朱然墓	棱角山吴墓	黄家营吴墓	张王山 M2	殷巷吴墓	郭家山 M7	薛秋墓	赵史岗 M7	长岗村 M5	佳山吴墓
	戟矛			镞										
棺敛类	钗			▼				▽		▼	▼			
	镜				◆	◆	◆				★			◆
	带钩扣										▽			
	屐				■									
	扇				■									
	水注				◆	△								
	黛板				■	◎	◎					◎		
	饰件	▼						▽		▼	▼		▼	
	玉石饰													
	握猪													
	印										◎			
	梳				■						□			
	尺				■									
	简													
	刺、谒				■						□			
	方													
其他	地券							▬		▬		▬		
	钱币	▬	▬		▬		▬	▬		▬	▬		▬	▬
	构件													

陶● 硬陶○ 釉陶▲ 青瓷△ 铜◆ 铅◇ 金▼ 银▽ 铁★ 漆■
木□ 石◎ 器物存在▬

目前所见建业吴墓的保存状态不太理想，多数遭到盗扰，随葬器物的组合及器类或难窥全貌，其器物组合有仪卫组合、镇墓组合、庄园明器、庖厨明器、生活器具、祭奠组合、文房用具、兵器、棺敛器具以及地券、钱币等(表六)。仪卫组合器类有墓主俑、牛车、骑羊、侍俑、属吏俑、乐舞俑、马俑等。与武昌吴墓类似的是，使用仪卫组合的墓葬规模均较大，墓主大多具有较高身份。建业吴墓中属于第一类的上坊吴墓，是目前长江下游地区所见规模最大的吴墓，即出现了青瓷质地的墓主俑、牛车、侍俑、属吏俑、乐舞俑等。属于第二类建业吴墓的马鞍山朱然家族墓、黄家营 M5 也使用了仪卫组合，但朱然家族墓仅见牛车和乐舞俑，黄家营吴墓可见釉陶俑两件，具体为何类俑不明。此类建业吴墓仪卫组合器物的使用，其完备程度远远不及第一类建业吴墓。属于建业吴墓第三类的佳山吴墓也使用了牛车，折锋校尉薛秋墓也使用了仪卫组合中的羊①、侍俑、马俑，与前述建业此类墓葬形制简单，但墓室的规模多达到 4 米以上的情况一致，此类墓葬在随葬器物组合竟然使用了仪卫组合，这在武昌吴墓中是不见的，反映出该地区墓葬制度正经历着一个观念的变化②。但是，我们也注意到，以折锋校尉薛秋墓而言，所出现的仪卫组合均为木质，并非上坊吴墓纯以青瓷。

---

① 晋《太元起居注》记载司隶校尉刘毅奏护军羊琇私角弩四张又乘羊车请免官事，皇帝下诏认为羊虽无制，非素所乘者，准刘毅所奏。见《太平御览》卷 775，中华书局，1960 年，第 3436 页。

② 《晋书・王祥传》记载王祥病重遗令死后“勿作前堂”，中华书局，1974 年，第 989 页。可见，仅用简单墓室，不使用墓葬前堂，对于魏晋时人而言，似乎是摆在选择厚葬还是薄葬者面前的问题，但考虑到整个魏晋时期墓葬形制渐趋简化的发展趋势，选择简单的单室墓逐渐成为主流。文献无孙吴时人勿作前堂的记载，但《三国志・吴书》中有关于薄葬的记载，如张昭、吕岱等，结合王祥遗令的情况，“勿作前堂”或应为孙吴时人薄葬的主要措施。

结合上述建业第三类吴墓在形制方面出现的新情况，说明此带甬道长方形单室砖墓将有可能成为成为墓葬新气象的突破。同时，墓内安置墓主俑、随葬羊车是该地区特有的区域现象，没有武士俑是该地区与长江中游的武昌吴墓及洛阳晋墓①显著的不同之处。

建业吴墓的镇墓组合包括五联罐、魂瓶、镇墓兽、镇墓俑、穿山甲、仪式俑等。五联罐和魂瓶在建业吴墓中的使用较普遍，在第一、二、三类吴墓中均有随葬，成为建业吴墓中具有强烈区域色彩的镇墓器物，反映了长江下游地区的宗教信仰状况②。嘴内吐出长舌的镇墓俑在马鞍山朱然家族墓和佳山吴墓中均有发现，朱然家族墓镇墓组合仅此一件，佳山墓除出吐舌镇墓俑外，镇墓组合尚出穿山甲、额饰白毫相的仪式俑。上述镇墓俑、穿山甲、镇墓兽以及仪式俑，均来自于长江中游，在武昌吴墓的前三类墓葬中均有发现，是武昌吴墓典型的区域性器物，佳山吴墓中的仪式俑与武昌莲溪寺吴墓所出几乎一模一样。如此可见，建业吴墓的镇墓组合如不考虑来自长江中游的墓葬因素，则以五联罐和魂瓶而言，显示出了较强的区域性。

庄园明器与庖厨明器组合是建业吴墓中的基本组合，在第一、二、三类吴墓中均普遍使用，其基本器类组合与武昌吴墓基本相同，与汉墓中庄园、庖厨器类组合大致相同。所不同是在器物的质地上，建业吴墓中的均为青瓷器与陶器。生活器具中饰钱纹和几何纹的罍形罐是该地区具有强烈区域色彩的器物，与该地区及浙东地区两汉墓葬中的几

---

① 武士镇墓俑是洛阳晋墓典型器。参见洛阳市第二文物工作队:《洛阳春都路西晋墓发掘简报》,《文物》2000 年第 10 期。

② 宿白:《四川钱树和长江中下游部分器物上的佛像——中国南方发现的早期佛像札记》,《文物》2004 年第 10 期。

何纹陶器有着渊源关系①。而辟邪插器则是建业吴墓生活器具中新出现的器类，武昌地区也有发现，成为南方地区吴晋墓葬中的典型器类。

在祭奠类器物组合中，建业吴墓中的出土是榼、盘、耳杯、樽等，均与武昌吴墓无异，保持着对汉墓的沿袭。不同的是，建业吴墓中新出现了凭几，并形成以凭几为中心的祭奠器物组合，成为建业吴墓出现的新气象，如宋山墓、朱然墓、薛秋墓等。

通过上述分析，建业吴墓的四隅券进积顶与武昌吴墓使用一致，成为孙吴墓葬的主要积顶形式，连同庄园明器、庖厨明器在内，反映出两地吴墓的一致性。与武昌吴墓一样，建业吴墓同样延续了汉代墓葬中的一些制度因素②，同时，在器物的镇墓组合（五联罐、魂瓶）、具体器类（罍形罐等）方面显示出了浓郁的区域因素。在此基础上，建业吴墓出现了一些新的气象，主要表现在带甬道长方形单室墓的殊异之处、以墓主俑为中心的青瓷仪卫组合、以凭几为中心的祭奠组合和以青瓷为主要质地、以盘口壶、唾壶、辟邪插器等为主要器类的生活器具等，并逐渐成为孙吴墓葬制度的重要内容。

四、从武昌到建业：孙吴建国的道路与墓葬制度确立

上文对孙吴两都之地的墓葬进行了梳理，现在我们重新回到本文开始时的疑问，即孙吴有无墓葬制度可言？

从武昌到建业，表面是孙吴都城的变换，但就两地区墓葬文化因素内涵表现出的一致与差异而言，实际上是两地对汉代旧制的沿袭、

---

① 吴桂兵：《南方地区汉晋罍形罐研究》，《华夏考古》2011 年第 1 期。

② 江东地区风俗殊异，区域性特征表现明显。东汉桓、灵以来，朝廷曾派官员至江东整齐风俗，如华歆等。详见《三国志 · 吴书二》注引《吴录》，中华书局，1988 年，第 1117 页。

区域因素的保持及新因素逐渐生成等取向问题。两地区吴墓揭示的墓葬文化因素的构成，实际上与孙吴的建国道路息息相关，孙吴建国的道路也隐含着孙吴墓葬制度建立过程中的多方博弈。

但是，现代史家大多沿袭陈寅恪先生对魏晋统治者社会阶级的分析，以孙氏为当时不以文化见称的次等士族[①]，故多认为其轻薄礼制，表现出鲜明的寒门色彩[②]。唐杜佑《通典》叙礼之沿革时，提到三国时期魏、蜀、吴的情况时，亦有此论：

> 魏以王粲、卫觊集创朝仪，而鱼豢、王沈、陈寿、孙盛虽缀时礼，不足相变。吴则丁孚拾遗汉事，蜀则孟光、许慈草建时制。[③]

《通典》认为与曹魏的创朝仪缀时礼、蜀的草创时制不同，孙吴仅仅是拾遗汉事而已。宋人张敦颐在《六朝事迹编类》中也认为："终吴之世，未暇礼文，宗庙社稷，不见于史。"[④]此虽言宗庙社稷，但大致反映出对孙吴礼制的认识。其实，不仅后人对孙吴有此认识，就是孙吴时人也有此看法。孙权初为吴王时，派赵咨出使曹魏，魏文帝便以嘲讽的口吻问赵咨："吴王颇知学乎？"[⑤]赵咨虽能机警回答，但无掩时人对孙吴

---

① 陈寅恪著、万绳楠整理：《魏晋南北朝史讲演录》第一篇《魏晋统治者的社会阶级（附论吴蜀）》，黄山书社，1987年，第26—30页。

② 王永平：《孙吴政治与文化史论》有"孙氏不重儒学与礼制"，上海古籍出版社，2005年，第10页。

③ 《通典》卷41《礼一·沿革一》，中华书局，1988年，第1121页。

④ 张敦颐撰、张枕石点校：《六朝事迹编类》卷一《总叙门·六朝郊社》，上海古籍出版社，1995年，第24页。

⑤ 《三国志·吴书一》注引《吴书》，中华书局，1982年，第1123页。

礼学不兴状况的看法，后世以其为“未暇礼文”并非空穴来风。如此，我们似乎可以认为孙吴在丧葬制度上恐亦无建树。但是，本文以为这不符合孙吴墓葬的真实情况，也显然忽视了历史文献的记载，兹顺着孙吴建国的道路，依据《三国志》等文献的记载，梳理孙吴礼制建设，从中寻找孙吴丧葬制度的建设历程。

孙吴建国是由江淮地域的强宗大族因汉末的扰乱，拥戴江东地域具有战斗力的豪族，即当时不以文化见称的次等士族孙氏，借其武力，以求保全而组织起来的政权①。孙吴建国的道路实际上也就是孙氏不断与江东大族调整合作的过程，即江东化的过程。依据田余庆先生的研究②，这一过程大致经历了三个阶段：第一阶段发生在江东大族武力反对孙策南侵时，对孙氏而言是依靠淮泗集团，诛戮江东英豪。第二阶段在孙权统事以后的建安年间，孙权与江东大族处于互有需求的关系状态，孙权需借助江东大族支撑艰难局面，江东大族亦觉有托于孙氏之必要。第三阶段为孙氏与江东大族彻底融为一体，孙吴政权实行江东化，其时在黄武年间。

在孙吴建国的第一阶段，孙氏集团奉汉正朔，遵循汉制也应是其基本政策。建安二年(197)，汉朝遣议郎诏孙策为骑都尉，袭爵乌程侯，领会稽太守。建安三年，汉朝再拜孙策为讨逆将军，并改封吴侯。在此期间，孙策亦多次派遣官员诣许都，拜献方物。③

---

① 陈寅恪：《述东晋王导之功业》，载其著《金明馆丛稿初编》，生活·读书·新知三联书店，2001年，第57页。

② 田余庆：《孙吴建国的道路——论孙吴政权的江东化》，原载《历史研究》1992年第1期，后收入其著《秦汉魏晋史探微》(重订本)，中华书局，2004年，第262—295页。

③ 《三国志·吴书一》注引《江表传》，中华书局，1982年，第1104—1108页。

建安五年(200)孙策薨，按照常礼，孙权应该长时间服丧，曾被举为孝廉的孙权开始也是这样做的，但是，孙策长史张昭对孙权说了一段话，从这段话中我们可以了解此时的孙氏在丧葬礼俗方面的态度。张昭对孙权说："孝廉，此宁哭时邪？且周公立法而伯禽不师，非欲违父，时不得行也。况今奸宄竞逐，豺狼满道，乃欲哀亲戚，顾礼制，是犹开门而揖盗，未可以为仁也。"①然后，孙权听从了张昭的建议，乃改易丧服，上马巡军。可见，孙权在孙策薨时完全按照时势而定丧葬之礼，并没有严格按照凶礼规定服丧。这就是当时孙氏对丧葬礼制的态度，完全取决于当时的局势。"是时惟有会稽、吴郡、丹杨、豫章、庐陵，然深险之地犹未尽从，而天下英豪布在州郡，宾旅寄寓之士以安危去就为意，未有君臣之固。"②对于汉制仍然树遵循之大旗，以便剪除异己。李术为庐江太守，不从孙权，孙权便拟讨伐，事前以状白曹操说："李术凶恶，轻犯汉制，残害州司，肆其无道，宜速诛灭，以惩丑类。"③可见，孙权在初掌江东权柄时，对汉制至少表面是遵从的，在礼制建设方面应该没有什么建树，也无暇顾及。

孙吴对汉的态度，于黄龙元年(229)孙权即皇帝位后，应该已经发生了变化，据《三国志》所引《吴录》记载有孙权即皇帝位时的告天文，里面讲得明白："群臣将相，州郡百城，执事之人，咸以为天意已去于汉，汉氏已绝祀于天。"④在这样的去汉背景下，孙权也着力进行礼学的

① 《三国志・吴书二》，中华书局，1982年，第1115页。
② 《三国志・吴书二》，中华书局，1982年，第1115、1116页。
③ 《三国志・吴书二》，中华书局，1982年，第1116页。
④ 《三国志・吴书二》，中华书局，1982年，第1135页。

建设。黄龙二年春正月，即诏立都讲祭酒，以教学诸子[①]。可见，孙吴在建国江东后，改变了建安年间的做法，一方面去汉，另一方面也开始建设自己的礼学，这与曹魏的情形大致相似[②]，丧葬礼制应该是他们考虑的内容之一。

嘉禾六年(237)春，在孙吴政权中发生一场关于“三年之丧”及“奔丧”等内容的讨论，其起始于该年正月孙权所下之诏，其诏如下：

> 夫三年之丧，天下之达制，人情之极痛也；贤者割哀以从礼，不肖者勉而致之。世治道泰，上下无事，君子不夺人情，故三年不逮孝子之门。至于有事，则杀礼以从宜，要绖而处事。故圣人制法，有礼无时则不行。遭丧不奔非古也，盖随时之宜，以义断恩也。前故设科，长吏在官，当须交代，而故犯之，虽随纠坐，犹已废旷。方事之殷，国家多难，凡在官司，宜各尽节，先公后私，而不恭承，甚非谓也。中外群僚，其更平议，务令得中，详为节度。[③]

孙权的主要意思，首先是肯定遵循丧葬礼俗的重要性，其次不得不提到当时政权的实际情况，在遵礼和杀礼之间，如何做出选择，他希望大臣们议论。诏下后，顾雍和胡综都认为要严格立法，以重罪制止奔丧，即所谓“奔丧立科”“科禁”等。吴令孟仁闻丧辄去，幸陆逊陈其素行，方得减死一等[④]。如此可见孙权政权在嘉禾年间力求遵从时制，而改

① 《三国志・吴书二》，中华书局，1982年，第1136页。
② 《三国志・魏书一》，中华书局，1982年，第53页。
③ 《三国志・吴书二》，中华书局，1982年，第1141页。
④ 《宋书・礼志二》，中华书局，1974年，第388页。

变以往的旧制传统，反映出孙吴在礼仪制度方面的变化。

五凤二年（255）十二月，会稽王孙亮作太庙①。

永安元年（258），景帝孙休下诏置学官，立五经博士，以敦王化，以隆风俗。其文如下：

> 古者建国，教学为先，所以道世治性，为时养器也。自建兴以来，时事多故，吏民颇以目前趋务，去本就末，不循古道。夫所尚不惇，则伤化败俗。其案古置学官，立五经博士，核取应选，加其宠禄；科见吏之中及将吏子弟有志好者，各令就业。一岁课试，差其品第，加以位赏。使见之者乐其荣，闻之者羡其誉。以敦王化，以隆风俗。②

可见，孙休改变了孙吴以往的做法，加强了礼学制度建设。

根据上面的描述，认为孙吴不重礼制建设，甚至认为其无礼，显然失之偏颇。孙吴建国的道路，实际上也就是孙吴礼制建设的道路。孙吴初期，包括在建安年间，政权尚未稳固，安得顾及礼制？同时，孙氏尚未与江东大族同舟共济，孙氏不得不以遵汉为大旗，以作政治依靠，王化不一，风俗多样。到了孙权登大位以后，开始考虑在礼制建设上有所表现，但此时仍然缩手于时势，多以大辟之科禁来约束，可以认为是与曹魏类似的时制。孙权之后，到了会稽王孙亮、景帝孙休时，才逐渐进行类似太庙、学官、五经博士等礼制建设，此时孙氏立足江东已有

---

① 《三国志·吴书三》，中华书局，1982年，第1153页。

② 《三国志·吴书三》，中华书局，1982年，第1158页。

时日，与江东大族政治利益逐渐趋同，开科选官，其对象为将吏子弟，就是他们融为一体的说明。其实，孙吴对于礼学的建设，在孙吴刚刚灭亡后，曾为孙吴臣子的陆机就有论述，其在《辨亡论》的下篇即认为："初都建业，群臣请备礼秩，天子辞而不许，曰：天下其谓朕何？宫室舆服，盖慊如也。爰及中叶，天人之分既定，百度之缺粗修，虽醲化懿纲，未齿乎上代，抑其体国经民之具，亦足以为政矣。"[①]可见孙吴礼学制度建设具有明显的阶段性，初都建业时不备礼秩，但后来却粗修，而且未沿袭前代，反映出孙吴礼学发展的阶段性[②]。

但是，我们不得不承认，在上述孙吴礼制建设的过程中，除嘉禾六年的诏论及科禁外，所见丧葬礼制、科条的内容极少[③]。末帝孙皓的两件事，可以使我们得以观察孙吴晚期的具体丧葬情况。第一件事是孙皓为其父营葬明陵事，其文如下：

> 孙休立，封和子皓为乌程侯，自新都之本国。休薨，皓即阼，其年追谥父和曰文皇帝，改葬明陵，置园邑二百家，令、丞奉守。后年正月，又分吴郡、丹杨九县为吴兴郡，治乌程，置太守，四时奉祠。有司奏言，宜立庙京邑。宝鼎二年七月，使守大匠薛珝营立寝堂，号曰清庙。十二月，遣守丞相孟仁、太常姚信等备官僚中军

---

① 严可均校辑：《全上古三代秦汉三国六朝文》，中华书局，1958年，第2023页。

② 孙吴在奉邑、封爵制度建设上也呈现出一定的阶段性，建国后推行四等爵制，使对孙吴墓葬的等级区分有所依据。参见高敏：《孙吴奉邑制考略》，《中国史研究》1985年第1期；陈明光：《孙吴封爵制度商探》，《中国史研究》1995年第3期。

③ 吴射慈有《丧服图》、《丧服变除图》、《礼记音》一卷，薛综有《五宗图》一卷，射慈、薛综书佚文散见于《通典》及《全三国文》，详考参见（清）姚振宗：《三国艺文志》，《二十五史补编》，中华书局，1955年，第3199、3200页。

步骑二千人，以灵舆法驾，东迎神于明陵。皓引见仁，亲拜送于庭。灵舆当至，使丞相陆凯奉三牲祭于近郊，皓于金城外露宿。明日望拜于东门之外。其翌日，拜庙荐祭，歔欷悲感。比七日三祭，倡技昼夜娱乐。①

孙皓葬左夫人张氏事，由于大肆铺张，耗时日久，以致国人误为孙皓的丧葬。其文如下：

(张氏)大有宠，拜为左夫人，昼夜与夫人房宴，不听朝政，使尚方以金作华燧、步摇、假髻以千数。令宫人著以相扑，朝成夕败，辄出更作，工匠因缘偷盗，府藏为空。会夫人死，皓哀愍思念，葬于苑中，大作冢，使工匠刻柏作木人，内冢中以为兵卫，以金银珍玩之物送葬，不可称计，已葬之后，皓治丧于内，半年不出。国人见葬太奢丽，皆谓皓已死，所葬者是也。②

两葬事可列表如下：

表七 《三国志》载孙吴文皇帝、左夫人丧葬事辑览

丧葬程序	文皇帝孙和	孙皓左夫人张氏
谥号	文皇帝	
陵名	明陵	葬于苑中
园邑	置园邑二百家，令、丞奉守	

① 《三国志·吴书十四》，中华书局，1982年，第1371页。
② 《三国志·吴书五》，中华书局，1982年，第1202页。

续表

丧葬程序	文皇帝孙和	孙皓左夫人张氏
祠祭	分吴郡、丹杨九县为吴兴郡，治乌程，置太守，四时奉祠	
庙	宝鼎二年七月，使守大匠薛珝营立寝堂，号曰清庙	
法驾	遣守丞相孟仁、太常姚信等备官僚中军步骑二千人，以灵舆法驾，东迎神于明陵	
陵山(冢)		大作冢
随葬器物		使工匠刻柏作木人，内冢中以为兵卫，以金银珍玩之物送葬，不可称计
丧期		已葬之后，皓治丧于内，半年不出
祭奠	其翌日，拜庙荐祭，嘘唏悲感。比七日三祭	
丧葬与乐	倡技昼夜娱乐	

由此可见，孙和丧葬有谥号、陵名、园邑、祠祭、庙等，且葬不废乐；左夫人最重要的就是大作冢，随葬有木俑等。这大体与汉制类似[①]，与魏晋薄葬迥异，但是，孙皓所为之事与当时制度到底符合多少，当以其人其事观之，尚不能全以制度视之。如此，孙吴墓葬制度的具体内容，特别是地下部分，就不得不依靠考古发现之孙吴墓葬了。前文总结了武昌吴墓，其主要特点是受汉代旧制影响明显。建业吴墓具有浓郁的区域

① 《后汉书·礼仪志下》，中华书局，1965年，第3141—3156页。

因素，并且出现了新形式。从武昌到建业，两地墓葬特征大抵反映了孙吴墓葬制度内容。

要之，孙吴墓葬制度延续了汉代旧制的内容。墓葬形制方面主要表现为前后室墓、多室墓、耳室，四面积顶与券顶的组合；在随葬器物上表现为庄园明器、庖厨明器是基本组合。在武昌和建业两地均有汉代旧制存在，以武昌受汉代旧制的影响表现明显，建业地区因可资比较的汉墓不多，旧制的影响程度似乎不如武昌地区。同时，孙吴墓葬中形成了不同于汉代旧制的新内容。表现为前后室墓和长方形单室墓成为主要墓葬形制，墓内设施也渐趋丰富，有棺床、灯台、砖台等；建业吴墓中的长方形墓葬形制有了特殊变化，规模变大，较高身份的墓主可能逐渐倾向使用该墓型；以凭几为中心的器物组合逐渐明显；青瓷器质地、釉色以及造型等也发生了新的变化，孙吴前期武昌吴墓中流行的酱釉等青瓷逐渐被长江下游建业吴墓中新出现的青绿色釉代替，动物造型的青瓷器逐渐让位于肩部饰装饰纹带的青瓷器；四隅券近积顶在前后室墓的前室较多使用，从墓葬断代来看，武昌地区出现此积顶形式比建业地区早，建业地区的此积顶形式应该来自于武昌地区[①]。随葬器物组合中以仪卫组合、镇墓组合较具特色；庖厨明器、庄园明器逐渐以青瓷为主要质地。

特别值得注意的是孙吴墓葬区域因素表现明显。长江中游的武昌吴墓虽受汉代旧制影响明显，但区域因素亦表现充分，表现为长江中游武昌吴墓出土的青瓷仪卫组合、镇墓组合中的穿山甲、长舌俑、庄

---

① 长江中下游地区吴晋墓葬形制的地区转换亦可参考韦正：《东吴西晋墓葬形制演化中心区域的转换——以马鞍山地区为观察点》，载巫鸿主编：《汉唐之间的视觉文化与物质文化》，文物出版社，2003 年，第 269—282 页。

园明器中坞堡式的建筑模型等;长江下游的建业吴墓中的镇墓组合多为五联罐与魂瓶,生活器具中的辟邪形器、罍形罐等。

上述孙吴墓葬制度的具体内容与孙吴礼制建设的道路具有一定的关联性。孙吴政权较多地遵循汉制,在墓葬制度内容上就表现为汉代旧制影响明显,但孙吴也进行了草创新制及兴修礼学,表现在墓葬制度上就是对汉代旧制的变化,墓葬层级差异明显。同时,孙吴政权是与江东大族结合的政权,地方因素是其不得不尊重的内容,吴墓均充溢着浓郁的地区因素。建业吴墓出现的新形式也应该与孙吴中后期,特别是与景帝孙休时期建立礼学的趋势一致,同样说明孙吴中后期武昌与建业在区位上的差异,对孙吴墓葬制度的内容起着不同的作用。

基于此,本文觉得有必要在以往“汉制”“晋制”和“汉晋变迁”等研究的基础上,提出“吴制”这一墓葬制度研究概念,这一概念本质上与孙吴建国的道路及礼制建设相关联,但与“汉制”“晋制”相比,更多反映的是短时间内、过渡期内制度建设的努力,与考古地层学细致化理论趋势有异曲同工之妙。同时,也可以在墓葬制度体系上区分出不同层级的制度,丰富和完善中国古代墓葬制度研究。

五、续论:西晋平吴与晋墓吴制

公元 280 年,也就是西晋太康元年,孙吴天纪四年,西晋平吴。孙吴政权虽然灭亡了,但孙吴墓葬制度的影响并没有消亡,且在南方地区得到了一定的延续。

南京地区发现的西晋墓葬较多,不少有明确的纪年,保存较好的墓葬有永宁二年(302)大中大夫高平太守侯府君墓[①]、张家山元康七年(297)墓[②]、殷巷永兴三年(305)墓[③]等。此外,还有太康六年(285)吴故左郎中立节校尉曹翌墓[④]、迈皋桥永嘉二年(308)墓[⑤]、六合瓜埠元康九年(299)墓[⑥]、秣陵公社太康四年(284)墓[⑦]等。在南京的周边地区,有两处西晋家族墓地保存较好,即宜兴周氏家族墓[⑧]、吴县傅氏家族墓[⑨],亦可供参考。平吴之后长江下游地区的西晋墓,仍然保持着孙吴墓葬制度的主要内容。墓葬平面多为前后室墓、带甬道长方形单室砖墓,前后室墓前室一般为四隅券进积顶,后室为券顶,前后室墓积顶均为四隅券进的也有不少,并且带甬道长方形单室砖墓也开始使用四隅券进积顶。随葬器物虽青瓷器质地等多有变化,但组合中的镇墓类、庖厨类、庄园类、祭奠类、生活器具类等保持着孙吴的墓葬制度传统,特别在魂瓶、墓主俑、辟邪插器、鐎斗、虎子等具体器类上表现得特别明显。

---

① 南京市文物保管委员会:《南京板桥镇石闸湖晋墓清理简报》,《文物》1965年第6期。

② 南京博物院:《江苏江宁县张家山西晋墓》,《考古》1985年第10期。

③ 南京市博物馆:《南京殷巷西晋纪年墓》,《文物》2002年第7期。

④ 江苏省文物管理委员会:《南京近郊六朝墓的清理》,《考古学报》1957年第1期。

⑤ 南京市文物保管委员会:《南京迈皋桥西晋墓清理》,《考古》1966年第4期。

⑥ 吴文讯:《江苏六合瓜埠西晋墓清理简报》,《考古》1973年第2期。

⑦ 江文:《江宁县秣陵公社发现西晋太康四年墓》,《文物》1973年第5期。

⑧ 罗宗真:《江苏宜兴晋墓发掘报告——兼论出土的青瓷器》,《考古学报》1957年第4期;南京博物院:《江苏宜兴晋墓的第二次发掘》,《考古》1977年第2期。

⑨ 张志新:《江苏吴县狮子山西晋墓清理简报》,《文物资料丛刊》第3辑,第130—137页,文物出版社,1980年;吴县文物管理委员会:《江苏吴县狮子山四号西晋墓》,《考古》1983年第8期。

长江中游的鄂城[①]、长沙地区的晋墓[②]仍然保持着孙吴时期的墓葬内容,武昌吴墓中的武士俑组合在长沙晋墓亦有发现,成为长沙晋墓的显著特点。但该地区的西晋墓也出现了一些新情况,洛阳地区常见的带甬道方形单室砖墓开始在长江中游出现[③],如湖南常德元康四年(294)墓[④]、安乡晋宣成公镇南大将军刘弘墓[⑤],反映出洛阳晋制逐渐向该地区传播,这与长江下游地区较少洛阳晋墓因素[⑥]的出现不同。但刘弘墓方形单室墓的积顶采用的却是四隅券进,墓内随葬青瓷器,有着明显的南方地区吴晋墓葬特征。

典型的能够明确断代的孙吴墓在两广地区不多见。西晋时期,这些地区出现了一些纪年墓葬,主要有广州沙河顶太熙元年(290)墓[⑦]、广州桂花冈永嘉五年(311)墓[⑧]、广西钟山永嘉六年(312)墓[⑨]、广州沙河镇建兴四年(316)墓[⑩]。在这些墓葬中,前后室墓和单室是主要形制,四面积顶及券顶,且多附带耳室、小龛,反映出强烈的汉代墓葬形

---

① 鄂城西晋墓材料参见南京大学历史系考古专业、湖北省文物考古研究所、鄂州市博物馆:《鄂城六朝墓》,科学出版社,2007 年。

② 湖南省博物馆:《长沙两晋南朝隋墓发掘报告》,《考古学报》1959 年第 3 期。

③ 吴桂兵:《马鞍山东晋建元二年墓分析——两晋偏室墓研究之二》,《东南文化》2006 年第 1 期。

④ 湖南省文物管理委员会:《湖南常德西郊古墓葬群清理小结》,《文物参考资料》1955 年第 5 期。

⑤ 安乡县文物管理所:《湖南安乡西晋刘弘墓》,《文物》1993 年第 11 期。

⑥ 夏鼐:《跋江苏宜兴晋墓发掘报告》,《考古学报》1957 年第 4 期。

⑦ 广州市文物管理委员会考古组:《广州沙河顶西晋墓》,《考古》1985 年第 9 期。

⑧ 广州市文物管理委员会:《广州市西北郊晋墓清理简报》,《考古通讯》1955 年第 5 期。

⑨ 莫测境:《广西钟山县发现一座西晋纪年墓》,《考古》1988 年第 7 期。

⑩ 广州市文物管理委员会:《广州沙河镇狮子岗晋墓》,《考古》1961 年第 5 期。

制特征，但是在随葬器物中也出现了孙吴墓葬中常见的辟邪插器、鸡首壶，深腹四系罐具有鲜明的地区色彩，反映了孙吴墓葬制度影响的时空差异。

南京东晋早期墓葬中还延续有孙吴墓葬制度的内容。南京地区如象山七号墓①、温峤墓②、郭家山 M4③、江宁上湖东晋墓④等，孙吴墓葬制度内容有前后室墓、四隅券进积顶，随葬器物中的车马出行仪卫组合、以凭几为中心的器物组合等；带甬道长方形单室墓亦有使用四隅券进积顶的。南京附近镇江等地的东晋墓中也有孙吴墓葬制度内容的延续使用⑤。东晋中期以后，南京地区的墓葬面貌有了很大的变化，逐渐形成以长方形墓室、直棂假窗、凸形龛、砖台、棺床为主要形制特征，以凭几、圆形多子槅、三足砚、长方形墓志、釉陶鸡首壶等为主要随葬器物的新的墓葬形式，孙吴墓葬制度逐渐模糊⑥。

宿白先生在《魏晋南北朝考古》讲义中，将长江中下游地区墓葬分出五期，第二期即为孙吴中期至东晋初⑦。本文分析的孙吴墓葬制度

---

① 南京市博物馆：《南京象山 5 号、6 号、7 号墓清理简报》，《文物》1972 年第 11 期。

② 南京市博物馆：《南京北郊东晋温峤墓》，《文物》2002 年第 7 期。

③ 南京市博物馆：《南京北郊郭家山东晋墓葬发掘简报》，《文物》1981 年第 12 期。

④ 南京市博物馆：《南京江宁县上湖东晋墓》，《文物》1990 年第 8 期。

⑤ 刘建国：《镇江东晋墓》，《文物资料丛刊》8，文物出版社，1983 年，第 16—39 页。

⑥ 东晋时期墓葬制度的变化，既涉及孙吴墓葬制度，又与中原地区墓葬制度有关，这就给东晋墓葬制度的分析带来了一定的复杂性。如长方形单室砖墓在建业吴墓中就已经出现特殊情况，有高等级墓主倾向使用的趋势，其趋势是否影响到东晋呢？同时，洛阳晋墓在峻阳陵墓地、枕头山墓地均发现高等级墓主使用长方形单室墓，北京的西晋华芳墓亦为长方形带甬道单室砖墓，那么，东晋长方形单室墓的普遍使用是否受到中原北方地区西晋墓的影响呢？东晋墓葬制度容另文探讨，但东晋中期以后的墓葬中以凭几为中心的器物组合应该是孙吴墓葬制度内容的延续。

⑦ 北京大学考古系：《魏晋南北朝考古》，北京大学考古系试用讲义，1974 年，第 38—46 页。

的形成及影响与此大抵相同，其主要内容归纳为孙吴墓葬制度。宿白先生还进一步指出长江下游地区墓葬与大约同时的中原墓葬迥然不同，入晋以后，中原地区墓葬进一步整齐简化，而南方却出现了复杂情况，这与西晋政权对江南地区的控制较弱有关。孙吴墓葬制度之所以在西晋平吴之后，能够延续至东晋早期，还应与江东强宗大族在吴亡后并未因之消灭，经济势力和军事力量均很强大有关①。

如此可见，孙吴墓葬制度在南方地区从孙吴时期一直延续至东晋，与传播而来的以洛阳墓葬文化因素为代表的晋制，及此后产生的东晋南朝墓葬制度一起，构成了整个中国南方地区墓葬制度的主要内容。

① 陈寅恪著，万绳楠整理：《魏晋南北朝史讲演录》，黄山书社，1987年，第30页；王仲荦：《魏晋南北朝史》上册，上海人民出版社，1979年，第114、318、319页。

对"中仓受三州仓运黄武五六七年杂米要簿"的复原尝试

邓玮光

（江苏第二师范学院）

笔者曾对"三州仓月旦簿""中仓月旦簿"进行过复原尝试，[①]借助已有的复原经验，笔者想进一步对连接两种簿籍的另一种簿籍进行复原，以求完善对孙吴仓储制度的认识。

一、复原过程

在与仓储运转相关的簿籍中，除了"某仓某月旦簿"这样分仓按月份对仓储运转进行统计的簿籍外，还有一类指定时段、针对特定名目米在不同仓间流转情况进行统计的簿籍。下面列举 3 例相关簿籍的标题简：

1. 中仓谨列起嘉禾元年正月一日讫三年三月卌日受三州仓

① 受限于当时公布的材料，笔者对于"三州仓嘉禾元年正月旦簿"的复原并非完整复原，虽然方法被证明可行，但从后续公布的材料来看，复原结果存在一定问题，对此，笔者将在另文中进行重新复原。"中仓黄龙三年十月、十一月"两份"月旦簿"由于是完整复原，所以结果相对可靠。

运黄龙二年租税米要簿（[壹]9547）

2. 中仓谨列起嘉禾元年四月一日讫二年三月卅日□三州仓□黄龙元年□税杂限米要簿（[壹]9590）

3. □□谨列起嘉禾元年正月一日讫三年三月卅日受三州仓运黄武五六七年杂米要簿（[壹]9617）

参照图版，及考虑三简间的关系，可将简2、简3校释为：

2°. 中仓谨列起嘉禾元年四月一日讫二年三月卅日受三州仓运黄龙元年租税杂限米要簿①（[壹]9590）

3°. 中仓谨列起嘉禾元年正月一日讫三年三月卅日受三州仓运黄武五六七年杂米要簿（[壹]9617）

其标题构成为“中仓＋谨列＋起讫时间＋受三州仓运＋年份＋米名＋要簿”。从其标题构成可知，这类簿籍是专门统计一段时间内，从三州仓往中仓运送某种名目米的简要统计簿。其具体的考察时间不定，可以是“起嘉禾元年正月一日讫三年三月卅日”，也可以“起嘉禾元年四月一日讫二年三月卅日”；考察对象不定，可以是“黄龙二年租税米”“黄龙元年租税杂限米”，也可以是“黄武五六七年杂米”。

对于以上三枚标题简，考虑到黄武年间的米相对较少，完整复原的可能性较大，故笔者选择了“黄武五六七年杂米要簿”作为复原对象。

因为“黄武五六七年杂米要簿”的标题简属于竹简[壹]，故先以竹

---

① 校释文字外加“○”以示与原释的区别，并在校释简号后加“°”进行提醒，后文不再赘述。

简[壹]为检索对象，在简3附近有这样的简：

4. 入三州仓运黄武五年税米五十四斛二斗　中([壹]9628)

简文中注明“入三州仓运”，又有“黄武五年”的时间断限，故笔者判断，其即为“黄武五六七年杂米要簿”的组成部分。以此为线索，以“三州仓”“黄武”年份作为关键词进行搜索，很快就找到了如下6枚简：

4. 入三州仓运黄武五年税米五十四斛二斗　中([壹]9628)

5. 入三州仓运黄武五年佃卒限米廿斛　中([壹]9523)

6. 入三州仓运郎中王毅黄武六年佃卒准米十八斛四斗 其十五斛黄武七年□□
三斛四斗□□□□ ([壹]9530)

7. 入三州仓运黄武七年税米十四斛五斗([壹]9542)

8. 入三州仓运黄武七年吏帅客限米二斛　元年二月运　中([壹]9522)

9. 入三州仓运司马□□黄武七年佃禾准米六斛　元年二月运([壹]9541)

并发现了一枚疑似总计简的简

10. 右五六七年杂米四百七十九斛一升([壹]9533)

将以上简中的数据相加：54.2＋20＋18.4＋14.5＋2＋6＝115.1，

与10中的479.01相差甚远，但竹简[壹]中已无其他符合条件的简。放大搜索范围，以目前已经公布的竹简[壹][贰][叁][肆][柒][捌]为对象，也没发现其他符合条件的简，因此，笔者怀疑这里的“黄武五六七年”可能未必是一个严格的限制，也许一些并未明确注明“黄武五六七”年的简也属于这个“要簿”。仍以竹简[壹]为搜索对象，将注意力集中在标题简附近，经过检索，笔者发现了如下三枚简。

11. 入三州仓运船师张盖梅朋□□折咸米一百七十五斛八斗□升　与所先受米五十八斛……([壹]9514)

12. 入三州仓运新吏周㊣章米七十五斛四斗四升　中[①]([壹]9534)

13. 入三州仓运㊣监㊣运㊣掾㊣姃㊣度渍米一百一十二斛六斗八升　元年二月先运十二斛一斗　中[②]([壹]9627)

将三简数据与前面的数据相加，115.1＋175.8?＋75.44＋112.68＝479.02＋0.0?，与479.01非常接近。仔细检查简10的图版，最后的“升”字其实并不清楚，也可能是“斗”，若是“斗”的话，只要简11中为“八升”，就正好使等式成立。若笔者推断不误，则“黄武五六七年杂米要簿”的全貌为：

---

① 原释文为“入三州仓运新吏周姜米七十五斛四斗四升　中”。

② 原释文为“入三州仓运□□□□□渍米一百一十二斛六斗八升　元年二月先运十二斛一斗　中”。

3°. ㊥㊣谨列起嘉禾元年正月一日讫三年三月卅日受三州仓运黄武五六七年杂米要簿([壹]9617)

4. 入三州仓运黄武五年税米五十四斛二斗　中([壹]9628)

5. 入三州仓运黄武五年佃卒限米廿斛　中([壹]9523)

6. 入三州仓运郎中王毅黄武六年佃卒准米十八斛四斗 其十五斛黄武七年□□
三斛四斗□□□□ ([壹]9530)

7. 入三州仓运黄武七年税米十四斛五斗([壹]9542)

8. 入三州仓运黄武七年吏帅客限米二斛　元年二月运　中([壹]9522)

9. 入三州仓运司马□□黄武七年佃禾准米六斛　元年二月运([壹]9541)

11. 入三州仓运船师张盖梅朋□□折咸米一百七十五斛八斗□升　与所先受米五十八斛……([壹]9514)

12. 入三州仓运新吏周(章)米七十五斛四斗四升　中([壹]9534)

13. 入三州仓运(监)(运)(掾)(姃)(度)渍米一百一十二斛六斗八升　元年二月先运十二斛一斗　中([壹]9627)

10. 右五六七年杂米四百七十九斛一升([壹]9533)

其后可能还有“三月卅日仓吏黄讳潘虑白”这样的字样。

二、分　析

“黄武五六七年杂米要簿”是沟通“三州仓月旦簿”与“中仓月旦

簿”的桥梁。下面，笔者想就上述复原结果，参照出米简与“月旦簿”进行逐条分析，以探究其背后的仓储转运制度。

（一）简 4：

与其相关的简有：

14. 入三州仓运黄武五年税米五十四斛二斗（[捌]3356）

15. 出黄武五年税米五十四斛二斗被县嘉禾二年四月廿四日甲寅书付大男何虎运诣/（[叁]1420）

16. 仓虎以其年五月卅日关堲阁李嵩付掾黄讳史潘虑[①]（[叁]1618）

简 14 内容与简 4 完全相同。因为走马楼简发现于同时作为临湘县治所与长沙郡治所的临湘，所以其中很可能包含不同级别官府保管的文档，即使同一级别的官府，出于安全考虑，文档也可能存在正副本，因此出现重复内容非常正常。同时，这一重复也进一步印证了释文的准确性。

简 15、16 是一组出米简，出米的交付对象为“黄讳潘虑”。因为两人皆为中仓管理者，所以出米的目的地无疑为中仓。而其出米名目及数值与简 4 完全一致，所以，可以推断这两组不同的材料描述的应该是同一件事。中仓受米时间为嘉禾二年五月卅日，正处于标题简“起嘉禾元年正月一日讫三年三月卅日”之间，可以进一步证明简 4 属于

---

① 本文所引成组出米简，其可靠性均已在拙文《走马楼吴简三州仓出米简的复原与研究——兼论“横向比较复原法”的可行性》中进行过论证，这里不再赘述，参见《文史》2013 年第 1 辑。

“黄武五六七年杂米要簿”。

（二）简 5

与其相关的简有：

17. 入黄武五年佃卒限米廿斛□☐（[叁]1342）

18. 出黄武五年佃卒限米廿斛被县嘉禾二年四月十三日癸卯书付大男张忠运诣州中仓忠（[叁]2171）

19. 以其年闰月七日关堅阁李嵩付掾黄讳史潘虑（[叁]2245）

简 17 中无“三州仓”字样，这与普通的“月旦簿”中的“入”简格式相同，因此，笔者推测其为某“月旦簿”中的一枚“入”简。简 18、19 为一组出米简，其所描述对象无疑与简 5 相同，受米时间嘉禾二年闰月七日也在标题简所述范围之中。

（三）简 6

与其相关的简有：

20. 其十五斛郎吏王毅黄武六年佃禾准米[1]（[叁]4587）

21. 出黄武六年佃吏王毅佃禾准米十五斛○○○年十二月十五日☐[2]（[贰]157）

22. 元年税米一千二百斛黄龙三年□□米十五斛佃吏王毅黄

① 原释文为“其十五斛乡吏王毅黄龙元年佃禾准米”。

② 原释文为“出黄武四年佃吏□□□佃禾准米十五斛嘉禾元年十二月十五日☐”。

武六年□□□[1]（[壹]2319）

23. 出郎中王毅黄武六年佃禾限米三斛四斗被县嘉禾二年四月廿四日庚寅书付大男李回[2]（[叁]2468）

24. 运诣州中仓回以其年五月廿七日关坚阁李嵩付掾黄讳史潘虑（[叁]2542）

25. 入郎吏王毅黄武六年佃禾准米三斛四斗[3]（[叁]1326）

26. 其三斛四斗郎中王毅黄武六年佃禾准米☐[4]（[柒]664）

27. 其三斛四斗郎中王毅黄武六年佃禾准米[5]（[柒]2158）

28. 其三斛四斗郎中王毅黄武六年佃禾准米（[捌]3691）

29. 其三斛四斗郎中王毅黄武六年佃禾准米（[捌]3715）

简6中，其后小字将“十八斛四斗”分为“十五斛”“三斛四斗”，表明王毅的佃禾准米分为两次入中仓，而与简6相关的简也正好可分为“十五斛”（简20、简21、简22）、“三斛四斗”（简23、简24、简25、简26、

① 原释文为“元年税米一千二百斛黄龙三年□□米十五斛佃吏王毅黄武七年□□□”。

② 原释文作“出郎中王毅黄武六年佃禾限米三斛四斗被县嘉禾二年四月廿四日庚寅书付大男李□”。

③ 原释文为“入乡吏王毅黄武六年佃禾准米三斛四斗”。

④ 原释文为“其三斛四斗郎中王毅黄武六年佃卒□米☐”。

⑤ 原释文为“其三斛四斗郎中王毅黄武六年佃卒准米”。

简 27、简 28、简 29)两组。

为行文之便,先讨论“三斛四斗”这组。简 23、简 24 从格式可知为三州仓向中仓的出米简,由三州仓制作;与其相对应的就是简 25 这枚“入”简,由中仓制作,很可能属于“中仓月旦簿”,而这次入米的结果就是简 27、简 28、简 29 这样的“其”简。①

但问题是,简 6 双行小字中,“十五斛”在右,“三斛四斗”在左,根据吴简格式,如:

30. 入三州仓运黄龙元年私学限米四百七十七斛六斗八升
其二百六十五斛二斗四升□□先入
二百一十二斛四斗四升后入合运 中([壹]9548)

写在右边的数据一般表示先入,写在左边的表示后入,则“十五斛”应为先入,“三斛四斗”应为后入,若是如此,参照已经复原的“月旦簿”书写格式,相关数据就应为:

(1) 入郎中王毅黄武六年佃禾准米十五斛

(2) 其十五斛郎中王毅黄武六年佃禾准米

(3) 入王毅黄武六年佃禾准米三斛四斗

(4) 其十八斛四斗郎中王毅黄武六年佃禾准米

那入了“三斛四斗”后的数据应为“十八斛四斗”,而非“三斛四

---

① 关于“入”简、“其”简的相互关系,请参照拙文《对三州仓“月旦簿”的复原尝试——兼论“纵向比较复原法”的可行性》,载《文史》2014 年第 2 辑。

斗”，但遍搜文档，除了简 6 以外，再未出现过这个数据，这是一个必须解释的问题。

这时，回头再看“十五斛”这组数据，简 20 正是符合(2)的简。根据已有的复原经验可知，简 21 和简 22 都是出米简，也就意味着“十五斛”被出了两次，结合前文的疑问，笔者推测，“十五斛”先从三州仓运出，进入中仓，然后又被从中仓再次运出，运出时间在运入“三斛四斗”之前，这就是“月旦簿”中只有“十五斛”“三斛四斗”，而无“十八斛四斗”的原因。这也告诉我们，“要簿”在统计三州仓、中仓之间的转运情况时，只考虑相互间的转运，不考虑此外的转运，质言之，在计算某种米从三州仓向中仓运输的总数量时，不考虑在分批运输过程中，运入中仓后消耗的部分。

(四) 简 7

与其相关的有：

31. 出黄武七年税米一斛五斗被县嘉禾二年五月九日书付大男陈头运诣州中仓头以其年([叁]2248)

32. 出黄武七年税米十三斛被县嘉禾二年五月八日丁卯书付大男五绕运诣州中仓绕以其([叁]2277)

虽然米被分为两次运输，但运输时间相近，估计到达时间也相近，故最终结果未如简 6 那样分开书写。

(五) 简 8

与其相关的有：

33. 入三州仓运民还黄武七年吏帅客限米二斛　中([壹]1753)

两简数据相同,区别仅在于简 8 有运输时间。

(六) 简 9

简 9 为元年二月运,而三州仓正月、二月旦簿中,有“司马”又为“黄武七年”的米只有:

34. 其六斛民还司马乐仪黄武七年折咸禾准米[1]([叁]4393)

35. 其六斛民还司马乐仪黄武七年折咸禾准米中[2]([叁]4522)

36. 其六斛民还司马乐仪七年折咸米([叁]4542)

其数量也正为六斛,但因为图版不清,不敢妄下定论。

(七) 简 11

疑似与其相关的简有:

37. 入运三州船师梅朋等备建安廿六年折咸米一百一十七斛九斗九升([叁]1836)

---

① 原释文为“其六斛民还所贷□食黄武七年折咸禾准米”。

② 原释文为“其七斛民还……黄武七年折咸禾准米中”。

其中整数部分与简11中先运的整数部分58相加，117＋58＝175，与简11的整数部分相同，但“九斗九升”明显大于“八斗八升”，存在疑问。

（八）简12

与之相关的简有：

38. 出吏周章备连道县黄武六年米七十五斛四斗四升被县嘉禾二年四月廿七日壬子书付大（［叁］2211）

39. 男张业运诣州中仓业以其年闰月五日关堅阁李嵩付掾黄讳史潘虑（［叁］2262）

40. □□吏周章备连道县□米七十五斛四斗四升付吏黄讳潘虑受（［壹］6746）

41. 入三州仓运新吏周章等还连道县黄武六年七十五斛四斗四升□嘉禾二年闰月五日①（［贰］1423）

由格式可知，简38、39为一组三州仓出米简，其所运米与简40、41完全对应。其余情况与前面分析的各项相同，不再赘述。

（九）简13

与之相关的简有：

42. 出监运掾姃度渍吴平斛米十二斛一斗嘉禾元年正月十日

① 原释文为“入三州仓运新吏周生卑等还连道县黄武六年七十五斛四斗四升□嘉禾二年闰月五日”。

付大男□□运诣州中仓□以([叁]4432)

43. ☐ 其年二月十三日关壂阁郭据仓吏黄讳史番虑①([叁]4361)

44. 入三州仓运监运掾姃度渍米百斛五斗八升([捌]3394)

45. 其一百斛五斗八升监运掾姃度渍米([叁]4808)

46. 其一百斛五斗八升监运掾姃度渍米([叁]5006)

47. 其一百斛五斗□升监运掾姃度渍米([叁]5155)

48. 其一百斛五斗八升监运掾姃度渍米([柒]2140)

49. 其百斛五斗八升监运掾姃度渍米([捌]3692)

50. 其一百斛五斗八升三州仓所运监运掾姃度渍米([捌]3719)

100.58+12.1=112.68,正与简 13 数据相同。这与前述简 6 中的情况相同,没有发现“其一百一十二斛六斗八升运掾姃度渍米”这样的数据,笔者推测,“十二斛一斗”这个数据在第二次入米前已被消耗掉。

三、总　结

通过以上的复原与分析,我们可以得出以下结论:

1. 在“月旦簿”之外,还存在一类“要簿”,其专门就某一特定项目,

① 原释为“☐年十一月十二日关壂阁郭据仓吏黄讳史番虑”。

在一段时间内的情况进行考察，具体项目类型、考察时间没有特别限定。本文复原的“黄武五六七年杂米要簿”是就嘉禾元年正月一日至三年三月卅日间，中仓受三州仓米中，黄武五六七年的杂米进行统计的簿籍。

2. “要簿”本身在统计时，只关心其所涉及项目，而对其他情况并不在意。比如“黄武五六七年杂米要簿”中，“郎中王毅黄武六年佃禾准米”“监运掾延度渍米”从三州仓向中仓分两次运输，在运输间隙，已经运到中仓的部分存在消耗，但“要簿”如其标题简一样，只关心从三州仓向中仓运输的总体情况，至于中仓的消耗完全不在意。

3. 通过以上复原与分析，我们可以发现，“要簿”中涉及的数据以及时间与“月旦簿”有着极为密切的联系，这无疑可以为我们以后复原“月旦簿”提供帮助。

4. 在本次复原中，笔者没有利用揭剥图，而只是从内容出发进行复原。这是笔者的一种尝试，即探索是否有可能离开揭剥图来完成复原。通过这次尝试，笔者认为这种方法行之有效，这就为复原大量没有揭剥图的简牍提供了可能。

三国新罗时期王京佛寺布局的渊源问题

赵润雨

(南京大学历史学院考古文物学)

公元4世纪后半叶,佛教初传朝鲜半岛。其中,高句丽最先从中国接触到佛教,百济略晚于高句丽,而新罗公认佛教为国教则迟至公元6世纪前期。4至6世纪也是朝鲜半岛三国发展成为古代国家的早期阶段,一方面是互相交战与领土争夺,另一方面,佛教作为强化王权的有效手段,自传入朝鲜半岛后就在各国统治阶层的支持下得到了迅速发展。新罗虽然接受、公认佛教的时间最晚,却是半岛三国中佛教文化发展最为兴盛的国家,其都城"王京"(今韩国庆尚北道庆州市)作为新罗国政治、经济、文化及宗教中心,更是有"寺寺星张、塔塔雁行"的记载①,显示出新罗王京佛刹林立的壮观景象,也从侧面反映了新罗灿烂的佛教文化。佛寺既是佛教在建筑形式上的具体表现,也是古代国家王权的象征,通过研究新罗佛寺的平面布局,考察其形制曾受哪些外来文化的影响,或许可以理解新罗佛教文化的发展及东亚佛教文化的传播过程。因此,探讨新罗王京佛寺的平面布局及其演变,对新

① [高丽]一然撰:《三國遺事》卷三《興法三》"原宗興法厭髑滅身"条,學習院大學東洋文化研究所刊本,三秀舍,1964年,第216页。

罗佛教史、新罗王京研究乃至东亚佛教史研究均有重要意义。

一、问题的提出

20 世纪初，日本学者率先从近代学科层面上对庆州地区佛寺遗址展开了调查与研究，揭开了新罗王京佛寺研究的序幕①。关野贞、诸鹿央雄、大坂金太郎、滨田耕作等学者对佛国寺、芬皇寺、栢栗寺、石窟庵、望德寺、皇龙寺等佛寺遗址进行了实地调查与部分发掘工作。其中，诸鹿央雄于 1916 年出版的《新罗寺迹考》中记录了庆州地区 108 处佛寺，确认寺名者则不超过半数。此后大坂金太郎对已确认寺名的 36 处寺址进行了实地调查，在此过程中，大坂氏另外发现 17 处此前未发现的寺址，将确认寺名及具体位置的寺址数增加至 53 处。滨田耕作在大坂氏基础上又追加 14 处能够确定寺名的寺址，加上无法确认寺名的废寺址共 100 所②。此外，藤岛亥治郎也对庆州地区部分佛寺遗址进行了实地调查及复原研究③。以上日本学者的调查及复原研究，为新罗佛教考古研究打下了重要的基础。

从 20 世纪 60 年代开始，韩国国立博物馆、文化财研究所等机构正式开始对庆州地区新罗时期部分佛寺遗址展开了调查发掘，至 2020 年，庆州

① 关于日本学者对新罗王京佛寺调查研究的基本情况，前人学者有较好的总结。a.［韩］車順喆：《日帝強占期慶州地域寺名推定過程檢討》，《新羅史學報》第 7 号，2006 年 8 月，第 173—207 页。b.［韩］李順子：《日帝強占期古蹟調查事業研究》，景仁文化社，2008 年。c.［韩］金東夏：《日帝強占期慶州地域佛教遺蹟調查와〈慶州古蹟保存會議〉》，《佛教美術史學》第 15 卷，2013 年 3 月，第 205—233 页。

②［韩］朴方龍：《新羅都城》，學研文化社，2013 年，第 120 页。

③［日］藤島亥治郎：《朝鮮建築史論》（影印本），景仁文化社，1982 年。

地区发现的共256处新罗时期佛寺遗存中有47处得到了试掘或发掘调查①。除佛寺遗址的发掘工作外，韩国国立庆州文化财研究所等机构又对庆州地区其他佛寺遗址进行了系统的实地调查，积累了丰富的成果②。

为讨论方便，除部分仅得到试掘工作而无法确定平面布局的寺址外，笔者选取了位于王京核心地区以内、具有典型意义的12处佛寺遗址，以佛寺创建年代为准，对各佛寺遗址发掘情况进行了简要整理，见下表(表1)。

表1　新罗王京主要佛寺遗址发掘成果

序号	发掘年份	发掘寺址及创建年代	主要发掘内容	寺址平面布局	参考资料
1	2008	兴轮寺址527—544年(三国新罗中后期)	确认7处礎墩，出土“兴”铭文瓦等。	不明	國立慶州博物館《慶州工業高等學校内遺構收拾調查》，2011年。
2	1969、1976—1984	皇龙寺址553—569年(创建寺院)574—645年(第1次重建)	发掘讲堂址及西侧附属建筑遗址(1969)。确认皇龙寺不同时期平面布局，第一次重建寺院中三座金堂呈“一”字形排列。	塔—金堂—讲堂(创建寺院)塔—三金堂—讲堂(第一次重建寺院)	文化財管理局等《皇龍寺遺蹟發掘調查報告書》I，1984年。

① ［韩］崔薔薇(音译)：《慶州地域新羅寺刹調查의沿革과推移》，《新羅文化》第57辑，2020年12月，第7—34页。

② a.［韩］國立慶州文化財研究所：《慶州地域廢寺址基礎調查・研究》，2011年。b.［韩］文化財廳、［韩］佛教文化財研究所：《韓國의寺址現況調查報告書(大邱廣域市・慶尚北道)上》，2015年。

续表

序号	发掘年份	发掘寺址及创建年代	主要发掘内容	寺址平面布局	参考资料
3	1990—2012	芬皇寺 634年(创建寺院)8世纪中期(重建寺院)	确认了创建寺院为“一塔三金堂式”平面布局，重建后变为“一塔一金堂式”。	塔—三金堂(创建寺院) 塔—金堂—讲堂(重建寺院)	國立慶州文化財研究所《芬皇寺》Ⅰ，2005年；《芬皇寺》Ⅱ，2015年。
4	2000	天官寺址 634年(三国新罗末期)	发现1处石塔、7处建筑遗址、1处门址，出土小型金铜佛像、“天”铭文瓦等遗物。	讲堂中门—塔—金堂(中门、塔在金堂西侧)	國立慶州文化財研究所《慶州天官寺址發掘調查報告書》，2004年。
5	1972、1977—1981	现兴轮寺 635年(灵庙寺址)	西北侧部分确认疑似回廊的建筑遗址(1972)。在推定金堂址东南、西南侧烧土层中发现2处推测为石塔基址性质的石筑遗址，东塔基址遗迹以东确认部分创建、重建期东回廊遗址。另出土“灵庙(妙)之寺”铭文瓦。	重建后成为双塔式寺院(8世纪)	申昌秀《興輪寺의 發掘成果檢討》，《新羅文化》第20辑，2002年。

续表

序号	发掘年份	发掘寺址及创建年代	主要发掘内容	寺址平面布局	参考资料
6	2017—	皇福寺址 7世纪前中期（三国新罗末期）	对三层石塔东侧区域进行发掘调查，确认疑似三国新罗时期“双塔式”平面布局佛寺遗址。另发现十二生肖像石板组成长方形基址遗址。	尚不确定	聖林文化財研究院《慶州狼山一圓內推定古墳址整備（傳皇福寺址）遺蹟4次文化財發掘調查學術諮問會議資料》，2020年。
7	1975	高仙寺址 7世纪中期（三国新罗末期）	确认塔院与金堂院东西向、金堂与讲堂南北向排列的平面布局	讲堂塔—金堂（西为塔院、东为金堂院）	文化財管理局等《高仙寺址發掘調查報告書》，1977年。
8	2006—2012	四天王寺址 679年（统一新罗初期）	确认金堂扩建过程、木塔基坛部塑造像位置等。	双塔—金堂—讲堂	國立慶州文化財研究所《四天王寺》Ⅰ·Ⅱ·Ⅲ，2012、2013、2014年。

续表

序号	发掘年份	发掘寺址及创建年代	主要发掘内容	寺址平面布局	参考资料
9	2002—2011	仁旺洞寺址(传仁容寺址)7世纪末(统一新罗初期)	确认金堂址、2座石塔址、十字形建筑遗址、回廊址等。	双塔—金堂—讲堂	國立慶州文化財研究所《傳仁容寺址發掘調查中間報告書》,2009年;《傳仁容寺址發掘調查報告書》Ⅰ·Ⅱ,2013年。
10	1969—1970	望德寺址692年	确认金堂址、东西石塔址、讲堂址、回廊址。	双塔—金堂—讲堂	國立慶州文化財研究所《慶州望德寺址發掘調查報告書(69·70發掘調查)》,2015年。
11	2003	念佛寺址8世纪中期(统一新罗时期)	确认寺域范围及规模、东西双石塔址。	双塔式寺院	國立慶州文化財研究所《南里寺址(傳念佛寺址)發掘調查中間報告書》,2005年。

续表

序号	发掘年份	发掘寺址及创建年代	主要发掘内容	寺址平面布局	参考资料
12	2013—2014	味香寺址 8世纪中期(统一新罗时期)	分别在现存石塔南北侧发现门址及大型建筑遗址，出土"味香"铭瓦。	塔—金堂—讲堂	佛教文化財研究所《韓國의寺址 試發掘調査報告書—慶州味香寺址》Ⅰ·Ⅱ,2016年。

首先，从上表可以看出营建于统一新罗时期的大部分佛教寺院，如四天王寺、望德寺均采取了以金堂为中心，前竖双塔，后置讲堂，周围绕以回廊的"双塔—金堂式"布局(图一)。由于这类形制的佛寺在7世纪中后期之后集中出现于新罗王京地区，与同时期中、日两国不同形制佛寺共存的情况形成鲜明对比，因此有学者将这种"双塔—金堂式"布局命名为"统一新罗式"佛寺配置①。在"双塔式"佛寺的渊源及其在统一新罗出现的背景问题上，已有研究通过梳理中国中古时期佛寺及"双塔式"佛寺的相关资料，认为统一新罗"双塔式"佛寺的平面布局最早见于北魏晖福寺，而竖双塔则与北朝至隋代"二圣"观念密切相关，这种北朝出现的佛寺后为隋代所继承，在新罗留学僧的引介下得到新罗王室的推崇，最终在统一新罗时期的王京地区得到流行②。由

① [韩]徐姈男:《統一新羅式伽藍配置의成立과靈鷲寺創建》,《文化史學》第48号，2017年12月，第31—69页。

② a.[韩]朴潤培:《雙塔式伽藍配置의起源을通한新羅와隋의關係》,《CHINA研究》第14辑，2013年2月，第41—94页。b.[韩]梁銀景:《新羅雙塔伽藍의起源과出現背景》,《美術史研究》第40号，2020年12月，第35—71页。

于目前无从得知南朝是否存在性质类似的“双塔一金堂式”布局佛寺的实例，在统一新罗时期“双塔式”佛寺的渊源问题上，笔者同意源自北朝—隋代佛寺的观点。

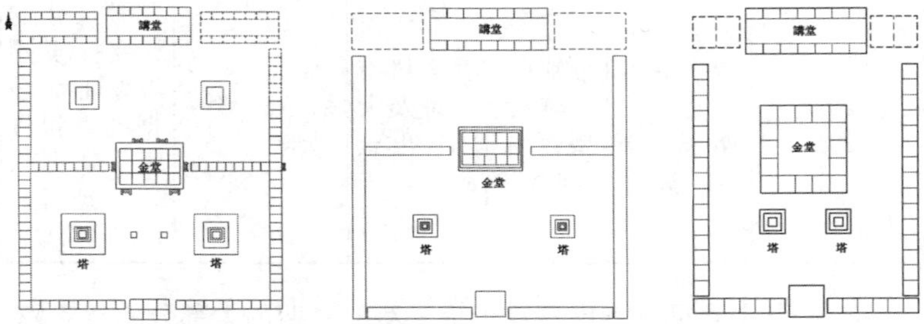

四天王寺　　　　望德寺　　　　傅仁容寺

图一　统一新罗时期王京“双塔一金堂”式佛寺平面布局示意图①

反观三国新罗时期营建的佛寺，只有皇龙寺址与芬皇寺经过全面发掘确认了佛寺的创建布局及其演变，其他寺址的整体布局情况则不太清楚。囿于考古资料及文献资料的不足，以往学界在展开三国新罗时期佛寺布局研究时，往往需要参考高句丽、百济佛寺形制加以讨论。据笔者所知，高句丽地区确认创建于 4 至 5 世纪之间的佛寺遗址有 4 处，佛寺布局均以“一塔三金堂式”为主（图二），很少发现讲堂遗址，这种布局很可能受到了北朝佛教文化的影响②；而通过百济地区寺址的发掘则可以看出，百济佛寺普遍采用了“一塔一金堂式”配置，并在金

① 徐妗男：《統一新羅式伽藍配置의成立과靈鷲寺創建》，第 36、37、40 页。

② 杨泓：《百济定林寺遗址初论》，载宿白先生八秩华诞纪念文集编辑委员会编：《宿白先生八秩华诞纪念文集》，文物出版社，2002 年，第 675 页。

堂后侧设置讲堂（图三），这种布局被认为与当时和南朝的密切交往有关①。

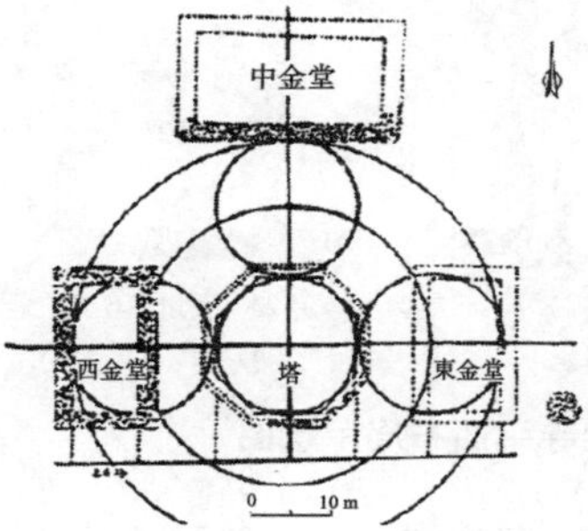

土城里寺址（4 世纪末）

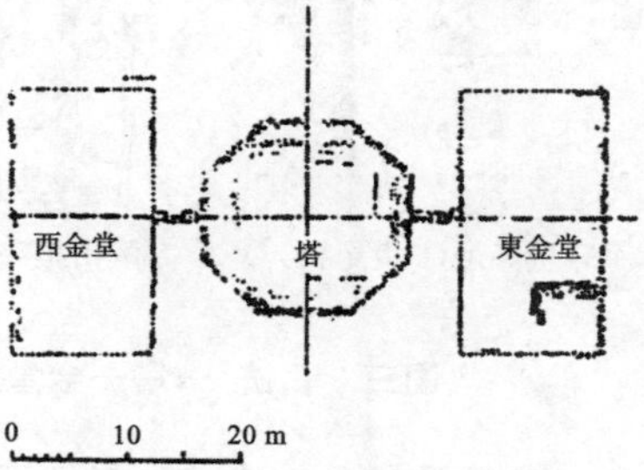

上五里寺址（5 世纪末）

定陵寺址（5 世纪）

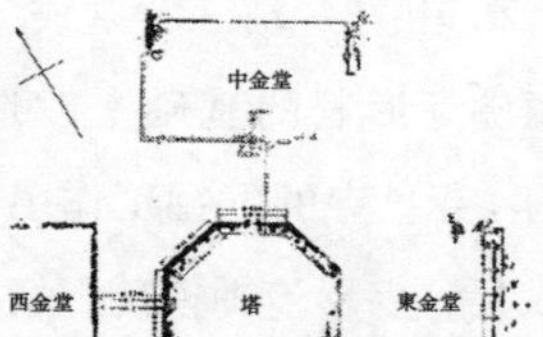

清岩里寺址（5 世纪末）

图二　高句丽“一塔三金堂式”佛寺平面布局示意图②

① 宿白：《东汉魏晋南北朝佛寺布局初探》，载其著《魏晋南北朝唐宋考古文稿辑丛》，文物出版社，2011 年，第 236—244 页。

② ［韩］文化財廳、［韩］國立扶餘文化財研究所：《東아시아古代寺址比較研究（Ⅱ）—金堂址篇—》，2010 年，第 19—27 页。

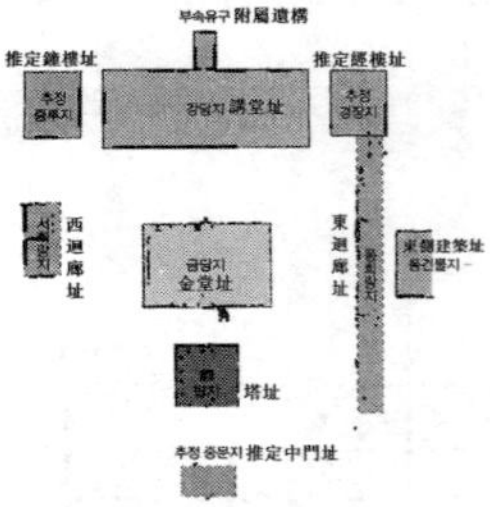

军守里寺址（6 世纪初）

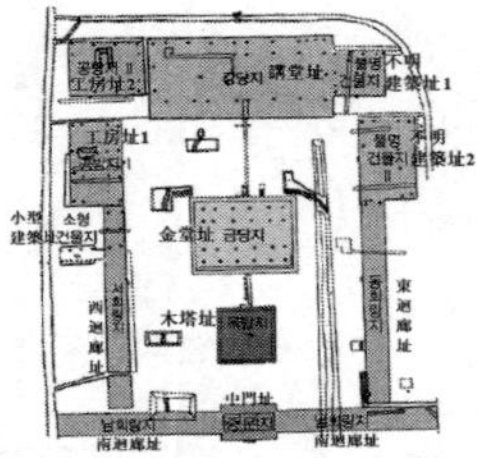

陵山里寺址（567）

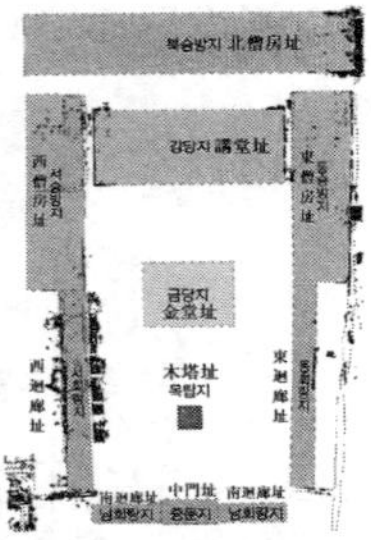

定林寺址（6 世纪中期）

图三　百济"一塔一金堂式"佛寺平面布局示意图[①]

1977—1978 年，在皇龙寺址第一次重建地层（574—645）木塔址北发现了"一"字形排列的三金堂基址（图四左），发掘报告认为此种布局应源自高句丽"一塔三金堂式"佛寺，进一步提出皇龙寺重建寺院是在高句丽佛寺形制的基础上改造而成的新罗"一塔三金堂式"佛寺[②]；1991 年，芬皇寺的发掘工作中也在创建寺院（634）布局中确认了三座金堂以"品"字形包围模砖石塔的事实（图四右），发掘报告同样认为这样的布局受到了高句丽形制影响[③]。

除佛寺布局方面外，支持新罗受到高句丽及北朝佛教文化影响的观点还有：第一，文献记载新罗佛教最早由高句丽僧传入[④]；第二，4 至

---

① 國立扶餘文化財研究所：《百濟王興寺—丁酉年에昌王을 다시 만나다-》，2017 年，第 44—45 页。

② ［韩］金正基：《皇龍寺伽藍變遷에 關한考察》，见［韩］文化財研究所等：《皇龍寺遺蹟發掘調査報告書》Ⅰ，1984 年，第 377—378 页。

③ 國立慶州文化財研究所：《芬皇寺發掘調査報告書》Ⅰ，2005 年，第 516 页。

④ a. 一然撰：《三國遺事》卷三《興法第三》"阿道基罗"条，第 205—206 页。b. ［高丽］金富軾撰：《三國史記》卷四《法興王本紀》"十五年"条，學習院大學東洋文化研究所刊鑄字本，三秀舍，1986 年，第 33 页。

5世纪新罗附属高句丽统治时期，通过高句丽接触到了北朝佛教[①]；第三，北朝佛教中“王即佛”意识在新罗中古时期王名中的体现[②]；第四，从新罗真兴王十二年(551)任命高句丽系高僧惠亮为新罗国僧统(或曰国统)出发，认为皇龙寺的创建可能与惠亮有关，进而主张皇龙寺布局带有北朝、高句丽佛教文化因素[③]。上述“北朝—高句丽—新罗”佛教传播路线的研究，使三国新罗时期佛寺布局的“高句丽影响说”成为学界主流观点。

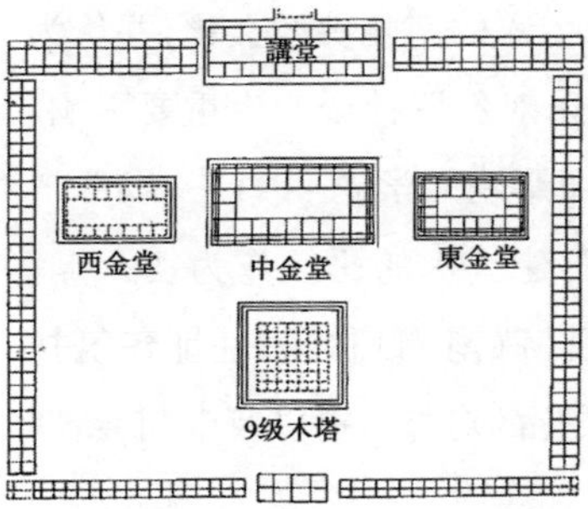

皇龙寺第1次重建寺院布局(574—645)

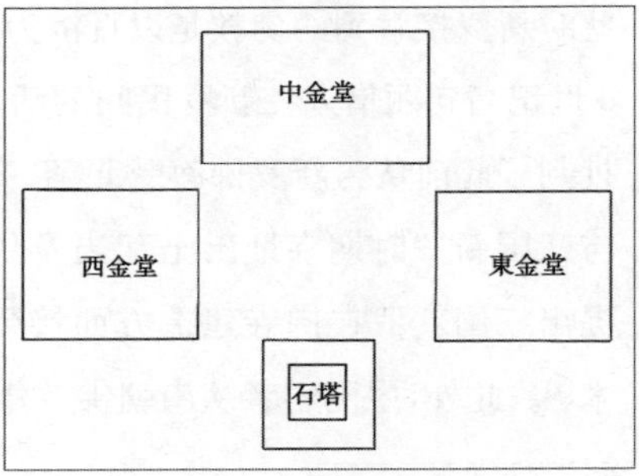

芬皇寺创建寺院布局

图四　三国新罗时期“一塔三金堂式”佛寺平面布局示意图[④]

---

① ［韩］金福順:《新羅王京과과佛教》,《佛教文化研究》第12辑,2012年12月,第24—25页。

② ［韩］金哲埈:《新羅上代社會에 Dual Organization(下)》,《歷史學報》第2辑,1952年10月,第91—92页。

③ ［韩］朱甫暾:《皇龍寺의創建과그意圖》,《韓國史研究》第176辑,2017年3月,第25—27页。

④ 文化財研究所等:《皇龍寺遺蹟發掘調查報告書》Ⅰ,第372页;國立慶州文化財研究所:《芬皇寺發掘調查報告書》Ⅱ,2015年,第1818页。

与此相反,上世纪80年代百济弥勒寺址的考古发掘确认了“三塔三金堂式”多院落佛寺布局,以此为契机,开始有学者通过对皇龙寺与百济弥勒寺布局的比较,提出了皇龙寺“三金堂”形制受百济佛寺影响的观点[①]。此后,在三国新罗时期佛教及佛寺布局研究中陆续出现受百济或南朝佛教文化影响的观点,主要有如下几种:第一,通过将佛僧称作“道人”的现象出发,主张佛教从南朝经由百济传入新罗的观点[②];第二,认为法兴王时期“肇行佛法”才是新罗正式接受佛教的开始,而此时新罗接触到的佛教是以百济为媒介传入的南朝佛教文化,并认为5世纪高句丽僧人在新罗民间的活动并未对新罗社会产生重要影响,批判了此前认为新罗佛教受北朝、高句丽影响的学说[③];第三,以百济与三国新罗时期寺址出土瓦当及佛寺营建技术的比较作为切入点,提出三国新罗在佛寺建造方面接受了百济(南朝)制瓦、基址建筑技术[④]。此外,中国学者从南朝佛教建筑文化的对外传播以及南朝、新罗

---

① [韩]張慶浩:《彌勒寺址와皇龍寺址의遺構를通해본比較考察》,《馬韓・百濟文化》第8辑,1985年12月,第136—138页。

② [韩]辛鍾遠:《“道人”使用例를通해본南朝佛教와韓日關係》,《韓國史研究》第59辑,1987年12月,第1—26页。

③ [日]薗田香融:《東アジアにおける仏教の伝来と受容—日本仏教の伝来とその史的前提—》,《関西大学東西学術研究所紀要》第22辑,1989年3月,第11—18页。

④ a. [韩]趙源昌:《百濟瓦博士의對新羅・倭派遣과製瓦術의傳播》,《韓國上古史學報》第48号,2005年5月,第85—108页;《百濟基壇築造術의對新羅傳播》,《建築歷史研究》第14卷第2号,2005年6月,第57—69页;《皇龍寺重建期瓦當으로본新羅의對南朝交涉—蓮花突帶紋圓瓦當을 中心으로》,《韓國上古史學報》第52号,2006年5月,第25—43页。b. [韩]李炳鎬:《慶州出土百濟系瓦製作技術의導入過程—傳興輪寺址出土品을中心으로—》,《韓國古代史研究》第69号,2013年3月,第5—56页。c. [日]清水昭博:《新羅と南朝瓦の比較研究》,載國立慶州文化財研究所:《皇龍寺址出土新羅古式瓦研究現況과檢討》(2014年學術研討會資料集),2014年,第85—97页。

阿育王像传说的比较，论证了新罗皇龙寺"一塔三金堂式"布局仿效南朝长沙寺的观点①。笔者尝试将上述研究中佛教的"南朝—百济—新罗"传播路线称为"南朝（百济）影响说"，可以看出"南朝（百济）影响说"在最近的中日韩学界亦形成了一定的共识。

在仔细考察上述两种学说后，笔者基本赞同"南朝（百济）影响说"。但不可否认的是，这两种学说都存在一定的问题，如"高句丽影响说"应如何解释皇龙寺重建寺院地层大量出土的南朝风格瓦当？虽然新罗在长期附属于高句丽统治的4至5世纪间确实接受了不少高句丽文化，但5世纪中期结成"罗济同盟"之后新罗便逐渐摆脱了高句丽的控制，并从6世纪开始加强了与南朝之间的交往。那么，高句丽佛寺形制又是如何影响到6世纪中期之后创建的新罗各佛寺的呢？同样，"南朝（百济）影响说"也存在一些需要回答的问题，比如7世纪前期创建的芬皇寺为什么会采取被认为是具有高句丽风格的"一塔三金堂式"布局？并且芬皇寺创建寺院没有设置讲堂，这与百济通常采用的"一塔一金堂式"佛寺，即"塔—金堂—讲堂"依次排列于南北轴线上的构造存在显著的差异。

如上所述，学界关于三国新罗时期王京佛寺平面布局的渊源问题还没有达成一致的见解。有可能在更多的考古发掘成果面世之前，这个问题都将无法得到令人满意的答案。但基于以上研究史的整理，笔者认为在这个问题上似乎仍存在进一步探讨的空间。因此，笔者拟在前人研究成果的基础上，重点考察三国新罗时期佛寺的平面布局，试

---

① 陈涛：《韩国庆州皇龙寺与中国南朝佛寺渊源关系探讨》，载王贵祥、贺从容：《中国建筑史论汇刊》第5辑，中国建筑工业出版社，2012年，第505—530页。

对其渊源问题作一些补充研究,进而论证“南朝(百济)影响说”的可能性。以下,想带着上面提出的几点疑问,对三国新罗时期佛寺平面布局的渊源问题略陈管见,以求教于方家。

二、新罗王京佛寺与“一塔一金堂式”平面布局

根据新罗统一朝鲜半岛的 7 世纪中期为界,新罗王京佛寺平面布局可分为三国新罗与统一新罗前后两期进行考察。“双塔一金堂式”平面布局是统一新罗时期王京佛寺最大的特点,关于“双塔式”佛寺的渊源以及统一新罗时期王京集中出现这类佛寺的背景,学界已形成共识,上文已有论及。因此,以下主要考察三国新罗时期王京佛寺的平面布局,其中皇龙寺址、芬皇寺、皇福寺址[①]都经过了系统全面的考古发掘,其平面布局已较为明晰,而兴轮寺址、灵庙寺址则仅得到部分发掘,还无法确认其整体布局,笔者只能根据有限的发掘资料对其布局作推测。以下以创寺年代为序,逐一介绍各佛寺平面布局的发掘情况。

(一) 兴轮寺址[②]

兴轮寺址位于今韩国庆尚北道庆州市沙正洞庆州工业高中校区内[③],在新罗王京宫城“月城”遗址西北约 1.5 公里处。据文献记载,兴轮寺始建于法兴王十四年(527),至真兴王五年(544)竣工,是新罗最

---

① 因皇福寺址正式报告尚未公布,故不在本文讨论范围内。

② [韩]國立慶州博物館:《慶州工業高等學校内遺構收拾調查》,2011 年。

③ 关于兴轮寺址具体位置问题,历来有两种说法。一种认为今天庆州市兴轮寺即新罗时期兴轮址,另一种观点认为兴轮寺址应在今天庆州工业高中校区内。由于庆州工业高中校内出土“王兴”等铭文瓦(大王兴轮寺),今兴轮寺发掘中出土“灵庙之寺”等铭瓦,目前学界更倾向于第二种说法。

早创建的佛寺。

2008年,庆州工业高中在运动场东、北侧建设排水沟时发现大量遗物,国立庆州博物馆随即对排水沟基槽部分展开了遗物收集与发掘调查,然而发掘工作只限定在了排水沟基槽内,没有进一步展开考古发掘(图五)。在有限的发掘工作中,发现了7处积石礫撴及石筑基址,由于各遗迹位置相对分散,未能确认遗址全部性质及平面布局。

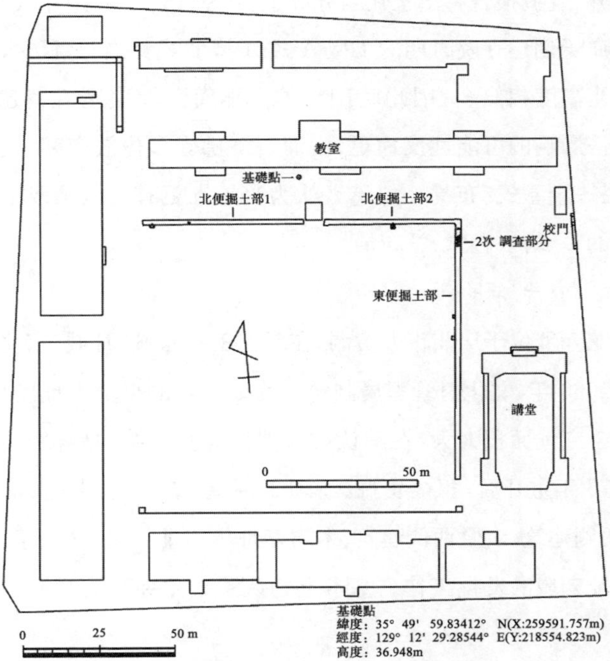

图五 庆州工业高中运动场发掘现场示意图①

① 國立慶州博物館:《慶州工業高等學校内遺構收拾調查》,第18页。

关于兴轮寺址的平面布局,发掘报告基于以往韩国学界主流观点“高句丽影响说”,推测兴轮寺采取了高句丽“一塔三金堂式”佛寺布局。在发掘面积极其有限的情况下,作此种判断略显不妥。除认为兴轮寺采取“一塔三金堂式”布局的观点外,也有学者根据文献推出兴轮寺可能是“南池—南门—佛塔—佛殿”在寺院南北中轴线依次排列的布局,即“一塔一金堂式”布局①。

另外,发掘报告将出土瓦当分成了10型13式,其中年代最早、被确认为属于创建寺院时期的1型A式、1型B式瓦当与百济大通寺址出土瓦当高度相似②。因此,相比于高句丽而言,兴轮寺在营建过程中受到百济影响的可能性反而更大,而百济佛寺多仿效南朝,最典型就是“一塔一金堂式”布局。故笔者认为兴轮寺更有可能采取了当时百济流行的“一塔一金堂式”布局。

(二)皇龙寺址③

皇龙寺址位于庆州市九黄洞,在新罗王京宫城“月城”东北约1公里处。1969年,文化财管理局制定了为期3年的皇龙寺址发掘计划,然而由于寺址面积太大,在确认讲堂遗址等基本结构后,发掘便遭暂停。1976年重开后,相继发掘、清理了讲堂、东金堂、中门、木塔前方东、西两侧建筑、讲堂西侧建筑、木塔基址等遗址。至1983年,完成了皇龙寺址全域的发掘工作。基本上确认了皇龙寺不同时期平面布局

---

① [韩]李康根:《慶州文化財에 對한再認識—新羅最初의절興輪寺를 中心으로—》,《慶州文化》第4辑,1998年10月,第67—72页。

② 李炳鎬:《古式蓮花文瓦當의分類와編年》,載國立慶州博物館:《慶州工業高等學校内遺構收拾調查》,第170—181页。

③ 文化財研究所等:《皇龍寺遺蹟發掘調查報告書》Ⅰ。

的演变过程。另外,2020 年在又其南门外确认了南北宽 50 米、东西长 500 米左右的道路遗址,向西正对新罗王京东宫的东门址,是目前发现的新罗王京最宽的道路[①],体现了皇龙寺作为国家寺刹的寺格。以下试对皇龙寺创建寺院及第一次重建寺院的平面布局作简单概述。

(1) 创建寺院(553—569):皇龙寺创建期寺院总平面呈长方形,坐北朝南,由于创建期地层破坏严重,仅在中轴线南端确认中门遗址(图六)。创建中门遗址位于现露在地表之上最终寺院中门基坛遗址以北约 13 米处,南北长 16.5 米、东西宽 6 米,应为面阔 3 间、进深 2 间的建

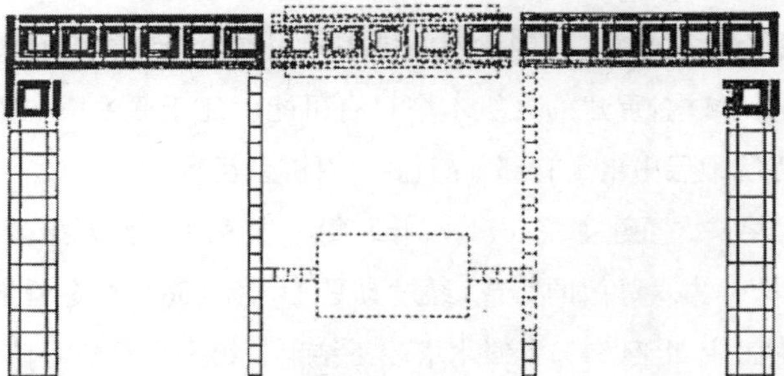

图六 皇龙寺创建期平面布局示意图[②]

① [韩]新羅文化遺產研究院:《慶州皇龍寺廣場과都市》Ⅱ,2020 年,第 81—82 页。

② 文化財研究所等:《皇龍寺遺蹟發掘調查報告書》Ⅰ,第 372 页。

筑。单廊式南回廊沿中门北端2柱础间向东、西延伸出17间,抵南回廊东、西两端东西3间、南北23间的细长形建筑遗址,向北又与后期讲堂遗址两侧发现的面阔6间、进深3间的长方形建筑址相连,南回廊、东西端细长形建筑与北端两处长方形建筑构成了皇龙寺创建寺院的外围。在南回廊从中门东、西端各数第6间的位置上还确认了两条向北设置的东、西回廊址,将寺院分成三个独立空间,从西回廊南端数第20间又发现向东延伸的翼廊遗迹。由于皇龙寺在第一次重建时,严重破坏了创建寺院时期地层,发掘工作未能发现创建期佛塔与金堂遗址,只能根据西回廊向东延伸处发现的翼廊遗迹推测东、西回廊之间曾设置有创建金堂,而创建期的佛塔则应在由金堂、东西回廊与中门包围的区域内,重建的九级木塔很有可能就建于原木塔位置之上。在创建寺院地层中出土有部分高句丽、百济系瓦当。

(2) 第一次重建寺院(574—645):第一次重建工作开始于真兴王十四年(574)丈六尊像的铸成,经过真平王六年(584)对金堂的重建,至善德女王十四年(645)九级木塔竣工结束。第一次重建寺院总平面布局仍呈长方形,规模略大于创建期寺院,寺院中轴线上由北向南分别排列重建中门、九级木塔、中金堂、讲堂,中金堂两侧对称位置上出现东、西金堂(图七)。重建寺院北端发掘、清理了创建期未发现的讲堂遗址,面阔10间、进深4间。在讲堂址东、西侧又各确认面阔11间、进深3间的南向长方形建筑遗址。重建期中门移至创建期中门南6米处,并扩建成为面阔4间、进深2间的建筑。推测为僧房的创建期寺院东、西两端东西3间、南北23间的细长形建筑遗址也被改建为复廊式建筑,成为重建寺院的东、西回廊,重建南回廊也同样变为复廊结构。寺院以内,创建期东、西回廊被废弃,原本独立的3个院落得到统合，在创建金堂处重新扩建了面阔 9 间、进深 4 间的中金堂，其两侧新建规模略小的东、西金堂，均为面阔 7 间、进深 4 间。三座金堂以“一”字形排列于九级木塔后方，形成了新罗独特的“一塔三金堂式”平面布局。在这一时期的地层中，出土了被认为是南朝系统的瓦当，见下文。

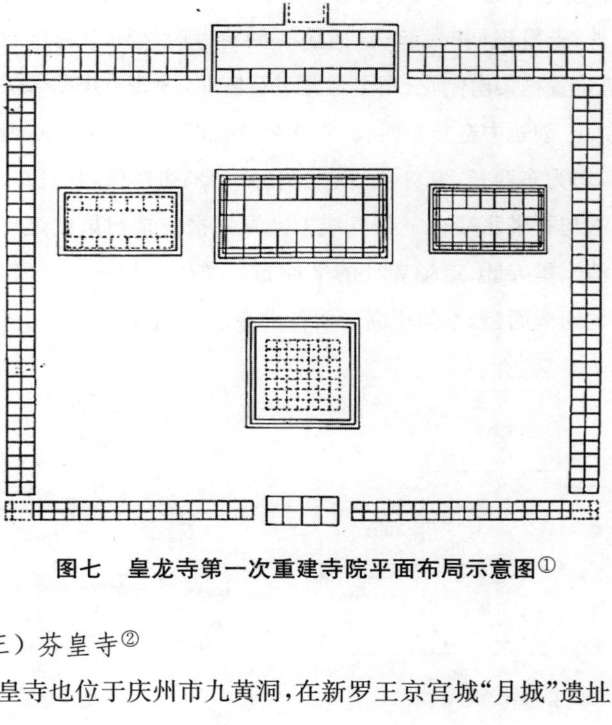

图七　皇龙寺第一次重建寺院平面布局示意图①

（三）芬皇寺②

芬皇寺也位于庆州市九黄洞，在新罗王京宫城“月城”遗址东北约

① 文化財研究所等：《皇龍寺遺蹟發掘調查報告書》Ⅰ，第 373 页。

② a. 國立慶州文化財研究所：《芬皇寺發掘調查報告書》Ⅰ。b. 國立慶州文化財研究所：《芬皇寺發掘調查報告書》Ⅱ。c. 國立慶州文化財研究所：《芬皇寺遺蹟整備基本計劃》，2015 年。

1.3 公里处,向南约 300 米抵皇龙寺遗址。芬皇寺创建于善德女王三年(634),其时已接近统一新罗时代。1990 年,国立庆州文化财研究所正式对芬皇寺展开考古发掘调查,经过 22 年共 8 次发掘工作,至 2012 年结束发掘,揭露了芬皇寺的平面布局及其演变。

(1) 创建寺院(634—公元 8 世纪前期):除石塔北侧三座创建期金堂遗址外,未发现同时期其他遗迹。创建寺院平面布局以石塔为中心,石塔位置稍偏南侧,三座金堂置于石塔北,围绕石塔呈“品”字形状(图八左)。创建中金堂东西长 26.6 米、南北宽 15.4 米,东、西金堂规模相同,均为东西长 20.3 米、南北宽 18.0 米的建筑,并且东、西二金堂的南端与石塔北端在一条直线上。发掘报告指出虽然这种配置于高句丽清岩里寺址、定陵寺址的平面布局类似,但芬皇寺创建寺院三座金堂均向南而建,不同于高句丽各佛寺东、西金堂正面向塔的形制。

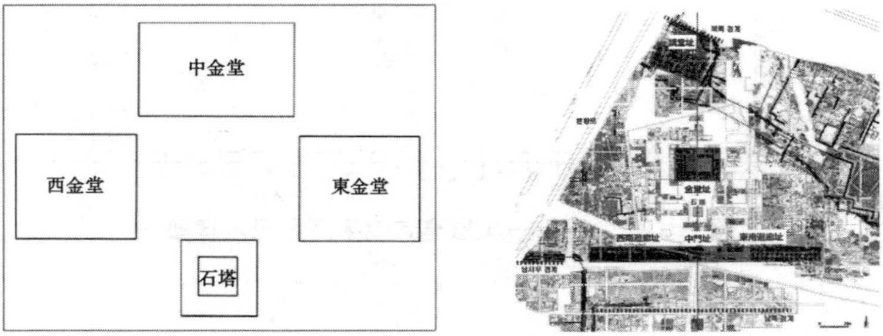

芬皇寺创建寺院　　　芬皇寺重建寺院

图八　芬皇寺创建期(左)、重建期(右)平面布局示意图[①]

① 國立慶州文化財研究所:《芬皇寺發掘調查報告書》Ⅱ,第 1818 页;据《芬皇寺遺蹟整備基本計劃》,图“21”改绘,第 106 页。

(2) 重建寺院(公元8世纪中期—公元13世纪):景德王十四年(755)铸成药师如来佛铜像后,为安置铜像,对芬皇寺创建中金堂进行了扩大重建,扩建后成为面阔7间、进深6间的大型金堂,与此同时,创建期东、西二金堂遭到废弃。由此,芬皇寺从初建时期“一塔三金堂式”变为“一塔一金堂式”布局(图八右)。此外,在石塔南侧又发现中门遗址,中门址东、西两侧各建有南回廊。中门、石塔、金堂由南向北依次设置于寺院中轴线上。发掘工作还在重建中金堂后侧发现了推测为讲堂的建筑遗址,讲堂遗址正面朝西南方向,其中心稍微偏离寺院南北中轴线,报告认为很有可能与金堂后侧地势有关。

由于在创建寺院布局中没有找到与讲堂有关的遗址,因此有研究认为芬皇寺以塔为中心的平面布局与重视佛教礼仪的北朝佛教有紧密关系,主张芬皇寺受到了继承自北朝的隋代佛教影响①。那么,又该如何解释8世纪中期重建寺院中设置的讲堂呢?对于这个问题,笔者目前也无法回答,需要今后进一步研究加以探讨。

(四) 灵庙寺址②

灵庙寺址位于庆州市现兴轮寺域内,在新罗王京宫城“月城”遗址以西1.5公里处,建于善德女王四年(635)。由于灵庙寺址未能得到全面发掘,无法确定寺院布局,以下仅简单介绍发掘概况。1972年,在今兴轮寺(灵庙寺址)附近建设高速公路时曾确认寺址西北侧部分回廊遗址。1977年对寺内推定金堂址与西南侧塔址之间进行了发掘,但

---

① [韩]朴待男:《寺刹構造와 出土遺物로 본 芬皇寺性格考察》,《韓國古代史探究》第3卷,2009年12月,第39—85页。

② [韩]申昌秀:《興輪寺의 發掘成果檢討》,《新羅文化》第20辑,2002年8月,第287—308页。

未确认与佛寺遗存相关的内容。翌年，在金堂址西南侧推定塔址下部发现了混有瓦片的烧土层，在其地层上确认了西塔址的基址。1981年，又在金堂址东南侧发现与西南侧塔址基址相同的遗构，推定为东塔基址。在东塔基址的东侧发现了分不同时期建造的东回廊遗址，在东塔址南侧还发现了3处积石磉墩遗迹，其中1处磉墩的地层与双塔基址所处地层相同，而另外两处则筑于创建期地层。另外，通过东塔基址出土的“灵庙之寺”铭文瓦片，基本确定今庆州兴轮寺即新罗时期灵庙寺址，而新罗时期兴轮寺则在上文提到的庆州工业高中一带。著名的“新罗的微笑”人面瓦亦出土于灵庙寺址内（图九）。

图九　灵庙寺址出土人面纹瓦[①]

关于灵庙寺的平面布局，相关发掘者推测创建时期应采取了中门、塔、金堂、讲堂由南向北依次排列于寺院中轴线的“一塔一金堂式”布局[②]，重建后则变成统一新罗时期所流行的“双塔式”寺院。也有观点认为由于相同时期芬皇寺、皇龙寺均为“一塔三金堂式”平面布局，故推出灵庙寺也有可能是“一塔三金堂式”布局的结论[③]。虽然笔者不完全否认“高句丽影响说”，但是这种只基于“高句丽影响说”推导出三国新罗时期佛寺均为“一塔三金堂式”

---

① 國立慶州博物館：《新羅瓦磚》，2000年，第318页。

② ［韩］申昌秀：《興輪寺의發掘成果檢討》，第297页。

③ ［韩］金昌鎬：《新羅興輪寺의伽藍配置問題》，《新羅文化》第20辑，2002年8月，第147页。

布局的结论,未免有失偏颇。从现有发掘资料看,如果寺院内曾存在三座金堂,那么,1977 年对金堂址与西南侧塔址之间的区域进行发掘时应该有所发现,然而发掘结果确认此区域内没有与佛寺遗存相关的遗迹现象,因此笔者同意上述发掘者关于灵庙寺可能采取"一塔一金堂式"平面布局的说法。

以上,对三国新罗时期王京主要佛寺平面布局进行了整理。在创建期寺院平面布局方面,芬皇寺创建寺院明确为"一塔三金堂式",而且未设置讲堂,因此我们依然无法完全排除三国新罗时期佛寺布局受高句丽、北朝甚至隋代佛教影响的可能性。皇龙寺第一次重建寺院的布局则很有可能与高句丽形制无关,而是与百济弥勒寺或南朝长沙寺有关,这一方面已经有学者进行了研究[①]。此外,虽然目前还不知道寺院的完整布局,但是兴轮寺址、皇龙寺第一次重建寺院地层出土莲花纹瓦当、灵庙寺址出土的人面纹瓦当都具有很强的百济、南朝因素,所以很难认为三国新罗时期王京的佛寺在平面布局上一定受到了高句丽佛寺形制的影响。再考虑到以上诸佛寺金堂之后多设讲堂的情况[②],笔者认为这类"塔—金堂—讲堂"置于寺院中轴线、四周再绕以回廊的布局与百济"一塔一金堂式"佛寺存在许多共同之处,而百济佛寺布局多仿效自南朝是毋庸置疑的事实。因此,笔者更加认同"南朝(百济)影响说",推断三国新罗时期王京佛寺布局主要受到南朝、百济影响。

---

① a. [韩]張慶浩:《彌勒寺址와 皇龍寺址의 遺構를 通해본 比較考察》,第 136—138 页。b. 陈涛:《韩国庆州皇龙寺与中国南朝佛寺渊源关系探讨》,第 505—530 页。

② 关于佛寺中设置讲堂与否,涉及中国南北朝佛学及佛寺布局问题,可参见:a. 汤用彤:《汉魏两晋南北朝佛教史》下册,中华书局,2016 年,第 350 页。b. 杨泓:《百济定林寺遗址初论》,第 675 页。

三、文献史料及出土遗物所见三国新罗与南朝的交往

上文通过对三国时期新罗王京佛寺的平面布局的分析，笔者认为新罗在这一时期营建佛寺时主要采取了“一塔一金堂式”平面布局，这种形制与同时期百济、南朝佛寺有着非常密切的联系，以下试图从相关文献史料的分析及对出土遗物的考察出发，进一步论述三国时期新罗佛教文化中的南朝、百济因素。

首先，看文献史料中关于新罗与南朝之间的交往。

在6世纪之前，新罗从未在南朝册封体系中出现[①]。进入6世纪之后，新罗法兴王八年(梁普通二年，521)首次跟随百济使团一同入梁朝贡[②]。在《三国史记》还出现了“真兴王十年(549)春，梁遣使与入学僧觉德送佛舍利，王使百官奉迎兴轮寺前路”[③]的记载，中国正史对此事没有提及，因此无从得知《三国史记》所载此事的真实性。不过，不知是不是因为在普通二年出使梁朝时感受到了南朝先进文化的魅力，新罗在管山城战役(554)击败百济、完全控制朝鲜半岛汉江流域后，开始频繁与南朝进行交往。据《三国史记》记载，从真兴王二十七年(566)到真智王三年(578)的12年间，新罗6次遣使朝贡陈朝。[④] 其

---

① 王仲殊先生分析由于新罗在4—5世纪对国际形势作出错误判断，跟随高句丽朝贡前秦后没有收获，因此长期不与中国交往。参见王仲殊：《东晋南北朝时代中国与海东诸国的关系》，载其著《古代中国与日本及朝鲜半岛诸国的关系》，中国社会科学出版社，2013年。

② “其国小，不能自通使聘。普通二年，王姓募名秦，始使使随百济奉献方物”，见《梁书·诸夷传》“新罗”条，中华书局，1973年，第805页。

③ 金富軾撰：《三國史記》卷四《真興王本紀》，第34页。

④ 金富軾撰：《三國史記》卷四《真興王本紀》、《真智王本紀》，第34—37页。

中,新罗于陈废帝光大二年(568)、陈宣帝太建二年(570)、太建三年(571)、太建十年(578)的4次遣使亦见于《陈书》中[①],部分证实了《三国史记》在记录新罗与南朝交往时所用史料较为可靠。

除正式的国交外,《三国史记》还有三条关于新罗与南朝的记载是和佛教来往有关的[②]。

> 真兴王二十六年(565),陈遣使刘思与僧明观来聘,送释氏经论千七百余卷。
>
> 真平王七年(585)秋七月,高僧智明入陈求法。
>
> 真平王十一年(589)春三月,圆光法师入陈求法。

圆光法师入陈求法一事,还见于《续高僧传·释圆光传》:"释圆光……新罗人也。……年二十五,乘舶造于金陵。有陈之世,号称文国。……光学通吴越,便欲观化周秦,开皇九年,来游帝宇。"[③]鉴于6世纪中叶开始新罗频繁遣使前往南朝交流的记录,我们有理由相信以上《三国史记》所录两国间佛教文化上的交流并非无中生有,也可以从中看出这一时期新罗迫切想要学习南朝佛教文化的热情[④]。

---

① 《陈书》卷四《废帝本纪》、卷五《宣帝本纪》,中华书局,1972年,第69、78、80、92页。

② 金富軾撰:《三國史記》卷四《真興王本紀》、《真智王本紀》,第35—37页。

③ (唐)道宣撰,郭绍林点校:《续高僧传》卷一三《义解九》"唐新罗国皇隆寺释圆光"条,中华书局,2014年,第438—439页。

④ 关于三国新罗时期佛教方面的南朝因素,上文在整理学术史时已有涉及,可参见:a. [韩]辛鍾遠:《'道人'使用例를通해본南朝佛教와韓日關係》,第1—26页。b. [日]薗田香融:《東アジアにおける仏教の伝来と受容—日本仏教の伝来とその史的前提—》,第11—18页。

除了与南朝的交流外,虽然"罗济同盟"因新罗攻占汉江流域宣告破裂,但是在佛教文化或技术层面的交流上,也可以发现当时新罗与百济依然保持着相当密切的来往。《三国遗事》卷三《塔像四》"皇龙寺九层塔"条记载①:

> 贞观十七年(643)癸卯,十六日,将唐帝所赐经像袈裟币帛而还国以建塔之事闻于上。善德王议于群臣。群臣曰:"请工匠于百济,然后方可。"乃以宝帛请于百济。匠名阿非知受命而来,经营木石,伊干龙春干蛊率小匠二百人。

同样的事迹见于瘗埋在皇龙寺塔心础石内的《皇龙寺刹柱本记》中②:

> (善德女)王之十二年(643),癸卯岁,欲归本国,顶辞南山圆香禅师,禅师谓曰:"吾以观心,观心之国,皇龙寺,建九层窣堵波,海东诸国,浑降汝国。"慈藏持语而还以闻,乃命。监君伊干龙树。大匠百济阿非等,率小匠二百人,造斯塔焉。

传世文献与考古出土遗物所记内容略合,由此可以判断善德女王十二年(643)新罗聘请百济工匠帮助营建皇龙寺九级木塔确有其事。另外,还有一条不容忽视的文献,即百济武王时期(600—641)在营建弥勒寺时,新罗真平王曾"遣百工助之"③。由此可见,虽然当时百济、新

① 一然撰:《三國遺事》卷三《塔像四》"皇龍寺九層塔"条,第236—237页。
② 文化財研究所等:《皇龍寺遺蹟發掘調查報告書》Ⅰ,第332—336页。
③ 一然撰:《三國遺事》卷二《紀異二》"武王"条,第160页。

罗二国正值交战状态，但似未阻碍两国在佛教文化和建寺技术方面的交流。

接下来试对三国时期新罗王京各佛寺遗址中出土遗物进行简单考察。如上文所述，在兴轮寺（创建期地层）、皇龙寺（第1次重建期地层）等佛寺遗址的发掘中，相继发现了一种三国新罗早期从未出现过的新式瓦当，由于这类瓦当的莲瓣上均阳刻有一条棱线，因此可称为“有棱素瓣莲花纹”瓦当（图一〇）。

图一〇　新罗各寺址出土“有棱素瓣莲花纹”瓦当①

（出土地点从左到右依次为兴轮寺、皇龙寺、灵庙寺、芬皇寺址）

此前部分韩国学者认为此类瓦当是新罗在结合了高句丽及百济系统瓦当的基础上独创出的新罗式瓦当②，然而近年来的研究表明，在建康城遗址中已经发现东晋至刘宋时期的“有棱素瓣莲花纹”瓦当（图一一），而这类瓦当在6世纪中叶的高句丽及百济各遗址均未发现，故有学者认为这种瓦当是真兴王时期通过与陈朝的交往直接引进的南朝制瓦技术③。除“有棱素瓣莲花纹”瓦当外，也有学者从其他文物如

① 國立慶州博物館：《新羅瓦磚》，第115、102、91、85页。

② ［韩］金誠龜：《新羅瓦의成立과意義》，載國立慶州博物館：《新羅瓦磚》，第435页。

③ a.［韩］趙源昌：《皇龍寺重建期瓦當으로본新羅의對南朝交涉》，第41页。b.［日］清水昭博：《新羅と南朝瓦の比較研究》，第91页。

新罗墓葬出土珍贵铜器等方面论证了新罗与南朝之间密切的关系[①]。

图一一 南京出土"有棱素瓣莲花纹"瓦当[②]

四、小 结

以上,笔者分析了三国新罗时期王京各佛寺遗址的平面布局,并通过相关文献的分析、出土遗物的比较,论证了三国新罗时期佛教文化及佛寺布局中存在的南朝、百济因素,对"南朝(百济)影响说"进行了补充。这里简单总结全文观点,首先,经过对三国新罗时期主要佛寺遗址平面布局的梳理,笔者提出了该时期新罗王京佛寺主要采取"一塔一金堂式"布局的观点,认为这种佛寺布局应是对百济或南朝佛寺的模仿,从而部分否定了以往学界关于新罗早期佛寺接受北朝、高

---

① 王志高:《略论中国南朝与新罗的文物交流》,载其著《六朝建康城发掘与研究》,江苏人民出版社,2015 年,第 395—406 页。

② 井内古文化研究室:《中國六朝瓦圖譜》,2012 年,第 29 页。

句丽“一塔三金堂式”佛寺布局的“高句丽影响说”。之后通过辨析相关文献，指出了新罗对先进南朝文化（佛教文化）的强烈向往，这种向往也许会对佛寺布局的选择产生影响。最后，简单介绍了三国新罗时期各佛寺遗址中出土的南朝（百济）系统瓦当，对“南朝（百济）影响说”进行了补证。

在魏晋南北朝时期中国与朝鲜半岛的文化交流研究方面，学界一直以来比较注重南朝—百济、北朝—高句丽之间的关联性，往往忽视了新罗的对外交流，尤其是与南朝的交流。通过以上对新罗与南朝关系的简单考察，笔者希望南朝与新罗之间曾存在过的文化交流能够得到学界更多的关注。

天之美禄、饮之有度：漫谈六朝时期的酒

许志强

（南京市考古研究院）

酒可助兴，可排忧，亦能壮胆，能缓解疲劳、祛湿驱寒，且味道醇美、回味无穷，汉代人称酒为“天之美禄，帝王所以颐养天下，享祀祈福，扶衰养疾”[①]。因其独特魅力，酒自诞生至今，一直在人类生活中占据着重要位置。魏晋南北朝时期，政治纷争不已，社会动荡不安，人们朝不保夕。许多人深感生命短暂、世事无常，或饮酒消愁，或以酒放纵，或借酒避世。“何以解忧，唯有杜康”成为这一时期许多文人名士的共识。魏晋之际的“竹林七贤”正是此中典型。

一、酒风之盛

“竹林七贤”是魏晋名士的代表，包括阮籍、嵇康、刘伶、向秀、阮咸、山涛、王戎七人。“七人常集于竹林之下，肆意酣畅，故世谓‘竹林七贤。’”[②]“七贤”于竹林之下“肆意酣畅”的对象，显然非酒莫属。七人好饮、能饮，尤以阮籍、刘伶、阮咸、山涛更甚。

---

① 《汉书·食货志下》，中华书局，1962 年，第 1182 页。

② （南朝宋）刘义庆撰、徐震堮校笺：《世说新语》卷下《任诞篇》，中华书局，1984 年，第 390 页。

《晋书·阮籍传》载："籍本有济世志，属魏晋之际，天下多故，名士少有全者，籍由是不与世事，遂酣饮为常。文帝（司马昭）初欲为武帝（司马炎）求婚于籍，籍醉六十日，不得言而止。"[①]阮籍为避免卷入纷争，连醉六十天以躲避司马昭求结姻亲。又得知步兵厨营善酿酒，藏有美酒三百斛，因此求作步兵校尉一职，以方便饮用。"酒仙"刘伶经常携酒出游，走一路喝一路，让仆人扛着锄头跟随，吩咐"死便埋我"，自称"天生刘伶，以酒为名，一饮一斛，五斗解酲"[②]。一斛尽兴，五斗只能稍解酒瘾。阮咸的狂放不羁亦体现在饮酒方式上。他曾直接用大盆喝酒，有小猪过来抢酒也不驱逐，而是人畜共饮，当真与众不同。山涛酒量很大，能饮酒八斗，并及时止饮。文献中关于"竹林七贤"嗜酒好饮的记载，已经被考古出土的"竹林七贤与荣启期"砖印壁画内容证实。

"竹林七贤与荣启期"砖印壁画，1960 年出土于南京市西善桥宫山南朝墓，现藏南京博物院[③]（图一）。壁画分为两个画面，分列墓室南北两壁，每幅画面均由一百五十余块模印画像砖拼砌而成。北壁由外向内依次为向秀、刘伶、阮咸、荣启期，南壁由外向内依次为嵇康、阮籍、山涛、王戎。人物之间以树木相隔，旁有榜题标注姓名。荣启期是春秋时期的高士，或因对称的需要而被嫁接其中，其余七人正是"竹林七贤"。八人皆席地而坐，弹琴饮酒，长啸沉思，神态各异。其中刘伶、阮籍、山涛、王戎或身前置酒，或手持酒杯，一幅酒至酣处、慵懒闲适的景象。

---

① 《晋书·阮籍传》，中华书局，1974 年，第 1360 页。

② 《晋书·刘伶传》，中华书局，1974 年，第 1376 页。

③ 南京博物院、南京市文物保管委员会：《南京西善桥南朝墓及其砖刻壁画》，《文物》1960 年 8、9 期合刊；砖拼壁画的大幅清晰拓片另见姚迁、古兵编著：《六朝艺术》，图 162、图 163，文物出版社，1981 年。

（北壁）

（南壁）

图一 “竹林七贤与荣启期”砖印壁画

六朝社会酒风盛行，名士饮酒好酒，神仙似乎也与时俱进。《太平寰宇记》载：“南齐临汝侯萧猷为吴兴太守，性倜傥，与楚庙神交，饮至一斛。每酹祀，尽欢极醉，而神影亦有酒容，所祷必应。后为益州刺史，时江阳人齐苟儿反，猷乃遥祷请救。是日，有田老逢数百骑如风，一骑过，请饮，田老问为谁，曰：‘楚王来救临汝。’是日，猷大破苟儿。”① 吴地楚庙之神好酒，经常酒后上岗，面带醉容，有求必应，而且出动数百神兵长途奔袭为酒友解困，颇重酒情。

① （宋）乐史撰，王文楚等点校：《太平寰宇记》卷九十四《江东道六》，中华书局，2007年，第1881页。

二、酒量惊人

六朝时人不仅好饮,而且酒量惊人。如前述山涛能饮酒八斗;刘伶自称“一饮一斛,五斗解酲”;东晋名臣周颢“在中朝时,能饮酒一石,及过江,虽日醉,每称无对”[①];刘宋吴兴太守沈文季“饮酒至五斗,妻王氏,王锡女,饮酒亦至三斗”[②];南齐都仓尚书孔稚珪“饮酒七八斗”[③];萧梁平西将军邓元起“性本能饮酒,至一斛不乱 ”[④];陈后主“与其子弟日饮一石”[⑤]。斛、石、斗是古代容量单位,斛与石相同,1 斛(石)等于 10 斗,1 斗等于 10 升。魏晋南朝时的 1 升约相当于今天 200 毫升[⑥],则 1 斗酒为今天的 2000 毫升(2 升),重约今天的 4 斤。当时人饮酒动辄三斗(12 斤)、五斗(20 斤)、八斗(32 斤)、一斛(40 斤),便是喝水也难到此量,酒量惊人。众所周知,古往今来对于他人酒量的转述,从来都是虚虚实实,就高不就低。上述记载固然存在一定程度的夸张成分,但也反映出当时酒精度数普遍偏低。

中国古代的酒大致可分为三类,即自然发酵的果酒、谷物酿造酒和蒸馏酒。其中果酒和谷物酿造酒出现较早,酒精度数偏低。蒸馏酒是以蒸馏工艺制取的酒精度在 40 度以上的酒,因可以点燃,故称“烧

---

① 《晋书・周颢传》,中华书局,1974 年,第 1851 页。
② 《南齐书・沈文季传》,中华书局,1972 年,第 775 页。
③ 《南齐书・孔稚圭传》,中华书局,1972 年,第 840 页。
④ 《梁书・邓元起传》,中华书局,1973 年,第 200 页。
⑤ 《南史・陈本纪下》,中华书局,1975 年,第 310 页。
⑥ 魏晋南北朝时期度量衡变换较大,难以统一。此处取东汉魏晋时期容器标准,一升约合今 200 毫升。见梁方仲:《中国历代户口、田地、田赋统计》附录之《中国历代升之容量标准变迁表》,上海人民出版社,1980 年,第 545 页。

酒”(因透明无色亦称“白酒”)。蒸馏器虽然在东汉时已经出现，然而蒸馏酒的制造技术大约至元代方始盛行①。六朝时期人们饮用的酒多为谷物酿造的液态发酵酒，受酿酒工艺的制约，很难超越现代黄酒的酒精度(10度～12度)，大多度数偏低。形象一点对比的话，六朝时酒的酒精含量类似现在的啤酒或低度黄酒的酒精含量，在延长饮酒时间的情况下，一旦上下通透，喝下十数斤酒也就不难理解了。上述载入史册的能饮者，酒量“三斗”“五斗”“八斗”“一斛”不等，差异明显。这一方面源于当时度量衡标准不一，另一方面也与酿酒工艺不同造成各地酒的品质和酒精度不同密切相关。

三、各地名酒

古人缺少精确的酒精测量方法，难以准确控制和标明酒的度数。酒的品质和度数不同，造成了不同时期、不同地域人们的酒量“各有长短”。《齐民要术》中记述了九种酒曲和四十余种酒的制作方法，酿酒原料包括粟米、秫米(黏性的粟米)、黍米、糯米、粳米等②。由于曲种、原料、处理方法和发酵工艺不同，酒的颜色、清浊、口感以及酒精度等必然有所差异。

六朝时期南方地区出产的名酒多径直以出产地域为名，如酃酒、苍梧酒、京口酒、乌程若下酒(箬下酒)、山阴甜酒等。

酃酒出自长沙郡酃县(今湖南衡阳)，以酃湖水酿成，故名酃酒。

---

① 孙机：《我国谷物酒和蒸馏酒的起源》，收入《寻常的精致》，辽宁教育出版社，1996年，第182—190页。

② (北魏)贾思勰著，缪启愉校释：《齐民要术校释》，中国农业出版社，1998年，第478—529页。

《水经·耒水注》:“(酃)县有酃湖,湖中有洲,洲上民居,彼人资以给酿,酒甚醇美,谓之酃酒,岁常贡之。”①酃酒在孙吴西晋时期已经闻名于世,西晋人张载专门撰有《酃酒赋》,盛赞其酒。左思《吴都赋》中亦云“飞轻轩而酌绿酃”,则酃酒酒液大约是青绿色的。到南北朝时,酃酒仍被列为贡酒,足见其质量稳定,历久不衰。《齐民要术》卷七《笨曲并酒第六十六》中记载“作酃酒法”:“以九月中,取秫米一石六斗,炊作饭。以水一石,宿渍曲七斤。炊饭令冷,酘曲汁中。覆瓮多用荷、箬,令酒香。燥复易之。”②

苍梧酒产于岭南苍梧郡(今广西梧州),两汉时已名扬天下。刘熙《释名》卷四《释饮食》:“犹酒言宜成醪、苍梧清之属也。”③可知苍梧酒流传之广。曹植《酒赋》重点提及宜城酒与苍梧酒两种佳酿,“其味有宜城醪醴,苍梧醥清”。苍梧酒和宜城醪同为当时驰名的美酒。

京口酒产自江东京口(今江苏镇江)。东晋时期,京口为南迁侨民最为集中的地区之一,朝廷在此以侨民为主体组建了强大的“北府兵”,四方汇聚的侨民可能也带来了各自的酿酒方法。桓温的名言“京口酒可饮,兵可用”④流传甚广。《舆地纪胜》引《舆地志》云“京口出酒,号曰京清,埒于曲阿”⑤。京口酒同北府兵一起名扬天下。

① (北魏)郦道元著,陈桥驿校正:《水经注》卷三十九《耒水》,中华书局,2007年,第916页。
② (北魏)贾思勰著,缪启愉校释:《齐民要术校释》,中国农业出版社,1998年,第520页。
③ (清)王先谦:《释名疏证补》,上海古籍出版社,1984年,第213页。
④ 《晋书·郗超传》,中华书局,1974年,第1803页。
⑤ (南宋)王象之撰:《舆地纪胜》卷七《镇江府》,江苏广陵古籍刻印社,1991年,第115页。

乌程若下酒产自会稽郡乌程县（今浙江湖州）。若下又作“箬下”，为乌程县内的一条水流，当地称为“若溪”，两岸人家以若溪水酿酒。若下酒起自秦汉，至魏晋南朝时期仍然驰名四方。《太平寰宇记》卷九十四“湖州条”引《舆地志》云“南岸曰上箬，北岸曰下箬，二箬皆村名。村人取下箬水酿酒，醇美胜于云阳，俗称‘箬下酒’”[①]。又连续引文曰“乌程箬下酒有名”“上、下二箬村并出美酒”“酒则荆南乌程”等等[②]，并言乌程箬下酒负盛名。

山阴甜酒产自会稽郡山阴县（今浙江绍兴）。梁元帝时常饮之，以缓解关节疼痛。“银瓯贮山阴甜酒，时复进之，以自宽痛。”[③]《金楼子》也记载此事，云“夏日夕中，下绛纱蚊绹，中有银瓯一枚，贮山阴甜酒”[④]。既曰“甜酒”，口味当更偏甜。

以上为见诸记载驰名天下的名酒，鉴于酒水体积大、重量沉，不便长途运输，当时产销模式应以就近酿造、短途消耗为主。因而区域内自产自销、庄园自酿自足乃至普通百姓自家酿造的酒类，就更加数不胜数。这些产自各地、品种繁多、口感多样的酒类，经各种酒具的盛装，成为当时宴席上的主角。

四、饮酒器具

酒自酿造到饮用，均需要放置在不同的酒器当中。作为物质载体

---

① （宋）乐史撰，王文楚等点校：《太平寰宇记》卷九十四《江东道六》，中华书局，2007年，第1894页。

② （宋）乐史撰，王文楚等点校：《太平寰宇记》卷九十四《江东道六》，中华书局，2007年，第1894—1895页。

③ （北齐）颜之推撰，王利器集解：《颜氏家训集解》，中华书局，1993年，第197页。

④ （梁）萧绎撰，许逸民校笺：《金楼子校笺》，中华书局，2011年，第1357页。

的酒器,不仅印证了酒文化的发展历程,也有助于我们还原当时的造酒过程和饮酒场景。按照功能不同,可以将六朝时期的酒器分为贮酒器、盛酒器、分酒器和饮酒器。

贮酒器:酿造和贮藏酒的大型容器,如瓮、缸等。《齐民要术》详列作曲制酒的方法,多次提及瓮是当时酿酒贮酒的主要器具。此类器物在两汉时期偶有发现。河北保定西汉中山王刘胜夫妇两墓内出土33口大陶缸(刘胜墓16只、窦绾墓17只),出土时陶缸内壁仍有酒干后留下的痕迹,这些陶缸高66~76厘米,部分缸上朱书"黍上尊酒十五石""甘醪十五石""黍酒十一石""稻酒十一石""甘醪十石"等[①]。河南密县打虎亭汉墓一号墓东耳室南壁"酿酒备酒图"线刻画上栏的几案上摆着六个大酒瓮,亦为贮酒之器[②]。(图二)

满城汉墓出土陶缸

① 中国社会科学院考古研究所、河北省文物管理处:《满城汉墓发掘报告》,第288页,文物出版社,1980年,第126—127页。

② 河南省文物研究所:《密县打虎亭汉墓》,文物出版社,1993年,第134页。

密县打虎亭一号墓东耳室线刻画“酿酒备酒图”

图二

盛酒器：日常盛装酒的容器，六朝时期常见的盛酒器有樽、扁壶、盘口壶、罐等。樽和扁壶在战国时已经出现，当时主要为漆器；六朝时期出现了青瓷樽和青瓷扁壶。樽是饮酒时不可缺少的盛酒器。《宋书·礼志一》：“正旦元会，设白虎樽于殿庭。樽盖上施白虎，若有能献直言者，则发此樽饮酒。”①可见樽是正式场合的盛酒容器。陶渊明在《归去来兮辞》描述理想中的田园生活时，特别强调：“携幼入室，有酒盈樽。引壶觞以自酌，眄庭柯以怡颜。”可知樽也是日常家庭盛酒器。盘口壶、罐则为六朝时期非常流行的青瓷容器，既能装水，亦可盛酒。（图三）

分酒器：酒席上分装酒水的器具。饮酒时，先将酒壶（瓶/罐/樽）等容器内的酒倒进分酒器内，通过分酒器倒（舀）进酒杯。目前考古出土资料所见的“分酒器”主要有带柄盆形器与附鋬带流罐两种。

---

① 《宋书·礼志一》，中华书局，1974 年，第 345 页。

南京丁墙村出土孙吴青瓷带流罐

南京东晋温峤墓出土青瓷扁壶

图三

前述“竹林七贤与荣启期”砖印壁画图案中,阮籍、山涛、王戎身前均放置带柄盆形器盛酒,发掘者将其称为“瓢尊”。类似实物在东晋南朝墓葬经常出现,考古人员将这种带柄的盆形器称为“魁”。从器形特征看,“瓢尊”与“魁”应指同一类器型。出土的实物“魁”与“勺”通常以组合的形式在墓葬内出现。饮酒时,用“勺”将分酒器“魁”里的酒舀入耳杯,以便饮用。考古发现的六朝时期作为实用器的魁、勺多为青瓷质地,如东晋温峤墓内出土的青瓷魁,江宁博物馆藏东晋墓出土的青瓷魁、勺等。此外,东晋南朝墓葬中发现大量专供随葬用的陶质魁、勺,也是当时饮酒习俗的直观反映。砖印壁画中阮籍、王戎身前的“魁”内还浮着一只鸭形器,既可作舀酒的工具①,又兼具“浮标”的功能,提示剩余酒量的多寡,以酌情增添。(图四)

① 张弛:《吐鲁番阿斯塔那出土彩绘木鸭流源——兼论南京西善桥南朝墓所出“竹林七贤”砖画中的鸭形器》,《吐鲁番学研究》2013 年第 2 期。

江宁博物馆藏东晋青瓷魁、勺组合

南京郭家山东晋温峤墓出土青瓷魁

南京郭家山东晋温峤墓出土青瓷魁

图四

另外一种分酒器为“附鋬带流罐”，“鋬”指把手，“流”指出水口。此类器型在东晋南朝墓葬随葬品中较为常见，可知应为日常生活中较为流行的器具。目前尚没有直接证据表明这类器物在当时被用作酒具，然观其器形特征，完全符合“分酒器”的要求。饮酒时，手持罐柄，将酒直接倒入杯中，更加方便快捷。（图五）

饮酒器：六朝时期最为常见的酒杯形态非“耳杯”莫属。耳杯为口沿两侧置耳以便手握的椭圆形杯，是战国以来最为常用的饮酒器具。两汉时期的耳杯多为漆木器，三国时期青瓷耳杯开始出现。饮酒时，双手合鞠耳杯两侧，抬起耳杯，将酒送入口中，动作舒缓，姿势优雅。此外，瓷盏是东晋南朝时期常见的饮食器具，即能品茶，又能饮酒。（图六）

南京高盖村东晋墓出土青瓷带流罐

南京华为基地南朝墓出土陶带流罐

镇江博物馆藏东晋青瓷带流罐

图五

南京甘家巷西晋墓出土青瓷耳杯、盘

南京后头山南朝墓出土青瓷盏

南京上坊东晋墓出土漆耳杯

图六

另有少量珍奇罕见的酒具，如银碗、玻璃杯、鹦鹉螺杯等。《三国志·吴书·甘宁传》载魏吴濡须口大战时，孙吴大将甘宁曾以银碗盛酒赏赐敢死将士，以示激励①。南京东晋王氏家族墓（M7）出土一只玻璃杯，杯身磨花，腹部装饰一周椭圆形纹饰②。南京象山东晋王兴之夫

① 《三国志·吴书·甘宁传》："宁先以银碗酌酒，自饮两碗，乃酌与其都督。……通酌兵各一银碗。"中华书局，1964 年，第 1294 页。

② 南京市博物馆：《六朝风采》，文物出版社，2004 年，第 96 页。

妇合葬墓出土的鹦鹉螺杯,利用螺壳自然卷曲的形状,在螺壳外部包镶铜框,杯身两侧伸出类似耳杯的双耳,整体造型和用途与耳杯异曲同工①。玻璃杯、鹦鹉螺杯在当时均属于奇珍异宝,能用此类宝物饮酒者,地位自然非同一般(图七)。然而常理来看,这种珍贵酒杯放在桌上怕磕着、捧在手里怕摔着,总是不如日常酒杯更为随意、适手。

南京象山东晋墓出土玻璃杯

南京象山东晋王兴之墓出土鹦鹉螺杯

图七

此外,任何时代都不乏不拘一格、率意而为者。今有"对瓶吹""拎壶冲",古有端盆畅饮。《晋书・阮咸传》记载阮咸饮酒的场景,"诸阮皆饮酒,咸至,宗人间共集,不复用杯觞斟酌,以大盆盛酒,圆坐相向,大酌更饮。时有群豕来饮其酒,咸直接去其上,便共饮之"②。众人径直以大盆盛酒,人猪共饮,省去了分酒器、舀酒勺和酒杯,饥渴狂放之形跃然纸上。

① 南京市博物馆:《六朝风采》,文物出版社,2004 年,第 97 页。
② 《晋书・阮咸传》,中华书局,1974 年,第 1363 页。

五、饮之有度

六朝时期酒风盛行，酒品丰富，好酒之人酒量惊人，关于过量饮酒导致不良后果的记载也屡见不鲜。有因酒误事者，有酒后失态者，有劝酒致人死亡者，不胜枚举。

东汉建安二十四年（219），曹仁被关羽重重围困于樊城，消息传来，曹操以曹植为南中郎将，拟令其率军前往救援，值此十万火急之际，曹植竟然因醉酒而无法赴命，彻底惹怒曹操而遭到冷落[①]，成为导致其人生失意落寞的事件之一。阮籍常醉卧睡倒在卖酒美妇身旁。"阮公邻家妇，有美色，当垆酤酒。阮与王安丰常从妇饮酒。阮醉，便眠其妇侧。夫始殊疑之，伺察，终无他意。"[②]此事发生在任性不羁的名士阮籍身上，美妇的丈夫顺势将其看作不拘名教礼节的天真释放，不便也不敢多言。若换作他人，岂能有如此待遇？东晋仆射周顗嗜酒成瘾，多次醉酒失态。某次曾与丞相王导等一众高官名士至尚书纪瞻的府上赴宴，酒醉之后于众目睽睽之下非礼纪瞻姬妾，事后仍不知羞愧[③]，荒唐、油腻至此。还是周顗，酒量极大，永嘉之乱后南渡至建康（今江苏南京），常声称酒场难逢对手，后偶遇北方老友，二人畅饮两石酒，酒醒后才发现朋友已醉酒而亡[④]。此事如在今日，周顗怕是要承担

① 《三国志·魏书·陈思王植传》，中华书局，1964年，第558页。

② （南朝宋）刘义庆撰，徐震堮校笺：《世说新语》卷下《任诞篇》，中华书局，1984年，第393页。

③ 《世说新语》卷下《任诞篇》引《晋纪》曰："王导与周顗及朝士诣尚书纪瞻观伎，瞻有爱妾能为新声，顗于众中欲通其妾，露其丑秽，颜无怍色。"中华书局，1984年，第393页。

④ 《晋书·周顗传》，中华书局，1974年，第1851页。

连带责任。饮酒尽兴之余,还应有度。

除了尽情酣畅者,也不乏饮酒有节或不喜饮酒者。前文所述“竹林七贤”之一的山涛,酒量很大,但每次饮酒不超八斗,自控力极强。晋武帝司马炎想测试他的酒量,“乃以酒八斗饮涛,而密益其酒,涛极本量而止”①,未能探底。孙吴丞相顾雍,不仅自己不喜饮酒,而且会及时制止宴会上因酒失礼的行为,把控酒宴进程。本传记载:“雍为人不饮酒,寡言语,举动时当。权尝叹曰:‘顾君不言,言必有中。’至饮宴欢乐之际,左右恐有酒失而雍必见之,是以不敢肆情。权亦曰:‘顾公在坐,使人不乐。’”②这固然扫兴,却也可避免很多麻烦。

余　论

孙吴太中大夫郑泉曾畅想在一条装满酒的船上,尽兴欢饮,随波逐流。“愿得美酒满五百斛船,以四时甘脆置两头,反覆没饮之,惫即住而啖肴膳。酒有斗升减,随即益之,不亦快乎!”③不仅美酒管够,而且有“四时甘脆”和佳肴下酒。两晋之际的毕卓也有同一个梦想,他曾对人说:“得酒满数百斛船,四时甘味置两头,右手持酒杯,左手持蟹螯,拍浮酒船中,便足了一生矣。”④一条酒船,四时甘味,右手酒杯,左手蟹腿,拍浮酒池,亦醒亦醉,画面感十足。在好酒之人的眼里,纵情畅饮总是如此令人愉快、神往。

---

① 《晋书·山涛传》,中华书局,1974 年,1228 页。
② 《三国志·吴书·顾雍传》,中华书局,1964 年,第 1226 页。
③ (唐)许嵩撰,张忱石点校:《建康实录》卷一《太祖上》,中华书局,1986 年,第 23 页。
④ 《晋书·毕卓传》,中华书局,1974 年,第 1381 页。

《汉书·食货志》云："酒，百药之长。"[①]在特定的历史环境、科学认知和不同侧重下，这话似乎也不无道理，无怪乎古人对酒如此看重。然而现代医学研究表明，生理层面并不存在有益健康的适度饮酒量，只要摄入酒精，便会对身体造成伤害[②]。在讲究科学、重视健康、乐趣多样且法律意识不断增强的今天，适量饮酒、文明饮酒、快乐饮酒才是大势所趋。希望各位爱酒之士都能在心情愉悦和身体健康二者间找到一个平衡点，杯中有酒，心中有度。

---

① 《汉书·食货志下》，中华书局，1962年，第1183页。

② 2018年8月23日，《柳叶刀》在线发布研究成果"Alcohol use and burden for 195 countries and territories，1990—2016：A systematic analysis for the Global Burden of Disease Study 2016"，评估酒精摄入与死亡、残疾和疾病之间的关系，表示酒精摄入并无"安全"可言，酒精的安全摄入量为0。信息采自网络。

对六朝砖铭“も”（屯）的考释

张　今

（中国社会科学院考古研究所）

一、问题所在与已知材料

在南京、丹阳两地出土的六朝砖铭中，有一类字符因形似假名“も”或“モ”，常被研究者径读为“mo 字铭文”。这当然是戏称，却反映出旧有解释未能令大家信服的现状。

从出土地点来看，砖铭“も”迄今见于四类场所：建康都城遗址、石头城遗址、钟山坛类建筑遗存、部分齐梁宗室墓葬。以下分别简述。

（一）建康都城遗址

自 2001 年 5 月起，南京市博物馆考古部（现为南京市考古研究院）开始对六朝建康城遗址进行大面积抢救性发掘，至 2006 年 9 月大致告一段落①。在勘察、发掘的多个地点中，砖铭“も”在南京图书馆新

① 王志高：《六朝建康城遗址考古发掘的回顾与展望》，《南京晓庄学院学报》2008 年第 1 期。

馆（图一-1）、游府西街小学①（图一-2）两处工地均有出土。此外，洪武路与程阁老巷交汇处西南侧还曾出土一件南朝莲花纹瓦当，其边轮上也模印“东も”二字（图一-3）②。这三个地点皆处六朝建康都城范围内，而三种砖铭则可能属于宫城（台城）建材③。

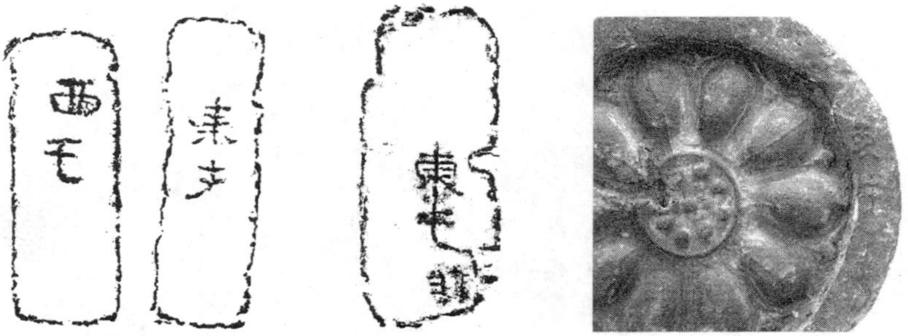

1. 南京图书馆工地出土“西モ”“东も”砖铭拓本

2. 游府西街小学工地出土“东も作”砖铭拓本

3. 南朝莲花纹瓦当边轮上的“东も”铭文

图一　六朝建康都城遗址出土砖铭三种及瓦铭一种

（二）石头城遗址

1998年7月至1999年2月，南京市文物研究所为探查石头城城址而在清凉山地区开展了多次野外调查与勘探工作，在清凉山山体基

---

① 据发掘者推测，游府西街小学工地的位置即台城外重城墙南墙的一部分。

② 王志高：《六朝建康城遗址出土陶瓦的观察与研究》，载其著《六朝建康城发掘与研究》，江苏人民出版社，2015年，第94—95页。

③ 对于六朝建康城宫城及都城四至的认识，参见前引王志高《六朝建康城遗址考古发掘的回顾与展望》及张学锋《六朝建康城的研究、发掘与复原》（载《蒋赞初先生八秩华诞颂寿纪念论文集》，学苑出版社，2009年，第276—292页）、《东晋建康城示意图》（张学锋2018年1月绘）。

岩上部发现用纯净黄土堆筑的土垣遗址。考古人员在土垣遗址采集到大量砖、瓦,其中一件砖上模印“东モ”字样①。

（三）钟山坛类建筑遗存

1999—2000 年在钟山南麓大型坛类建筑遗存 1 号坛出土有相关砖铭。“东も”铭文砖残长 15 厘米、宽 22.5 厘米、厚 5.5 厘米,出土于 1 号坛南端石阶道路(NZJ1L1),“西も”铭文砖残长 25 厘米、宽 16.6 厘米、厚 3.6 厘米,出土于 1 号坛南部正中的小台(NZJ1T1)东南角(图二)②。

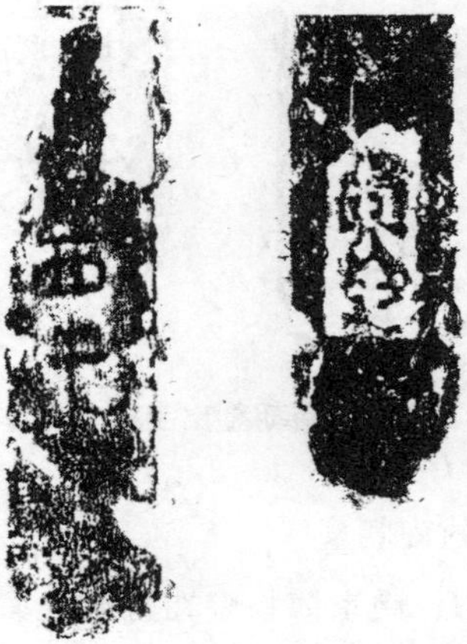

图二　钟山南朝坛类建筑遗存 1 号坛出土砖铭拓本

① 贺云翱、邵磊:《南京石头城遗址 1998—1999 年勘探试掘简报》,《东南文化》2012 年第 2 期。需要说明的是,石头城遗址的发掘此后又进行了多次,出土砖铭“も”亦有陆续出土,期待相关资料早日公布。

② 南京市文物研究所、中山陵园管理局文物处、南京大学历史系考古专业:《南京钟山南朝坛类建筑遗存一号坛发掘简报》,《文物》2003 年第 7 期。简报同时指出,中山陵园管理局文物处和明孝陵博物馆藏有南京梅花山南朝早期墓出土的砖铭“も”材料,未见正式刊布。

（四）部分齐梁宗室墓葬

1. 鹤仙坳南朝墓

1965 年，南京博物院在丹阳鹤仙坳南簏发掘一座南朝墓，出土墓砖端面的模印文字共计 33 种。其中含砖铭“も”者 26 种，如“正方砖も”“大鸭舌砖も”“大圩马砖も”“下字斧砖も”等（图三）①。

图三 鹤仙坳南朝墓出土砖铭拓本举例

2. 吴家村、金家村南朝墓

1968 年 8 月、10 月，南京博物院在丹阳吴家村、金家村先后清理了两座南朝墓葬，两墓与上述鹤仙坳墓相距不远，出土模印砖铭亦与鹤仙坳墓类似，含砖铭“も”者如“中鸭舌砖も”“中方砖も”“中斧砖も”等（图四）②。

① 南京博物院：《江苏丹阳胡桥南朝大墓及砖刻壁画》，《文物》1974 年第 2 期。
② 南京博物院：《江苏丹阳县胡桥、建山两座南朝墓葬》，《文物》1980 年第 2 期。

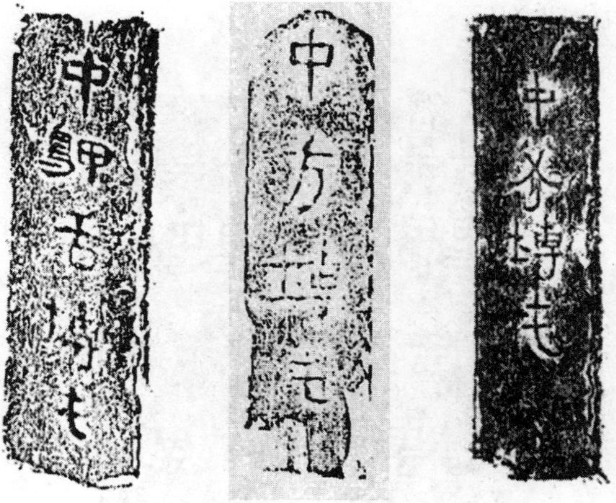

图四　吴家村、金家村南朝墓出土砖铭拓本举例

3. 狮子冲南朝 M1、M2

2013 年 1 至 6 月，南京市博物馆考古部在栖霞狮子冲北象山南麓调查并发掘了两座南朝墓，现初步推断为梁昭明太子萧统及其生母丁贵嫔的葬地。出土模印砖铭与上述丹阳三墓较为相似，含砖铭“乜”者有“西乜正方”“西急垮乜”等(参见图八)①。

4. 小村南朝墓

2012 年 4—6 月，南京市博物馆在雨花台区小村进行考古勘探工作，发现南朝砖室墓两座并进行发掘清理。两座墓均出土“土巢鸭舌

① 南京市考古研究所:《南京栖霞狮子冲南朝大墓发掘简报》,《东南文化》2015 年第 4 期;王志高:《再论南京栖霞狮子冲南朝陵墓石兽的墓主身份及相关问题》,载其著《六朝建康城发掘与研究》,第 285—295 页;许志强、张学锋:《南京狮子冲南朝大墓墓主身份的探讨》,《东南文化》2015 年第 4 期。

砖乜”铭文砖(图五)①。

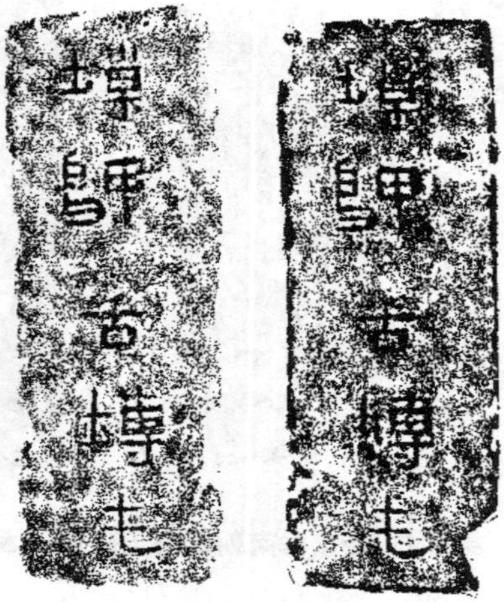

图五　小村南朝墓出土砖铭拓本举例

根据以上7座墓葬的形制、出土器物，特别是大型拼砌砖画的存在，学界普遍认为它们等级较高，具备齐梁宗室墓葬甚至帝陵级墓葬的特征，其墓主应为齐梁宗室成员，本文也赞同这一认识②。

二、将砖铭“乜”释作“乇”的字形依据

针对砖铭“乜”，尤振尧、贺云翱、王志高三位先生作为发掘者有不同理解。尤振尧将砖铭“乜”释作“片”；贺云翱则认为“东乜”“西乜”表

① 南京市博物馆：《南京市雨花台区铁心桥小村南朝墓发掘简报》，《东南文化》2015年第2期。

② 相关论述甚多，较新的研究成果可参见耿朔：《层类的图像：拼砌砖画与南朝艺术》，人民美术出版社，2020年。

示方位；王志高据《宋书·后废帝纪》的记载，推断“东乇”“西乇”实即“东西二土匋，砖瓦双匮”中的东、西陶官瓦署，“乇”系“土匋”的简写。比较三家之说，“片”意义不明，方位之说放诸墓葬材料也无法立论，陶官瓦署之说论述较详，但仍难以通洽。

其实，“土匋”或“陶”“匋”都无法简写作“乇”，其正体字形仅见建康城内出土“陶官”砖铭（图六）[①]，与“乇”字形并无关联。砖铭“乇”如此频繁的出现，正提示了我们其并非简写，而是“屯”的正式写法。自汉至唐，“屯”作如此写法的例子比比皆是（表一）。

图六　南京图书馆新馆工地出土“陶官”砖铭拓本

① 王志高：《六朝建康城遗址出土陶瓦的观察与研究》，载其著《六朝建康城发掘与研究》，第95页。

表一　汉至唐“屯”字字形选例

（西汉）北大竹书《老子下经》简173①	（西汉）马王堆帛书《疗射工毒方》②	（东汉）曹全碑③	（孙吴）嘉禾吏民田家莂4.458④	（孙吴）过所文书⑤	（北魏）司马昞墓志⑥	（南朝陈）黄法氍墓志⑦	（隋）李椿墓志⑧	（唐）等慈寺碑⑨

湖北谷城六朝墓出土“钝斧”及“钝”两种砖铭，则为我们提供了砖铭材料中“屯”部的写法例证（图七）⑩。综上，将砖铭“乜”读为“屯”是有较坚实字形依据的。

---

① 北京大学出土文献研究所：《北京大学藏西汉竹书（贰）》，上海古籍出版社，2012年，第90页。

② 裘锡圭主编，湖南省博物馆、复旦大学出土文献与古文字研究中心编纂：《长沙马王堆汉墓简帛集成》第二册，中华书局，2014年，第134页。

③ 《中国法書選8：曹全碑》影印三井氏藏明拓本，二玄社，1988年，第36页。

④ 走马楼简牍整理组：《长沙走马楼三国吴简·嘉禾吏民田家莂》（下），文物出版社，1999年，第81页。

⑤ 该文书出于南京城南颜料坊（编号Y-16），发掘者据出土地层和历日推定其年代为赤乌十三年（250），参见王志高：《南京城南出土六朝简牍及相关问题》，《文物》2020年第12期。

⑥ 《中国法書選25：墓志銘集·下 北魏·隋》影印罗振玉藏本，二玄社，1989年，第11页。

⑦ 故宫博物院、南京市博物馆：《新中国出土墓志·江苏（贰）南京》上册，文物出版社，2014年，第37页。

⑧ 吴钢主编：《隋唐五代墓志汇编·陕西卷》第三册，天津古籍出版社，1991年，第3页。

⑨ 哈佛燕京图书馆藏堀越文库旧藏清拓本。

⑩ 谷城县博物馆：《湖北谷城六朝画像砖墓发掘简报》，《文物》2013年第7期。

图七　湖北谷城六朝墓出土砖铭拓本

三、砖铭涵义与辞例规律推定

既然“屯”在字形上较“片”“土匋”等旧说更优，那么接下来，就需要为其涵义和用法(即辞例规律)给出答案。

首先，利用三类材料可以解答“屯”的涵义。

一，狮子冲南朝 M2 同时出土“西急圬屯”“急圬官”“西屯正方”“正方”“官”几种砖铭(图八)。其中，“急圬”“正方”表示砖体形制，可独立成辞①；“官”则为匠作署名，与“西屯”一样可以单独出现。两者在狮子冲 M2 中可结合呈现，且较为随意，既可以匠作署名在前(如“西屯正方”)，也可以匠作署名在后(如“急圬官”)，还可以把匠作署名拆开，分属两端。第三种情况指的就是“西急圬屯”，虽然简报将图八前两种砖铭分别释作“急圬”和“急圬屯”，但细辨拓本，仍能看出“西”

① 参见刘卫鹏:《余杭小横山东晋南朝墓墓砖文字研究》,《南京晓庄学院学报》2014年第3期。

“屯”二字的痕迹。这种模印痕迹的深浅不均，恰恰提示我们“西”“屯”二字与“急圬”并非同时模印，而应该存在类似活字的模具。因此，“西急圬屯”砖铭的构成仍是“西屯＋急圬”。由于“西屯”和“官”作为匠作署名在模印砖铭工序中的性质是类似的，因此可基本断定，“西屯”是具有官方背景的匠作机构。

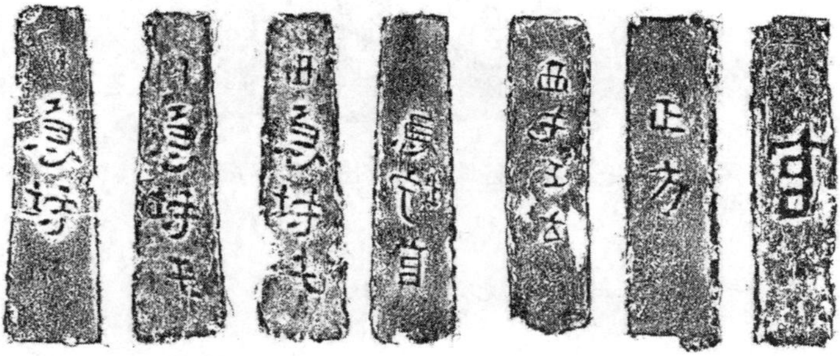

图八　狮子冲南朝 M2 出土砖铭拓本举例

二，虽然王志高先生所推定“陶官瓦署”符合第一条特征，但笔者认为陶官瓦署的署记是“官”，而非“屯”。砖铭“官”在建康都城遗址、石头城遗址①、虎踞关东晋墓②及狮子冲南朝墓等处均有出土，模印

① 据贺云翱在 2020 年江苏省考古学会年会（扬州）上所作报告“六朝石头城考古工作”（“江苏考古”微信公众号 2020 年 12 月 31 日）。

② 南京市博物馆：《南京虎踞关、曹后村两座东晋墓》，《文物》1988 年第 1 期。需要指出，虽然从墓葬形制和出土器物来看，虎踞关东晋墓并不具备高等级墓葬的特征，出土“官”字砖铭似乎很突兀，但考虑到墓葬距离石头城遗址较近，利用城址废砖进行修筑的可能性是存在的。

“官”字的瓦文则多见于镇江铁瓮城遗址①,且有较长的时代延续性(图九)②。《唐六典》卷二三《将作都水监・甄官署》:“晋少府领甄官署,掌砖瓦之任。宋、齐有东、西陶官瓦署督、令各一人。”③则“陶官”作为这一机构的匠作印记较为合理(参见图六),若需简省一字,大量“官”“官瓦”材料的出土也表明应是“陶”被省去了。因此,“屯”的性质与“陶官瓦署”当判然有别。

1. 建康台城遗址出土“官”“官一”砖铭④

2. 虎踞关东晋墓出土砖铭拓本

① 镇江古城考古所、镇江博物馆:《镇江铁瓮城南门遗址发掘报告》,《考古学报》2010 年第 4 期。

② 铁瓮城遗址晚期遗迹还出土大量模印“官”“官记”“官窑”“官瓦”的砖瓦材料,时代从唐延续至宋。此外,近年在南京雨花台区西营村南唐窑业遗存也出土了大量“官”铭瓦件,参见“云展览丨城市记忆拾贝——南京考古 2019 年度精品文物展第四期”(“南京六朝博物馆”微信公众号 2020 年 7 月 8 日)。

③ (唐)李林甫等撰,陈仲夫点校:《唐六典》卷二三《将作都水监・甄官署》,中华书局,1992 年,第 597 页。

④ 笔者摄于南京六朝博物馆负 1 楼展厅。

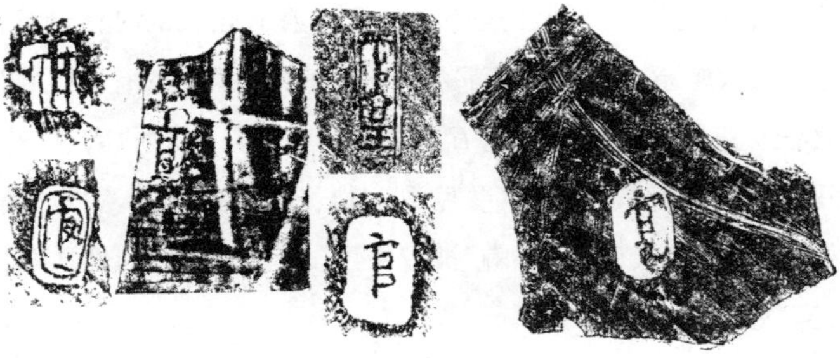

3. 镇江铁瓮城遗址出土六朝“官”“官窑”“官瓦”瓦文拓本

图九　六朝建筑构件所见“官”字铭文

三，《隋书·百官志》载萧梁有“湖西砖屯丞”一职，名列三品蕴位，杜佑《通典》则补“湖东砖屯丞”①。笔者认为，这极有可能是“西屯”“东屯”所指。前人之所以忽略这条材料，是因为没有总结“屯”的辞例规律（参见表二）。简而言之，只有“西/东＋屯”和“砖屯”两种辞例搭配，“屯”与其他字搭配或单独构成辞例迄今未见②。所谓“湖西”“湖东”，应是以建康城北的玄武湖（或称北湖、后湖）为参照系，但由于这一职官仅见《隋书·百官志》，我们无法确知其官署所在和具体内涵。

表二　出土“屯”字砖铭辞例汇总表

出土地点	砖铭辞例
建康都城遗址	西屯、东屯、东屯作

① 《隋书·百官志上》，中华书局，1973年，第735页；（唐）杜佑撰，王文锦等点校：《通典》卷三七《职官一九·秩品二》“三品蕴位”条，中华书局，1988年，第1017页。

② 在鹤仙坳、吴家村、金家村、小村诸墓出土砖铭中，“砖”易被认为与“正方”“中斧”“大鸭舌”等连读，其实后者自可单独成辞，“砖”应属下读。狮子冲南朝墓出土砖铭的辞例参考前文对“西屯”模印痕迹的分析。

续表

出土地点	砖铭辞例
石头城遗址	东屯
钟山坛类建筑遗存	西屯、东屯
鹤仙坳南朝墓	正方砖屯、厚方砖屯、中方砖屯、薄方砖屯、土巢方砖屯、大宽鸭舌砖屯、大鸭舌砖屯、宽鸭舌砖屯、中鸭舌砖屯、小鸭舌砖屯、迟鸭舌砖屯、急鸭舌砖屯、土巢鸭舌砖屯、薄鸭舌砖屯、中斧砖屯、下斧砖屯、下字斧砖屯、急斧砖屯、急薄斧砖屯、下薄斧砖屯、大马垿砖屯、大垿砖屯、大垿马砖屯、中马垿砖屯、中垿砖屯、中马砖屯
吴家村南朝墓	正方砖屯、薄方砖屯
金家村南朝墓	正方砖屯、中方砖屯、中鸭舌砖屯、中字斧砖屯、下字斧砖屯、下斧砖屯
狮子冲南朝 M1	西屯正方
狮子冲南朝 M2	西屯正方、西急垿屯
小村南朝 M1、M2	土巢鸭舌砖屯

四、“砖屯”试解

虽然暂时无法对“湖西砖屯丞”和“湖东砖屯丞”的内涵进行明确描述,但不妨结合萧梁时期屯与三品蕴位的总体特点稍加推测。

屯本意为囤聚之所,戍边军队耕田自给,是为屯田,一般认为始于汉武帝的对匈战事。汉末民生凋敝,曹魏率先建立军事编制的屯田制度,以利财政恢复、人口控制,吴、蜀继而效仿。进入东晋南朝,军屯迅速衰减,朝中虽屡有动议却再未形成制度。与此同时,民屯随着世家大族对人口、山地的占领逐渐增加,屯的种类和内涵也愈加复杂,有别于耕战体制的屯兴起于南朝建康及其周边。《宋书·刘敬宣传》载:

> 宣城多山县,郡旧立屯以供府郡费用,前人多发调工巧,造作器物,敬宣到郡,悉罢私屯,唯伐竹木,治府舍而已。亡叛多首出,遂得三千余户。①

又《南齐书·高帝纪》载建元元年(479)夏四月己亥诏:

> 二宫诸王,悉不得营立屯邸,封略山湖。太官池籞,宫停税入,优量省置。②

依据上述史料,唐长孺先生将南朝屯的经营者分为三类:宗室、军队和士族,其功能在耕战之外,至少还包括修建府舍、造作器物等。虽然经营者身份不同,但其界限在南朝并不很清晰,构成这三类屯的人员也大多是兵士和逋亡人员,不过占比略有差别罢了③。爬梳史料,"东屯""西屯"均可在文献中直接找到,如《方舆胜览》卷五七载:"东屯

---

① 《宋书·刘敬宣传》,中华书局,1974年,第1412页。

② 《南齐书·高帝纪下》,中华书局,1972年,第33页。

③ 唐长孺:《南朝的屯、邸、别墅及山泽占领》,《历史研究》1954年第3期;张泽咸:《东晋南北朝屯田述略》,《史学月刊》1981年第3期;林志华:《东吴屯田制探略》,《安徽大学学报(哲学社会科学版)》1984年第1期;权家玉:《东晋南朝的屯田及其地位》,《江西社会科学》2011年第4期。

乃公孙述留屯之所，距白帝五里。"[①]《建康实录》卷一三载孝建元年(454)五月事："时东风急，火猛，延烧西屯兵，义宣单舸南走，闭航而泣。"[②]所指虽均与建康相距较远，但提醒我们思考砖铭"东屯""西屯"是否为纯粹军屯称谓的可能性。

据前引《隋书·百官志》和《通典》，湖西、湖东二砖屯无疑是由萧梁宗室设置的，其长官屯丞位列三品蕴位，则庶民可以通过积累军功、吏绩获得这一官职[③]。位列三品蕴位的职官均直接为宗室服务，掌管书记、饮食、医疗、武备、戍卫等事务，其长官通常终生无望进入流内、流外官班，是典型的"寒人之职"[④]，而据"砖屯"名号可知其专事烧砖。砖铭"屯"迄今仅出土于建康、丹阳两地的官营建筑与宗室墓葬中，是符合湖东、西砖屯设置背景的，若各处军屯所产亦可供给宗室，那么砖铭"屯"的出土状况应不会有这么强的排他性。再考虑到萧梁宗室重视礼制，以往的墓葬考古亦多次加以证明，那么宗室用砖来源多端的可能性不大。

至于砖屯为何设在玄武湖东、西，而非南、北？笔者推测这与玄武湖周边惯常的屯兵地点有关。玄武湖南为覆舟山，沿都城建康中轴线过华林园、潮沟入宫城，多为皇家禁苑区域；湖北则与都城联络较为不畅。《建康实录》卷一三载："(孝建五年)二月，(宋孝武帝)阅武于玄武

---

① (宋)祝穆撰，(宋)祝洙增订，施和金点校：《方舆胜览》卷五七《夔州路·夔州》，中华书局，2003年，第1016页。

② (唐)许嵩撰，张忱石点校：《建康实录》卷一三《世祖孝武皇帝》，中华书局，1986年，第474页。

③ 杨恩玉：《萧梁官班制的形成考论：以流外七班、三品勋位及蕴位为中心》，《南京师大学报(社会科学版)》2012年第4期。

④ 唐长孺：《南朝寒人的兴起》，载其著《魏晋南北朝史论丛续编》，生活·读书·新知三联书店，1959年，第98页。

湖西。"同书卷一七载:"(太清二年)十一月,邵陵王入援京师。乙酉,战于玄武湖东而保爱敬寺,为贼所破。"①可见,由于自然地形和交通线路的关系,至少刘宋至萧梁时期在玄武湖东、西两侧应有常设屯兵,以便拱卫皇城。随着屯田制的瓦解、屯职能的丰富,湖西、湖东二砖屯为满足宗室用砖需求,在原先的屯兵基础上应命设置。

小　结

综上,本文根据字形认为"屯"是砖铭"乜"的较优释读,并指出砖铭"官"与陶官瓦署的对应关系。再总结砖铭辞例,提出两种辞例搭配,即"西/东+屯"和"砖屯",进而在文献中找到湖西、湖东二砖屯的记录,推定出砖铭"屯"较有可能的内涵。

于是,一系列疑问也随之产生:仅在墓葬出土的"砖屯"砖铭,与区分"西屯""东屯"的砖有何区别?湖西、湖东二砖屯的设置起、止于何时?梁与东晋、宋、齐、陈的砖屯设置有无差异?狮子冲南朝墓为何同时出土砖屯与陶官烧造的墓砖?除了官营砖屯外,军屯、私营是否烧砖?若是,其产品形态如何?此外,这类军事化(或类军事化)组织参与工程营建的遗存可能不仅见于南朝,同时期北魏瓦文上的"隤主"②、百济标石上的"卩"③可能都具有类似性质,借此或可对中古东亚的匠作交流作进一步申论。

本文原载《南京晓庄学院学报》2022 年第 2 期

---

① 《建康实录》,第 482、690 页。

② 郭晓涛:《北魏洛阳城一号房址瓦文中"卩主"再考》,《中原文物》2020 年第 6 期。

③ 如韩国国立扶余博物馆藏"上卩前卩"铭标石等,疑"卩"即"部"字简写。参见《韓國古代金石文資料集Ⅰ 高句麗・百濟・樂浪篇》,国史编纂委员会,1995 年,第 193—195 页。

羽翼生花

——南朝帝陵有翼神兽的花饰

朱 笛

（徐州博物馆）

六朝帝陵前的有翼神兽[①]，体形巨大、花纹繁复、存世者众，装饰在神兽翼膊细鳞之上的花饰，长期以来并未受相关研究者关注，仅曾布川宽先生在论著中略述之[②]；近人研究虽作描述但也均未及深层探讨。六朝帝陵神兽直接来源是继承自东汉、西晋的陵墓石刻传统，而其古老祖形又远溯至西亚，其羽翼上的花饰亦与西亚图样颇有渊源。

一、六朝帝陵有翼神兽的花饰

目前为止，带花饰的有翼神兽均集中于丹阳，共有五处，分别为狮子湾南齐宣帝永安陵、建山前艾庙南齐武帝景安陵、鹤仙坳南齐景帝修安陵、金王陈村南齐佚名陵以及云阳三城巷萧梁文帝建陵，以下依次略述之：

---

① 对于南朝帝陵石兽的称谓，文献记载并不统一，且诸家又各有见解，大体以单角者为麒麟、双角者为天禄，本文则选取“有翼神兽”这一较为宽泛的称谓。

② ［日］曾布川宽著，傅江译：《六朝帝陵》，南京出版社，2004 年，第 23 页。

（一）胡桥狮子湾有翼神兽

东兽保存较完整，西兽则颈首残佚，两兽体态及纹饰类似，双翼翼根处呈弯钩状，后有鳞、羽。花朵装饰于细鳞处，呈“×”状倾斜、作四瓣结构（图一- 1）[①]。朱希祖先生认为此为南齐宣帝萧承之永安陵前石兽[②]。

（二）埤城镇（建山乡）前艾庙有翼神兽

东兽保存较好，西兽则风化严重，表面纹饰几近剥落。东兽双翼装饰弯钩纹、细鳞及长羽，细鳞上饰十字形四瓣花朵，线刻而成，位置端正、呈“十”字状（图一- 2）[③]。朱希祖先生认为此为萧齐武帝萧赜景安陵前石刻[④]。

（三）胡桥贺（鹤）仙坳有翼神兽

东西两兽，双翼均饰弯钩纹、细鳞及长羽，鳞上各有缀一花朵，双线勾勒、线刻而成。花朵形状又略有不同，东兽为花朵四瓣十字形，西兽则为五瓣，略凸于鳞羽之上（图一- 3、4）[⑤]。朱希祖先生认为此为齐景帝萧道生修安陵前石兽[⑥]。其后有一南朝大墓，或为景帝、懿后合葬

---

① 张道一、李星明：《中国陵墓雕塑全集》第 4 卷《两晋南北朝》，陕西人民美术出版社，2007 年，第 17、18 页。

② 中央古物保管委员会编辑委员会：《六朝陵墓调查报告》，中央古物保管委员会，1935 年，第 23 页。

③ 《中国美术全集》编委会：《中国美术全集·雕塑编》3《魏晋南北朝雕塑》，人民美术出版社，1988 年，第 40 页。

④ 中央古物保管委员会编辑委员会：《六朝陵墓调查报告》，中央古物保管委员会，1935 年，第 26 页。

⑤ 《中国美术全集》编委会：《中国美术全集》卷 25，人民美术出版社，2014 年，第 64 页。

⑥ 中央古物保管委员会编辑委员会：《六朝陵墓调查报告》，中央古物保管委员会，1935 年，第 27 页。

陵寝①。

（四）埤城金王陈村南朝佚名陵有翼神兽

1968年，曾在距金王陈佚名石刻仅600米处发现建山金家村墓，又在其北侧800米处发掘一座南朝墓，或为齐废帝东昏侯萧宝卷的陵墓②。曾布川先生考证其为帝陵，或为南齐明帝萧鸾陵，由于修造时正值大司马王敬则叛乱，政治混乱，使得陵墓营造无法专心进行。出于相同原因，金家村墓室砖画竹林七贤存在图样混乱、榜题张冠李戴等错误③。

与修安陵相比，金王陈村石兽体量明显较小，其一长期没于水塘，表面纹饰消磨殆尽；其二亦多有残损，纹饰尚可辨析。双翼中间刻有风化的小花瓣，但表面漫漶，具体形态已不可知。

（五）三城巷有翼神兽

东、西两兽大体继承南齐风格，双翼装饰规整，饰弯钩纹、细鳞和长羽。双翼细鳞处有一四瓣花朵，呈“×”状倾斜，与永安陵神兽类似(图一-5)④。朱希祖先生考证为梁文帝萧顺之建陵前石兽⑤。曾布川先生认为建陵石兽制于萧梁初年，此时梁武帝尚未形成自己的帝陵计划，故基本上仍沿袭南齐帝陵的样式，而武帝修陵神兽则制于侯景之

---

① 南京博物院：《江苏丹阳胡桥南朝大墓及砖刻壁画》，《文物》1974年第2期。

② 南京博物院：《江苏丹阳县胡桥、建山两座南朝墓葬》，《文物》1980年第2期。

③ [日]曾布川宽著，傅江译：《六朝帝陵》，南京出版社，2004年，第26、27页。

④ 张道一、李星明：《中国陵墓雕塑全集》第4卷《两晋南北朝》，陕西人民美术出版社，2007年，第32、33页。

⑤ 中央古物保管委员会编辑委员会：《六朝陵墓调查报告》，中央古物保管委员会，1935年，第27页。

乱后,规模及装饰已与之前大不同①。因此,只有建陵石兽继承了南齐帝陵神兽固定的花饰,之后的萧梁帝陵均已不见类似装饰。梁武帝修陵,神兽前臂臂膊装饰方面与建陵明显不同,不再是是弯钩状的装饰,而变为涡纹,羽翼也不见花朵装饰。

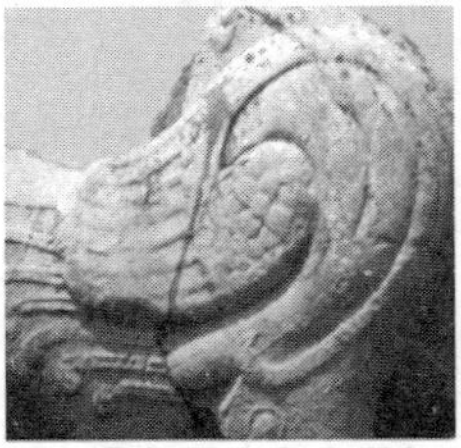
1. 永安陵神兽羽翼肩饰

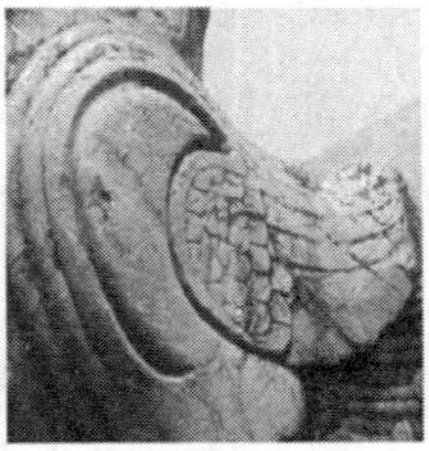
2. 景安陵神兽羽翼肩饰

3. 修安陵西侧神兽羽翼肩饰

4. 修安陵东侧神兽羽翼肩饰

5. 建陵神兽羽翼肩饰

图一　丹阳帝陵神兽羽翼花饰

带花饰的帝陵神兽,四例出自南齐,一例出自南梁,总数在业已发现的南朝帝陵神兽中仅占少数。神兽羽翼部分均为翼根饰弯钩状纹

① [日]曾布川宽著,傅江译:《六朝帝陵》,南京出版社,2004年,第38页。

饰、后有细鳞、长羽的装饰风格，延续了东汉神兽造型特征，南阳宗资墓、汉中成固李固墓前石兽以及现藏美国宾夕法尼亚大学博物馆和法国吉美博物馆的汉代石兽，也有类似装饰①。王鲁豫、李零等学者研究认为，宾大和吉美石兽原出自河北内丘②。只是东汉石兽躯体极少纹饰，大多呈光剥状，翼膊更没有花朵纹饰，因此六朝帝陵有翼神兽的花饰并非源自前代传统。

五例有翼神兽体态风格大体延续了基本模式，呈现出趋同的特征，这表明帝陵神兽应有一系列严格制作工序，既有图样粉本，又有规范标准。羽翼鳞纹处的花饰，自永宁陵而始，是南朝萧齐帝陵神兽的固定装饰，萧梁建陵神兽也照依此式。但这些位于细鳞之上细微的花饰，又被塑造得各有不同：花朵轮廓既有单线又有双线雕刻；花瓣数量分四瓣和五瓣两类；花朵排列也有端正和倾斜之别，似乎尚未形成较为统一的定式。与有翼神兽庞大的身躯和其他繁复的装饰纹相比，花饰不甚显著，这或许是其长期以来为人所忽视的原因之一③。这些带花饰的有翼神兽在特定的时间段，集中且短暂地出现，应非偶然而必有所本。而溯源六朝帝陵有翼神兽的花饰，或可从其实体原型狮子入手。

二、域外对狮子肩饰的相关研究

古代狮像肩膊处常见着力刻画的花饰，国外学者称之为 shoulder

---

① Barry Till. "Some Observations On Stone Winged Chimeras At Ancient Chinese Tomb Sites, "*Artibus Asiae*, vol. 42, No. 4(1980), p. 273.

② 王鲁豫：《河北内丘石雕神兽考察小记》，《美术研究》1987 年第 4 期。李零：《入山与出塞》，文物出版社，2004 年，第 106 页。

③ 早期研究者如朱希祖、朱偰、滕固等诸先生均未在著作中提及，仅曾布川先生注意到帝陵神兽羽翅上的花朵装饰，是南齐帝陵的共同特征，然对其渊源也未及追溯。

ornaments(肩饰)，自20世纪中期以来，围绕这一纹饰展开了旷日持久的论战，而其中即有可供解释六朝帝陵神兽花饰的线索。

学者们围绕肩饰的起源、传播、象征意义等问题提出了不同观点，主要归纳为以下三点：

（一）肩饰的自然起源说

以Arkell和Bate为代表，二人作为生物学家，从专业角度分析狮子自然的体貌特征，认为肩饰源自幼狮天然生长的旋毛。Arkell仔细观察雄性幼狮，发现其两侧肩胛骨上方偏后的位置，生有一对天然的呈螺旋状的旋毛(hair stream)，但是旋毛极不易察觉。狮子肩饰最初即模仿自旋毛，随着图像的传播，逐渐由原本的旋毛演变为各种形状①。Bate则以都柏林皇家动物学会以及伦敦动物学会花园豢养的幼狮为例，进一步证实Arkelll的观点：旋毛多见于小雄狮肩膀处，自其两个月开始显现，一直持续到三岁左右；而小雌狮的肩膀上方偶尔也会生有细小旋毛②。通过Arkelll和Bate的生物学实证，确定了旋毛的合理性，而大多数研究者也对此表示认可。

（二）肩饰埃及装饰起源说

以Kantor为代表，认为肩饰源自古埃及，原型即埃及宫廷驯狮身躯装饰的花结。其起源甚早，公元前3100年左右的古王朝壁画即有相关图像(图二-1)③。肩饰最初表现为花朵形，其后又衍生出漩涡、

---

① A. J. Arkell. "The Shoulder Ornament of Near Eastern Lions," *Journal of Near Eastern Studies*, Vol.7, No.1 (1948), p.52

② Dorothea. M. A. Bate. "The 'Shoulder Ornament' of Near Eastern Lions," *Journal of the Eastern Studies*, Vol.9, No.1, (1950). pp.53—54.

③ Helene. J. Kantor. "The Shoulder Ornament of Near Eastern Lions," *Journal of Near Eastern Studies*, Vol.6 (1947) No.1, p. 267.

圆点、同心圆、车轮等多种图形（图二-2、3、4）[①]。公元前 2000 年左右，肩饰又从埃及传至美索不达米亚。Jequier 与 Kantor 持相同观点，认为肩饰源自缠绕在宫廷驯狮肩部、由织物或是羽毛制成的花结，是直接图绘在狮子肩部的纹饰[②]。

1. 埃及第六王朝 Neit 王后墓壁画

2. 埃及第十八王朝 Hatshepsut 女王祭庙浮雕

3. 俄罗斯莫斯科艺术博物馆藏拉美西斯石碑狮像

4. 埃及第十二王朝晚期 Khemhptep III 神庙狮像浮雕

图二　古埃及狮像

在 Kantor 的观点提出之前，20 世纪初期的学者们大多认为狮子肩饰起源自美索不达米亚[③]。而 Kantor 则从埃及古王朝时期的壁画、浮雕图像资料入手，以出现时间的早晚为论据，论述带肩饰的狮像起源于埃及，其后又传播至近东地区。然而，她认为肩饰本身没有任何

---

① Kantor. 1947. Kantor 同时认为具有肩饰的动物具备特别的强健的优势，因此可以用于敬神，而非动物学者认为的那样，肩饰源于幼小的狮子才有的特殊毛流。

② A. J. Arkell. “The Shoulder Ornament of Near Eastern Lions,” *Journal of Near Eastern Studies*, Vol. 7, No. 1, p. 253.

③ 如 Roman Ghirshman 即认为肩饰源自近东，是太阳的象征符号。Katsumi Tanabe. “A Discussion of One Kushano-Sasanian Silver plate and Relation to Grandharan Art,” *Orient*, 1989, p. 60.

意义，仅仅是装饰纹样。其埃及起源说，在论述过程中又前后矛盾，因此备受质疑。

（三）肩饰西亚象征起源说

以 Anne Vollgraff-Roes 为代表，他认为狮子身躯上的纹饰源自西亚古老的装饰传统，流行数千年，意义非常。既是表现自然的毛发特征，更是太阳的象征符号，无论呈现花朵、车轮还是星光、同心圆等形状，均象征太阳。尽管在西亚和埃及等诸多古老文明中，狮子均被视为太阳神兽，但西亚狮子肩饰却自有其渊源，而非受埃及影响的结果。狮子的旋毛纹经由波斯人向四方传播，但纹饰在西亚文化中的特殊意义却并未随着图像的传播而被其他文化吸纳①。同时，对于肩饰的象征意义，Vollgraff-Roes 认同 Douglas van Buren 博士的观点：近东地区在动物身上装饰纹饰，是为了表明其体态强壮、生机勃勃，而非 Kantor 认为的是没有任何涵义的装饰纹②。

近东地区各民族在交互兴替的历史进程中，遗留许多石雕狮像，对狮子肩饰的表现各有差异。田边胜美教授对此有较为细致的研究，指出以色列北部的伯珊城（Beth Shean）狮子浮雕（公元前 14 世纪），其肩膊处即装饰一枚毛旋纹（图三-1）；北叙利亚 Aslan-Tash 石狮雕像（公元前 9 世纪），一侧肩膊处饰两枚花朵纹饰（图三-2）；大英博物馆藏亚述国王 Assurnasirpal II 和 Assurbanipal 时期的皇家狩猎浮雕上

---

① Anne Vollgraff-Roes. “The lion with body markings in oriental art,” *Journal of Near Eastern Studies*, 1953, pp. 43—46.

② E. Douglas van Buren. “An additional note on the hair whirl,” *Journal of Near Eastern Studies*, Vol. 9, No. 1 (Jan. 1950), pp. 54-55. 作者认为近东带有旋毛纹饰的动物，或许表明其强壮、强劲，状态优越，适宜用作献祭神灵。

狮子肩饰(图三-3、4),其一旋毛位于雄狮鬃毛位置,另一则在前肢上膊处,而前者才是生物学意义上的正确位置。由此进一步指出,近东狮子图像中的肩饰源自幼狮旋毛,最初位于肩膊处,但在图像长期的传播过程中,旋毛早已失去其原本意义而仅作为装饰纹样,因此会出现装饰位置和纹饰数量的变化①。

图三　近东石雕狮像

图四　犍陀罗石狮像

此外,Joachim K. Bautze 则关注犍陀罗、秣菟罗艺术中的石雕狮像,认为西亚带肩饰的狮像传播至北印度,原本表现肩部旋毛的纹饰,逐渐演变为印度式万字符(作十字交叉的双S状,象征权威和力量);且位置也发生变化,除肩膊外,狮子面颊、额头、后胯等也有类似装饰(图四)。但至公元3—4世纪,印度石雕狮像已不见此类花纹,直到莫卧尔王朝,印度绘画中的狮虎图像方再次显现类似花纹,或许正是受到早期石雕的影响②。

---

① Katsumi Tanabe. "A Discussion of One Kushano-Sasanian Silver plate and Relation to Grandharan Art," *Orient*, 1989, pp. 60—62.

② Joachim K. Bautze. "Some Notes on the 'Shoulder Ornament' in the Art of Northern India," *Silk Road Art and Archaeology* 2. 1991/92. pp. 216—225.

综合以上观点,可以作如下总结:

其一,从生物学角度观察,旋毛是哺乳动物常见的毛流特征之一,野生狮虎、驯养的牛马以及宠物猫狗等均生有旋毛,其中狮子旋毛一般在幼狮毛流表现最为明显,于成年狮则十分罕见。古代匠人正是通过细致观察后塑造狮子;同时,在美索不达米亚古老文化中,猎狮行为还带有深刻的政治、军事象征意义:通过战胜凶猛强悍的雄狮,显示出国王的勇武精神和超凡魄力①。基于此,西亚狮像中刻画的旋毛纹,或许是匠人特意将幼狮的旋毛移植到雄狮身上,既为了标明其被赋予了如幼狮般无比旺盛的生命力和发展潜能,也为彰显猎狮国王的神功武略。

其二,西亚狮像肩膊处旋毛纹又被赋予象征意义,作为太阳的象征符号。旋毛大多表现为较写实的漩涡形,但随后也衍生出花朵、万字符等形状,以表现狮子的威力。在狮像由其发源地向外传播的过程中,旋毛纹也随之扩散,于是希腊石雕、陶器彩绘、犍陀罗、秣菟罗石刻雕塑、阿契美尼德、萨珊的金银器等,其上的狮像均有类似的纹饰;但这些纹饰分布位置和数量各有不同,这说明在图像传播的过程中,狮子旋毛无论是生物学特征还是象征意义均被淡化或忽略,而更多地作为装饰纹样。

值得注意的是,近东以狮子为原型塑造的有翼神兽也有类似的旋毛纹饰,并且随着有翼神兽图像的传播,旋毛纹也得以保留。

---

① Augusta Mcmahon. *The lion the king and the cage: Late chalcolithic iconography and ideology in northern Mesopotamia,* Iraq. 2009, p.121.

三、六朝帝陵神兽肩饰出现的原因试析

南朝时期，江南与域外的交流始终没有中断。有翼神兽的原型狮子以及可能承载有翼神兽图像的域外方物，得以不断输入，为帝陵神兽的塑造提供源源不断的参照和借鉴。

（一）南朝的中外交通

南朝与西域的交通往来始终没有中断，自益州以西经吐谷浑连接西域、与河西走廊并行的“河南道”，是南朝与西域保持政治、经济、文化交流的重要交通线[①]。此外，南朝时期的海路交通仍保持一定规模，与海外往来贯通不绝。由此，域外的奇珍异宝、异兽珍禽纷纷传入南朝，其中包括西域贡狮及其副产品。

狮子于我国属外来物种，“师子”这一命名，语源上分析，即源自西域月氏国吐火罗语[②]。史料记载，狮子在东汉时期自西域传入中原，《东观汉记》对其形貌有较为具体的描述：（顺帝阳嘉中）“疏勒王盘遣使文时诣阙，献师子、封牛，师子形似虎，正黄，有髯耏，尾端茸毛大如斗”[③]。这基本符合现存的亚洲雄狮的体貌特征，毛发蓬松稠密、尾端毛球丰厚。由此判断自西域而来的狮子属于波斯亚种（Panthera leo persica）亚洲狮[④]。《宋书·索虏传》曰：“粟特大明中（五世纪中期）遣

---

① 唐长孺：《南北朝期间西域与南朝的陆道交通》，《唐长孺文存》，上海古籍出版社，2006年，第509—511页。

② ［美］谢弗著，吴玉贵译：《唐代的外来文明》，中国社会科学出版社，1995年，第191—195页。

③ （汉）刘珍等撰，吴树平校注：《东观汉记校注》卷三《敬宗孝顺皇帝》，中华书局，2008年，第112页。

④ 李零：《波斯笔记》，生活·读书·新知三联出版社，2019年，第457页。

使献生师子、火浣布、汉血马,道中遇寇,失之。”[①]尽管这是一次没有达成的供奉,但至少说明自东汉以来,中国境内的狮子均来自西域。《梁书・诸夷》曰:滑国普通元年(520)“又遣使献黄师子、白貂裘、波斯锦等物”[②]。滑国(蠕蠕)贡狮,皮毛色黄,应该同属亚洲狮,这些活生生的狮兽,为有翼神兽的塑造提供了真实参考。

除生狮外,另有皮毛制品,《南齐书・芮芮虏传》曰:建元三年(481年)芮芮“献师子皮袴褶,皮如虎皮,色白毛短。时有贾胡在蜀见之,云此非师子皮,乃扶拔皮也”[③]。由此可见,这件皮袴褶正是经由“河南道”辗转而来,但国人不辨真伪,也间接说明狮子这一外来物种,着实罕见。

域外学者在论述图像传播的相关问题时,多认为相比于庞大的石刻雕塑,装饰有狮子及有翼神兽的小型器物(如小型雕塑、贵金属器、纺织品、绘画等)质轻便携,更易于传播[④]。南朝时,经由陆海交通传入的域外奇珍络绎不绝,文献所载诸如螺杯、琉璃器、金刚指环、金银宝器等各色宝货,大多能在南朝墓葬中发现类似实物。这些域外珍宝或许即承载着可供参考的狮子及有翼神兽的图像,也不排除其成为南朝帝陵神兽参照的可能性。

(二)萨珊图样的影响

受近东图像传统的影响,波斯艺术中的狮子也有肩饰。传世的波斯银盘上猎狮图中的雄狮,肩膊及后胯处即装饰有涡状旋毛纹。此

---

① 《宋书・索虏传》,中华书局,1974年,第2358页。

② 《梁书・诸夷传》,中华书局,1973年,第812页。

③ 《南齐书・芮芮虏传》,中华书局,1972年,第1024页。

④ Joachim K. Bautze. "Some Notes on the 'Shoulder Ornament' in the Art of Northern India," *Silk Road Art and Archaeology* 2. 1991/92, p.219. Helene J Kantor. 1947, p. 261.

外，波斯金属器上的有翼神兽也常装饰类似纹饰，应该正是从狮像的旋毛纹移植而来。如伊朗北部吉威耶(Ziwiye)曾发现一件金质胸牌饰件的残件(时代约公元前 7 世纪)，其上的装饰主题即有带旋毛纹有翼神兽(图五-1)[①]。只是旋毛纹装饰于有翼神兽后胯处。现藏保加利亚索菲亚考古博物馆的一件鎏金银瓶(约公元前 5 世纪初)，是色雷斯 Koukova Mogila 地区发现的唯一一件波斯阿契美尼德朝的银器。银瓶一侧錾手装饰有翼神兽，其前肢肩膊处装饰一枚旋毛纹(图五-2)[②]。而伊朗德黑兰考古博物馆收藏的一件鎏金银瓶(约公元 5—6 世纪)，器腹上以凸纹雕花工艺塑造的有翼神兽，翅膊装饰一枚六瓣花朵(图四-3)[③]。这是目前为止最接近六朝帝陵神兽花饰的波斯有翼神兽。

有翼神兽也是波斯织锦上常用的装饰图样，现藏巴黎装饰艺术博物馆(Musée des Arts Décoratifs)的一件波斯萨珊织锦(时代约公元 6—7 世纪)，联珠团窠内即饰有翼神兽。其造型与德黑兰考古博物馆银瓶装饰类似，只是翅膊处饰一枚叶形纹(图五-4)。波斯锦也是西域供奉南朝宫廷的宝货，前文述萧梁普通元年，滑国献物中即有“波斯锦”。萧绎早年曾上《谢东宫赉辟邪子锦白褊等启》[④]，所谓“辟邪子锦”

---

① Katsumi Tanabe. “A Discussion of One Kushano-Sasanian Silver plate and Relation to Grandharan Art,” *Orient* , 1989, p. 61.

② Antigoni Zournatzi. “Inscribed Silver Vessels of the Odrysian Kings: Gifts, Tribute, and the Diffusion of the Forms of Acheamenid Metalware in Thrace,” *American Journal of Archaeology*, 104(2000), p. 684.

③ André Godard. “The Art of Iran,” *Praeger*, 1965. pp. 207—208. Fig. 121.

④ (南朝梁)萧绎著，陈志平、熊清元校注：《萧绎集校注》，上海古籍出版社，2018 年，第 659 页。

应是装饰有翼神兽的织锦。由此看来，波斯萨珊图样或许对南朝帝陵有翼神兽的花饰有重要影响。

1. 伊朗吉威耶金质胸牌饰件上的有翼神兽

2. 保加利亚索菲亚考古博物馆藏鎏金银瓶有翼神兽鋬

3. 伊朗德黑兰考古博物馆藏鎏金银瓶器腹有翼神兽

4. 巴黎装饰艺术博物馆藏萨珊织锦有翼神兽

图五　波斯器物有翼神兽图样

与西亚神兽伸展的庞大翅膀相比，六朝有翼神兽羽翼则非常纤小，没有表现出振翅飞翔的力量和动感。这一方面继承了自东汉以来有翼神兽的造型传统，即双翼位置偏低，且大体呈向下的趋势，这便抵消了羽翼的运动感。另一方面，六朝帝陵神兽双翼占整个躯体的比例较小，在视觉上也降低了飞翔的动感。而这种双翼与躯体的比例，却与波斯萨珊金银器和织锦上有翼神兽图样类似，或许出于美观和工艺的原因，金银器和织锦上的有翼神兽，虽然是大型石雕具体而微的缩小版本，但其羽翼较石雕明显缩小。由此推测，六朝帝陵的有翼神兽或许正是参考了波斯金银器和波斯锦上的神兽图样，进而将其翼膊处的花饰也如法复刻。

（三）帝王意志

为了凸显帝陵神兽的至高等级和帝王风范，南朝各代有翼神兽的塑造，特别注重表面花纹的装饰效果，这也是用于断代的重要参照之一。刘宋初宁陵神兽体格庞大、敦实质朴；萧齐诸陵及梁文帝修陵则颀长秀丽、羽翼生花；而萧梁其他帝陵则纹饰繁复、作风华美。个中差别固然与南朝各代为之投入的物力和精力多寡有关，但也与最高决策者的审美取向有直接关系。

帝王意志对帝陵神兽的塑造有直接的主导作用，前文所述萧梁建陵神兽的营造即反映了梁武帝本人的态度，故帝陵神兽翼膊的花饰也只能由帝王授意，通过增加新的花饰，以彰显帝陵与众不同的至尊地位。同时，无论是西域贡狮还是海外奇货，均为上层专享，并不能广泛传播，因此以此为参照设计的图样只能出自南朝宫廷，并在获得帝王首肯后方能实施。

梁白泉先生认为六朝陵墓上的石刻，当时都有具体的规定，也必定有图纸，由东园派技师、工人在陵前按照设计图纸雕刻①。可见，工匠仅仅是帝陵神兽的直接塑造者，其本身虽有高超技艺，但也受到严格约束和监督，工匠的个人意志并不能体现在具体的雕刻成果上，反

① 梁白泉：《南京的六朝石刻》，南京出版社，1998 年，第 144 页。

而是帝王意志被严格奉行。由此看来,本文探讨的五例神兽,翼膊花饰形制各有不同,应该并非工匠匠意使然或是工作失误,而是严格遵照设计图样具体施工的结果。

四、结　语

南朝帝陵有翼神兽,向来注重表面花纹装饰,自永宁陵而始,至梁文帝建陵而终,其双翼翼膊处又增加了一枚花饰。花饰设计极有可能是受南朝时期传入的萨珊金银器及波斯锦图样的影响,而同类纹饰更早则源自西亚狮像的肩饰(shoulder ornament)传统。有翼神兽花饰的设计,出自帝王授意,这既是造成花饰形制各有不同的直接原因,也是花饰最终消失的重要原因。

东晋南朝的皇太妃

——从哀帝的生母尊崇说起

[日]三田辰彦

(日本东北大学大学院文学研究科)

序　言

本文主要以东晋时代新创设的皇帝生母称号即皇太妃作为考察对象。所谓皇太妃,是皇帝给侧室出身的生母所上之尊号。皇帝尊崇生母,各朝皆有所见。不过,特意创制“皇太妃”以为称号,其中当有特定的原因与逻辑。

与皇太妃有关的先行研究甚为寥寥。张学锋师在论述哀帝朝的政治状况时曾论及哀帝的皇太妃授予一事,但极为简要①。朱子彦站在后宫制度史的立场上也论及过皇太妃,然而他主要是对历代制度作多角度的研究,未将皇太妃本身作为讨论对象②。因此,皇太妃的成立原委乃至于其后的行用情况,尚存继续研讨的余地。

---

① 张学锋:《東晋の哀帝》,见《古代文化》52卷8号,2000年。大致相同的论述还见于张学锋:《汉唐考古与历史研究》,生活·读书·新知三联书店,2013年。

② 朱子彦:《帝国九重天——中国后宫制度变迁》,中国人民大学出版社,2006年,第8、9页。

皇太妃初设于哀帝时期，当时朝廷对其名称及授与方式曾提出过修正意见。对于这一历史现象，首先，有必要对该议论的内容作深入分析。其次，孝武帝时期，出现了由皇太妃晋位皇太后的情况，故有必要讨论这一现象与哀帝时期的关联性，以及皇太后授予的原因。

附带一提，拙作曾经注意到哀帝时期在礼制方面的一些新方针①。这些方针之新在于两点：一是哀帝前不见有类似争议，二是东晋未曾实施的祭祀于此时复活。哀帝时期发生的议论包括皇统问题、生母礼遇、鸿祀的实施以及藉田礼仪、时令宣读等。其中也有哀帝提议的内容，这些内容能在礼制方面确认皇帝的活动。而在这些活动中，其他祭祀未能实施，但属于皇帝家事的案件，即皇太妃的身份，最终得到了朝廷的认可。在皇帝活动并不突出的东晋时期，这一事件自然不应忽视。职是之故，本文拟通过对皇太妃地位的考察，揭示江南王朝所创设的新礼制对后代的影响及其具体过程。

一、皇太妃之实例——哀帝及其生母

本节将具体探讨哀帝朝的争论。出现争议的哀帝朝的特点主要有二：第一，侧室之子成年后即位，欲行尊崇之时，皇后出身的皇太后与侧室出身的生母（二“母”）都在世。侧室之子登皇帝之位的事例，东晋以前当然也存在，但即位之时，二“母”皆存的事例，除此之外极为少见。第二，越序继位的哀帝是何人之“后”？对此问题的解释不同，哀帝之“母”的对象也会不同。从这个意义上看，皇太妃称号的问题，也与皇统设定的问题密切相关。东晋哀帝朝“皇太妃”的称号，正是皇统

① ［日］三田辰彦：《東晋中期の皇帝と礼制運営》，《文化》第78卷第1、2号，2014年。

问题的特定镜头之一。

争论原委如下。哀帝诏下有司，请议生母贵人周氏的位号。对此，太尉桓温议宜称“太夫人”，尚书仆射江虨议应曰“君太夫人(皇太夫人)”。最终结果是，隆和元年(362)二月丙子，哀帝特下诏拜周氏为皇太妃[①]，隆和元年(362)三月丙辰，遣兼太保王恬授周氏玺绶仪服，一如皇太后礼。

对于哀帝的咨询，朝廷至少提出了两个方案。最终，正如所期授予皇太妃之号。观察事情经过，虽然折衷方案预先就已决定，但看起来并非皇帝专断，而是根据朝臣所提参考意见而决定的。尽管皇帝预先已有打算，江虨的提案对思考皇太妃的地位仍然非常重要。以下照录江氏提案全文，继而探讨两个问题：

> 哀帝即位，欲尊崇章皇太妃。桓温议宜称太夫人。尚书仆射江虨议曰：
>
> ① 虞舜体仁孝之性，尽事亲之礼，贵为天王，富有四海，而瞽叟无立锥之地，一级之爵。蒸蒸之心，昊天罔极，宁当忍父卑贱，不以徽号显之，岂不以子无爵父之道，理穷义屈，靡所厝情者哉。②《春秋经》曰‘纪季姜归于京师’，《传》曰‘父母之于子，虽为天王后，犹曰吾季姜’，言子尊不加父母也。③ 或以为子尊不加父母，则武王何以追王太王、王季、文王乎？周之三王，德配天地，王迹之兴，自此始也。是以武王仰寻前绪，遂奉天命，追崇祖考，明不以子尊加父母也。④ 案《礼》‘幼不诔长，贱不诔贵’，幼贱犹不得表彰长贵，况敢锡之以荣命邪。⑤ 汉祖感家令之言而尊太公，荀

---

① 《晋书·哀帝纪》，中华书局，1974年，第206页。

悦以为孝莫大于严父，而以子贵加之父母，家令之言过矣。⑥ 爰逮孝章，不上贾贵人以尊号，而厚其金宝币帛，非子道之不至也，盖圣典不可逾也。⑦ 当春秋时，庶子承国，其母得为夫人。不审直子命母邪，故当告于宗祧以先君之命命之邪？窃见诏书，当临轩拜授贵人为皇太妃。⑧今称皇帝策命命贵人，斯则子爵母也。贵人北面拜受，斯则母臣子也。天尊地卑，名位定矣，母贵子贱，人伦序矣。虽欲加崇贵人，而实卑之。虽显明国典，而实废之。且人主举动，史必书之。如当载之方策，以示后世，无乃不顺乎。(A) 窃谓应告显宗之庙，称贵人仁淑之至，宜加殊礼，以酬鞠育之惠。奉先灵之命，事不在己。⑨ 妃后虽是配君之名，然自后以下有夫人九嫔，无称妃焉。桓公谓宜进号太夫人，非不允也。(B) 如以夫人为少，可言皇太夫人。皇，君也，君太夫人于名礼顺矣。

帝特下诏拜皇太妃。三月丙辰，使兼太保王恬授玺绶仪服，一如太后。

(1) 授予手续上的问题

关于这个问题，江彪的主张可从②中看出端倪。江彪胪陈西汉经典与东汉故事等七个例证，以强调“子尊不加父母”(子的尊贵不能临驾于父母之上)的观点。

然而，江彪的论证似乎故意无视与生母尊崇有关的固有礼说和故事。首先，两汉时期存在生母尊崇的实例(故事)与“母以子贵”的礼说[①]。但在江彪的阐述中，经常用于论证生母尊崇合理性的“母以子

① ［日］藤川正数：《后妃の身上について》，见《漢代における礼学の研究》(转下页)

贵"一说,却全然不见。与此同时,⑤在论证上也值得商榷。

关于汉高祖与太公之事,西晋的刘宝(愍怀太子的太子中庶子)已对荀悦的见解提出异议[1]。兹仅述其概要。荀悦以父子关系为出发点,认为凸显子的尊贵会侵害父的尊严。与之相对,刘宝以尊号为出发点,认为父亲不以人臣的身份面对儿子,才是"人子尊父"的表现。无论这样的异议是否存在,江彪对此均未论及。

那么,江彪的逻辑是什么呢?那就是,皇帝所具备的"君主"属性与作为"子"的属性孰轻孰重。

例如,前揭②,显而易见,君主被完全放在亲(父母)—子关系中来理解。在④中,君主也被措置于"幼"和"贱"的地位。

此外,如①所述,即便"体仁教之性"的虞舜,也因"子无爵父之道",并未授予其父尊号[2]。而⑥中东汉章帝不上生母贾贵人尊号,仅厚给金宝币帛一事[3],也被认为是并非"子道之不至"的正面行为。江彪举此二例皆旨在说明,不上尊号并非意味着不尽孝道("子道"),相反,身为人子,维护父亲的尊严,这才是真正的孝,而若授予尊号,就是

(接上页)增订版,风间书房,1985年。

① 《通典》卷七二《礼三二·嘉礼一七》"天子追尊祖考妣",中华书局,1988年,第1969页。

② 关于这个事例,东汉的许慎援引了不同于江彪的文字:"谨按《尚书》,舜为天子,瞽叟为士,明起于匹庶者,子不得爵父母也。"参见《通典》卷七二《礼三二·嘉礼一七》"诸侯崇所生母议",第1975页。对于妾之子成为天子之际能否尊崇妾母这一问题,许慎提出了自己的见解。引文中,言及瞽叟与虞舜的关系时,我们能看到"子不得爵父母"的文字。许慎始终站在授予妾母夫人之号的立场。但是,若是从庶人起为天子,则不允许尊崇父母。与之相反,江彪根本没考虑天子出身的问题,将天子的"子无爵父之道"作一般化理解。

③ 《后汉书·皇后纪上》,中华书局,1965年,第414页。

临尊于父，反而不孝了。前揭⑤即是此义。

综上所述，江彪为了强调皇帝的“人子”立场而多重举证，却无视以往的礼说与故事。引文中，⑧指出了哀帝所施礼遇的问题所在。江彪揭示了所谓“临轩拜受”这一授予方式的疑义：子以皇帝之尊临驾于生母之上，母因臣于子而有损作为亲的尊严。在举行生母尊崇礼仪之时，临轩的事例确实不详，但册立皇后时的确有“临轩”的仪节[1]，至于皇太后即位之时情况如何，则亦不可知。

那么，江彪提出了什么方案呢？如(A)所示，谒告成帝庙，奉周氏之夫成帝之命，如此便无子贵崇母的问题了。这一方案根据的是③、⑦所揭史例。③说的是周武王仰慕先人太王、王季与文王的功业，奉承天命，追崇父祖[2]。⑦强调的是“告于宗祧，以先君之命”策命母亲为夫人。由此，所谓“天命”“先君之命”，是较现任皇帝更高级的存在，故有资格追尊现任皇帝的母亲。从这一理论来看，不是来自现任皇帝而只有来自先帝或天命的尊崇，追尊才能在事实上得到认可。正如朱子彦已正确指出的那样，江彪的建议提供了避开“子尊不加父母”礼制的方法[3]。

最后，江彪并不否定尊号授予，他向皇帝提出的疑义在于所谓“临

---

① 《晋书・礼志下》，第665页。临轩、派遣兼太保使者的方式，或许就是此类皇后册立的礼仪吧。

② 《礼记・大传》记录了太王等先君的追尊之事。经文曰：“不以卑临尊也。”郑玄注谓：“不用诸侯之号临天子也。”《礼记》(重刊宋本礼记注疏附校勘记)，艺文印书馆，1955年，第616页。在江彪看来，奠定王朝创业基础的亶父等先王颇为特别，且武王乃奉天命而予以追尊，因此这条事例完全可被用作加强“子尊不加父母”的补证材料。

③ 朱氏将哀帝的事例作为生母尊崇的例子之一，进行了简要介绍，并对江彪避开“子尊不加父母”礼制的这一提案作了解释。参看《帝国九重天——中国后宫制度变迁》，第8、9页。

轩拜授”这一方式。在抛出疑点之前所列举的七个例证，也被作为“子尊不加父母”之说的“实证”，用以强调皇帝相对母亲而言身为人子的行为。总之，由于江彪以“子”的属性来限定皇帝，故并未使皇帝的尊贵性展露出来。

(2) 名称的问题

江虨所呈的另一个疑义是名称上的问题。首先，在⑨这一部分中，指出了不能用“妃”作为侧室的称号。严格来说，曹魏明帝时出现了“淑妃”之名[①]。西晋时期，“淑妃”亦被置于“九嫔”之首[②]。尽管过去也不是没用过“妃”的称号，但只要看一下后妃序列，便可知确实没有一个属于“妃”的范畴[③]。因此，江虨在引用桓温提议的同时，提出了更合适的称号方案。方案的结论是，由于“皇”乃君主之意，故“君太夫人”的称号最为恰当。如果“皇”与“君”性质等同，那么就没有必要特意将“君”改换为“皇”。当然，若从表面上理解这段史料，斟酌合礼而恰当的名称，从理论导出的称号，或许只是“君太夫人”而已。但若将江虨所说付诸实践，那么皇太后就成为了与“君太后”相对等的称呼。至此，江虨未能给出进一步的解释。

---

① 若据《三国志》，则淑妃是次于贵嫔、夫人的位号。又，从“太和中始复命夫人，登其位于淑妃之上”来看，淑妃位在夫人之上的情况，终止于太和年间。《三国志·后妃传序》，中华书局，1982 年，第 155 页。

② 《宋书·后妃传序》，中华书局，2018 年，第 1377、1378 页。

③ 前注所引《宋书·后妃传序》亦可见，次于皇后的侧室，是“三夫人”“九嫔”，并不存在“妃”这一类范畴。经典所见的序列是，后—夫人—嫔（—世妇—御妻）。例如，《礼记·昏义》：“古者天子后立六宫、三夫人、九嫔、二十七世妇、八十一御妻，以听天下之内治，以明章妇顺，故天下内和而家理。”《礼记》（重刊宋本礼记注疏附校勘记），第 1002 页。

(3) 背景

上文所述即争议的原委。然则,皇帝生母的称号“皇太妃”,为何能在哀帝时期出现呢?背景有二:一是社会的要求。据郑雅如研究,东晋时期,庶子与生母之间的内心一体感,呈普遍化趋势,因此否定尊崇行为本身,便非常困难①。但与此同时,嫡庶之别在继承权上又极为严格②。为此,有必要设置区别于“后”的称号。二是哀帝朝特有的内情。哀帝即位事件颇为复杂,属于皇统的移动。从明帝的次子康帝一系(康帝—穆帝),传位于明帝的长子成帝一系(成帝—哀帝),血统遂发生了改变。随着穆帝去世,哀帝最终得以即位。即位不久就出现了皇统争论。起初哀帝被定为叔父康帝的“人后”;然而这一决定最终被推翻,哀帝被改成生父成帝的继体③。更正与亲生父母的名分,以皇统的再设定为目的。并且当时成帝的嫡妻已经去世,康帝的嫡妻褚氏尚存。由于褚氏已称皇太后,因而不可能将褚氏抛在一边,把哀帝的生母再次尊为皇太后。以上两大重要原因叠加在一起,遂构成了皇太妃称号创设的背景。

上文深入考察了哀帝朝的争论。之后再次出现皇太妃称号的授予,要到东晋孝武帝时期。不过,孝武帝又进一步将生母的位号抬升至了皇太后。下文拟探讨的是哀帝以后的皇太妃事例。通过探讨可知,“皇太妃”称号的地位逐渐完备;与此同时,其存在意义的淡化过程

---

① 郑雅如:《情感与制度——魏晋时代的母子关系》第四章《荣辱与共的母子关系》,收入《古代历史与文化研究辑刊》,花木兰文化出版社,2009 年。

② 唐长孺:《读〈颜氏家训·后娶篇〉论南北嫡庶身分的差异》,《历史研究》1994 年第 1 期。

③ 参看[日]三田辰彦:《東晋の哀帝と皇統继承問題》,《歴史》第 114 号,2010 年。

也清晰可见。

二、新“故事”——东晋孝武帝朝的皇太妃

本节要论述的是东晋皇太妃称号授予的另一个例子，即孝武帝及其生母李氏的事情。李氏从皇太妃逐步晋位皇太后，呈现出不同于哀帝朝的样貌。首先，概括叙述李氏从皇太妃升至皇太后的经过。

(1) 事情经过

起初，孝武帝远在皇位继承顺序之外。但因桓温操纵废立，父亲简文帝得以即位。两年后父皇临崩之际，出现了桓温篡位的危机。于是，谢安、王坦之将桓温的名分由“周公摄事”削弱为“诸葛亮、王导故事”，孝武帝方成功继位[①]。他追求简文帝以至自身这一系皇统正统性的动机相当充分，对授予皇太妃以前的状况也很关注。太元九年(384)褚氏去世，皇太后的位子空了出来。太元十年(385)执政谢安去世后，孝武帝同母弟司马道子执政。太元十一年(386)海西公司马奕去世，明帝一系遂消亡。以孝武帝为基点的皇统再设定，时机已然成熟。太元十二年(387)，在册立皇太妃四个月之后又册立皇太子，也是皇统再设定的一环[②]。

接下来讨论生母李氏的尊崇问题。太元十二年(387)四月戊辰，孝武帝授予生母李氏皇太妃，仪服一如太后[③]。太元十九年(394)八月

---

① 关于简文帝的遗诏问题，参看田余庆:《东晋门阀政治》“桓温的先世和桓温北伐问题”，北京大学出版社，1989 年。

② 太元九年至十二年的纪事，据《晋书・孝武帝纪》，第 233—236 页。

③ 《晋书・孝武帝纪》，第 236 页。

己巳，皇太妃李氏成为皇太后[1]。可见，费了不少时间，才使李氏的位阶逐渐尊崇。费时日久的原因，或许与皇子出生时李氏低微的宫人身份有关。然而，升至皇太后所需年数，可从与简文帝生母郑氏名分相关之事来推察。在分析郑氏之前，先讨论李氏的皇太妃号授予问题。

(2) 李氏皇太妃号的授赐

围绕李氏的皇太妃号，当时也出现了各种观点[2]。不过，与哀帝朝以君臣合议形式展开争论不同，此次议论在朝臣(或礼学学者)同僚之间的书信往来中进行。而且，这些书信来复是否发生在皇太妃号授予之前，也不甚明了。因此，下文仅论及与哀帝朝争议相关的内容。

就现有的史料来看，哀帝朝的争论焦点在于授予手续。与之相比，此次已不见否定尊号授予本身的观点，争议点在于礼说依据的不同(详下)。与哀帝时的江彪提议相比，讨论参与者大多更关心称号问题，尤其是如何按嫡庶有别的理论来设置“后”与“妃”之间的等级。

首先，徐邈的意见是：如若服饰同于“后”而名号异于“妃”，则可称之为“皇太夫人”。虽然也很尊贵，但毕竟未尽崇高之极[3]。

对此，范宁秉持“母以子贵”之说的同时，也设定了“贵”的上限。而且，按嫡庶有别，“皇太夫人”的定义非常明确，即：次皇后一等，位比

---

① 《晋书·孝武帝纪》，第240页。

② 《通典》卷七二《礼三二·嘉礼一七》“天子崇所生母”，第1973、1974页。

③ 邈重与宁书曰：“礼，天子之妃曰后，《关雎》称后妃之德，妃后之名，可谓大同，所以宪章皇极礼崇物备者，在于此也。故太后之号定于前朝，而当今所率由也。若必欲服章同于后，而名号异于妃，则可因夫人之称，而加皇太以明尊。虽一理，然于文物之章，犹未尽崇高之极，此又今之所疑，不得可行也。足下嫌太子妻称妃，然古无此称，出于后代。今有皇太之别，是可论处邪？”

三公。“夫人”意味着是先帝之臣，“皇太”又表明是现任皇帝之母。皇即“君”之意，如此“君太夫人”之称甚为允当[①]。又，殷仲堪认为“妃”与“后”同义，故正后在位之时，侧室不得称“妃”[②]。然而，哀帝朝正是因为皇太后褚氏尚在，故称其生母为“皇太妃”。

由上，基于礼学理论，“皇太妃”作为生母尊崇的称号，与“皇太后”之间有了明确的区别。尽管这种区别至孝武帝时期仍有待进一步完善，但区别的实质早在哀帝时期就已被考虑到了。例如，哀帝下诏咨问关于朝臣对皇太妃的礼敬问题，太常回答说“不应尽敬”[③]。这或许是因为当时存在皇太妃下皇太后一等的认识。

(3) “简文宣太后”郑氏与“皇太后”李氏

简文帝的生母郑氏本为元帝侧室，最后被追尊为“太后”，而追尊前的名位是会稽王太妃[④]。从决议加尊的过程来看，尚书下礼官详议，同时附上了总结性的意见。议论的过程正如众所周知的那样，形式上由皇帝提议，然后以所谓“礼官详议”的形式作出决定[⑤]。

这里简要叙述“礼官”之一、国子助教臧焘的看法[⑥]。臧焘主要提

---

① 宁又答曰：“按《公羊传》‘母以子贵’，当以此义为允。礼有君之母非夫人者，以此推之，王者之母亦何必皆后乎？所为尊母，非便极尊号也。并后匹嫡，讥存《春秋》。谓议称皇太夫人，下皇后一等，位比三公，此君母之极号也。称夫人，则先后之臣也。加皇太，则至尊之母也。皇，君之谓也。君太夫人，岂不允乎？”

② 殷仲堪与徐邈书云：“后者，妇人之贵号，在妻则言后，在母则加太。礼，天子之妃称后，《关雎》曰后妃之德，后妃二名，其义一也。设使正后处内，贵妾必不可称妃。”

③ 《晋书·礼志下》，第658、659页。

④ 《晋书·后妃传下》，第979、980页。

⑤ 关于“议”的形式，参看[日]金子修一：《〈宋書〉禮儀志による南朝上奏文の一研究》，见《古代中国と皇帝祭祀》，汲古书院，2001年；[日]中村圭尔：《南朝における議について》，见《六朝政治社会史研究》，汲古书院，2013年。

⑥ 《宋书·臧焘传》，第1685、1686页。

出了宣太后配食元帝的问题。按“母以子贵”的理论,宣太后当然可以受到尊崇,但缺乏侧室配食君主宗庙的先例。西汉时期,母的尊号与子的尊贵相关联,生母可受祭于陵园,但不配食于先夫宗庙。而降至东汉,尊号则与子的尊贵无关,有陵寝祭祀,亦不宗庙配食。据“春秋之义”,太后与皇后之间地位有高下。但两汉立寝于陵,自与晋制相异,故臧焘提出应别筑寝庙,而且也不配食先夫之庙。

立足于该意见,尚书提出了最终方案①。观其内容,大体抄袭臧焘的提议,但并未明示东汉的事例,故意无视尊号和子贵与否无关的先例。其间,从徐邈对孝武帝的建议也可确知②,徐氏的基本观点与臧焘有共通之处。

于是,太元十九年六月尊崇诏下,追尊郑氏为“简文宣太后”③。诏书内容主要包括:(a)郑氏生简文帝,简文帝承晋室之祚。(b)追尊一事曾因“朝议不一”而中道受挫。(c)遵照简文帝的遗志,依据《春秋》及两汉、西晋怀帝故事,上简文宣太后的尊号。

孝武帝参考了所谓“别宫”“不配食”的《春秋》与两汉故事,但与尊号名称相关的“系子为号”,东汉的事例为其提供了不利的文献依据。于是,援引西晋怀帝的故事,将晋室先例“系子为号”合法化。从诏书的逻辑来看,以简文帝为基点为郑氏制定尊号的方针,是孝武帝根据既定路线而为之。这也为孝武帝晋升生母李氏为皇太后作了铺垫④。

---

① 《通典》卷七二《礼三二·嘉礼一七》,第 1974 页。

② 《晋书·后妃传下》,第 980 页。

③ 《晋书·后妃传下》,第 980 页。

④ 关于对郑太妃的礼遇,参看聂溦萌:《避讳原理与政治背景:东晋郑太妃“春”字讳考论》,见《文史》2018 年第 3 辑。

三、南朝的事例——“皇太妃之仪”的应用

南朝时期，生母的尊号大致限定为皇太后或皇太妃。东晋孝武帝以降，重新以《春秋》大义所谓“母以子贵”为论据之一，授予生母皇太后尊号。之所以言“重新”，是因为哀帝朝的争议主张的是与“母以子贵”相抵触的理论。此外也应注意到，据“汉晋推爱之典”（少帝生母张氏）、“近稽汉晋”（文帝生母胡氏）可见，“晋”的事例也被用作尊崇依据。而真正的“晋”的事例，具体而言无非是东晋孝武帝以降之事。伴随着哀帝时期的特异性，作为转变期的孝武帝朝颇引人注目。尽管如此，刘宋以降，对侧室出身的皇帝生母的礼遇，仍向着授予皇太后的方向演变，而授予皇太妃的事例已经只是零星发生了。

刘宋以降，“皇太妃”称号的意义已不再被认可。皇太妃以皇太后为基准，地位已经稳定。例如，册立皇太妃之时以皇太后为基准，后废帝刘昱的生母陈氏，就是在皇太后册立翌月，被册为皇太妃①。此时，授予皇太妃位的方式，未再引起特别的争议，皇太妃的地位以及对皇太妃的具体礼遇方式也日臻完备②。而且，围绕皇太妃国亲、本亲的丧礼讨论，也在“皇太妃位亚尊极”的前提下展开③。论者的根据与理论虽有差别，但必须遵行太后之礼却是共识。前曹郎王燮之就提出“皇太妃服宗与太后无异”“皇太妃虽云不居尊极，不容轻于诸侯”的理解。

---

① 《宋书·后废帝纪》，第 196 页。

② 《宋书·后妃传》，第 1405 页。

③ 《宋书·礼志二》，第 441、442 页。

兼太常丞司马燮之也提出“若本亲有惨,举哀之仪,宜仰则太后”的结论[①]。二者皆一边引经据典,认为皇太妃礼同太后,一边仍将“皇太妃”视为“妾”,而将皇太后视为“女君”。皇太妃虽然比隆皇太后,但正室、侧室的身份区别,并不因尊号授予而改变。

皇太妃的实际授予事例不见于齐、梁、陈。但对皇太妃的礼遇案例,却被作为新的参照,应用于对皇帝生母的礼遇。以舆服为例。南齐时,明帝即位后,在其“母”景懿后(明帝父的正妻)的神主迁入宗庙之际,出现了有关车服的讨论[②]。当是时,尚书祠部郎何佟之的提议言及皇太妃的舆服,称“晋朝”(东晋)皇太妃服制与皇太后等同,刘宋的皇太妃除无五牛旗之外,其余服制也都同于皇太后,出行时所需侍官甚至与皇帝相同,“棨引”(先导)也与皇太后无异[③]。有意思的是,虽说是追尊,但何佟之援引的不是追尊皇后的故事,而是以皇太妃的故事作为皇后景懿后礼遇的根据。明帝是高帝萧道成之兄子,本不在皇位继承人范围之内,但他废杀了高帝的直系子孙,并入纂为高帝“第三子”,从而继承皇位[④]。考虑到如上原委,生身父母作为比照高祖及其皇后刘氏的人物,明帝为了给予他们最大限度的礼遇,比隆皇太后的皇太妃故事便派上了用场。

在明帝时期的讨论中,直接参考了刘宋的事例(后废帝所生母陈氏)。而刘宋的事例,则直接参照了东晋孝武帝的事例。当然,东晋孝

---

① 引文后又提到,前曹郎王燮之、兼太常丞司马燮之各自上“议”。不过结时所谓“参议以燮之之议为允”,“燮之”不明何指。

② 《南齐书·礼志上》,中华书局,1972年,第134、135页。

③ 《宋书》亦言及刘宋皇太妃舆服之制:“后废帝即位,尊所生陈贵妃为皇太妃,舆服一如晋孝武太妃故事。唯省五牛旗及赤旂。”《宋书·礼志五》,第572页。

④ 《南齐书·明帝纪》,第84页。

武帝不言而喻踏袭了哀帝的事例。由此可见，比之于可资直接参照的完备的“故事”，最初的案例即“哀帝故事”的存在感越来越淡化。

代结语

皇太妃位号的授予，与皇统的再设定密切相关。通过分析与皇太妃有关的争议可知，哀帝时期的议论焦点主要在于尊号授予的方式。是否要增入展现君主尊贵性的仪节，皇帝与朝廷意见相左。这一时期，在意识到嫡庶有别的同时，出现了尽最大可能尊崇生母的社会潮流；此外，在考虑到与皇太后褚氏关系的同时，哀帝朝又存在皇统再设定这一特有的内情。二者结合在一起，共同构筑了皇太妃位号成立的背景。

与哀帝时不同，尊号的名称成为孝武帝时期的主要讨论事项。从中可见，当时正努力确定皇太“后”与皇太“妃”之间明确的嫡庶区别。发展至南朝，尽可能授予生母以皇太后的位号，成为了皇帝对侧室出身的生母的礼遇表现。此时也已不再出现有关名称与册立手续的讨论。皇太妃授予之事也不见于宋、齐。然而，对皇太妃的礼遇案例，作为新的参照，被应用于对皇帝生母的礼遇之中。

如上，实际授予皇太妃的事例不见于南朝宋、齐。有意思的是，这一时期皇太妃授予的事例出现在了北朝。例如，北魏孝明帝继位翌月，即拜生母胡氏为皇太妃，此为北朝时期皇太妃授予的首例①。此

① 《魏书·肃宗纪》，中华书局，1974 年，第 221 页。另，又过一个月后，皇太后实际被驱逐，是年胡氏完成了从皇太妃至皇太后的晋级，最终“临朝称制”。需要注意的是，皇太妃的册立，是以成为少年皇帝合法监护人来巩固地位的最初阶段。胡氏（灵太后）的事例，与所谓“子贵母死”之制的废除有关，北魏皇太妃称号的被接受，应该可以从这个思路来考虑。不过，关于被接受的路径及其背景，具体的考察不得不留待来日。

外，北魏孝武帝（出帝）追尊父之正妻为“武穆皇后”，追尊生母为皇太妃①。又，西魏、北周的傀儡政权后梁，第二代皇帝明帝萧岿即位当年，分别封嫡母王氏、生母曹氏为皇太后、皇太妃②。曹氏于九月去世，谥曰“孝皇太妃”。翌年，王氏去世，谥曰“宣静皇后”。这些问题有待今后另作详论。简要而言，东晋创立的皇太妃位号，不仅行用于南朝，也为北朝所接受。

在此值得一提的是，古代日本也存在皇太妃与皇太夫人的称号。古代日本的皇太妃、皇太夫人是令制（公式令）所规定的。现可确定，大宝令（701）中已有这一规定存在③。如果生母是前天皇的“妃”，则称皇太妃；若是“夫人”，则称皇太夫人。此处所谓妃、夫人，是仅次于皇后的后妃位号。东晋时理论上存在而实际不存在的皇太夫人，在古代日本却见于令制规定，而且还是反映后妃身份序列的称号。然而，大宝令的参照对象——唐令，由现存佚文观之，暂未发现与皇太妃有关的规定④。目力所及，亦无法检出隋唐时期的皇太妃授予事例。据此，古代日本的皇太妃、皇太夫人，只是与中国东晋、南北朝时期的皇太妃、皇太夫人名称相同而已，其设立则可能渊源各异了。关于东晋、南北朝的皇太妃位号在隋唐绝迹的背景，将作为笔者今后继续探讨的课题。

---

① 参看《魏书·出帝纪》，第286、287页。

② 参看《周书·萧岿传》，中华书局，1971年，第863页。

③ [日]虎尾达哉：《藤原宫子の“太夫人”称号事件について》，《史学雑誌》第123编第7号，2014年。

④ 关于唐令佚文，参看[日]仁井田陞著，池田温编集代表：《唐令拾遺補—附唐日両令対照一覧—》，东京大学出版社，1997年。此外，冈野诚还总结说，在唐代文献中很难找到皇太妃和皇太夫人的语句，并列举了东晋哀帝的案例作为唐代以前的例子。参看[日]冈野诚：《唐代の平闕式についての一考察（下）—敦煌写本「唐天宝職官表」の検討を通して—》，见《法律論叢》第89卷第1号，2016年。

合葬与赐葬：南京后头山东晋张迈家族墓的形成

陈大海

（南京市考古研究院）

南京后头山东晋张迈家族墓①是由南京市考古研究所于2015年抢救性发掘的。墓地四座墓葬紧密排列，东西向“一”字排开，排水沟向一处汇集，具有鲜明的合葬特征。四座墓葬形制相同，是狭长砖室券顶结构，长度都在6米以下，宽仅可容棺，规模属于东晋中小型砖室墓。幸运的是，这四座墓葬都未遭盗掘，其中M1保存完好，其余三座顶部略有坍塌，墓室内仅受轻微扰动。更为难得的是，类似东晋小型砖室墓出土遗物往往寥寥可数，而张迈家族墓除了有青瓷器、陶质明器等常见随葬品，还出土有步摇金饰、铜六面印、人像砖等丰富遗物。总之，该家族墓完整的结构和丰富的遗物是我们探讨墓地内涵的重要基础。

M1出土铜六面印，指明墓主是张迈，字仲人。检索文献，发现确有同时期一位名张迈者，乃西晋梁州刺史张光之子②。史载张迈继其

---

① 南京市考古研究所：《南京市雨花台区后头山东晋墓发掘简报》，《东南文化》2017年第4期。本文从简报结语，直称“张迈家族墓”。

② 《晋书·张光传》，中华书局，1974年，第1563—1565页。张光为凉州刺史及家族经历又见《华阳国志》卷八《大同志》，齐鲁书社，2010年，第114—115页；《资治通鉴》卷八十八《晋纪十》，中华书局，2011年，第2849—2850页。

父，亦与氐人战死汉中，时在西晋愍帝建兴年间。乍看之下，其与南京后头山 M1 墓主张迈存在明显的时空距离，令人容易认为只是重名的一种巧合。但是，张迈家族墓一系列特征又让他们产生合理联系。本文通过分析张迈家族墓的合葬、赐葬现象，首先解决上述时空差异的问题。再根据文献记载，立足于两晋特殊的历史背景，梳理史载张迈家族的武功和结局，发现张迈确有迁葬都城建康的可能。而且，对葬俗和墓地所在历史地理的考察，也可进一步佐证二者之间的联系。

一、合葬与赐葬

根据简报的分析，家族墓是同时营建于东晋中期，其中 M1 和 M2 更是同穴异室，M3 和 M4 异穴依次排开，四座墓是一夫多妻合葬形式。男主人的六面印及二位妻室的金步摇反映出该家族是有着一定身份的贵族。以上应无疑义。

虽然从地层关系、墓葬形制和随葬遗物方面皆可判断四座墓为同时营造，但是还是有一些差异现象需要分析。最为典型的一点即 M1 用砖与其余三座墓砖纹饰迥异。四座墓用砖尺寸基本相同，M1 墓砖压印有钱文放射纹，其余三座墓用砖相同，砖面为布纹，侧面偶见“十”字符号。然而，M1 用砖纹饰一般流行于东晋中期及之前，同类纹饰甚至更常见于孙吴西晋时期。那么，如果说四座墓同时建造，为何 M1 用砖会有如此不同呢？这个现象恐与墓砖的来源有关。

南京地区东晋时期墓砖侧面多不见模印纹饰，倒常见模印“十”字及一横至多横的符号，这类符号砖使用非常广。墓砖的规格高度统一，同时墓葬形制也整齐划一，可谓形成了东晋建康模式。这种现象说明，墓砖多出自官府作坊或与官方指导体制有关。当然也有家族自己烧砖建墓的情况,不过显然是极为特殊的例子。无论哪种形式,同时建造几座规模不大的墓,用砖不统一,肯定有其原因。张迈家族墓用砖来源于官府作坊,而更有可能是官方的拨付。也可以理解为,这批墓砖不是专门一次性烧造的,而是瓦官仓库现有砖的赐予。

还有墓地中二位妻室随葬的黄金步摇,同样反映了这处家族墓地可能属于赐葬的产物。魏晋倡导俭葬,内容之一便是随葬品中金银铜铁质地大为减少甚至消失殆尽,以瓦器为主。考古发现也证实了东晋墓葬基本上奉行了俭葬的理念。南京发现数以百计的东晋墓葬,绝大多数出土遗物除了棺钉,再也不见金属遗物,基本上是陶质明器和青瓷器。即使考虑到东晋墓葬几乎都被盗掘过的因素,也改变不了这个共识。南京地区见诸报道的东晋墓,出土黄金遗物的倒也占有一定比例,但需注意到往往是因出土了黄金遗物才进行的报道,所以相关统计数据断不可靠。黄金作为饰品,有用于身体不同部位的区别,也有组合多寡的差别。戒指常常单出,头饰往往成套。环、水滴形、珠等小件,既可以单独存在,亦可以与其他饰件组合用于装饰。而像后头山墓地张迈二位妻室随葬步摇则由造型丰富的黄金构件组合而成,这些构件的制作使用了掐丝、焊珠、镶嵌等复杂工艺,与一些零星出土的、素面的金饰件有着明确的区别。类似造型且有着复杂工艺的金饰,放在彼时薄葬的时代背景下观察,非唯财富使然,亦是身份象征。现将南京地区出土步摇金饰的东晋墓列表统计(表一),不难看出,这些墓例规格较高,墓主以高门大族为主。相比之下,后头山东晋张迈家族墓葬规格小多了,如此精美的步摇竟然出土于这种小型墓中,定有非同寻常的原因。加之,二位妻室步摇黄金饰件高度雷同,颇疑是同时获得的官方赗赙。

表一　部分南京东晋墓出土金饰表

墓例	出土金饰	墓主身份	出处
仙鹤观 M2	桃形叶、花瓣、对鸟、羊、圆壶、方胜等	广陵高氏	《文物》2001.3
仙鹤观 M6	桃形叶、花瓣、对鸟、方胜、圆壶、辟邪、羊、龟等	高崧夫妇	同上
汽轮机厂大墓	花瓣	疑为穆帝	《考古》1983.4
郭家山 M1	方胜、花瓣、桃、对鸟		《文物》1981.12
郭家山 M3	圆壶		同上
幕府山 M4	花瓣、桃形、对鸟、扁壶等		《文物》1990.8
温峤墓	桃形、羊形	侍中、郡公	《文物》2002.7

我们知道,多人合葬一般都涉及迁葬,而一般有身份有功劳才可获赐葬。那么从考古材料上观察,后头山墓主到底身份如何呢?通过墓主随葬的六面印即可见一斑。一般认为六面印仅流行于东晋前后,实际出土状况也以东晋最多。在南京地区,此前见诸报道的六面印才五例,都是东晋时期的,形制、印文相当统一,是一种定制。这五枚印主分别是颜琳、颜镇之①、孙寔②、华瑛③、綦毋邃④,其中前二者属于琅

① 南京市文物保管委员会:《南京老虎山晋墓》,《考古》1959年第6期。
② 南京市博物馆:《南京市博物馆藏印选》,上海书店,2005年1月。
③ 王志高:《南京石子岗东晋墓的发掘》,《考古》2005年第2期。
④ 陈大海:《雨花台区板桥市场群G地块勘探与发掘》,载2013年《南京考古工作报告》(南京市博物馆内刊)。

琊颜氏,是身份较为明确的士族成员,綦毋邃也是东晋大儒。参照而言,张迈身份或与其相当。那么史载张迈能否契合这样的条件呢?

二、史载张迈家族武功和结局

史载张迈附于其父张光传,因早逝而着墨不多。可以说其家族实以张光生平最为显耀,除《晋书》本传,其事迹还见载于《华阳国志》和《资治通鉴》,后两者对于本传部分细节略有补充。张光是江夏钟武人,“少为郡吏,家世有部曲”,为典型的地方豪族。“以牙门将伐吴有功”,后屡以军功升转。以顺阳太守身份随荆州刺史刘弘讨陈敏之乱,大败陈敏将钱端。刘弘称张光“为南楚之秀”,“表光有殊勋,迁材官将军、梁州刺史”。[①] 两晋时期,梁“州境与氐、胡相邻,亦为威御之镇”[②]。主要镇守汉、巴两地,其地为战略要地,但抄盗流寇横行,晋王朝数度得而复失。张光通过努力,得据汉中,“绥抚荒羌,百姓悦服”。但在氐人杨难敌和流民帅李运的夹攻下,愤激成疾,最终于建兴元年(313)气绝于汉中。因张氏在梁州颇有威望,“远近伤惜之”,“州人推(其子)迈权领州事”。“迈多才略,有父风”,但很可惜的是不久也在与氐人的战斗中牺牲。

关于张氏家族在梁州的最后抵抗及随后结局,在《华阳国志》卷八《大同志》和《资治通鉴》卷八十八《晋纪十》都有相关记载,二者与《晋书》本传记载不尽相同,可互为参考。简要叙之,张迈战没,后继守将抵抗不住氐人杨难敌的急攻,弃城退走,于是巴汉失守。氐族得

① 《晋书·张光传》,中华书局,1974 年,第 1564 页。
② 《南齐书·州郡下》,中华书局,1972 年,第 289 页。

据汉中，发张光墓冢，焚其尸丧。张光妻息率其遗众，还据魏兴（今陕西安康），继续承担御守的重任。之后周访、甘卓等相继为梁州刺史，直到王敦以任愔督河北诸军事、南中郎将，张光妻子便回到故乡江夏郡。

而任愔为梁州之时，王敦已攻下石头城，害周伯仁、戴若思，还镇武昌，广树亲信，排除异己。张光一族，忠烈特色鲜明，张光死前按剑曰："吾受国厚恩，不能翦除寇贼，今得自死，便如登仙，何得退还也！"亦可见一斑。此时放弃经年抗御之功返回故乡，恐怕就是由于王敦的猜忌与打压。所以，当应詹劝王敦对张氏父子追论显赠，以慰存亡之时，王敦竟不能从。在这件事情上，或许可以看出张氏对王敦的叛逆是持反对态度的。张氏既不能为其所用，专威擅权的王敦也就会刻意隐没张氏在梁州的功劳。之后的文献中就再也不见对张光一族的记载了。

此后应詹参与平定王敦之乱，迁使持节、都督江州诸军事、江州刺史。"时王敦新平，人情未安，詹抚而怀之，莫不得其欢心，百姓赖之。"①

王敦和应詹对待张光一族的不同态度，恰能说明东晋朝廷在平定王敦之乱后，很有必要对功臣追论显赠。东晋政府流寓江南，希望获得支持，故当最大程度收笼人心，特别是对晋王朝有功之臣。明帝临终前，连下多道诏书，堪称为东晋一朝纲领。太宁三年秋七月，诏曰："三恪二王，世代之所重；兴灭继绝，政道之所先。又宗室哲王有功勋于大晋受命之际者，佐命功臣，硕德名贤，三祖所与共维大业，咸开国

---

① 《晋书·应詹传》，第1859—1860页。

胙土、誓同山河者，而并废绝，禋祀不传，甚用怀伤。主者其详议诸应立后者以闻。”八月，又诏曰：“昔周武克殷，封比干之墓；汉高过赵，录乐毅之后，追显既往，以劝将来也。吴时将相名贤之胄，有能纂修家训，又忠孝仁义，静己守真，不闻于时者，州郡中正亟以名闻，勿有所遗。”①

至谢安辅政孝武帝时，“（太元）二年春正月，继绝世，绍功臣”②。可以想见，张光一族忠烈，在应詹进言应为张氏追论显赠之后，也必不乏此类呼吁。

三、墓葬形制与葬俗

后头山东晋家族墓夫妻合葬的方式也不是建康本地流行的。张迈与其妻是同穴异室合葬，各自带墓道，这种合葬方式不同寻常，它完全是两座墓葬构建于同一墓坑内，与同穴并列双室或多室的墓葬不能等同。至少在南京地区，大量墓例表明六朝合葬墓并没有这种传统形式，一些并列双室或多室墓有时共用甬道、墙壁，有时共用墙壁上还有孔洞相通，这些形式要素都可以远溯汉代砖室墓。虽然张迈家族墓的这种合葬方式在南京只是特例，但它并不是凭空出现的。众所周知，长江中游是六朝墓的一处重要发现区域，《鄂城六朝墓》考古报告就集中展示与研究了长江中游重镇六朝墓葬，其中Ⅳ型并列双室或三室墓中，就有与张迈家族墓合葬现象相同的几例③。

而鄂城在两晋时期就属于江夏郡。虽然我们并不完全理解这种

---

① 《晋书·成帝纪》，第164页。

② 《晋书·孝武帝纪》，第228页。

③ 南京大学历史系考古专业等：《鄂城六朝墓》，科学出版社，2007年，第43—53页。

合葬方式的含义，但肯定是地区的一种葬俗。也可以理解为，张迈家族墓这一合葬方式是长江中游之人移民建康后，顽固保留下来的一种文化因素。说到移民，东晋建康是一个接收各地流民最多的地方，所谓永嘉之乱，北人南渡，往往强调北方人南迁江左。而实际上，由于建康政治中心的吸引力，各地的豪族士族都有移家建康的可能。由于张光及其诸子在梁州守御中纷纷殒没，张氏家族元气大伤，但张氏在江夏的豪族性质并不因此而改变。因张光在世时政治、军事上的贡献，其子孙也可继续出仕，其部曲也不会顷刻消失，只是他们失去了优秀的家族领袖，作用不再体现得如此之大了。前文说到，王敦谋逆时，张氏受到排挤，王敦叛平，他们的后人理应在政治上积极向建康靠拢。

四、葬地新亭

张迈家族墓所在的雨花台区后头山，位于建康城与牛首山间的连线上。后头山在秦淮新河北岸，北连石子岗，西接新亭。新亭紧靠长江，是六朝时代建康的西南要塞，同时也是建康与上游水路交通的重要停靠地。从上游至建康，新亭也是首选登岸之处。来自长江中游的移民是否会就近选择新亭附近作为落脚地呢？在张迈墓中发现一块墓砖刻有头像，应为工匠的涂鸦。比较巧合的是，多年前发掘的王家山东晋墓[①]里也发现有刻画头像的砖，而王家山与后头山相距不过几百米。王家山东晋墓砖上的头像被公认为是带尖顶帽的胡人形象。张迈墓砖上刻画的头像，秃顶，深目，高鼻，也不类汉人。二者时代相

① 贺云翱、邵磊：《南京市铁心桥王家山东晋晚期墓的发掘》，《考古》2005年第11期。

同,并出现于相同区域,如此巧合发人深思。工匠涂鸦具有很大偶然性,但上述两个胡人形象的出现隐约说明,这一区域的移民多来自氐胡相接的长江中游地区。

永嘉六年,太子洗马卫玠卒,葬新亭东。“地志:咸和中,王导为扬州刺史,下令曰:‘卫洗马明日当改葬。此君风流名士,海内所瞻,可具祭奠,以敦旧好。’改葬即此地也,未悉本葬何处。”①

所以,新亭东的地理位置便于祭奠瞻仰,就成了一处移民迁葬改葬的首选之地。

五、其　他

还有一个疑点,需略作解释。

《晋书》本传记“(光)有二子:炅、迈”,但综合《华阳国志》《资治通鉴》等文献的记载,可以发现张光至少出现有 4 个儿子。孟苌及其弟援皆在同一役战死;炅少辟太宰掾,结局未知;迈也是战殁。除了记载迈为少子,其他兄弟间的排行都无法确定。按照伯(孟)仲叔季的排序规律,孟苌可能是长子,或以字行。《资治通鉴》载张迈为少子,而雨花台家族墓 M1 出土的印章,墓主张迈字仲人,可能排行第二,似乎与张光的少子张迈摆脱了干系。然而恰恰是文献记载的出入,让我们找到了问题所在。关于兄弟排行,伯、孟都为长,但伯为嫡长子,孟为偏室所生②。《晋书》本传只记(光)二子炅、迈,不提孟苌诸人,很可能表明

① (唐)许嵩撰,张学锋、陆帅整理:《建康实录》卷五《中宗元皇帝》,南京出版社,2020 年,第 70 页。

② 《礼记正义》卷二《曲礼》孔疏:“《礼纬》又云:‘嫡长称伯,庶长称孟。’”《十三经注疏》(清嘉庆刊本),中华书局,2009 年,第 2688 页。

灵、迈为嫡子，而孟苌等为庶出。所以，M1 墓主迈字仲人，完全符合张光嫡出第二子的身份。

江夏豪族张光与子张迈俱殒命汉中，一门忠烈。应詹向大将军王敦建言应对张光父子追论显赠，以慰存亡，事不行。王敦任命亲信任愔为梁州刺史，张光妻息才放弃功劳，回到本郡江夏。东晋朝廷屡次表彰功臣之后的背景，让江夏张氏极可能与建康发生政治联系。六朝都城建康南大江边有新亭，为上游至建康的首选靠岸地，新亭东还有卫玠墓，考古发现的东晋墓砖刻画有胡人头像，凡此可表明南京后头山所在的区域是长江中游移民到建康的主要聚集地之一。而后头山这处墓地形制与江夏郡六朝墓的形制又遥相呼应。以上，是笔者面对南京这座六朝古都出土的数以千计的六朝墓，在类型学归纳研究之上，尝试进行的一次个性化的解释，是将考古发现与历史文献进行融合的一种方式。因为笔者相信每一墓例都应产生于一定的历史背景下，是一个家族命运的重要节点，是东晋门阀贵族制度在葬制葬俗上的表现。

论南京地区东晋南朝墓出土的明器榻

周庭熙

南京地区东晋南朝大型墓葬中常出土陶质或石质的坐榻模型，因其专为随葬所制，故属明器范畴。关于其命名、功能等问题，前人的研究大致可分为以下三个方面：第一，榻与案的异同①；第二，汉唐家具研究中榻的地位②；第三，榻与墓葬之间的关系③。但以往的发掘报告及相关研究，对榻的命名及其在墓葬中的功能等问题往往意见不一，已公布的发掘材料也未经详细梳理。因此，本文拟在既往研究的基础上，首先对南京地区东晋南朝墓葬出土的明器榻进行认定（据已公布的发掘资料，南京地区孙吴、西晋墓葬中尚未确认有明器榻的存在），进而对与之有关的墓葬等级及葬仪展开讨论。

---

① 陈增弼：《汉、魏、晋独坐式小榻初论》，《文物》1979 年第 9 期；李蔚然：《南京六朝墓葬的发现与研究》，四川大学出版社，1998 年，第 101 页。

② 杨泓：《考古所见魏晋南北朝家具》（上、中、下），《紫禁城》2010 年第 10、12 期，2011 年第 1 期。

③ 蒋赞初：《南京东晋帝陵考》，《东南文化》1992 年第 3、4 期合刊；王志高：《南京大学北园东晋大墓的时代及墓主身份的讨论——兼论东晋时期的合葬墓》，《东南文化》2003 年第 9 期；齐东方：《中国古代丧葬中的晋制》，《考古学报》2015 年第 3 期。

一、明器榻的认定

东汉刘熙《释名》说:“人所坐卧曰床。床,装也,所以自装载也。长狭而卑曰榻,言其鹤榻然近地也。小者曰独坐,主人无二,独所坐也。枰,平也;以板作,其体平正也。”[①]唐代徐坚《初学记》所引东汉服虔《通俗文》中记录了汉代榻的尺寸:“床三尺五曰榻板,独坐曰枰,八尺曰床。”[②]唐代玄应《众经音义》引曹魏张揖《埤苍》称:“枰,榻也,谓独坐板床也。”[③]由此可见,汉晋时期的坐具与卧具可通称为“床”,据其尺寸差异又有“床”“榻”“独坐”与“枰”之分,仅容一人居坐的“独坐”或“枰”又可视为较小的“榻”。陈增弼先生与孙机先生曾据实物资料与上述文献材料,对汉晋时期榻的形制与尺寸进行了详细讨论。陈先生更对“独坐”一类小榻的尺寸作出了合理的推测:长 75～130 厘米、宽 60～100 厘米、高 12～28 厘米[④]。这为墓葬出土明器榻的认定和研究提供了依据。

南京地区东晋南朝墓出土的陶质或石质的明器榻,在发现之时或简报中常被命名为“案”或“祭台”。尽管已有研究者提出将此类明器命名为榻,但此后的简报中依然采用以往的命名方式。因此,本文首先对南京地区东晋南朝墓出土的这类明器逐一进行认定。

依造型差异,墓葬出土的榻可分为无围屏榻与围屏榻两类。无围屏榻最早发现于 1970 年发掘的象山 M7。该墓出土一件陶榻,报告将

---

① (汉)刘熙:《释名》卷六《释床帐》,中华书局,2020 年,第 84 页。

② (唐)徐坚等:《初学记》卷二五《床》,中华书局,1962 年,第 601 页。

③ 徐时仪校注:《一切经音义三种校本合刊》,上海古籍出版社,2008 年,第 95 页。

④ 陈增弼:《汉、魏、晋独坐式小榻初论》,《文物》1979 年第 9 期;孙机:《汉代物质文化资料图说》,文物出版社,1991 年,第 220—224 页。

其命名为“案几”[①]。1972年发掘的南京大学北园东晋墓(以下简称“南大北园墓”)出土的两件陶榻被称为“大型陶案”[②]。1979年陈增弼先生撰文对以上三件“案”的形制、尺寸以及汉晋间案与榻的图像与实物进行分析,明确了案与榻区分的标准,并将上述三件“案”确定为“独坐”,纠正了以往将出土案、榻混淆的错误[③]。李蔚然先生亦持相同观点[④]。近年江宁上坊孙吴墓出土的一件坐榻俑最能直观地反映当时案与榻之间的关系(图一)[⑤]。人物俑坐于榻上,榻前置一案,二者的长度与高度一致,但案面相对榻面较窄。在结构上,榻下曲尺形足与案下栅足亦显然有别。南大北园墓发掘简报所称“大型陶案”与“中型陶案”之间的尺寸关系亦与之相同,二者分别为榻与案[⑥]。出土这类无围屏榻的墓葬,还包括南京农业大学东晋墓[⑦]、隐龙山M1与M3[⑧]、郭家山M13[⑨]。

---

① 南京市博物馆:《南京象山5号、6号、7号墓清理简报》,《文物》1972年第11期。

② 南京大学历史系考古组:《南京大学北园东晋墓》,《文物》1973年第4期。

③ 陈增弼先生注意到南大北园墓的陶榻“器上残留漆痕”。见其《汉、魏、晋独坐式小榻初论》,《文物》1979年第9期。

④ 李蔚然先生亦注意到器型特大的“独坐”明显区别于其他案几。见其《南京六朝墓葬的发现与研究》,四川大学出版社,1998年,第101页。

⑤ 南京市博物馆、南京市江宁区博物馆:《南京江宁上坊孙吴墓发掘简报》,《文物》2008年第12期。

⑥ 南大北园墓出土“大型陶案”长125厘米、宽100厘米、高28厘米,“中型陶案”长126厘米、宽35厘米、高24厘米,二者长度与高度大致相同。

⑦ 简报将所出陶榻定名为“陶案”。见南京博物院:《南京农业大学东晋墓》,《东南文化》1997年第1期。

⑧ 隐龙山M1、M2与M3各出土“石祭台”1件及“祭台足”4件,各墓所出“祭台”应均为榻。但M2所出石榻的面板已残碎,无法推知其原貌,四件榻足均严重风化,故暂不计入。见南京市博物馆、江宁区博物馆:《南京隐龙山南朝墓》,《文物》2002年第7期。

⑨ 简报将所出陶榻定名为“祭台”。见南京市博物馆:《南京市郭家山东晋温氏家族墓》,《考古》2008年第6期。

图一　江宁上坊孙吴墓坐榻俑

最早出土的围屏榻见于1979年发掘的尧化门老米荡南朝梁墓,榻面已不存,仅存4件应为榻足的"案足器"与10件用作围屏的"小石板"。据该墓器物分布图可知,这些"小石板"的一端均附有榫头①。1988年发掘的梁桂阳王萧象墓出土1件"祭台","台面下有5个小凹坑,另一端凹下一部分"②。1989年发掘的西善桥砖瓦厂南朝墓出土了形制相似的"石祭台",发掘者注意到"在石祭台边还发现3个凸字形小石板,将小石板插入祭台的卯眼刚好吻合,说明这些凸字形小石板即祭台上的插板"③。1991年发掘的西善桥第二砖瓦厂南朝墓出土了形制相同的石面板,面板"可与散落在旁边的五块围屏石板榫卯相连"。简报以此为依据,将以往所发现的这类"案"或"祭台"确认为"石坐榻"④。邵磊先生也注意到以往部分考古简报"不乏有将此种石围屏指认为龟趺墓志残存志石或小石碑的误会",并指出白龙山南朝墓与

① 南京博物院:《南京尧化门南朝梁墓发掘简报》,《文物》1981年第12期。
② 南京博物院:《梁朝桂阳王萧象墓》,《文物》1990年第8期。
③ 南京市博物馆:《南京西善桥南朝墓》,《文物》1993年第11期。
④ 发掘者将其进一步认定为"独坐"。见南京博物院:《南京西善桥南朝墓》,《东南文化》1997年第1期。

铁心桥马家店村南朝墓均有围屏石榻出土[①]。白龙山南朝墓出土的方形"墓志"与一端出榫的长方形"墓志",应分别为围屏石榻的榻面与围屏[②]。铁心桥马家店村南朝墓出土的"石祭台"与"石板"同样分别为围屏石榻的榻面与围屏[③]。

从上述材料中还可看出,榻除了被误认为"案"外,也常被称作"祭台"。"祭台"一般指砌筑于棺前用以放置祭品的砖台,通常被视为墓葬建筑的一部分而非随葬物[④]。上述出土明器榻的各墓中均未发现砖砌祭台,而其他砌有砖台的东晋南朝墓葬中则不出土明器榻。从出土状况来看,东晋南朝墓葬中的榻、案及其组合,与砖台同样发挥着承置部分随葬器物的作用。这些器物常被认为用于祭奠活动,因此若从实际功能的角度来看,墓葬中的榻、案及其组合与砖台均可称作"祭台"[⑤]。然而,以上被称作"祭台"的陶质和石质明器榻,显然模仿实用坐榻的造型制成,有别于砖砌祭台,因此将之定名为"榻"较为合理。

南京地区东晋南朝墓出土的13件明器榻(表一),据材质不同可

---

① 邵磊:《南京灵山梁代萧子恪墓的发现与研究》,《南京晓庄学院学报》2012年第5期;南京市博物馆:《南京市灵山南朝墓发掘简报》,《考古》2012年第11期。

② 南京市博物馆、栖霞区文管会:《江苏南京市白龙山南朝墓》,《考古》1998年第8期。

③ 南京市博物馆、雨花台区文化局:《南京铁心桥镇马家店村南朝墓清理简报》,载南京市博物馆编:《南京文物考古新发现:南京历史文化新探二》,江苏人民出版社,2006年,第105—111页。

④ 考古报告及相关研究中常将祭台作为墓葬建筑的组成部分,与铺地砖、墓壁、封门墙、棺床、壁龛等相并列,纳入到墓葬形制的描述与讨论中。参见南京大学历史系考古专业、湖北省文物考古研究所、鄂州市博物馆:《鄂城六朝墓》,科学出版社,2007年,第16页。

⑤ 齐东方先生指出"有时置石板、案几、陶榻,与祭台应该是同样功能","晋墓中的祭台是普遍现象,这些祭台和案几,以及与之组合的器物应是祭奠用具,强势延续到南朝时期"。参见齐东方:《中国古代丧葬中的晋制》,《考古学报》2015年第3期。

分为陶榻与石榻，按造型差异可分为无围屏榻与围屏榻。陶榻均出于东晋墓葬，且均为无围屏榻；石榻均出于南朝墓葬，除隐龙山 M1 与 M3 两例外，其余均为围屏榻。上述各墓除象山 M7 保存完整以外，均遭扰乱破坏。但较之于墓中其他遗物，榻的体积较大，不易移动，故其出土位置应与原始位置相差不远。象山 M7 中的陶榻位于墓室内西南方正对甬道处，即原有木棺的前方（图二-1）。隐龙山 M1 与 M3 中的石榻，出土时均位于棺床之前（图二-2）。西善桥第二砖瓦厂墓的围屏石榻，出土时其围屏虽已散落于榻面周围，但榻面仍位于棺床前方（图二-3）。从各发掘简报中的文字描述及遗物分布图来看，除南大北园墓外，其他墓葬中榻的原始位置均在木棺前方①。

表一　南京地区东晋南朝墓出土明器榻登记表

序号	墓葬	材质	数量	年代	尺寸、形制	其他伴出明器家具（单位：件）	墓主身份
1	象山 M7（王廙墓?）	灰陶	1	东晋永昌元年(322)	长 112、宽 65、高 21.4 厘米；榻面中央略隆起，背面呈六方格状；四足	陶凭几 1	高级官僚（荆州刺史?）

① 简报推测两件榻原分别置于主室东北角与西南角；"中型陶案"分别置于第一、二道门槽之间的甬道中与侧室的甬道口。王志高先生推测，东北角的榻原应置于棺床前而用于祭祀，其原位被附葬侧室死者时所置"中型陶案"占据，该榻"只能违例移置棺后的主室东北角"；位于西南角的榻则仍在原位。参见王志高：《南京大学北园东晋大墓的时代及墓主身份的讨论——兼论东晋时期的合葬墓》，《东南文化》2003 年第 9 期。

续表

序号	墓葬	材质	数量	年代	尺寸、形制	其他伴出明器家具（单位：件）	墓主身份
2	南京大学北园东晋墓（晋成帝兴平陵）	灰陶	2	东晋咸康八年(342)	长125、宽100、高28、榻面厚1.5厘米；榻面平坦，背面呈十六方格状，方格之间为宽3、厚4厘米的隔梁，用以加固榻面；六足；器上残留漆痕	陶凭几3、“中型陶案”2、“小型陶案”2、龙形陶灯座1、虎形陶灯座1	皇帝
3	南京农业大学东晋墓	灰陶	1	东晋早期	长100、宽74、高20厘米；榻面四周有一周微凹弦线，案背以隔梁分为四方格，隔梁宽2.8厘米；六足，外四足矩尺形，中间两足扁平	陶凭几1、陶帷帐座2	墓主身份较高
4	郭家山M13（温峤之墓）	灰陶	1	东晋晚期	长122、宽86.5、高23.7厘米；六足，足中部有柱状凸起；榻面四周微起棱线，背面有仿木榻制作的托枨，呈十字形	陶凭几1、龙形陶灯座1、虎形陶灯座1	高级官僚（始安郡公）
5	隐龙山M1	石质	1	南朝宋中晚期	长88、宽70厘米，边缘略残损；四足，一件残断，均上大下小，略向一侧弯曲，其中M1:27高24.2厘米	陶凭几1	宗室或高级官僚

续表

序号	墓葬	材质	数量	年代	尺寸、形制	其他伴出明器家具(单位:件)	墓主身份
6	隐龙山 M3	石质	1	南朝宋中晚期	长 98、宽 64、厚 5 厘米;四足,均严重风化,蹄形,两端面较平整,其中 M3:21 高 21.5 厘米	陶凭几 1	宗室或高级官僚
7	尧化门老米荡梁墓(萧伟墓)	石质	1	南朝梁中大通五年(533)	榻面不存;围屏石板十块,规格大致相同,长 40、宽 27、厚 4 厘米;四足,足高 12 厘米	石凭几 1、石步障座 6	宗室
8	甘家巷梁桂阳王萧象墓	石质	1	南朝梁大同二年(536)	榻面长 92、宽 83、厚 9 厘米,下有五个小凹坑,另一端凹下一部分(另有石器足两件,呈马足状,高 17 厘米,或为榻足)	陶凭几 1	宗室
9	白龙山南朝墓	石质	1	南朝梁	榻面长 68、宽 60、厚 9 厘米;围屏石板一块,一端出榫,长 36.3、宽 28.8、厚 4 厘米	陶凭几 1	宗室

续表

序号	墓葬	材质	数量	年代	尺寸、形制	其他伴出明器家具（单位：件）	墓主身份
10	西善桥第二砖瓦厂墓	石质	1	南朝梁	榻面长84、宽69.3、厚7.7厘米，前部比后部略薄，后缘及两侧边缘有五个卯口，长9.8、宽3.6、深3厘米，可与散落在旁边的围屏石板榫卯相连；围屏石板五块，下端有榫，榫呈倒梯形，端部宽7、根部宽8.5、长2.6厘米，与榻面卯口相合；四足，足高16.5厘米	陶凭几1、石凭几2、石帷帐座4	墓主身份较高
11	西善桥砖瓦厂墓（黄法氍墓）	石质	1	南朝陈太建八年(576)	榻面长100、宽82、厚8厘米，平整光滑，一端有长条形的凹槽，另外三端分布卯口五个；背面粗糙不平；围屏石板三块，与榻面卯口吻合	石步障座4	高级官僚（义阳郡公）

续表

序号	墓葬	材质	数量	年代	尺寸、形制	其他伴出明器家具(单位：件)	墓主身份
12	铁心桥马家店村墓	石质	1	南朝陈	榻面长71、宽52、厚7厘米；围屏石板数量不明，其中一块长33.5、宽19、厚1.5厘米；四足，三件已侵蚀变形呈圆锥体，只有一件器形变化较小，为底面较宽、顶面稍窄的圆柱形，高14.5厘米	陶凭几1、石座4	宗室或高级官僚

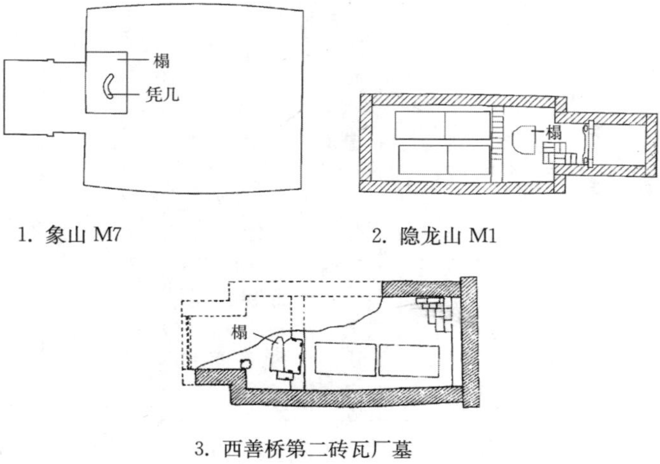

图二 榻在墓葬中的位置示意图

二、明器榻与墓葬的等级

河南省郸城县早年发掘的一座汉墓中曾出土一件石榻，榻面上铭刻“汉故博士常山大傅王君坐榻”12字[①]。“榻”即榻。这件表明墓主身份的坐榻提示我们随葬坐榻与墓主身份之间可能存在的关系，而这一点在前人研究中未能予以充分关注。

因此，有必要对上述墓葬的墓主身份以及包括榻在内的随葬明器家具的情况展开考察。如表一所示，除明器榻外，上述墓葬中还出土有陶质或石质的凭几、案、帷帐座或灯座[②]。就墓主身份而言，南大北园墓被推定为晋成帝兴平陵，出土明器家具类别最为丰富；南京农业大学东晋墓、隐龙山M1与M3、白龙山南朝墓、西善桥第二砖瓦厂墓与铁心桥马家店村南朝墓墓主不明，但可推知其身份较高，其余各墓墓主明确，均为宗室成员或高级官僚[③]。

如上文所述，墓葬中置于棺床前方的榻、案或砖台均有着祭台的功能。选择砖台还是以榻、案作祭台，或许与墓主人的身份有关。韦正先生将东晋墓葬分为皇帝、重臣、普通高级官员直至无官位的士族子弟、庶人四个等级，推测这一等级制度“可能只存在于帝王与重臣，而且这种差异也不一定有很强的强制性，其他社会成员的墓葬不存在明确的规定”，并指出“凭几、床榻、帐座是一组特殊的随葬品”，可视为

---

① 曹桂岑：《河南郸城发现汉代石坐榻》，《考古》1965年第5期。

② 此类器座常作馒首形或龙虎形，中部作圆孔以插杆。学界常将其认定为“帷帐座（步障座）”或“灯座”。参见阮国林：《谈南京六朝墓葬中的帷帐座》，《文物》1991年第2期；罗宗真、王志高：《六朝文物》，南京出版社，2004年，第207—209页；韦正：《六朝墓葬的考古学研究》，北京大学出版社，2011年，第156—158页。

③ 各墓墓主身份均据发掘报告及相关研究。

帝王与重臣墓葬等级的表现[①]。在筑有砖砌祭台的墓葬中，墓主均非庶人，但身份高低不一。如老虎山颜氏家族墓中，M1墓主为安成太守颜谦的夫人刘氏，M2墓主为州西曹骑都尉颜綝，M3墓主为零陵太守颜约[②]。象山M6墓主为卫将军、左仆射王彬的继室夫人夏金虎[③]，郭家山M12墓主为散骑常侍、新建开国侯温式之[④]。墓中筑有砖台、墓主身份不明但推测有一定官位的墓葬则更多，如雨花台丹宁路M9与M10[⑤]、雨花台姚家山M2[⑥]等等。所以，选择砖砌祭台的墓葬，墓主身份均在庶人之上，但等级参差不齐；而以榻、案作祭台的墓葬，等级均较高，墓主应为皇帝、宗室成员或个别重臣。

南京地区东晋南朝墓出土的明器家具中，凭几数量最多，帷帐座或灯座次之，研究者常将二者作为推测墓主身份的依据[⑦]。通过对上述墓葬及其等级的分析可知，榻、案与凭几、帷帐座或灯座的明器家具组合可作为南京地区东晋南朝墓葬等级判断的依据之一。但由于多数墓葬均被盗扰，墓中原有明器家具的类型、数量与位置较难确定，因而墓葬等级的确定还应结合墓葬形制与其他随葬品进行分析。

---

① 韦正：《六朝墓葬的考古学研究》，北京大学出版社，2011年，第282—283页。

② 南京市文物保管委员会：《南京老虎山晋墓》，《考古》1959年第6期。

③ 南京市博物馆：《南京象山5号、6号、7号墓清理简报》，《文物》1972年第11期。

④ 南京市博物馆：《南京市郭家山东晋温氏家族墓》，《考古》2008年第6期。

⑤ 南京市博物馆、雨花台区文化广播电视局：《南京市雨花台区宁丹路东晋墓发掘简报》，《东南文化》2014年第6期。

⑥ 南京市博物馆、雨花台区文化广播电视局：《南京市雨花台区姚家山东晋墓》，《考古》2008年第6期。

⑦ 相关讨论参见阮国林：《谈南京六朝墓葬中的帷帐座》，《文物》1991年第2期；罗宗真、王志高：《六朝文物》，南京出版社，2004年，第207—209页；谢明良：《从阶级的角度看六朝墓葬器物》，载颜娟英主编：《美术与考古》，中国大百科全书出版社，2005年，第137—174页。

三、榻与葬仪

《通典》所引贺循议礼的内容常用于六朝墓葬随葬品的讨论，但其中所举的明器家具中仅谈及凭几与漆屏风[①]。凭几是六朝墓葬中出土数量最多的家具；漆屏风或因不易保存，在东晋南朝墓葬中未有发现。虽然榻未在其所举明器家具之列，但其他文献材料中保留了墓中设榻的记录。《晋书》提及王祥病重时对死后丧葬的安排，“勿作前堂、布几筵、置书箱镜奁之具，棺前但可施床榻而已”[②]，从其简化丧葬的要求来看，墓中保留床榻比放置其他家具更为必要。石苞在生前预作的遗令中也要求：“自今死亡者，皆敛以时服，不得兼重。又不得饭唅，为愚俗所为。又不得设床帐明器也。”[③]石苞强调墓中不必放置“床帐明器”，这从另一个侧面说明，在晋人丧葬观念中，墓中设床榻、帷帐一类器用应有特殊的意义。

榻作为明器用于随葬的缘由，可从日常生活中的使用情况加以考虑。东汉陈蕃为迎接徐稚特设一榻，“时陈蕃为太守，以礼请署功曹，稚不免之，既谒而退。蕃在郡不接宾客，唯稚来特设一榻，去则县之”[④]。宋文帝设榻以召僧人释慧琳而为颜延之所嫉，“时沙门释慧琳，以才学为太祖所赏爱，每召见，常升独榻，延之甚疾焉”[⑤]。由此可见，设榻待人是尊敬他人的礼仪表现，坐榻者对主人而言应有相当地位，

① 《通典》载贺循《议礼》，详见（唐）杜佑撰、王文锦等点校：《通典》卷八六《丧制四·荐车马明器及棺饰》，中华书局，1988年，第2325—2326页。

② 《晋书·王祥传》，中华书局，1974年，第989页。

③ 《晋书·石苞传》，中华书局，1974年，第1003页。

④ 《后汉书·徐稚传》，中华书局，1965年，第1746页。

⑤ 《宋书·颜延之传》，中华书局，1974年，第1902页。

此亦可解释级别较低的墓葬中未随葬坐榻的缘故。作为墓主生前家居的象征，墓中设榻及一系列家具的布置，使墓主生前的家居生活以及应享有的礼遇在其死后所处的墓室空间中得以延续。

还需注意的是，在墓门封闭前对死者的祭奠环节。《通典》在叙述葬仪时引贺循《葬礼》称："至墓之位，男子西向，妇人东向。先施幔屋于埏道北，南向。柩车既至，当坐而住。遂下衣几及奠祭。哭毕柩进，即圹中神位。既窆，乃下器圹中。荐棺以席，缘以绀缯。植翣于墙，左右挟棺，如在道仪。"[①]柩车到达墓地后，"遂下衣几及奠祭"，祭奠活动在墓道之北的帷帐内进行，将凭几及其他祭奠器用布置好即可开始。"哭"礼结束后，先将棺置入墓中，再放置其他随葬器物。

墓中凭几应有固定的摆放方式。象山 M7 中陶凭几出土时置于榻上，弧面朝外。南大北园墓虽遭多次盗扰，但发掘者据器物出土情况仍能判断位于墓室西南角的陶榻与两件"中型陶案"上原各置一陶凭几。因此墓中凭几原应置于榻、案或砖台上，且弧面朝外——这也是凭几作为家具的使用方式，并可从魏晋墓葬壁画中得以印证，如北京石景山魏晋墓石龛内后壁（图三）[②]、酒泉丁家闸 5 号墓前室西壁（图四）[③]、朝鲜安岳三号坟西侧室西壁（图五）[④]等墓主画像。帷帐座或灯座则常出土于祭台周围或墓室四隅，用于架设帷帐或照明。墓中明器家具依照墓主生前家居布置而摆放。虽然贺循在葬仪的叙述中未提

① （唐）杜佑撰、王文锦等点校：《通典》卷八六《丧制四·葬仪》，中华书局，1988 年，第 2346 页。

② 石景山区文物管理所：《北京市石景山区八角村魏晋墓》，《文物》2001 年第 4 期。

③ 甘肃省文物考古研究所：《酒泉十六国墓壁画》，文物出版社，1989 年。

④ 洪晴玉：《关于冬寿墓的发现和研究》，《考古》1959 年第 1 期。

到榻或案，但在地面上帷帐中祭奠时理应也按照同样的布置方式，贺循所举明器中的“凭几”与所描述葬礼中的“几”应包括凭几及与之配合使用的榻、案一类家具。作为墓主灵魂所寄，墓室前部承置凭几的榻、案或砖台成为祭奠活动的中心。正如墓葬壁画中的墓主画像所示，墓主的形象以一如其生前坐榻凭几的姿态出现在生者的意识中，接受祭奠。

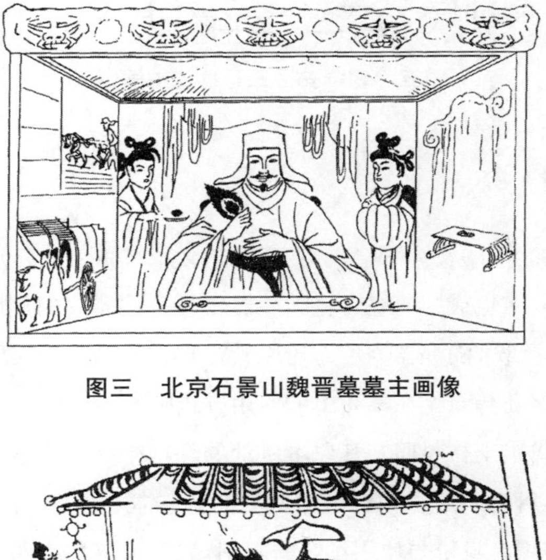

图三　北京石景山魏晋墓墓主画像

图四　酒泉丁家闸 M5 墓主画像

图五　朝鲜安岳三号坟墓主画像

四、结　语

“事死如生”的丧葬观念指导着墓主及其家属与工匠对墓室的营建与布置，同时也成为研究者将随葬器物与日用器具的使用方式相关联的前提。无疑，随葬器物可为还原其在日常生活中的实际使用情况提供线索，但随葬器物在墓葬中的使用方式则常被忽视。

因此，将出土材料回归其原本所处的环境中展开非常必要。虽然榻被视为汉唐时期的一种典型坐具，但通过本文的考察可知，榻的使用还受到使用者身份与使用场合的限制，尤其是墓葬中明器榻的使用与墓主身份紧密关联。就墓葬这一环境而言，榻与凭几的组合发挥着祭奠活动中表现墓主形象以及墓门封闭后延续墓主家居生活与生前所享礼遇的功能。

本文原载《东南文化》2017 年第 1 期

南朝画像砖的两个中心

刘卫鹏

(西北大学文化遗产学院)

南朝是我国画像艺术的巅峰时期,这个时期画像砖主要分布在江苏、湖北、浙江、河南南部等地的大中型墓中,墓葬等级高,则画像规模大;画像形式多样,题材丰富,技法高超,形成了以都城建康和襄阳为核心的两个中心区域。这两个区域因所处位置、文化传统和影响力的不同,在墓葬形制,画像题材、形制和技法等方面表现出较大的差异。同时,两个区域又因政治、经济、军事等方面的往来,画像砖呈现出一定的相似和交融,同时又分别对北朝产生了影响。本文将对两个中心的差异和交融进行分析和探讨,从而揭示其相互影响和变化的原因。

一、概况与特征

(一)建康地区

南朝宋、齐、梁、陈四个王朝均建都于建康,高等级的南朝大墓在建康及周围发现很多。丹阳是南朝齐、梁二代帝室的故地,齐帝陵基本位于此地。常州武进县宋、齐时期属南东海郡,萧梁时期为南兰陵郡兰陵县，为萧氏家族的始居地①，南朝时期大墓在这里也常有发现。南朝画像砖墓分布最为密集的区域就位于都城建康及周围这一核心区域，已经发掘的画像砖墓主要有：南京的有油坊桥贾家凹南朝墓、铁心桥王家洼南朝墓、西善桥宫山南朝墓和油坊村大墓、雨花台区南朝墓、江宁东善桥砖瓦厂南朝墓、栖霞狮子冲南朝大墓等②；丹阳的有建山金家村和胡桥吴家村大墓、胡桥鹤仙坳大墓；常州一带有戚家村和田舍村南朝墓；扬州有双墩村南朝墓等③。此外，浙江杭州余杭庙山、小横山④等地也发现有南朝画像砖墓，墓葬形制和画像同南京地区的较为相似，可归入建康地区一并讨论。

建康地区是画像砖墓发现最多、最为流行的区域。画像砖既有模印于一砖上的独幅画像，也有多砖组合的拼幅画像。这两种画像形式都可以追溯到东晋时期。镇江市郊发现的东晋隆安二年墓(398)为一

---

① 张学锋：《“齐梁故里”研究中的史料学问题》，《汉唐考古与历史研究》，生活·读书·新知三联书店，2013年，第76页。

② 南京博物馆、南京市文物保管委员会：《南京西善桥南朝大墓及其砖刻壁画》，《文物》1960年第8、9期；罗宗真：《南京西善桥油坊村南朝大墓的发掘》，《考古》1963年第6期；姚迁、古兵：《六朝艺术》，文物出版社，1981年；南京市博物馆：《南京油坊桥发现一座南朝画像砖墓》，《考古》1990年第10期；南京市博物馆：《江宁东善桥砖瓦一厂南朝墓发掘简报》，《东南文化》1987年第3期；南京市博物馆、雨花台区文化广播电视局：《南京市雨花台区南朝画像砖墓》，《考古》2008年第6期；南京市考古研究所：《南郊栖霞狮子冲南朝大墓发掘简报》，《东南文化》2015年第4期。

③ 南京博物院：《江苏丹阳胡桥南朝大墓及砖刻壁画》，《文物》1974年第2期；南京博物院：《江苏丹阳县胡桥、建山两座南朝墓葬》，《文物》1980年第2期；常州市博物馆：《常州南郊戚家村画像砖墓》，《文物》1979年第3期；常州市博物馆、武进县博物馆：《江苏常州南郊画像、花纹砖墓》，《考古》1994年第12期；南京博物院、扬州市文物考古研究所：《扬州市杨庙镇双墩村墓葬发掘》，载江苏省文物局主编：《江苏考古2014—2015》，南京出版社，2017年。

④ 杭州市文物考古所：《浙江省余杭南朝画像砖墓清理简报》，《东南文化》1992年第3期；杭州市文物考古研究所、余杭博物馆：《余杭小横山东晋南朝墓》，文物出版社，2013年。

座前后室砖券墓，前室残损较甚，画像基本发现于后室，共有54块[①]，可分十种，每种4～8块，多两两一组镶嵌于墓壁，内容有四神、兽首人身、兽首噬蛇、虎首戴蛇及千秋万岁等，画像砖为长方形，且同模多砖，一砖一画，高浮雕，属于单块独幅浮雕系统。南京迈皋桥万寿村M1发现有龙、虎的拼幅画像[②]，"龙"画像分别模印在两块砖的侧面，旁有反书阳文"龙"字；"虎"画像模印在三块砖的端面，三砖共同组成一幅虎的完整图像，图像四角分别印有"虎啸山丘"四字，该墓一块刀形砖侧模印"永和四年十月城阳灵氏"，可知其年代为东晋永和年间(348)。这两幅画像属于多砖组合的拼幅画像，突破了以前一砖一画的格局，是一种崭新的形式和表现手法。

南朝时期，建康地区拼幅画像十分流行，尤其是大型的高等级墓，其画像基本全为拼幅线刻形式，内容有羽人戏龙、羽人戏虎、竹林七贤与荣启期、鼓吹出行、直阁将军、仪卫侍从、狮子和飞仙等，一幅画像的砖数少则五六块，多达上百块。画像从简单的日、月到稍微复杂的将军、飞仙、仪卫、狮子，再到巨幅的竹林七贤与荣启期、羽人戏龙和羽人戏虎等，工艺和复杂程度增加，面积也不断扩大，视觉效果越发震撼生动。这些大墓的墓主以帝王和勋贵为主[③]，画像的排列组合规律为：甬道第一道石门前顶部为日月图，左右两壁为狮子图；第一道和第二道

---

① 镇江市博物馆:《镇江东晋画像砖墓》,《文物》1973年第4期。

② 南京市文物保管委员会:《南京六朝墓清理简报》,《考古》1959年第5期。

③ 南京油坊村大墓可能为陈宣帝的显宁陵，西善桥宫山南朝墓为南朝刘宋时期的一座帝陵，栖霞狮子冲两座南朝大墓东西(东M1，西M2)并列，间距仅10米，推测为梁昭明太子萧统的安陵(M1)和太子生母丁贵嫔的宁陵(M2)。丹阳的三座均为南齐帝陵，胡桥鹤仙坳大墓为齐景帝修安陵，金家村大墓为齐东昏侯萧宝卷或齐明帝的兴安陵，胡桥吴家村大墓为齐和帝的恭安陵。

石门之间为直阁将军图。墓室两侧壁的画像分上、下两栏，上栏前部分别为羽人戏龙、羽人戏虎（或称大龙、大虎[①]），龙、虎前分别有一位手持仙草和香炉的羽人引导，龙、虎上方各有三位飞仙；上栏后部安置竹林七贤与荣启期画像，每壁四幅。下栏每侧各排列 4 幅出行画像，从前往后依次为甲骑具装、立戟侍卫、持伞盖的仪仗和骑马鼓吹；墓室后壁为玄武画像[②]，再加上残存的“朱鸟”画像砖，共同组成一幅完整的四神图。这些拼幅画像工序复杂，排列对称，规模宏大，人物和动物的方向均朝向墓口，护持和拱卫着墓室中央的墓主。

建康地区除了这些大型的拼幅画像外，还发现不少中小型的拼幅和独幅画像，画像内容有龙、虎、飞仙、千秋万岁、牛车、人物出行等，画像技法既有线刻，也有略微凸起的浅浮雕。

（二）襄阳地区

襄阳地区包括今湖北襄阳、谷城，河南邓县等。襄阳乃“荆楚之旧，西接益、梁，与关、陇咫尺，北去洛、河，不盈千里，土沃田良，方城险峻，水路流通，转运无滞，进可以扫荡秦、赵，退可以保据上流”[③]。西晋末年，“雍、秦流民多南出樊、沔，晋孝武始于襄阳侨立雍州，并立侨郡县。宋文帝元嘉二十六年，割荆州之襄阳、南阳、新野、顺阳、随五郡为雍州，而侨郡县犹寄寓在诸郡界。孝武大明中，又分实土郡县以为侨郡县境”[④]。襄阳处于南北对峙的前线要冲，地理位置非常重要。随着南朝刘宋以襄阳为中心设立雍州实土州，其军事政治地位迅速上升，

---

① 砖铭分别为“龙”“虎”或“大龙”“大虎”。

② 墓室后壁多损毁较甚，从其中出土的“玄武”画像砖分析，后壁应为拼幅玄武画像。

③ 《晋书·庾翼传》，中华书局，1974 年，第 1934 页。

④ 《宋书·州郡志三》，中华书局，1974 年，第 1135 页。

成为南朝控制长江中游、经略中原的重要据点。《读史方舆纪要》卷七十九《湖广五》:“元嘉二十六年议欲经略中原,以襄阳外接关、河,欲广其资力,乃罢江州军府,文武悉配雍州,湘州入台租税悉给襄阳,使随王诞镇焉。”[①]南朝宋、齐、梁,襄阳同建康之间的联系很紧密,镇守襄阳的均为宗王或重臣。梁武帝萧衍起兵于襄阳,所依靠的正是雍州的武力,襄阳的得失与荆襄的胜负,往往影响到历史的变迁[②],故襄阳在梁代受到格外的重视。中大同元年,萧詧任雍州刺史,“以襄阳形胜之地,又是梁武创基之所,时平足以树根本,世乱可以图霸功,遂克己励节,树恩于百姓,务修刑政,志存绥养”[③]。经过宋文帝、孝武帝对荆州采取的分割政策,系南北兵冲的雍州在梁时实力已驾荆州之上,雍州军力冠于西部诸州[④]。

襄阳地区的画像砖墓主要分布在河南邓县学庄,湖北襄阳城西贾家冲、襄城区檀溪麒麟村和余家湖社区柿庄村,湖北谷城肖家营和龙家湾[⑤]等。汉水上游的陕西安康[⑥]也发现类似的画像砖墓,应当是受襄阳影响所致。襄阳地区南朝画像砖基本为一砖一画的形式,个别为多

---

① (清)顾祖禹撰,贺次君、施和金点校:《读史方舆纪要》,中华书局,2005年,第3699页。

② 陈寅恪著,万绳楠整理:《魏晋南北朝史讲演录》,贵州人民出版社,2012年,第159页。

③ 《周书·萧詧传》,中华书局,1971年,第855—856页。

④ 傅乐成:《荆州与六朝政局》,载王健文主编:《政治与权力》,中国大百科全书出版社,2005年,第202—206页。

⑤ 河南省文化局文物工作队:《邓县彩色画像砖墓》,文物出版社,1958年;襄樊市考古队、谷城县博物馆:《湖北谷城县萧家营墓地》,《考古》2006年第11期;谷城县博物馆:《湖北谷城六朝画像砖墓发掘简报》,《文物》2013年第7期;襄樊市文物管理处:《襄阳贾家冲画像砖墓》,《江汉考古》1986年第1期;襄阳市博物馆等:《天国之享——襄阳南朝画像砖艺术》,科学出版社,2016年,第10—12页。

⑥ 安康地区博物馆:《安康地区汉魏南北朝时期的墓砖》,《文博》1991年第2期;安康历史博物馆:《陕西安康市张家坎南朝墓发掘纪要》,《华夏考古》2008年第3期。

砖组合的拼幅画像。画像以模印于长方砖的正面（有的边缘有卷草纹边栏）为主，部分模印于端面和侧面，画像技法以浅浮雕和线刻结合为主。多砖组合的拼幅画像仅发现于邓县学庄画像砖墓甬道和墓室两侧砖柱下部，均为手拄仪刀、着裲裆铠的武士，由上、下两块长方形砖和中间的三层平砌砖组成。画像题材以孝子和历史故事、鼓吹出行、神仙、珍禽异兽以及莲花、宝瓶等佛教类题材为主。

二、差异和不同

（一）墓葬形制

建康地区南朝墓以带甬道的单室凸字形墓为主，早期墓壁基本平直或微凸，梁、陈时期墓壁多弧形外凸①。根据墓壁的形状可分两类。

第一类：墓壁为外凸的椭圆形，主要流行于大中型墓。按照墓室整体形状和两侧壁外凸程度分 A、B 两型。

A 型　墓室两侧壁弧度较小，后壁外凸弧度大，整体呈长方椭圆形。按照墓葬规模分 a、b 两亚型。

Aa 型　大型墓。全长 13～15 米，甬道设两重石门，墓室、甬道外筑有多道挡土护墙，墓壁装饰多砖拼合的竹林七贤和羽人戏龙虎等画像，墓主身份为帝王或王侯级。该型墓葬主要有南京西善桥油坊村大墓、栖霞狮子冲 M1 和 M2，丹阳建山金家村大墓、胡桥仙塘湾和吴家村大墓等（图一，1—4）。

Ab 型　中型或中型偏大墓。全长 6～10 米，墓室两侧壁向外弧

---

① 冯普仁：《南朝墓葬的类型与分期》，《考古》1985 年第 3 期。

凸较小,后壁向外弧凸较甚,墓室纵向较长,横向较短。该型墓葬有扬州邗江酒甸 M1 和 M2、南京雨花台区 M84,浙江余杭小横山 M1、M8、M9、M10、M18、M27、M65、M109 及余杭庙山 M1 等(图一,5—7)。

B型　墓室横向增加,纵向收缩,两侧壁朝外弧凸较大,前、后壁平直或稍微外凸;主要流行于南朝晚期到隋。有常州南郊田舍村和戚家村画像砖墓、余杭小横山 M12 等(图一,8)。

第二类:墓壁为平直的长方形,中等规模,数量少。有南京油坊桥和江苏六合画像砖墓、扬州市杨庙镇双墩村 M1、江宁胡村 M1 等;其中扬州市杨庙镇双墩村 M1 和南京油坊桥画像砖墓墓壁砌有凸出墓内的砖柱,具有明显的襄阳风格(图一,9—11)。

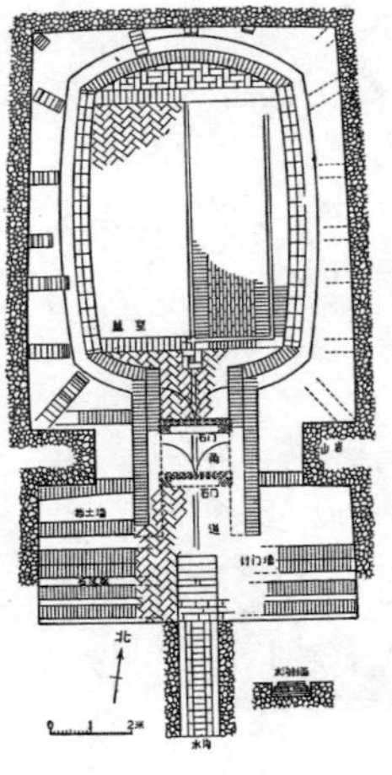

1. Aa 型(丹阳胡桥南朝大墓)

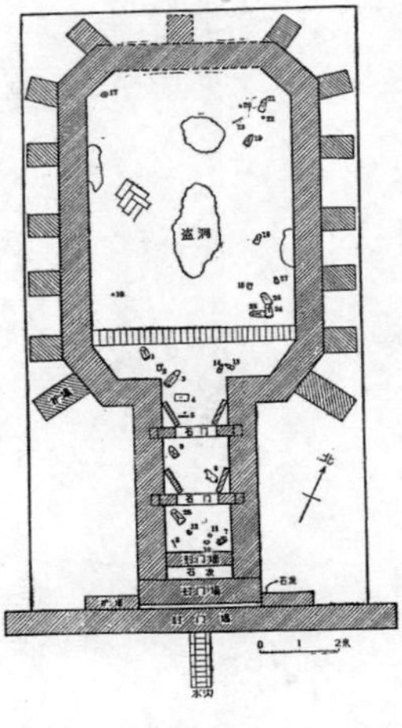

2. Aa 型(丹阳吴家村南朝大墓)

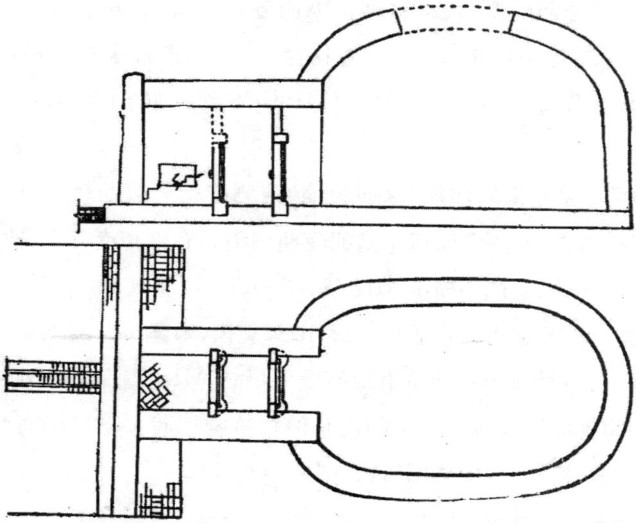

3. Aa 型（南京西善桥油坊村南朝大墓）

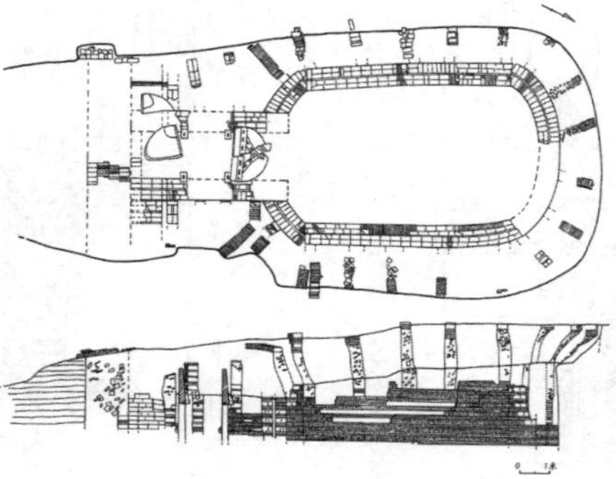

4. Aa 型（南京狮子冲 M1）

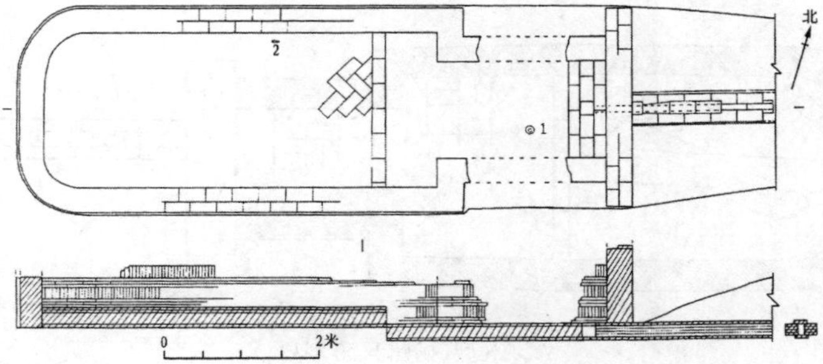

5. Ab 型(南京市雨花台区 M84)

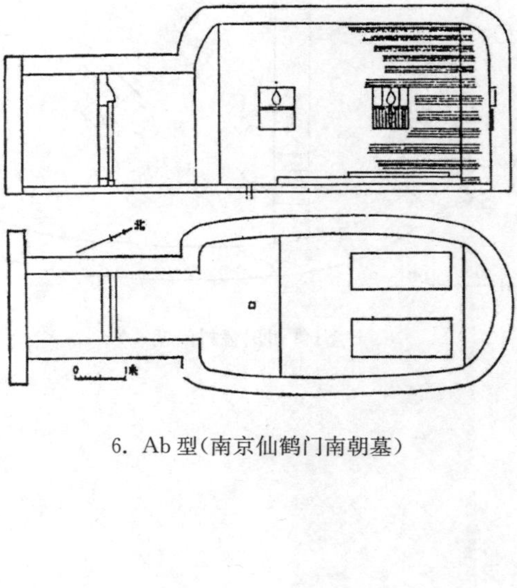

6. Ab 型(南京仙鹤门南朝墓)

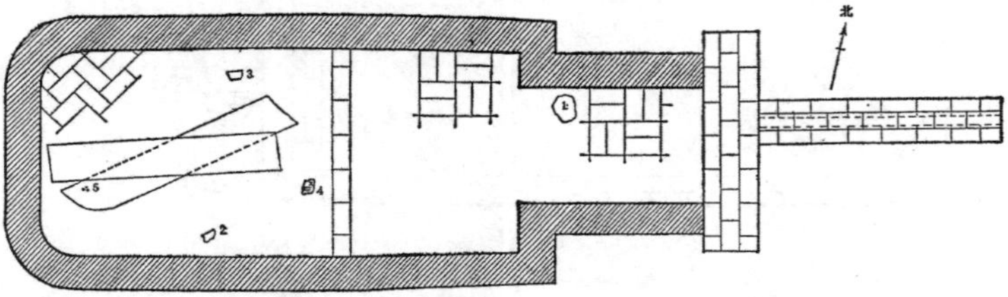

7. Ab 型（扬州邗江 M1）

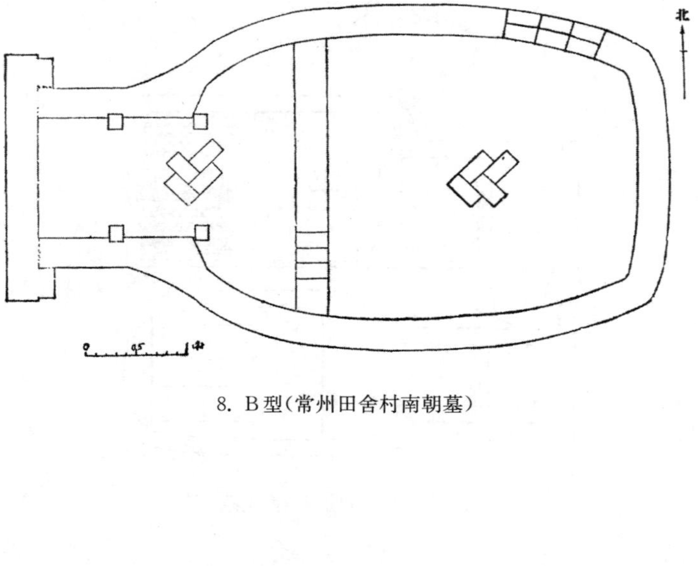

8. B 型（常州田舍村南朝墓）

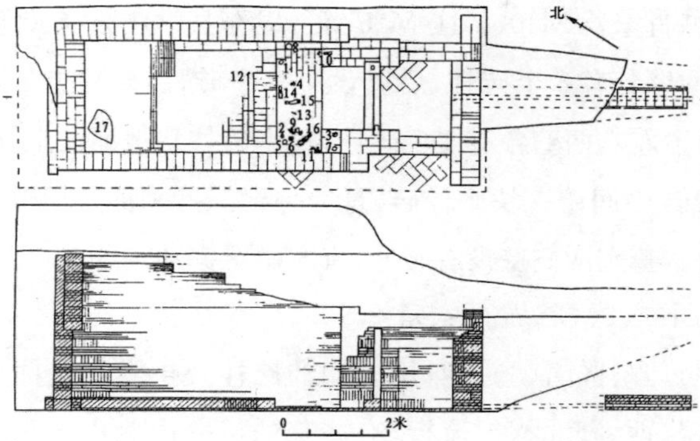

9. 第二类(江宁胡村南朝 M1 及墓室后壁)

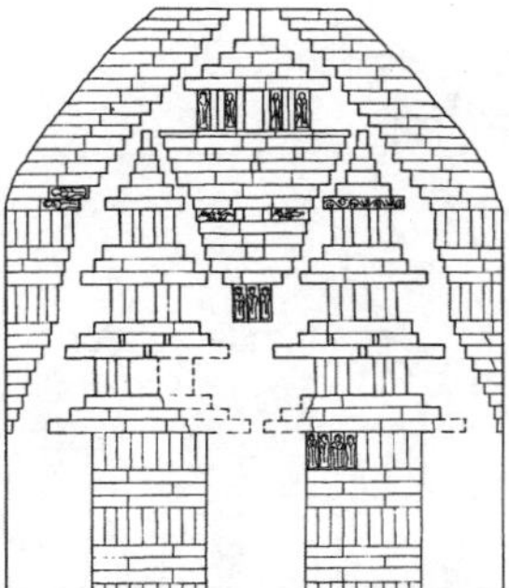

10. 第二类(江宁胡村南朝 M1 及墓室后壁)

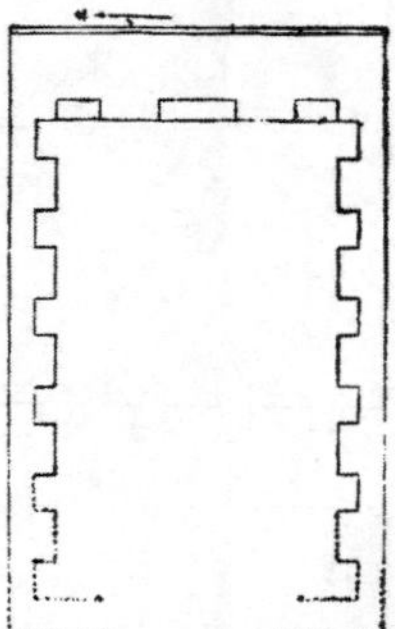

11. 第二类(南京油坊桥南朝墓)

图一　建康地区南朝画像砖墓

襄阳南朝画像砖墓形制比较统一,墓室平面呈长方形,四壁平直,甬道及墓室壁面砌有砖柱。这是襄阳南朝画像砖墓葬形制的显著特征,尤其以砖柱最为典型。襄阳南朝画像砖墓砖柱的设置可分两种,一种是甬道和墓室壁面全部设砖柱,有邓县学庄彩色画像砖墓(图二,

1—2)、谷城肖家营 M40、柿庄 M15 等。以邓县学庄画像砖墓为代表,墓室左右两壁各有 8 个砖柱,后壁设有 2 个砖柱,砖柱上部收缩呈塔的形状;甬道左右两壁各有 4 个砖柱,每个砖柱从地面向上横砌 3 块,竖砌 2 块砖,中间镶一块画像砖,是为一组。另一种是甬道和墓室后壁设有砖柱,墓室两侧壁没有砖柱,有襄阳贾家冲南朝墓(图二,3)、清水沟 M1(图二,5)、谷城肖家营 2010M1、谷城龙家湾 GCX2010M1[①]等(图二,4)。东晋南朝时期,用附加的砖柱及拱券间隔前后室的长方形墓,在江西、湖北都很流行,有些墓的后壁内侧出现了加固墓顶用的砖柱或其上再加拱券。南朝时期,墓室内砖柱的横端面常呈凸字形[②]。

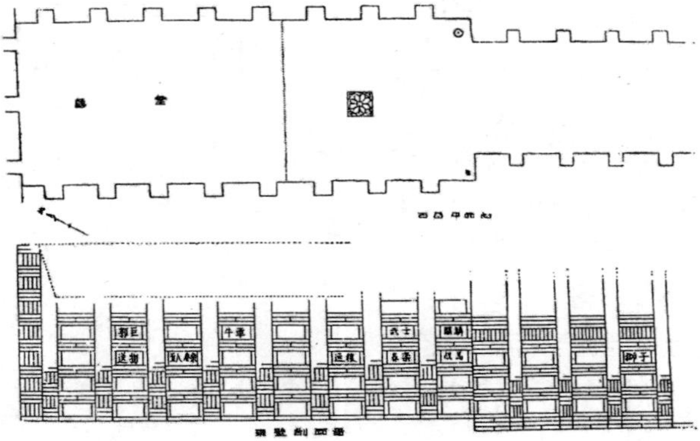

1. 邓县南朝画像砖墓平剖面及后壁图

---

① 谷城县博物馆:《湖北谷城六朝画像砖墓发掘简报》,《文物》2013 年第 7 期。

② 蒋赞初:《长江中游六朝墓葬的分期和断代》,《中国考古学会第 3 次年会论集》,文物出版社,1984 年,140—147 页。

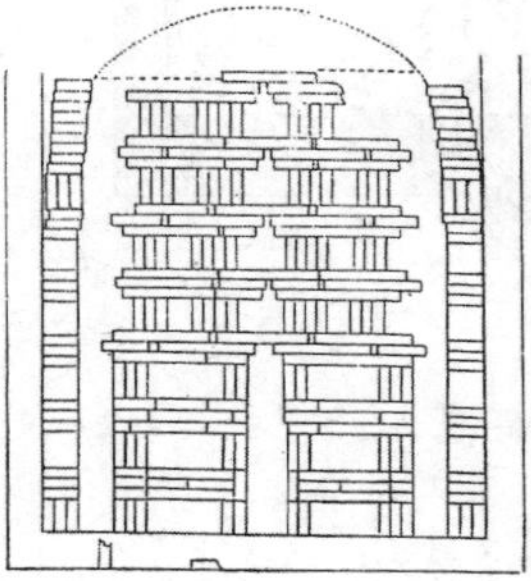

2. 邓县南朝画像砖墓平剖面及后壁图

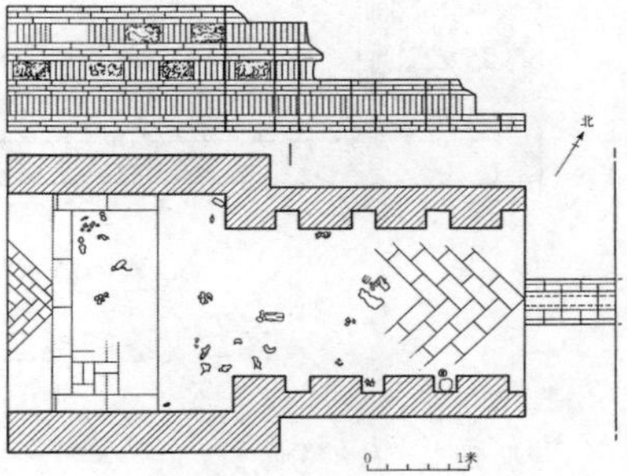

3. 襄阳贾家冲南朝墓

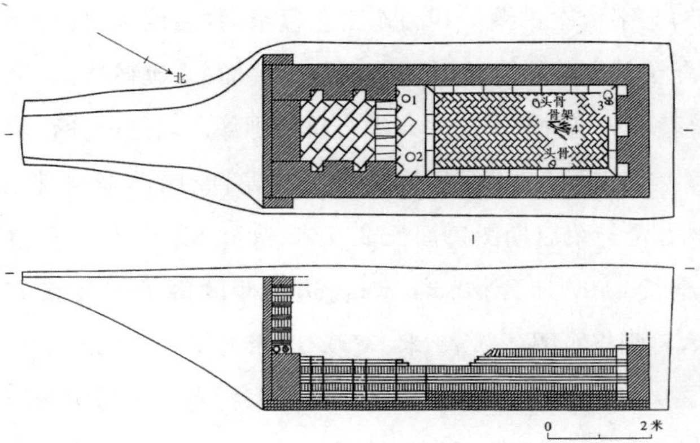

4. 湖北谷城龙家湾 M1

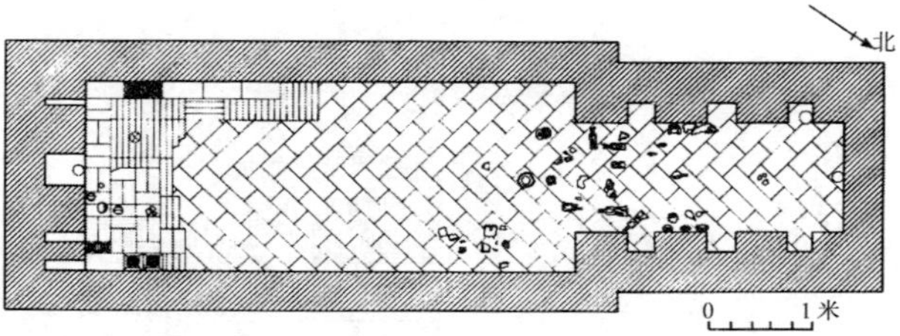

5. 襄阳清水沟 M1

图二 襄阳地区画像砖墓

（二）画像砖形制

建康地区的南朝画像砖以多砖组合的拼幅画像为主，这是其最为显著的特点。拼幅画像一般按照画面分配所需砖数，制作成印模，然后在湿润的砖坯上模印画像，并在没有画像的砖面上刻写或模印名称、位置和序号等文字，晾干后入窑焙烧。烧好后的砖在砌筑时根据砖上刻写文字依次拼镶。其制作工艺复杂，数量巨大，代价昂贵。画像均模印于长方砖的侧面（平砌砖层）和端面（立砌砖层）。第一类的Aa型墓基本为这种复杂的多砖组合拼幅画像。以丹阳齐帝陵画像为例：墓室上栏的羽人戏龙、羽人戏虎（或称龙、虎）图长2.4米、高0.94米，竹林七贤与荣启期图每面长2.5米、高0.85米；位于墓室下栏的出行图全长4.97米、高0.34米；甬道两侧的狮子图高0.77米、宽1.13米，直阁将军图高0.79米、宽0.31米。第一类的Ab型和B型墓也以拼幅画像为主，如常州田舍村和戚家村南朝墓均用砖的端面并列拼成一幅画像，其中牛车出行、鞍马出行、青龙和白虎均用7块砖拼成，凤凰、狮子、千秋、万岁、仙人骑鹿、飞仙等各用3—4块砖拼成。浙江余杭小横山M1墓室两侧壁模印长达1.8米的羽人戏龙和羽人戏虎画像，画像位于长方砖侧面（顺砖）和小方砖端面（丁砖），后壁的玄武画像模印于梯形砖端面。小横山 M8、M9、M27、M65、M109 的左右将军画像高 50～58 厘米、宽 30～33 厘米，位于墓室两侧壁的飞仙画像高 28～33 厘米、宽 30～33 厘米。

建康地区第一类的 Ab 型和 B 型墓有相当一部分采用线刻或浮雕独幅画像，线刻画像主要发现于浙江余杭小横山 M7、M18、M23、M52、M93、M103、M119 等。余杭小横山画像砖分长方砖、梯形砖、小方砖、小梯形砖四大类。长方砖一般在正面模印两幅画像，以 M18 发现最多，有捧盒飞仙和千秋、捧熏炉飞仙和万岁、狮子和化生、仙人骑凤和仙人骑凰等；小方砖数量最多，各墓均有发现，施用于封门直壁和墓室直壁上，有千秋、万岁、狮子、化生、飞仙、双人等；梯形砖和小梯形砖基本砌于封门券壁或墓室直壁上，有宝瓶莲、宝珠、化生、宝轮、朱雀、凤鸟踏莲等，砖端面较大一方常常模印“一”“二”“三”至“七”等表示规格的文字。浮雕画像主要为男侍、女侍，模印于长方砖正面。如江苏南京六合南朝画像砖墓①、江宁东善桥砖瓦厂南朝墓，常州戚家村和田舍村南朝墓，浙江余杭小横山南朝 M12 等。第二类墓均镶嵌单砖独幅画像，同襄阳地区的画像砖极为相似，如南京六合南朝墓中的侍女、雨花台区 M84 的男女出行，扬州市杨庙镇双墩村 M1 的鞍马侍从、牛车出行、侍女画像等。

襄阳地区南朝画像砖基本为单砖独幅画面，仅在邓县学庄发现 24 幅形制相同的拼幅武士画像。画像基本模印于长方砖正面、侧面或端面，少数模印于梯形砖正面或侧面，以模印于正面的最为重要和精彩。

① 南京市博物馆、六合县文物保管所：《江苏六合南朝画像砖墓》，《文物》1998 年第 5 期。

长方砖可分 A、B、C 三种规格。A 类长 37～38 厘米、宽 17～19 厘米、厚 5.5～6.5 厘米,这种规格的画像砖数量最多,内容也最为重要,画像基本模印于砖的正面。B 类长 23.5～24 厘米、宽 11.5～11.7 厘米、厚 4～4.5 厘米,数量相对较少,画像模印于正面和侧面,以正面的双莲花为主,邓县学庄和贾家冲 M1 均有发现。C 类长 50～57.5 厘米、宽 18.5～19 厘米、厚 4.2～6 厘米,或正面模印双莲花、单莲花、对鸟(朱雀或凤凰),或侧面模印相对的龙虎或仙人驭龙虎。襄阳市博物馆藏有一块仙人驭虎画像砖,长 43.5 厘米、宽 18.7 厘米、厚 4.7 厘米,也可以归入 C 类。三类长方形画像砖中,A、B 类属于常见、通用和较为标准的墓砖规格,而 C 类尺寸明显超出常规,属于专门定制的特殊规格的砖,流行于襄阳地区,是这一区域富有特色的画像砖,基本不见于其他地区。

(三) 画像技法

南朝时期,都城建康一带的画像砖流行线刻技术,形式繁密,风格飘逸。丹阳、南京的帝陵和高级贵族墓中的羽人戏龙、羽人戏虎、竹林七贤与荣启期、鼓吹出行、飞仙和狮子等画像,均采用线刻的形式,画幅巨大,气韵生动。这种多砖拼合的大面积画像很难采用浮雕状手法,"而采用以线条表现的办法,因此更接近于线画的意境"①,所以被称为拼镶(砖刻、砖印)砖画(或壁画),可以被认为是当时绘画的一种表现形式。这种多砖拼合的画像形式是东晋时期开始出现的一种新的画像技法,基本流行于长江下游建康地区的帝王陵墓和高级贵族墓中,浙江余杭闲林埠庙山和余杭小横山也发现类似的线刻画像。这时

① 杨泓:《东晋、南朝拼镶砖画的源流及演变》,见其著《汉唐美术考古和佛教艺术》,科学出版社,2000 年,第 66 页。

的拼幅画像大多为线刻的形式，大多独幅画像也是如此。同时，原来的浮雕画像继续沿用，由浅浮雕向高浮雕发展，画幅由原来的单砖独幅向多砖拼幅发展。这种变化从南朝中期开始，一直延续到隋代，时代越晚，浮雕画像越流行。浙江余杭小横山 M10、M27、M65，江苏常州戚家村和田舍村等均发现有多砖拼合的浮雕画像，结体疏朗，丰实圆润。羽人戏龙虎图和竹林七贤图的原画很可能是南齐的宫廷画家制作①，大概属于顾恺之、陆探微一派的"密体"与"秀骨清象"②，"行笔紧密"，笔迹劲利③，人物造型清瘦秀丽，时代越晚，线条越由联绵而如锥刀乃至森森然④。常州田舍村和戚家村的浮雕画像为南朝晚期，属于张僧繇一派的"疏体"风格，"众皆密于盼际，我则离披其点画；众皆谨于象似，我则脱落其凡俗"⑤，人物形象富有立体感，肥胖丰实，女像"面短而艳"；同以顾恺之、陆探微为代表的"笔迹周密""紧劲连绵"的"密体"相对⑥。南朝后期流行浮雕画像，与前期的线刻画像相比，画幅已大为缩小，简洁疏朗，而在精神和气韵方面明显不同。

襄阳地区南朝画像砖基本采用线刻和浅浮雕相结合的技法，以稍微凸出的浅浮雕为主，尤其是模印于长方砖正面的人物、动物，更多地采用了浮雕的手法，而画像砖边缘纹饰、云气、动物的羽翼和鬃发等多

---

① ［日］曾布川宽著，傅江译：《六朝帝陵》，南京出版社，2004 年，第 134 页。

② 王博敏主编：《中国美术通史》第二卷，山东教育出版社，1996 年，第 98—99 页。

③ 《历代名画记》中记载顾恺之用笔"紧劲连绵，循环超忽"，陆探微用笔"笔迹劲利，如锥刀焉。秀骨清象，似觉生动，令人懔懔，若对神明"。（唐）张彦远：《历代名画记》卷六《陆探微》，人民美术出版社，1964 年，第 127—128 页。

④ 杨泓：《东晋、南朝拼镶砖画的源流及演变》，《汉唐美术考古和佛教艺术》，科学出版社，2000 年，第 80 页。

⑤ （唐）张彦远：《历代名画记》，人民美术出版社，1964 年，第 24 页。

⑥ 林树中：《六朝艺术》，南京出版社，2004 年，第 70—71 页。

采用线刻的手法，属于小幅的单砖画像形式，纹饰繁密，装饰意味浓厚，尤其是墓壁顺砖层卷草和莲花纹配合丁砖层繁密的小画像，给人一种琳琅满目、密不透风的视觉冲击。其发展趋势同建康地区的大致相同，由线刻和浅浮雕结合发展为减底浅浮雕，再发展为纹饰疏朗、画面纯净的高浮雕。如襄阳贾家冲 M1 和清水沟 M1、武昌东湖三官殿梁墓等画像均采用线刻和浅浮雕相结合的技法；邓县学庄南朝墓画像砖更多的是减底浅浮雕形式，尤其是其中的鼓吹、横吹、牛车、鞍马、男女侍从队列、贵妇出游、耕牛、运粮等均为凸起的浅浮雕，边缘和底面平素无纹；谷城肖家营 M1 和 M40 的飞仙和莲花画像均为凸起的高浮雕，画像种类和题材逐渐减少。

（三）画像题材

建康地区南朝画像砖题材分为以下几类：1. 竹林七贤[①]与荣启期；2. 四神（包括羽人戏龙虎）及日月；3. 出行仪仗和仪卫，包括骑马鼓吹、持伞扇侍从、直阁（左右）将军等；4. 飞仙（有捧物和伎乐等）；5. 狮子、莲花、化生、宝珠等佛教类题材；6. 千秋、万岁、仙人乘凤凰、仙人骑鹿等仙禽瑞兽类。第一类墓葬中上述 6 类皆有，第二类墓葬画像题材同襄阳地区的较为相似。第一类中的 Aa 型墓墓主为帝王或高等级贵族，画像题材配置较为规律，甬道两壁前部为狮子，后部为直阁将军，顶部为日、月图；墓室两侧壁画像分上下两栏，其中上栏前部为巨幅的羽人戏龙（或羽人戏虎）和三位飞仙，后部为竹林七贤和荣启期中的四人；下栏从前往后，依次为骑马武士、持戟武士、执伞盖侍从和

① 《世说新语·任诞篇》："陈留阮籍、谯国嵇康、河内山涛、三人年皆相比，康年少亚之。预此契者，沛国刘伶、陈留阮咸、河内向秀、琅邪王戎。七人常集于竹林之下，肆意酣畅，故世谓'竹林七贤'。"杨勇：《世说新语校笺》，中华书局，2006 年，第 653 页。

骑马鼓吹，属出行仪仗行列。第一类中的Ab型墓，墓主为次等的贵族或士族，画像题材绝无第1类，第2、3类也仅有部分题材，画幅明显减小，拼幅和独幅画像均有。常州田舍村有多砖拼合的马车出行、骑马出行、飞仙、凤凰、狮子、仙人骑鹿等；常州戚家村不但有多砖拼合的凤凰、飞仙、青龙、白虎、千秋万岁、狮子、宝珠和莲花，还有模印于单砖正面的男侍和女侍浮雕画像；南京雨花台区M84出土有男子出行图和女子出行图各数块，为模印于长方形砖正面的独幅画像。浙江余杭小横山画像按照分布位置可分三种，一是模印于小方砖（个别为长方砖）正面的飞仙、狮子、千秋、万岁、朱雀、对鸟、化生、宝珠、宝轮、宝瓶莲、莲花等单砖画像，主要分布于封门，少数位于墓室，共有10座。二是多砖组合的左右将军（位于封门内和墓室前壁）、吹笆、吹笙、吹排箫、持信幡、捧熏炉的飞仙（位于墓室两侧壁）画像，共有8座。三是大幅的四神画像，仅见于M1墓室，两侧壁的羽人戏龙和羽人戏虎画像长1.8米，形制同第一类Aa型墓中的羽人戏龙虎极为相似，只是规模稍小一些。

第一类Aa型墓中的竹林七贤和荣启期画像是南朝时新出现的题材，艺术水平最高，数量很少，仅在丹阳和南京的帝王陵墓和个别高等级贵族墓中出现。东晋时期，有关“竹林七贤”的著述和图画已成风尚①。南朝时，其形象甚至被装饰于宫殿中②。陈寅恪认为“七贤”与

---

① 东晋戴逵著有《竹林七贤论》，袁宏作《竹林名士传》三卷，颜延之曾“作五君咏以述竹林七贤”，沈约也著《七贤论》。根据《历代名画记》记载，东晋的顾恺之、戴逵、史道硕，刘宋的陆探微，南齐的毛慧远都曾绘过《七贤图》或《竹林像》。

② 齐东昏侯为潘妃起神仙、永寿、玉寿三宫殿，“其玉寿中作飞仙帐，四面绣绮，窗间尽画神仙。又作七贤，皆美女侍侧”。《南史·齐本纪下》，第153页。

东汉末年的“三君”“八厨”等名同为标榜之义[①],“竹林七贤”之“竹林”乃佛教名词“Velu”或“Venuvana”之译语,乃释迦牟尼说法处,即竹林寺或竹林精舍,与我国佛寺、精舍意同[②]。王晓毅、韩格平认为竹林七贤与与佛家的“格义”和天竺之“竹林”无关[③]。南朝陵墓于七贤之外又增加了荣启期画像,形成了两壁各四人的对称布局,这样的题材在以前传统的墓室装饰中不曾见过,可以说是在一种全新的意识下形成的[④]。魏晋以来人士对荣启期极为推崇,在绘画文艺作品方面,用荣启期作题材者,在两晋时最为盛行[⑤]。不少学者认为“竹林七贤”和荣启期是理想境界中的隐士和方士[⑥],是隐逸派的标志性人物[⑦],甚至成为具有道教意义的宗教偶像[⑧],在南朝时受到贵族士大夫的仰慕和追捧[⑨]。韦正认为竹林七贤墓室壁画出现于刘宋,是圣贤题材中的一种,刘宋皇室将竹林七贤画进墓室,既可以满足其对一流名士的倾慕,又

---

① 陈寅恪:《陶渊明之思想与清谈之关系》,载《金明馆丛稿初编》,生活·读书·新知三联书店,2001年,第202页。

② 杨勇:《世说新语校笺》,中华书局,2006年,第654页注引。

③ 王晓毅:《“竹林七贤”考》,《历史研究》2001年第5期;韩格平:《竹林七贤名义考辨》,《文化遗产》2003年第2期。

④ [日]曾布川宽著,傅江译:《六朝帝陵》,南京出版社,2004年,第78页。

⑤ 陈直:《对南京西善桥南朝墓砖刻竹林七贤图的管见》,《文物》1961年第10期。

⑥ [日]町田章著,劳继译:《南齐帝陵考》,《东南文化》第2辑,江苏古籍出版社,1987年,第51页。

⑦ “他们(竹林七贤)被描绘成生活在城市局限之外、生活在传统道德之外,致力于友情、诗歌、音乐、饮酒与服药的一群人,并成为精英隐退的榜样,不仅被精英家族效仿,甚至被皇家子嗣所效仿。”[加]卜正民主编:《哈佛中国史·南北朝》,中信出版社,2016年,第47页。

⑧ 赵超:《从南京出土的南朝竹林七贤壁画谈开去》,《中国典籍与文化》2000年3期。

⑨ 《世说新语·任诞篇》注引《晋阳秋》曰:“于时风誉扇于海内,至于今咏之。”

可以掩盖其自卑的心理①。

襄阳地区南朝画像砖墓的题材以邓县学庄南朝墓最具代表性，可分四类：一是鼓吹出行，包括鼓吹、横吹、牛车、鞍马、步辇、武士、侍从等。二是孝子和历史故事题材，有蔡顺闻雷泣墓、郭巨埋儿、南山四皓、老莱子、王子乔吹笙引凤、王子乔与浮丘公等。三是神仙和珍禽瑞兽类，有四神、凤凰、麒麟、双龙、仙人骑虎、千秋、万岁等。四是佛教类题材，有飞仙、狮子、供养人、宝瓶、莲花等。襄阳贾家冲南朝墓画像题材和邓县学庄南朝墓的大致相同，四大类基本具备，种类有所减少。第一类仅有备出行图 2 块；第二类孝子题材有郭巨埋儿、文帝尝药、丁兰侍母等；第三类神仙和珍禽瑞兽题材有千秋、万岁、龙、虎、对鸟、怪兽等；第四类佛教题材数量相比邓县学庄要多，有模印于砖端面或侧面的供养人、宝瓶莲、熏炉、宝珠等，模印于长方砖正面的飞仙、莲花，模印于梯形砖正面的宝瓶莲，尤其以模印于端面的供养人数量最多。谷城肖家营 M40 主要以佛教类题材为主，有各种供养人、宝瓶莲、莲花等，新出现了一种位于半圆形火焰状小龛内的朱雀和青龙，模印于小方砖正面，应为传统四神同佛教相结合的产物。

襄阳地区画像砖中的孝子和历史故事题材在中原北方十分流行，而建康地区几乎未见。这同东晋南朝建康地区浮华虚诞、玄风相扇的风气有关。《颜氏家训·涉务》："晋朝南渡，优借士族，故江南冠带，有才干者，擢为令仆已下尚书郎中书舍人已上，典掌机要。其余文义之士，多迂诞浮华，不涉世务。"②南朝宋时，玄学已同儒学、史学、文学为

---

① 韦正：《地下的名士图——论竹林七贤与荣启期墓室壁画的性质》，《民族艺术》2005 年第 3 期。

② 王利器：《颜氏家训集解》，中华书局，2013 年第 2 版，第 384 页。

并列的四学。宋文帝元嘉十五年,"使丹阳尹何尚之立玄学","凡四学并建"[①];泰始六年,"初置总明观,玄、儒、文、史四科,科置学士各十人"[②],南朝皇室和士人多喜谈玄,吴郡张绪善谈玄,宋明帝"每见绪,辄叹其清淡",齐高帝也对他"深见敬异"[③]。梁简文帝萧纲识悟过人,"博综儒书,善言玄理"[④];吴兴太史叔明"少善《庄》《老》,兼治《孝经》《礼记》,其三玄尤精解,当世冠绝,每讲说,听者常五百余人"[⑤]。平昌伏曼容"善老、易,倜傥好大言",宋明帝曾集朝臣于清暑殿,"诏曼容执经;曼容素美风采,帝恒以方嵇叔夜,使吴人陆探微画叔夜像以赐之"[⑥]。《隋书·经籍志》云:"后汉好图谶,晋世重玄言,穿凿妄作,日以滋生……陵夷至于近代,去正转疏,无复师资之法。学不心解,专以浮华相尚,豫造杂难,拟为仇对,遂有芰角、反对、互从等诸翻竞之说。"[⑦]南朝的玄学和佛学相互启发和融合,士大夫和名士多玄、佛双修。汤用彤认为"迨至宋初,士大夫仍尊玄谈",南朝佛教自罗什、慧远之后,"南北佛学亦渐分途。南统偏尚义理,不脱三玄之轨范。而士大夫与僧徒之结合,多袭支、许之遗风……南朝佛法之隆盛,约有三时。一在元嘉之世,以谢康乐为其中巨子,谢固文士而兼擅玄趣。一在南齐竟陵王当国之时,而萧子良亦并奖励三玄之学。一在梁武帝之世,而梁武亦名士

① 《宋书·隐逸传》,中华书局,1974年,第2293—2294页。
② 《南齐书·百官志》,中华书局,1972年,第315页。
③ 《南史·张绪传》,中华书局,1975年,第808—809页。
④ 《梁书·简文帝纪》,中华书局,1973年,第109页。
⑤ 《梁书·儒林传》,第679页。
⑥ 《梁书·儒林传》,第662—663页。
⑦ 《隋书·经籍志》,中华书局,1973年,第948页。

笃于事佛者。佛义与玄学之同流，继承魏晋之风，为南统之特征”[1]。襄阳地区因地处南北政权对峙的前沿，受中原北方的影响，传统的儒学仍占主流，而玄学的影响有限。墓葬画像砖流行孝子和历史故事题材。邓县学庄画墓室两壁第七柱上，东壁为郭巨埋儿，西壁为老莱子娱亲，还有南山四皓、王子乔与浮丘公；襄阳贾家冲发现有郭巨埋儿、丁兰侍母（孝孙元觳）[2]、王子乔吹笙引凤，襄阳清水沟M1有蔡顺闻雷泣墓和浮丘公画像砖。邹清泉认为邓县学庄与贾家冲孝子画像具有明显的南朝风格，既是南朝孝子画像的早期形式，也是汉至北魏孝子画像形式演变的中间形态，其所据粉本可能更接近晋代与南朝早期祖本原貌[3]。

鼓吹、横吹、武士、侍从、鞍（铠）马、牛车、肩舆出行等题材主要流行于襄阳地区，建康地区发现较少。建康地区的鼓吹为头戴笼冠、吹箫击铙、敲击建鼓的三人骑马行列，从人物服饰和演奏乐器方面来看，等级明显较高。襄阳地区的鼓吹不但有骑马的，也有步行的，人物或头戴毡帽，或挽髻插簪，身着裤褶。这种头戴毡帽的乐工和武士可能是襄阳地区归化的蛮夷，充当着本地大族的部曲或随从[4]。横吹和武士出行仅见于襄阳地区，乐工所演奏乐器以角和鼓为主[5]，武力和军事

① 汤用彤：《汉魏两晋南北朝佛教史》第十三章《佛教之南统》，载刘梦溪主编：《中国现代学术经典·汤用彤卷》，河北教育出版社，1996年，第307—308页。

② 有学者认为是亲尝汤药（或侍饮），似与文帝亲尝汤药的故事有关（《天国之享——襄阳南朝画像砖艺术》，第143页）。

③ 邹清泉：《行为世范——北魏孝子画像研究》，北京大学出版社，2015年，第23、173页。

④ 李梅田：《试论襄阳地区的区域文化——以画像砖墓为中心》，《江汉考古》2017年第2期。

⑤ 《乐府诗集·横吹曲辞》云：“横吹曲，其始亦谓之鼓吹，马上奏之，盖军中之乐也。北狄诸国，皆马上作乐，故自汉以来，北狄乐总归鼓吹署。其后分为二部，有箫笳者为鼓吹，用之朝会、道路，亦以给赐。……有鼓角者为横吹，用之军中，马上所奏者是也。”

色彩更加浓厚。西晋十六国时期，居住在南阳及新野地域的次等士族和雍、秦流民南迁至襄阳一带，“此两种人之性质适与长江下游居住京口晋陵一带之北人相似，俱是有战斗力之武人集团”[①]。东晋时期，特别是桓温居江陵以来，上游侨人门第较高者常居江陵，门第较低而有武力者大率居襄阳附近，与下游侨人门第较高者居建康，门第较低而有武力者大率居京口附近的情况类似。江陵必须用襄阳的武力，始能维持上游的统治；襄阳的武力总是在关键时刻，影响甚至决定江陵的政局[②]。这就是“江陵素畏襄阳人”[③]的历史背景，襄阳人就是指雍州兵。襄阳地区的核心人群是雍、司二州的“晚渡北人”和以军功起家的土著，政治上游离于建康权力核心之外，文化上具有非主流特征，崇尚武力，被建康士人目为边缘粗鄙之士[④]，他们对卤簿羽仪和鼓吹极为重视。宋刘韫在湘州及雍州，“使善画者图其出行卤簿羽仪，常自披玩。尝以此图示征西将军蔡兴宗，兴宗戏之，阳若不解画者，指韫形像问曰：‘此何人而在舆上？’韫曰：‘此正是我。’其庸鄙如此”[⑤]。梁胡僧祐拜领军将军，厚自封植，以所加鼓吹恒置斋中，对之自娱。人曰：“此是羽仪，公名望隆重，不宜若此。”答曰：“我性爱之，恒须见耳。”或出游亦

---

① 陈寅恪：《述东晋王导之功业》，载《金明馆丛稿初编》，三联书店，2001 年，第 71—77 页。

② 田余庆：《东晋门阀政治》，北京大学出版社，2005 年第 4 版，第 236 页；《南齐书·州郡志下》：“江陵去襄阳步道五百，势同唇齿，无襄阳则江陵受敌，不立故也。”

③ 《梁书·萧颖达传》，中华书局，1973 年，第 187 页。

④ 李梅田：《试论襄阳地区的区域文化—以画像砖墓为中心》，《江汉考古》2017 年第 2 期。

⑤ 《宋书·宗室列传》，中华书局，1974 年，第 1466 页。

以自随，人士笑之。[①] 吕僧珍姊住市西小屋，“僧珍常导从卤簿到其宅”[②]；柳元景去见沈庆之，“鸣笳列卒满道”[③]。襄阳地区南朝画像砖中的出行图分三种，分别为鞍马、牛车和肩舆出行。鞍马属于男性出行用，牛车一般为女性出行用，肩舆使用以男性居多。梁李洪雅“乘平肩大舆，伞盖，鼓吹，羽仪悉备，翼从入长沙城”[④]；王琳也曾“乘平肩舆”[⑤]，执钺指挥战斗。

邓县学庄南朝墓出土两块乐舞画像砖，其中一块五人，第一人为一头戴虚帽、手持羽扇、长髯朱衣的老者，一手持一旌旗状物，作舞蹈状，后四人均头戴小冠，分别持羽毛、拍腰鼓、击铙、吹奏（乐器残缺）。沈从文释其为文康舞[⑥]，与西域粟特康国有关；文康即古康国名称Markand之音写[⑦]。赵永红认为这组图像是梁代的上云乐舞，该舞采纳了梁代鞞扇舞的表演技法及器用，并融合前代的文康舞伎的某些演唱风格而形成[⑧]。也有学者认为其是胡人驱傩题材，与本地流行的南朝荆楚风俗有关[⑨]。另一块六人，右边两女子相对而舞，左边四男子站立，头戴小冠，着宽袖长衣，第一人持节，第二人击腰鼓，第三人击铃，

---

① 《南史・胡僧祐传》，中华书局，1975年，第1553页。

② 《南史・吕僧珍传》，中华书局，1975年，第1396页。

③ 《南史・沈庆之传》，第958页。

④ 《南史・王僧辩传》，第1539页。

⑤ 《南史・王琳传》，第1561页。

⑥ 沈从文：《狮子在中国艺术上的应用及其发展》，载《沈从文全集》第28卷《物质文化史》，北岳文艺出版社，2002年，第229页。

⑦ 岑仲勉：《隋唐史》，商务印书馆，2015年，第60页。

⑧ 赵永红：《南北朝胡叟舞蹈俑考》，《汉唐与边疆考古研究》第1辑，科学出版社，1994年，第136—143页。

⑨ 师若予：《南北朝晚期大型墓葬出土胡人驱傩画像砖和俑研究》，《中国国家博物馆馆刊》2016年第5期。

第四人吹笙，李梅田认为这组乐曲表现的是产生和流行于荆襄地区的西曲倚歌，西曲歌和文康舞是襄阳地区最具地域特色的民间文化[①]。总体来看，襄阳地区画像内容极具地域性，画像主体不突出，装饰性较强，画像配置与砌筑工艺较为随意，“这也许正是京畿与边疆的差异，反映了襄阳作为南朝边陲的地域文化特征”[②]。

三、渗透与交融

随着襄阳地位的不断上升，南朝时期，建康和襄阳两地往来交流逐渐频繁。建康地区的武士仪卫、牛车、出行人物、飞仙和狮子画像对襄阳地区南朝墓画像产生了相当的影响，多砖组合的武士拼幅画像在邓县学庄南朝墓中也有发现。邓县学庄画像砖墓中褒衣博带式的人物形象、鞍马、牛车出行和建康一带的较为相似。邓县学庄鞍马铠马画像砖侧面的墨书题记中有“部曲在路……家在吴郡”的记载，可能反映的是元嘉二十七年(450)刘宋北伐的史实，墓主可能是殷孝祖，北伐的主力是沈攸之所率的十万“三吴之众”，题记书写者是沈攸之[③]；李梅田根据题记推断墓主是位来自三吴地区的高级戍边将军[④]，与都城建康有密切联系。南朝贵族士大夫的形象和生活习俗在文献和考古材

① 李梅田：《西曲歌与文康舞：邓县南朝画像砖墓乐舞图新释》，《故宫博物院院刊》2016年第4期。

② 李梅田：《试论襄阳地区的区域文化—以画像砖墓为中心》，《江汉考古》2017年第2期。

③ 林树中：《从“战马”画像题字考证邓县墓的年代和墓主》，《南京艺术学院学报(美术与设计)》2015年第1期。

④ 李梅田：《西曲歌与文康舞：邓县南朝画像砖墓乐舞图新释》，《故宫博物院院刊》2016年第4期。

料中均有生动的体现。《颜氏家训·涉务》云:“梁世士大夫,皆尚褒衣博带,大冠高履,出则车舆,入则扶持,郊郭之内,无乘马者。”[①]当时的贵游子弟“无不熏衣剃面,傅粉施朱,驾长檐车,跟高齿屐,坐棋子方褥,凭斑丝隐囊,列器玩于左右,从容出入,望若神仙”[②]。邓县学庄南朝墓的仕女(或称贵妇)画像高髻广袖,着翻头大履,悠闲安逸,这正是对建康地区贵族妇女形象的写照。东晋南朝时人出游多乘牛车或鞍马,一般女子乘牛车,男子多骑鞍马。《世说新语·捷悟》:“王东亭作宣武主簿,尝春月与石头兄弟乘马出郊。时彦同游者,连镳俱进。”[③]齐废帝东昏侯的贵妃潘氏“乘卧舆”,东昏侯自己“骑马从后,著织成裤褶,金簿帽,执七宝缚槊,戎服急装”[④]。鞍马、牛车和卧舆(肩舆)等这些出行乘具在襄阳地区和建康地区南朝画像砖中均有发现。邓县学庄南朝墓出土有五块鞍马、牛车和侍从画像,类似的牛车、鞍马图在扬州杨庙镇双墩村 M1 中也有发现。南京雨花台区 M84 有女子出行图七块,男子出行图九块;女子乘牛车,前面一男侍驾一辆长檐牛车,后面有二贵妇和一侍女;男子乘鞍马,有撑伞持扇的侍从四人前后相拥。

同时,建康地区也屡屡发现带有明显襄阳特色的画像砖墓。南京雨花台区油坊桥南朝墓通体由画像砖、花纹砖砌筑,墓室平面呈长方形,两侧壁各砌有 45 厘米×18 厘米的砖柱五个,其后壁砌有三个

---

① 王利器:《颜氏家训集解》,中华书局 2013 年第 2 版,第 390 页。
② 王利器:《颜氏家训集解》,中华书局 2013 年第 2 版,第 178 页。
③ (南朝宋)刘义庆著,余嘉锡笺疏:《世说新语笺疏》,中华书局,2011 年,第 507 页。
④ 《南齐书·东昏侯本纪》,中华书局,1972 年,第 103 页。

砖塔形的长方形壁龛[①];砖端面和侧面模印各种莲花和忍冬纹,画像内容基本为模印于砖端面的女侍、男侍及供养人,还有模印于砖正面的宝瓶莲、莲花等[②]。与此相似的画像砖墓在扬州也有发现。扬州杨庙镇双墩村 M1 墓室平面呈长方形,南北二壁各有八个砖柱,砖柱高 2.42 米、宽 0.48 米、厚 0.18 米;砖室内壁及墓门外壁的墓砖上皆模印画像和花纹,画像题材有鞍马侍从、牛车出行、侍女、兽面、莲花、宝瓶等,纹饰繁密,随葬品有陶俑、石俑、青瓷器等 60 件组[③]。由此可见,扬州杨庙镇双墩村 M1 和南京雨花台区油坊桥南朝墓从画像砖的种类、风格及墓葬形制等方面同襄阳地区的极为相似,"其墓主甚至可以看作是出身于襄阳或者在襄阳仕宦的武力豪族"[④]。此外,南京江宁区胡村南朝墓[⑤]、西善桥第二砖瓦厂南朝墓[⑥]墓室后壁砌筑的砖塔同长江中游的襄阳清水沟 M1、柿庄 M15 及邓县学庄南朝墓等墓室后壁的砖塔相似,明显是受到长江中游襄阳地区南朝墓砖柱和砖塔的影响。江宁区胡村南朝墓出土的两件陶俑,头戴平顶遮耳盔,下身着分裆护腿甲裙,宽鼻,厚唇,大眼,与南京地区发现的南朝陶俑迥异,而与邓县学庄画像砖墓出土的陶俑极为相似,可能是来自长江中游的输入品。长江中游的襄阳与下游的都城建康之间互动密切,"建康

① 韦正认为南朝墓葬后壁迄今未发现这种形式的壁龛,怀疑"可能是只残存底部的佛塔"(韦正:《六朝墓葬的考古学研究》,北京大学出版社,2011 年,第 137 页)。

② 南京市博物馆:《南京油坊桥发现一座南朝画像砖墓》,《考古》1990 年第 10 期。

③ 南京博物院、扬州市文物考古研究所:《扬州市杨庙镇双墩村墓葬发掘》,载江苏省文物局主编:《江苏考古 2014—2015》,南京出版社,2017 年,第 152—157 页。

④ 刘卫鹏、张淑娟:《长江下游南朝画像砖的特征》,《南京晓庄学院学报》2019 年第 3 期。

⑤ 南京市博物馆:《南京市江宁区胡村南朝墓》,《考古》2008 年第 6 期。

⑥ 南京博物院:《南京西善桥南朝墓》,《东南文化》1997 年第 1 期。

的文化风尚给襄阳有力的影响，襄阳也对首都地区有所反馈”①，两地发现的风格、题材及形制相同的南朝画像砖就是互动交流的生动反映。

两个中心区域的画像砖均受佛教影响，莲花、宝珠、宝瓶莲、狮子、化生、僧人、熏炉、供养人等佛教类题材在两地南朝画像砖墓中大量出现和流行，莲花装饰十分普遍，其种类复杂，形制多样。南京、丹阳的几座帝王和王侯贵族墓中砌有多砖拼合的飞仙和狮子画像。例如丹阳建山金家村大墓，甬道口与第一重石门之间的左右两壁为大幅的狮子图，画面宽 1.13 米、高 0.77 米，狮子的耳、鼻、眼、舌、发均涂红色，两颊涂白色，吐舌张口，面向甬道内蹲坐。南京油坊桥和扬州邗江南朝墓均发现有手持莲花的供养人画像和端坐于莲座上的佛像，墓壁装饰莲花和忍冬纹。常州田舍村和戚家村南朝晚期墓墓壁有多砖拼合的飞仙、狮子画像，墓砖装饰有大量莲花、宝珠纹及卷草图案。浙江余杭小横山南朝画像砖墓也有大量佛教题材的装饰，其墓壁均装饰三砖或两砖拼合的莲花，券门上镶嵌莲花、宝珠、宝轮、化生、狮子和宝瓶莲等小型画像砖，狮子镶嵌于封门及甬道口左右两侧，一雌一雄成对。余杭闲林埠庙山南朝墓墓室两侧壁砌有多砖拼合的僧人画像，每壁有四人，僧人均面朝墓室后方站立，或手持长柄鹊尾炉，或双手合十。福建闽侯南屿南朝墓墓砖侧面和端面模印有宝瓶莲、狮子、僧人、莲花、熏炉、供养人等画像②。由此可见，佛教不但在政治中心和核心区域产生影响，偏远的边陲也泽被其风。襄阳贾家冲南朝画像墓中，墓砖正

---

① 韦正：《汉水中游三座南朝画像砖墓的初步研究》，《艺术史研究》第十一辑，中山大学出版社，2009 年，第 123—126 页。

② 福建省博物馆：《福建闽侯南屿南朝墓》，《考古》1980 年第 1 期。

面的狮子画像占有一定比例，但端面和侧面的画像大多同佛教有关，如供养人、熏炉、坐佛像、莲枝、忍冬、宝瓶莲等，甚至连拄剑的将军、捧熏炉的羽人、持节的羽人都站在莲座上，身后莲枝摇曳。谷城肖家营南朝画像砖有莲花、供养人、宝瓶莲、羽人等，就连传统的朱雀和青龙也笼罩在火焰纹的半圆形佛龛内。可以这样认为，“南朝时期佛教对中型墓葬的影响较大，而都城以外地区的画像砖墓受到佛教更多的影响，佛教对画像砖墓的渗透呈现出一种自中间而上下、由周围向中心发展的趋势”①。

四、输出与影响

流行于南朝墓葬中的画像砖对北朝墓葬也产生了相当的影响。从经济生活、社会习俗等方面来看，南朝要比北朝先进②。北魏分为东、西魏以后，为了牵制西魏，东魏主动向梁议和，大同七年（541）以后，梁和东魏使节往还不断③。襄阳地区地处南北朝对峙的前沿，双方的交流和互动相对便捷和直接。邓县画像砖中“表现的丧葬习俗、孝子故事、天人姿态以及墓中所出陶俑的种类和造型，都与北魏晚期中原地区的同类内容和形象极为相似。反映出齐梁时期宛洛一带和汉水一线，不仅是南北时有军事冲突的区域，同时又是南北文化交流、主

① 刘卫鹏：《东晋南朝画像砖的承继与流变》，《厦门大学学报（哲社版）》2018年第1期。

② 陈寅恪著，万绳楠整理：《魏晋南北朝史讲演录》，贵州人民出版社，2012年，第277页。

③ 周一良：《论梁武帝及其时代》，《魏晋南北朝史十二讲》，中华书局，2016年，第104页。

要是北朝向南朝学习的重要地区”[①]。汉中崔家营西魏墓[②]墓砖上的莲花、草叶纹同襄阳地区南朝画像砖墓的相似。河北磁县湾漳北齐大墓斜坡墓道底部绘有大幅的莲花和缠枝忍冬纹，其地画壁画同邓县南朝画像砖墓中的彩画艺术风格十分接近，深受南朝的影响[③]。有学者认为邓县学庄胡人驱傩和出行卤簿画像砖、陶俑构成了一个丧葬卤簿系统的模式，东魏北齐贵族大墓墓道卤簿仪仗壁画、墓室内胡人驱傩俑和仪仗俑群组成的墓葬卤簿体系也受其影响[④]。

建康地区的竹林七贤与荣启期、羽人戏龙虎画像对北朝影响颇大，其流传通道以山东地区为主。济南东八里洼北朝墓和山东临朐北齐崔芬墓中，墓壁屏风画上绘有树下人物图，其“构图和人物形貌特征明显仿效南朝竹林七贤和荣启期砖画。特别是崔芬墓壁画树下人像侧后还有女侍，更是南齐在东昏侯萧宝卷时开始流行的画法。崔芬墓壁画墓主男女出行画面，更与传世顾恺之洛神赋图中的形象极为神似”[⑤]。崔芬所属的清河崔氏，族人当时任职于南北朝双方，“表明清河崔氏一族在南北文化交流，主要是将南方文化传播于北朝方面，应起过重要作用”[⑥]。北朝墓葬壁画和画像石棺中均流行大幅的龙、虎或仙

---

① 宿白：《三国两晋南北朝考古》，《中国大百科全书·考古学》，中国大百科全书出版社，1986 年，第 422 页。

② 汉中市博物馆：《汉中市崔家营子西魏墓清理记》，《考古与文物》1982 年第 1 期。

③ 中国社科院考古研究所、河北省文物研究所：《磁县湾漳北朝壁画墓》，科学出版社，2003 年，第 191 页。

④ 师若予：《南北朝晚期大型墓葬出土胡人驱傩画像砖和俑研究》，《中国国家博物馆馆刊》2016 年第 5 期。

⑤ 杨泓：《南北朝墓的壁画和拼镶砖画》，见其著《汉唐美术考古和佛教艺术》，科学出版社，2000 年，第 99 页。

⑥ 杨泓：《山东北朝人物屏风壁画的新启示》，《文物天地》1991 年第 3 期。

人骑龙、仙人骑虎图像,其构图形式、画幅大小以及龙虎的形象等均和南朝画像砖墓中的相似。洛阳郊区上窑村北魏画像石棺中[①],在长2.24米的左右两帮石面上分别线刻有大幅的仙人乘龙和仙人骑虎画像,龙、虎的前面均有两个回首飞行的仙人引导,身后有乘龙或骑凤的鼓吹伎乐和侍女跟随。羽人戏龙、戏虎图是汉以来四神图的延续,虽然题材古老,但在构图上,不仅画四神,而且画羽人与青龙、白虎相戏的场面,这是前所未有的新形式。这种仙人与神兽共同嬉戏的表现形式是南朝的特点,体现出南朝贵族的优裕自在,采取汉化政策的北魏画像石棺图像应是在南朝的影响下产生的[②]。

五、结　语

南朝时期,都城建康和雍州襄阳是画像砖分布的两个中心,这两个区域分别位于长江下游和中游,地理位置、人群构成和文化传统有异,画像砖在墓葬形制、题材、技法等方面均有较大的差别。建康地区流行多砖组合的拼幅线刻画像,画幅巨大,技艺高超,是当时绘画手法和题材在墓葬画像砖中的应用,并且新出现了竹林七贤与荣启期、羽人戏龙虎这样的宏幅巨作,具有鲜明的时代特征和极高的艺术水准,格调高雅,形象飘逸,墓主多为皇室贵族或高门士族,画像砖艺术在玄学的影响下呈现出一种贵族气息。襄阳地区流行单砖独幅画像,画像技法以线刻和浅浮雕相结合,以稍微凸出的浅浮雕为主,鼓吹、横吹、武士、侍从、鞍(铠)马、牛车、肩舆出行、神仙、孝子故事等题材流行,军

① 黄明兰:《洛阳北魏画象石棺》,《考古》1980年第3期。

② [日]曾布川宽著,傅江译:《六朝帝陵》,南京出版社,2004年,第142页。

事色彩浓厚，墓主身份多为具有武力的次等士族或地方豪族，具有浓郁地域特色的西曲歌和文康舞在画像砖中也有反映，画像砖纹饰繁缛，装饰性强。同时，两个中心的画像砖也有相互渗透和交融，具有襄阳特色的画像砖墓在建康地区屡有发现，建康地区的出行人物、武士门吏、飞仙和拼幅画像对襄阳地区产生了相当大的影响，四神、狮子、飞仙、出行仪卫、瑞兽在两地均流行，佛教题材均大量出现，位于都城以外的中型画像砖墓更多受到佛教的影响。南朝墓葬画像砖也对北朝的墓葬产生了相当大的影响，襄阳地区的飞仙、莲花、鼓吹出行画像影响了北朝墓葬；同时，流行于建康地区的竹林七贤与荣启期、羽人戏龙虎画像通过山东对北朝产生影响。

“黄龙国”小考

［日］小野响（撰）[1]　　江　琳（译）[2]

（1. 京都大学博士后〔日本学术振兴会特别研究员 PD〕；2. 京都大学大学院人间·环境学研究科博士后期课程在读）

绪　言

五胡十六国之一的北燕是由冯氏建立的国家①。以燕为国号，史称北燕。可是刘宋封其第二代君主冯弘为燕王，称其为黄龙国。据《宋书》卷五《文帝本纪·元嘉十二（435）年正月癸酉》：

> 封黄龙国主冯弘为燕王。

可知冯弘的称号为黄龙国主②。那么，为何北燕会有与其国号不同的

---

① 虽然有学者认为高云（即慕容云。本为高姓，成为后燕慕容宝的养子后改姓慕容。后来，高燕建国时期改回为高姓。本文为避免烦琐，故称其为高云）所建立的燕也属于北燕，但本文遵从内田昌功的观点，称高云的高燕和冯氏的北燕，以此加以区分。关于内田的观点，详见内田昌功《十六国時代における諸燕の関係》（《北大史学》［札幌］43、2003 年）。

② 《魏书·冯文通传》："文通，跋之少弟也。……及自立，乃与刘义隆交通。"可知冯弘即位之时（431 年），曾与刘宋文帝有往来。也就是说北燕与刘宋之联系，（转下页）

黄龙国这一称谓呢？关于这一点，据《宋书》卷九十七《高句丽国列传》：

> 义熙初，(慕容)宝弟熙为其下冯跋所杀，跋自立为主，自号燕王。以其治黄龙城，故谓之黄龙国。

可知黄龙国这一称谓来源于北燕的国都名①。

《宋书·高句丽国传》写到，冯跋自称燕王，且其治所为黄龙城，因此称北燕为黄龙国。但是，北燕自称的国号、君主号分别为燕、天王，不同于上述的黄龙国、黄龙国主、燕王，对此下文会详述。而且，下文可见，其国都多被称为龙城②。

那么，为何北燕/冯弘会被刘宋称为黄龙国/黄龙国主呢？至此，

(接上页)并非始于燕王分封之时。

北燕接受刘宋的分封，其原因之一是受到北魏的连年进攻。关于这一点，详见高然《慕容鲜卑与五燕国史研究》(北京大学出版社，2018年，第140—146页)。《资治通鉴》中亦有相关记载，对此下文再作陈述。另一方面，关于刘宋封建北燕之原因，在于其有意增加对抗北魏之同盟国。关于这一点，详见王安泰《再造封建 魏晋南北朝的爵制与政治秩序》(台湾大学出版中心，2013年，第259—261页)。

① 严格来讲，后燕的慕容熙死后，君主之位的继承者为高云，而冯跋正是拥立高云的主谋。因此，《宋书·高句丽国传》的内容，有背离史实之处。关于拥立高云一事的经过，详见《晋书》卷一百二十四《慕容熙载记》。

② 前引《宋书·高句丽国传》中，在本文引用的部分之前，有"先是，鲜卑慕容宝治中山，为索虏所破，东走黄龙"之记载，由此可知慕容宝的据点移动至黄龙。关于慕容宝的动向，《晋书》卷一百二十四《慕容宝载记》中有更加详细的记载，在同一事件中，关于慕容宝的目的地之记载为"龙城"。即《晋书·慕容宝载记》所记载的"龙城"，在《高句丽国传》中为"黄龙"。关于这一点，下文再作论述。

学术界关于这一问题还未进行过深入探讨①。考虑到并不会无缘由地随意改变一国之称谓，本文拟对当时背景下所发生之事进行深入探讨。

一、天王和黄龙国主

前引《高句丽国传》中，有冯跋自称“燕王”，后至冯弘一代，从刘宋处得封燕王之记载。但其实，冯跋之后的北燕诸位君主，均自称为天王。首先关于这一点，通过史料加以佐证。

北燕之建国，始于高燕创始者高云被杀、冯跋即位君主一事。据《太平御览》卷一百二十七《偏霸部十一》北燕冯跋所引崔鸿《十六国春秋·北燕录》：

> 群臣推(冯)跋为主，僭即天王位。

可知北燕初代君主冯跋自称天王一事②。而且，据《太平御览》同卷冯文通所引崔鸿《十六国春秋·北燕录》：

> (冯)跋薨，弘僭即天王位。……太兴元年正月壬午朔，大赦，改年。

① 例如，北燕研究之专著尚永琪《北燕史》(中国社会科学出版，2019年)中，虽提及北燕被称为黄龙国一事，但并未作具体讨论(第131页)。在与北燕相关的其他研究中，据管窥之见，关于黄龙国的讨论也大致如此。

② 另外，所引史料之后续为：“大赦，令曰：‘义贵适时，不必改作。故陈氏代姜，不从齐号。即号燕国，改为太平元年。’”由此可知从高燕继承的国号为燕一事。

可以确认冯跋死后,冯弘成为天王一事。因为冯弘为北燕的最后一位君主,这也就意味着,北燕冯氏由始至终都自称天王。尽管如此,《宋书》中并未记载他们为天王①。

为何没有天王之记载,恐怕是因为天王之称谓容易令人联想到天子,因此没有记载(或者说不能作此记载)②。但是在冯弘得到刘宋分封后,需要记载其称号,所以大概是为了取代天王,才使用黄龙国主这一称谓。

考虑到刘宋封冯弘为燕王一事,那么从刘宋来看很难认同在封建之前冯弘便有燕王之称号。因为若是封燕王冯弘为燕王,难免有些古怪③。因此对于刘宋来说,将分封之前的北燕冯氏记载为天王也好,或记载为燕王也好,两者都很难。因此使用"主"字,不正是企图打破这种情况④。

---

① 说起来《宋书》中关于"天王"的记载并不多。且这些记载多见于仪礼及天文解释中,并非是作为实际称号的天王。唯一关于作为实际称号之天王的记载,见卷二十四《天文志二》:"咸康二年九月庚寅,太白犯南斗,因昼见。占曰:'斗为宰相,又扬州分,金犯之,死丧象。昼见为不臣,又为兵丧。'三年,石虎僭称天王。四年,虎灭段辽而败于慕容皝,皝国蕃臣。"由于这是东晋一朝的纪事,因此有直接引用东晋朝廷天文记录的可能性。另外,《宋书》中,苻坚及姚兴、吕光等,这些自称天王的十六国君主,无一人被记载为天王。本文暂且将《宋书》中关于石虎天王之记载视为例外。

② 例如,《礼记·曲礼下》"君天下曰天子",孔颖达疏中,此处引用了许慎《五经异义》"《春秋左氏》云,施于夷狄称天子,施于诸夏称天王,施于京师称王。知天子非爵称,同古周礼义"之见解。抛开在姬周天王与天子作何关系这一问题暂且不论,可知在后汉时期的人认为,对于姬周君主之称号,已有天王和天子之别。

③ 这一点,也许与冯弘不被认为是"燕主"一事有关。也就是说,可以作如下推测,因"封燕主冯弘为燕王"这种说法也显古怪,故避开不提。但是,关于这一点还有其他可能性,有待探讨。

④ 由于史料有限,虽说有使用黄龙国主称号一事,但究竟是北燕一方使用的,还是刘宋一方使用的,并不清楚。尽管如此,北燕因受到北魏压迫从而想与刘宋结盟,因此被迫使用天王号,这种推测未免牵强。故北燕很有可能曾向刘宋提议过(转下页)

这与《宋书》中，北魏皇帝被记载为“魏主”一事一脉相通。北魏的君主自称皇帝，刘宋自然是不承认的①。故北魏毋庸置疑会被刘宋分封称号，因此其君主才会被刘宋记载为“魏主”②。

综上所述，天王也好，皇帝也好，对刘宋来说都是始终不承认的君主号，因此，在记录其称号时，有必要用和实际情况不同的其他称号来替代。故所谓的黄龙国主，可以说是刘宋在面对冯氏时不得不使用的称呼，因此才得以出现在历史上③。

（接上页）除天王之外的其他称号，而刘宋也有可能出于北燕的意想之外，拒绝了天王这一称号。但并未找到能证实这一问题的相关史料。

① 《宋书》中北魏的列传为“索虏传”，如实地讲述了相关事实。众所周知，索虏为蔑称。对于刘宋来讲，始终不承认存在过“魏皇帝”。可是，作为“索虏”的北魏皇帝，在《宋书》中被称为“魏主”。虽然不是皇帝，但是也不是蔑称。在这种多少有些动荡的背景之下，究竟发生了什么？这有待今后探讨。

② 荆木美行《倭の五王に関する一考察—南朝冊封体制における「王」と「国王」号をめぐって—》(同《記紀と古代史料の研究》国书刊行会，2008 年，初出 1996 年）中指出，《南齐书》中记载柔然君主为“芮芮主”，南朝称呼北魏君主为“索虏主”“魏主”，《三国志》中称呼蜀汉的君主为“蜀主”，孙吴的君主为“吴主”，由此可见“主”这一称号有着特殊的意义，是皇帝和可汗的替代称呼。此处“某主”这一称呼，是在难以记录其君王称号时，作为替代所使用的称呼。但是，由于南朝不需要忌惮可汗，因此关于这部分内容还需再作探讨。尽管如此，对于北魏皇帝，南朝不记载其为“皇帝”，而是以“主”这一称呼作为替代（关于为何一定要使用“主”这一称呼，这里暂且不谈），这一点无须再论。

③ 附带一点，并非只有《宋书》中有关于黄龙国的记载。例如《高僧传》卷七《释僧诠传》：“释僧诠，姓张，辽西海阳人。少游燕齐，遍学外典，弱冠方出家。复精炼三藏、为北土学者之宗。……诠先于黄龙国造丈六金像，入吴又造人中金像置于虎丘山之东寺。”可知除《宋书》以外，其他史料中也有关于黄龙国这一称呼之记载。因为释僧诠是活跃于刘宋元嘉年间的人物（《高僧传》记载其与孟颢共同建立方显寺一事。孟颢是活跃于刘宋元嘉年间的官员），从北燕到刘宋一事，在时间点上并无矛盾。另外，在吉川忠夫、船山徹译《高僧传》中，将黄龙国标注为“辽宁省朝阳”（吉川、船山译《高僧传（三）》岩波书店，2010 年，第 86 页）。同样《高僧传》卷三释昙无竭传中有“姓李，幽州黄龙人也”，同书卷六释道祖传中有“（慧）远又有弟子昙顺、昙诜，并义学致 （转下页）

二、龙城和黄龙城

前文讨论了,北燕君主的黄龙国主这一称呼,是不同于北燕自称的另一种称呼,是刘宋对其态度的表现。在此所用的黄龙一词,来源于前引《宋书·高句丽国列传》中冯氏据点为黄龙城一事。

但是,若翻阅《晋书》载记,就会发现冯氏的据点被记载为龙城。而且,据《通典》卷一百七十八《古冀州上·柳城郡》:

> 慕容皝以柳城之北,龙山之南,所谓福德之地也。乃营制官庙,改柳城为龙城,遂迁都龙城,号新宫曰和龙宫。后燕慕容宝、北燕冯跋,相继都之。后魏置营州。

可知北燕首都自前燕慕容皝以来,是有柳城、龙城、和龙等一系列称谓的地方①。之后,北魏在此处置营州。但是,黄龙这一名称在此并未被提及。

(接上页)誉。顺本黄龙人"之记载,由此可见,黄龙在不作为国家名称出现时,是与龙城相当的地名《南齐书》卷五十七《魏虏列传》中,关于北魏文明太后冯氏,有"祖母冯氏,黄龙人,助治国事"之记载,由此可见黄龙果然是与龙城相当之地。也就是说,黄龙可能就是龙城。但在这一点上仍有疑问,例如,《高僧传》卷一康僧会传中,有"时吴地初染大法,风化未全。僧会欲使道振江左,兴立图寺,乃杖锡东游。以吴赤乌十年初达建邺,营立茅茨,设像行道,时吴国以初见沙门"之记载。这里的"吴国"是指孙吴,与作为地名的吴不同。由此可见,《高僧传》中的黄龙国,也可以解释为并不是龙城之地名,而是指黄龙国,即北燕之国名。

① 在行政区划上,其名称从柳城变更为龙城(《晋书·慕容皝载记》"使阳裕、唐柱等筑龙城,构宫庙,改柳城为龙城县"),但作为都城的柳城和龙城,其地理位置有别。关于这一点,参照田立坤《龙城新考》(《采铜集——田立坤考古文稿》,文物出版社,2013年)。本文出于行文方便,如无必要,作为地名时,统一称呼其为龙城。

《水经注》卷十四《大辽水·注》载:

> 白狼水又北径黄龙城东。《十三州志》曰:“辽东属国都尉治昌辽道,有黄龙亭者也。魏营州刺史治。”《魏土地记》曰:“黄龙城西南有白狼河,东北流,附城东北下,即是也。”

此处出现了“黄龙亭”。这里被北魏营州刺史管制,已知北魏在龙城置营州,因此可知黄龙亭所在之地即为龙城。黄龙城大概也在此地[①]。

因此,黄龙并非如龙城一样是郡名。而且,前引《水经注》所引《魏土地记》中记载有“黄龙城”,因此在北魏时期曾有黄龙城存在,这一点毋庸置疑。山田胜芳曾指出,《魏土地记》是北魏统一华北之前(439年之前)成书的[②]。由此可知,北燕存续之前后,均有黄龙城这一名称存在。

综上可知,当时,对于龙城及其周边地区有数种称呼。而且,若结合《魏土地记》的编纂年代,那么在刘宋分封冯氏之前,北燕的首都就有黄龙城这一称呼,这一点并不奇怪[③]。但是,刘宋为何会选择黄龙国作为北燕的称呼,这一点尚未明确[④]。或许由此可见《宋书·高句丽国

---

① 前引田立坤《龙城新考》中,关于龙城和黄龙城之关系,田立坤指出龙城之别名即黄龙城(以及和龙城),本文遵从这一观点。

② 参照山田胜芳《「水経注」引用の「魏土地記」について》(《集刊東洋学》60,1988年)。

③ 但是,在行政区划上,黄龙并不是主流的叫法。正史和《通典》关于行政区划之记载中,并未出现过黄龙一词,由此可知。

④ 关于这一点,如前所述,《高僧传》中屡见将作为籍贯地的龙城记载为黄龙的事例。有可能在包括刘宋在内的南朝,龙城即黄龙是主流的认识。若事实如此,那么称呼以黄龙为国都的北燕为黄龙国,也是自然。

传》之记载,多少有与史实不符或信息错乱之处。

但是,可推测,刘宋对北燕的称呼,即黄龙国,是基于北燕国都而命名的,这一点被周边各国所熟知。《魏书·冯文通传》:

文通至辽东,高丽遣使劳之曰:"龙城王冯君爰适野次,士马劳乎?"文通惭怒,称制答让之。

高句丽王称呼冯弘为"龙城王",可能即高句丽视北燕国都为龙城,故效仿刘宋,作此称呼[①]。

三、北魏眼中的北燕

北魏与北燕,自冯跋即位后保持交流。《魏书·于什门传》中有以下记载[②]:

于简,字什门,代人也。太宗时为谒者,使喻冯跋。及至和

① 另外,也存在高句丽王出于侮辱冯弘的目的,而故意这样称呼的可能性。但北燕与高句丽的关系,原本是天王与高句丽王,也就是明确的上下级关系。例如,张学锋先生曾分析过北燕给与高句丽王的称号(征东大将军、营州刺史、乐浪郡公、高句丽王),乐浪郡公是"中原王朝五等爵制中的最高称号",高句丽王可以理解为"不受中原礼法约束的'蛮夷'的王号"。并指出,北燕之所以称呼高句丽王为乐浪郡公,是因为自认为是中国正统王朝的北燕,想要以此显示高句丽依然在中国王朝体制之下(参照张学锋《四—五世紀における東アジア世界の形成と東晋南朝——中国側の史料を中心として》,田中良之、川本芳昭编《東アジア古代国家論　プロセス・モデル・アイデンティティ》,すいれん舎,2006年)。若事实如此,那么不论是称呼黄龙国主还是燕王,都有侮辱冯弘的可能,为此特意选择一个龙城王的称呼,其动机略显不足。

② 根据《魏书·太宗本纪》"遣谒者悦力延抚慰蠕蠕,于什门招谕冯跋"之记载,可知其派遣的年代为神瑞元年(414)。

> 龙，住外舍不入，使人谓跋曰："大魏皇帝有诏，须冯主出受，然后敢入。"

由此可见，在北魏看来，北魏与北燕的关系，是"大魏皇帝"与"冯主"的关系。

这种"姓＋主"的记载形式，《魏书·天象志一之三》中亦有：

> （永兴）四年八月戊申，月犯哭星。申，晋地。是月，晋后王氏死。其后姚主薨。

将后秦的姚兴记载为"姚主"。前文出现的"冯主"应也是同样的记载形式[①]。因此可以说，在北魏，北燕得到的是和其他五胡十六国一样的待遇。

以上是北魏与北燕并存时期的记载。那么，在北燕灭亡后，北燕是如何被称呼的呢？在纪年为北魏太和十九年(495)十二月二十六日的北燕冯氏后裔冯熙的墓志[②]中，其先祖冯弘为"燕昭文皇帝"，其国名为燕。

冯熙墓志虽在北魏政权下作成，却将冯弘记载为皇帝，关于这一

---

① 另外，《魏书》同卷中有"其冬，赫连氏攻安定，秦主兴自将救之，自是侵伐不息"之记载，后秦的姚兴被记载为"秦主兴"。由此可见，"姚主"并非固定的记载形式，这一点需加留意。

② 关于这方墓志，李风暴《北魏〈冯熙墓志〉考评》(《中国书法》2010 年第 6 期)中对其进行了简单介绍及初步分析，并附有拓本照片。

点，据洼添庆文的研究可知，并非冯氏得到了特殊待遇[①]。也就是说，这里出现的“燕昭文皇帝”，并非是北魏特别允许将其记载为皇帝，而可以说是反映冯氏先祖自我认知的一种表现。另外，在天王死后，其谥号为皇帝的事例也不少见。

因此可知，在冯氏的自我认知中，自己的国家为燕，并非黄龙国。而且，结合墓志中的记载，再加上北魏时代编纂的《十六国春秋》中《北燕录》所记之事[②]，可以推断在北魏，冯氏的国家被称为“燕(北燕)”。

综上所述，黄龙国是刘宋在称呼天王冯氏时衍生出来的称谓，北燕并不使用这一称谓，在冯氏自身的认知中，坚定地认为自己的国家为“燕”。而且同样在北魏，也并不称呼北燕为黄龙国。

关于刘宋使用黄龙国称呼一事，在《资治通鉴》卷一百二十二《宋纪·文帝元嘉十二年(435)》中可见记载[③]：

---

① 参照窪添庆文《長楽馮氏に関する諸問題》(《墓誌を用いた北魏史研究》，汲古书院，2012年)。再由冯熙墓志的拓本中可见，例如在记载北魏皇帝时，“显祖献文皇帝”中，“显祖”之前有空格；而“燕昭文皇帝”中，空格则在“皇帝”二字之前。可见，同样是记载为“皇帝”，但北魏的皇帝和除此之外的其他皇帝，是有等级上的差别的。

② 《十六国春秋》的编纂者为崔鸿，其子子元在向北魏朝廷献《十六国春秋》时曾上奏说：“臣亡考故散骑常侍、给事黄门侍郎、前将军、齐州大中正鸿，不殒家风，式缵世业，古学克明，在新必镜，多识前载，博极群书，史才富洽，号称籍甚。年止壮立，便斐然怀著述意。正始之末，任属记言，撰缉余暇，乃刊著赵、燕、秦、夏、凉、蜀等遗载，为之赞序，褒贬评论。”(《魏书·崔光传》)同书《崔鸿传》中记载《十六国春秋》的著述对象为刘渊、石勒、慕容儁、苻健、慕容垂、姚苌、慕容德、赫连屈孑、张轨、李雄、吕光、乞伏国仁、秃发乌孤、李暠、沮渠蒙逊、冯跋等，因此可以说冯跋包含在燕之内。

③ 胡三省对此注释为“以其都和龙也。今北国以和龙为黄龙府”。但是，金以后的黄龙府是现在的吉林省农安县，并非北燕首都龙城(今辽宁省朝阳市)。胡三省想必是受到了黄龙名称之影响。

> 燕王数为魏所攻,遣使诣建康称藩奉贡。癸酉,诏封为燕王。江南谓之黄龙国。

也就是说,所谓黄龙国,不过是在江南(即刘宋)才有的称谓。那么,黄龙之称谓是如何流传到刘宋的呢?最后,针对这一点进行如下探讨。

前引《水经注》所引的《十三州志》中,有关于黄龙城的记载。元嘉十四年(437)从北凉进献到刘宋的书籍中包含《十三州志》[①],著者阚骃是敦煌人,因此很难说此书是元嘉十四年以前流传到刘宋的[②]。

另一方面,既然元嘉十二年(435)便已出现黄龙国主的记述,那么,刘宋对于黄龙城的认知,应来源于《十三州志》之外。虽然这么说,但仍难以确认其来源。但是,从《宋书》卷七十六《朱修之列传》中可以得到线索:

> 后鲜卑冯弘称燕王,治黄龙城。托跋焘伐之,修之与同没人邢怀明并从。

这是朱修之在北魏时的纪事,可以确定北燕以黄龙城为治所。而且在

① 《宋书·大且渠蒙逊传》:"河西人赵畋善历算。(元嘉)十四年,茂虔奉表献方物,并献《周生子》十三卷,《时务论》十二卷,《三国总略》二十卷,《俗问》十一卷,《十三州志》十卷,《文检》六卷,《四科传》四卷,《燉煌实录》十卷,《凉书》十卷,《汉皇德传》二十五卷,《亡典》七卷,《魏驳》九卷,《谢艾集》八卷,《古今字》二卷,《乘丘先生》三卷,《周髀》一卷,《皇帝王历三合纪》一卷,《赵畋传并甲寅元历》一卷,《孔子赞》一卷,合一百五十四卷。茂虔又求晋、赵《起居注》诸杂书数十件,太祖赐之。"

② 《隋书·经籍志二》:"《十三州志》十卷。阚骃撰。"《魏书·阚骃传》:"阚骃,字玄阴,敦煌人也。"可知阚骃为敦煌人。他先是在北凉任官,后又任官于北魏。因此,其著作很难不通过北凉而被带往刘宋。

这则列传的后续中,有朱修之逃亡至冯弘处,后又被派遣至刘宋一事之记载[①]。因为《资治通鉴》记载朱修之返回刘宋的时间是在刘宋的元嘉九年(432)[②],所以有可能是朱修之将"北燕首都名为黄龙城"这一信息带到刘宋的。

即便不是朱修之所为,由于南北方的人口移动,关于黄龙城的信息很有可能会被带到刘宋[③]。虽难考证其具体过程,但无论如何,黄龙城的信息被传到了刘宋,并因此成为了由黄龙城衍生出黄龙国这一称呼的基础。

结 论

刘宋称呼北燕为黄龙国,称呼其君主为黄龙国主。这是因为,北燕冯氏使用了容易让人联想到天子的"天王"称号,对此刘宋在记载时颇为忌惮,且燕王很难被视作个人的称号。因此,与称呼北魏时一样,在北燕的称呼方面也使用"主"字,是为黄龙国主。

这里出现的黄龙,是北燕首都龙城的别名,在刘宋,是北燕的通称。但是,只有刘宋称呼其为黄龙国,北魏并非如此。北魏称呼其为

---

① 《宋书·朱修之传》:"又有徐卓者,复欲率南人窃发,事泄被诛。修之、怀明惧奔冯弘,弘不礼。留一年,会宋使传诏至,修之名位素显,传诏见即拜之,彼国敬传诏,谓为'天子边人',见其致敬于修之,乃始加礼。时魏屡伐弘,或说弘遣修之归求救,遂遣之。泛海至东莱,遇猛风柁折,垂以长索,船乃复正。海师望见飞鸟,知其近岸,须臾至东莱。元嘉九年,至京邑,以为黄门侍郎,累迁江夏内史。"

② 《资治通鉴》卷一百二十二《宋纪·文帝元嘉九年》:"魏主之围和龙也,宿卫之士多在战陈,行宫人少。云中镇将朱修之谋与南人袭杀魏主,因入和龙,浮海南归。以告冠军将军毛修之,毛修之不从,乃止。既而事泄,朱修之逃奔燕。魏人数伐燕,燕王遣修之南归求救。修之泛海至东莱,遂还建康,拜黄门侍郎。"

③ 如前所述,《高僧传》中屡见将作为籍贯地的龙城记载为黄龙的事例,佛教僧人也有可能是"龙城是黄龙"这一信息的传递者。但遗憾的是,并无史料可支持此推断。

"燕"。在这一点上,与冯氏本人的认知相同。

于是可知,早在五胡十六国时期,天王这一君主号便经常被使用。这在《十六国春秋》《魏书》《晋书》等中可得佐证。这些史书由于将北魏和东西两晋视为正统,因此在十六国君主的天王即位时冠以"僭"字,以此表示其并非正统。但这并非是因为忌惮记述天王即位之事。那么,为何只有刘宋(或者只有《宋书》)忌惮天王呢?这一点,笔者认为与刘宋(或者《宋书》)的学术、思想有关。这将作为今后的课题,再加探讨。

东魏北齐邺城都城空间与葬地

沈丽华

（中国社会科学院考古研究所）

东魏北齐邺城位于河北省邯郸市临漳县西南约20千米处，是南北朝时期重要都城之一，也是当时北中国东部的政治、经济和文化中心，与之对应的墓葬区集中分布于邺城西部的滏阳河与洹河之间。自公元534年东魏建立，至577年北齐为北周所灭，前后历时仅44年，王朝历时虽短，但东魏北齐的文化制度却上承汉魏，下启隋唐，对后世产生了极为深远的影响。

邺城遗址的全面考古工作开始于1983年，由中国社会科学院考古研究所和河北省文物研究所联合组建的邺城考古队迄今已持续开展工作近四十年，基本厘清了邺城遗址平面布局，同时也对邺城西北的磁县北朝墓群进行过全面的调查工作，并发掘了一些重要的墓葬，为南北朝时期都城和陵墓制度研究提供了极为重要的资料。笔者曾分别对邺城地区东魏北齐墓葬的考古学编年①及墓群布局②进行过探讨，本文试基于上述研究，从历史进程的角度对东魏北齐邺城都城空

---

① 沈丽华：《邺城地区六世纪墓葬的考古学研究》，《考古学报》2017年第1期。

② 沈丽华：《邺城地区东魏北齐墓群布局研究》，《考古》2016年第3期。

间与葬地的形成略作探讨。

一、都城空间

(一) 文献中有关都城建设的记载[①]

北魏永熙三年(534)十月,权臣高欢在洛阳拥立孝静帝,改元天平,仅10天后即东迁邺城,次年八月开始营建新城。据文献所载,东魏北齐邺城的大型营建活动主要有三个重要时期:东魏初年、北齐初年、北齐中后期。

1. 东魏初年

邺南城[②]的营建始于东魏天平二年(535),"二年秋八月甲午,发众七万六千人营新宫"[③]。建造的动因是"高欢以北城窄隘",空间狭促,无法容纳迁都之众,因此在迁都仅九个月后就"令仆射高隆之更筑此城"[④]。规划思想"上则宪章前代,下则模写洛京。……参古杂今,折中为制,召画工并所须调度,具造新图,申奏取定"[⑤],北魏以前的城建思想和北魏洛阳城的形制布局对邺城规划建设起到了根本影响,经画工绘制蓝图后由当朝皇帝最终裁决。

东魏初年邺城的营建由尚书仆射、领营构大将军高隆之总负责,"京邑制造,莫不由之。增筑南城,周回二十五里。以漳水近于帝城,起长堤

---

① 张金龙曾对有关东魏北齐邺城建设史事的文献进行全面考证,见《东魏北齐邺南城建置杂考——以历史文献记载为中心》,《文史》2010年第3辑。

② 邺南城是相对于北城而言,在《北齐书·高隆之传》中已有这样称谓,指东魏北齐邺城之内城。

③ 《魏书·孝静帝纪》,中华书局,1974年,第299页。

④ 《历代宅京记》卷十二《邺下》引《邺中记》,中华书局,1984年,第182页。

⑤ 《魏书·李业兴传》,中华书局,1974年,第1862页。

以防泛滥之患。又凿渠引漳水周流城郭"①。通直散骑常侍李业兴负责工程设计,"今皇居徙御,百度创始,营构一兴,必宜中制。上则宪章前代,下则模写洛京。……今求就之披图案记,考定是非,参古杂今,折中为制,召画工并所须调度,具造新图,申奏取定。……缮治三署乐器、衣服及百戏之属"②。解褐司空胄曹参军辛术负责工程具体实施,"与仆射高隆之共典营构邺都宫室,术有思理,百工克济"③。营构左都将张熠负责材料运输,"南京宫殿,毁撤送都,连筏竟河,首尾大至,自非贤明一人,专委受纳,则恐材木耗损,有阙经构。熠清贞素著,有称一时,臣等辄举为大将"④。司徒右长史李玙协助洛阳旧京拆运,"及迁都于邺,留于后,监掌府藏,及撤运宫庙材木,以明干见称"⑤。此外,负责工作的还有营构将作李仲璇⑥、营构使元轨⑦、太府卿任(忻)集⑧等人。

东魏兴建邺城与以往都城建设不同,是在旧有北城的南侧建一个全新的都城,但是旧北城仍包括于其中⑨。这一时期的营建工作主要

---

① 《北齐书·高隆之传》,中华书局,1972年,第236页。
② 《魏书·李业兴传》,中华书局,1974年,第1862页。
③ 《北齐书·辛术传》,中华书局,1972年,第501页。
④ 《魏书·张熠传》,中华书局,1974年,第1766页。
⑤ 《北齐书·李玙传》,中华书局,1972年,第396页。
⑥ 《魏书·李仲璇传》:"天平初,迁都于邺,以仲璇为营构将作。"
⑦ 《魏书·元轨传》:"孝静时,邺宫创制,以轨为营构使。"
⑧ 《北齐书·高隆之传》:"同知营构。"
⑨ 邺北城在东魏北齐都城中的存在形态和地位目前仍存疑问。从文献记载而言,往往是皇帝居住在南城宫城内,同时期的权臣则居住在北城,如高欢、高澄等均曾居住北城文昌殿之东南。《北周地理志》:"城内有北齐北宫。"注:"本中兴寺也。高欢为东魏相居之,遂为大丞相府。及齐受魏禅,改称北宫。"《北齐书·高元海传》:"先是童谣云:'中兴寺内白凫翁,四方侧听声雍雍,道人闻之夜打钟。'时丞相府在北城中,即旧中兴寺也。"

包括宫城、宫城内主要建筑、内城、礼制建筑[1]以及部分苑囿[2]的建设等。自天平二年(535)秋八月至兴和元年(539)冬十一月[3]，宫城营建前后历时约四年零三个月，主要完成了宫城、阊阖门和太极殿(前殿)、显阳殿(后殿)等主要部分的建设[4]。

据《魏书·孝静纪》记载："(兴和元年)九月甲子，发畿内民夫十万人城邺城，四十日罢。"朱岩石对比《魏书·世宗纪》[5]的记载，认为："兴和元年九月甲子开始用10万人突击完成的邺城，似应指外郭城城垣，四旬之后完成建设工程，正好进入十一月，与宫城、内城同步竣工。虽然邺南城外郭城垣的建造比北魏洛阳城使用人工多了一倍，但与之使用的时间完全相同，这恐怕不是巧合。也就是说兴和元年(538)十一月邺南城宫城、内城、外郭城同时全面完成。"[6]

2. 北齐初年

北齐禅替后，对邺南城多有修补和增建。东魏初的营建负责人高隆之于天保五年为文宣帝所杀，于是自北齐初年开始的邺城增建工作

① 《魏书·孝静帝纪》："(天平二年十一月)癸丑，祀圆丘。……(天平四年)夏四月辛未，迁七帝神主入新庙。"

② 《魏书·孝静帝纪》："(天平四年)六月己巳，幸华林园理讼。……(元象元年)六月壬辰，帝幸华林都堂听讼。"

③ 《魏书·孝静帝纪》："(兴和元年)冬十有一月癸亥，以新宫成，大赦天下，改元。"

④ 《魏书·孝静帝纪》："(天平二年八月)甲午，发众七万六千人营新宫。……(冬十一月)甲寅，阊阖门灾。……(天平)三年春正月癸卯朔，飨群臣于(太极)前殿。……(兴和元年)冬十有一月癸亥，以新宫成，大赦天下，改元。……(兴和二年正月)丁丑，徙御新宫。"

⑤ 《魏书·世宗纪》："(景明二年)九月丁酉，发畿内夫五万人筑京师三百二十三坊，四旬而罢。"

⑥ 朱岩石：《东魏北齐邺城外郭城考古学研究》，《东亚古代都城暨邺城考古·历史国际学术研讨会论文集》，2014年。

改由释褐太尉行参军崔季舒负责[①]。工程设计者李业兴之子李崇祖“传父业”负责工程预算[②]。

北齐初年的营建对东魏时期城市格局有所调整[③]。首先是重建宫城，在宫城内新建和改建了大量宫殿和苑囿[④]；其次，在内城新建了北齐太庙等礼制建筑[⑤]，在北城崇修三台[⑥]；最后，在外郭城区兴建佛寺[⑦]。总体而言，邺城格局趋于完备化、丰富化。

3. 北齐中后期

北齐中后期，特别是武成帝时期，极尽奢华，大起宫殿、苑囿和佛寺，改扩建工程居多，对邺城原有城市布局改动不大。如“（河清二年）五月壬午，诏以城南双堂闰位之苑，回造大总持寺。……秋八月辛丑，

---

① 《北齐书·崔季舒传》：“天保初，文宣知其无罪，追为将作大匠，再迁侍中。……营昭阳殿，敕令监造。”

② 《北史·李崇祖传》：“齐文宣营构三台，材瓦工程，皆崇祖所算也。”

③ 《池北偶谈》卷十六引《邺中记》：“古砖大者方四尺，上有盘花鸟兽纹、千秋万岁字，其纪年非天保则兴和，盖东魏、北齐也。”带有天保纪年和千秋万岁图案的大型砖构件我们已在邺城考古工作中有发现，文献中仅记兴和、天保而不提其他年号，这或与东魏初年和北齐初年两次大规模营建相关。

④ 《北齐书·文宣帝纪》：“（天保二年七月）己卯，改显阳殿为昭阳殿。……冬十月戊申，起宣光、建始、嘉福、仁寿诸殿。……（天保七年夏四月）丁卯，诏造金华殿。……（天保九年）十一月甲午……登三台，御乾象殿，朝宴群臣，并命赋诗。以新宫成，丁酉，大赦，内外文武普泛一大阶。”

⑤ 《北齐书·文宣帝纪》：“（天保二年春正月）辛亥，有事于圆丘，以神武皇帝配。癸亥，亲耕籍田于东郊。……（乙酉）有事于太庙。”

⑥ 《北齐书·文宣帝纪》：“（天保九年八月）先是，发丁匠三十余万营三台于邺下，因其旧基而高博之，大起宫室及游豫园。至是，三台成，改铜爵曰金凤，金兽曰圣应，冰井曰崇光。”

⑦ 《北齐书·文宣帝纪》：“（天保九年十二月）是月，起大庄严寺。”大庄严寺所在原为薨于天保六年十一月之清河王高岳宅邸。

诏以三台宫为大兴圣寺”①。“承武成之奢丽……乃更增益宫苑，造偃武修文台，其嫔嫱诸宫中起镜殿、宝殿、瑇瑁殿，丹青雕刻，妙极当时。……又为胡昭仪起大慈寺，未成，改为穆皇后大宝林寺，穷极工巧，运石填泉，劳费亿计，人牛死者不可胜纪。”②

（二）考古所见都城形态

邺城考古队成立于1983年，最初两年的工作主要围绕邺北城展开，自1985年开始东魏北齐邺城逐渐成为工作重点，迄今持续开展了近40年的考古工作。结合学术认识和研究重点的转移，考古工作大致可分为两个阶段：(1) 1985—1995年，这一阶段工作的主要成果是初步建立起邺城遗址平面布局的基本认识，并将与都城对应的陵墓区考古纳入总体工作范畴。具体工作是通过“全面勘探与重点发掘相结合”的工作思路，逐步确认了邺城内城（邺南城）的城墙、城门、马面、护城河、道路以及宫城和宫城内主要殿址等分布和保存情况，大面积发掘仅朱明门一处。(2) 1995年至今，邺城考古队进一步扩大了对邺城遗址都城格局的宏观认识，通过外郭城问题的提出，主动将考古发掘的重点转移到邺南城外围，致力于东魏北齐邺城外郭城的探寻工作。期间重点开展工作的有：南郭区赵彭城北朝佛寺、核桃园北齐佛寺，东郭区北吴庄佛教造像埋藏坑、曹村窑址，以及西郭区配合京港澳高速公路拓宽进行的勘探发掘等。此外，近年还同步开展了东魏北齐邺城宫城区和邺北城的勘探调查工作，均取得了较为重要的学术收获。③

---

① 《北齐书·武成帝纪》，中华书局，1972年，第89页。
② 《北齐书·幼主帝纪》，中华书局，1972年，第113页。
③ 朱岩石、沈丽华：《3至6世纪邺城遗址的考古发现与研究》，王巍主编：《中国考古学百年史：1921—2021》，中国社会科学出版社，2021年。

上述学术目标和工作重点的转移在很大程度上缘于配合京深高速公路(今京港澳高速公路)建设项目的发掘收获与研究。1994 年,京深高速公路拟建设于邺城遗址西部约 1 千米处,这条道路南北贯穿邺城遗址。邺城考古队在承担抢救性发掘和进行资料整理研究时发现,发掘资料中各类与城址相关的建筑遗迹、遗物全部集中于东魏北齐时期,而发掘的古墓葬几乎没有东魏北齐时期的实例,于是产生了高速公路选址地应该属于东魏北齐都城的生活空间的判断,并逐步提出了东魏北齐都城应存在外郭城的学术推断①。之后,1998 年、2000 年邺城考古队又先后在邺南城东郊、西郊进行考古勘探,虽然没有找到外郭城墙等具有标志性的遗迹线索,但相关研究已有所推进。结合邺城地区历年零星出土的数十件佛教造像的空间分布以及西郊北朝墓群出土墓志所记载的里坊名称、古代文献的零星记录等,进而推断东魏北齐邺城外郭城大概东西 20 里、南北 20 里,拥有 400 里坊左右②。

近二十年的工作重点主要集中于东魏北齐邺城宫城区和南郭区宗教、礼制建筑,这两处工作的同步开展为邺城平面布局演变研究不断积累着新的实物资料。上世纪八九十年代,受漳河流沙和地下水影

---

① 朱岩石:《東魏北斉鄴城の内城の成立しこついて》,《史観》第 145 册,2001 年;《东魏北齐邺南城内城之研究》,收入《汉唐之间的视觉文化与物质文化》,文物出版社,2003 年。

② 《隋书·百官志》:"邺又领右部、南部、西部三尉,又领十二行经途尉。凡一百三十五里,里置正。临漳又领左部、东部二尉,左部管九行经途尉。凡一百一十四里,里置正。成安又领后部、北部二尉,后部管十一行经途尉,七十四里,里置正。"以上合计 323 里,与北魏洛阳城"三百二十坊"接近。《嘉靖彰德府志·邺都宫室志》:"南城自兴和迁都之后,四民辐辏,里闾阗溢,盖有四百余坊,然皆莫见其名,不获其分布所在。"综合文献记载和出土墓志,明确可靠可获名称的里坊有 40 余,然在城内分布情况暂时还无从考证。

响，主体位于漳河河道内的宫城区考古工作开展极为困难。当时，通过有限的勘探，仅大致了解了宫城平面范围和主要殿址分布。自2015年开始，因当地村民大肆采沙破坏，在紧急申报国家、省、市、县各级文物主管部门后，邺城考古队逐步开启了宫城区北部的全面勘探和发掘工作，迄今累计勘探面积约23万平方米，发掘面积约8500余平方米，发现大型夯土建筑基址、夯土墙、排水沟以及汉晋时期墓葬和窑址等遗存，确认了东魏北齐时期以轴线为中心的大型宫院范围，为探讨东魏北齐邺城的宫城范围、建筑格局及建造技术积累了重要资料①。南郭区宗教、礼制建筑的勘探与发掘工作主要针对赵彭城北朝佛寺、核桃园北齐佛寺及两者的中间地带展开，发掘确认了一处边长约33米的大型近方形建筑遗迹，该建筑遗迹应与北齐时未建成的明堂有关②。赵彭城北朝佛寺、核桃园北齐佛寺的持续考古发现也进一步佐证了东魏北齐邺城应存在外郭区的学术论断。

综合历年考古发现和相关研究，我们逐步确认了东魏北齐邺城由宫城、内城和外郭(城)区三重环绕而成的回字形城市结构。宫城位于城市最中央，已经发掘确认最为核心的宫院平面呈纵长方形，南北长约1000米、东西宽354米，其规模与北魏洛阳城宫城极为相近。内城环绕其外，平面呈不规则纵长方形，东西最宽2800米、南北长3460米，东、南、西三面城墙均有较舒缓的弯曲，东南、西南城角为弧形圆

① 何利群、沈丽华、朱岩石、郭济桥：《河北临漳邺城遗址东魏北齐宫城区2015—2020年发掘收获》，《中国重要考古发现·2020》，文物出版社，2021年。

② 沈丽华、何利群：《临漳县邺城遗址南郭区宗教、礼制建筑》，《中国考古学年鉴·2020》，中国社会科学出版社，2021年。

角，城东、南、西三面城墙外侧均匀分布“马面”，形制较为特殊[①]。曹魏至十六国以来的邺北城与邺南城南北并存，其外还有阔达一百平方公里的外郭城（区），外郭城（区）内分布多座大型皇家寺院、重要礼制建筑、官营手工业作坊以及市场等。（图一）

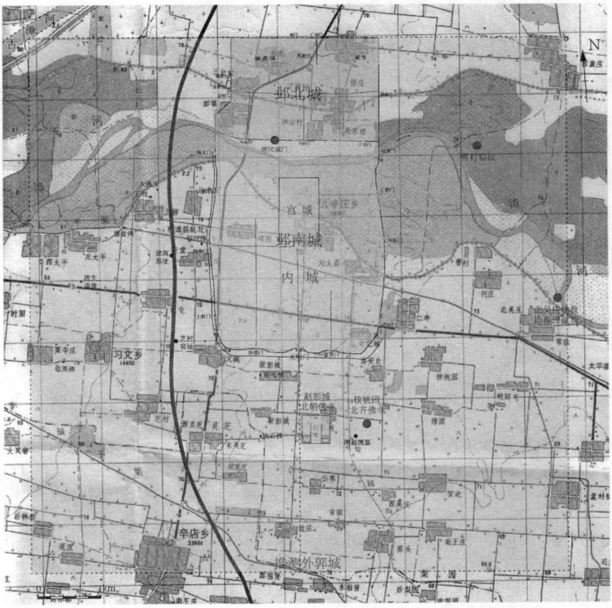

图一　东魏北齐邺城平面布局图

（三）文献与考古发现的对照

都城制度作为一个综合体的呈现，从创建时的规划设计到使用中

---

① 中国社会科学院考古研究所、河北省文物研究所邺城考古工作队：《河北临漳县邺南城遗址勘探与发掘》，《考古》1997 年第 3 期。

的增益、改建直至最后毁废，经历了一个非常复杂的过程。纵览上述半个多世纪的邺城考古工作和复原研究成果，我们发现以往对于东魏北齐邺城的都城格局认识较为简单，一般持邺城始建于东魏，北齐沿用，城市格局大体保持不变的观点①。然而梳理文献记载，并比照近年考古发现，可以发现北齐初年的重修可能不仅仅是一次简单的修补，而更可能是一个新的制度的确立时期。东魏北齐王朝历时虽短，但受政权更替等因素影响，城市格局至少经历了三次大的变动。东魏初年规划设计的思想基础是“模写洛京”，强调的是对洛阳传统的继承。北齐初年高氏代魏后，为显示皇权的正统性，在进行一系列国家制度改革的同时，对宫城等核心区域进行调整，并重建或修缮了如昭阳殿、三台等标志性建筑，这一时期是都城格局形成的核心时期。北齐在继承东魏制度的前提下，出现了革新性的创建，由此奠定了隋唐制度的基础。北齐中后期对邺城宫殿等大型建筑虽改扩建较多，但基本属于见缝插针，并没有对城市格局产生太大影响，基本还是维持了北齐天保以来的城市格局。当然北齐中后期的大规模营建活动，如频繁的“舍宅为寺”等行为，也不可避免地会打破原有的规划设计，并且上述建设行为也并非都能全面完成，肯定不乏进行中甚或只是计划中的范例。

二、西郊陵墓

在全面、宏观的学术视野下，邺城考古队于 1986 年起开展了与邺城遗址密切相关的都城陵墓区考古调查和发掘工作。调查发现北朝

---

① 沈丽华：《东魏北齐邺城都城布局与复原研究述论》，夏炎主编：《中古中国的都市与社会》，中西书局，2019 年。

墓葬共计123座，其中不乏尚保存有较高大封土者，如天子冢、大冢、二冢；另外有些大型墓葬前的神道石刻仍有遗留，如湾漳壁画墓前石人、兰陵王墓前石碑、元景植墓前石碑、司马兴龙墓前石羊等。综合早年发现的茹茹公主墓、赵胡仁墓、尧峻墓、高润墓等分布，可以形成对磁县北朝墓群布局的基础认识。这些墓葬大多出土遗物种类和数量众多、形式多样，通过考古类型学研究可以建立起对东魏北齐陵墓区和邺城地区古代遗物编年的初步认识①。以此为基础，我们可以进一步用动态的眼光考察陵墓布局特点，邺城地区东魏北齐墓葬分布大致可以分为东魏至北齐天保年间、北齐天保以后两个阶段。（表一）

表一　邺城地区东魏北齐时期墓葬形制演变示意

类别分期	东魏至北齐天保年间		北齐天保以后	
	砖室墓	土洞墓	砖室墓	土洞墓
特大型墓	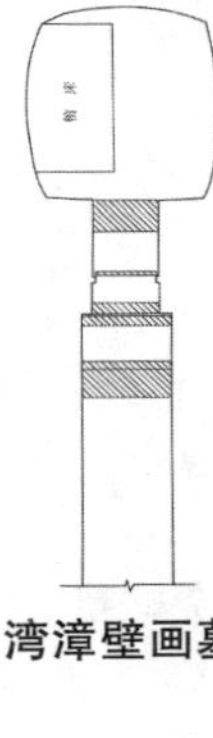 **湾漳壁画墓**			

① 沈丽华：《邺城地区六世纪墓葬的考古学研究》，《考古学报》2017年第1期。

续表

类别分期	东魏至北齐天保年间		北齐天保以后	
	砖室墓	土洞墓	砖室墓	土洞墓
大型墓	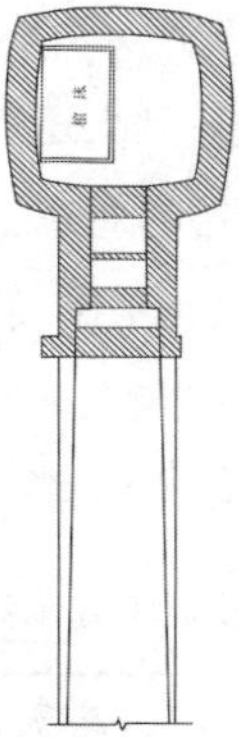 茹茹公主墓	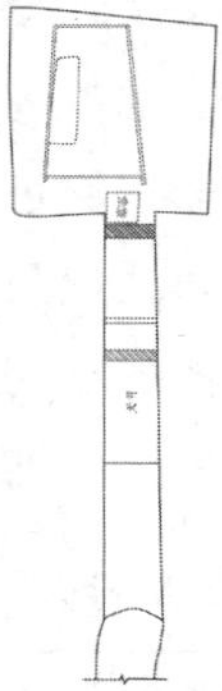 元祜墓	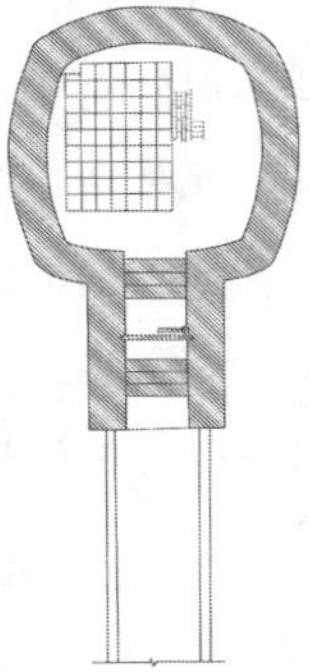 高润墓	
中型墓	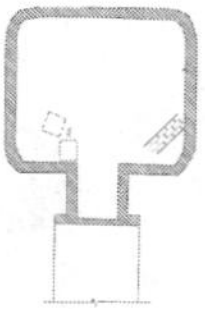 赵胡仁墓		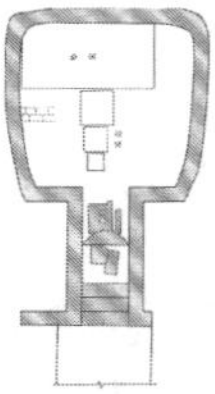 尧峻墓	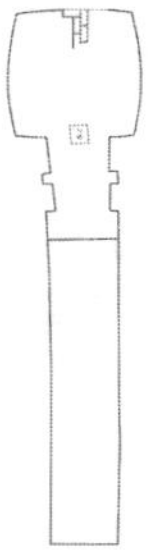 贾进墓

续表

类别分期	东魏至北齐天保年间		北齐天保以后	
	砖室墓	土洞墓	砖室墓	土洞墓
小型墓	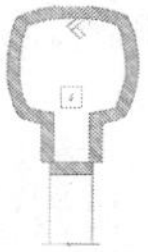 **赵明度墓**			 **固岸 M2**

（一）东魏至北齐天保年间

邺城地区已发现的东魏至北齐初年墓葬的墓主人涵括了东魏和北齐初年的皇族成员、上层官吏、贵族以及一般平民。纪年墓主要有：天平四年（537）元祜墓、武定五年（547）赵胡仁墓、武定八年（550）茹茹公主墓、天保四年（553）元良墓等。墓葬形制包括斜坡墓道单室砖室墓和斜坡墓道带天井单室土洞墓两种，均坐北朝南，由斜坡墓道、甬道、过洞、天井和墓室等部分组成，墓室平面以弧方形和近方形为主。

在上述墓葬中，经发掘确认的特大型墓葬仅湾漳壁画墓一座，通过调查发现或结合周边出土墓志可大致推定的还有大冢、二冢和天子冢等，这类墓葬规模较大，均应属于帝陵一级。湾漳壁画墓位于磁县西南后湾漳村东南，编号 M106，1987—1989 年发掘。该墓规模宏大，封土直径达 100～110 米，墓葬周边还勘探发现石人、神道和陵园建筑等。墓葬中墓道长 37 米、宽近 4 米，墓室五重砖砌，平面呈弧方形，边长超过7米，墓道、甬道和墓室内均彩绘内容丰富的壁画，墓中出土各类遗物两千余件，尤其是甬道内石门外两侧出土的两件陶俑高达1.42米，是目前所见北朝时期最大的陶俑。该墓墓葬规模远高于同时期茹茹公主墓和文昭王高润墓等大型墓葬，发掘者根据对墓葬形制、出土遗物和壁画特点的综合分析，结合文献记载推测，该墓为文宣帝武宁陵[①]。

东魏至北齐初年墓葬主要分布在邺城西北和西南的滏阳河与洹河之间区域，中部因漳河贯穿，原来是否有墓葬已不得而知。邺城西北部位于今磁县境内的墓葬分布规律性较为明显。元魏皇族墓葬以孝静帝西陵为中心，集中分布于今磁县西南陈庄—前港村以东、南白道—西陈村以西、南营—高庄村以北、八里冢—曹庄村北以南区域内。这一区域位于当时的武城之北、漳水之阳，地势比较平坦，距离邺城较近，是东魏北齐时期最早规划的皇室茔域，茔域内墓葬密集，基本见不到其他姓氏的墓葬。

以孝静帝西陵为中心的元魏皇宗陵的形成，大约始自东魏天平初年，从历年出土墓志的情况统计来看，目前所知最早为天平三年(536)元诞墓(M74)，天保年之前葬入的有17个，天保年之后仅武平五年(574)元始宗墓(M87)1座，甚至还有三位宗室成员葬到漳河以南的野马岗一带(元洪敬、元德、元宝口)[②]。《魏书·孝静帝纪》："(齐天保)三年二月，奉谥曰孝静皇帝，葬于漳西山岗。其后发之，陵崩，死者六十人。"类似的记载还见于《北史》卷五《魏本纪第五》、《资治通鉴》卷第一

---

① 中国社会科学院考古研究所、河北省文物研究所：《磁县湾漳北朝壁画墓》，科学出版社，2003年。

② 据沈丽华《邺城地区东魏北齐墓群布局研究》附表统计，《考古》2016年第3期。

百六十四、《邺中记》。又《北齐书·文宣帝纪》:“(天保十年)五月癸未,诛始平公元世、东平公元景式等二十五家,特进元韶等十九家并令禁止。……癸卯,诏诸军民或有父祖改姓冒入元氏,或假托携认,妄称姓元者,不问世数远近,悉听改复本姓。”《北齐书·元韶传》:“十年,太史奏云:‘今年当除旧布新。’文宣谓韶曰:‘汉光武何故中兴?’韶曰:‘为诛诸刘不尽。’于是乃诛诸元以厌之。遂以五月诛元世哲、景式等二十五家,余十九家并禁止之。韶幽于京畿地牢,绝食,啖衣袖而死。及七月,大诛元氏,自昭成已下并无遗焉。或父祖为王,或身常贵显,或兄弟强壮,皆斩东市。其婴儿投于空中,承之以槊。前后死者凡七百二十一人,悉投尸漳水,剖鱼多得爪甲,都下为之久不食鱼。”北齐文宣帝高洋在这次对元魏皇族的大清洗中,不仅将皇族成员屠杀殆尽,还对旧有陵墓进行了彻底毁坏。如在M63、M001等墓葬的发掘中,就可以看到墓室被扫荡一空,连墓砖都所剩无几,这样的破坏应非寻常盗墓所致[①]。因此,元魏皇宗陵在天保十年之后大概就已名存实亡,几乎不可能再有皇族成员葬入。

元魏皇宗陵主要涉及皇室八个支系:平文子孙、道武子孙、太武子孙、景穆子孙、文成子孙、献文子孙、孝武子孙及孝静帝一系,其中以道武至文成子孙为多。墓地排布以孝静帝西陵为中心,呈现明显的支系集中性,如属同宗的元祜和元良、父子关系的元显和元均、元亶和元景植,以及兄弟关系的元融(卢贵兰)和元凝(陆顺华)等,相近墓葬一般遵循以南、东为尊原则。因皇宗陵使用时间较短,故一般只见到前后

① 朱岩石、何利群:《河北磁县北朝墓群M63及十六国窑址》,《中国文物报》2007年7月27日第2版。徐海峰、佟宇哲、王法岗:《河北磁县又发掘一座东魏皇族墓葬》,《中国文物报》2008年5月9日第5版。

两代的情况。

据茹茹公主志文“齐献武王之茔”记载，握有实权的高氏家族这一时期选择在元魏皇宗陵的西北方向建立家族墓地。目前所知最早进入陵墓区的是高欢的从叔祖高盛和叔父高翻，此后，高欢和茹茹公主也先后在东魏末年葬入。在北齐高洋禅替前，元魏宗陵占有主体地位，因此占据了太行山东麓距离邺城较近、地理环境最为优越的区域，墓葬分布保持了北魏洛阳时代“聚族而葬”的特点。这一时期，高氏墓群是以“王”以下待遇，作为家族墓群存在，在分布上因数量少而没有明显分布规律。不过结合文献记载，从高欢义平陵（大冢）与高澄峻成陵（二冢）以及高洋武宁陵（湾漳壁画墓）和废帝高殷墓[①]的位置关系而言，遵循的是父（东南）、子（西北）的排列次序。自高洋禅替后，高氏墓群一跃转变为帝陵及王室成员墓葬。

总体而言，东魏至北齐天保年间的宗陵规划较为严格，异姓不得葬于皇宗陵范围之内。

（二）北齐天保以后

北齐天保以后墓葬的主人包括北齐皇族成员、上层官吏、贵族和一般平民。纪年墓主要有：太宁二年（562）垣南姿墓、天统三年（567）尧峻墓、天统四年（568）和绍隆墓、武平元年（570）李胜难墓和叔孙多奴墓、武平三年（572）贾进墓和刘通墓、武平四年（573）刘贵墓和贾宝墓、武平六年（575）范粹墓和李华墓、武平七年（576）高润墓和颜玉光墓等。

墓葬形制包括斜坡墓道单室砖室墓和斜坡墓道单室土洞墓两种，

---

① 《北齐书·废帝纪》：“大宁二年，葬于武宁（陵）之西北，谥闵悼王。”

均坐北朝南，由斜坡墓道、甬道和墓室三部分组成。墓室平面以弧方形和近方形为主，砖室墓墓壁以单重或多重砖砌成，墓室地面一般平铺一层或多层青砖，墓室顶部一般为穹窿顶或四角攒尖顶。

相对元魏宗陵而言，高齐宗陵内墓葬分布略为稀疏。高欢及高盛、高翻、茹茹公主等在东魏年间葬入者位于皇宗陵最东端，其子高澄、高洋、高淯、高湜及高润等则依次葬于义平陵西北方向。按照葬入次序，从高欢叔祖辈开始至高欢子辈高润等，大致顺滏阳河流向，自东南向西北、依长幼尊卑顺序依次排列，基本遵循前排为尊、以东为尊原则。而从高欢孙辈开始，则转向西南方向另成系列，同样依东南—西北向前后顺序按尊卑排列。

考古发现的上层官吏及大族墓葬多集中于这一时期，不过受盗扰影响，墓地位置明确的较少，一般呈现"聚族为葬"的特点。从分布来看，上层勋贵首选在元魏和高齐宗陵之间的夹缝地带和外围地区，如尧氏、司马氏、暴氏等；次选在邺城西南"漳水之阴、豹祠以西、野马岗以东"区域，如和绍隆、刘通、贾进、范粹等。这些墓葬中少量勋贵墓葬作为皇宗陵的附庸，以聚族葬形式附葬于皇宗陵外围；而绝大多数官吏只能埋葬到漳河南岸的野马岗区域，刘通墓是目前所知邺城西南方向埋葬距离最远的墓葬[①]。以现有材料来看，漳河南岸的墓葬中东魏至北齐天保年间的墓葬一般分布在距离邺城较近区域，北齐天保年以后的墓葬分布在距离邺城较远区域，如固岸墓地以幸福渠为界可分为南北两区，南区主要是北齐墓，北区主要是东魏墓。

---

① 沈丽华：《邺城地区发现北齐刘通墓再论》，肖小勇主编：《聚才揽粹著新篇——孟凡人先生八秩华诞颂寿文集》，科学出版社，2019 年。

至北齐末,特别是武平年间,由于北齐和北周之间战事频仍,皇室和朝廷内部都已混乱不堪,这时的陵墓制度更是处于崩溃的边缘。近年在元魏皇宗陵核心范围发现的北齐周超墓提示我们,东魏北齐时期陵墓规划和制度约束受政治时局变化的影响是具有一定局限性的,如北周宣政元年(578)扶风郡公主高妙仪亦就近葬于靠近邺城的北白道村西[①]。

三、都城空间与葬地的形成

东魏北齐时期,邺城地区形成了都城居东、陵墓在西的大格局,其中大型河流如漳河、滏阳河、洹河等起到了空间分隔和圈围的作用。邺城西郊陵墓群分布范围广阔、墓葬数量众多,具有较为严格的规划布局。墓群大致可分为三个部分:(1) 以东魏孝静帝元善见西陵为中心的东魏皇宗陵区;(2) 以北齐神武帝高欢义平陵为中心的高齐皇宗陵区;(3) 中下层官吏和平民墓葬区。其中东魏和北齐皇宗陵区集中分布于漳河与滏阳河之间,排列有序;中下层官吏和平民墓葬区则散布于漳河与洹河之间的野马岗、西门豹祠周边一带[②]。(图二)

显而易见,邺城西郊陵墓布局的形成是一个渐序发展的动态过程,以往在考古发现较少、分期编年序列未建立的情况下,只能宽泛地总结墓葬分布规律,进而推测墓葬布局、内在思想和形成原因。现阶段伴随考古发现的不断增多,我们在初步建立起这一地区墓葬编年序列的基础上,可以结合墓群与都城的空间关系和政权演变的历史背

---

① 沈丽华、李江:《磁县北齐周超墓的发现与研究》,赵俊杰主编:《春山可望——历史考古青年论集》,上海古籍出版社,2021 年,第 77—96 页。

② 沈丽华:《邺城地区东魏北齐墓群布局研究》,《考古》2016 年第 3 期。

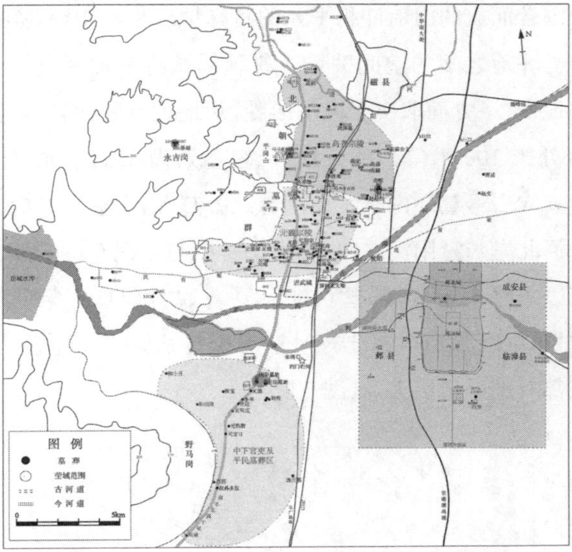

图二 邺城地区墓葬分布图

景,用动态的眼光来考量墓群布局特点和形成原因。作为国家制度中密不可分的一个有机整体,东魏北齐邺城和西郊陵墓选址、分布规律和平面格局受到了礼制传统、地理环境和政权决策等多方面因素的综合影响①。

笔者曾对曹魏及十六国时期邺城的都城空间与葬地进行讨论②。邺城周围的几条大型河流——滏水、漳水、洹水,与西侧连绵不断的太

① 沈丽华:《邺城地区东魏北齐墓葬研究》,楼劲主编:《魏晋南北朝时期的政治与社会》,中国社会科学出版社,2020 年。

② 沈丽华:《曹魏邺城都城空间与葬地初论》,陈晓露主编:《芳林新叶——历史考古青年论集(第二辑)》,上海古籍出版社,2019 年;《匈奴遗绪:十六国时期都城的考古学比较研究》,刘跃进、徐兴无主编:《大夏及北魏文化史论丛》,凤凰出版社,2020 年。

行山脉所围合而成的山前冲积平原的特殊地理形势，从根本上决定了邺城都市与葬地之间的空间关系。曹魏邺城将帝陵区设置于都城西侧的岗坡地带，一方面取决于风水形胜，从地理空间而言，西高穴二号墓所在恰处于100米等高线三面环绕区域，背山面平原，朝向邺城。目前在西高穴二号墓周围未发现东魏北齐墓葬，东魏北齐时期帝陵区设置在漳河北岸与滏阳河之间，中下层官吏与平民墓葬则安置在西高穴二号墓以东略平坦区域，这可能是受曹魏时期墓葬空间挤压的结果，但同时也可以看到东魏北齐时期无论是都城空间还是葬地分布，整个境域都有进一步扩大。（图三）

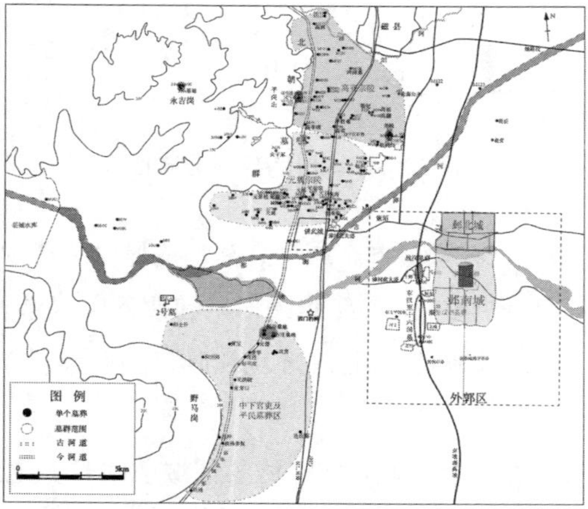

图三　曹魏邺城都城、葬地与东魏北齐邺城都城、葬地分布关系

都市与葬地在空间关系上具有极强的关联性与依附性，正如张学锋所指出的“单凭城墙圈内的城市空间，是无论如何也难以维持一座城市的正常运转的……盐泽（裕仁）认为，所谓都城，其实存在着由城郭中的小城、大城构成的“郭域”，由“郭域”之外陵墓、苑囿、郊坛等构成的“郊域”以及确保都城物资供给的卫星聚落“境域”等不同层次，都城圈实际上就是由郭域、郊域、境域这三个同心圆空间的扩展所构成的。”①对应古代文献记载，都城圈对应的大概是以都城城墙圈围的空间为中心，涵括都城墙之外的郊、野（乡村）空间以及周围县域的京畿范围。就邺城而言，郊、野区域的村民生活形态目前尚不清楚，其中可能存在里坊的建制，如安丰王妃冯氏窆于风义里地②。在郊、野区域，特别是邺城西侧的近山丘陵地带则以集中分布陵墓区和皇家苑囿为主。

以北齐天保元年为界，邺城西郊东魏北齐墓葬，特别是皇宗陵区，发生了较大转变。元魏皇宗陵陵区基本废弃，原本以从属地位偏居陵墓区西北角的高氏陵墓一跃而成帝陵③。在崭新的规划思想下，高齐皇宗陵区呈现出与元魏皇宗陵迥然相异的面貌。当然，这种转变也并非一蹴而就。大约从东魏武定年间开始，掌握着实权的高欢虽未表现出明确的篡位之意，但是以茹茹公主等墓的考古发现来看，北齐制度的雏形已开始出现。茹茹公主墓是目前仅见的湾漳壁画墓缩小版，特别是墓道斜坡面彩绘地画的做法应系墓葬制度方面的尝试。东魏晚期，墓葬中随葬陶俑的风格不断摆脱北魏洛阳规制，而形成新的北齐

① 张学锋：《吴都建业的都城空间与葬地》，《魏晋南北朝隋唐史资料》（第三十六辑），上海古籍出版社，2017 年。

② 赵超：《汉魏南北朝墓志汇编》，天津古籍出版社，1992 年，第 376 页。

③ 《北齐书·神武帝纪》：“诏凶礼依汉大将军霍光、东平王苍故事；赠假黄钺、使持节、相国、都督中外诸军事、齐王玺绂，辒辌车、黄屋、左纛、前后羽葆、鼓吹、轻车、介士，兼备九锡殊礼，谥献武王。八月甲申，葬于邺西北漳水之西，魏帝临送于紫陌。天保初，追崇为献武帝，庙号太祖，陵曰义平。天统元年，改谥神武皇帝，庙号高祖。”

特色。

与之对应,在强调政权正统性的驱使下,邺城的都城布局在东魏北齐交替之际也发生了较大的转变,以宫城区和南郭宗教、礼制建筑区为代表的最新考古发现不断证实着这一点。物质文化方面,不仅是都城与墓葬,在邺城地区的佛塔舍利瘗埋、佛教造像风格、早期青瓷生产等各个方面也多有体现。杨泓曾结合都城、建筑、墓葬、造像诸方面遗迹和遗物的发现,提出“邺城规制”的概念。在提出这个概念时,他也在不断反思,曾试图用时代冠名称“高齐规制”①。

东魏至北齐时期邺城都城空间与葬地布局的形成与演变,不仅反映出“中世纪都城”②的共通特点,其内部的调整与变化,也凸显出高齐禅替元魏后,为强调政权正统性所做的不懈努力,正如陈寅恪所指出的“凡江左承袭汉、魏、西晋之礼乐政刑典章文物,自东晋至南齐其间所发展变迁,而为北魏孝文帝及其子孙模仿采用,传至北齐成一大结集者是也”③。

---

① “邺城规制”一词最先由郑岩在讨论北朝晚期以邺城为中心的墓葬壁画特点时提出,见《魏晋南北朝壁画墓研究》,文物出版社,2002 年,第 181—208 页。2014 年,基于北吴庄佛教造像埋藏坑的发现,何利群从佛教造像角度提出“邺城模式”的概念,见《从北吴庄佛像埋藏坑论邺城造像的发展阶段与“邺城模式”》,《考古》2014 年第 5 期。杨泓则综合了都城、建筑、墓葬和佛教等多个方面,见《邺城规制初论》,《新世纪的中国考古学(续)——王仲殊先生九十华诞纪念论文集》,科学出版社,2015 年,第 404—414 页。

② 张学锋:《所谓“中世纪都城”——以东晋南朝建康城为中心》,《社会科学战线》2015 年 8 期。

③ 陈寅恪:《隋唐制度渊源略论稿》,中华书局,1963 年,第 1 页。

平衡与失衡

——几方墓志中所见北齐胡汉问题

刘　丹

（中国国家博物馆）

东魏天平元年（534）九月从洛阳迁都至邺城（今河北临漳县西南），取代东魏的北齐亦定都于邺，然而从永熙元年（532）七月，高欢建大丞相府于晋阳（今太原市西南），至北周灭北齐的55年间，晋阳在北齐历史上一直处于“别都”的地位，被称为“霸业所在，王命是基”[①]。高欢死后，其子高澄亦镇晋阳，朝政决议皆出于此；高澄遇刺后，其弟高洋秘不发丧，赴晋阳亲总庶政。后高洋受魏禅，建北齐，都于邺，令太子居晋阳，高洋亦时常巡幸晋阳，而使太子于邺都监国，后代北齐皇帝多延此法。据毛汉光先生统计，统治者高氏穿梭于邺都和晋阳之间，“在四十三年中，穿梭来回凡三十七次，在晋阳的时间约二十九年，在邺都的时间约十四年，在晋阳时间为在邺都时间之倍”[②]。这种“邺都—晋阳”二元一体制度纵贯整个东魏北齐时代。从考古学上来讲，在邺都发现的多为宗室贵族墓，如推测为高洋武宁陵

① 《北齐书·文宣帝纪》，中华书局，1972年，第51页。

② 毛汉光：《中国中古政治史论》，上海世纪出版集团上海书店，2002年，第9页。

的磁县湾漳墓、冯翊王高润墓、修武王高孝绪墓等。而在晋阳地区发现的则多是为北齐建国立下赫赫功勋的勋贵墓或功臣墓，如东安王娄睿墓、顺阳王厍狄迴洛墓、武安王徐显秀墓等。位于晋阳的这些功臣墓均出土有长篇墓志，为我们研究东魏北齐政治社会留下了极好的第一手材料。

东魏北齐交界时期是一个各种政治力量重组、社会重构的关键时期，徐显秀、厍狄迴洛作为这一历史时段的参与者，其生平不可避免地打上了时代的烙印。而两者的身份又恰恰代表了当时社会的两种势力：军功汉人与部落首领。他们都在这场变革中，走进了权力的核心，成为构成新兴北齐的重要人物。从他们身上探究北齐建立并最后崩溃的深层次原因，正是本文希望进行的尝试。

一、四方墓志的基本情况

《徐显秀墓志》已由山西省考古研究所、太原市文物考古研究所在《太原北齐徐显秀墓发掘报告》[①]（以下简称《报告》）中作全文释读。据《报告》，墓志出土时位于墓室西南角、棺床的前方靠近甬道处。志盖盝顶，中刻篆书“齐故太尉公太保尚书令徐武安王墓志”16 字（图一）。墓志底座带四脚，长 71 厘米、宽 72 厘米、厚 21.3 厘米，30 行，行满 30 字，共 873 字（图二）。

① 山西省考古研究所、太原市文物考古研究所：《太原北齐徐显秀墓发掘简报》，《文物》2003 年第 10 期。

图一　徐显秀墓志志盖

（《文物》2003 年第 10 期）

图二　徐显秀墓志

（《文物》2003 年第 10 期）

厍狄迴洛夫妇墓志 1973 年出土于山西寿阳县南贾家庄厍狄迴洛夫妇墓中，三合墓志并列于墓室前之甬道口①。厍狄迴洛墓志在三合墓志中居中，墓志长宽各 81 厘米、通高 29 厘米、志身厚 11 厘米、盖厚 18 厘米。志盖镌鸟首篆书“齐故定州刺史太尉公厍狄顺阳王墓铭”（图

① 王克林：《北齐厍狄迴洛墓》，《考古学报》1979 年第 3 期。

图三　厍狄迴洛墓志志盖
(《考古学报》1979 年第 3 期)

三),志文 31 行,行满 31 字,共 930 字(图四)。斛律夫人墓志在三合墓志中居左,长宽各 60 厘米、通高 15.7 厘米、盖厚 7.7 厘米。盖面篆书“齐故厍狄氏武始郡君斛律夫人墓志铭”十六字(图五)。志文镌 15 行,行满 15 字,共 191 字(图六)。尉夫人墓志居右,长宽各 54.4 厘米、通高 15 厘米、志厚 7.5 厘米、盖厚 7.5 厘米。盖面隶书“齐故郡君尉氏墓志铭”9 字(图七)。志刻 18 行,行满 21 字,共 323 字(图八)。墓志拓片刊载于《考古学报》1979 年第 3 期《北齐厍狄迴洛墓》一文中。赵超先生最早对其进行释读,释文收于《汉魏南北朝墓志汇编》一书中[①]。因墓志出土时间较早，加上墓志本身破碎，所以释文中难免有脱漏错误之处。后王天庥在《北齐厍狄迴洛夫妇墓志点注》对此墓志进行校释，纠正了《汇编》中的一部分错误，但在释文中亦有脱漏和错误之处。笔者曾依据墓志拓本，进行过一次补释[②]。

图四　厍狄迴洛墓志

（《考古学报》1979 年第 3 期）

---

① 赵超：《汉魏南北朝墓志汇编》，天津古籍出版社，1992 年。

② 刘丹：《〈厍狄迴洛墓志〉补释》，《中国文物报》2011 年 3 月 2 日第 8 版。

图五　斛律夫人墓志志盖

(《考古学报》1979 年第 3 期)

郡君諱昭男邢州懷朔人也第一領民
酋長左光祿大夫廣漢公可知陵之女
賜姓命氏與日月而俱懸冠冕蟬聯共
滄波而竝注郡君資質妍婉曠世無倫
顔艷丰乾絶域罕輩年始加笄伉儷庫
拔奉深謁廟誕育兩男長曰光次曰
天焆武定元年授武始郡君但天不郝
善武定三年春秋三十有三遘疢薨於
夏州大齊河清元年八月十二日與定
州使君太尉順陽王合葬於朔州城南
陵谷易遷金玉可朽用勒徽音寄之泉
石其詞曰
非禮勿動言必有章六行備舉四德兼
揚敷訓閨閫日就月將玉鎮芳皃踰潔
踰香

图六　斛律夫人墓志

（《考古学报》1979 年第 3 期）

图七　尉夫人墓志志盖

(《考古学报》1979 年第 3 期)

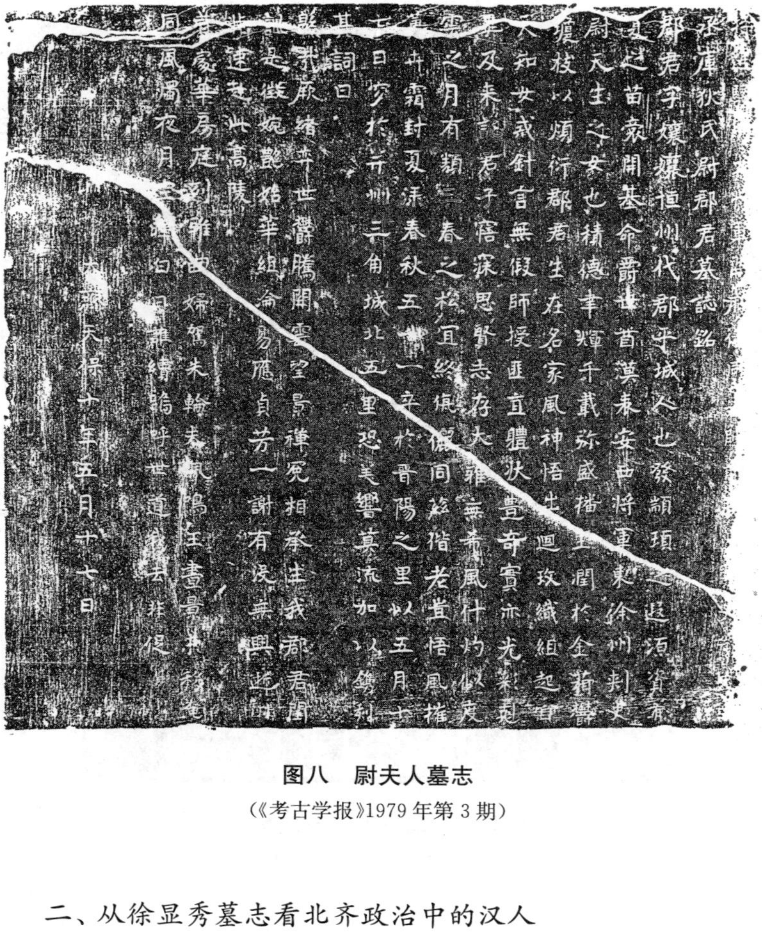

图八　尉夫人墓志

(《考古学报》1979 年第 3 期)

二、从徐显秀墓志看北齐政治中的汉人

根据徐显秀墓志记载，徐显秀卒于太宁二年(562)，年七十，则当生于北魏孝文帝太和十六年(492)。“忠义人也”，其祖父为“怀戎镇将”。罗新、叶炜先生在《新出魏晋南北朝墓志疏证》称，“怀戎”当为

“怀荒”之误①。查《魏书·地形志》载忠义郡属蔚州，永安中（528—530）置，领苇池、杨柳二县。又在“蔚州”条下有：“永安中改怀荒、御夷二镇置，寄治并州郇县界。”领始昌、忠义、附恩三郡②。《魏书·郦道元传》中又载：“肃宗以沃野、怀朔、薄骨律、武川、抚冥、柔玄、怀荒、御夷诸镇并改为州，其郡县戍名令准古城邑。诏道元持节兼黄门侍郎，与都督李崇筹宜置立，裁减去留，储兵积粟，以为边备。”③怀荒、御夷两镇合为蔚州，则蔚州当领两镇旧民。因《魏书·地形志》载：“始昌郡，永安中置。忠义郡，永安中置。附恩郡天平中置。”既然北魏天平中（534—537）方置附恩郡，那么怀荒和御夷两镇并入蔚州的时候尚无此郡，徐显秀祖辈是怀荒镇将而后代为忠义籍，则可以推测怀荒镇改为忠义郡，相应地御夷镇改入始昌郡，后在天平年间（534—537）增置了附恩郡，三郡并为蔚州所辖（见图九）。徐显秀祖父徐安、父徐珍，史皆无载，由墓志可知均为怀荒镇镇将。然而六镇在孝昌（525—527）之际已经荒废，徐显秀祖父尚为镇将，而当时蔚州寄治并州郇县界，据徐显秀生卒年月推断，很可能其祖辈尚为镇将，父辈乃至于徐显秀则为侨民，这也可以解释为何父辈在墓志中不见武力方面的记述。

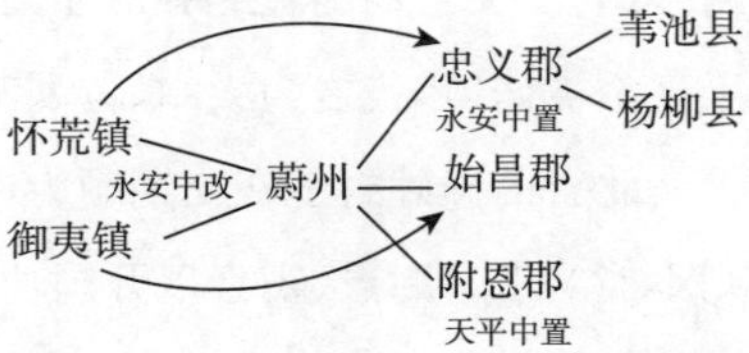

图九　蔚州行政沿革推测示意图

徐显秀出身寒微，从祖辈开始的边镇经历推断，徐显秀应当与高

① 罗新、叶炜：《新出魏晋南北朝墓志疏证》，中华书局，2016年，第202页。

② 《魏书·地形志二上》，中华书局，1974年，第2501页。

③ 《魏书·郦道元传》，中华书局，1974年，第1925页。

欢一样是一位胡化的汉人。“神武既累世北边，故习其俗，遂同鲜卑。”[①]而高欢所领之兵，以从尔朱荣手里接过的六镇边民为主。从《北齐书·高昂列传》中也可以看出：“于时，鲜卑共轻中华朝士，唯惮服于昂。高祖每申令三军，常鲜卑语，昂若在列，则为华言。”[②]既然平时常用鲜卑语，则无疑其军中汉人也大多胡化。从墓志中的“尔朱天柱”“高祖定业”等字句看，徐显秀和当时的大部分北人一样，先从尔朱荣，再从高欢，由于在战争中表现英勇，得到重用，被提拔为亲信。墓志中多有“常冲死地，屡入虎口。体兼伤以方厉，衣浴血而逾猛”等字句，可见徐显秀应该是高欢军中一名英勇善战的猛将。高洋建北齐后因功封开国公，大宁初因在北齐对北周的战争中救急，得封王爵，继而赵郡王高叡被诛后，代之为太尉，位列三公。

北齐的异姓封王在初期颇为严格，除非有佐命之功，长期从征，否则不能封王。尉景、窦泰以开国功臣、高欢姻亲之贵，天保初封王时尚未得封。尉景子尉粲大愤恨，十余日闭门不朝，后文宣帝高洋亲自到府过问，并追封尉景为长乐王，方复朝请。推测因尉景早死，且军功不如厍狄干、斛律金等人显赫，故不得为王。天保初封王仅有厍狄干、斛律金、娄昭、韩轨、潘乐、高隆之。而孝昭帝夺帝位后，诏“督将、朝士名望素高，位历通显，天保以来未蒙追赠者，亦皆奏录”[③]。于是皇建初(560—561)，曾增封了一批，包括厍狄迴洛、高昂(追封)等。至武成帝即位，朝政日趋混乱，封王者逐渐增多，遂至于幼主朝“庶姓封王者百

---

① 《北齐书·神武帝纪上》，中华书局，1972 年，第 1 页。

② 《北齐书·高昂传》，中华书局，1972 年，第 295 页。

③ 《北齐书·孝昭帝纪》，中华书局，1972 年，第 82 页。

数,不复可纪。开府千余,仪同无数”[①]。(见附表一,因后主幼主朝封王过多,没有参考价值,故统计截至公元576年。)徐显秀封王于大宁初,而且据墓志所记,应当与解洛阳之围一事有直接关系,否则以徐显秀出身寒微且无大的政治作为来看,即使在封王逐渐混乱的武成朝,也可能不能封王。

墓志序与铭中先后两次赞赏徐显秀解围,一次为墓志铭中所书:“匈奴合骑,黠羌连党;奋身回入,提卒孤往;平城解围,峭函复象。”事合北齐河清二年(562)北周进攻北齐恒、并二州。《北齐书·武成帝纪》载:大宁二年冬十二月“己酉,周将杨忠帅突厥阿史那木汗等二十余万人自恒州分为三道,杀掠吏人。是时,大雨雪连月,南北千余里平地数尺,霜昼下,雨血于太原……己未,周军逼并州,又遣大将军达奚武帅众数万至东雍及晋州,与突厥相应……三年春正月庚申朔,周军至城下而陈,战于城西。周军及突厥大败,人畜死者相枕,数百里不绝。诏平原王段韶追出塞而还”[②]。又有《北齐书·段韶传》载此事云:大宁二年“十二月,周武帝遣将率羌夷与突厥合众逼晋阳”[③]。可能徐显秀在此次战役中有力战救急之功。另一次解围墓志以“伪邻不逞,连祸作寇,南倾巴濮,西尽牢烧,士若渭沙,戈犹林木。盛轒橹于金墉,舒旌旆于芒阜。救兵未会,元戎始交,多少相悬,车徒异势。王跃马抽剑,独奋孤挺,遂破百万之师,仍解危城之急”之句记载了这次战争。“伪邻”显然是对北周的蔑称,“金镛”和“芒阜”则以金墉城和邙山指代洛阳。应当是指河清三年(563)尉迟迥围洛阳之事。《北齐书·武成

① 《北齐书·幼主纪》,中华书局,1972年,第112页。
② 《北齐书·武成帝纪》,中华书局,1972年,第92页。
③ 《北齐书·段韶传》,中华书局,1972年,第210页。

帝纪》载：河清三年闰月乙巳“突厥寇幽州。周军三道并出，使其将尉迟迥寇洛阳，杨檦入轵关，权景宣趣悬瓠”①。《北齐书》和《周书》对此次战争一带而过，并未详细描写北齐扭转胜负之过程。从史料记载推断，可能与娄睿和段韶率军支援有关，而徐显秀可能在其中也有领军之功，河清年间(562—565)徐显秀已届花甲之年，恐难以“跃马抽剑”“独奋孤挺”，墓志多夸大美誉，不必深究。

徐显秀得以位列三公是在赵郡王高叡被诛之后取而代之，徐显秀此人在《北齐书》中无传，仅在帝纪中有位列司空和太尉的记载，其中位列太尉的时间和同时改职的人员值得注意：“是月，杀太尉、赵郡王叡。三月丁酉，以司空徐显秀为太尉，并省尚书令娄定远为司空。”②武成朝，和士开乱政。武成帝崩后，赵郡王高叡同娄定远诸贵均主张外放和士开，胡太后和后主迫于压力以和士开为兖州刺史，但和士开以美女珠宝贿赂娄定远，娄定远遂助和士开诛赵郡王高叡。徐显秀后继为太尉，与娄定远同列，与此事是否有关联，囿于材料，不敢妄加推断，在此提供一种线索。

整体看来，徐显秀的升迁在初期纯因军功。军队较朝廷而言相对简单，只要能立功，便能受到赏识。高氏政权在早期一直贯彻着唯才是用的方针，“擢人授任，在于得才，苟其所堪，乃至拔于厮养，有虚声无识者，稀见任用”③。和徐显秀类似的，还有一批出身寒微的军士，例如王怀，《北齐书》载“不知何许人也”，可能为民间义军首领，“率其部

① 《北齐书·武成帝纪》，中华书局，1972年，第93页。
② 《北齐书·后主纪》，中华书局，1972年，第102页。
③ 《北齐书·神武帝纪下》，中华书局，1972年，第24页。

众三千余家，随高祖于冀州”[1]，从高欢征战多年，因此得以出任地方刺史，并得以封侯，最后于皇建初配享神武庙庭。这样的例子在《北齐书》中很多，究其原因，可能在于六镇军人的反叛，来源于对北魏孝文帝汉化政策的反动，在这种反动中，必然出现对尊崇门第思想的反动，有实力的将领则逐渐崭露头角。高欢本人也并非出自豪门望族（其籍贯渤海蓨县乃有意识的攀附），因妻家娄氏的财力支持而得以招兵买马，聚集势力，并招揽了一群随之建义的勋贵。可以说，正是由于高齐统治者的平民属性，使得其在选用人才方面更注意才干，有才之士不论军人也好，文臣也罢，不乏出身寒微而身居高位者。但是，这个现象较多出现于建义之初，马上可以打天下，但不能马上治天下。和高欢一起征战的军人普遍不知书，如《北齐书·库狄干传》载：“干不知书，署名为‘干’字，逆上画之，时人谓之穿锥。又有武将王周者，署名先为‘吉’而后成其外，二人至子孙始并知书。”[2]这个特点使得他们在军事上勇猛无畏，但安定之后，我们可以看到这些勋贵们恣意贪纵，任意聚敛。而“鲜卑车马客，会须用中国人”[3]这样的言论，不仅仅反映了当时鲜卑人和汉人之间的矛盾，也是一种军队和朝廷之间的矛盾，是打天下和治天下之间的转换。所以高澄在高欢的默认下，对勋贵进行纠核，任用博陵崔暹、崔昂、弘农杨愔、北海王昕等汉人高门出身的文官作为亲信，而这些政策引起了勋贵们的强烈反抗。高澄被暗杀是一个意外，这些纠核勋贵打压勋贵的行动因此暂时停止，但围绕着高洋是

---

① 《北齐书·王怀传》，中华书局，1972 年，第 249 页。

② 《北齐书·库狄干传》，中华书局，1972 年，第 198 页。

③ “显祖尝问弼云：‘治国当用何人？’对曰：‘鲜卑车马客，会须用中国人。’显祖以为讥我。”《北齐书·杜弼传》，中华书局，1972 年，第 353 页。

否应受魏禅,勋贵们和汉人贵族又展开了激烈的斗争。终北齐之世,汉人贵族和鲜卑勋贵的斗争一直持续,文宣朝的滥杀、孝昭朝的复古、武成朝的恩倖、后主朝的党争无一不有两股势力的相互角斗。在北齐还没有找到其中的平衡点时,就因为内忧外患亡于北周。

三、从厍狄迴洛夫妇墓志看北齐统治阶层的婚姻情况

厍狄迴洛夫妇墓志为我们提供了研究北齐勋贵婚姻关系的材料。厍狄迴洛卒于大宁二年(562),年五十七,推算其当生于北魏宣武帝景明二年(505)。斛律夫人卒于武定三年(545),年三十三,当生于北魏宣武帝元昌元年(512)。尉氏卒于天保十年(559),年五十一,当生于北魏宣武帝永平元年(508)。斛律夫人当是厍狄迴洛的原配,北齐朝士多只有一妻,无妾,《北齐书·元孝友传》载:"圣朝忽弃此数,由来渐久,将相多尚公主,王侯娶后族,故无妾媵,习以为常。妇人不幸,生逢今世,举朝既是无妾,天下殆皆一妻。设令人强志广娶,则家道离索,身世迍邅,内外亲知,共相嗤怪。凡今之人,通无准节。父母嫁女,则教以妒,姑姊逢迎,必相劝以忌。以制夫为妇德,以能妒为女工。自云不受人欺,畏他笑我。王公犹自一心,已下何敢二意。"[①]厍狄迴洛斛律夫人墓志志盖上书"齐故厍狄氏武始郡君斛律夫人",志文中也有"年始加笄,伉俪厍狄"这样的文字,并提及与厍狄迴洛育有两子。而尉氏志盖为"齐故郡君尉氏",不加夫姓也不加夫人,仅云"厍狄氏尉郡君",且墓志全文仅有含糊的"宜终伉俪,同兹偕老",也未见尉氏生育子女情况。再结合斛律昭男的墓志尺寸比尉娘娘的稍大,可以推测:斛律

---

① 《北齐书·元孝友传》,中华书局,1972年,第385页。

昭男是库狄迴洛的原配夫人,按年龄来看,尉娘娘可能为改嫁,而彼时斛律夫人已去世。

库狄迴洛在《北齐书》卷十九有传,传中不载名洛之事,可能同徐显秀一样,在当时是以字行。另,《唐代墓志汇编》中武德〇〇三《大唐洛州别驾大将军崔公妻库狄夫人墓志铭》中载:"夫人讳真相,恒州代郡人也。祖干,齐太尉公太宰章武/郡王;考洛,骠骑将军和州刺史。"①考库狄真相卒于武德六年(623),年五十九,推其生于河清三年(564),据库狄迴洛墓志,当时库狄迴洛已经过世两年,且墓志与本传中均未载库狄迴洛出任过和州刺史,所以库狄真相墓志中所提到的库狄洛,应当不是此处亦名洛的库狄迴洛。《北齐书》卷十九云库狄迴洛是"代人",《元和姓纂》载库狄氏:"鲜卑段匹磾之后,避难改姓库狄,居代北,后迁中夏。"②又《北齐书》中载高欢临终对高澄语中有"库狄干鲜卑老公"之语,证明可能也是段氏后裔,库狄氏归魏后,被徙于北镇,故《北齐书》《周书》诸库狄氏均家于恒、朔。但是在河北唐县发现的"塞思颠窟"摩崖造窟碑记中载"公(库狄干)先祖出于北□□弱水,子孙绍位,郡若国祖,十有余世大单于人也。后移河西夏州是也,统酋百姓,共赫连并酋,径由六世公越豆眷见赫连起□,率领家宗诸祖万有余家,□彼移渡河北,居□五原是也,□附大魏,股肱万代。道武皇帝知太祖忠诚,赐部落主如故,封王怀朔镇,子孙世袭第一领民酋长,统领六世,……"③发表此材料的孙钢先生认为库狄氏是高车别种,其先祖活动的"弱水"位于陕西北部洛河上游支流,即赫连氏统万城,越豆眷时

① 周绍良主编:《唐代墓志汇编》,上海古籍出版社,1992年,第2页。

② (唐)林宝撰,岑仲勉校记:《元和姓纂》卷八,中华书局,1994年,第1232页。

③ 孙钢:《河北唐县"塞思颠窟"》,《文物春秋》1998年第1期。

因赫连屈丐称帝之事(赫连起□)移居河北五原。而宋海鹏在《由一通摩崖造窟碑记看北朝厍狄氏的起源及其早期活动》一文中认为碑记中所云“弱水”位于内蒙古境内黑河上游弱水,在拓跋部的控制之下,可能为高车别种,也可能为鲜卑段氏后代逃入厍狄部后改姓,其后人依稀记得其远祖,故称“鲜卑老公”。后与匈奴铁弗部一起活动于河西地区,被刘库仁迁于桑干川,因为北魏兵导路灭刘卫辰一部之功移居怀朔镇①。

斛律夫人墓志载其为“朔州怀朔人也”,其父广汉公斛律可知陵不见史载,墓志中载其为“第一领民酋长”,综合《北齐书》等史籍记录,领民酋长一职当是世袭,如斛律平袭父爵第一领民酋长,斛律光在斛律金死后袭第一领民酋长。但同一部落中不同族支可能有各自的领民酋长,如斛律羌举与斛律金两家均世为领民酋长且均为朔州人士。可能斛律夫人之父为在朔州活动的斛律部另一支之领民酋长。

尉夫人墓志载 其为“恒州代郡人”,姚薇元《北朝胡姓考》分别以尉元、尉刚、尉迥、尉长命为尉氏或尉迟氏四例,证代郡尉氏本为尉迟氏。《周书·尉迟迥传》载:“代人也。其先,魏之别种,号尉迟部,因而姓焉。”《魏书·太祖纪》载:“天兴六年春正月辛未,朔方尉迟部别帅率万余家内属,入居云中。”据此可知尉迟本为部落之号,初为魏之附庸,后有一部投魏,入居云中,遂以部名为氏。《晋书·乞伏国仁载记》云:“乞伏利那讨尉迟渴权于大非川,收众三万余落。”“据此,可知尉迟部落当在大非川附近。大非川即今青海布哈河,是尉迟氏之原住地远在

① 宋海鹏:《由一通摩崖造窟碑记看北朝厍狄氏的起源及其早期活动》,《文物春秋》2001 年第 3 期。

代京(大同县)之西,与志称'西方'合。"又通过对唐代于阗国王尉迟胜、于阗高僧智严(俗姓尉迟)相关史料及梵语音译等的考察,得出"代郡尉迟氏与于阗尉迟氏,虽地望各异,实则同出一族也。尉迟部既属吐谷浑,乃西部鲜卑族;故于阗人含有东方血族,与一般西域胡之为伊兰族者迥异"。尉夫人墓志中提到"世酋漠表",可能就是代郡尉氏出于大非川之佐证。

厍狄氏、斛律氏、尉氏在北朝早期均活动于恒、朔二州,厍狄迴洛和斛律夫人分别是领民酋长之子女,其结为联姻,应当出于原始性的部落联姻。尉氏乃尉景族女,厍狄迴洛乃厍狄干族人,两家联以婚姻也可谓门第相当。值得注意的是三氏分别与高氏联姻,高欢早年"养于同产姊婿狱队尉景家"[①]。高氏同尉氏的结姻可能是出于乡里之旧,而之后高氏与厍狄氏联姻"(厍狄)干尚神武妹乐陵长公主,以亲地见待。自预勤王,常总大业,威望之重,为诸将所伏"[②]。文宣帝对斛律金言:"公元勋佐命,父子忠诚,朕当结以婚姻,永为蕃卫。"于是"诏金孙武都尚义宁公主……肃宗践祚,纳其孙女为皇太子妃……世祖登极,礼遇弥重,又纳其孙女为太子妃。一门一皇后,二太子妃,三公主,尊宠之盛,当时莫比"[③]。尉氏、厍狄氏连同高氏,织起了一张紧密的婚姻关系网,蕃卫高氏江山,也保证家族的荣耀。除此以外,高氏还和韩轨、段荣、潘乐等勋贵联姻。与高氏对立的宇文氏西魏政权建立了以府兵为基础的关陇集团,其中的核心八柱国也在周、隋、唐三朝多出皇后。

---

① 《北齐书·神武帝纪上》,中华书局,1972年,第1页。
② 《北齐书·厍狄干传》,中华书局,1972年,第198页。
③ 《北齐书·斛律金传》,中华书局,1972年,第221—222页。

高氏政权除了和勋贵联姻外,还积极与汉人高门联姻。如文宣帝高洋的皇后为赵郡李希宗之女。史载:"初为太原公夫人。及帝将建中宫,高隆之、高德正言汉妇人不可为天下母,宜更择美配。杨愔固请依汉、魏故事,不改元妃。而德正犹固请废后而立段昭仪,欲以结勋贵之援,帝竟不从而立后焉。"①此处勋贵代表高隆之、高德正属意的段昭仪恐怕是勋贵段荣之女,汉人高门杨愔拥立的赵郡李氏之女为汉魏以来的高门,两者之间对立后的争执固然反应着当时汉人高门与勋贵之间权力斗争的状况,而文宣帝对此事的态度值得思考。文宣帝受魏禅是被娄太后及勋贵们联合反对的,而汉人高门杨愔、崔暹、徐之才等积极鼓动文宣帝受禅以加强自身地位,此时文宣立李后恐怕会使矛盾进一步激化,而文宣帝在受禅及立后两件事上均不肯对勋贵妥协,除了有压抑勋贵之意以外,可能也是文宣帝对北齐政权的构成的一种考虑。从他重用杨愔、崔暹、崔季舒等人,立李后,并为其子娶渤海封氏、为赵郡王高叡娶荥阳郑述祖之女等行为来看,其应当是希望联合汉人建立稳定的政权。但是他一边联合汉人高门诛杀帝室、功臣以加强帝王的权威,一边又深知北齐政权得以建立依赖的是勋贵武将,与之结姻,以图"永为蕃卫",并且对"好门户、恶人身"②的王昕等贵族做派之士加以诛杀。这种矛盾,或许是高洋想在勋贵和汉人高门之间寻求一个平衡,然而高洋死后,被压抑的矛盾一举爆发,孝昭帝在娄太后和斛律光等勋贵的支持下废高殷为济南王,登帝位。

至于勋贵自身婚姻,也有一个从部落联姻到普遍与高门联姻的转

① 《北齐书·文宣李后传》,中华书局,1972年,第125页。

② 《北齐书·王昕传》,中华书局,1972年,第416页。

变过程。高隆之反对文宣以汉人妇为皇后,自身却求博陵崔孝芬之女为妻。《北齐书·高隆之传》中载“仪同崔孝芬以结婚姻不果,前后构成其罪,并诛害之”。崔孝芬不肯以女妻高隆之,很有可能就是因为高隆之“本姓徐,云出自高平金乡”①。门户不显之故。从前文提到的厍狄真相墓志看,她本人是厍狄干之孙女,“唐洛州别驾大将军崔公妻”,其“第四女适陇西李氏,第七女适范阳卢氏”②。则可知厍狄干的后代在唐代的联姻对象为汉人高门。以高氏、厍狄氏为代表的勋贵从集团内婚到高门婚,则可看出:在中国的中世纪,即使是政治对立,也逃不出尊崇门阀的主流思想。而终北齐之世,这种相互妥协尚未达成则遭遇家毁国灭,而其子孙延于后朝者,则开始顺应时流。

另外,值得注意的一点在于,斛律光在天统年间(565—569)与祖珽、穆提婆结怨。祖珽为范阳人,是汉人高门的代表,同时也以绘画才能遭到武成宠幸,穆提婆则为幼主乳母陆令萱之子,为恩倖的代表。斛律光不满朝政为恩倖势力把持而与二者结怨,北周名将韦孝宽利用此矛盾,散布斛律光想反叛的谣言,轻易使得武成帝听信祖、穆二人谗言,下令诛杀斛律光全家。这无非是汉人与勋贵的又一次矛盾表现。但是,高门贵族想要在北齐世重新建立起孝文帝世的贵族政治,却动摇了北齐赖以生存的基础。以斛律金被诛为导火索,在盘根错节的婚姻网带动下,勋贵力量被大大削弱,这次,面对北周第一名将韦孝宽,再也没有能与之抗衡的勋贵名将作为后盾,北齐在始终没有寻求到的平衡中,终于因失衡而迅速地走向了灭亡。

---

① 《北齐书·高隆之传》,中华书局,1972 年,第 235 页。

② 周绍良主编:《唐代墓志汇编》,上海古籍出版社,1992 年,第 2 页。

高欢冒称北海高氏、徐显秀墓志中强调徐氏与山东的关系、《北齐书》中也常见某人自云出于某地的记载，从厍狄迴洛夫人尉氏之父的混乱官职和姓氏起源看来，应当也是在北齐建立后，有意识地追尊先祖的行为。这些现象告诉我们，南北朝社会，不管由什么族群建立政权，用什么人治理天下，作为中国中世纪的一个时期，难逃尊崇贵族、尊崇门第的主流。

徐显秀墓志、厍狄迴洛夫妇墓志为我们提供了大量有关北齐政治、社会的珍贵资料。作为隋唐帝国形成的重要来源，北齐的政治、社会一直是学者所关注的重点。徐显秀是难得的寒门出身汉人以军功登上高位的例子，而且史书缺载，墓志的出土为我们的研究提供了极好的材料。厍狄迴洛夫妇墓志则为诸勋贵之间的联姻提供了参考，传世史料中不乏勋贵与高门联姻、与帝室联姻的记载，勋贵间的相互联姻却比较少见，这方墓志为我们提供了研究北齐上层社会婚姻关系的好材料。

北魏孝文帝的汉化政策使得中原地区维持着贵族政治，但是，对以鲜卑子弟为骨干的六镇军人的长期压抑政策导致了六镇之乱，从尔朱荣诛杀中原衣冠世族的极端例子来看，六镇之乱的原因在于对汉化政策的反抗。高欢从尔朱荣手里接过六镇兵民，得以建立东魏北齐政权，那么先天注定了东魏北齐的政治将会长期处于汉人贵族和鲜卑勋贵的斗争之中。在有强有力的君主如高欢、高洋、高演的维持之下，两种势力此消彼长，尚能实现微妙的平衡，但是，一旦君主失于政务，打破这个平衡，则使得本来根基就尚未立稳的政权在内忧外患中轰然倒塌。

谷川道雄先生在《隋唐帝国形成史论》的《北齐政治史与汉人贵

族》一章中指出："作为官僚，无论怎样忠实地勤于政务，他们所企图的依旧是如何让门阀世界得到复活。他们藏身于君主权的影子里推动这一目标。刚开始作为幕僚，渐渐地掌握了国家政纲，最后终至左右政权的基础即军队的地步。但仔细想来，这一军事力量不正是从尔朱氏那里保住贵族阶级的基本力量么？他们自身的立脚之处似乎就此出现了动摇。"[①]而依靠关陇集团得以维持统治的北周、隋政权，在逐步摸索中找到了解决之道，从而使得中国再一次进入了稳定的时代。

附表一　东魏北齐异姓封王表(截至公元576年)

姓名	籍贯	封王时间	王号	封王理由
贺拔允	神武尖山	天平年间	缺	参定大策
娄昭	善无	天保初	太原王	追封
厍狄干	善无	同上	章武郡王	天平元勋佐命
潘乐	广宁石门	同上	河东郡王	佐命，齐受禅，进玺绶
韩轨	太安狄那	同上	安德郡王	元勋佐命
斛律金	朔州敕勒部	同上	咸阳郡王	同上
高隆之	高平金乡	同上	失载，卒赠阳夏王	同上
可朱浑元	辽东	同上	扶风王	同上
段韶	姑臧武威	天保五年	平原郡王	退陈军
杨愔	弘农华阴	天保十年	开封王	望实俱美，劝进帝位

① [日]谷川道雄著，李济沧译：《隋唐帝国形成史论》，上海古籍出版社，2004年，第228页。

续表

姓名	籍贯	封王时间	王号	封王理由
张保洛	代郡	废帝初	敷城郡王	力战有功
高昂	渤海蓨	皇建初	永昌王	追封
尉景	善无	同上	长乐王	同上
娄睿	太安狄那	皇建元年	东安郡王	外戚
段荣	姑臧武威	皇建二年	武威王	追封
库狄迴洛	代郡（墓志载朔州部落）	皇建初	顺阳郡王	力战有功
徐显秀	蔚州忠义县	大宁年间	武安王	同上
暴显	魏郡斥丘	天统元年	定阳王	同上
斛律光	朔州敕勒部	天统三年	咸阳王	袭父爵
唐邕	太原晋阳	天统初	晋昌王	力战有功
慕容俨	清都成安	天统五年	义安王	同上
綦连猛	代郡	天统五年	山阳王	同上
赵彦深	南阳宛	天统—武平间	宜阳王	典掌机密，忠谨
斛律羡	朔州敕勒部	武平元年	荆山郡王	合门贵盛力战有功
库狄伏连	代郡	武平中	宜都郡王	直卫亲信
鲜于世荣	渔阳	武平中	义阳王	力战有功
独孤永业	中山	武平中	临川王	同上
叱列连长乂	代郡西部	武平末	新宁王	失载
皮景和	琅邪下邳	武平末	文城郡王	力战有功

关于“乌获”等神兽图像的探讨

焦　博

（南京出版社）

一、问题的提出及学界研究

随着考古材料的不断发现，有一种肩生羽翼的神兽形象受到了学界的关注。这一类神兽的特征非常明显。第一，它在形象上很稳定，兽面人身，肩生羽翼，长尾，后腿悬附两条羽翎（或兽尾），三爪二趾，抓踏如狂（图一）。第二，在出现的时间上相对比较集中，就目前的发现而言，主要出现在魏晋南北朝时期，下限到唐初。第三，出现的数量比较多，而且在分布地域和适用的身份等级上比较宽泛。河南、河北、甘肃、山东、山西、江苏等地均有发现。既出现于佛教石刻莫高窟的壁画上，又出现在北齐湾漳大墓等高等级墓室壁画中，南朝帝陵陵前神道柱底座的线刻、祆教徒墓葬的石棺床上都可以见到这样的神兽。在目前所见的遗存中，大多与墓葬有关，可以见到近五十处这种神兽的图像。

前人在探讨这些神兽时，一般笼统地将其称为“瑞兽”“怪兽”或者“方相氏”等，意见并不统一。不仅是命名的问题，这类神兽图像主要流行于魏晋南北朝时期，原因何在？诸多问题都还有值得进一步探讨的空间。

图一　河北磁县湾漳北朝大墓壁画所见神兽形象

学界对于这个图像关注已有很长时间。先行研究讨论的问题主要集中于三个方面：第一，神兽的名称；第二，神兽的来源；第三，神兽的性质和功用。学者关注的重点在于神兽的命名问题，其间得出了不少有价值的观点，但存疑之处尚多。以下，对先行研究略作梳理。

关于这类神兽的性质和命名，主要可分成三类意见。

第一类：汉代传统。较早提出这种观点的是宿白先生，他在《参观敦煌第285窟札记》一文中认为这种图像是《山海经》中"计蒙"等象征风雨之物[①]。王子云在《中国古代石刻画全集》中则认为它是方相

① 宿白：《参观敦煌第285窟札记》，《文物参考资料》1956年第2期。

氏[①]。长广敏雄也提出神兽应该来源于汉画传统[②]。林巳奈夫通过对汉代铜镜的研究，指出这种神兽应该是比最高等级的神略低一级的自然神[③]。之后美国学者卜苏珊提出它是“雷公、风神”[④]，持相同观点的还有马采，他认为这种图像是汉代传统神话中的“风师”[⑤]。近年来，孔令伟提出了一种新的解释，指出它应该来自郭璞的“畏兽画”，是《山海经》古图中的神兽或者汉宫十二兽乐舞中的形象，而且在不同场合，其名称、形象和意义会相应改变[⑥]。孙武军在其学位论文中，认为它不是天神而属于力士形象，应为“乌获”[⑦]。

第二类：佛教图像。这种观点最早在1981年由史苇湘提出，他认为这种图像是佛教借助传统图案中的“雷神”，表现的是佛教天龙八部中的鬼神“人非人”[⑧]。之后也有学者表达了类似的观点[⑨]。

---

① 王子云：《中国古代石刻画选集》，中国古典艺术出版社，1957年。转引自尹夏清：《北朝隋唐石墓门及其相关问题研究》，四川大学博士学位论文，2006年，第143页。

② [日]长广敏雄：《六朝時代美術の研究》，美术出版社，1969年。转引自孔令伟：《畏兽寻证》，载范景中、郑岩、孔令伟编：《“考古与艺术史的交汇”国际学术研讨会论文集》，中国美术学院出版社，2009年，第431、432页。

③ [日]林巳奈夫：《鋪首、獸環の若干種さめぐつて》，《東方学報》第57册，1985年3月。转引自尹夏清：《北朝隋唐石墓门及其相关问题研究》，四川大学博士学位论文，2006年，第143页。

④ [美]卜苏珊撰，张元林译：《中国六世纪初的和元氏墓志上的雷公、风神图》，《敦煌研究》1991年第3期。

⑤ 马采：《艺术学与艺术史文集》，中山大学出版社，1997年，第220页。

⑥ 孔令伟：《畏兽寻证》，载范景中、郑岩、孔令伟编：《“考古与艺术史的交汇”国际学术研讨会论文集》，中国美术学院出版社，2009年，第436—438页。

⑦ 孙武军：《北朝隋唐入华粟特人墓葬图像的文化与审美研究》，西北大学博士学位论文，2012年，第135—149页。

⑧ 史苇湘：《敦煌佛教艺术产生的历史根据》，《敦煌研究》1981年第1期。

⑨ 石炯：《敦煌莫高窟的“人非人”形象及其启示》，《陕西师范大学学报》2013年第1期。

第三类:祆教图像。这类观点主要是随着近年来一批来华粟特人墓葬材料的出土而提出的。这些墓葬包括 2000 年发掘的安伽墓,2003 年发掘的史君墓和 2004 年发掘的康业墓。姜伯勤提出,“我们并不怀疑异兽图像是汉代即已见到的传统中国美术中的神怪图像,值得注意的是,在北齐安阳所出石棺床画像石中,这种传统传袭而来的图像,被祆教美术采纳为祆教天神图像”①。施安昌提出其来源是波斯、粟特②。尹夏清在其博士论文中认为是祆教中驱邪镇墓的“畏兽”③。

对以上研究进行总结,大致可以分为从文献、早期图像和外部因素寻找这几种思路。需要注意的是,这类神兽图像的特殊之处在于它不是一直传承下来的,而是这一时期新创造的图像。如果纯粹从文献中寻找,往往找到的结果并不完全符合。他们在某些方面可能是一致的,诸如《山海经·中山经》中记载“神计蒙处之,其状人身而龙首,恒游于漳渊,出入必有飘风暴雨”。又如《周礼·夏官司马下》郑玄注中所记的方相氏,“方相氏掌蒙熊皮,黄金四目,玄衣朱裳,执戈扬盾,帅百吏而时难以索室疫”。还有上文提到的人非人,人非人可以解释为佛教天龙八部中,幻化成人形,与人混在一起听法的非人、夜叉,也可指天龙八部众之一紧那罗,即乐神。但是这些文献记载中的形象非常抽象,而且各种要素无法完全相符,如果没有图像的自名,这种讨论就很难有说服力。

从外部因素寻找的主要代表是施安昌。但是在图像论证上,他主

---

① 姜伯勤:《中国祆教艺术史研究》,生活·读书·新知三联书店,2004 年,第 41、42 页。

② 施安昌:《火坛与祭司鸟神——中国古代祆教美术考古手记》,紫禁城出版社,2004 年,第 43—49 页。

③ 尹夏清:《北朝隋唐石墓门及其相关问题研究》,四川大学博士学位论文,2006 年,第 154—157 页。

张畏兽的面部比较像西域人，而翅膀的画法则类似祆教，笔者认为这样的论证也比较牵强，汉画像石上出土的就明显更相似。至于他从语言学上考证，将元氏墓志所见的十八个“畏兽”与“祆教十八天神”一一对应，笔者会在下文对元氏墓志的讨论中有涉及。

二、神兽起源与命名—基于考古学材料的分析

（一）神兽来源于汉画传统

笔者认为，基于现在从文献方面辨明困难，而有很多考古学材料支撑的情况，我们不如从图像学的角度来重新审视这种神兽。一种新图像的凭空发明是困难的，而在原有基础上改进则相对容易。因此，我们可以从图像本身的特征，如兽面人身、肩生羽翼、长尾、后腿悬附两条羽翎（或兽尾）、三爪二趾、抓踏如狂等方面出发展开图像学的探讨。虽然神兽面部或衣着都是有变动的，但是图像的主体，尤其是肩膀上火焰状的装饰和三爪二趾则是相对固定的，我们可以利用图像学的分析，试着将神兽的各个部位分开来探讨。

探讨来源问题，必须以早期材料为准。通过在对考古出土的众多材料进行分析，火焰状的肩饰和形态可以在沂南汉画像石中找到原型（图二）。沂南汉画像石墓的推测年代是东汉晚期，具体而言是公元193年之前，其所反映的图像学资料基本是汉代传统，没有什么外来的因素①。而祆教的“鸟身祭司”（图四-1，四-2）也是人兽结合的形象，他的羽翼则明显是中亚有翼神兽的传统，源自于斯基泰文化，这两种

① 曾昭燏、蒋宝庚、黎忠义：《沂南古画像石墓发掘报告》，文化部文物管理局，1956年。报告中认为沂南汉画像石大致是汉代传统，其中手印和佛光应该是受佛 （转下页）

羽翼画法有很大不同。这样类似火焰的肩上羽翼其实与拜火的“祆教”在羽翼的表现方法上有很大的区别。三爪二趾的构图方式在南阳麒麟岗的画像石上已经出现(图三)，南阳麒麟岗也属于东汉中晚期的遗存。祆教的“鸟神祭司”(图四-2)佛教中的“迦楼罗”(图四-3)是属于类似的鸟身神人，他们在表现手指和脚趾时，是直接用的鸟爪，手则是人手的形状，并不是这种“三爪二趾”的构图。

图二　沂南汉画像石上的带翅神兽

图三　南阳麒麟岗汉画像石二趾三爪画像

(接上页)教影响，而且作手印和头后佛光的人都不是佛像，推测是当时画家对于佛教艺术只是一知半解，见到一些因素，便采用到自己的作品中，是佛教艺术在中土萌芽的现象。所以沂南汉画像石墓基本属于汉代传统。

图四　祆教鸟身人祭司形象及迦楼罗

这就说明，构成这种神兽的基本特征都是来源于汉画的传统，把这些已有图案组合起来需要画家的创作。分别找出神兽图像的各个构成部分所对应的汉代传统并无必要，在其流传的过程中有可能有其他的异域因素加入，但也是在这个图像的基础之上。这种神兽的基本要素是从汉代传统中传承的，这一点是可以肯定的。反言之，如果神兽是祆教图像或者具有外来的某种特定含义，可以如此广泛地被采用，而且可以频频在高等级的墓葬中出现，是很难想象的。

综合得知，这种神兽图像来源于汉文化传统。至于具体来源于何处仍然是难以讨论的。比如宿白提出来源于沂南画像砖，林巳奈夫认为来自于汉代铜镜或者孔令伟主张来源于“畏兽画”或者汉宫十二乐舞。人兽结合的鬼怪可能与楚文化有关，然而，将来源固定到某个具体的事相上是困难的，目前的讨论只能止于此了。

（二）命名问题

弄清神兽图像的起源后，我们可以结合现有的考古资料来考虑这种图像的性质和命名问题。孔令伟已经将发现的考古材料中的神兽形象进行了整理，共有 46 处，本文将其中有图像的资料尽力搜集并加以补充，共 29 处，以便根据神兽所处的位置判断它的功能和性质。在这些考古材料中，最重要的一处无疑是元氏墓志，这是因为元氏墓志上刻有十八个神兽，并且都有对应的题榜。元氏是帝姓，与冯氏联姻，地位显赫，所以墓志十分华美，上面的题榜具有重要的参考价值。以下主要是对元氏墓志的神兽图像和题榜进行分析，并参照其他的考古材料，以期确定这种图像的功能、性质及名称。

1926 年洛阳城西东徒沟村西出土《辅国将军长乐冯邕妻元氏墓志》，元氏墓志上面刻有十八个神兽，每一个都有对应的题榜（图五）。笔者对同时期洛阳地区有这种图像的出土墓志（及石棺饰）进行了统计：其中元昭墓志在志盖部位有三个神兽；王元乂墓志在志座部位每边四个，共十六个神兽；侯刚与苟景墓志在志盖有四个神兽。除了元氏墓志外，其余未见题榜。因为这些墓志均为 522—529 年洛阳地区的遗物，我们可以比较并得出这样的结论：一方面，神兽形象已经固定，而且得到相当程度的认可。另一方面，虽然属于一个系统，但并不是固定数量的组合，可能神兽之间的功能区分还是混乱的。

图五　元氏墓志志座神兽图像及题榜

首先对元氏墓志上的题榜进行分析。志盖题榜：攫天，啥蠄，拓仰，拓远。志座题榜：挟石，发走，攫天，啮石，挠撮，掣电，懽憘，寿福，乌擭，礔电，攫撮，迴光，捔远，长舌。

对元氏墓志上的题榜早已有人解读，施安昌从这十八个题榜图像的发音来论证其来自中亚语系①。此外，孔令伟亦将题榜与汉宫十二兽的名称进行比对，认为“攫撮”是“甲作”的转音，“发走”是“胇胃(胄)”的转音②。卜苏珊认为这些题榜，基本上属于同一来源的术语，定名也很牵强，可能是匠人并不明白这些图像在南朝实际的用途，又想模仿而即兴书写的③。

这些神怪因为时代久远而不为人知，考虑到当时工匠的文化水平，这些题榜很可能是根据发音写出，很难明了其中的意思。仔细分析这 36 个字，有多个字是重复使用的，攫(掬)出现了 3 次，拓、远、天、石、擭(获)、撮、天都出现了 2 次，挠撮、攫撮，挟石、啮石，拓远、拓仰，攫天、擭天，这些名称表达的意思相近而且在组合上有随意性，笔者倾向于卜寿珊所说的“即兴而书”。

据目前所知的材料，这些长相类似的神兽中，只有元氏墓志上有自名，我们不妨将其与其他的图像资料相比对。元氏墓志中出现“乌获”，《吕氏春秋·孟春纪第一》提到“使乌获疾引牛尾，尾绝力勯而牛不可行逆也”。乌获为秦武王的力士，能够举起千钧。乌获在元氏墓志上也表现为体格威武的举重力士，这与文献没有冲突。墓志中还有自名为“挟石”的图像(图六)，它的手中拿着一块长条形石头，敦煌壁画中也有与它类似的拿着石块的神兽(图七)，这样就可以辨别手中拿

---

① 施安昌:《北魏苟景墓志及纹饰考》,《故宫博物院院刊》1998 年第 2 期。

② 范景中、郑岩、孔令伟:《考古与艺术史的交汇》,中国美术学院出版社,2009 年,第 438 页。

③ [美]卜苏珊撰,元林译:《中国六世纪初的和元氏墓志上的雷公、风神图》,《敦煌研究》1991 年第 3 期。

着长条形石块的神兽可以称为“挟石”。元氏墓志中的“长舌”特征也很明显,吐着长长的舌头,这种形象在南朝萧秀墓的碑身上也能看到(图八)。综上,从元氏墓志中可以辨识出“乌获”“挟石”“长舌”的形象。

图六　元氏墓志中的挟石图像及题榜

图七　敦煌西魏 285 窟挟石形象

雷公在汉代已经为人熟知,在《论衡》中就记载,“图画之工图雷之状,累累如连鼓之形,又图一人若力士之容,谓之雷公。使之左手引连鼓,右手推之,若击之状,其意以为雷声隆隆者,连鼓相扣击之意也”①。考古材料佐证了这一点,如图九所示,雷公踩着五只连鼓,手中拿着两个锤子,采用的也是这种固定的形式,但不能确认是否对应墓志上的礔电或者掣电。除去考古材料,传世画作《洛神赋图》是按照曹植《洛神赋》创作的,描绘的是曹植见到“洛神”的情景。《洛神赋》中有“屏翳收风,川后静波,冯夷鸣鼓,女娲清歌,腾文鱼以警乘,鸣玉鸾以偕逝,六龙俨其齐首”。画家在再现所描述的情景时,创作的神兽是代表的收风的“屏翳”,它的嘴部会有一团云气代表能够收风。在河南巩县石

① (汉)王充:《论衡》,上海人民出版社,1974 年,第 100 页。

窟寺也有这样嘴部有云气的神兽(图一〇)。

图八 萧秀墓碑长舌形象

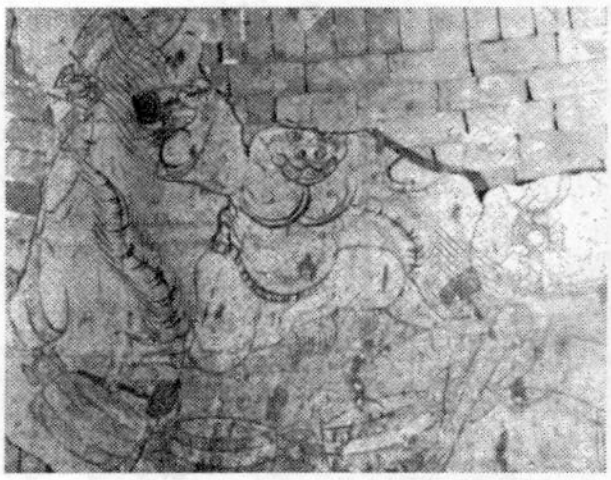

图九 山西娄睿墓雷公形象

图一〇 巩县石窟寺 3 窟屏翳形象

这些长相雷同的神兽可能有不同的功能,也就是说不同的神兽都采用这种相似的形式,我们或许可以得出这样的结论:不是这种神兽有不同的功能,而是不同的神兽都采用了这种固定的形式。

如此一来,关于命名的问题便清晰了很多,之前关于命名及功用的讨论基本基于这是一种神兽的不同功能。明了了这是当时神兽的固定画法,就可以按照现有的认识,基本能区分开的有身为力士的“乌获”,脚踩连鼓的“雷公”,吐舌的“长舌”,收风的“屏翳”。而元氏墓志上的其他有题榜却不知道具体功能和区别的神怪,因时代久远,已经不得而知了,进一步的研究需要新的考古资料作为支撑。

以上的讨论主要集中在神兽的命名问题上,从图像学的角度将构成神兽的主要部分分别讨论,得出火焰状肩饰和三爪二趾均属于汉画系统,即这种神兽的基础是汉画传统的结论。从题榜上又能得出这是神兽的固定形式,现在能区分出的神兽有乌获、长舌、屏翳、雷公,因为作为力士的乌获形象比较多,所以可以在命名时统称为“乌获”。

三、从地域差异看文化交流

这种图像的发展正值文化交流频繁的时期,所以和佛教、袄教等因素混杂出现就不足为奇。这种图像在东晋、北魏、南朝、西魏、东魏、北齐均有发现,结合前面得出的它属于汉代传统神兽的结论,也充分说明了对汉代文化的吸纳是各个政权都需要做的事情。

但是也应看到,毕竟这是一个分裂的时代,各个地方的独立性以及区域之间的差别会加强。在这些区域的差异中,我们可以看到区域自身的创新发展和它们之间的交流。依据笔者统计,北魏、南朝、西魏一般会出现在石刻、志盖或者画像砖上,除了北魏元乂墓墓室顶部的神兽图像是绘制而成,其他不见于壁画。而在之后在东魏北齐时期,这一题材频现于高等级墓葬的壁画上。根据郑岩在《魏晋南北朝壁画墓》中对"邺城规制"的叙述,"邺城地区东魏北齐墓葬壁画代表了汉唐之间墓葬彩绘壁画的最高水平"①,笔者认为神兽图像的传统表现形式是出现在石刻上,即以雕刻的形式出现,在北魏元乂墓壁画上出现后,被东魏北齐吸收,并加以发展完善,运用于诸如湾漳大墓、茹茹公主墓等高等级墓葬,最终成为有制度因素的题材之一。这种神兽的发展恰恰可以反应出,东魏北齐在吸收了北魏的壁画艺术后(这里表现为对元乂墓神兽的借鉴),加以创作和改造,形成了制作精美的壁画的过程。出现于石刻的神兽是东晋、北魏、南朝、西魏的传统做法,运用于壁画上则是东魏北齐借鉴北魏后新创的特征。葬于655年的李思摩墓壁画出现了相同题材的内容,可以得出这是吸取了东魏北齐的做

① 郑岩:《魏晋南北朝壁画墓研究》,文物出版社,2002年,第181页。

法。杨泓在《隋唐造型艺术渊源简论》①中也对这一问题进行了深入的分析，他认为从隋到唐初，造型艺术作品的外部形貌吸收了北齐风格、北周风格和南朝风格，彼此之间结合得很生硬，根据这些区域性的差异，可以判断其文化因素的来源。

除此之外，外来宗教在传播过程中往往借助汉化的形式，对汉人固有的图案或借用或改造。529 年苟景墓志、550 年茹茹公主墓、北齐安阳石棺床上的双阙、579 年安伽墓以及隋唐时期的天水墓等都伴有明显的外来因素。祆教徒墓葬中的神兽，基本上位于不重要的承重位置，在营建时还是多以粟特人自身的图案为主，根据上文所述，神兽图像基本采取石刻的表现方式，也表现了其吸收的是南朝北魏及西魏的传统做法。还有一个比较特殊的例子是葬于 579 年的史君墓，发现了墓室门楣上有这样一个佛教造像（图一一），报告中称其为“四臂神”，这个四臂神后有背光，在祆教徒的墓葬中发现的这个佛教造像采用的是三爪二趾的构图方式，可见当时的工匠在表现这些神怪之物时，往往混杂了多种因素，其中重要的一部分是对汉文化因素的借用。

图一一　史君墓墓门门楣佛像

① 杨泓：《隋唐造型艺术渊源简论》，初刊《唐研究》第四卷，北京大学出版社，1998 年，后载其著《汉唐美术考古和佛教艺术》，科学出版社，2000 年，第 156—164 页。

附表　笔者所见神兽图像及推测名称

时代	纪年	地点	所据资料	推测的神兽名及种类
东晋	409(依据唐兰判断)①		洛神赋图	屏翳
北魏	517—523	河南巩县	巩县石窟寺第第一、三窟	乌获、屏翳
	522	河南洛阳	北魏冯邕妻元氏墓志	长舌、乌获、其他
	524	河南洛阳	元谧石棺前档	乌获
	524	河南洛阳	元昭墓志志盖边缘	乌获
	526	河南洛阳	元乂墓顶壁画	雷公
	528	河南巩县	巩县石窟寺第四窟	乌获
	529	河南洛阳	苟景墓志志盖四边	乌获
		河南洛阳	石棺底左右侧	屏翳、乌获
		河南沁阳	石棺床前面上部	长舌、乌获
西魏		甘肃敦煌	莫高窟 249 窟	雷公
	538(539)	甘肃敦煌	莫高窟西魏 285 窟	乌获、挟石
	534—547	河北	响堂山石刻	乌获
东魏北齐	550	河北	茹茹公主墓壁画	乌获
	551	山东	崔芬壁画	乌获
	560	河北	湾漳大墓壁画	乌获
	570	山西太原	娄睿墓壁画	雷公
	570	山西太原	娄睿墓壁画	雷公

① 唐兰：《试论顾恺之的绘画》，《文物》1961 年第 6 期。

续表

时代	纪年	地点	所据资料	推测的神兽名及种类
	571	山西太原	徐显秀墓壁画	长舌
		河南安阳	石棺床左右双阙	乌获
南朝	502	江苏镇江	梁文帝萧顺之建陵神道柱	乌获
	518	江苏南京	萧秀墓神道碑碑身侧面	长舌、乌获
	523	江苏南京	萧景墓神道柱	乌获
	526	江苏南京	萧宏墓神道柱	乌获
		江苏常州	常州南郊戚家村画像砖	乌获
		湖北襄阳	襄阳贾家冲画像砖	乌获
		江苏邗江	江苏邗江南朝画像砖	乌获
	579	陕西西安	安伽墓围屏石榻榻腿	乌获
隋唐		甘肃天水	石棺床座底	乌获
	655	陕西西安	李思摩墓壁画	乌获

图像来源：

图一.《磁县湾漳北朝壁画墓》，河北省文物研究所，2003 年，第161 页。

图二-1.《沂南古画像石墓发掘报告》图版 40，文化部文物管理局，1956 年。

图二-2.《沂南古画像石墓发掘报告》图版 26，文化部文物管理局，1956 年。

图三-1. 黄雅峰:《南阳麒麟岗汉画像石墓》图版 119，三秦出版

社,2008年。

图三-2.黄雅峰:《南阳麒麟岗汉画像石墓》图版117,三秦出版社,2008年。

图四-1.陕西省考古研究所:《西安北周安伽墓》图版19,文物出版社,2003年。

图四-2.杨凯军:《北周史君墓》,文物出版社,2014年,第89页。

图四-3.大报恩寺建筑构件,笔者摄于南京博物院。

图五.原载关百益:《河南金石志图正编》,河南通志馆,1933年。转引自施安昌:《北魏冯邕妻元氏墓志纹饰考》图版8,《故宫博物院院刊》1997年第2期。

图六.原载关百益:《河南金石志图正编》,河南通志馆,1933年。转引自施安昌:《北魏冯邕妻元氏墓志纹饰考》图版10,《故宫博物院院刊》1997年第2期。

图七.敦煌文物研究所:《中国石窟·敦煌莫高窟》(第一卷),文物出版社,1981年,第121页。

图八.林树中:《六朝艺术》,南京出版社,2004年,第41页。

图九.《太原市北齐娄睿墓发掘简报》图版3,《文物》,1983年第10期。

图一〇.河南省文物研究所:《中国石窟·巩县石窟寺》,文物出版社,1989年,第116页。

图一一.杨凯军:《北周史君墓》,文物出版社,2014年,第71页。

本文原载《苏州文博论丛》2015年第6辑

唐洛阳城“上阳宫园林”遗址考论

崔世平

（暨南大学历史学系）

一、“上阳宫园林”遗址的发现与研究

上阳宫是唐高宗时期在东都洛阳（今河南洛阳）皇城西南隅禁苑中修建的一座离宫，其性质类似长安城（今陕西西安）的大明宫。唐高宗、武则天时期，上阳宫成为重要的政治活动空间，《唐六典》《唐会要》《旧唐书》《河南志》等文献中都有相关记载。唐代诗文也经常以上阳宫为描述对象。在隋唐洛阳城的考古发掘中，也发现了一些与上阳宫有关的遗迹，其中比较重要的是中国社会科学院考古研究所洛阳唐城队在隋唐皇城南城墙外西南部，今支建东街南侧清理出的一处唐代园林遗址。该遗址北距皇城南城墙 40 米，东距皇城右掖门约 250 米，南临古洛河，被认为与文献中唐东都上阳宫的地望基本相符，命名为“上阳宫园林遗址”①。遗址分为东、西两区，东区发现了园林遗址，西区发现了一段南北向水渠。

---

① 中国社会科学院考古研究所洛阳唐城队：《洛阳唐东都上阳宫园林遗址发掘简报》，《考古》1998 年第 2 期。

园林遗址（图一）位于遗址东区，由水池、廊房、水榭、石子路以及假山组成。水池、石子路保存尚好，廊房、水榭、假山遭破坏。水池呈东西长条形，地势西高东低，南、北两岸随地势稍有屈曲。揭露部分长53米，宽窄不一，最宽处口宽5米、底宽3米，最窄处口宽3米、底宽1.2米，池深1.5米左右。入水口在水池西侧，用青石砌成，高度距池底1.5米。池底经夯打，上铺河卵石。池岸用太湖石层层垒砌。水池南北两岸均发现有廊房基址，水池南岸台地上铺有一条卵石路，路南发现东西两段砖砌护岸。水池西岸发现三处用卵石铺筑的缓坡护岸。

水池南北两岸均发现有廊房基址。南岸廊房可分两部分。东部廊房位于南岸居中位置，呈南北走向，南北残长10.2米、东西宽5.3米。西部廊房与东部廊房连为一体，呈东西走向，东西残长14.7米、南北残宽3.2米。水池北岸廊房位于水池西北，呈南北走向，东西宽3.55米，北部未完全清理。两岸的廊房通过水榭连接起来。水榭遗址位于水池西部，仅余池底基础部分。基础经夯打，上铺砖石，东西两侧平铺两根横木，间距2.5米。池底淤泥中出土大量黄、绿琉璃瓦和垂兽等建筑构件。

图一　上阳宫园林遗址（自东向西）

遗址中发现6处假山，编号JS1—JS6。JS1位于水池西北岸，规模最大，以青石堆砌，底座近圆形，直径2米、残高1米。JS2—JS6散布在南岸各处，仅剩石砌基座。

水池南岸发现两条石子路（SL1、SL2）。SL1 自水池南岸东部蜿蜒向西，已揭露部分东西长 20 米、南北宽 0.4～1.2 米，路面两侧用白色卵石镶边，路心用彩色卵石镶嵌成一组组圆形图案。路西端分为两支，一支向北到达水池岸边，一支径直通往廊房基址。SL2 铺筑于水池南岸台地上，已揭露部分东西长 21 米、南北宽 0.5～1.3 米。沿着水池南岸曲折向西，从假山丛石中穿行，到达水榭附近。

水渠遗址位于园林遗址之西，呈南北向，向南一直通往古洛河。渠口宽 14.6～19 米、底部宽 3 米左右，最深处达 8.5 米。

由于发现的园林遗址位于唐洛阳城皇城南墙之南 40 米，可以明确是一处唐代皇家园林。发掘简报首先根据园林遗址的位置，指出该园林遗址应属唐东都上阳宫内的一处建筑，由于发掘的园林遗址仅是上阳宫内一个极小的局部，究竟属于哪座建筑，其全貌如何，尚待以后的考古发掘与研究来解决。作为遗址发掘者之一的姜波先生在发掘简报之外，又撰文考证了上阳宫的位置。他认为园林遗址与文献记载的上阳宫位置正相吻合，证明了上阳宫位于皇城南墙以南，从右掖门向西延伸到谷水之东，从而否定了徐松“东都宫城皇城图”的准确性①。李健超先生的《增订唐两京城坊考》采纳了姜波的说法，认为徐松《唐两京城坊考》中对上阳宫“东接皇城之西南隅”的记述和《东都外郭城图》《东都苑图》《东都宫城皇城图》等三幅图中上阳宫的位置均有误②。

---

① 姜波：《唐东都上阳宫考》，《考古》1998 年第 2 期。

② 李健超：《增订唐两京城坊考》，三秦出版社，2019 年，第 352—352 页。

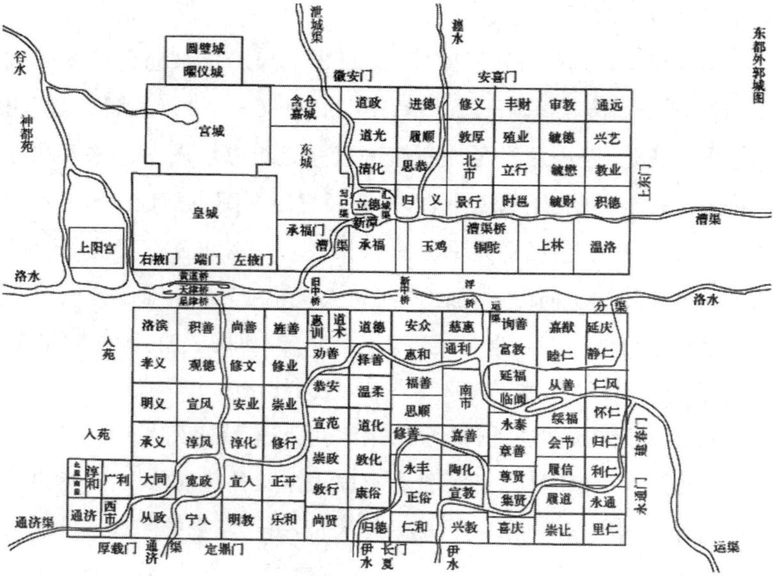

图二　徐松考证的上阳宫位置

针对姜波的观点，王炬先生重新解释相关文献，根据一些新的考古发现，认为徐松对上阳宫的标示是正确的。王炬推定上阳宫的范围，向西不超过原东周城东城墙，向东不超过皇城南的右掖门。上阳宫的重要建筑应集中于皇城外西南角，并紧邻城墙分布①。

徐松《唐两京城坊考》中的《东都宫城皇城图》（以下简称“徐松图”），将上阳宫置于皇城西墙外，平面呈方形，其南墙与皇城南墙平齐，北墙与皇城内南数第一横街平齐②（图二）。如果按照徐松图，上阳

---

① 王炬：《唐东都上阳宫问题再探讨》，《洛阳考古》2017 年第 3 期。

② （清）徐松撰，张穆校补：《唐两京城坊考》，中华书局，1985 年。

宫位于皇城西墙外，那么新发现的“上阳宫园林”遗址既不在上阳宫内，也不在上阳宫前，很可能与上阳宫没有关系。如果按照发掘简报和姜波的说法，园林遗址位于上阳宫内，那么上阳宫就在皇城南墙外，徐松图无疑是错误的。而王炬在否定姜波观点、主张徐松图无误的同时，仍然承认园林遗址属于上阳宫。根据他的看法，上阳宫没有采用以中轴线为中心，对称、行列式的布局形式，而是采用自由的、团组式的布局，将各种建筑散置于上阳宫的园林空间中。如果既包括皇城西侧一部分，也包括皇城南侧一部分，那么上阳宫就不是徐松图中描绘的方形，而成为不规则的曲尺形。所以，新发现的“上阳宫园林”遗址是否属于上阳宫，关系到对上阳宫位置和形制的认识。为了弄清这个问题，有必要重新对与上阳宫有关的文献进行梳理辨析。

二、上阳宫位置考辨

上阳宫的修建源自唐高宗的一次游幸。《唐会要》卷三十载：“上游于洛水之北，乘高临下，有登眺之美，乃敕韦机造一高馆，及成临幸，即令列岸修廊，连亘一里，又于涧曲疏建阴殿。至仪凤四年，车驾入洛，乃移御之。”注曰：“即今之上阳宫也。”[①]上阳宫的具体位置，诸文献所记基本一致。《唐六典》卷七《尚书工部》载：“上阳宫在皇城之西南”。自注曰：“苑之东垂也。南临洛水，西拒谷水，东面即皇城右掖门之南。”[②]《旧唐书》卷三十八《地理志一》载：“上阳宫，在宫城之西南隅。南临洛水，西拒谷水，东即宫城，北连禁苑。宫内正门正殿皆东向，正

① （宋）王溥：《唐会要》，中华书局，2006年，第643页。
② （唐）李林甫等撰，陈仲夫点校：《唐六典》，中华书局，1992年，第221页。

门曰提象，正殿曰观风，其内别殿、亭、观九所。上阳之西，隔谷水有西上阳宫，虹梁跨谷，行幸往来。皆高宗龙朔后置。”[1]《旧唐书·地理志》叙东都，只言都城与宫城，不言皇城，因此说上阳宫在宫城西南隅。《太平御览》卷一七三《居处部一》引《东京记》曰：“上阳宫在皇城西南，东即禁苑东垂，南临洛水，西亘谷水。上元中韦机充使所造。”又引《两京记》曰：“上阳宫西有西上阳宫，两宫夹谷水，虹桥架迴，以通往来。”[2]《河南志·唐城阙古迹》：“上阳宫。在皇城西南隅，上元中置。”注曰：“南临洛水，西距谷水，东面即皇城右掖门之南。上元中司农卿韦机造。”[3]

诸文献所记的上阳宫位置有几个关键词：“皇城西南”“苑之东垂”“南临洛水，西拒谷水”“东面即皇城右掖门之南”。产生争议的原因是对这些词语的理解不同。

上阳宫位于皇城西南隅，是没有疑问的。按照徐松图，上阳宫平面为方形，因此要么位于皇城西墙及其延长线之西，要么位于皇城南墙及其延长线之南，不会同时符合两者，否则，其平面就成了曲尺形。当然，也可能存在实际形制与文献记载不符的情况，例如唐长安城大明宫的平面形制，文献记载是长方形，而实际是不规则的梯形。

上阳宫在苑之东垂，南临洛水，西拒谷水，北连禁苑。其西界、南界与北界都比较明确，模糊的是东界。确定东界关键是如何理解“苑之东垂”。《旧唐书》卷三十八《地理志一》：“禁苑，在都城之西，东抵宫城，西临九曲，北背邙阜，南距飞仙。苑城东面十七里，南面三十九里，

① 《旧唐书》，中华书局，1975年，第1421页。

② （宋）李昉等：《太平御览》，中华书局，1960年，第848页。

③ （清）徐松辑，高敏点校：《河南志》，中华书局，2012年，第127页。

西面五十里，北面二十里。苑内离宫、亭、观一十四所。”①明确记载禁苑东界到宫城。又《河南志》记载：“洛漕诸渠：而洛水西自苑内上阳宫之南，流入外郭城。东流经积善坊之北，分三道，当端门之南，立桥三。”②《唐两京城坊考》卷五所记略同。由此可知，上阳宫之南仍属苑内，过了上阳宫往东才是外郭城。积善坊为洛水南岸西数第二坊，隔洛水北对皇城右掖门。积善坊之西洛滨坊，为入郭第一坊。洛滨坊西即禁苑。洛滨坊西墙隔河北对皇城西墙。可知，从宫城、皇城西墙到洛滨坊西墙一线，实际上也是郭城与禁苑的分界线，所谓“苑东垂”，大约就是东到这条线。

姜波认为《唐六典》《两京新记》记载上阳宫处于禁苑“东垂”，足证上阳宫只能位于皇城西墙延伸线以东、南墙以南的洛水北岸台地上。他将“苑之东垂”理解为禁苑以东，并不准确。“东垂”为东边之意，但并不意味着出了苑的东部边界。可举袁康《越绝书》卷八《越绝外传记地传》为例：“美人宫……勾践所习教美女西施、郑旦宫台也。女出于苎萝山，欲献于吴，自谓东垂僻陋，恐女朴鄙，故近大道居。去县五里。”③越女西施所居东垂虽然僻陋，仍属越地。上阳宫所在的位置本属于禁苑东部边界，上阳宫建成后，其南部、北部仍是禁苑的范围，甚至上阳宫本身，也仍然可以视为禁苑内的一处离宫。

上阳宫“东面即皇城右掖门之南”，也容易给人右掖门之南紧邻上阳宫的错觉。其实，右掖门之南虽然是上阳宫的东面，但距离上阳宫仍有一定的距离。皇城南墙以南、右掖门以西、洛水以北这块区域可

---

① 《旧唐书》，中华书局，1975 年，第 1421 页。
② （清）徐松辑，高敏点校：《河南志》，中华书局，2012 年，第 140 页。
③ 李步嘉：《越绝书校释》，武汉大学出版社，1992 年，第 197 页。

能容纳不了上阳宫。

文献记载皇城南墙有三座城门，中为端门，东为左掖门，西为右掖门。端门和左掖门皆被洛河冲毁，遗迹无存。右掖门遗址已经发现，东距端门约 500 米，西距南墙西端即皇城西南角 455 米①。

右掖门南距古洛水的距离，没有直接材料，可以以端门与洛河的距离作为参考。《大业杂记》载："出端门百步有黄道渠，渠阔二十步，上有黄道桥三道。过渠二百步至洛水有天津浮桥，跨水长一百三十步……过洛二百步又疏洛水为重津渠，阔四十步，上有浮桥。"②唐代每步约为 1.47 米，可推算端门距离黄道渠 147 米。黄道渠宽二十步，约为 29.4 米。过渠二百步至洛水天津桥，则为 294 米。以此推算，从端门至洛河天津桥的距离为三百二十步，约为 470 米。右掖门在端门之西，古洛水在皇城前的一段大致与皇城平行，所以由右掖门向南至洛水的距离，大约也应为 470 米。根据学者对洛阳里坊的复原，一般的里坊范围在东西 470～520 米、南北 480～530 米③，所以右掖门以西、皇城以南至洛水这个空间，东西 455 米、南北 470 米，尚不足正常的一坊之地。

按徐松《唐两京城坊考》所记，上阳宫东面有提象门、星躔门，南面有仙洛门、通仙门，北面有芬芳门，西面临谷水也有二门。其中东面南门提象门是正门，门内有观风殿门和观风殿，观风殿门两侧有浴日楼

---

① 中国社会科学院考古研究所：《隋唐洛阳城 1959—2001 年考古发掘报告》第一册，文物出版社，2014 年，第 160 页。

② （唐）杜宝撰，辛德勇辑校：《大业杂记辑校》，三秦出版社，2006 年，第 3 页。

③ 中国社会科学院考古研究所洛阳工作队：《"隋唐东都城址的勘查和发掘"续记》，《考古》1978 年第 6 期。

和七宝阁。提象门外则应对着右掖门之南的区域。《旧唐书》卷一百四《封常清传》载安禄山叛军攻洛阳,“常清退入上东门,又战不利……退守宣仁门,又败。乃从提象门入,倒树以碍之。至谷水,西奔至陕郡”①。宣仁门为洛阳东城的东门,东通上东门。封常清退守宣仁门,准备固守东城。后又撤退,应是从东城南门出,经皇城前撤入提象门,穿过上阳宫至谷水,西奔陕郡。正因为提象门东对皇城前,才有如此撤退路线。《旧唐书·吐蕃传》:“(开元)二十四年正月,吐蕃遣使贡方物,金银器玩数百事,皆形制奇异。上令列于提象门外,以示百寮。”②提象门外可供百官参观吐蕃贡物的展览,应有一个较大的广场。

上阳宫南面二门与洛水之间应该也有一定的距离。文献记载洛水经常暴涨,损毁桥梁和岸上建筑。《旧唐书·玄宗本纪》:“(开元二十九年)秋七月乙卯,洛水泛涨,毁天津桥及上阳宫杖舍。”③仗舍是卫士的值宿房屋,在宫禁之外。洛水冲毁的主要应是上阳宫南墙外的仗舍。考虑到上阳宫城东门前要留有足够的空间,上阳宫和洛河要保持一定的距离,留出仗舍、道路,皇城南墙到洛河之间不足一坊之地可能容不下上阳宫。

《唐会要》记载高宗在洛水之北乘高临下,有登眺之美,因而择地建馆。洛水北岸的地形,越向北去,就越近北邙,地势也越高。皇城之南,靠近洛水,又有黄道渠、引谷渠等水渠穿过,经常被淹,不符合乘高临下和登眺之美的条件。推测高宗当时应是在宫城以西禁苑北部的高亢之地游玩眺望。由于皇城的阻挡,其视野所及,应该不会看到皇

① 《旧唐书》,中华书局,1975年,第3209页。
② 《旧唐书》,中华书局,1975年,第5233页。
③ 《旧唐书》,中华书局,1975年,第213页。

城南面的狭窄地段。最重要的是，《旧唐书·地理志》明确记载上阳宫北连禁苑，皇城以南的位置也不符合这一条件。

根据以上分析，基本可以确定上阳宫的四至，东到皇城西墙及其延长线，南临洛水，西临谷水，北临禁苑。这一范围基本上与徐松图相符，但相比徐松图，其南墙还要再向南，靠近洛河。东面南门提象门对着右掖门之南，与右掖门之间有分谷渠、桥梁和广阔的广场。

王炬在《唐东都上阳宫问题再探讨》一文中列举了几处考古发现，认为这些发现与支建街唐代园林遗址一样，与上阳宫有关。比较重要的有 1959 年在下池村北部发现的一处石泻口遗迹，用长 80 厘米、宽 60 厘米的大石块砌成，两石之间用铁细腰相连；1980 年夏，又在下池村西北部 300 余米发现一件泄水用的石蟾蜍①。1977 年在七一路东侧 30 米现洛阳市教育局院内，清理出大量唐代建筑用的石条、石块。1978 年在九都路与七一北路交叉口西北角清理出一处唐代存储冰块的地下窖穴建筑遗址②。1990 年 7 月，在七一路西侧 60 米处发现一条南北向唐代夯土墙遗迹，东距隋唐西城墙 155 米。2011—2014 年，在七一路西侧清理了一处东西朝向的唐代大型建筑基址，清理出磉墩 50 余个，南北方向 13 排，长约 70 米，东西方向清理出 8 排，长 26 米，该基址东侧东距隋唐城西墙 134 米。这些新发现中，唐代夯土墙和建筑基址，都位于皇城西南隅，符合上阳宫的地望，可能是上阳宫内的建筑遗迹。

储冰窖穴遗址位于右掖门西南方向，洛河北岸，东北距离隋唐外

---

① 陈长安：《唐东都上阳宫内出土石蟾蜍》，《中原文物》1986 年第 7 期。

② 余扶危、叶万松：《洛阳发现唐代窖穴建筑遗址》，《考古》1983 年第 6 期。

郭城(即皇城)西南转角约500米,被后期挖掘的一条宽7.5～13.5米的南北向古河道打破。《河南志》卷四载:“洛水之北有分谷渠,自苑内分谷水东流,至城之西南隅入洛水。渠南隋有石泻,后入上阳宫。”①《唐两京城坊考》卷五“谷渠”条也载:“渠在雒水之北,自苑内分谷水东流,至城之西南隅入雒水。渠南隋有石泻,后入上阳宫。”②可见谷渠即分谷渠。这条打破窖穴的古河道可能就是分谷渠。

《资治通鉴》卷二百一十三:“(开元二十年)夏,四月,乙亥,宴百官于上阳东洲。”胡注曰:“上阳宫南临洛水,引洛水为中洲于宫之东。”③洲为水中的陆地,上阳东洲即位于上阳宫之东的水中陆地,应该就是引洛水经过皇城前的黄道渠与洛河中流之间的陆地,其北有端门前黄道桥、右掖门前黄道桥,南有天津桥,西半部隋代有右侯卫府。《河南志·隋城阙古迹》:“(右掖门)门南过黄道桥南道西,有右候卫府。”④则隋代右侯卫府故地就在右掖门前黄道桥南道西,与上阳宫隔黄道渠相对。可能唐代在右候卫府建筑基础上又进行了营造,其地三面环水,确实是理想的宴饮场所。

姜波根据右掖门西南隋有石泻,唐代并入上阳宫的记载,认为这表明皇城右掖门以西、南墙以南为上阳宫之所在。据《大业杂记》载:“端门西一里,有右掖门。门南过黄道渠桥,桥南道西有右候卫府。出右掖门,傍渠西二里,有龙天道场,南临石泻口,即炀帝门师济阇梨所居。石泻东西三百余步,阔五十余步,深八尺。并用青大石,长七八

---

① (清)徐松辑,高敏点校:《河南志》,中华书局,2012年,第142页。

② 李健超:《增订唐两京城坊考》,三秦出版社,2019年,第571页。

③ 《资治通鉴》,中华书局,1956年,第6798页。

④ (清)徐松辑,高敏点校:《河南志》,中华书局,2012年,第107页。

尺,厚一尺,自上至下积三重,并用大铁为细腰,互相钩牵,亦非常之牢固。……以泻王城池水下黄道渠入洛。"[①]右掖门距离皇城西南角 455 米,约合一里。龙天道场在右掖门西南二里,石泻口又在其南,应该已经出了皇城西墙延长线。石泻东西三百余步,阔五十余步,深八尺,是一片泄水用的石板斜坡,可能一部分后来被括入了上阳宫的范围。

唐玄宗居洛期间,曾十日一朝于上阳宫。《全唐文》卷二百七十五载卢怀慎《谏十日一朝西宫表》:"况应天去提象才至二里余,骑不得成列,车不得方轨,于兹屡出,假愚人万有犯属车之尘者,陛下虽罪之何及,纵使万全,亦非重慎之道也。"[②]文献记载皇城东西长五里有余,南北宽三里有余,即从宫城正门应天门出端门就要三里余,并不十分准确。通过考古发掘得知,皇城东墙和西墙皆长 725 米,不足唐代二里。右掖门东距端门约 500 米,西距南墙西端 455 米,即端门距皇城西南角为 955 米。从应天门出端门为 725 米,加 955 米是 1680 米,相当于唐代三里多,再走到提象门还要一段距离。卢怀慎所说应天门距提象门二里余,只是概数,并不准确。"骑不得成列,车不得方轨"一句也难理解,可能从端门通往右掖门道路不宽,不能并车而行。

三、"上阳宫园林"遗址的性质

除了考古学者之外,一些园林学者也对"上阳宫"园林遗址作了精细的研究。端木山从园林学的角度对遗址进行解读,认为遗址在有限的面积中密集布置水池、假山、小路和建筑物等景观要素,地形起伏幅

---

① (唐)杜宝撰,辛德勇辑校:《大业杂记辑校》,三秦出版社,2006 年,第 4 页。
② 《全唐文》卷二百七十五,上海古籍出版社,第 1234 页。

度大，各种要素互相交错，空间变化多样，与太液池等其他唐代园林遗址呈现的开阔、疏朗的风貌完全不同；遗址中的水池实为一处溪流景观，体现了园林营造者模仿自然水体形态的匠心；溪流两侧用块石垒砌的驳岸景观，与太液池的缓坡土岸有很大不同，而与明清之际的园林驳岸手法接近。他还认为二号道路是一种在后代的中国园林中已经消失的驳岸处理方式，而水榭建筑应为一座廊桥①。林源、郭润泽结合历史文献和绘画、文物及其他唐代苑囿遗址资料对上阳宫园林遗址进行了复原，有助于我们通过局部的遗址去认识其整体景观②。

根据前文对上阳宫位置的判断，新发现的“上阳宫”园林遗址，其实并不在上阳宫之内，而是在上阳宫之东，准确地说，在上阳宫正门提象门前道路左侧与皇城南墙之间。这处遗址在上阳宫前，应该与上阳宫有密切的关系，因此称为“上阳宫园林”遗址也不为过。

上阳宫园林遗址之西发现的一段水渠遗址，呈南北向，向南一直通往古洛河。渠口宽 14.6～19 米，底部宽 3 米左右，最深处达 8.5 米。发掘简报未言明水渠与水池的距离。根据水渠的宽度和深度可以判断，这不是一条景观水渠，而是有实际引水作用的大型水渠。靠近皇城西侧通向洛河的南北向大型水渠只有分谷渠，推测这条水渠遗址也是分谷渠的一部分，园林遗址的水源就是分谷渠。在皇城西墙中部发掘过一个探方 TH167，其中发现唐代三号水渠。三号水渠位于唐代早期皇城西墙西侧，呈南北向，发掘部分南北长 3 米、东西总宽 1.5 米。水渠底部用长方形砖横向平砌，西侧壁为单砖顺向错缝平砌。渠

---

① 端木山：《上阳宫唐代园林遗址的初步考析》，《中国园林》2013 年第 12 期。

② 林源、郭润泽：《唐东都洛阳上阳宫园林遗址研究与复原探讨》，《建筑师》2017 年第 1 期。

内净宽0.9米，砖壁残存最高处0.45米[①]。不排除三号水渠也可能与上阳宫园林的水源有关。

水池西侧入水口淤泥中出土石螭首两件，一件残，一件完好。螭首背脊有水槽，与前端的龙头贯通，当是模拟二龙吐水的装饰。根据履道坊白居易故居连接伊水的入宅水渠模式，推测连通分谷渠东侧的渠口处还会设置水闸设施以调控水流。根据园林遗址的水池走向推测，其东部尽头可能连接流经右掖门前的黄道渠。

《唐会要》卷三十载，韦机为高宗修建了上阳诸宫之后，“尚书左仆射刘仁轨谓侍御史狄仁杰曰：古之陂池台榭，皆在深宫重城之内，不欲外人见之，恐伤百姓之心也。韦机之作，列岸修廊，在于阓堞之外，万方朝谒，无不睹之，此岂致君尧、舜之意哉”[②]。《册府元龟》卷六百二十五《卿监部(六)》“废黜”条也记载了类似内容[③]。阓堞即宫墙，可知韦机所作的列岸修廊，是洛水北岸陂池台榭之类的园林建筑，皆在宫城外，路过百姓可以看到。新发现的园林遗址位于洛河北岸，宫墙之外，无论是朝谒的官员还是路过的百姓，都能看到，正符合这些特征。因此，新发现的园林遗址应属于韦机所修的“列岸修廊”的一部分，是一处西连分谷渠、东接黄道渠的溪流廊榭宫廷景观。

上阳宫园林可能是韦机营建的若干宫外景观中的一处，因离洛河较远，未遭彻底冲毁而保留下来。上阳宫园林建筑列于城外，有点“露富”，不符合传统的皇家园林特点，因此引起刘仁轨等人的不满，但这

---

① 中国社会科学院考古研究所：《隋唐洛阳城1959—2001年考古发掘报告》第一册，文物出版社，2014年，第155、206页。

② (宋)王溥：《唐会要》，中华书局，2006年，第643页。

③ (宋)王钦若等编纂，周勋初等校订：《册府元龟》，凤凰出版社，2006年，第7237页。

也正是其创新之处。除了作为宫廷景观,上阳宫园林也可以供官员休闲观赏,甚至百姓也可远观,具有公共景观的性质。上阳宫作为离宫,其正门、正殿建筑坐西朝东,与坐北朝南的正规宫殿不同。上阳宫园林遗址景观表现出来的自由新颖的风格,与上阳宫的特点也是一致的。

西汉南越国宫苑发现的曲流石渠遗址,时代早于唐上阳宫园林遗址,可以作为研究唐上阳宫遗址的参考物。曲流石渠遗址发现了出水木暗槽、石板平桥、步石、渠体、水池、水榭等重要遗迹。石渠残长约160米,蜿蜒曲折,自东北处的残迹向南经急弯处后,向东进入弯月形石池再向西,最后在尽头由出水木暗槽流出宫苑。渠体由挡墙、渠壁、渠底三部分构成,剖面呈倒"凸"字形。挡墙位于渠体最上部,防止雨水将泥沙带入渠内。挡墙和渠壁均用石块和石板垒砌。渠口外宽约2.4～2.6米,内宽1.85～1.95米,渠底内宽1.35～1.4米,总深0.84～1.05米。渠底用石板作密缝冰裂纹铺砌,石板上再铺一层密密的河卵石,并用大砾石呈"之"字形疏落点布。曲流石渠的水源来自其北部的蓄池,渠水经过急弯,注入弯月形水池,形成小潭,池上建石构水榭,可供观赏鱼鳖游动。水渠用渠陂来阻水、限水,用卵石产生粼粼水波,制造曲折动感的水景①。

唐上阳宫园林的水池遗迹与南越国曲流石渠有相似之处,如水渠蜿蜒曲折,在水池上修建水榭建筑,在池底密布河卵石激水,用石块砌筑池壁或护岸,有通向渠边或池边的步石或小路。可见两者在景观设

① 南越王宫博物馆筹建处、广州市文物考古研究所:《南越国宫苑遗址1995、1997年考古发掘报告(上)》,文物出版社,第76、299页。

计方面有某种共同的传统，都是模拟自然河流的人工溪流景观。因此，上阳宫园林遗址的水池称为溪或渠也许更合适。上阳宫园林遗址的河渠比南越国曲流石渠更宽阔，除了渠底铺卵石，还在岸边点缀假山、石径、廊房。护岸距离水渠中心较远，高底错落，可形成不同水深条件的景观：水流小时，游人可沿卵石小径穿行于假山之间，抵达南岸廊房和廊桥水榭，也可沿分叉的石径行至水边观赏溪流；水流大时，假山、石径都处水中，游人可在两岸高处的廊榭观赏水景。这种不同水深条件的景观，可能正是为了适应作为水源的谷水和分谷渠的季节性水量变化而做出的设计。而从远处观看，这处以水渠为核心，围绕着水榭、廊房、假山的园林，就像一幅山水风景画，横列于皇城南墙之前，成为装饰皇城和上阳宫之间、“阛堞之外”的“列岸修廊”景观，“万方朝谒，无不睹之”，烘托了大唐皇都的壮丽之美。

中日所见晋唐时期的长柄香炉

冯　慧

（南京大学历史学院）

香炉是一种焚香用具，除日常使用外，多被用于宗教活动。

冉万里曾将唐代金属香炉按照个体大小分为大型、小型两种，又依据使用方法分为手持式和非手持式两类，并认为手持式较小，非手持式往往属于大型[①]。但大与小的界限并不明确，而手持与非手持这种分类标准也有失之模糊的嫌疑。小野佳代按用途分其为置香炉和柄香炉，称放于桌上的为置香炉，有柄手持的为柄香炉[②]。但实际上置香炉的界定并不十分清晰，比如图像中的很多小型塔形及豆形炉，虽然无柄，却既可持于手中，也可放置于桌台。而陈于案上的柄香炉也不鲜见。笔者认为还是按形制分类更为客观。

综合迄今所见实物和图像数据可知，香炉有豆形、多足形、塔形、莲花形、兽形、长柄形等等形制，最常被论及的是博山炉[③]。关于长柄

---

① 冉万里：《唐代金属香炉研究》，《文博》2002 年第 2 期。

② ［日］小野佳代：《中国および日本における柄香炉の用法》，《奈良美術研究》第三号，2005 年。

③ ［韩］全荣来：《香炉の起源と型式変遷》，《古代文化》48(1)，1996 年；［日］长村真吾：《博山炉の形成過程における北方香炉の誕生と西域香炉との融合》，（转下页）

香炉,大概由于出土数量较少,国内学人对其关注不多。王明珠曾将定西博物馆藏一件北宋长柄香炉与敦煌壁画中的相关图像作对比,并据敦煌文书将其定名①;冉万里在讨论唐代金属香炉时将长柄香炉单独分为一类,并举例说明日本所见的香炉无疑是受唐代影响的结果②;扬之水在论述莲花香炉和宝子时对其有所论述,认为鹊尾炉又名柄香炉或手炉,有与之配套的宝子③。据笔者所见,长柄香炉的研究除上述成果之外,其他一般或简单介绍,或是在讨论整体香炉时以极少篇幅顺便提及,或是在讨论壁画的文章中一带而过,深入探讨较少,且对域外资料关注不够。

华夏文化影响所及,邻国日本收藏有若干长柄香炉的传世品,日本学界对此有过一些不同程度的专文论述④,但几件香炉的时代顺序问题尚待解决。随着出土材料的增多,笔者认为已经具备条件对比传世品和出土物,进行年代排列。本文拟对中日所见长柄香炉资料作一梳理,并根据形制变化讨论其发展规律。关于其用法,一般笼统地认为是佛教中的供养用具,小野氏曾根据文献对具体用途作过较为详细

(接上页)《アジアの歴史と文化》12,2008年3月。林小娟:《博山炉考》,《四川文物》2008年第3期。

① 王明珠:《定西地区博物馆藏长柄铜香炉—兼谈敦煌壁画的长柄香炉》,《敦煌研究》2001年第1期。

② 冉万里:《唐代金属香炉研究》,《文博》2002年第2期。

③ 扬之水:《莲花香炉和宝子》,《文物》2002年第2期,后收于《古诗文名物新证》,紫禁城出版社,2004年。

④ [日]蔵田蔵:《柄香炉》,《ミュージアム》第97号,1959年4月;[日]奥村秀雄:《獅子鎮柄香炉》,《ミュージアム》第184号,1966年7月;[日]加島勝:《正倉院宝物の鵲尾形柄香炉》,《仏教芸術》200号,1992年;[日]小野佳代:《中国および日本における柄香炉の用法》,《奈良美術研究》第三号,2005年3月。

的讨论,颇具启发意义,但并非无可商榷之处。笔者拟对比石窟画像组合与文献资料,略抒管见,以期见教于方家。

根据目前的资料,长柄香炉的出现是在晋唐之间,唐以后(如宋辽时期)的实物和画像也不在少数,但主要形制并未发生根本的变化,所以晋唐时期的长柄香炉尤其值得研究,本文讨论的时代也止于唐代①。

关于长柄香炉的定名

文献中的长柄香炉可追溯至南朝宋、梁时期,南朝齐王琰的《冥祥记》载:“宋费崇先者,吴兴人也。少颇信法……至泰始三年,受菩萨戒……每听经,常以鹊尾香炉置膝前。”②北宋洪刍《香谱》中记载,“宋玉贤……更着黄巾裙,手执鹊尾香炉……梁大同初,隐弱溪之间”③。南宋曾慥编撰的《类说》卷四十三载,“香炉有柄可执者曰鹊尾炉”。前引费崇先“置膝前”的鹊尾香炉虽未言手持,但根据鹊尾这一名称推测,除了有柄,很难想象会有其他造型。据此判断,至少从南朝至南宋,鹊尾炉都附柄以便于手持这一点是共通的。

有学者认为鹊尾炉又名柄香炉或手炉④,对此笔者不敢苟同。中国文献里确有手炉之名,其中一部分亦确实可判断为长柄香炉,如南

---

① 晋唐这一时间段为中国古代史分期,本来并不适用于本文涉及的日本藏品,但东亚长柄香炉的物品或技术来源都应在中国,为了表述方便,暂且统称为晋唐时期。

② (唐)释道世撰,周叔迦、苏晋仁校注:《法苑珠林校注》卷第二十四《利益部》之《感应缘》引,中华书局,2003年。

③ (宋)洪刍:《香谱》,台北新文丰出版公司,1985年。

④ 扬之水:《莲花香炉和宝子》,《文物》2002年2期,后收于《古诗文名物新证》,紫禁城出版社,2004年。刘可维也从此说,见《南京大报恩寺遗址真身塔地宫出土“莲花如意形法器”应为“宝子手炉”》,《中国文物报》总第1687期,2008年12月31日。

宋周应合纂《景定建康志》卷十九“又得铜炉有柄，若今所谓手炉者”[①]。陕西法门寺地宫出土唐代长柄香炉的“咸通十年文思院造银白成手炉一枚”[②]铭文更是直接的说明。但是，若据此认为可以将长柄香炉等同于手炉，是不甚恰当的。按字面理解，手炉为手中所持之物，文献中除“手执”之外，还有“手捧”者，后者使人怀疑并不带有长柄。况且取暖用具中亦有名“手炉”者，如宋无名氏《采兰杂志》称“冯小怜有手炉，曰辟邪，足炉，曰凫藻，皆以饰得名”。冯小怜是北齐后主高炜的宠妃，南北朝时期的辟邪形状近似有翼狮子，南京郊区至今尚存多座六朝石刻辟邪，此处的“辟邪手炉”或可能会被误认为是狮子镇长柄香炉。但参照其他版本，文中有“冬日顷刻不离”语[③]，可知此手炉为日常取暖之具。清代文献里也有多处可判手炉为暖手用具者，本文不再枚举。所以，准确地说，鹊尾炉只是长柄香炉和手炉的一种，前后关系并不等同。

唐代敦煌文书中有“长柄铜香炉”“长柄熟铜香炉”的记录，有学者据此认为“长柄铜香炉”即其定名[④]，但实际上目前发现的长柄香炉质地有铜有银，甚至还有木制品，统称为“铜香炉”就嫌不够准确。

日本学界将此类物品径称为“柄香炉”，国内学者也有用此名称者。日本文献《古今一阳集》中载有“柄香炉五口”之语，是这个词语的第一次明确出现，据此，藏田藏和奥村秀雄分别推测也许在镰仓时代

① （宋）周应合：《景定建康志》，南京出版社，2009年。

② 陕西省考古研究院、法门寺博物馆等：《法门寺考古发掘报告》，文物出版社，2007年，第188页。

③ “冯小怜有足炉曰辟邪，手炉曰凫藻，冬天顷刻不离，皆以其饰得名。”见《辞源》，商务印书馆，1988年，1205页。

④ 王明珠：《定西地区博物馆藏长柄铜香炉——兼谈敦煌壁画的长柄香炉》，《敦煌研究》2001年1期。

(1185—1333)和室町时代(1333—1573)就已经出现了柄香炉这一说法[①],小野佳代据《寻尊大僧正记》和《别会付五师方引付》的记载,认为柄香炉的名称至少可追溯至室町时代[②],这一推断是目前最具说服力的论说。

综上所述,参照文献及实物的形制、质地,笔者认为遵照汉语语言习惯,将此类物品称为"长柄香炉"最为适宜。

实物资料中的长柄香炉

长柄香炉通常由台座、立轴、炉体及附加的长柄组成。根据长柄的形制不同可以把晋唐时期的长柄香炉分为鹊尾、狮子镇、塔形镇和如意形几类(表一)。前两类的类别名称依照的是日本学界的通常说法。

(一) 鹊尾长柄香炉

本来因炉柄尾部分叉形似鹊尾而得名,为便于叙述,本文把柄尾不分叉而无其他装饰者亦称为鹊尾形。炉体呈喇叭形杯状,口缘部不同程度外侈,炉底与炉柄通过长C形构件相连接,此构件与炉柄处连接的铆钉多呈较夸张的半球形。有的配备内炉。

实物八件,有河北景县封魔奴墓出土品、日本法隆寺献纳宝物280、281号两件藏品、东大寺正仓院藏品、久保惣纪念美术馆藏品、黑川古文化研究所藏品、白鹤美术馆两件藏品等。

其中可明确判断年代的有如下三件。

① [日]蔵田蔵:《柄香炉》,《ミュージアム》第97号,1959年4月;[日]奥村秀雄:《獅子鎮柄香炉》,《ミュージアム》第184号,1966年7月。

② [日]小野佳代:《中国および日本における柄香炉の用法》,《奈良美術研究》第三号,2005年3月。

表一　晋唐期间长柄香炉实物

形制	质地	尺寸(cm)			形制				年代	收藏或出土地点
		长	高	炉口径	内炉	金具	底座	狮子座形状		
鹊尾	铜				无	半球形	疑似遗失		北魏 521 年	河北景县封魔奴墓
	鍮石镀金	39	10.2	13.3	无	半球形	12 瓣 2 重花形		下限 623 年	法隆寺 280 号
	赤铜	36	10.5	12.3	有	半球形	二重八花形			正仓院
	青铜	31.5	6.6	9.5	无	扁平	二重八花形			久保惣纪念美术馆
	响铜	40	8.3	11.1	无	半球形	12 瓣 2 段花形			黑川古文化研究所
	鍮石	35.5	8	10.8	无	扁平半球形	二重 15 瓣		下限 643 年	法隆寺 281 号
	白铜	37	7.5	10	无	扁平	菊花形			白鹤美术馆 A
	铜	40.6	7.4	10.3	无	半球形	菊花形			白鹤美术馆 B

续表

形制	质地	尺寸(cm)			形制				年代	收藏或出土地点
		长	高	炉口径	内炉	金具	底座	狮子座形状		
狮子镇	铜	33	6		无		多瓣菊花座	普通刻划	唐代前期	湖南长沙赤峰山2号墓
	白铜	38.5	7.7	11.5	无	心叶形	多瓣菊花形	普通	奈良时期即8c	法隆寺282号
	白铜柄	28	5.5	5.1	有	心叶形	24瓣菊花形	刻划	下限729年	正仓院
	紫檀金钿柄	39.5	7.6	11	有	透雕心叶形	24瓣菊花形	莲花	下限781年	正仓院
	青铜镀金	41.8	8.7		有	心叶形	20瓣菊花座	莲花		白鹤美术馆
	青铜镀金	40.6	8.4		无	心叶形	多瓣菊花座	莲花	下限760年	河南洛阳菏泽神会身塔塔基
	铜	41.1	7.4	11.9	无	心叶形	20瓣菊花座	莲花	8c	东京国立博物馆

续表

形制	质地	尺寸(cm)			形制				年代	收藏或出土地点
		长	高	炉口径	内炉	金具	底座	狮子座形状		
狮子镇	赤铜柄纯铜	44	7.5	12.3	有	心叶形	20瓣菊花座	莲花（狮镇后补）		正仓院
	黄铜柄真鍮	39	7.2	11.7	无	心叶形	22瓣菊花座	莲花		正仓院
塔形镇	鎏金青铜	23	6.5	10.5	无	心叶形	多瓣菊花座		唐	江西瑞昌
	铜	37.5	7		无	心叶形	多瓣菊花座		唐	西安北郊白家口
	铜	39.2	6.8	11.2	无	心叶形	多瓣菊花座		8—9c	法隆寺283号
如意形	银	44	8.6	11.1	无	云头形	多瓣菊花座		下限872年	陕西法门寺

河北景县封魔奴墓出土品　这是现存实物长柄香炉中年代最早的一件，原报告描述为铜鐎斗①，但参看照片，并未见鐎斗的典型形制之一三足，柄部和南北朝常见的鐎斗柄也相去甚远，与传世品作对比，实属鹊尾香炉无疑。据同出墓志可知，墓主封魔奴北魏太和八年(484)葬于代京(今山西大同)，正光二年(521)改葬于今墓地。此香炉应该是改葬时放入的。

法隆寺宝物 280 号香炉　台座、炉缘里、柄里分别有“带方”“上宫”“慧慈”铭文，朱书“慧慈”铭虽为后世所加，但此香炉被认为是日本圣德太子的师尊、高句丽名僧慧慈法师(623 年卒)的曾用物，加上带方曾是高句丽领地，推测此香炉有可能为朝鲜半岛所制。有学者认为《法隆寺缘起并流记资财账》中记载的一尺三寸八分的黄铜制香炉可以与此相对应②。

法隆寺宝物 281 号香炉　柄里墨书“山背大兄御持物”③，可能曾为山背大兄王(圣德太子之子)的用品。公元 643 年为山背大兄王的卒年，应该即此香炉的年代下限。

其余几件年代不详，但根据香炉的台座形制大概可以划分前后顺序。

封魔奴出土品的底座今已不存，不能断定是本来即无还是年久遗失，同墓所出铜制器座未见图片，不知是否为香炉底座。法隆寺 280 号香炉和黑川古文化研究所藏品的底座为 12 瓣 2 重花形，久保惣纪念美术馆和正仓院藏品的底座为 8 瓣 2 重。这些香炉的底座虽然花

① 张季：《河北景县封墓群调查记》，《考古通讯》1957 年 3 期。
② [日]东京国立博物馆：《法隆寺宝物館》，东京国立博物馆，2008 年。
③ [日]东京国立博物馆：《法隆寺献納宝物》，东京国立博物馆，1975 年。

瓣数量不同，但均有 2 重，且都为薄片状，上镂小孔。法隆寺 281 号香炉底座也为 2 重，但下层制成圈足，周围刻画纹饰，已呈现明显的高度，白鹤美术馆的两件藏品底座为菊花形，圈足更高，与稍后出现的狮子镇香炉的底座较为相似。

炉体口缘部的外侈程度显现从大到小的变化过程，鹊尾的分叉则从明显趋向模糊。若不考虑制作地点①，年代先后大致可以判断如下，除景县的一件外，法隆寺 280 号藏品年代最早，与正仓院藏品时期接近，接下来是久保惣纪念美术馆和黑川古文化研究所藏品，法隆寺 281 号藏品为过渡类型，白鹤美术馆的两件年代最晚。（图一）

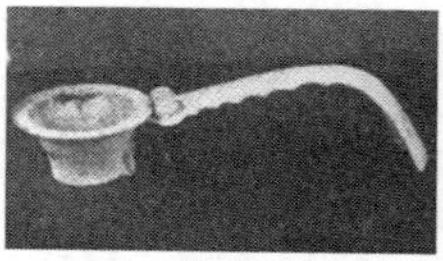

1. 河北景县出土品（《考古通讯》1957 年 3 期图版八）

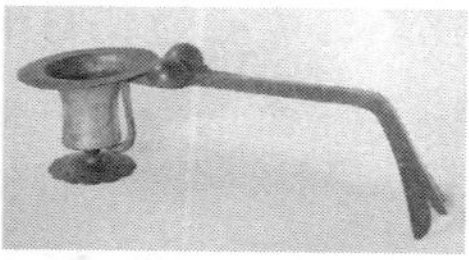

2. 法隆寺 280 号藏品（《法隆寺宝物馆》第 156 页）

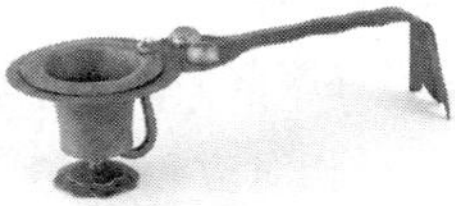

3. 正仓院藏品（《正仓院展》第 63 回第 42 页）

4. 久保惣纪念美术馆藏品（见大阪和泉市久保惣纪念美术馆网页 httpwww. ikm—art. jpgaiyogaiyo3. html）

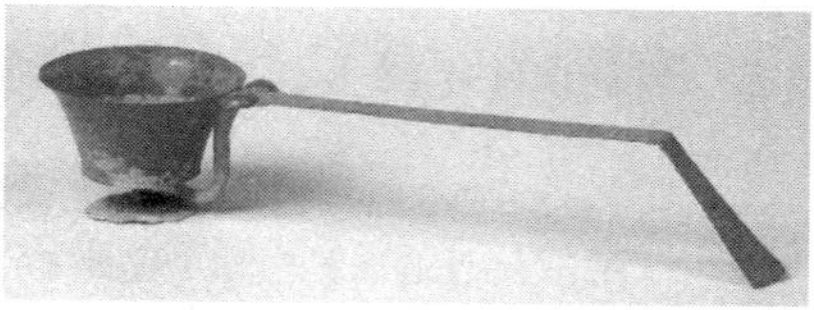

5. 黑川古文化研究所藏品（《黑川古文化研究所名品展》图 7 - 19）

---

① 事实上多件香炉传来不明，无法断定来源和制作地点。而考虑到香炉的用途，也许可以认为地域差别并不明显。

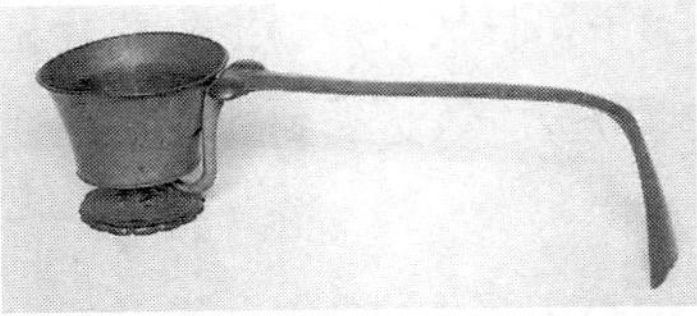

6. 法隆寺 281 号藏品(《法隆寺宝物馆》第 173 页)

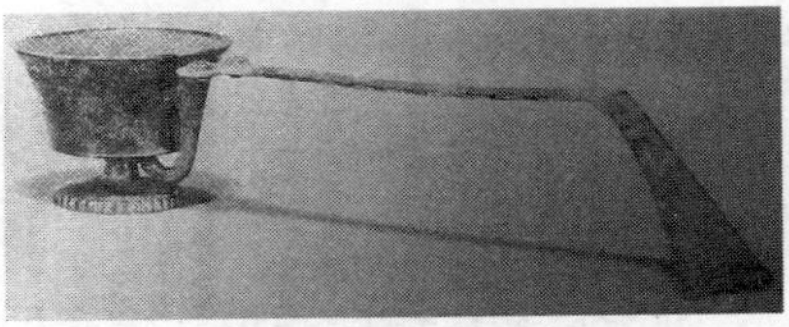

7. 白鹤美术馆藏品 A(《仏教芸術》200 号第 39 页)

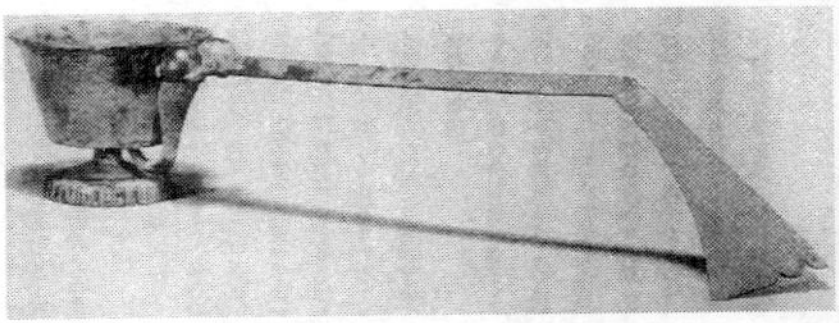

8. 白鹤美术馆藏品 B(同 7)

图一

（二）狮子镇长柄香炉

香炉柄尾有狮子形镇,起平衡作用。炉体口部折沿外侈,底部微微外张,底座为圈足多瓣菊花形,柄端与炉底以 S 形构件连接,炉与柄连接处有心形装饰板,柄尾下折成 L 形,上附有底座的狮子形镇。有的设置内炉,便于清洁香灰,内炉上近柄处蹲踞翘尾狮子作为捉手。实物九件,分别为湖南长沙赤峰山 2 号墓出土品、河南洛阳菏泽神会身塔塔基出土品、日本法隆寺 282 号藏品、正仓院四件藏品、白鹤美术馆藏品和东京国立博物馆藏品等。

年代相对清晰的有四件。

湖南长沙赤峰山 2 号墓出土品　根据同出南朝风格的文物和开元通宝,断代为唐代前期。原报告定名为铜香斗,柄末饰鎏金兽,出土时香斗内仍满贮香料余烬①，实为一件狮子镇长柄香炉。报告照片显示炉柄与炉体角度奇怪，而非正常所呈直角，应该是受到外力挤压变形所致。

正仓院藏白铜柄香炉　配套的收纳箱内里有“神龟六年七月六日”的刻铭②，神龟六年为公元729年，可能即此香炉的下限。

正仓院藏紫檀金钿柄香炉　记载正仓院藏品的文献《续修正仓院古文书后集》卷四十一有“光仁天皇去世时施入‘紫檀御香炉一具’”的记事，被认为与此香炉对应③。光仁天皇亡于天应元年(781)，应该为此香炉的年代下限。

河南洛阳菏泽神会身塔塔基出土品　神会是唐代著名高僧，根据身塔铭文，亡于乾元元年(758)，入身塔是在永泰元年(765)④，香炉应是入塔时放入的。

根据狮子底座、狮子形制可以大致将此类香炉分为前后两期，早期有湖南长沙赤峰山2号墓出土品、法隆寺282号藏品、正仓院藏白铜柄香炉等三件。底座没有图案或仅进行简单刻画；狮子体型较瘦，口部衔环，颈部鬃毛下垂，尾部上翘不高，不超过狮子头顶；赤峰山2号墓出土品不见香炉柄端装饰板，有遗失可能，法隆寺282号藏品的柄端心形装饰板内里呈心形，正仓院白铜柄香炉的心形装饰板内里呈云头形。后期几件的底座为莲花座；狮子形体偏向壮硕，颈部鬃毛卷曲，尾部上翘较高，超过狮头；柄端装饰板内里均呈云头形；内炉柄端

---

① 湖南省博物馆：《长沙赤峰山2号唐墓简介》，《文物》1960年3期。

② [日]奈良国立博物馆：《第六十一回正倉院展》，天理时报社，2009年，第79页。

③ [日]奈良国立博物馆：《第五十九回正倉院展》，天理时报社，2007年，第66页。

④ 洛阳市文物工作队：《洛阳神会和尚身塔塔基清理》，《文物》1992年第3期。

蹲踞小狮子与柄尾狮子相背，由前期的回首变为不回首。

值得说明的是正仓院藏紫檀香炉，底座为 24 瓣菊花座，内炉小狮子作回首状，这两点都与正仓院藏白铜柄香炉相同，且狮子口部衔环，颈部鬃毛卷曲不明显，尾部上翘不高，较多显示早期特征，但柄尾狮子座为仰覆莲花形状，又呈后期特点，推测处于前后期的过渡阶段。虽然根据文献推测此香炉是光仁天皇去世时施入的，但其工艺复杂，装饰精美，不能排除长期使用的可能性，制作年代极可能远远早于公元 781 年。

如上所述，单纯按照形制本身，狮子镇长柄香炉可以进行如下分期：长沙出土品—法隆寺 282 号藏品—正仓院藏白铜柄香炉—正仓院藏紫檀柄香炉—东京国立博物馆藏品—白鹤美术馆藏品—神会身塔出土品—正仓院藏赤铜柄香炉—正仓院藏黄铜柄香炉（图二、三）

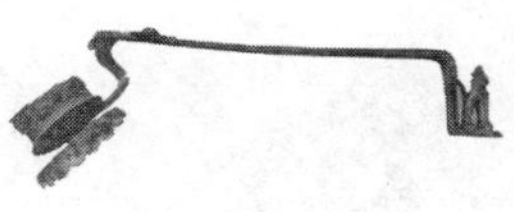

1. 赤峰山 2 号墓出土品（《文物》1960 年 3 期第 27 页）

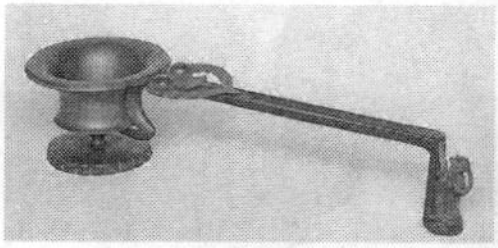

2. 法隆寺 282 号藏品（《法隆寺宝物馆》第 173 页》）

3. 正仓院藏白铜柄香炉（第 61 回《正仓院展》第 78 页）

4. 正仓院藏紫檀金钿柄香炉（第 59 回《正仓院展》第 66 页）

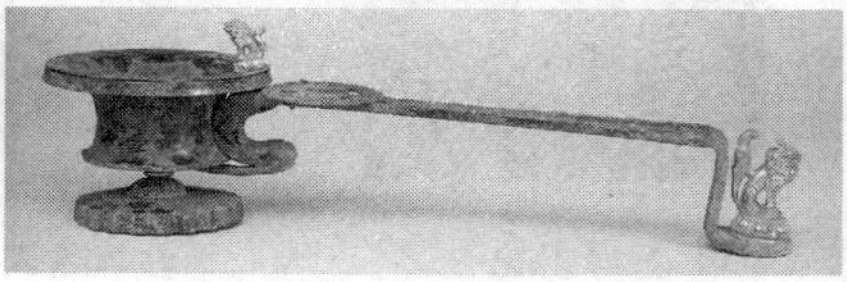

5. 白鹤美术馆藏品（《白鹤美术馆名品选》第 67 页）

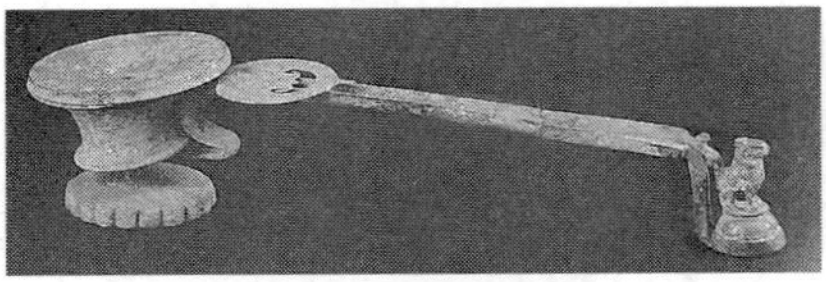

6. 神会身塔塔基出土品(《唐の女帝則天武后とその時代展》图 46)

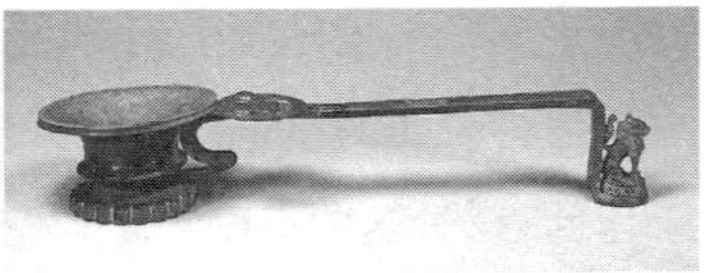

7. 东京国立博物馆藏品(东京国立博物馆网页 www. tnm. jp 藏品—名品—金工条)

8. 正仓院藏赤铜柄香炉(第 58 回《正仓院展》第 68 页)

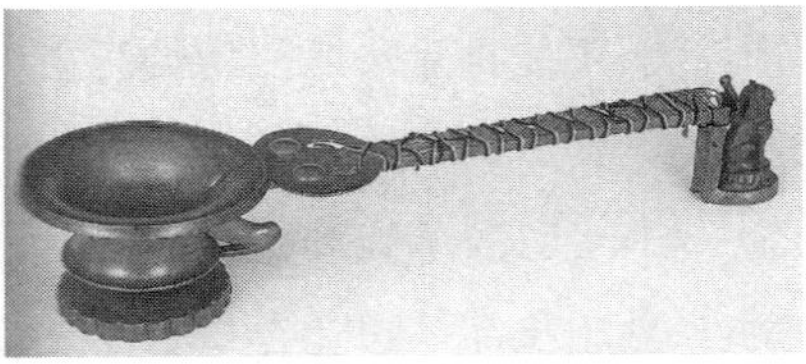

9. 正仓院藏黄铜柄香炉(同 8 第 66 页)

图二

1. 赤峰山出土品(同图二[1])

2. 法隆寺 282 号(同图二[2])

3. 正仓院白铜(同图二[3])

4. 正仓院紫檀(第59回《正仓院展》第68页)

5. 白鹤美术馆藏品(同图二[5])

6. 神会塔基出土品(同图二[6])

7. 东京国立博物馆藏品(同图二[7])

8. 正仓院赤铜(同图二[8])

9. 正仓院黄铜(同图二[9])

图三

(三) 塔形镇香炉

此类香炉一般被定名为瓶镇香炉,但实际上柄镇与瓶的形制并不接近,反而更类似于塔形,联系后文所述香炉与宗教的密切关联,笔者认为称为塔形镇香炉更为合适。实物三件,分别是江西瑞昌唐墓出土品[①]、陕西西安白家口唐墓出土品[②]和法隆寺 283 号藏品。除柄端镇的种类不同外，形制基本与狮子镇形相同。西安白家口出土品随附有带柄的炉盖，可与正仓院藏镘形铜器[③]相参照。（图四、五）

1. 法隆寺 283 号藏品（《法隆寺宝物馆》第 174 页》）

2. 陕西白家口出土品（《唐皇帝からの贈り物》图 29）

图四

图五　正仓院镘形器（第 58 回《正仓院展》第 68 页）

（四）如意形香炉

仅法门寺地宫出土一件。银质，由炉体与如意形柄组成。柄端构件也为云头状，以 u 形银条与炉底相连接。长 44 厘米、重 415.5 克[④]。

① 张翊华：《析江西瑞昌发现的唐代佛具》，《文物》1992 年第 3 期。

② ［日］新潟县立近代美术馆：《唐皇帝からの贈り物展》，朝日新闻社，1999 年。

③ ［日］奈良国立博物馆：《第五十八回正倉院展》，天理时报社，2006 年，第 69 页。

④ 陕西省考古研究所、法门寺博物馆等：《法门寺考古发掘报告》，文物出版社，2007 年，第 188 页。

据炉柄錾刻的"咸通十三年文思院造银白成手炉一枚并香宝子共重十二两五钱"铭文，明确可知此香炉的制作年代为唐咸通十三年，即公元873年。（图六）

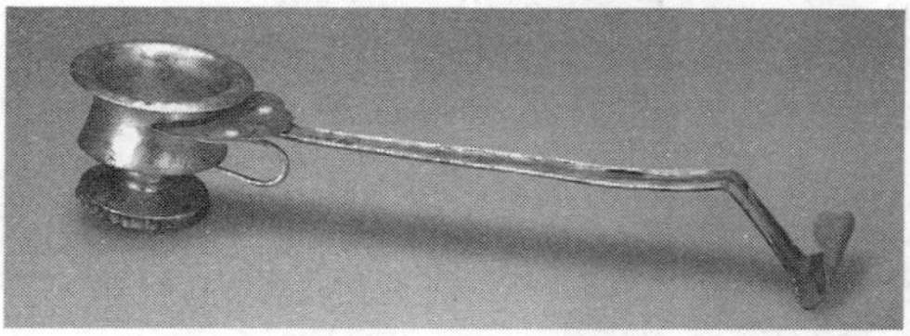

图六　法门寺出土如意形长柄香炉(《法门寺考古发掘报告》彩版168)

考察实物长柄香炉的质地，可知以青、白、赤、黄铜等居多，与文献记载相契合。两件银制品一件出于神会身塔，一件为"文思院"制品，前者的主人为禅宗七世祖，后者出于皇家用品制作所，使用的对象规格都很高，可能并非日常所用。正仓院所藏紫檀柄香炉比较特殊，以紫檀木制成，且加花鸟、水晶等华美装饰，更像一件奢侈的工艺品，摆设(或祭祀)价值应该高于实用。

这些香炉的长度大多在30～40厘米之间，最短的23厘米、最长的44厘米，都属便于手持的尺寸范围。无镇的鹊尾和如意形香炉的柄部为平板状，狮子镇和塔形镇的香炉柄部两侧均向内折曲，形成槽状。不但可以平衡重量，大概也可避免香炉两端沉重而中间太过轻飘的比例失调，实现视觉效果的和谐。槽内有的放入锦类织物，再以绳纽对柄部圈圈环绕加固，避免使用时硌手，又可起到装饰作用，正仓院藏白铜、赤铜及黄铜狮子镇柄香炉都是如此。紫檀柄香炉的柄为木质，本无加装绳纽的必要，但其处于此类形制中的一环，正是这种风格的生动表现。

唐释道世撰《法苑珠林》卷十一载："又迦叶佛付我香炉及一黄金函，将付仁者。其香炉前有十六头，半是狮子，半是白象。于二兽头上别起莲华台，以台为炉相，于炉四缘别起六银楼，楼出天童，可长二寸。如是诸天童合有九十六。每烧香时是诸童子各各分番来付香炉后，狮子向外而蹲踞。"[①]此处所引为周叔迦、苏晋仁先生的句读，末句的"狮子向外而蹲踞"读来有些突兀而指代不明。考虑到有"其香炉前"语，后面多半会对应香炉后云云，笔者试将后一句断句如下："每烧香时是诸童子各各分番来付。香炉后狮子向外而蹲踞。"照笔者的理解，此处描绘的香炉分为前、后两部分，参照传世的香炉，或可推测其大概形制为狮子镇长柄香炉，前部的十六头狮、象构成底座，炉体为莲花状，上又有银楼天童，后面"向外而蹲踞"的狮子大概为柄尾狮子形镇或炉体与柄端之间的狮子造型。这里描述的香炉构造繁复异常，当然为虚构，但社会背景却应该是长柄香炉的存在这一事实，同时也告诉我们，唐代的带柄香炉不仅限于鹊尾形，已出现了狮子状柄。

图像中的长柄香炉

长柄香炉的出土实物虽少，其造型在晋唐时期的图像资料中却非少见，年代较早的可举炳灵寺石窟第169窟北壁画像，供养列像最前端的比丘一手持长柄香炉一手持钵；同窟无量寿佛龛侧壁的供养人所持的香炉上方烟雾蒸腾，不见底座，长柄弯曲，年代为西秦

① （唐）释道世撰，周叔迦、苏晋仁校注：《法苑珠林校注》卷第十一《成道部》第十二《乳糜部》第五，中华书局，2003年，第394页。

(385—431)[①](图七)。江苏丹阳胡桥吴家村南朝墓砖刻壁画中的天人所持物与此相似,可以互相参照(图八一1)。同墓羽人戏龙砖刻壁画中的羽人手持物图像更接近香炉形状(图八一1),原报告称羽人"右手执一长柄勺,勺下饰花朵,勺中熊熊烈火,火焰蒸蒸上冒"[②]。勺为炊事用具,与羽人恐怕很难相联系,且柄尾向下弯曲,疑似鹊尾形状,勺下花朵应即花形底座,解释为鹊尾香炉更为恰当。

图七　炳灵寺石窟无量寿佛龛(第6号龛)侧壁的供养人所持香炉(《永靖炳灵寺》第190页)

1. 天人手持物(笔者绘图,据《文物》1980年2期第10页)

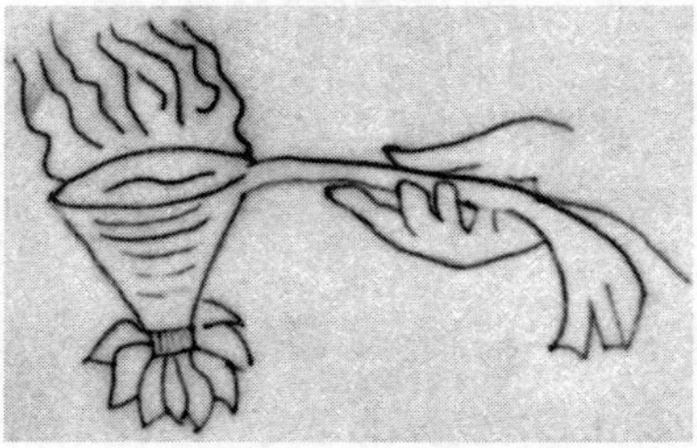

2. 羽人戏龙图像中羽人手持物(笔者绘图,据南京博物院藏品)

图八　江苏丹阳胡桥吴家村南朝墓砖刻壁画中的相关形象

---

① 甘肃省文物工作队等:《中国石窟 永靖炳灵寺》,文物出版社,1989年,第190页。
② 南京博物院:《丹阳县胡桥、建山两座南朝墓葬》,《文物》1980年2期。

炳灵寺石窟第132号窟（北魏）东壁门口上部佛陀涅盘像中最前列弟子手中所持香炉为折柄，炉上方呈火焰燃烧状，为较特殊的样式（图九）。敦煌莫高窟第285号窟（西魏）北壁上层二佛并坐像下方的画面中，最左侧供养人手持的香炉尾部过长，以致失去平衡感，可能是画师的夸张或失误所致（图一〇）。除此之外，图像中的长柄香炉与出土或传世品无明显区别。

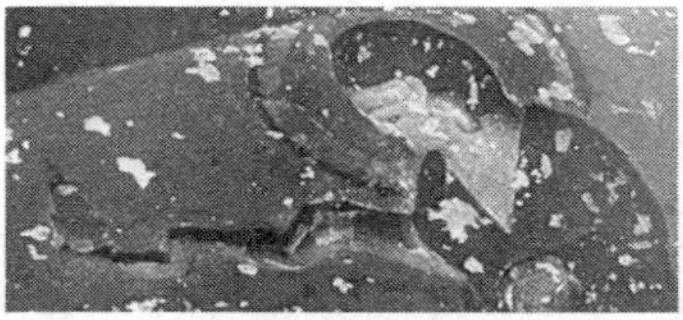

图九　炳灵寺石窟第132窟东壁涅盘变中弟子所持物（《永靖炳灵寺》图版101）

图一〇　敦煌莫高窟第285号窟北壁上层供养人所持物（《敦煌石窟》卷一第186页图43）

以《中国石窟》系列丛书[①]所载图像为例，麦积山第4号窟（北周）中飞天所持香炉为花形底座，与2重花形底座的鹊尾香炉较为相似，仅多出了炉盖。敦煌莫高窟隋代图像中的长柄香炉大部分底座较小，

① 文物出版社与日本平凡社合作出版的大型彩色系列图书。1982年至1998年间共出版17卷，包括敦煌文物研究所：《中国石窟 敦煌莫高窟》5卷，甘肃省文物工作队、炳灵寺文物保管理所：《中国石窟 永靖炳灵寺》1卷，河南省文物研究所：《中国石窟 巩县石窟寺》1卷，新疆维吾尔自治区文物管理委员会等：《中国石窟 克孜尔石窟》3卷，龙门文物保管理所，北京大学考古系：《中国石窟 龙门石窟》2卷，云冈石窟文物保管所：《中国石窟 云冈石窟》2卷，新疆维吾尔自治区文物管理委员会等：《中国石窟库木吐喇石窟》1卷，敦煌研究院：《中国石窟安息榆林窟》1卷，天水麦积山石窟艺术研究所：《中国石窟天水麦积山》1卷。

没有描绘出炉底与柄端之间的S形连接。唐代图像中较多出现S形连接和柄端云头形装饰板,有的带盖。巩县石窟中的长柄香炉较多出现在礼佛图中,柄端与炉底的S形连接清晰可见。耐人寻味的是云冈石窟中不见此类形象。

壁画中的长柄香炉由于图像本身或保存状况不佳等原因很难判断柄端样式,但也有一些可以明确定为鹊尾香炉者,如巩县石窟第1和第4窟(北魏)礼佛图中供养者和比丘所持物,敦煌莫高窟第423、420、401、225等窟中所绘长柄香炉等,这些香炉露出的尾部与实物香炉中的鹊尾十分接近。据笔者的统计,鹊尾香炉主要出现在北魏巩县石窟和敦煌莫高窟的隋代窟,莫高窟盛唐时期的石窟中也有零星出现,也许在一定程度上暗示了其流行年代。

巩县和敦煌石窟中都曾出现持香炉者弯曲两指,伸手向炉上方的图像(图一一),对照文献方知,这个动作表示添香入炉。如《法苑珠林》卷十一云:"欲升金刚坛,先执香炉绕坛,可行七匝,十方诸佛,各手捻香,付彼炉中。"①又如《香乘》引洪刍《香谱》所载:"司天主簿徐肇,遇苏氏子德哥者,自言善为返魂香。手持香炉,怀中以一贴如白檀香末,撮于炉中,烟气袅袅直上,甚于龙脑。"②

长柄香炉图像还有数例见于日本和韩国,持于菩萨、弟子、飞天或

---

① (唐)释道世撰,周叔迦、苏晋仁校注:《法苑珠林校注》卷第十一《成道部》第十二《乳糜部》第五,中华书局,2003年,第394页。

② 中国汉语大词典编纂委员会、汉语大词典编纂处:《汉语大词典》"返魂香"条,汉语大词典出版社,1993年。

比丘手中①，日本的几例中香炉多带宝子②。

根据目前的资料，推测鹊尾形香炉出现的时间较早，早期图像中有的无底座，柄部也不平直，北魏以后形制稳定。唐代狮子镇香炉出现，并占有较多数量。

1. 巩县石窟第四窟南壁西侧礼佛图中的香炉形象（笔者据《巩县石窟寺》图版 148）

2. 敦煌石窟 k401（隋）北壁龛内东侧长柄香炉形象（笔者据《敦煌石窟》卷二图版 142）

图一一　添香入炉形象

长柄香炉来源试探

学人多谓用香习俗及香炉传自印度，其实中国熏香由来已久，春

---

① 日本的例子可举法隆寺藏玉虫厨子须弥座正面比丘像（7 世纪中期）、法隆寺藏 196 号背光右三菩萨像（7 世纪末）、法隆寺献纳宝物 58 号灌顶幡（7 世纪后半）、奈良国立博物馆藏刺绣释迦说法图（8 世纪）、东大寺藏大佛莲瓣（8 世纪中期）等。韩国的例子有国立中央博物馆藏弥勒菩萨半跏像（7 世纪后半）、国立庆州博物馆藏罗汉像（7 世纪后半）和圣德大王神钟（771）以及石窟庵十大弟子像中的第一和第十弟子像（8 世纪中期）等。现收藏于英国大不列颠博物馆的唐代绘画《引路菩萨图》中，菩萨所持手炉与敦煌壁画中的带盖香炉描绘也几乎完全相同。

② 关于宝子，可参考扬之水：《莲花香炉和宝子》，《文物》2002 年第 2 期，后收入《古诗文名物新证》，紫禁城出版社，2004 年。

秋战国时期文献中多次提及，战国墓葬中已有多件熏炉出土[①]，两汉墓葬中的熏炉数量更是不计其数。汉代画像砖、画像石和壁画内容包含了大量的社会信息，但直至十六国时期，长柄香炉的身影都无所觅得。最早的长柄香炉实物出土于北朝，与之相应，此时图像中的香炉数量也在增多。这个阶段正是中国佛教发展的高峰期，多部经典被翻译，佛教造像也大量营造，从这一点判断，长柄香炉也许确实是佛教东传的结果。并且从图像来看，长柄香炉最早出现在敦煌和炳灵寺石窟的西秦（385—431）窟，中原地区要到北魏迁都洛阳（495）之后才出现，联想佛教自西向东的传播路径，似乎也可作为此论旁证。

图木舒克 2 世纪埋葬层中出土的狮子镇香炉[②]与唐代前期香炉极为类似（图一二），只是多了炉盖，且蹲踞小狮子的位置稍有不同，如果地层判断无误，二者应该有着直接的渊源关系。2—3 世纪的犍陀罗佛

图一二　图木舒克出土品（《中亚艺术与文化史图鉴》第 68 页）

① 如陕西凤翔出土的战国凤鸟衔环铜熏炉、浙江余姚老虎山一号墩战国中晚期墓葬中出土的原始瓷香炉等。

② 见[德]阿尔伯特·冯·勒克科著，赵崇民、巫新华译：《中亚文化与艺术史图鉴》，中国人民大学出版社，2005 年，第 68 页。

像雕刻中也可见长柄香炉的简单刻画[①]。另外,河田卓介绍过一件据传毁于二战战火的铜制长柄香炉,采集自西域,曾收藏于德国柏林东洋美术馆,被认为制于3—4世纪,炉与柄结合处以及L形柄尾各铸有一狮子形,且有透雕盖[②]。描述的特点与图木舒克出土品十分类似,且都收于德国,不知是否为同一件。

在佛教产生之前,长柄香炉的雏形其实就已经出现了,如埃及卡纳克神殿壁画中塞提一世(第19王朝第2代法老,公元前1294—前1279年在位)手持物也是带长柄并附容器之物,被认为是持香炉敬神的图像。当然,这些图像与汉唐时期长柄香炉相隔的时间、地点都太过遥远,形制类似也可能是一种巧合,都是出于人们方便焚香的初衷,但既然使用目的和形制都相近,认其为长柄香炉的远古前身或许也不至过于荒唐。中亚塔克西拉遗址(公元前3世纪—公元后3世纪)斯尔卡普B街区3B宅子出土的有翼狮子柄香炉和达摩拉吉卡B院子出土的放香用的装有狮子形柄部的陶碗[③],或许与狮子镇长柄香炉也有着某种联系。

长柄香炉的用途

香供养是佛事的主要内容之一,敦煌文书所列供养具里,长柄香炉是其中的重要道具[④]。那么,长柄香炉的用途是否只限于供养呢?

---

① [日]奈良国立博物馆:《日本仏教美術の源流》,天理时报社,1978年。

② [日]河田卓:《「紫檀金鈿柄香炉」をめぐって》,《日本美術工芸》第674号,日本美术工艺社,1994年11月,第13页。

③ [英]约翰・马歇尔著,秦立彦译:《塔克西拉》,云南人民出版社,2002年,第65、184页。

④ 参见王明珠:《定西地区博物馆藏长柄铜香炉——兼谈敦煌壁画的长柄香炉》中所引,《敦煌研究》2001年第1期。

小野氏在论及长柄香炉的用途时，引用石井公成从语言学角度对梵文《金光明经》的解读，判断卷二中的“手擎香炉”有柄[①]是很令人信服的，但她据此判断汉语中持、捉、擎等动词后跟的香炉一律有柄却未免武断，因为图像中拿在手中体型较小的塔形及豆形香炉并不在少数。她还根据《大正新修大藏经》内容推测，魏晋南北朝时代，手持香炉多出现于“誓愿”场面，其余还有“请佛、想念、念诵、礼拜、行道、入导、忏悔”等场合，隋唐时期香炉的用途复杂化，但最主要仍与誓愿相关[②]，对香炉的用途作了较为详尽的概括，颇具启发意义。但笔者阅读《法苑珠林》中的“手持香炉”资料后，认为请佛、誓愿、念诵、行道等场合中的香炉归根结底都是起礼敬的作用，而非表面意义上的誓愿或其他活动的必需品。

笔者曾对《中国石窟》系列图像中出现的长柄香炉作过统计（表二）。由于《中国石窟》系列收集图像并非完全，且有很多图像漫漶不清，加上笔者个人判断的主观，数量的遗漏在所难免，但相信大概面貌不致偏离过多。长柄香炉的主要出现场面有以下几种：

1. 说法图中胁侍菩萨或弟子手持
2. 佛前所跪弟子或菩萨手持
3. 单、双人供养人或供养菩萨、天人、比丘手持
4. 礼佛或供养行列中最前端的比丘或供养人手持
5. 涅槃像中最前列弟子手持

---

① ［日］小野佳代:《中国および日本における柄香炉の用法》,《奈良美術研究》第三号,2005 年。

② ［日］小野佳代:《中国および日本における柄香炉の用法》,《奈良美術研究》第三号,2005 年。

6. 单独出现的比丘手持

似可归纳为礼敬（1、2、5）、供养（3）、导引（4）及日常所持（6）几种，而日常所持的初衷大概也是为了礼敬。导引图像主要见于北魏，唐代数量较少，供养图像贯穿始终。持于手中的无柄香炉用途与此类似。

表二 《中国石窟》丛书壁画中手持香炉图像

地点	时代	其他形式	柄香炉	出现场面	出处
敦煌石窟（主要存在于说法图和供养图像中）	西魏		1	供养者画面最左侧，但似乎非引导作用	一 123 K285 ①
	隋	博山炉 1		年老比丘（疑为迦叶）所持	二 119 k278
			1	说法图中右侧菩萨所持	二 12 k302
			1	二佛并坐图像下部的最前列比丘所持。疑为导引。	二 14 k303
			鹊尾 1	佛前跪菩萨所持	二 34 k423
			鹊尾 1	说法图中右侧弟子所持	二 66k420
			1	维摩诘经变右侧弟子所持	二 68k420
			1	供养图	二 110 k281
			1	授经说法图中一比丘跪佛前所持	二 112 k280
			鹊尾 1	菩萨手持	二 142 k401
			1	2 供养菩萨相对	二 152 k397

① “一 123 K285”表示卷一，图版 123 第 285 窟。下同。

续表

地点	时代	其他形式	柄香炉	出现场面	出处
敦煌石窟（主要存在于说法图和供养图像中）	初唐		1	天女旁边的桌上所置	三 78 k334
			1	说法图中右侧弟子所持	三 93 k332
			1	供养比丘所持	三 108 k217
	盛唐		1	供养 观音在上	三 121 k205
			鹊尾 1	供养者所持	三 170 k225
			1	供养菩萨所持	四 40 k148
			1	供养菩萨所持	四 12 k172
	中唐	塔式炉 1		供养天人所持	四 62 k112
		博山炉 1		供养天人所持	四 61 k112
			1	报恩经变中一比丘坐塔上手持有盖香炉	四 96 k154
		塔式炉 1	鹊尾 1	供养者相对 一博一柄 右侧人持柄香炉	四 101 k231
			1	说法图 右侧菩萨持 有盖柄香炉	四 103 k220
	晚唐		1	供养图 比丘持炉在前	四 130 k220
			2	2 供养者对坐 左有盖 右无盖	四 160 k12
			2	2 供养者对坐	四 166 k20
			2	供养图中前面和中间 2 人各 1 一有盖	四 181 k9
			1	供养比丘所持	四 194 k345

续表

地点	时代	其他形式	柄香炉	出现场面	出处
炳灵寺石窟	西秦		1	最前列供养者所持 弯柄	6 k169 北壁无量寿佛龛
	西秦			最前面比丘一手持炉一手持钵 疑为导引	38 k169 北壁 11 号
	北魏		1	涅槃像最前弟子手持 上有火焰	101 k132 东壁门口上部
	唐		1	供养比丘最前端 疑为导引 共 3 比丘	212 k134 南壁
麦积山石窟	北魏		1	最前面飞天所持	68 k154
	北周	豆形炉 1	1	2 飞天相对 各持一炉	239 k4
克孜尔石窟	隋末		1	一男一女供养人 男持物不清 女手持	二 k69 断为隋末或唐初
	唐		1	须摩提女一手持炉一手持钵 焚香请佛	三 117 k205
巩县石窟	北魏		鹊尾 2	礼佛图中供养者手持 前侍者持 后自持	4 k1 南壁西侧礼佛图上
（主要见于礼佛图）			鹊尾 2	供养者的随从 为主人持供其加香	39 k1 南壁东侧礼佛图
			鹊尾 2	同上	144 k4 南壁东侧礼佛图
			疑鹊尾	比丘导引	22k4 南壁西侧礼佛图下
			鹊尾 2	供养者、比丘所持	148 k4 南壁西侧

续表

地点	时代	其他形式	柄香炉	出现场面	出处
(主要见于礼佛图)			1	佛旁左侧弟子所持 特殊	26 k3 外壁东侧
		博山炉		比丘导引	4 k1 南壁西侧礼佛图下
云冈石窟(无长柄香炉)	465～494	博山炉		供养菩萨手擎	一 70 k6
	465～494	博山炉		右侧胁侍菩萨手擎	一 108 k6
	北魏	博山炉		飞天所持	一 191k8
龙门石窟(早期豆形多为飞天所擎)	526～529		1	最前列供养者所持	一 59 莲花洞
			1	胁侍弟子所持	一 59 莲花洞法恩造释迦像龛
			1	供养者最前列所持	一 59 莲花洞张世祖造像龛
			1	供养者最前列所持	一 59 莲花洞南壁中央下部
	493 年	豆形		飞天相对 共捧一炉	一 138 古阳洞
		豆形		双手捧	一 163 古阳洞
		豆形		供养菩萨所持	一 208
		豆形		飞天手擎	一 163 古阳洞正壁坐佛像顶上

续表

地点	时代	其他形式	柄香炉	出现场面	出处
龙门石窟（早期豆形多为飞天所擎）		豆形		飞天相对 各擎一	一 163 弥勒洞
	680 年		1	供养比丘 2 比丘 持香炉者在前	二 79 万佛洞
	盛唐		1	3 罗汉其中之一所持	二 208 看经寺洞正壁
	640～660		1	供养者所持	二 182 韩氏洞前室北壁

对于手持香炉的这几种用法，佛教文献中分别有对应的例子，如《法苑珠林》卷十一“若初成道，欲升金刚坛，先执香炉绕坛，可行七匝。十方诸佛，各手捻香，付彼炉中”①，此为礼敬。同卷“如来每说法时，在大众前常执香炉，天童取香来授与佛，令之供养”，此为供养。卷八十三“中大同元年二月五日，摄山神现形，著菩萨巾，披袈裟，形貌极端正，侍从左右三十余人，又一人捉香炉在前，来入禅堂，诣弘誓法师所”，此为导引。唐代智昇《开元释教录》卷五上“跋陁自幼已来，蔬食终身常执，持香炉未尝辍手”，此为日常所用。

一般认为香炉为佛教用具，但翻阅中国古代文献可知，道教与其联系也十分紧密。如《云笈七签》所载《木文天尊见像验》称“木文天尊者，开元七年，蜀州新津县新兴尼寺，四月八日设大斋聚食之次，有一道流后至……忽见道流隐形在殿柱中，隐隐分明……左手执手炉，右手炷香于烟上……”②前举拒绝婚姻、身着黄巾裙、手执鹊尾炉的宋玉

① （唐）释道世撰，周叔迦、苏晋仁校注：《法苑珠林校注》卷十一《成道部》第十二、《乳糜部》第五，中华书局，2003 年，第 394 页。下引同。

② （宋）张君房编，李永胜点校：《云笈七签》卷一百一十八《道教灵验记》之《尊像见》，中华书局，2003 年，第 2592 页。

贤也是南朝著名道教人士。

结　语

中国的用香习俗由来已久,可用于祭祀,可用于静心。但手持的长柄香炉显示出与传统香炉不同的来源与特征,最早的实物和图像都出现于晋唐时期,可能是随着佛教的传来而产生的,后来与中国文化相结合,并影响到日本和朝鲜半岛,使东亚出土及传世的长柄香炉可以互相参照,亦为东西文化交流的又一印证。

总体而言,实物资料中的晋唐时期长柄香炉可分为鹊尾、狮子镇、塔形镇和如意形几类。香炉底座显示由低到高的变化过程,至于炉体与柄端连接处的形制,鹊尾形香炉呈长C形,狮子镇和塔形镇香炉呈现弯曲弧度明显的S形,如意形仅有一件,造型较为特殊。狮子镇长柄香炉的柄尾狮子变化较为显著,如底座由简入繁,体型从瘦到壮,口部衔环渐无,颈部鬃毛下垂变为卷曲,尾部上翘也有增高趋势等。香炉质地一般为铜,偶而所见的银制和木制品推测并非实用。早期图像中的长柄香炉有的无底座,柄部也不平直,北魏以后形制趋于稳定,多鹊尾形,唐代狮子镇香炉出现,并占有较多数量。

考察相关壁画组合和文献资料,笔者推测长柄香炉不仅仅用于供养,还有表示礼敬及导引的作用。其用途并不限于佛教,道教文献中长柄香炉也不鲜见。可以说,在“可以奉神明,可以达蠲洁”这一点上,长柄香炉与其他形制的香炉并无二致。

本文原载《考古与文物》2016年第5期

章怀太子墓壁画所见鱼形饰件及相关问题

朱　祎

（南京大学历史学院考古文物系）

一、从“悬鱼”到“鱼钥”

章怀太子墓前甬道东壁绘有一内侍图，受隋唐鱼符之制影响，学界一般认为此人物形象应是城门郎或太子宫门郎之属，其手中所持即鱼符[①]（图一）。乾陵文物保管所在探讨章怀太子墓的形制问题时指出该鱼形饰件并非鱼符，手持者亦非城门郎，而是太子内官中的掌正[②]。孙机先生在论述汉代锁钥之际，曾用该壁画佐证汉代“钥施悬鱼”之说[③]，称其做法应滥觞于《风俗通义》[④]。笔者不揣谫陋，拟就相关问题展开探讨，以就正于方家。

---

① 该人物形象被推断为城门郎者，以李求是的《谈章怀、懿德两墓的形制等问题》（《文物》1972 年第 7 期）为代表；宫门郎者则以陕西历史博物馆编《唐墓壁画珍品·章怀太子墓壁画》（文物出版社，2002 年）为代表，其后所出壁画集基本以陕西历史博物馆本为是。

② 陕西省乾县乾陵文物保管所：《对〈谈章怀、懿德两墓的形制等问题〉一文的几点意见》，《文物》1973 年第 12 期。

③ 《太平御览》卷 184《钥》引《风俗通》载：“钥施悬鱼，鱼翳伏渊源，欲令楗闭如此。”（宋）李昉等撰：《太平御览》，中华书局，1960 年，第 893 页。

④ 孙机：《汉代物质文化资料图说》，上海古籍出版社，2011 年，第 403 页。

图一　章怀太子墓甬道东壁内侍图

悬鱼并非仅限钥匙，类似的细小饰物皆可，《风俗通义》又曰："玲柄施悬鱼。鱼者，欲君臣沉静如鱼之入水不可复得闻见耳。"①明胡震亨释唐李贺《还自会稽歌》"金鱼"二字时②，引晋张敞《东宫旧事》言："中庶子掌门钥，钥施悬鱼。"③可见悬鱼之风盛行，鱼与钥也成固定组合。而这一意象的明确使用至迟可追溯至梁简文帝，其借此叹闺情后便沿用不绝④。降至唐时，鱼钥入典蔚然成风，除李贺外还有杨炯《崇文馆宴集诗序》作"鱼钥则环锁晨开，雀窗则铜楼旦辟"⑤，王维《奉和圣制十五夜燃灯继以酺宴应制》吟"鱼钥通翔凤，龙舆出建章"⑥，李商隐《南潭上亭宴集以疾后至因而抒情》咏"鹢舟萦远岸，鱼钥启重关"⑦等。

逮至五代、两宋，鱼钥意象的应用场景愈发日常，受好古之风的影

① 《太平御览》卷338《兵部》"铃"条，第1552页。

② （清）彭定求等编：《全唐诗》卷390《李贺》"还自会稽歌""吴霜点归鬓，身与塘蒲晚。脉脉辞金鱼，羁臣守迍贱"，中华书局，1960年，第4393页。

③ （明）胡震亨：《唐音癸签》卷23《诂笺八》"李贺"条，上海古籍出版社，1981年，第242页。《东宫旧事》原书已佚，《太平御览》等书中散见，陶宗仪《说郛》（明刻本）卷59辑得五十节，后多沿用，胡本所引未见于陶书。

④ （唐）欧阳询撰，汪绍楹校：《艺文类聚》卷32《闺情》"梁简文帝"条，"夕门掩鱼钥，宵床悲画屏"，上海古籍出版社，1982年，第565页。

⑤ （清）董诰等编：《全唐文》卷191《杨炯》之《崇文馆宴集诗序》，中华书局影印，1983年，第1926页。

⑥ （唐）王维撰，陈铁民校注：《王维集校注》，中华书局，1997年，第376页。

⑦ 刘学锴、余恕诚：《李商隐诗歌集解》，中华书局，2004年，第1375页。

响，甚至渐次实体化[①]。前蜀王建曾言“主内门鱼钥”[②]，稍后有“故宋宫中，用鱼钥，降鱼取匙，降匙取鱼，古制也。”[③]宋人在叙述钱镠进行权力交接时，就传袭的细节使用了四种不同的表述，其中《册府元龟》称“（钱镠）即出鱼钥数箱于前”[④]；而《旧五代史》载“即出符钥数箧于前”[⑤]；《新五代史》记“镠乃出筦钥数箧”[⑥]；《资治通鉴》则作“镠乃悉出印钥授传瓘”，胡注曰：“印，吴越国印及镇海、镇东印也。钥，内外城诸门及宫门契钥也。”[⑦]清吴任臣的《十国春秋》亦从司马光之说[⑧]。根据历史背景，钱元瓘需遵从钱镠的意愿领取箱箧中物继承霸业，故此处以《旧五代史》和《通鉴》的说法为贴切，《新五代史》用典较古，当是借用了先秦的说法，而王钦若等作“鱼钥”可能是当时风尚的反映。从上述微妙的表达中，我们可以认识到符节与门钥分别是军事权威和内政

---

① 需要注意的是，鱼钥一词在唐时已较为常见，正史中的这类表述却基本出自宋人之手。缺乏实物资料的支持，我们暂时无法得知宋以前的具体情况，但可以推定的是最迟在宋代已经将鱼钥这一古代经典意象实体化，转换成了现实中的物品，并应用到多种场景中。

② 《旧五代史·僭伪列传》引《五代史补》曰：“王建之僭号也，惟翰林学士最承恩顾，侍臣或谏其礼过，建曰：‘盖汝辈未之见也。且吾在神策军时，主内门鱼钥，见唐朝诸帝待翰林学士，虽交友不若也。今我恩顾，比当时才有百分之一尔，何谓之过当耶！’”《旧五代史》，中华书局，1976 年，第 1821、1822 页。

③ （元）陆友仁：《研北杂志》卷下，民国景明宝颜堂秘笈本。

④ （宋）王钦若等编纂，周勋初等校订：《册府元龟》卷四三六《将帅部》之“继袭”条，凤凰出版社，2006 年，第 4928 页。

⑤ 《旧五代史·世袭列传》，中华书局，1976 年，第 1773 页。

⑥ 《新五代史·吴越世家》，中华书局，1974 年，第 841 页。

⑦ 《资治通鉴》卷二七七《后唐纪》“明宗长兴三年三月”条，中华书局，1956 年，第 9192 页。

⑧ （清）吴任臣撰，徐敏霞、周莹点校：《十国春秋·武肃王世家下》，“王乃悉出印钥授子传瓘”，中华书局，1983 年，第 1106 页。

权力的象征，而东汉悬鱼和隋唐鱼符的出现为其表述增加了变数，以至于后来的撰述者们将鱼钥与鱼符混淆，把鱼钥当作固定组合。

后人多用传为唐丁用晦所撰《芝田录》为鱼钥作解："门钥必以鱼者，取其不瞑目守夜之义。"①至此，由东汉末人为其赋予的附会之辞"翳伏渊源"转向"不瞑目"，取资的角度从鱼的习性变为形貌。此外，钥匙一词大概在先唐时期已经出现，唐代文献中亦见使用，并常用单字"钥"指代②。唐张守节注《史记》卷八三《鲁仲连邹阳列传》"鲁人投其钥"条称："钥即钥匙也。"③张注是否合乎文意姑且不论，至少在唐人眼中的"钥"很大程度上与现代语义上的钥匙是等同的。

唐制用鱼符勘合镇守，至中宗朝已习用鱼袋，当以鱼袋行，而内侍服色黄，章怀太子墓又修建于政局方定、舆服敕令屡下的八世纪初④，所绘内侍应当不具备佩鱼的条件。考诸唐前期诸佩鱼袋像也不作此浮浪态，如惠庄太子石门扉线刻门侍图和让皇帝李宪石门线刻门侍图。该鱼形牌饰几近两掌之长，而目前出土的各类鱼符大概在 5 厘米左右，如洛阳新区香山路唐墓出土的"司驭少卿崔万石"铜鱼符长 4.9 厘米、宽 1.8 厘米⑤，东营市历史博物馆藏"九仙门外右神策军"铜鱼符长 5.1 厘米、宽 1.8 厘米⑥，从形制上便有违铜鱼符常制。至于木符，形制

---

① （宋）曾慥编：《类说》卷十一《芝田录》"鱼钥"条，上海古籍出版社，1993 年，第 198 页。

② 徐时仪：《"钥匙"探源》，《中国典籍与文化》2003 年第 3 期。

③ 《史记·鲁仲连邹阳列传》，中华书局，1982 年，第 2464 页。

④ 陕西省乾县乾陵文物保管所：《对〈谈章怀、懿德两墓的形制等问题〉一文的几点意见》，《文物》1973 年第 12 期。

⑤ 洛阳市文物考古研究院：《洛阳新区香山路唐墓发掘简报》，《洛阳考古》2016 年第 4 期。

⑥ 李莉：《别致的唐代铜鱼符》，《寻根》2012 年第 5 期。

图二　洛阳市第 3850 号东汉墓持钥壁画

应与铜鱼符相近。《新唐书》卷二四《车服志》记“木契符”给承天门、玄武门及苑内诸门，且有敕书配合事[①]，《唐六典》卷八《门下省》“木契”条注，“其在内在外及行用法式并准鱼符”[②]。目前尚未出土发现汉唐鱼钥的遗物，相关壁画形象除章怀太子墓外，还有洛阳第 3850 号东汉墓一例[③]。该壁画位于墓葬甬道东壁，绘有一手提绳索的男侍，简报称其为绳索一端为钥匙状物，另一端系有鱼形牌饰（图二）。虽然洛阳东汉墓壁画中牌饰的形象难以定性，但对比章怀太子墓壁画中线头所缀“7”字形物件，我们能够确认李贤墓中人物所拎即悬鱼之钥。

二、章怀太子墓中鱼饰相关壁画的人物身份

关于该壁画人物的身份。首先，《唐六典》卷八《门下省》“城门郎”条载：“皇朝城门郎置门仆，分番上下，掌送管钥。城门郎掌京城、皇城、宫殿诸门开阖之节，奉其管钥而出纳之。明德等门为京城门，朱雀等门为皇城门，承天等门为宫城门，嘉德等门为宫门，太极等门为殿门，通内等门并同上阁门。东都诸门准此。开则先外而后内，阖则先内而后外，所以重中禁，尊皇居也。……若非其时而有命启闭，则诣阁

① 《新唐书·车服志》，中华书局，1975 年，第 526 页。
② （唐）李林甫等撰，陈仲夫点校：《唐六典》卷八《门下省》，中华书局，2014 年，第 253 页。
③ 洛阳市文物工作队：《河南洛阳市第 3850 号东汉墓》，《考古》1997 年第 8 期。

覆奏，奉旨、合符而开阖之。”[①]同书卷二六《太子三师三少詹事府左右春坊内官》“宫门局”条载：“宫门郎掌内外宫门管钥之事。凡宫殿门，夜漏尽，击漏鼓，开；夜漏上水一刻，击漏鼓，闭。……若皇太子不在，则闭东宫正门，其宫城门使、宿卫人应入宫殿者，各于左、右厢便门出入；至皇太子还仗，乃开。”[②]两唐书记宫门郎下亦有门仆。宫门局属左春坊，职拟门下省城门郎，其职责范围被圈定在东宫，掌“内外宫门”或“宫殿门”，“其钟鼓刻漏，一如皇居之制”[③]。

太子内坊也涉及门钥的相关职能，类似内侍省的宫闱局。宫闱局宫闱令“掌侍奉宫闱，出入管钥”，帅内阍人（史）“掌承传诸门管钥”，而内坊所掌为东宫内部诸门的钥匙[④]。《新唐书》卷四七《百官志》载：“初，内坊隶东宫。开元二十七年，隶内侍省，为局……阁帅六人，掌帅阍人、内给使以供其事；内阍人八人，掌承诸门出入管钥，内繖扇、灯烛。”[⑤]而太子宫官掌正掌“文书出入”和“闺阁管钥”[⑥]，其管辖范围在内官闺阁要处，对标宫官尚宫局下掌“诸阁管钥”的司闱[⑦]，司闱下还有典闱和掌闱各六人，并莅事启闭阁门，身份均为女性。

通过上述梳理可知城门郎（从六品上）和宫门郎（从六品下）所掌类似，品阶接近，但服务对象不同。宫闱局和太子内坊与之相近。而前两者主外朝，后两者掌后宫，服务空间发生了变化。宫官范畴的掌

---

① 《唐六典》卷八《门下省》，第 249 页。
② 《唐六典》卷二六《太子三师三少詹事府左右春坊内官》，第 669、670 页。
③ 《旧唐书·职官志》，第 1909 页。
④ 《唐六典》卷一二《内官宫官内侍省》，第 359 页。
⑤ 《新唐书·百官志》，第 1224 页。
⑥ 《唐六典》卷二六《太子三师三少詹事府左右春坊内官》，第 673 页。
⑦ 《新唐书·百官志》，第 1226 页。

正或司閫似乎与内侍的工作范围有所重叠，但双方侧重其实不一。内阍人管钥，典志均呼作“掌承”或“掌承传”，其类似于门仆，负责实际事务的是上级令或帅；宫官在宫内又自成一格，掌后妃内官的女性闺阁；两者是对内宫出入管理工作的细化，并行不悖。有意思的是，前朝和后宫之间的交会要害即阁门或通内门却语焉不详。“城门郎”条仅提及乾化门（即虔化门）的开启时间同宫城门，未明确指定城门郎负责此门的启闭，唐律或《监门式》中也未提及该门及阁门管钥的出纳，而阁却在非时启闭或夜开时出现在城门郎的视野中。《唐律疏议》卷七《卫禁》“奉敕夜开宫殿门”条载：“依《监门式》：‘受敕人具录须开之门，并入出人帐，宣敕送中书，中书宣送门下。其宫内诸门，城门郎与见直诸卫及监门大将军、将军、中郎将、郎将、折冲、果毅内各一人，俱诣阁覆奏。御注听，即请合符门钥。监门官司先严门仗，所开之门内外并立队，燃炬火，对勘符合，然后开之。’”①《唐六典》“城门郎”条作“诣阁门覆奏”②。就此而言，阁门通内朝，皇帝御批还能就此传达，应当是内侍在发挥作用，《册府元龟》卷六六五《内臣部》“总序”便称“自贞观至永淳末，中人在阁门守御，黄衣廪食而已”③，唐中期后更有阁门使之置。因此，我们可以推断此类阁门或通内门的启闭一般是由内侍省管理。

其次，《新唐书》卷二四《车服志》载：“宫殿门、城门，给交鱼符、巡鱼符。左厢、右厢给开门符、闭门符。亦左符进内，右符监门掌之。”④

---

① （唐）长孙无忌等撰，刘俊文点校：《唐律疏议》卷七《卫禁》，中华书局，1983年，第160页。

② 《唐六典》卷八《门下省》，第250页。

③ 《册府元龟》卷六六五《内臣部》，第7955页。

④ 《新唐书·车服志》，第525页。

《唐会要》卷三十“诸宫”条记景龙元年(707)十月“敕宫殿门、皇城门、京城门、禁苑门,左右内外,各给交鱼符一合,巡鱼符一合。左厢给开门鱼一合,右厢给闭门鱼一合。左符付监门掌,交番巡察。每夜并非时开闭,则用之”①。两条记载在左、右符的归属上似乎有抵牾,如果结合左右监门卫的职掌来看的话,这一矛盾可能是语义不同造成的。《唐六典》卷二五《诸卫府》载:“左右监门卫大将军、将军之职,掌诸门禁卫门籍之法。凡京司应以籍入宫殿门者,皆本司具其官爵、姓名,以移牒其门(若流外官承脚色,并具其年纪、颜状),以门司送于监门,勘同,然后听入。凡财物器用应入宫者,所由以籍傍取左监门将军判,门司检以入之;应出宫者,所由亦以籍傍取右监门将军判,门司检以出之。其籍月一换。若大驾行幸,则依卤簿之法,率其属于牙门之下以为监守。中郎将掌监诸门及巡警之法。凡宫殿门及城门皆左入右出。其监门官司检校者,听从便门出入。”②太子左右监门率府的职掌与监门卫类似。根据监门卫和门籍制度的说明,我们可以认为《车服志》所指是参与监门的卫士或门司,而《唐会要》所述指总掌监门、拥有勘合鱼符、授予出入之权的高级将领。“内外”是相对的,监门将军对于监门卫士或其他卫官而言,其所掌即为“内”。

门禁宿直分掌在鱼符或龟符的铭文中也有所体现。罗振玉编辑的历代符牌图录中记载了多条相关铭文:有交鱼符和巡鱼符,如嘉德门内巡(右符)、凝霄门外左交(右符)、延政门外左交(左符);有开门鱼符和闭门鱼符,如武周宸豫门开门龟符及闭门龟符;亦有明确与监门

① (宋)王溥:《唐会要》卷三〇“诸宫”条,中华书局,1960年,第560页。
② 《唐六典》卷二五《诸卫府》,第640页。

卫相关者,如武周嘉善门校尉龟符[①]。鱼符分左右,龟符则以腹甲、背甲合。铭文中的诸门内外一般由左右卫、骁卫、武卫、威卫、领军卫分别镇守,而监门卫负责稽查,卫官系统内部互相牵制,以防不轨。《通鉴》卷二二四记颜真卿《论百官论事疏》录唐太宗著《司门式》:"其有无门籍人有急奏者,皆令监门司与仗家引对,不许关碍。"胡注曰:"仗家,宿卫五仗之执事者。"[②]五仗由左、右卫之三卫抽调而成,其与门司在门钥管理制度外组成了殿门要害的两套守卫班子。这点在应对唐初数次有外人突破门禁进入皇城作乱的情况下显得尤为重要。另外,这套程序在抗衡北衙禁军上应该有一定的功效,如前引"九仙门外右神策军"鱼符以及清思殿附近发现的"同均府左领军卫"[③],但中后期南衙宿卫势弱,卫官猥滥,内侍坐大,其效用可能就大打折扣。与东宫相关的符契铭文除"嘉善门校尉"外,另有右清道率府弟二(左符)、太子少詹事(右符)两种。很明显,东宫诸门也在监门和率府仗家的掌握之中,而东宫他官如上述太子少詹事进入均需提供符契以勘合。根据唐律的卫禁律,有"宿卫冒名相代""宿卫上番不到""宫门等冒名守卫"等条[④],职掌如监门卫官者,相对要更为严格地遵守门禁制度。

综上所述,符契与门钥代表了唐前期互不干涉的两种管理体系。符契标识下的宿卫与监门又相互牵制,极力设计以防召命之诈。非时启闭时更加麻烦,需要激活宫城整个庞大的行政系统,卫官、中书省、

---

① 罗振玉编辑:《增订历代符牌图录》,哈尔滨出版社,2003 年。前有《历代符牌图录》,中国书店,1998 年。

② 《资治通鉴》卷二四四《唐纪》,"代宗大历元年二月"条,第 7308 页。

③ 马得志:《唐长安城发掘新收获》,《考古》1987 年第 4 期。

④ 《唐律疏议》卷七、卷八《卫禁》,第 153—170 页。

门下省以及内侍省多方联动，运转或服务的核心则指向李唐皇室。

最后，根据壁画所绘样貌和形态，我们认为该形象指的应该是太子内坊的宦官，其手中所拿正是门钥，与鱼符无关；所服圆领窄袖长袍呈黄色，也与内坊阍人流外官的服色相应。这名宦官与甬道之后所绘宫女在一起活动，后者可能是东宫宫官，而甬道代表着进入东宫内部，内侍所持也是东宫内部诸门出入之钥。在甬道前，第三过洞东壁有四名内侍形象，两人面朝墓口，两人面向墓室。这里应该发生了象征空间的转换。所谓顾盼者，皆为墓主人而作。甬道内发现有木门的痕迹，手持钥匙的内侍壁画在门后，穿过木门就进入了内宫。同在甬道东壁的还有持物侍女，最前一人回首状，一手指墓道方向，身后一人似在倾听，而在内侍身后还有面朝墓道的侍女。结合内侍左手斜指门钥、右手抓握鱼饰的形态，我们就能更容易理解甬道东壁所绘内侍的身份了。

三、章怀太子墓壁画中带鱼袋的仪卫

图三　章怀太子墓道东壁仪卫图

章怀太子墓墓道东壁仪卫图中有一拄仪刀男子形象，其腰间右侧悬挂的便是不同于鱼钥的鱼袋（图三）。太子地下陵墓结构摹写的是地上东宫样式，懿德太子墓和章怀太子墓的仪仗图都分布在墓道两侧，位于墓门前，象征着东宫的仪仗卫队。《唐六典》卷二八《太子左右卫及诸率府》载："左、右卫率掌东宫兵仗羽卫之政令，以总诸曹之事，凡亲、勋、翊府及广济等五府属焉；副率为之贰。凡元正、冬至，皇太子朝宫臣及诸方使，则率卫府之属以仪仗为左、右厢之周卫。”[①]简报推测此形象为仪仗队之领班。该男性前迎客使[②]，后领三人一组，头戴抹额的九名戎装卫士，三人中一人执旗，另外两人应是一引一夹，相对于天子或皇太子仪仗的定式——一人执旗，各二人夹、引一有所缩水，整个队伍加上这名男性人数达到十人，仅相当于府兵基层编制一火的规格。仪卫壁画后绘有廊下跽坐、头戴幞头、身着长袍的两名男子。据两《唐书》，坐或列于正门东西廊下者为左右卫或骁卫之仪仗，居东宫当为左右卫率府之仪卫。稍次即为列戟图，所以前者应该是正门外东西廊的仪卫，而穿过有列戟壁画的过洞，再过一个天井，则进入了上文提及的存在内侍和宫官的壁画空间，这也从侧面证明由此进入内朝[③]。

---

①　《唐六典》卷二八《太子左右卫及诸率府》，第 716 页。

②　关于客使图的讨论经久不衰，可参考宿白：《西安地区唐墓壁画的布局与内容》，《考古学报》1982 年第 2 期；王仁波等：《陕西唐墓壁画之研究》（上、下），《文博》1984 年第 1、2 期；云翔：《唐章怀太子墓壁画客使图中“日本使节”质疑》，《考古》1984 年第 12 期；王维坤：《唐章怀太子墓壁画“客使图”辨析》，《考古》1996 年第 1 期；程旭：《章怀太子墓西壁客使图高昌使者说质疑》，《人文杂志》2011 年第 6 期；孙机：《中国古舆服论丛》（增订稿），上海古籍出版社，2013 年，第 412、413 页；张红娟：《章怀太子墓东西〈客使图〉场景分析——论接待朝官非鸿胪寺官员》，《文博》2014 年第 2 期；毕德广：《唐章怀太子墓“东客使图”新论》，《考古与文物》2020 年第 5 期；赵超：《唐章怀太子墓壁画〈客使图〉补考》，《考古》2020 年第 6 期等。

③　章怀太子墓仅列十四戟，与贞观初年的李寿墓的从一品官的列戟数相同。与章怀太子身份和经历类似是惠庄太子，两者都曾被封亲王，任右卫大将军，有机会更进一步，皆处于皇室内部倾轧剧烈之际，最终章怀太子客死异乡，惠庄太子逊位保全自身。惠庄太子墓的壁画列戟十八，但其东壁前后绘制了两次，第一次只绘七杆，后遮掩重绘为九杆。章怀或惠庄太子这类政治上的弱势者，死后修建墓室到皇室册礼应该有一段时间，而其规格很可能便是依照当时所有或给予的亲王身份修建的，而惠庄太子可能因为册命较快，所以很快便能修改过来，这从侧面也反映了人群对于薨亡宗室身份认识的模糊。章怀太子两次追封，虽然发掘者称墓道有两层壁画，（转下页）

根据太子卤簿中的仪刀的配备①，相应职官自左右率府率的正四品上降至太子翊卫的从八品上，而拄刀男性作为仪卫之首，官阶会有所上升，就此可推断他为东宫的中下层卫官。该男性头戴幞头，着翻领窄袖长袍，腰绑革带，挂鱼袋，加襕，脚踏乌皮靴，作戎服装扮。因壁画褪色，我们目前能看到的服色呈灰黑，其与品官服色绯、绿、青（碧）三色似乎都不太符合，折上巾和乌皮靴贵贱通用，也无法反映身份信息，而革带或蹀躞带上未见武官鞊鞢七事或鞶囊等相关佩饰。我们只能将目光转向戎服形制，希冀能有所发现。

首先，仪卫未着东汉以来常用的裤褶。《旧唐书》卷四五《舆服志》载："是后师旅务殷，车驾多行幸，百官行从，虽服袴褶，而军间不便。（大业）六年，复诏从驾涉远者，文武官等皆戎衣，贵贱异等，杂用五色。"②《中华古今注》卷上《武臣缺胯袄子》则云："隋文帝征辽，诏武官服缺胯袄子，取军用，如服有所妨也。其三品已上皆紫。至武德元年，

（接上页）但列戟图未像惠庄太子墓那样修改也是不争的事实，所谓的追赠似乎更看重的是这一活动对于生人的影响。另一个可参考的实例是让皇帝李宪的陵墓，墓葬形制并未达到规格，但地面设施以及墓道仪仗壁画表现尚可，结合他和与玄宗的关系，我们更能体会追赠这项政治运动的意义。

① 仪刀或称长刀、细刀。《唐六典》卷一六《卫尉宗正寺》："刀之制有四，一曰仪刀……今仪刀盖古班剑之类，晋宋已来谓之御刀，后魏曰长刀，皆施龙凤环。至隋，谓之仪刀，装以金银，羽仪所执。"而细刀之说，比对天子和太子卤簿，会发现其与前两者混用，如《新唐书》卷二三《仪卫》天子卤簿"次玉路……千牛卫将军一人陪乘，执金装长刀……次千牛卫将军一人，中郎将二人，皆一人从"，同卷太子卤簿"次金路……次左右内率府率二人，副率二人，领细刀、弓箭，皆一人从"，辂车执仗者均为千牛卫；又日本享和元年（1801）刊，稻叶通邦校订的《和名类聚抄·征战具七四》载："唐令云：'银装长刀'，又云：'细刀。'"（转引自李锦绣：《唐代制度史略论稿》，中国人民政法大学出版社，1998 年，第 295—308 页。）

② 《旧唐书·舆服志》，第 1951、1952 页。

高祖诏其诸卫将军,每至十月一日,皆服缺胯袄子,织成紫瑞兽袄子,左右武卫将军服豹文袄子,左右翊卫将军服瑞鹰文袄子,其七品已上陪位散员官等,皆服绿无文绫袄子,至今不易其制。又侍中马周请于汗衫等上常以立冬日加服小缺袄子,诏从之,永以为式。”[①]由此两条可知,裤褶不便而军间习用缺胯服,隋唐戎衣与此挂钩,且先后用服色或绣文以作区分,嗣后又制加襕。《新唐书》卷二四《车服志》云:“士服短褐,庶人以白。中书令马周上议:‘礼无服衫之文,三代之制有深衣,请加襕、袖、褾、襈,为士人上服。开胯者名曰缺胯衫,庶人服之。’又请:‘裹头者,左右各三襵,以象三才,重系前脚,以象二仪。’诏皆从之。太尉长孙无忌又议:‘服袍者下加襕,绯、紫、绿皆视其品,庶人以白。’”[②]缺胯衫或袄子与幞头的组合自北朝至隋唐沿用,并有取代巾帻和袴褶之势。晚唐诗人王建曾作《宫词》道:“每到日中重掠鬓,衩衣骑马绕宫廊。”[③]衩衣即缺胯衫[④],唐中后期男女均着此装,《安禄山事迹》卷下便记天宝初妇人衩衣谶[⑤],《唐国史补》卷中有李勉衩衣乘马逃逸[⑥],《金华子杂编》卷上载王式衩衣坐胡床[⑦],可见唐中后期内外流行之广。

其次,李唐虽屡有服色之严令,但效果并不理想。《新唐书》卷二四《车服志》载:“唐初,赏朱紫者服于军中。其后军将亦赏以假绯紫,

① (五代)马缟:《中华古今注》,中华书局,1985年,第13、14页。
② 《新唐书·车服志》,第527页。
③ 《全唐诗》卷三二〇《王建》“宫词一百首”,第3446页。
④ 孙机:《中国古舆服论丛》(增订本),上海古籍出版社,2013年,第446页。
⑤ (唐)姚汝能:《安禄山事迹》卷下,中华书局,2006年,第107页。
⑥ (唐)李肇:《唐国史补》卷中,上海古籍出版社,1979年,第47页。
⑦ (南唐)刘崇远撰,周广业校注:《金华子杂编》卷上,中华书局,1958年,第41页。

有从戎缺骻之服,不在军者服长袍,或无官而冒衣绿。有诏殿中侍御史纠察。”①《唐会要》卷三一《内外官章服》亦载:“开元四年二月二十三日诏:彰施服色,分别贵贱。苟容僭滥,则有乖仪式。如闻内外绝无官者,皆诈著绿,不以为事。又军将在阵,赏借绯紫,本是从戎缺胯之服,一得之后,遂别造长袍,递相仿效。又入蕃使,别敕借绯紫者,使回合停。自今已后,衙内宜专定殿中侍御史纠察。”②逮至盛唐,仍诏敕重服色,但因借服,乱上加乱。武周朝又开赐鱼之滥觞,以玄宗不得不又下令禁断滥借鱼袋。《全唐文》卷二六玄宗《禁滥借鱼袋诏》曰:“章服所施,贵贱攸别,苟容僭越,未为奖劝。承前诸军人多有借绯及鱼袋者,军中卑品,此色甚多。无功赏借,深非道理。宜敕诸军镇,但是从京借鱼袋,及无灼然功军中权借者,并委州军长官,敕到并即收取。待立功日,据功合得,即将已上者委军将先借后奏。其灵武、和戎、大武、幽州镇军,赤水、河源、瀚海、安西、定远等军,即临贼冲,事藉悬赏,量军大小,各封赏金鱼袋五十枚,并委军将临时行赏。”③同书卷二九又录《禁滥借鱼袋诏》:“朱紫贵服,所以分别班品,自非有的有功,不可轻为赏借。自今以后,诸军节度大使,灼然有知功劳,须权行给赏,任量借色及鱼袋,仍俱状奏。”④如同头饰之与唐代政治史息息相关⑤,我们也可以认为这一时期军装戎服的混乱与李唐内部政治势力的此消彼长有关,借朱紫和鱼袋是集团上层对下层的笼络,而新任统治者上台后开

① 《新唐书·车服志》,第530页。
② 《唐会要》卷三一《内外官章服》,第571页。
③ 《全唐文》卷二六玄宗《禁滥借鱼袋诏》,第298页。
④ 《全唐文》卷二九玄宗《禁滥借鱼袋诏》,第330页。
⑤ 吕博:《头饰背后的政治史:从“武家诸王样”到“山子军容头”》,《历史研究》2016年第4期。

始致力构建从属于自身的君臣关系，消除原有势力的残余。这也就造成了自武曌听政到玄宗期间的诸多变动，此间服色诏敕屡见且尤以玄宗掌权初期为多便是表征之一。

服色黑灰可能也与八世纪初李唐皇室动荡，多用兵戈有关。我们已在上文尝试分析了正常服缺胯衫与借服的两种情况，而《通典》卷一六九《刑法》守正条载丘神鼎案刘志素奏称"黑袄子即是武夫之衣"，下文徐有功又称"皂袄"或"皂衣"，且批云："且衣之五采，随人好尚。武夫一著，岂限玄黄。"[①]这说明至少自武周朝始，军卒应当是以皂衣或黑袄的面貌出现。《太平广记》卷四八五《东城父老传》所载贾昌言可为玄宗朝补充："老人岁时伏腊得归休，行都市间，见有卖白衫白叠布。行邻比廛间，有人禳病，法用皂布一匹，持重价不克致，竟以幞头罗代之。近者，老人扶杖出门，阅街衢中，东西南北视之，见白衫者不满百。岂天下之人皆执兵乎？"[②]天宝后多遭兵燹，服皂者甚多。《唐会要》卷七二《军杂录》称："广德二年（764）三月，禁王公百吏家及百姓著皂衫及压耳帽子，异诸军官健也。"[③]

通过上述分析，我们可以推测仪卫领班服色及佩鱼是神龙至先天军政动荡、多次政变的缩影之一，被画匠无意识地在景云年间通过墓壁绘画展现出来。李唐重荫资，内府三卫一般由五品以上官子孙充，用以宿直，相当于入仕的预备役，这类投入皇室近侧的人物往往出身不错，且前景可观，其身份也打上了浓重的派系烙印，而值集团倾轧之

① （唐）杜佑撰，王文锦、王文兴等点校：《通典》卷一六九《刑法》，中华书局，1988 年，第 4376 页。

② （宋）李昉等：《太平广记》卷四八五《东城父老传》，中华书局，1961 年，第 3994 页。

③ 《唐会要》卷七二《军杂录》，第 1300 页。

际，近身仪卫很可能既充仪仗亦从戎旅，既是风俗又便行动。此外，《唐会要》卷三一《鱼袋》："景云二年(711)四月二十四日敕文：鱼袋，著紫者金装，著绯者银装。"[①]《新唐书》卷二四《车服志》称开元初确认章服制度[②]，而《大唐故章怀太子并妃清河房氏墓志铭》记景云二年四月十九日奉敕追赠李贤为章怀太子，那么可以说在景云二年前服色尚未与仪仗明确挂钩，这些也一并被反馈到仪卫图之上。

根据目前已有资料来看[③]，墓室壁画或陵园石刻中的佩鱼形象在开元前后即章服制度成熟的这一阶段出现频率较高，与之对应的是正史或诏敕中服色鱼袋内容在高宗至玄宗时期所占比重的上升。鱼袋形象在昭陵、乾陵、定陵等蕃酋长像中均有表现，这与史实及发现鱼符铭文相吻合。制度森严的帝陵内部却不得而知。已发现的太子(包括让皇帝李宪墓)或公主陵墓中鱼袋形象的出场率并不高，且多随石质葬具上的线刻门侍出现。而石质葬具至少在唐前期象征着身份，意味着更为严格的使用制度，其格套较之墓室壁画要更为稳定，特别是盛唐以后壁画风尚转变，仪仗类壁画渐趋衰败[④]，我们就更难在人物画像中找到佩鱼的身影，所以石质葬具的线刻形象上尚且保留了一丝律令礼制的余韵。蕃酋长佩鱼像的出现符合李唐(包括武周)谋求地区影响力的诉求，也是展现政治地位的手腕之一，而神龙政变之后佩鱼形象的出现，恐怕与李氏再兴，消除武周玄武标识，重新构建李唐王朝的

---

① 《唐会要》卷三一《鱼袋》，第580页。

② 《新唐书·车服志》，第526页。

③ 鱼袋形象的详细出处可参考高移东：《鱼符、鱼袋研究》之《唐至宋时期鱼袋统计表》，《文博学刊》2020年第2期。

④ 宿白：《西安地区唐墓壁画的布局和内容》，《考古学报》1982年第2期。

强烈政治意愿分不开。

四、纷帨与“帛鱼”

章怀太子和懿德太子墓石质葬具线刻门侍图在右侧腰间均悬挂有一打结的手帕样物件,迥异于惠庄太子石门线刻中的鱼袋(图4—5)。前者所悬之物应当是上元和景云服令中提到的“手巾”,《新唐书》卷二四《车服志》载:“(高祖时)勋官之服,随其品而加佩刀、砺、纷帨。”[①]故其与唐代所称纷帨是同一物,即随身之巾帕。

纷帨常合称,纷或作帉[②],佩纷帨之法古已有之。《礼记·内则》有“左佩纷帨”之说,《正义》引郑注云:“纷帨,拭物之巾也,今齐人有言纷者。”孔颖达疏曰:“郑恐人不识佩巾,当郑之时,齐人呼佩巾为纷,故郑指而言之,云今齐人有言纷者也。”[③]汉唐以来均保留有礼前帨手的习惯,《新唐书》卷一七《礼乐志》记“皇帝帨手取觯”[④],宋金两朝大礼时还保留有盥帨、帨手之说,此处所用之物应是纷帨。潼关税村隋墓壁画中能看到仪卫腰侧悬挂一与鞶囊组合的打结巾帕,不如懿德太子墓所绘那般规整似鱼(图六)。

我们在唐张鷟的《朝野佥载》中似乎能找到神龙二年(706)懿德太子墓壁画形象的答案,其书卷三载:“上元年中,令九品以上配刀砺等袋,彩帨为鱼形,结帛作之,取鱼之象,强之兆也。至天后朝乃绝。

---

① 《新唐书·车服志》,第527页。

② (唐)陆德明撰,黄焯断句:《经典释文》,中华书局,1983年,第186页。

③ (清)阮元校刻:《礼记正义》卷二七《内则》,中华书局,1980年,第3165、3166页。

④ 《新唐书·礼乐志》,第397页。

图四　懿德太子石门扉线刻

图五　惠庄太子石门扉线刻

图六　潼关税村隋墓仪卫壁画

景云之后又复前,结白鱼为饼。”①有意思的是,《旧唐书》将其归入《五行志》的“服妖”一栏,云:“上元中为服令,九品已上佩刀砺等袋,纷帨为鱼形,结帛作之,为鱼像鲤,强之意也。则天时此制遂绝,景云后又佩之。”②神龙政变,李唐复辟,谶纬之说甚嚣尘上,此中鱼与龟地位的转换往往被视作两大政治集团的抑扬接替。懿德太子墓线刻和时人

---

① (唐)张鷟:《朝野佥载》,中华书局,1979 年,第 36、37 页。该条注曰:“《广记》卷 231 引作‘景云之后,又复前饰’。《演繁露》引作‘景云唐复兴,又准前结帛为饰’。”据此,“结白鱼为饼”或是“结帛为饰”传写之误,或有称“白鱼”典出周武王白鱼,但“饼”字难解,故取前者。

② 《旧唐书·五行志》,第 1376、1377 页。

笔记均是对世态变化的微妙提取,后人或以为诬,将其归入五行妖异之说。与之类似的谶记还有上元中洛阳上阳宫所掘双鲤铜器,它很可能与初唐以后流行的双鱼壶有关,均为诡谲时局埋下的草蛇灰线。

帨巾的佩用除中原传统礼制这一生发点,还可关联到游牧族群的生活方式。宋沈括《梦溪笔谈》卷一《衣冠用胡服》载:“予至胡庭日……(胡人)带衣所垂蹀躞,盖欲佩带弓剑、帉帨、算囊、刀砺之类。”[①] 帉帨或巾子在宋人眼中也被胡人使用,但回到沈括的现场,其所指可能是继承唐朝彝章的辽人。

尉犁县营盘墓地15号墓发掘简报将男性墓主腰侧出土的桃形、扇形织物及绢带组合而成的随葬品命名为“帛鱼”(图七)[②];新疆民丰县尼雅遗址1号墓地M3(95MN1M3)和M8(95MN1M8)女性墓主身侧皆出土了一件由椭圆形、三角形和扇形三种形状的织物及细长绢带组成的平纹经锦随葬品,简报亦将其命名为“帛鱼”(图八)[③];类似的被命名为“帛鱼”的随葬品还有甘肃简牍博物馆所藏,1979年出土于敦煌马圈湾汉代烽燧遗址,由团状、三角形平纹织物及搓捻带缝缀而成的一件遗物(图九)[④]。根据新疆三座墓葬的出土物信息,我们不难推断出这类织物一般系挂在墓主腰部,缀于腰带之上,而且与手绢或囊袋伴出。尼雅M8和营盘M15出土的锦袋(营盘墓简报称香囊)形制特

---

① (宋)沈括:《梦溪笔谈》卷一《衣冠用胡服》,上海古籍出版社,2015年,第3页。

② 新疆文物考古研究所:《新疆尉犁县营盘墓地15号墓发掘简报》,《文物》1999年第1期。

③ 新疆文物考古研究所:《尼雅95一号墓地3号墓发掘报告》,《新疆文物》1999年第2期;新疆文物考古研究所:《新疆民丰县尼雅遗址95MN1号墓地M8发掘简报》,《文物》2000年第1期。

④ 赵丰主编:《丝路之绸:起源、传播与交流》,浙江大学出版社,2017年,第69页。

殊，尤其是两者均在袋体周边缀缝了多色绢带，让人很容易联想起山东沂南汉画像石墓中室北壁东西侧的武士腰间所佩鞶囊，其方形虎头囊袋的边缘即装饰有花边（图一〇—一二）[①]。鞶与囊本分指两物，前者指大带，后者为盛放物件的编织小袋，曹操便“自佩小鞶囊，以盛手巾细物”[②]。鞶囊与腰带、手巾的组合关系，让我们能大胆推测新疆墓葬墓主腰侧、与绢带及组合织物伴出的囊袋应当就是汉地惯用的鞶囊，尤其是尼雅 M8 出土的这只锦袋内部还装纳了诸多女红用品。《旧唐书》卷四五《舆服志》载鞶囊用于五品以上，“文官寻常入内及在本司常服之”[③]，手巾用于职事官一品以下，两者虽分属公服和常服两制，但未明言不许同时配备。昭陵北司马门蕃君长石像蹀躞带上挂鞶囊一枚，与刀子等物件共存（图一三）。鞶囊所服者众，与手巾同用也不突兀。有研究指出鞶囊皆与胡服搭配[④]，但公布的图像材料目前集中在北朝隋唐，且汉唐之间的相关记载展现出的应用场景更为广泛，再者欧亚草原地带发现的鞶囊时代较晚，所以手巾和鞶囊这类饰品挂件与衣服属性的结合或许并不紧密，北朝至隋唐与胡服的搭配更像是顺势而成，是戎事胡风浸染下长袍革带常服化的结果[⑤]。

---

① 山东省博物馆：《沂南北寨汉墓画像》，文物出版社，2015 年，第 68、69 页。

② （晋）陈寿撰，（刘宋）裴松之注：《三国志》卷一《魏书·武帝纪》裴注引《曹瞒传》，中华书局，1971 年，第 54 页。

③ 《旧唐书·舆服志》，第 1930 页。

④ 高移东、王银田、龚甜甜：《鞶囊考》，《文物》2014 年第 4 期。

⑤ 有意思的是，刀子、砺石等蹀躞七事在则天朝，景云、开元年间都曾遭到免除，开元初更是去掉了武官七事的配备，联系到武周效仿古礼，玄宗时禁泼胡寒戏，以及沈括《梦溪笔谈》卷一《衣冠用胡服》“开元之后，虽仍旧俗，而稍褒博矣”的叙述，武周和李唐两朝在这一时期开始有意识地压制或削弱“胡风”的影响。

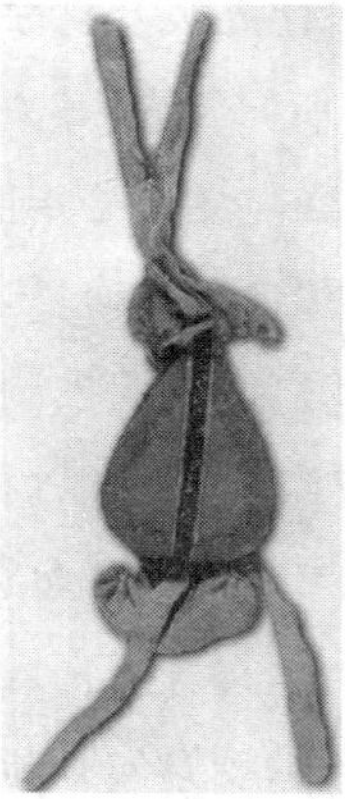

图七 尉犁县营盘墓地 15 号墓随葬织物

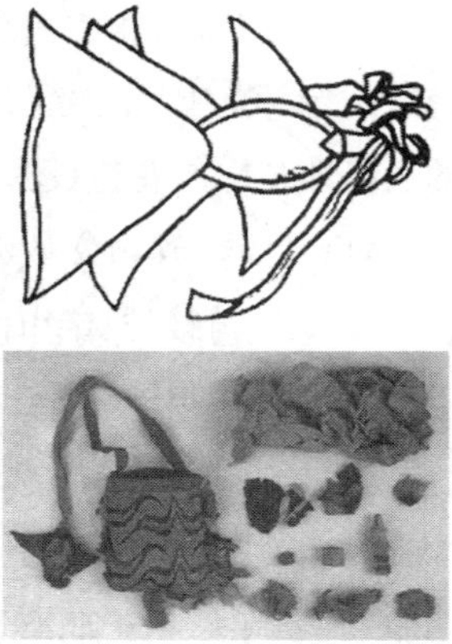

图八 （上） 民丰县尼雅遗址 1 号墓地 M3 随葬织物(下)民丰县尼雅遗址 1 号墓地 M8 随葬织物

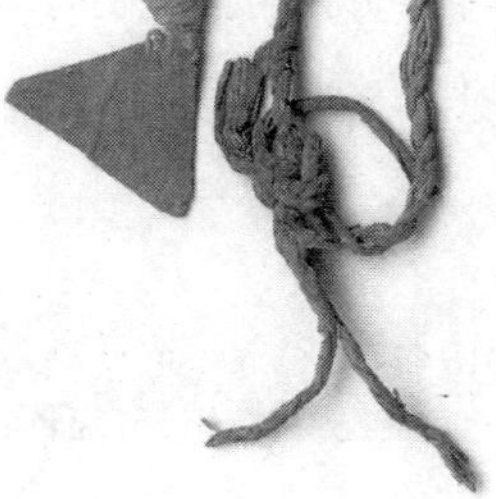

图九 敦煌马圈湾烽燧遗址出土织物

图一〇 营盘墓地 M15 出土织物囊袋

图一一 尼雅遗址 1 号墓地 M5 出土织物囊袋

图一二 沂南北寨汉墓中室北壁西段武士画像

图一三 昭陵北司马门蕃君长石像

需要指出是,鞶囊与算袋同为腰间袋装,容易混淆,以往的研究也没有加以区分。算袋又作筭袋,原为盛放算筹之用,后渐为装饰,或盛放文房用具,其形制没有详细记载。《酉阳杂俎》卷一七《鳞介篇》"乌贼"条云,"海人言昔秦王东游,弃算袋于海,化为此鱼,形如算袋,两带极长"①,北宋《本草图经》辑本卷一五《虫鱼下》亦记乌贼之说,附乌贼图一张(图一四)②,由此我们可以掌握的算袋特征为两长带和近椭圆袋体。济南马家庄北齐武平二年(571)道贵墓墓室南壁西侧门吏腰间蹀躞带挂有两个囊袋,距地面一高一低,高者扇形袋体,低者近椭圆形袋体且袋口由两根长带绑牢(图一五)③。同一时期的太原徐显秀墓墓室东壁备牛图中有一仪卫腰间所佩只有扇形囊袋一个(图一六)④,而武平四年(573)的青州傅家画像石中多次在胡人或汉人身上出现系带椭圆形囊袋,第二石《商谈图》中面对的两人腰间更是各悬不同的囊袋(图一七)⑤。从沂南汉画像中鞶囊及其最初盛装绶带的功能考虑,鞶囊的系带应当更短,以方便印绶的盛放和佩带者的行走。相对而言,算袋则可放长系带,但袋口要凭长带绑牢以防内里细长物品掉落。结合隋唐鞶

---

① (唐)段成式撰,方南生点校:《酉阳杂俎》,中华书局,1981年,第163页。

② (宋)苏颂撰,尚志钧辑校:《本草图经》,安徽科学技术出版社,1994年,第491页。根据尚先生的辑校说明,该书药图描印自1957年人民卫生出版社影印《重修政和经史证类备用本草》平装本,虽版本有别,但作者唐慎微亦为北宋时人,可作参考。

③ 济南市博物馆:《济南市马家庄北齐墓》,《文物》1985年第10期。

④ 山西省考古研究所、太原市文物考古研究所:《太原徐显秀墓发掘简报》,《文物》2003年第10期。

⑤ 郑岩:《魏晋南北朝壁画墓研究》,文物出版社,2002年,第240页。

囊的形象[①]，我们认为长乐公主墓、段简壁墓、韦洞墓壁画或线刻图中系带较长、离地面较近、袋口有两根长带、袋体近筒状或椭圆形的囊袋为算袋，段简壁墓的男侍图还为我们提供了手巾和算袋的组合方式（图一八）。

图一四 《本草图经》所附雷州乌贼鱼图

图一五 济南马家庄北齐墓门吏图

图一六 太原北齐徐显秀墓东壁仪卫半身图

图一七 青州傅家北齐画像石第二石线刻局部

图一八 礼泉县烟霞镇段简壁墓过洞男侍图

① 关于隋唐鞶囊的研究，除前引《鞶囊考》外，还可参考张红玲：《唐代鞶囊使用考论》，《文博》2020 年第 1 期；祁晓庆：《鞶囊及胡人佩囊习俗考》，《华夏考古》2018 年第 2 期；陈晔：《乾陵王宾像上的鞶囊考》，《文博》2012 年第 5 期。但多数研究者并未将算袋从中区分开来。

廓清鞶囊和算袋的区别后，我们回过头来重新审视与之搭配，被命名为“帛鱼”的组合织物。从形态和质地而言，其定位偏向于饰件。尼雅遗址1号墓地M3所出土的织物饰件曾与手绢缀联于铁环之上，前者通长13厘米，后者近方形，边长25厘米，一边系绢带，未发现囊袋。两物同出基本否定了“帛鱼”拭物之巾的功能，尽管这里用李唐时人的表述称呼汉晋遗物已欠妥当。通过前面的梳理，我们已经知晓手巾类既可以放置在囊袋内，又可以单独通过绢带系挂，可能纷帨作为大巾属于后者，而手巾细物则可置于囊袋，两者至少在唐代已混为一谈，汉晋时期的尼雅墓主将绢巾坠于腰间也没有问题[①]。

排除了手巾的影响，作为饰品的类鱼形织物与鞶囊连缀的关系则成了新的切入点。《隋书·礼仪志》叙及公服省去鞶囊、佩、绶，提到何稠“请去大绶，而偏垂一小绶，缀于兽头鞶囊，独一只佩，正当于后”，诏从之[②]。同书卷六八《何稠传》载：“又从省之服，初无佩绶。稠曰：‘此乃晦朔小朝之服。安有人臣谒帝而去印绶，兼无佩玉之节乎？’乃加兽头、小绶及佩一只。”[③]何稠身兼中原和草原两种文化背景，熟谙图籍，他的这份提议可能来自对历朝礼制的发覆和比较。小绶的大小、长度甚至色彩都适合与鞶囊组合在腰间悬挂，位尊者还可添加玉饰，降至辽金仍采用小绶服制，虽缺乏相关图像记载，但《明会典》卷六“皮弁

① 关于手巾或者手绢在欧亚草原的使用，巴托尔德在《中亚突厥史十二讲》(罗致平译，中国社会科学出版社，1984年，第142页)就突厥语ulatu一词即挂在胸前清洁鼻子的丝织品进行了简要说明，认为其揭示了中国手绢的使用形塑了中西亚及欧洲的卫生习惯。

② 《隋书·礼仪志》，中华书局，1973年，第271页。

③ 《隋书·何稠传》，第1597页。

服”所附大绶绶图可一窥样式大概（图一九）[①]。我们尝试按照何稠的思路往前追溯。波士顿美术馆藏《北齐校书图》宋摹本中男侍革带所挂当为鞶囊，囊身下坠一巾状织物（图二〇）。就此观之，隋唐墓壁画中的囊巾组合似乎秉北齐遗绪而有所损益，祛除了原本系带上的环状饰物，手巾也开始打结收缩，并置于身体一侧。另外，帨巾或手巾与绶的不同之处在于后者有较为繁复的丝织手法，而目前所见壁画、线刻或传世摹本中的织物配饰均未表现出任何的织造纹彩。因此，何稠所提“小绶”与帨巾便产生了抵牾。

图一九　《明会典》卷六〇《大绶图》

《后汉书·舆服志》载：“古者君臣佩玉，尊卑有度；上有韨，贵贱有殊。佩，所以章德，服之衷也。韨，所以执事，礼之共也。故礼有其度，威仪之制，三代同之。五霸迭兴，战兵不息，佩非战器，韨非兵旗，于是

① （明）申时行等：《明会典（万历朝重修本）》卷六〇《礼部》，中华书局，1989年，第369页。

解去韨佩，留其系璲，以为章表。故《诗》曰‘鞙鞙佩璲’，此之谓也。韨佩既废，秦乃以采组连结于璲，光明章表，转相结受，故谓之绶。汉承秦制，用而弗改，故加之以双印佩刀之饰。至孝明皇帝，乃为大佩，冲牙双瑀璜，皆以白玉。”[①]同卷又曰：“自青绶以上，縌皆长三尺二寸，与绶同采而首半之。縌者，古佩璲也。佩绶相迎受，故曰縌。紫绶以上，縌绶之间得施玉环鐍云。”[②]《后汉书》的两段阐述了先秦至秦汉间佩玉制度的变化，“璲”作为系玉的织物在战争环境下存续了一段时间，秦朝始以彩色丝织品结绶作为身份标识，东汉明帝方改制加以玉饰。那么，“璲”或“縌”此类织物是有可能单独出现并悬挂于腰侧的，对于使用者来说，这样既可彰显身份又能规避服令制裁。新疆、敦煌两地所发现的织物饰件，还保留着先秦佩玉制度的遗风，尼雅遗址1号墓地M8所出饰品与信阳楚墓木俑身上所绘玉组佩的绳结相近；而新的汉仪又因两汉对西域的经营和安辑而屡有变化，伴出的大量丝织品即是旁证；再者所处域外环境的扰攘和潜在戎事的威胁也使得去掉繁重的金石饰件，选择更为轻薄但明显贵重的丝织品要更加适合。至于织物

图二〇　美国波士顿美术馆藏《北齐校书图》宋摹本男侍图

① 《后汉书·舆服志下》，中华书局，1965年，第3671、3672页。

② 《后汉书·舆服志下》，第3674页。

外形则可能与地方的风俗有关，欧亚草原也有采用鱼形作为物品装饰甚至纹身者（如巴泽雷克古尸）。

懿德太子墓线刻图中的“帛鱼”与西域丝织品饰件的历史联系断续而隐晦。唐人用彩帨结作鱼形，可能需要借助金石类的小配件使柔软的织物固定成形；服令的存在使得“璲”这样的前朝遗留，即便经过隋代的重新发明仍无法如意使用，那么借助同为革带佩饰却限制更少的帨巾在政治场域下再度生成身份的标识则顺理成章，进而写就了史书“服妖”一栏。

唐代登州与早期中日交通的北路航线

——以南北两线的形成为中心

马云超

(南京大学思想家研究中心)

登州是唐朝对外交流的重要窗口之一,优越的地理条件使它成为朝鲜及日本①来船首选的登陆之地。前期的日本遣唐使大多在此上陆,进而由陆路通向洛阳和长安。从多方面阐述登州地区在隋唐时期重要地位的研究已有不少②,特别是关于蓬莱县(治今山东蓬莱市)的登州港(蓬莱港)已有专门的论著③。另一方面,对于日本遣唐使的入唐路线也有专门的研究,一般分为北路、南岛路和南路④,登州就

① "日本"作为国名至少应该在7世纪后半期才出现,此前称作倭国。本文为行文一致,统一称为日本。

② 例如曹东升:《唐代的东方门户:登州》,《唐史论丛》第6辑,陕西人民出版社,1995年;顿贺:《登州港在唐代的历史贡献》,《武汉船舶职业技术学院学报》2005年第5期;朱龙:《隋唐时期登州港的历史地位浅析》,《唐史论丛》第9辑,三秦出版社,2006年;刘凤鸣:《登州在唐代中日关系中的重要地位》,《中外关系史论文集》第14辑,2008年;李东辉、翟渊潘:《唐代登州港与新罗的交流情况》,《延边大学学报》2018年第6期。

③ 中国航海史研究会登州古港史编委会:《登州古港史》,人民交通出版社,1994年。

④ 例如[日]木宫泰彦著,胡锡年译:《日中文化交流史》,商务印书馆,1980年(日文初版1927年),第79—86页;[日]森克己:《遣唐使》,至文堂,1955年,第39—55页;[日]藤家礼之助著,章林译:《中日交流两千年》,北京联合出版公司,2019年(日文初版1977年),第108—114页;池步洲:《日本遣唐使简史》,上海社会科学出版社,(转下页)

是北路航线的上陆点。但是,各类论述中对登州与遣唐使联系的强调仍显不足,常常被一笔带过;遣唐使的北路航线又可分为南北两线,这一事实虽已被指出,但对于两线的具体情况和产生背景却涉及甚少。本文中笔者试图将登州与早期中日交通的北路航线紧密关联,从自然地理和政局变化两方面对遣唐使北路航线的历史渊源及分化过程进行探析,进而说明登州在汉唐之际中日交流史上的重要意义。

一、唐代登州的沿革

唐代的登州相当于今天山东半岛的东部,南北东三面临海,西面与当时的莱州(治今山东莱州市)相邻。此地在《禹贡》中属于青州,青州之地“厥土白坟,海滨广斥”(《尚书·禹贡》)。又据《元和郡县图志》记载,登州在汉代为东莱郡(治今山东莱州市)之地,至东魏孝静帝时“分东莱于黄县东一百步中郎故城置东牟郡,高齐废。隋开皇三年改置牟州,大业三年废”①。

唐武德四年(621),高祖李渊首设登州,领有文登(治今山东文登市)和观阳(治今山东海阳县西北发城镇)两县,治所在文登。两年后,割观阳属牟州,置清阳(治今河南正阳县南)、廓定(治今山东文登一带)两县属登州。但到了贞观元年(627),登州和清阳、廓定两县皆废,地入莱州。如意元年(692)又恢复登州,“以莱州之牟平(治今山东烟

(接上页)1983 年,第 14—22 页;[日]东野治之:《遣唐使》,岩波书店,2007 年,第 59—66 页;梁文力:《“南岛路”与 8 至 9 世纪唐日之间的海上交通》,《元史及民族与边疆研究学刊》第 28 辑,2014 年。

① (唐)李吉甫撰,贺次君点校:《元和郡县图志》,中华书局,1983 年,第 311 页。

台市牟平区)、黄(治今山东曹县西十里)、文登置”[1]。神龙三年(707),登州的治所由牟平移至蓬莱(从黄县中析出[2])。天宝元年(742)至乾元元年(758)的十几年间曾实行郡县二级制,登州改名东牟郡,此后乾元元年(758)复为登州,仍有领蓬莱、黄县、文登、牟平四县,治所在蓬莱。

本文所说的登州,地理范围以如意元年后为准。因此,在贞观元年至如意元年之间的六十五年里,史籍上所记载的莱州可能也包括登州在内。在前期遣唐使的入唐路线中,登州治下的蓬莱和文登二县起到了重要作用。蓬莱县境内的蓬莱港位于山东半岛北岸突出的部分,向北经由大谢岛、龟岛、歆岛、末岛、乌湖岛等岛屿(今山东烟台市庙岛群岛)可直接到达辽东半岛[3],从汉代起就是出海用兵之地,后人宋应昌称其“东扼岛夷,北控辽左,南通吴会,西翼燕云”[4]。文登县则位于登州东部,是山东半岛伸入黄海的最东端,与朝鲜半岛西岸的瓮津半岛遥相呼应,县内的沿海地区自然成为出海朝鲜的绝佳之地。境内的成山(今山东荣成市东北)“在县东北一百八十里”[5],秦始皇帝曾东游至此勒石记功,唐朝大将苏定方便是由此出海东渡,直取朝鲜半岛的熊津江口(今锦江),数日之内攻下百济。

---

① 《新唐书》,中华书局,1975 年,第 994 页。

② (唐)李吉甫撰,贺次君点校:《元和郡县图志》“登州蓬莱县条”,记载“神龙三年,析黄县置蓬莱县”,第 312 页。

③ 《新唐书》,第 1147 页。

④ (明)宋应昌:《重修蓬莱阁记》,见光绪《蓬莱县续志》,《中国地方志集成·山东府县志辑》(第 50 册),凤凰出版社,2004 年。第 479 页。

⑤ (唐)李吉甫撰,贺次君点校:《元和郡县图志》,第 312 页。

二、汉唐之间登州与朝鲜半岛的交往

八世纪以前的日本国由于造船技术和季风知识的限制，与中国的交流必须通过朝鲜半岛方能实现。七世纪中期的时候，由于日本与新罗关系紧张，659 年的第四批遣唐使曾试图避开朝鲜半岛，从百济南畔的小岛出发，直渡黄海进入唐朝。结果船只遭遇逆风一路漂到了南海中一个名为尔加委的岛屿上，除五人侥幸逃脱外，其余皆被岛民所杀[①]。因此可以说，中朝联系的建立是中日交流的基础，遣唐使入唐路线的形成有赖于中朝海上路线的建立。登州地区与朝鲜半岛隔海相望，向北行至辽东又可从陆路与朝鲜半岛相连，特殊的地理位置使其成为了中朝关系的纽带。

正史中从登州出发进入辽东的记载，最早见于《汉书》。西汉元封二年(前 109)，汉武帝从蓬莱港出兵，“其秋，遣楼船将军杨仆从齐浮渤海，兵五万人”[②]。汉军沿庙岛群岛北上，在辽东登陆后用兵朝鲜。三国时代曹魏的司马懿讨伐公孙渊也是从登州出兵渡海，当时公孙渊占据辽东地区和朝鲜半岛北部，成为曹魏的后方隐患。明帝景初元年(237)秋，诏令青、兖、幽、冀四州大规模建造海船，当时地属青州的东莱郡在战争中首当其冲。景初二年(238)，司马懿率军从蓬莱港出兵

---

① [日]舍人亲王:《日本書紀》(後編)，吉川弘文馆，1986 年，第 270 页。另外，关于遣唐使的批次说法众多，本文暂以吴廷璆编《日本史》中的统计为准(南开大学出版社，1994 年，第 84—87 页)。

② 《汉书》，中华书局，1962 年，第 3865 页。

征讨辽东,经庙岛群岛后在沓渚(今辽宁旅顺市)一带登陆①。与此同时,魏军屯粮黄县,建大人城(今山东龙口市东北)。《元和郡县图志》记载:"大人故城,在(黄)县北二十里。司马宣王伐辽东,造此城,运粮船从此入。"②这一战中,蓬莱港成为讨伐辽东的水军战略基地,港西不远处的大人城则是魏军渡海作战的军需仓屯。

进入隋唐后,盘踞在辽东和朝鲜半岛北部的高句丽与中央王朝战争不断。贞观十九年(645),唐太宗下令海陆二路讨伐高句丽,海军在刑部尚书平壤道大总管张亮的统领下,于当年三月"舟师出莱州"③,在辽东半岛南端登陆,奇袭卑沙城(今辽宁大连市东北大黑山古城),俘虏高句丽数千人,继而从海上进逼朝鲜半岛北部。此后的贞观二十一年(647)和贞观二十二年(648)都有出兵高句丽的记录,无不是从当时的莱州出海④。但是,高句丽的旱寒、沼泽和堡垒构成了难以逾越的障碍,半个多世纪中隋唐从辽东方向发动的正面进攻都难有成效。到了唐高宗显庆四年(659),唐朝终于制定先伐高句丽盟友百济的迂回战术,从南北两方对高句丽形成夹击之势。第二年七月,唐朝大军在苏定方率领下自登州文登县的成山渡海,直取百济熊津江口⑤,相战三日

---

① 《三国志·蒋济传》引《汉晋春秋》曰:"然沓渚之间,去渊尚远,若大军相持,事不速决,则权之浅规,或能轻兵掩袭,未可测也。"(中华书局,1964 年,第 454 页)可见司马懿的军队是在辽东南部的沓渚一带登陆。

② (唐)李吉甫撰,贺次君点校:《元和郡县图志》,第 313 页。

③ 《资治通鉴》,中华书局,1956 年,第 6220 页。

④ 贞观二十一年(647)三月"发兵万余人,乘楼船自莱州汎海而入"(《资治通鉴》,第 6246 页);贞观二十二年(648)春正月"(薛万彻)将兵三万余人及楼船战舰,自莱州泛海,以击高丽"(《资治通鉴》,第 6252 页)。

⑤ 《旧唐书》,中华书局,1975 年,第 2779 页。

便攻下百济王城泗沘(今忠清南道扶余郡),迅速平灭了百济[1]。在南北军的夹攻之下,高句丽也在总章元年(668)向唐军开城投降。

至此,由登州地区通往朝鲜半岛的两条路线已经明确。一是由蓬莱港(或附近的莱州港)出发,经庙岛群岛后在辽东半岛南部登陆,继而从辽东地区进入朝鲜北部。二是自登州文登县东部的成山附近渡海,向东直取朝鲜半岛西海岸的瓮津半岛等地。前文已经指出,八世纪中期前的中日交流须以朝鲜半岛作为中转站,伴随着两条中朝海上路线的形成,早期日本遣唐使入唐的北路航线也初露端倪。

三、登州与早期遣唐使的北路航线

有关遣唐使入唐路线的问题,中日史籍中的记述简单而又零碎,除少数几次有比较明确的记载外,大多都是一笔带过,后人只能从有限的文字和前后的历史逻辑中寻得一些线索。早在上世纪后半期,日本学者对该问题进行了比较系统的研究。学者们通常将遣唐使的海上航线分为三条,即前期的北路航线、中期的南岛路航线和后期的南路航线。中国学者在各类著述中大体接受了这一观点[2]。实际上,北路航线深受朝鲜半岛局势的影响,逐渐分化成为两条不同的路线,这在此前的研究中没有得到足够的重视。遣唐使的北路航线主要有两条:一是从难波(今大阪)的三津浦出发,循濑户内海西进至筑紫大津浦(今博多)停泊,再由此出发,经壹岐、对马,抵达朝鲜半岛的南岸,然

---

① [高丽]金富轼著,孙文范等点校:《三国史记》,吉林文史出版社,2003年,第75页。

② 吴廷璆:《日本史》,第79页;汪高鑫、程仁桃:《东亚三国古代关系史》,北京工业大学出版社,2006年,第57—60页。

后沿半岛的西海岸北上,顺着曲折的海岸线到达辽东半岛的南端,经庙岛群岛而到达登州的蓬莱港一带。二是由难波的三津浦出发,循濑户内海西进至筑紫大津浦,经壹岐、对马,抵达朝鲜半岛的南岸后沿半岛西海岸北上,在瓮津半岛附近向西直接横渡黄海,到达登州文登县的成山地区或以南清宁乡的赤山浦(今山东荣成市石岛镇)。不难看出,遣唐使的北路航线正是在中朝航线的延伸线上发展起来的。其中从日本难波的三津浦到达朝鲜半岛西海岸的路线并无差异,百济国占据着朝鲜半岛的西南部,世代经由此路与日本遣使通好,因此该线长期畅通;分歧之处主要在于从朝鲜半岛到达登州的路线,因辽东和朝鲜半岛的局势发展而时有变动。

1. 北路北线:三津浦—大津浦—壹岐—对马—朝鲜半岛南岸—朝鲜半岛西海岸—辽东半岛东海岸—辽东半岛南端—庙岛群岛—登州蓬莱港。

在这条路线中,遣唐使的船只在到达朝鲜半岛后基本是沿着海岸线前行。朝鲜半岛东海岸的海岸线比较平直,西海岸则蜿蜒曲折,多优良的港湾。更重要的是,自朝鲜半岛西岸至辽东半岛东岸沿途岛屿满布,船只只需沿海岸线的走向逐岛渐进,即可到达辽东半岛的南端,而由此到达蓬莱港也可借助庙岛群岛的连接作用。整条线路不需要跨越宽大的海洋,对航海技术要求很低。

中日间有记载的首次官方交往发生在东汉光武帝的建武中元二年(57),当时的日本使者很可能首先到达朝鲜半岛的汉四郡地区,然后经由辽东到达洛阳。曹魏时期与日本邪马台国的交流大约也是经由同样的路线,“汉晋帝王对于东亚,特别是乐浪地区以及朝鲜半岛投入了充分的关注，以保证陆路的畅通”[①]。马端临在《文献通考》中所说“倭人……初通中国也，实自辽东而来”[②]，正是此意。但到了西晋末年，高句丽在东北地区兴起，攻陷了乐浪、带方二郡，逐渐控制朝鲜半岛北部[③]。此航线沿着朝鲜半岛的海岸行进，必然会经过高句丽的地界，而日本和高句丽从四世纪末起征战不断，双方死伤众多[④]，这条海上通路也一度被高句丽切断，迫使日本暂时改变了航线。

《日本书纪》应神三十七年(306)春二月条记载：“遣阿知使主、都加使主于吴，令求工女。爰阿知使主等，渡高丽国，欲达于吴。则至高丽，更不知道路，乞知道者于高丽。高丽王乃副久礼波、久礼志二人为导者，由是得通吴。”[⑤]据韩昇先生考证，此处的“吴”是指中国江南，也就是当时的东晋南朝；而《日本书纪》五世纪前的纪年很不准确，应神三十七年应该对应为414年[⑥]。这与学界普遍将向宋武帝朝贡的倭王赞比对为应神天皇的结论相一致。此次倭国通往东晋无疑经过了高句丽，是为北路北线，这可能与伴随五世纪初高句丽新旧王更迭，两国关系稍加改善有关。但很快高句丽与百济再起战端，与倭国的关系也随之恶化。可见，从北路北线到北路南线的第一次转变，应当发生在

① 童岭：《公元九世纪前汉籍东传丛考》，《日本学研究》第19辑，学苑出版社，2009年；后收入其著《六朝隋唐汉籍旧钞本研究》，中华书局，2017年。

② (元)马端临：《文献通考》，中华书局，1986年，第2553页。

③ [日]武田幸男：《朝鲜史》，山川出版社，2000年，第53页。

④ 据《好太王碑》记载，四世纪末到五世纪初，当时的日本联合百济对高句丽多次发动进攻，均被打退。“(永乐)十四年甲辰，而倭不轨，侵入带方界。……王躬率往讨，从平穰□□□锋相遇，王幢要截汤刺，倭寇溃败，斩煞无数。”参见耿铁华：《好太王碑一千五百八十年祭》王健群释文，社会科学文化出版社，2003年，第401页。此后直到6世纪前期，日本与高句丽一直处于敌对状态。

⑤ [日]舍人亲王：《日本書紀》(前編)，第282页。

⑥ 韩昇：《东亚世界形成史论》，复旦大学出版社，2009年，第129—135页。

倭王赞到倭王武之间。

517年秋，高句丽派遣安定等出使日本结好，两国关系开始缓和[①]。此后，中国大陆上兴起了强大的隋王朝，日本陆续派来四次遣隋使，具体的路线尚不清晰，但必然经过了百济[②]。一般认为，遣隋使所走的就是北路北线，此后早期的遣唐使也因袭了这一路线[③]。史籍中首次比较明确记载采用北路北线的，是654年派出的第三批遣唐使。据《日本书纪》记载：

> （白雉五年）二月，遣大唐押使大锦上高向使玄理，大使小锦下河边臣麻吕，副使大山下药师惠日，判官大乙上书直麻吕、宫首阿弥陀、小乙上冈君宜、置始连大伯、小乙下中臣间人连老、田边使鸟等，分乘二船，留连数月，取新罗道，泊于莱州。遂到于京，奉觐天子。[④]

由于太宗期间废登州，其地并入莱州地界，此处的“泊于莱州”无法直接判断究竟是蓬莱港还是莱州港（今莱州市西北），但即便是后者，我们也不难想象高向玄理等人借助北路北线先到达了蓬莱港附近，然后

---

① ［日］舍人亲王：《日本書紀》（後編），第23页。

② 据《日本书纪》推古十五年秋七月庚戌条记载，遣隋使小野妹子回国后向天皇禀告国书在归途中被百济人夺走之事：“臣参还之时，唐帝（这里指隋炀帝，《日本书纪》中称遣隋使为遣唐使，称隋帝为唐帝——引者注）以书授臣。然经过百济国之日，百济人探以掠取，是以不得上。”（第148、149页）关于小野妹子所说是否属实有多种推断，但至少可以说明归途中确实经过了百济。另外，《隋书》中也有“度（渡）百济”的记载（《隋书》，中华书局，2019年，第2054页）。

③ 孙光圻：《中国古代航海史》，海洋出版社，2005年，第234页。

④ ［日］舍人亲王：《日本書紀》（後編），第255页。

才在莱州港上路。这从他们回程的起点就是登州这一点上也可以得到佐证,此次遣唐使回国时的情形在《日本书纪》中没有记载,但在《续日本纪》中以回忆的形式进行了叙述:

> 初,孝德天皇白雉四年,随使入唐。适遇玄奘三藏,师受业焉。……于是和尚拜谢,啼泣而辞。及至登州,使人多病。和尚出铛子,暖水煮粥,遍与病徒,当日即差。既解缆,顺风而去。①

在登州登陆的遣唐使一路西行,陆路经莱州、青州(治今山东青州市)、兖州(治今山东兖州市)、曹州(治今山东曹县东北)、汴州(治今河南开封市)、洛阳(今河南洛阳市)等地,即可到达长安(今陕西西安市)。在唐军渡海进攻百济和中日白江口(今锦江附近)战役爆发之前,前四批到来的遣唐使应该就是沿着这一条路线进入唐朝的。这条航路虽然迂回曲折、航程漫长,但由于采用了逐岛渐进的方式,航行较为安全,且目标清晰,方向明确,基本上没有过出现过重大的遇难事故。

2. 北路南线:三津浦—大津浦—壹岐—对马—朝鲜半岛南岸—朝鲜半岛西海岸—瓮津半岛一带—黄海—登州文登县。

前文已经提到,唐高宗时苏定方由成山渡海直取百济,但这一条通路并非到唐高宗时才首次开辟。考古资料显示,战国时期齐国的亡民就已经从山东半岛出发,经海路直接东渡到达了朝鲜半岛的南部②。不过,日本的造船技术落后中原地区许多,据《筹海图编》记载,直到明

---

① ［日］藤原绪嗣、菅野真道:《続日本紀》,吉川弘文馆,1985年,第5、6页。

② 李慧竹:《汉代以前山东与朝鲜半岛南部的交往》,《北方文物》2004年第1期。

朝日本的造船方法仍是“必用大木取方，相思合缝。不使铁钉，惟联铁片；不使麻筋、桐油，惟以草塞罅漏而已”①。考虑到季风的因素，要以如此简陋的船只从朝鲜的瓮津半岛横渡黄海到达登州文登县确非易事，因此日本使者只有在北路北线被切断的情况下才会暂时改行北路南线。

四世纪末起，日本与高句丽间的关系急剧恶化，高句丽长期占据辽东半岛与朝鲜半岛北部，北路北线已经无法使用。但此时的日本仍然向中国东晋南朝派出了使者。从义熙九年（413）到昇明二年（478），日本的倭五王多次遣使向东晋南朝朝贡，要求加封头衔，以求在朝鲜半岛的争夺中处于有利的地位。《文献通考》称，“（倭人）至六朝及宋，则多从南道，浮海入贡及通互市之类，而不自北方，则以辽东非中国土地故也”②。就六朝时期而言，这里所说的南道显然不是后期遣唐使所采取的南岛路线或南路航线，而是相对于经由辽东半岛而达到蓬莱港的那条北路，特指从百济横渡黄海的路线。有学者推测，当时采用的具体路线应是从百济的西海岸渡过黄海，到达今天山东半岛的尖端或南侧，然后沿海岸线南行，一直到达南朝的都城建康（今江苏南京市）③。倭王武在上表宋顺帝的文书提到：“臣虽下愚，忝胤先绪，驱率所统，归崇天极，道径百济，装治船舫，而句骊无道，图欲见吞，掠抄边隶，虔刘不已，每致稽滞，以失良风。”④可见当时北线已被高句丽阻塞，日本的船只唯有选择从百济渡海直达中国南朝。与北线相比，这条航

① （明）郑若曾撰，李致忠点校：《筹海图编》，中华书局，2007年，第201页。
② （元）马端临：《文献通考》，第2553、2554页。
③ ［日］木宫泰彦著，胡锡年译：《日中文化交流史》，第35页。
④ 《宋书》，中华书局，2018年，第2628页。

线要求日本的船只从朝鲜半岛直渡黄海到达登州沿海，难度颇大，不仅时常会遭到高句丽的骚扰，且渡海沿途少有岛屿可供停靠，整个航行的成败又深受季风的影响，这些因素对于航海技术落后的日本来说无疑是巨大的挑战。刘宋虽偏居南方，但自东晋末年灭亡南燕以来占有今天的山东半岛地区，与日本的联系虽然艰难但并未中断。然而自南齐以后，南朝丢失了这一要地，笔者认为这很可能是中日关系再次进入空白期的重要原因之一。

随着与高句丽关系的缓和以及隋朝统一南北，日本遣隋使很快恢复了北路北线。但是到了七世纪中期，朝鲜半岛局势的剧烈动荡又迫使日本再度改变路线。显庆六年(660)，唐将苏定方率军攻陷百济首都泗沘城，百济灭亡。以鬼室福信为首的百济贵族前往日本求援，以图复国。龙朔三年(663)，唐朝水军在百济的白江口与日本水军狭路相逢，日军大败，是为中日历史上第一次正面交锋①。战后，百济全境平定，唐军开始对高句丽形成南北夹攻之势。在此后的 665 年、667 年和 669 年，日本曾前后三次遣使赶赴唐朝，与此前的遣唐使略有不同的是，他们都因朝鲜半岛的战后处理而来。其中记载较详细的是 665 年以守君大石为首的第五批遣唐使。

从 664 年到 665 年，唐朝使者郭务悰和刘德高先后来到日本，协商战后的处理问题。到 665 年年末，双方已基本达成了一致，日本朝廷对刘德高等进行了赏赐，不久刘德高离开日本②。同年，守君大石一行来到了唐朝。《日本书纪》记载：

---

① 《旧唐书》，第 2791、2792 页。

② 王连龙：《百济人〈祢军墓志〉考论》，《社会科学战线》2011 年第 7 期；马云超：《白江口之战与战后的唐日关系》，《浙江外国语学院学报》2012 年第 2 期。

> （天智四年）十二月戊戌朔辛亥，赐物于刘德高等。是月，刘德高等罢归。是岁，遣小锦守君大石等于大唐，云云。（原注：等谓，小山阪合部连石积、大乙吉士岐弥、吉士针间。盖送唐使人乎。）①

《日本书纪》的注者认为，守君大石一行入唐乃是为了送刘德高等。但已有学者指出，守君大石还参加了第二年正月唐高宗在泰山举行的封禅仪式，刘德高等人离开日本必然是在当年十二月辛亥日（二十四日）赐物以后，守君大石若作为送使与之同行，无论如何都不可能在第二年正月之前赶到泰山。"盖送唐使人乎"的语气，也说明注者并不确信这一推断②。这样的怀疑是有道理的。当年八月，唐朝为重建百济，实行羁縻政策，由刘仁轨在百济的熊津（今忠清南道公州市）召集新罗代表角干金仁问和原来的百济太子扶余隆展开会盟。会盟结束后，"仁轨领新罗、百济、耽罗、倭人四国使，浮海西还，以赴太山之下"③。这里的倭国使只能是指守君大石，因此守君大石一行应该是比刘德高等人先走一步，首先到达了百济地区。随后，刘仁轨便奉命率领着包括守君大石在内的四国使臣，从百济地区赶赴泰山。当时唐朝与高句丽鏖战正酣，使者的船队显然不可能沿北路北线经过高句丽海岸在蓬莱港登陆，最大的可能还是由百济熊津江口或北方瓮津半岛附近向西横渡黄海，于登州的成山或赤山浦一带登陆，然后由此前往泰山，等待封禅

---

① ［日］舍人亲王：《日本書紀》（後編），第290页。

② ［日］堀敏一著，韩昇、刘建英编译：《隋唐帝国与东亚》，兰州大学出版社，2010年，第61页。

③ （宋）王钦若等编纂，周勋初等校订：《册府元龟》，中华书局，1960年，第11526页。

仪式的开始。

667年,以伊吉连博德为首的第六批遣唐使是为送唐朝的使节司马法聪。据《日本书纪》记载,当年十一月,百济镇将刘仁愿"遣熊津都督府熊山县令上柱国司马法聪等,送大山下境部连石积等于筑紫都督府。己巳,司马法聪等罢归。以小山下伊吉连博德、大乙下笠臣诸石,为送使"[①]。一般认为,伊吉连博德等人只将司马法聪送到了百济,没有进入中原地区。668年高句丽开城投降,这也给日本带来了巨大的冲击。第二年,以河内鲸为首的使节团入唐"贺平高丽"[②],但对于其路线,中日双方的史料都没有提及。

通过以上分析可以看到,登州是八世纪以前日本使者入华的必经之地。这条北路航线受朝鲜半岛局势的影响,分化成南北两线。虽然可以佐证的史料相当有限,但总的来说,自东汉到唐朝前半期,日本使者尽可能选择地理条件优越的北路北线,只有在北线被阻断的情况下才无奈选择南线,如五世纪日本与高句丽的征战以及七世纪中期唐朝在朝鲜半岛战略规划的展开。究其原因,日本的造船和航海技术始终是瓶颈,日本派往中国的遣唐使都是在国内挑选出来的精英,在航路上自然要尽可能选择安全的。北路北线虽然迂回漫长,但全程的海上跨距均在视野所及范围之内,定位陆标清晰,导航方向明确,对航海工具与航海技术的要求非常低,即便航行中发生问题,也可以就近靠岸从容解决[③]。

---

① [日]舍人亲王:《日本書紀》(後編),第291、292页。

② 《新唐书》,第6208页。

③ 孙光圻:《古代中日主要海上航线考》,载其著《海洋交通与文明》,海洋出版社,1993年,第23页。

四、结 语

一般认为,八世纪后由于统一新罗与日本摩擦不断,最终迫使日本放弃传统的北路航线,改由大津浦启航之后沿筑紫西海岸南下,绕经夜久(屋久)、奄美(大岛)横渡中国黄海,到达长江口,即所谓的南岛航线①。中国史书上也有“新罗梗海道,更繇明、越州朝贡”②的记载。然而,登州与遣唐使的渊源并未由此切断。开元二十二年(734),第十批遣唐使中一员的平群广成从苏州(治今江苏苏州市西南横山东)出港,试图经南岛路回国,结果在海上遭遇暴风,一路漂到了《续日本纪》中所说的昆仑国(唐代称为“林邑”,今越南中部),一年之后辗转回到了唐朝。开元二十六年(738)三月,平群广成经玄宗许可后从登州出海,五月进入渤海国,跟随渤海国派往日本的使节团,终于回到了日本的出羽地区(今山形县、秋田县一带)③。九世纪中期随第十八批遣唐使来到唐朝的日僧圆仁也在他的《入唐求法巡礼行记》中提到,会昌五年(845)圆仁本想从楚州(治今江苏淮安市淮安区)渡海归国,却被楚州地方官告知“当州未是极海之处”,“须递到登州地极之处,方可上船归国”④。于是圆仁北上来到登州,由赤山浦渡海出莫玡口,乘坐商人船只离开了唐朝。可见,当时的登州仍是中日交往的重要港口。

有唐一代,登州始终作为唐朝与东亚和东北亚国家海路交往的重

---

① 吴廷璆:《日本史》,第 79 页。
② 《新唐书》,第 6209 页。
③ [日]藤原绪嗣、菅野真道:《続日本紀》,第 156 页。
④ [日]释圆仁著,白化文等校注:《入唐求法巡礼行记校注》,花山文艺出版社,2007 年,第 480 页。

要起止点,在中国与朝鲜、日本的交流史中起了不可替代的作用。唐朝前期,登州是北路航线的起止点所在,也是日本遣唐使入唐的必经之处。到了唐朝中后期,随着遣唐使路线的南移和东南沿海港口的兴起,登州的作用相对削弱,但它仍不失为大唐帝国在东方的重要门户,在中日朝交往中继续发挥重要的影响。

新出唐李训生母《裴清墓志》相关问题散考

魏美强

（南京大学博物馆）

近年，洛阳偃师北邙之原新出一方《唐故泉州刺史陇西李府君夫人河东裴氏（清）墓志铭》（下称《裴清墓志》），墓志撰文者为志主第三子李仲言，此人即正史中所载的“李训”。案两《唐书》所云，李训“始名仲言”，太和八年（834）十一月改名①。他官至文宗朝宰相，但在“甘露之变”的除阉行动中事败殒命。关于太和九年李训等策动“甘露之变”的始末及其影响，相关研究成果堪称丰硕②，但囿于传世史料所限，对于事变的主要策划人——李训的生卒年、郡望出身、家族谱系、婚宦经历等基本情况都无法详考。《裴清墓志》因系李训亲撰，为解答上述疑问提供了线索。而志文浓墨铺陈的李训家族成员联姻以及其母扶丧

---

① 《旧唐书·李训传》，中华书局，1975 年，第 4395 页；《新唐书·李训传》，中华书局，1975 年，第 5309、5310 页。以下凡引两书，版本均同。

② 相关成果众多，兹举其要，如刘运承：《“甘露事变”再评价》，《史林》1986 年第 1 期；贾宪保：《“甘露之变”剖析》，《唐史论丛》第三辑，陕西人民出版社，1987 年；田廷柱：《唐文宗谋翦宦官与甘露之变》，《辽宁大学学报（哲学社会科学版）》1992 年第 4 期；雷巧玲：《“甘露之变”发微》，《陕西师大学报（哲学社会科学版）》1995 年第 3 期；胡可先：《甘露之变与晚唐文学：兼论政治事件与文学的关系》，《唐代文学研究》第八辑，广西师范大学出版社，2000 年；卢向前：《唐代政治经济史综论——甘露之变研究及其他》，商务印书馆，2012 年，第 1—85 页。

自闽归洛之事，也有进一步申说的必要。

一、研究回顾与问题提出

《裴清墓志》据载出土于河南洛阳偃师北邙山，具体出土时间不详。2016 年，毛阳光据所见《裴清墓志》原石，移录志文，对李训祖父名讳、李训兄弟科举仕宦经历、李训家族的“五姓联姻”以及裴清泉州护丧归洛等问题展开了绵密的考证①，令笔者颇受启发。张应桥据洛阳赵君平惠示的拓片，对李训的家族世系进行考辨，再证李训祖父“皇大父建州府君”应即李皆，为宰相李揆长兄；而李训之父“泉州府君”疑为李震。不过，由于张氏一文主要是对陇西李玄道家族世袭的考补，故对《裴清墓志》中的其他重要信息未予探讨②。2018 年 11 月，《裴清墓志》拓片高清图版首次刊布于《西南大学新藏墓志汇释》一书，并附有释文、注释，但句读讹误颇多，学界利用不广③。

笔者以为，毛、张二人的研究虽涉及《裴清墓志》的诸多层面，但仍有拓展深入的空间。具体而言，志文云及李训兄弟的联姻对象，但须结合史志对所涉人物史事进行补正。又志文称裴清护丧自闽归洛，“隔七千里”，毛阳光对闽洛之间的道里数提出质疑，并举《元和郡县志》《旧唐书·地理志》《太平寰宇记》等地志的相关记载予以驳正，但笔者以为，如结合唐人的纪行诗赋以及相关墓志的归葬记载，或许可

---

① 毛阳光：《从洛阳新出土〈裴清墓志〉看李训的家世与门第》，载《纪念岑仲勉先生诞辰 130 周年国际学术研讨会论文集》，中山大学出版社，2019 年，第 440—449 页。案，研讨会 2016 年召开，论文集 2019 年 2 月出版。

② 张应桥：《唐李玄道家族世系校补——以家族墓志为中心》，《洛阳理工学院学报(社会科学版)》2018 年第 5 期。

③ 毛远明整理：《西南大学新藏墓志集释》，凤凰出版社，2018 年，第 591 页。

为理解正史地志中的道里数与实际行旅之间的偏差提供另一视角。再者，志文所云李训早年成长及太和年间洛阳蜷居的艰辛经历，有助于理解“甘露事变”之前李训的人事安排。

为便于行文的展开，兹在前人录文的基础上，对照西南大学公布的拓片图版，重新句读并移录墓志全文如下：

唐故泉州刺史陇西李府君夫人河东裴氏墓志铭

第三男孤子仲言撰

孤子仲言生四十四年，以积行罪逆不得自死，俾受楚痛，即降大祸，上延　妣夫人。大和/六年五月十三日薨于河南府洛阳县永通里之私第，享年七十八。男仲京等不胜荼毒，求死未/果。恭闻礼训，不敢逾越，原蓍叶吉，以其年七月廿五日，宁神于河南府偃师县亳邑乡祁里北/邙故原，礼也。仲言奉兄姊命，俾叙　妣夫人族氏，志于墓。仲言衔哀茹毒，号慕失次，词理不/文，典故是稽。谨按：妣夫人实河南裴氏，讳清，号自然智。其先帝颛顼高阳氏之苗裔，五世祖/文度，为 高祖神尧皇帝行军长史，蒲、虞等十六州兵马总管。高祖大方，魏州司马。曾祖居士，皇/殿中监。祖虚己，皇光禄少卿、驸马都尉；祖妣霍国公主。父侑，皇尚衣奉御；妣陇西李氏，父默，皇沧(苍)梧/太守。季弟汉卿，见任融州刺史。妣夫人年廿五，归　我皇考府君，府君自 远祖后/魏司空姑臧公，凡十一代，代修婚姻，非五姓相姻联，无点于他氏者，莫得为敌。府君元夫人/范阳卢氏，有子二人，长曰仲文，皇应进士举。次曰仲宣，衢州龙丘县令。元夫人先　府君薨，/府君奉 皇大父建州府君命曰：‘且今无兄弟，无踞姻旧，必广他族，熟备四德者纳之，冀其蕃子/孙，以昌 吾门。'府君他日既除丧，遵 理命，故归 我妣夫人。妣夫人虽华族盛门，以苟非/五姓之旧，故不得敌，以是常怏怏不乐。皇考府君尝谓仲京等曰：'《春秋》义：诸侯元妃薨，即次妃/摄治内事，称继室，得封崇邑谥，子克嗣世。《传》：惠公元妃孟子卒，继室以声子，生隐公。其例是也。'故 /妣夫人奉 祭祀，主婚假，事 长抚下，尽敬极爱，德行昭彰，姻表间实居第一。贞元癸未岁，仲言兄/弟等不夭，遘悯凶于泉州。时秀才房举于京，长官房任于蜀，闽洛水陆，隔七千里， 妣夫人/护从携孤，凡七月，达于故里，奉终 大事于偃师北原。已而虞，几筵于河南敦行里，财产羡二百/余万，尽付秀才房，遂偏居卑室，哀敬 奠祀，每诲诸子曰：'昔建州府君命若 皇考，俾舍/甲姓以广，乃择。若 皇考敬命室余，传于 戒言。余祗惧 明神，勤劳腑心，有若四子。曩意/：如果若等餝修于身，孝勤劳于家，必学与文，以成乃名，克报若 考。俾 考报 祖，无忝尔/生，以贻余羞。'既而奉终 丧制。仲言兄弟罪逆不死，家途空穷，私第为息利所夺。明年，秀才房薨，龙/丘房寓居嫂氏第。 妣夫人率诸子归偃师别业，躬蚕织以供 祭祀，励童仆以饱耕稼，命诸/子各勤其教，逮仲京、仲言举进士，比年擢第，与婴甫更为诸侯从事。仲褒有学行，知名文场。秀才房/一子早世，索于江淮间，得庶孙二人，立为后。龙丘房薨于官，嫂卢氏与诸孤终穷莫控，息债已廿万/，甘民于衢。 妣夫人尽出所有，俾婴甫径奔龙丘护丧，奉孀孤以归葬祔，给恤无遗事。凡六子/，命仲京等为成宦名，已四人矣。其他婚姻禄仕，悉命必立，盖成 我祖考之望也。 妣夫人/自今年春，稍违 起居，但偃息匡床，未尝有乖于 寝膳，每顾诸子，常恬然解 颜，曰：'余颇安'。至于/诸女

启 手足，实无疴恙，以伤其性者。《洪范》书：五福，曰"考终命"，谓其不遘疾，以寿考而终也。小子/伏念　妣夫人之德，其蒙我祖考锡灵，俾备终于五福乎？长男仲京，前度支巡官、试大理/评事，娶范阳卢载女。次男婴甫，前怀州武德令，娶范阳卢项女。次男仲言，前河阳节度推官、试秘书/省校书郎，娶范阳卢宁女。幼男仲褒，以文章举进士科，未娶。长女适太原王鼐，皇侍御史。季女适博/陵崔周桢，皇右补阙、史馆修撰。孤子仲言　攀号永远，心魂废失，恭叙 德行，实不能既。长/男仲京号慕　攀奉，谨为铭曰：/

邙原中岗，先府君幽宅在焉。岗之南，重岗之阳，奉宁于/神，七百步之近。岗原环伏，龟从筮吉。仁宜德昭，惟千万年。/

长男仲京书。/

二、李训兄弟仕历及婚宦考补

《新唐书宰相世系表》（以下简称《新表》）中李训之父"泉州府君"李震之下无子嗣记载，但依墓志所言，李震先娶正室卢氏，生二子仲文、仲宣。卢氏殁后，续娶继室裴清，育有四子，分别是长子仲京、次子婴甫、三子仲言、四子仲褒，以及二姊妹。而且，志文还详述李训一门的婚宦情况，可补正传世文献之阙，以下笔者依次展开：

先看李震前室二子。据志文所云，李仲文为嫡长子，"应进士举"，生一子早世，庶孙二人；李仲宣为次子，先任衢州龙丘县令，贞元十九年（803）李震薨于泉州刺史之任时，他宦游蜀地，并亡于官，生有六子。

再看李震继室裴清四子二女的情况。案志文，李仲京为长男，太和六年（832）五月裴清去世时，他的结衔是"前度支巡官、试大理卿"。

其实，作为李训之兄，仲京之名数见于传世文献与出土墓志。案《刘栖楚墓志》所载，大和元年八月刘栖楚薨于桂州刺史任上，应志主次弟刘起伯之请，宰相李逢吉为其撰文，书丹者则是李仲京，时署“文林郎守虢州湖城县主簿”①。大和九年十月，萧洪改任鄜坊节度使。因担心冒任国舅之事暴露，萧洪阴结宰相李训，“请训兄仲京为鄜坊从事”②。十二月，“甘露之变”爆发，仲京因不在长安而侥幸不死，并在乱后逃奔昭义节度使刘从谏的幕下受其庇护。至武宗会昌四年(844)八月，才被昭义叛将郭谊所杀③。志文又言，仲京“娶范阳卢载女”。案，卢载正史无传，出身范阳卢氏大房④，父为德宗贞元年间少府监、陕虢观察使卢岳⑤。《新表》未录卢载职衔，散见史料中可知其在穆宗长庆年间任太常寺协律郎、文宗开成元年任给事中、开成三年以尚书左丞出补同州防御史⑥。近年卢载及其妻郑氏的墓志已出土，且均由卢载亲撰，志文叙其生平仕历更详，并自述育有两子四女，李仲京所娶或即四女之一⑦。

① 周绍良主编：《全唐文新编》第3部第2册卷616《唐故桂管都防御观察等使桂州刺史兼御史大夫赐紫金鱼袋赠左散骑常侍刘公(栖楚)墓志》(文中简称《刘栖楚墓志》)，吉林文史出版社，2000年，第6981、6982页。以下凡引此书，版本均同。

② 《旧唐书·后妃传下》，第2201页；(清)吴廷燮：《唐方镇年表》卷一《鄜坊》，中华书局，1980年，第93页。

③ 《资治通鉴》卷二四八《唐纪六十四》，“武宗会昌四年八月壬寅”条，中华书局，1956年，第8008、8009页。

④ 《新唐书·宰相世系表三上》，第2902页。

⑤ (宋)李昉等：《文苑英华》卷九三九《陕虢观察使卢公(岳)墓志》，中华书局，1966年，第4937页；《全唐文新编》第4部第2册卷784《陕虢观察使卢公(岳)墓志》，第9341页。

⑥ 《旧唐书·文宗本纪下》，第565、573页。

⑦ 吴钢主编《全唐文补遗(千唐志斋新藏专辑)·唐朝议郎守太子宾客分司东都上柱国赐紫金鱼袋卢载墓志铭并序》云其大中二年(848)五月以兵部尚书身份致仕并薨于东都洛阳，享年七十五，时有“孤子佩方、远佞，孤女比丘尼全真等”，三秦 (转下页)

次男李婴甫史书无考，志文云其曾任怀州武德令，娶范阳卢项之女。案《新表》，卢项出身范阳卢氏第二房，曾祖操，祖寰，父政（官至检校郎中）[①]。卢项兄弟七人，他排行第五，官至泽州刺史，其兄卢璠继室崔氏墓志、从兄卢嘉猷墓志以及卢项妻李初墓志均已出土，均系卢项所撰[②]。另据裴度撰文的《刘太真神道碑铭》，卢项为德宗贞元五年（789）己巳科状元及第，考官为礼部侍郎刘太真，同榜进士还有裴度、杨巨源及卢项兄卢璠等[③]。《太平广记》卷三四〇《鬼二十五·卢项》记载，贞元六年（790）十月，卢项家于钱塘，妻弘农杨氏[④]。

三男李仲言，亦即正史中文宗大和末年的宰相李训，两《唐书》有传，但未记其生年。案志文云，大和六年（832）五月裴清去世，李训时年四十四，由此可推知其生于德宗贞元五年（789）。结合正史及志文的记载，李训的生平仕历可大致勾勒如下：贞元十九年（803），父李皆薨于泉州官舍，年方十五。其母裴氏携其兄弟长途跋涉，历时七月归葬洛阳。后裴氏与前室子分产，他随母避居偃师别业。元和十一年（816），李训从叔李士华去世，墓志由其所撰，自署“从侄乡贡进士仲

（接上页）出版社，2006年，第376页；《全唐文补遗（千唐志斋新藏专辑）·唐前黔中观察推官试太常寺协律郎卢载妻郑氏墓志铭并序》称郑氏元和四年（809）卒，年三十始满，有“两子四女”，第308页。

① 《新唐书·宰相世系表三上》，第2902页。

② 《全唐文新编》第3部第4册卷717《剑南东川节度推官殿中侍御史内供奉卢公（璠）夫人崔氏墓志铭并序》，第8182、8183页；赵君平、赵文成编：《河洛墓刻拾零·卢项妻李初墓志》，北京图书馆出版社，2007年，第544页；《河洛墓刻拾零·唐故河中府士曹参军卢府君（嘉猷）墓志铭并叙》，第463页。

③ 《全唐文新编》第3部第1册卷538《刘（太真）府君神道碑铭》，第6243、6244页。

④ （宋）李昉等编：《太平广记》卷三四〇《鬼二十五·卢项》，中华书局，1961年，第2695—2698页。

言”[①]。长庆三年(823)，李训在多次应考后，于三十五岁中第[②]，志中称仲京与其“比年擢第”，可知其兄举第也在此前后。宝历元年(825)十月，李训官至“河阳节度推官”[③]，因“武昭案”事发，被敬宗配流岭南。大和元年正月、六月，文宗两次大赦[④]，李训或在此时“会赦得还”，蜷居洛阳。直至大和六年五月母丧，李训一直未再获用，个中艰辛可以想见。大和八年，母丧期间，李训通过贿赂郑注、结交权宦王守澄，很快受到文宗宠遇。次年九月，在不到一年的时间里，他由一介布衣跻身为宰相。当年十一月，除阉行动失败，死于“甘露之变”。案志文所载，李训“娶范阳卢宁女”。《新表》记卢宁出身范阳卢氏第三房，官职阙如。此支中有卢怀慎，相玄宗朝。怀慎孙杞，相德宗朝，可谓显达[⑤]。

幼男仲褒，案《新唐书·李训传》，在“甘露之变”的次日，因受其兄牵连而被神策兵所杀，同死的还有李训从弟“云皋”[⑥]。而据志文，可知仲褒亦以“文章举进士第”，“知名文场”，大和六年五月尚未婚娶。

李震长女适于太原王鼐，出身太原王室大房，相关事迹不多。季女适博陵崔周桢，出身博陵崔氏第二房，《新表》仅记其官“右补阙”[⑦]，志文云其又任“史馆修撰”。元和初年，崔周桢曾受人请托，撰有《褚峰

---

① 中国社科院考古研究所:《偃师杏园唐墓》，科学出版社，2001年，第319—321页。

② (清)徐松撰，赵守俨点校:《登科记考》卷一九《长庆三年》，中华书局，1984年，第716页。

③ 《旧唐书·敬宗本纪》云李训被贬时为河阳节度掌书记，第517页。笔者以为，此处应以李训自书的墓志信息为准。

④ 关于大和年间的两次大赦，可参(宋)王钦若等编纂，周勋初等校订:《册府元龟》卷九〇《帝王部·赦宥第九》，凤凰出版社，2006年，第998—1000页。

⑤ 《新唐书·宰相世系表三上》，第2925—2927页。

⑥ 《新唐书·李训传》，第5313页。

⑦ 《新唐书·宰相世系表二下》，第2806页。

墓志》[①]。此外，前述卢载自书墓志中罗列了多篇文章，其中一篇题为《与崔周桢书》，可见二人交好。

三、裴清护丧与闽洛之间的道里交通

案志文所言，贞元癸未岁（十九年，803），李训父李震卒于泉州，此时前室子仲文、仲宣二人远在长安和蜀地，无法奔丧。李训母裴氏不畏艰辛，"闽洛水陆，隔七千里"，历时七月，将其归葬于洛阳偃师祖茔。对于志文言及的闽洛之间的道里数，毛阳光引《元和郡县图志》《旧唐书地理志》《太平寰宇记》三书的记载，质疑李训所记不确。笔者以为，这一结论不宜速下。

我们不妨先看不同文献对闽洛道里数的记载：

> 《通典》卷一八二《州郡十二·清源郡》载泉州四至八到甚详，云其"去东京五千四百十三里"[②]。
>
> 《元和郡县图志》卷二九《江南道五》亦记泉州八到，"西北至东都四千八百四十五里"[③]。
>
> 《旧唐书》卷四〇《地理志》载"（泉州）至东都五千四百一十三里"[④]。

---

① 《全唐文新编》第3部第4册卷721《唐故润州句容县尉褚君（峰）墓记》，第8277、8278页。

② （唐）杜佑撰，王文锦等点校：《通典》卷一八二《州郡十二·清源郡》，中华书局，1988年，第4847页。

③ （唐）李吉甫撰，贺次君点校：《元和郡县图志》卷二九《江南道五》，中华书局，1983年，第720页。

④ 《旧唐书·地理志》，第1599页。

> 《太平寰宇记》卷一〇二《江南东道十四》则云"(泉州)西北至西京(即洛阳)五千八百三十五里"[①]。

以上四则史料中,《通典》成书于贞元十七年(801),距志文裴清护丧之事时间最近,且其所记闽洛之间的道里数与《旧唐书·地理志》(以下简称《旧志》)相近,均为五千四百余里。《元和郡县图志》成书较《通典》稍晚十余年,所载闽洛道里最短,为四千八百余里。而且,该书记各州距两京的距离普遍较《通典》《旧志》《太平寰宇记》为近,不知何故。《太平寰宇记》宋初修成,所记诸州四至八到信息最详,而且已是唐末黄巢凿山开道、缩短浙闽路途之后的记载[②],但泉州至洛阳的道里仍达五千八百余里。

需要说明的是,以上官修史志中的四至八到及道里信息虽是一州与邻州及两京的方位、距离,但是这些测量数据恐怕主要是基于官路、驿路等交通线展开的[③]。在地势平坦的地区,以上数据可能较为准确,但是对于浙闽之间的崎岖山地而言,数据误差完全在意料之中。更何况,交通路线的选取,如择水路、陆路、私路或峡路,甚至辗转而行,都会造成实际里程的出入。那么,裴清携子由闽上洛行程较史书所记为多,也完全有可能。不过,裴清北上具体会选择哪条线路呢？由于志

---

① (宋)乐史撰,王文楚等点校:《太平寰宇记》卷一〇二《江南东道十四》,中华书局,2007年,第2029、2030页。

② 《资治通鉴》卷二五三《唐纪六十九》,"僖宗乾符五年八月"条,云"(黄巢)引兵攻浙东,开山路七百里,攻剽福建诸州",第8208页。

③ 曹家齐:《唐宋地志所记"四至八到"为道路里程考证》,《中国典籍与文化》2001年第4期;成一农:《非"科学"的中国传统舆图:中国传统舆图绘制研究》第六章,中国社会科学出版社,2016年,第215—221页。

文并未明言，笔者仅结合相关史料、纪行诗赋、出土墓志的记载，试做一番推测。

案《大唐故正议大夫使持节兼泉州刺史潞城公（张臣合）墓志铭并序》载，龙朔三年（663），志主张臣合改授泉州刺史，描述了赴任沿途行径之地，"澧浦闽隅，星开婺翼，疏江叠嶂，逆水分□"。案，文中的"泉州"实指福州，"澧浦""婺翼"均指浙江金华。可见，张臣合入闽途中行径婺州，且从"疏江""逆水"的描述看，可知部分路途选择了水路[1]。

案《故泉州龙溪县尉李君墓志铭并序》载，开元二十三年（735）冬，志主左授泉州龙溪县尉：

> 维舟于浙江之滨，遘病于杭州之馆，投密亲而旅寓……过桐庐而不愈，望玉山而日臻，溽暑方炽……次于衢州信安县之籍坊……六月既望十九日旁死魄……骏马悲鸣，爱妾垂泣，祭歆诸子，魂托家僮，危旐言旋，溯洄湍险，帆候风而初挂，棹随歌而更哀。八月复至钱唐，权殡某所。廿五年春二月，迁柩而舣棹，浮于淮海，达于河洛。[2]

案志文，李君赴任途中，先乘船抵达杭州驿馆，虽染重疾，但仍向西南行，途经桐庐（属睦州）、玉山（属衢州），至衢州治所信安县的"籍坊"养疾，六月十九日卒。随后李君爱妾携子扶丧北上，历时四十余日抵达钱唐（即杭州），复乘船"浮于淮海"，似由京杭大运河抵达洛阳。

---

① 吴钢主编：《全唐文补遗》第三辑，三秦出版社，1996 年，第 410、411 页。
② 吴钢主编：《全唐文补遗》第二辑，三秦出版社，1995 年，第 514 页。

案《欧阳詹文集》所录诗文，贞元二年(786)秋，闽人欧阳詹(字行周)自泉州北上长安应举，东北折向睦州桐庐、广陵(扬州)，“历越游吴”，“逾荆泛汉”。贞元九年(793)，欧阳詹回闽省亲，途径襄阳、江夏、建州，由建州浦城县入闽境，再由福州辗转南下泉州[①]。由此可知，除通过大运河北上之外，还可取道荆汉入洛，只是比较迂曲。

又案《唐故朝议郎泉州诸军事守泉州刺史韦执中故第三女(三娘)灵志文》[②]，元和七年(812)七月，韦执中第三女随父“赴任泉州，行至衢州龙丘县”，结果患病而亡。可见赴闽途中取道衢州。

元和三年(808)十月，李翱受命岭南，次年正月由长安出发。他在行记《来南录》中以日记的形式记录了他整个南下的行程及交通，史料价值极高。其中，由洛阳至衢州的一段旅途如下：

(正月)庚子，出洛下河，止汴梁口，遂泛汴流，通河于淮。辛丑，及河阴。乙巳，次汴州，疾又加。……又二月丁未朔，宿陈留。戊申……宿雍丘。乙酉，次宋州，疾渐瘳。壬子，至永城。甲寅，至埇口。丙辰，次泗州，见刺史假舟转淮，上河如扬州。庚申，下汴渠入淮。风帆及盱眙……顺潮入新浦。壬戌，至楚州。丁卯，至扬州。戊辰，上栖灵浮屠。辛未，济大江，至润州。戊辰，至常州。壬午，至苏州。癸未，如虎丘之山……乙酉，济松江。……戊子，至杭州。己丑，如武林之山。……癸巳，驾涛江，逆波至富春。丙申，七里滩至睦州。庚子，上杨盈川亭。……辛丑，至衢

① (唐)欧阳詹撰，杨遗旗校注：《〈欧阳詹文集〉校注》，华中科学技术大学出版社，2012年，第12、96、124、126、176、223页。

② 吴钢主编：《全唐文补遗》第八辑，三秦出版社，2005年，第124页。

> 州……后三月丁未朔，翱在衢州。甲子，女某生，四月丙子朔，翱在衢州，与侯高宿石桥，丙戌，去衢州。戊子，自常山上岭至玉山。庚申，至信州。……自洛川下黄河、汴梁，过淮至淮阴一千八百有三十里。顺流自淮阴至邵伯三百有五十里。逆流自邵伯至江九十里。自润州至杭州八百里。渠有高下，水皆不流。自杭州至常山六百九十有五里。逆流多惊滩，以竹索引船乃可上。自常山至玉山八十里，陆道谓之玉山岭。①

在李翱的南行之旅中，他前半程主要是由洛阳、汴州渡船，沿京杭运河行经宋州、永城、宿州、泗州、盱眙、楚州、扬州、润州、常州、苏州、杭州。杭州至衢州段虽仍择水路，但常需"逆波"，且多"惊滩"，甚至须"以竹索引船乃可上"。可见，这段行程十分凶险，对于裴清而言，携孤扶丧取此道恐怕不太稳妥。而且，李翱还交待了各段路途的道里数，分别是洛阳至淮阴"一千八百三十里"，淮阴至邵伯（属扬州）顺流三百五十里、逆流九十里，润州至杭州八百里，杭州至常山（属衢州）六百九十里，常山至玉山（属信州）八十里，全程相加不过三千八百余里，即便加上信州至泉州的路程，相信由洛至闽也不会达到志文所说的七千里之遥。那么，裴清入洛还有其他路线可供选择么？答案无疑是肯定的。

案《太平寰宇记》卷九九《江南东道十一》的记载，温州"西至西京（即洛阳）陆路三千九百三十里，水路四千九百"，而且还有通往福州的水路"相承一千八百里"，而福州西南至泉州陆路五百里②，那么全程相

① （唐）李翱撰：《李文公集》卷一八《来南录》，上海古籍出版社，1993年，第89页。

② 《太平寰宇记》卷九九《江南东道十一》，第1975、1976页；卷一〇〇《江南东道十二》，第1990、1991页。

加可知泉州辗转经福州、取道温州的水陆行程最多可达七千二百里，而且水路居多，行旅虽长，但相对易行，很可能裴清一行就是取此道北上。

四、李训的洛阳经历与“甘露之变”前的人事安排

经过上文的爬疏，我们基本清楚，贞元十九年，十五岁的少年李训随母跋涉七千余里，扶丧抵达洛阳。长庆三年，三十五岁的李训科举及第。这期间，志文交待，李训随母“归(洛阳)偃师别业”，生活清贫，其母甚至需要“躬蚕织以供祭祀，励僮仆以饱耕稼”。宝历元年十月，李训因攀附宰相李逢吉而卷入“武昭案”，由河阳节度从事的幕职流配岭南。太和元年遇赦，他可能在此时重返洛阳。直到太和六年五月母丧，李训长达数年时间都未再获用。史载其“投谒诸处困乏，逢吉弃之不顾”[1]，而志文亦云其“家途空穷”“不得自死”，困窘之态溢于言表。

大和八年八月，李训的生活迎来转机。通过厚赂郑注、结交王守澄，他的仕宦生涯进入了上升的快车道。次年九月，李训就被火速擢任“守尚书礼部侍郎、同中书门下平章事”，成为掌握实权的宰相。李训、郑注用事之后，即与文宗密谋诛杀宦官。当年十一月壬戌(即二十一日)，李训等禀文宗之意，借左金吾仗院夜降甘露，引诱神策中尉仇士良、护军鱼弘志等宦官前去察看，本意是想将宦官集团一网打尽。然而，由于左金吾大将军韩约、京兆少尹罗立言等执行计划不力，最后却遭反杀，同时还造成两省、金吾卫及宫内诸司吏卒死伤逾千人，史称

① 《资治通鉴》卷二四五《唐纪六十一》，“文宗太和八年六月”条，《考异》引《开成纪事》，第7896页。

“甘露之变”。史载:

> 中尉仇士良率兵诛宰相王涯、贾𫗧、舒元舆、李训,新除太原节度王璠,郭行馀、郑注、罗立言、李孝本、韩约等十余家,皆族诛。[①]

除阉行动的失败,导致李训等四位宰相被杀,王璠等十余家遭到族诛,影响极其恶劣。事变之后,宦官集团一度在中枢政局中完全占据了上风。据载,“时数日之间,杀生除拜,皆决于两中尉。……自是天下事皆决于北司,宰相行文书而已”[②]。此后,文宗也完全被宦官集团所掣肘,郁郁不得志。开成年间,宦官专横之势愈演愈烈,“神策将吏迁官,多不闻奏;直牒中书令覆奏施行,迁改殆无虚日”[③]。关于“甘露之变”的始末及其影响,前辈学者多有论及,此处笔者仅就事变前李训洛阳生活经历及其在甘露之变中的人事安排倾向略陈一二。

在甘露之变中殒命的其他三相中,王涯大和七年七月就以守尚书左仆射、盐铁转运使之职“同平章事”,当时李训仍在洛阳守丧,因此王涯任相与其无关。而且,钩沉诸史未见王涯洛阳为官的经历,王涯与李训关系难称亲密,所以事变中“涯之死也,人以为冤”[④]。值此之故,昭义节度使刘从谏也在乱后“心颇不平,四上章请涯等罪名”[⑤]。贾𫗧

---

① 《旧唐书·文宗本纪下》,第562页。
② 《资治通鉴》卷二四五《唐纪六十一》,“文宗太和九年十一月乙丑”条,第7919页。
③ 《资治通鉴》卷二四六《唐纪六十二》,“文宗开成三年九月甲戌”条,第7936页。
④ 《旧唐书·王涯传》,第4404、4405页。
⑤ 《旧唐书·刘从谏传》,第4232页。

在大和九年四月拜相，亦早于李训任相所在的九月，而且史载其“中立自持，然不能以身犯难，排斥奸纤，脂韦其间”，因此受到牵连，时人亦认为“死非其罪，世多冤之”①。

舒元舆则与王、贾二相不同。早在大和五年八月，他改授著作郎、“分司东都”时，“时李训居丧，尤与元舆善”，且其“自负奇才，锐于进取”、“乘险蹈利”的性格也与李训气味相投。大和八年李训受文宗恩宠后，复诏其为尚书郎，并于九年九月己巳，与李训同日拜相②。由此可知，舒元舆分司东都的经历，及在此间与李训的往还，使得他成为甘露事变前李训可以信赖的关键人物。

王璠、郭行余、罗立言、韩约、李孝本五人则是“训之亲厚者”，在事变之前分别被除授为太原节度使、邠宁节度使、京兆少尹权知尹事、金吾卫大将军、刑部郎中知中丞事③，以假借各方兵力对抗宦官集团及其依侍的神策军。其中，韩约与洛阳生活的李训是否存在交往线索不明，李孝本依附李训求取仕禄当在其任相之后。不过，王璠、郭行余、罗立言无一例外均与蜷居洛阳期间的李训交往甚密。

王璠本是李逢吉亲信故吏，应当很早就与同是李逢吉阵营的李训相识。大和二年七月，王璠出任河南尹，并以本官权知东都选。可以预见的是，二人同在洛阳，必有过从往来。大和八年，李训以《易》博士的身份出入宫廷，王璠“累荐于上”。李训则在得势后投桃报李，拜其

---

① 《资治通鉴》卷245《唐纪六十一》，“文宗太和九年四月戊戌”条，第7903页；《旧唐书·贾𫗧传》，第4408页。

② 《旧唐书·舒元舆传》，第4409页；《新唐书·舒元舆传》，第5322页；《资治通鉴》卷二四五《唐纪六十一》，“文宗太和九年九月己巳”条，第7908页。

③ 《旧唐书·李训传》，第4397页。

为尚书右丞,续迁户部尚书、判度支,“权幸倾朝”①。甘露变前,李训授其太原节度,使其招募兵卒,为重要心腹之一。

郭行余,太和五年任汝州刺史。史载,李训时在东都,“与行余亲善,行余数相饷遗”,这无疑给家途空穷的李训很大的物质帮助。作为回报,李训将其“用为九列”,擢为大理卿②。事变当月,授其邠宁节度,令其募兵。

罗立言早年曾任河阴令,因治绩被河南尹丁公著表为朝散大夫,宝历元年,为“盐铁河阴院官”,很可能此时就与河阳节度从事李训结识。大和中,罗立言改任司农少卿,主太仓事,“以货厚赂郑注”,李训亦对其十分倚重③。甘露之变前,李训亟需用兵,“以京兆府多吏卒”,便令罗令言知京兆府事。

要言之,大和元年遇赦返洛的李训,境遇一度十分窘迫。在此期间,对其在物质与仕途上给予帮助的诸人,如舒元舆、王璠、郭行余、罗立言等,他均抱着投桃报李的心态,并在大和九月的除阉行动中委以重任。只是除阉不成,结果被反噬。

五、结　语

以上,笔者结合《裴清墓志》中的信息,重点对李训(仲言)一门四兄弟的婚宦、科第情况进行了考补,可知出身陇西姑臧李氏的李训一支与同属关中郡姓的范阳卢氏、清河崔氏、太原王氏之间维持了密切的婚姻关系。但总体而言,李训一门虽然自矜门第,但宦途不显。除

---

① 《旧唐书・王璠传》,第 4406、4407 页。
② 《旧唐书・郭行余传》,第 4409 页。
③ 《旧唐书・罗立言传》,第 4410 页;《新唐书・罗立言传》,第 5325 页。

李训入相之外，其他子弟大多沉沦下僚。关于裴清护持其夫还葬洛阳之事，志文言及闽洛水陆相隔七千里，虽较史书所记的道里数为多，但笔者结合出土墓志、纪行诗赋等相关材料，论证了取道温州北上的可能性。志文极言李训洛阳蜷居的艰辛经历，为史书所不载。而在此间对其仕途、物质施予奥援的舒元舆、王璠、郭行余、罗立言等人，也成为李训发动“甘露之变”所倚重的关键力量。

读青州《云门山大云寺重妆修壁龛功德记》

董淑燕

（浙江省博物馆）

后周广顺三年（953）十月十八日，吴越国暂摄金吾卫引驾长史彭仁福作为功德主在青州云门山南麓石窟重妆壁龛两处，由讲经沙门贞峻记述并写下《云门山大云寺重妆修壁龛功德记》（下简称《功德记》），刻于云门山石窟下方（图一）。清段松苓《益都金石记》及《全唐文》等著录其文[①]，浙江省博物馆藏有拓本[②]（图二）。现对照原刻与拓本录文如下：

图一　云门山石窟第1、2窟（左）及《功德记》（右）

① 黎毓馨主编：《吴越胜览——唐宋之间的东南乐国》，中国书店，2011年，第72页。

② （清）段松苓：《益都金石记》卷二，清光绪九年刻本；吴钢主编：《全唐文补遗》第七辑，三秦出版社，2000，第203页。

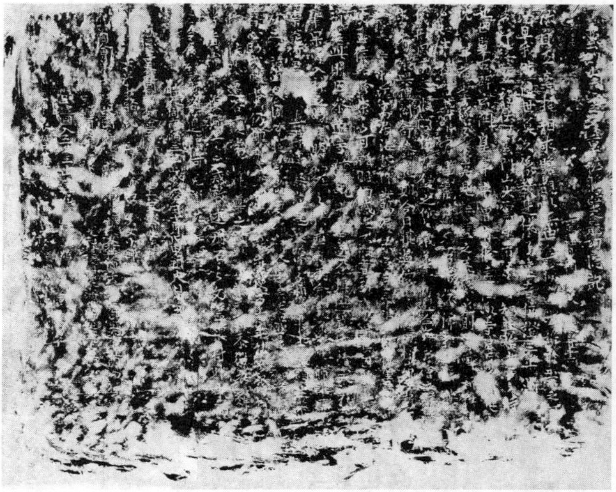

图二 《功德记》拓本

云门山大云寺重妆修壁龛功德记/

讲经沙门贞峻　述并书/

伏自玉毫掩相，求瞻睹以无由；金像遗踪，籍修崇之可/托。且我佛住世莫久，像教是依。了达者位证三乘，渐次/者道隆五福。伏以云门山大云寺者，未可知其始建之时/也，因览古碑云，开皇年中曾有修建。但以寺居峻岭，地/枕长郊，睹圣像之凌夷，见精蓝之荒废。近则虽兴新构，/必知未补旧基。唯有壁龛，弥多石像，依稀相好，隐映/仪形。风雨交侵，颇损雕镂之质；岁华绵邈，全无彩绘之踪。盖/事有废兴，理关舒惨。岂期今日，获遇信心。

清信弟子彭/仁福，本贯浙江，寓居海岱，因安赐履，未返三吴。唯以夙怀善因，早/敦至信，知修崇之可托，明幻惑之不坚。是以广造良因于诸/兰若，此则因参远寺，获觇古容。遂乃慎选良工，精求彩/笔。果得入神之妙，再瞻如在之仪。重新两龛，加□严饰，虽遥/柰苑，何异□峰。一群蒸黎，尽起欲降之想，四乘士庶，顿生恭/敬之心。谅此殊因，必获多福。更有同会良友，亦是乡知，各欲/齐心，助成胜事。仍雕翠琰，以纪芳猷。庶使万古千秋，不泯增/修之状；陵迁谷变，常开化导之门。如贞峻者，枫忝缁衣，辞/亏黄绢。常复斯言之戒，敢述刊石之文。盖猥付非才，而/坚令绪录，既难退让，何免诮尤，谨题。/

时大周广顺三年岁次癸丑十月戊申朔十八日乙丑记/

功德主吴越国暂摄金吾卫引驾长史彭仁福/

女弟子骆氏，长女大师姑，次女小师姑/

同会弟子吴越国延恩院队将、银青光禄大夫、检校国子祭酒、兼御史大夫、上柱国汤仁厚/

吴越国大理院队将、银青光禄大夫、检校国子祭酒、兼御史大夫、上柱国李□□/

吴越国入五台山送供吴淦/

布衣习□张崇邈/

云门山石窟共计五窟，第1、2窟左右相邻，第1窟各龛内题记自开皇十年迄仁寿三年(590—603)，结合造像风格，应开凿于隋初开皇年间；第2窟据菩萨像佛衣头饰，推测开凿时间为北齐末隋初(图一)。第3、4、5窟据题记，皆开凿于唐开元年间。《功德记》位于第2窟的下方左侧近第1窟处。记中曰“云门山大云寺”，即北齐武平四年赐建的南阳寺，隋开皇元年改名长乐寺，至武则天天授二年颁赐为大云寺。后周广顺三年的此次重妆修活动，应是第1、2窟。

《功德记》正文以下记述时间和此次活动参与者，共计九人，可以分为两组。

第一组即“寓居海岱”的彭仁福等四人。功德主彭仁福为吴越国人，官职为“暂摄金吾卫引驾长史”，金吾卫属环卫官，唐已置，领宿卫兵。北宋金吾卫下别置左、右金吾引驾仗司，掌内宿卫及车驾巡幸勘箭、唱和、喝探等事。彭仁福之“金吾卫引驾长史”，当为“引驾仗司”之误。彭仁福既是吴越国浙江人氏，又有禁卫官的官职，则“寓居海岱”“未返三吴”的原因，所谓“因安赐履”，是否为吴越遣其至山东半岛有所任用，这一点有待探讨。彭仁福为“清信弟子”，又有女弟子骆氏，长女、次女皆为师姑，则其家族为虔诚的佛教信徒。

第二组人员为“同会弟子”五人，除最后的布衣二人外，前两人分别为“延恩院队将”和“大理院队将”，“队将”为其职事，属于京城禁卫，每将下，“各有部、队将，训练官一二十人”；其后“银青光禄大夫、检校国子祭酒、兼御史大夫、上柱国”等，因五代散官、检校官、勋官冗滥，御史大夫亦为检校官所带虚衔。延恩院、大理院无载，应为吴越国职事机构。第三人“吴越国入五台山送供吴诠”，为吴越国派遣至五台山的送供使。同会弟子中有吴越国禁卫队将和送供使，其出现在青州的目的以及与功德主的关系也值得推敲。

吴越国的功德题记出现在后周境内的青州云门山，其中又涉及寓居海岱的吴越国功德主和入五台山送供使等官员，所以本文就吴越国海上交通和贸易、五台山送供等相关问题作一些探讨。

一、吴越与中原的交通路线

吴越钱镠及后继各代国王秉持保境安民的国策，奉中原王朝为正朔并行纳贡，以维持其对吴越国的册封。吴越历代国王的进贡及中原王朝的出使路线，受到当时割据势力尤其是杨吴（南唐）政权的影响，由陆路转向海路再回到陆路。现根据史籍记载，将唐末五代时期吴越和中原的交通路线，分为三个阶段。

第一阶段，从唐末至后梁贞明三年（918）：

> （1）（开平）三年（909），（司马邺）使于两浙。时淮路不通，乘驲者迂回万里，陆行则出荆、襄、潭、桂入岭，自番禺泛海至闽中，达于杭、越。复命则备舟楫，出东海，至于登、莱。而扬州诸步多贼船，过者不敢循岸，必高帆远引海中，谓之“入阳”，以故多损败。①
>
> （2）天宝九年（916），王欲通诚于梁，而难其人，且中隔淮南，辄绕道为苦。于是以光业为才，使自建汀，逾虔郴越潭岳荆南入贡。②
>
> （3）凡国王自陪臣以下所授官爵，自贞明戊寅（918）以前，制用诏敕，皆自间道而至。戊寅以后，南康贡路阻绝，则皆航海

---

① 《旧五代史·司马邺传》，中华书局，2015年，第270、271页。

② （清）吴任臣撰，徐敏霞、周莹点校：《十国春秋》卷八六《皮光业传》，中华书局，1993年，第1246页；卷七八《武肃王世家下》“（天宝九年，916）夏五月，遣浙西安抚判官皮光业自建汀虔郴潭岳荆南道入贡于梁”，第1091页。

而至。[①]

由于杨吴据有淮南，尤其乾宁四年(897)清口之役淮军自上游决堰纵水攻汴军获胜之后，运河自宿州埇桥东南溃决，变为污泽，从此"淮路不通"[②]。中原和吴越间最便捷的通道无法利用，故只能绕道荆襄闽中抵达吴越。路线有二：一是经湖南绕道岭南，即从洛阳出发，经襄阳、荆州、潭州、桂州入岭南，再从番禺出海经闽中，然后到达杭州、越州，即第(1)条开平三年(909)后梁司马邺使于两浙的路线；二是经江南西道，即从杭州出发，经闽中建州、汀州，过虔州、郴州、潭州、岳州、荆南，抵达洛阳，即第(2)条天宝九年(916)钱镠使皮光业入贡的路线(图五)。这两条路线，第一条远绕岭南再经海路，所谓迂回万里，则经江南西道的第二条路线更为合理，这其中虔州的位置尤为重要。虔州在唐末至后梁贞明三年，大部分时间处于卢光稠家族和谭全播控制的独立及半独立状态[③]。司马邺出使两浙的开平三年，正是杨吴取得象牙谭之战胜利、虔州刺史卢光稠以州附于淮南的当年，卢光稠虽实际上据有虔州且后又遣使附于梁，但当时江西形势不明，可能正是司马邺远绕岭南的原因。所以这一阶段吴越与中原的交通应以第二条路线为主，即第(3)条中"间道而至"的"南康贡路"。

---

① (宋)钱俨:《吴越备史》卷一《武肃王上》,《钦定四库全书》影印本,中国书店,2018年。

② 晚唐以后运河长期失效的情况,参见全汉昇:《唐宋帝国与运河》第五章"大唐帝国的崩溃与运河",商务印书馆,1944年,第85—92页。

③ 关于唐末五代时期虔州势力的存续与消亡,详见江玮平:《唐末五代初长江下游的在地政治——淮、浙、江西区域的比较研究》,台湾大学硕士论文,2007年,第152—158页;胡耀飞:《唐末五代虔州军政史——割据政权边州研究的个案考察》,《唐史论丛》第二十辑,第274—295页。

这一阶段除陆路外，也取道海路，第(1)条中司马邺从杭州回洛阳复命，即出东海至山东半岛的登州、莱州，再入中原。此路的艰险在于海路沿途须经过杨吴统治的扬州，“多贼船”，易遭劫掠，必须高帆远引，称为“入阳”，“入阳”当为“入洋”。

第二阶段，从后梁贞明三年(918)至宋开宝八年(975)：

(4)(贞明戊寅，918)冬十二月，淮人围虔州，将绝我贡路，刺史卢光稠来告，王命征兵援之，未及境而虔州拔矣。航海入贡，自此始也。[①]

(5)(长兴四年，933)九月，敕遣侍郎张文宝来宣谕。文宝泛海而来，被风坏船，飘至天长，吴王厚礼之。及赏从者钱帛等数万，文宝独受饮食，余皆辞之。吴王嘉之，竟抵杭。[②]

(6)(显德四年，957)夏四月，周宣谕使薛有光航海归于京师……八月，周遣谏议大夫尹日就、吏部郎中崔颂来使，赐王生辰御服红袍二副，道由登莱航海入浙。[③]

第(4)条中提到贞明三年(918)淮人围虔州、刺史卢光稠来告求援。卢光稠于天祐八年(911)五月病逝，其子卢延昌及黎球、李彦图三位继立者在一年内相继去世，故光启五年(885)虔州起事时即为谋主的谭全

---

① (宋)钱俨：《吴越备史》卷二《武肃王下》。

② (宋)钱俨：《吴越备史》卷三《文穆王》。

③ (清)吴任臣：《十国春秋》卷八十一《忠懿王世家上》，中华书局，1983年，第1156页。

播方能于天祐九年(909)十二月得以继任,直至天祐十五年虔州被围[①]。所以此处卢光稠当为谭全播之误。经此一役,虔州为杨吴吞并,经江南西道的陆路从此阻绝,改"由海道出登莱入贡京师"[②](图五)。

吴越与中原的交通"由海道出登莱",并非始于开平三年司马邺从杭州回洛阳。贞明三年虽因南康贡路阻绝不得不改道海路,但钱氏在山东半岛早有经营,或者也是顺势而为,这一点在下一节加以论述。航海入贡的路线,即司马邺的"入阳"线路,沿钱塘江北上,高帆远引,从山东半岛的登州、莱州登陆,过青州、齐州,至于开封或经由开封抵达洛阳。这不仅是吴越的送贡路线,中原王朝遣使亦经由海路,如第(5)条中后唐长兴四年(933),张文宝泛海而来,被风船坏,从长江口"飘至天长",得吴王礼遇而抵达杭州;又有第(6)条后周显德四年(957),薛有光航海归于京师、尹日就等由登莱航海入浙。

第三阶段,宋开宝九年(976)至太平兴国三年(978):

> (7)(开宝)九年春正月庚申,王发自国城。先是,太祖皇帝因王入觐,敕遣供奉官张福贵、淮南转运使刘德言开古河一道,自瓜洲口至润州江口,达龙舟堰,以待王舟楫。其堰遂名曰大通堰……二月辛丑,王次宝应……甲辰,王次泗州。辛亥……是日,次近畿……翌日,王至京师……是月(三月)甲戌,王离京师

① 胡耀飞:《唐末五代虔州军政史——割据政权边州研究的个案考察》,《唐史论丛》第二十辑,第274—295页。

② (清)吴任臣:《十国春秋》卷七八《武肃王世家下》:"(天宝十一年)冬十一月,吴围虔州,刺史卢光俦来告,王命征兵援之,未及境,而虔州灭,贡道遂绝,始由海道出登、莱,入贡京师。"第1093页。

……送至睢阳……夏四月丙辰，王至国城。①

(8)（太平兴国）三年春二月六日，王发国城。三月二日，次扬州……七日，次洪泽驿……十五日，王次宿州……十七日，王次永城……二十四日，王至京师。②

后周世宗显德五年(958)平定淮南，同时疏导运河，江淮舟楫始通。至开宝八年(975)宋军攻占金陵、南唐覆灭，宋太祖以吴越王钱俶克金陵之功，召许王入觐。第(7)条钱俶于开宝九年正月从杭州出发，经润州、扬州、宝应、泗州，二月抵达开封，三月离开京师，经睢阳，四月返回杭州。两年之后的太平兴国三年，钱俶再次入觐开封纳土归宋，第(8)条于二月出发，经扬州、洪泽驿、宿州、永城，三月二十四日抵达开封。综合钱俶三次来往开封的路线即：杭州—润州—扬州—宝应—洪泽驿—泗州—宿州—永城—睢阳—开封(图五)，这是隋炀帝凿通的江南运河—邗沟—淮水—通济渠的杭州至东京最为便捷的路线。

二、吴越经营山东半岛、设置贸易机构及与《功德记》的关系

山东半岛由于地理位置便利，唐代即是中、日、新罗交往的枢纽地带，钱氏广开海外贸易，以山东半岛为据点，作为通往朝鲜、日本、契丹的中转站。早在唐末光化四年(901)，就有钱镠由海路出入山东半岛的记录。《牟平县志》中收录了位于文登县和牟平县之间的昆嵛山上的无染院碑，记录了光化四年由宋璋捐土地十顷、经商往来于明州和

① （宋）钱俨：《吴越备史》补遗。
② （宋）钱俨：《吴越备史》补遗。

山东半岛的押衙新罗人金清等五十余人捐资建立无染院，施主名单中最重要的即是彭城郡王钱镠和时任潍州刺史的王弟钱镇[①]。王慧、曲金良对碑文重作点校，并论及登州与两浙交流密切，无染院对齐鲁和吴越来说都具有十分重要的地位[②]。山崎觉士则进一步认为，钱镠为了确保两浙地域和山东半岛的交易航线，积极参与建立寺院，当时往来交易的海商和僧侣，将无染院作为交易、交通的据点而利用[③]。吴越将崇佛活动与海上贸易相结合，这一点应该是可以确定的。

除了十世纪初参与建立寺院，后梁贞明三年(918)之后从事吴越与山东半岛贸易的主要机构是两浙回易务和博易务。相关的史籍记载如下：

(9) 梁时江淮道梗，吴越泛海通中国，于是沿海置博易务，听南北贸易。[④]

(10) 先是，滨海郡邑，皆有两浙回易务，厚取民利，自置刑禁，追摄王民，前后长吏利其厚赂，不能禁止。铢即告所部，不得与吴越征负，擅行追摄，浙人惕息，莫敢干命。[⑤]

(11) 是时，江淮不通，吴越钱镠使者常泛海以至中国。而滨

① 《牟平县志》卷九《文献志・金石》，1936 年影印本，成文出版社，1969 年，第 1449—1453、1499 页。

② 王慧、曲金良：《唐代崑嵛山无染院碑及相关问题》，《中国海洋大学学报》(社会科学版)2007 年第 5 期。

③ [日]山崎觉士：《吴越国对外政策的若干问题》，黎毓馨主编：《吴越胜览国际学术研讨会论文集》，中国书店，2011 年，第 343—366 页。

④ (清)吴任臣：《十国春秋》卷一一五《拾遗》，中华书局，1983 年，第 1743 页。

⑤ 《旧五代史・刘铢传》，中华书局，2015 年，第 1414—1416 页。

海诸州皆置博易务，与民贸易。民负失期者，务吏擅自摄治，置刑狱，不关州县。而前为吏者，纳其厚赂，纵之不问。民颇为苦，铢乃一切禁之。[①]

(12)（开平）二年……秋，七月，殷奏于汴、荆、襄、唐、郢、复州置回图务，运茶于河南、北，卖之以易缯纩、战马而归，仍岁贡茶二十五万斤，诏许之。湖南由是富赡。[②]

(13)（僧契盈）广顺初，游戏钱塘，一旦陪吴越王游碧波亭，时潮水初满，舟楫辐辏，望之不见其首尾。王喜曰："吴国地去京师三千余里，而谁知一水之利，有如此耶？"……时江南未通，两浙贡赋自海路而至青州，故云三千里也。[③]

(14)（广顺三年十一月）乙亥，两浙钱弘俶贡谢恩绫绢二万八千尺，银器六千两，绵五万两，茶三万五十斤，御衣两袭，通犀带、戏龙金带、香药、瓷器、银装甲仗、法酒、海味等。[④]

关于这两个机构，吴振华认为博易务兼有沿海和海外贸易两个方面，而回易务仅负责两浙地区与中原地区的朝贡和物货交流[⑤]；何勇强则提出既然二者都置于北方沿海地区，实际上可能是同一机构的异名，

---

① 《新五代史·刘铢传》，中华书局，2016年，第335、336页。

② 《资治通鉴》卷第二六六，"后梁太祖开平二年"条，中华书局，1956年，第8702页。

③ （宋）陶岳：《五代史补》卷五"契盈属对"条，载《五代史书汇编》，杭州出版社，2004年，第2534页。

④ （宋）王钦若等编纂，周勋初等校订：《册府元龟》卷一六九《帝王部·纳贡献》，凤凰出版社，2006年，第1885页。

⑤ 吴振华：《杭州市舶司研究》，《海交史研究》1988年第1期；吴振华在《杭州古港史》（人民交通出版社，1988年）中，又将两浙回易务作为博易务的派出机构，管理远在北方的海外贸易。

或是后人将回易务讹为博易务[①]。从第(10)(11)条新旧五代史《刘铢传》的记载对比,行文内容几乎相同,本文也倾向于是同一机构。

回易务和博易务之外,五代时期尚有回图务。较早的记载第(12)条后梁开平二年(908)楚王马殷奏请在长江以北后梁境内多地置回图务,运茶至河南、北易缯纩与战马,并因此富赡。不独南楚,"五代藩镇多遣亲吏往诸道回图贩易",至宋初"犹袭旧风",太宗不能止绝,太平兴国二年(977)诏中外臣僚不得令人诸处回图,与民争利,然至真宗咸平年间(1002)犹不能禁止[②]。不仅诸道各处回图,外国亦往中原贸易。十世纪中期,契丹以随赵延寿入辽的河阳牙将乔荣为回图使,置邸大梁,往来贩运于后晋[③]。胡三省注:"凡外国与中国贸易者,置回图务,犹今之回易场也。"可知诸道及中外贸易,皆可称回图或回易,故何勇强论及回图务,认为与回易务、博易务名异实一,是唐代藩镇从商习气的遗留,很大程度上是藩帅私人的商业机构和行为,而非商业行政部门[④]。

吴越国的回图务,在寺院碑铭中的记载目前发现两处:一是浙江

---

① 何勇强:《吴越国对外贸易机构考索》,《海交史研究》2003年第1期。

② 《续资治通鉴长编》卷一八"太宗太平兴国二年正月"条,"五代藩镇多遣亲吏往诸道回图贩易,所过皆免其算,既多财则务为奢僭,养马至千余匹,童仆亦千余人。国初,大功臣数十人,犹袭旧风,太祖患之,未能止绝。于是诏中外臣僚,自今不得因乘传出入,赍轻货,邀厚利,并不得令人于诸处回图,与民争利,有不如诏者,州县长吏以名奏闻";卷五三"真宗咸平五年十月"条,"侍御史知杂事田锡言……可于敕书更布新令,食厚禄者不得与民争利,居崇官者不得在处回图",上海古籍出版社,1985年。

③ 《资治通鉴》卷第二八三,"后晋齐王天福八年九月"条:"初,河阳牙将乔荣从赵延寿入契丹,契丹以为回图使,往来贩易于晋,置邸大梁。及契丹与晋有隙,景延广说帝囚荣于狱,悉取邸中货。"第9253页。

④ 何勇强:《吴越国对外贸易机构考索》,《海交史研究》2003年第1期。

东阳中兴寺塔出土的建隆三年(962)金仁镐造《无垢净光大陀罗尼经》残碑,碑文最后刻有“下元壬戌七月七日记、东场县省回畐、上军同散将、金仁镐为自身赎永充供养”[①](图三);二是浙江平阳宝胜寺东塔第二层北面壁龛内出土乾德三年(965)初刻、天禧二年(1018)重刻的《清河弟子造塔记录》,起始刻:“弟子上军正兵马使、知昭德回图都务、银青光禄大夫、检校国子祭酒、守右千牛卫将军同正省、兼御史大夫、上柱国张从轸并弟上军正十将、兼节度副兵马使、兼侍御史、上柱国从干等”[②](图4)。此外,《吴越史事编年》显德元年(954)条吴越国台州教练都知兵马使俞让墓志铭,其第三男仁祚,为“军事押衙、充当直都队将、知省回图库务、银青光禄大夫、检校太子宾客、兼监察御史、上柱国”,次女适“知省回图库务盛氏”,并提及“回图虽设于一方,上供曾计之巨万”[③];又有浙江省博物馆藏开宝四年(971)《大宋吴越国故登仕郎检校尚书屯田员外郎知中吴军榷粜转运务兼回图榷酒等务官赐绯鱼袋赵府君墓志铭》拓本[④]。

---

① 陈荣军主编:《天心光明:东阳市中兴寺塔出土文物》,文物出版社,2019年,第38—41页。

② 浙江省博物馆:《地涌天宝——雷峰塔及唐宋佛教遗珍特展》,文化艺术出版社,2010年,第57页。

③ 诸葛计、银玉珍编著:《吴越史事编年》,浙江古籍出版社,1989年,第309—311页。

④ 黎毓馨主编:《吴越胜览——唐宋之间的东南乐国》,中国书店,2011年,第90页。

图三 《无垢净光大陀罗尼经》残碑拓本

图四 《清河弟子造塔记录》石碑拓本

从以上四条可知：首先，回图务分别见于婺州、温州、台州、苏州，则回图相关机构至少在吴越境内地方多有设置，与滨海诸州所置的回易（博易）务是否为同一机构尚不能确定，但性质与职能多有相似；其次，回图贸易获利颇丰，不仅俞让家以此上供计之巨万，张从轸家族更是独立捐资修建宝胜寺东西二塔，并“请得天台赤城山塔内岳阳王感应舍利”，吴峥强认为“这是一个依赖武力获得政治权势、从而积累雄厚财力的武人家庭，是五代时南方武人豪强统治地方的缩影”[①]，那么在其积累财力的过程中，从事回图贸易的获利应该相当重要；第三，不仅金仁镐、张从轸家族致力供养、修建佛塔，俞让“在处输机，济益军幕，崇构靖宇，斋贡高僧”，亦为崇佛的武人之家，这与唐末五代以来藩镇从商的风气一致，而钱氏吴越长以崇佛的武人家族参与回图事务，也与此密切相关。

五代藩镇多往诸道回图贩易，而吴越有海上之便，尤擅经营。唐末钱镠开发的由海路出入山东半岛的南北贸易，通过两浙回易（博易）务，进行南北贸易，贿赂地方长官，务吏甚至“擅自摄治，置刑狱”，直至后汉乾祐年间（948—950）刘铢任青州节度使时方有所禁止。刘铢为人刚戾难制，对回易务施行“一切禁止”，所以“浙人惕息，莫敢干命”。但刘铢不久即受代回京师，所以此项禁令实施的情况尚不明确。可以肯定的是，吴越国借贡赋之便在山东半岛行贸易之事这一点，在后周广顺年间仍畅行无阻，如第（13）条中钱俶见到钱塘江舟楫辐辏，即对这三千里的一水之利生出喜悦。而第（14）条广顺三年（953）十一月乙

① 吴峥强：《两宋时期温州寺院碑铭书写的社会史研究》，《厦门大学学报（哲学社会科学版）》2017 年第 6 期。

亥钱弘俶贡献至开封，《吴越史事编年》广顺三年条引此条时指出当年十一月丁丑朔，月内无乙亥日，恐系月有误①。查当年十二月廿九日为乙亥，或为十二月乙亥之误，则十月十八日在青州云门山参与重妆修的吴越国延恩院、大理院队将汤、吴二人，很有可能与此次纳贡事相关。

云门山《功德记》所记功德主彭仁福，作为吴越国的禁卫官员，其"寓居海岱""未返三吴"的原因，可能与吴越国在山东半岛的海外贸易有关。原因如下：

第一，吴越早在十世纪初即通过参与建立寺院来作为海上贸易的交通据点，而彭仁福全家皆为虔诚佛教徒，以佛教信徒的身份经营海上贸易，多有便利之处。上述东场县金仁镐、温州张从轸、台州俞让皆是兼领回图事务又笃信佛教的武人家庭，彭仁福或与此情况相似。

第二，《功德记》写于广顺三年，距刘铢禁断回易务的乾祐年间不远，禁令或许仍在施行，"浙人惕息"，贸易事务只得私下进行，务吏行使职务亦受到限制。彭仁福"寓居海岱"，是"因安赐履"，有受命至青州任官之意，吴越在青州所置官吏，很有可能与海上贸易相关。

第三，《功德记》同会弟子中的吴越国官员和五台山送供使，从吴越泛海远上青州的目的，无非就是入贡京师、送供五台山和海上贸易三项，并且这三项之间有密切的联系。彭仁福作为吴越国官吏长居青州，并与或为北上纳贡的吴越国官员和送供五台山的使者共同出资重妆修云门山石窟，不得不说与吴越国立足山东半岛的海外贸易有不可分割的关系。

---

① 诸葛计、银玉珍编著：《吴越史事编年》，浙江古籍出版社，1989年，第308页。

三、吴越入五台山送供路线

北魏以后，五台山文殊信仰兴起，至唐代中后期达到鼎盛。五台山成为佛教徒向往的名山，无论是朝廷派遣的“送供天使”，还是上山朝圣的民众或周围佛教国家的使团，巡礼者络绎不绝。所谓“五台山进香道”，最重要的即是东南和西南二线。东南即从河北道镇州，西南从河东道并州至五台山①。唐开成四年(839)，日本请益僧圆仁和随从三人从海州东海县出发，北上至登州，第二年从登州出发西行，于 840 年四月经镇州抵达五台山，即入五台山东南线。

关于吴越送供五台山，相关的史料主要有《广清凉传》和《宋高僧传》中关于超化大师的记载：

(15)《广清凉传》：“超化大师，讳匡嗣……癸卯岁(943)，至吴越国，见尚父元帅钱王。王礼接殊厚，语论造微，雅合王意，遂施五台山文殊大士一万圣众前供物香茶及制银钵盂鐼子万副、茗荈百笼，仍遣人送至吴越馆内。诸州刺史，各办施利，铺陈供具，无不周备，别造巨舶乘载，由海路北归。……遂达沧州，与载归山。寻与降龙大师，均施诸台寺院山坊兰若，不私其利。”②

(16)《宋高僧传》：“释光嗣……癸酉岁(913)，至两浙，谒武肃王钱氏厚礼迟之，施文殊圣众供物香茶并钵盂一万。副应吴越诸

① 张郁萍、陈双印：《五代后梁、后唐时期河北地区佛教》，《敦煌学辑刊》2007 年第 2 期。

② (宋)释延一：《广清凉传》卷下《高德僧事迹 · 超化大师》，载《续修四库全书》718 册，上海古籍出版社，1995 年，第 385 页。

州牧宰，皆刻俸入缘。仍泛海至沧州，运物入山。”[1]

《广清凉传》条因涉及超化大师至湖南、楚王于947年送供五台山的记载，与敦煌莫高窟第61窟《五台山图》中的“湖南送供使”可相互印证而被广为引用。公维章通过两则材料对比提出了《广清凉传》中系年问题及与史料抵牾之处，其中与吴越国相关两条是：第一，超化大师癸卯岁(943)至吴越国，见“尚父元帅钱王”，尚父元帅钱王专指钱镠，而钱镠已于932年逝世；第二，供物运至五台山后，“寻与降龙大师，均施诸台寺院山坊兰若”，据记载降龙大师已于925年逝世[2]。

与《宋高僧传》相对照，释光嗣即为超化大师匡嗣，如果把《广清凉传》中的癸卯岁替换成癸酉岁，则以上两条均可成立。所以吴越王通过游方行化至南方的五台山僧人超化大师，施供物香茶及钵盂等，再“泛海至沧州，运物入山”，很有可能发生于癸酉岁钱镠统治时期。上文提及钱镠早已于唐末即由海路出入山东半岛，故913年从海路沿山东半岛至渤海湾的沧州，再经陆路运供物入五台山也并非难事。超化大师从沧州登陆后的陆运路线，即由河北定州至曲阳、龙泉关入五台山[3](图五)。这是以镇州为中心的东南线的辅路。

云门山《功德记》中同会弟子有“吴越国入五台山送供吴淦”，奉佛至诚的吴越国王钱俶遣使入五台山送供，也是继承了从钱镠开始的供奉五台山文殊大士的传统。时在后周广顺三年(953)，吴越国入贡中

---

① (宋)赞宁撰，范祥雍点校：《宋高僧传》卷第二八《晋五台山真容院光嗣传二》，上海古籍出版社，2014年，第639、640页。

② 公维章：《敦煌莫高窟第61窟〈五台山图〉的创作年代》，《敦煌学辑刊》2010年第1期。

③ 杜斗城：《敦煌五台山文献校录研究》，山西人民出版社，1991年，第192页。

原王朝的路线，由海路从山东半岛的登州、莱州登陆，过青州、齐州至于开封，已习用三十余年。所以送供五台山的路线，便也经由贡路泛海北上，登陆后从登、莱至青州，再由镇州入五台山，即圆仁一行经过的入五台山的东南线。莫高窟第61窟《五台山图》的创作年代问题存在争议，但均与后周广顺三年相去不远①。赵声良据《五台山图》考证从镇州起至五台山的路线为：镇州—柳泉店—龙泉店—永昌之县—石觜关镇—石觜关门—青阳之岭—河北道山门东南路—五台山②。这应当也是广顺三年吴越国送供五台山的大致路线。

四、结　语

通过以上探讨，我们可以得出如下结论：

1. 唐末五代时期，吴越与中原地区维持长期的进贡与册封关系，两者间的交通路线分为三个阶段。以918年虔州为杨吴所据为转折点，经历了由杭州—建州—汀州—虔州—郴州—潭州—岳州—荆南—洛阳的"南康贡路"，到经杭州—登州—莱州—青州—齐州—开封（洛阳）的"入阳"路线的转变。直至975年南唐覆灭以后，钱俶来往开封才改为杭州—润州—扬州—宝应—洪泽驿—泗州—宿州—永城—睢阳—开封，这是经江南运河—邗沟—淮水—通济渠的杭州至东京最为便捷的路线。

---

① 赵声良等认为绘制于不早于947年，参赵声良：《莫高窟第61窟五台山图研究》，《敦煌研究》1993年第4期；党燕妮、王雅红二人认为绘制于947年，参党燕妮、王雅红：《莫高窟第61窟五台山图中几则地名及其有关问题考》，《敦煌研究》2003年第2期；公维章认为创作年代为943至947年之间的四、五月份，参公维章：《敦煌莫高窟第61窟五台山图的创作年代》，《敦煌学辑刊》2010年第1期。

② 赵声良：《莫高窟第61窟五台山图研究》，《敦煌研究》1993年第4期。

2. 从唐末至五代后周，吴越经山东半岛的海上贸易从未断绝。吴越经营山东半岛的方式，从十世纪初参与建立寺院作为交通、交易的据点，到918年以后设置贸易机构两浙回易务直接进行贸易。广顺三年吴越官员与使者此次泛海远上青州的目的，与入贡京师、送供五台山和海上贸易三项相关。所以与北上的吴越国官员和使者共同出资重妆修云门山石窟的功德主彭仁福，既是吴越国官员，又是佛教信徒，很有可能长期参与吴越国的海上贸易。这也与晚唐以来藩镇从商风气炽盛，以及钱氏吴越习用笃信佛教的武人家族兼领回图事务密切相关。

3. 吴越送供五台山可能始于913年，钱镠通过游方行化至南方的五台山僧人超化大师，由海路沿山东半岛至渤海湾的沧州，再经定州至曲阳、龙泉关的陆路运供物入五台山。出现在云门山《功德记》中的“吴越国入五台山送供吴浍”，则表明钱俶继承从钱镠开始的供奉五台山文殊大士的传统，由海路从山东半岛的登州、莱州登陆，陆路从青州、齐州经由镇州入五台山，这是唐代圆仁入五台山所行的以镇州为中心的五台山东南线。

本文原载《东方博物》2021年第1期

江苏扬州出土五代至北宋买地券校释

刘　刚[1]　王潇潇[2]

(1. 扬州市文物考古研究所　2. 扬州博物馆)

一

新中国成立后,扬州市北郊蜀岗之上的城北乡、平山乡、西湖镇等地五代北宋墓葬内出土有较多的买地券。目前所见有15种,其中木质买地券13种、铁质买地券3种。五代杨吴时期有天祐十三年(916)孙氏四娘子买地券①、天祐十五年(918)陈留郡谢府君买地券②、顺义三年(923)扶风郡马氏七娘子买地券③、顺义四年(924)晋昌郡康司马买地券④、天祚二年(936)博陵郡崔氏夫人买地券⑤5种。五代南唐时

---

① 扬州市文物考古研究所:《扬州邗沟中学杨吴孙四娘子墓发掘简报》,《扬州考古发现与研究(2020年总第1辑)》,文物出版社2020年10月。

② 扬州市文物考古研究所:《扬州五代谢俯军墓发掘简报》,《东方博物》2016年第2期。

③ 秦宗林:《扬州新出三方五代十国时期买地券考释》,《扬州考古发现与研究(2020年总第1辑)》,文物出版社,2020年。

④ 南京大学历史学院文物考古系、扬州市文物考古研究所:《江苏扬州市秋实路五代至宋代墓葬的发掘》,《考古》2017年第4期。

⑤ 该地券为笔者所负责考古工地采集,扬州市文物考古研究所内部资料。

期有昇元元年(937)田氏买地券[①]、昇元二年(938)颍川陈氏买地券[②]、保大十年(952)东平郡吕氏买地券[③]、保大十二年(954)乐安郡孙府君买地券[④]、保大年间铁质买地券[⑤] 5 种。北宋时期有至道二年(996)太原郡王第买地券[⑥]、景德二年(1005)顿丘郡万氏夫人买地券、景德四年(1007)钊六郎买地券[⑦]、政和六年(1116)陇西李遇(同妻吕氏二娘)墨书地券[⑧]、宣和五年(1123)佚名铁质买地券[⑨] 5 种。

上述买地券中，1965 年出土于扬州湾头砖瓦厂工地的南唐保大年间铁质买地券，采用朱砂书写，文字大多漫漶不清；1981 年出土于城北乡东风砖瓦厂萧山(肖家山)政和六年(1116)陇西李遇(同妻吕氏二娘)墨书买地券只发表了相关简讯，图版录文皆无；1957 年出土于扬州

① 扬州市文物考古研究所：《江苏扬州南唐田氏纪年墓发掘简报》，《文物》2019 年第 5 期。

② 朱江：《四件没有发表过的地券》，《文物》1964 年第 12 期。

③ 邗江区文化体育局、邗江政协文史资料委员会：《邗江出土文物精粹》，广陵书社，2005 年，第 151 页。扬州市邗江区文化体育和旅游局：《流光溢彩・邗江文物精粹》，广陵书社，2020 年，第 153 页。

④ 南京大学历史学院文物考古系、扬州市文物考古研究所：《扬州四季金辉南唐墓和宋墓发掘简报》，《江汉考古》2014 年第 1 期。张敏：《从新发现的考古材料看北宋扬州社会经济文化》，《扬州城考古学术研讨会论文集》，科学出版社，2016 年，第 283—290 页。

⑤ 刘刚、庄志军、王义旻：《试论扬州唐末五代墓葬出土石函》，《扬州考古发现与研究(2020 年总第 1 辑)》，文物出版社 2020 年 10 月。

⑥ 扬州市文物考古研究所编：《广陵遗珍——扬州出土文物选粹》，江苏凤凰美术出版社，2018 年，第 216 页。

⑦ 南京大学历史学院文物考古系、扬州市文物考古研究所：《扬州四季金辉南唐墓和宋墓发掘简报》，《江汉考古》2014 年第 1 期。张敏：《从新发现的考古材料看北宋扬州社会经济文化》，《扬州城考古学术研讨会论文集》，科学出版社，2016 年，第 283—290 页。

⑧ 张南：《扬州发现北宋买地券》，《扬州师院学报(社会科学版)》1981 年第 3 期。

⑨ 屠思华：《江苏凤凰河汉、隋、宋、明墓的清理》，《考古通讯》1958 年第 2 期。

市东北凤凰河的宋宣和五年(1123)佚名铁券,除纪年文字外其他字迹模糊不清。其他12种地券,除天祚二年(936)博陵郡崔氏夫人买地券外,都已经刊发相关资料。李明晓《新见魏晋至元买地券整理与研究》(下文简称《整理与研究》)对其中的5种买地券进行了校释①,释文相对更加准确。这11种已经发表的买地券录文仍然存在一定错释、误释、漏释、断句错误等不同问题。

本文我们拟以扬州发掘出土的五代北宋12种买地券为中心进行考察,以时代早晚为序介绍出土基本情况,迻录、校释文字,并随文进行初步的探讨,为大家进一步研究作一定的基础工作。("□"表示字迹漫漶不可读但字数确定,"……"表示字迹漫漶不可读且字数不定,"急"表示字迹漫漶然据文可补,"(万)"表示修改错字、别字,"[武]"表示漏字可补,部分异体字改为通行字体。)

二

(一) 天祐十三年(916)孙氏四娘子买地券

2016年2月,扬州城北乡三星村(现梅岭中学教育集团运河中学)小型单室砖墓出土。墓葬曾遭盗掘,四周残存部分墓壁砖墙,墓室内放置木棺一具,存木质须弥座棺床。买地券放置于砖室南壁与地砖之间的生土台上(原始位置可能扰动),木质,尺寸横32.3厘米、纵26厘米、厚1.6厘米。券文正面墨书行草,自左向右纵书,计17列236字,背面2列17字(图一)。

《简报》刊有相片和录文,录文存有错释、误释、漏释或断句问题,

---

① 李明晓:《新见魏晋至元买地券整理与研究》,人民出版社,2020年。

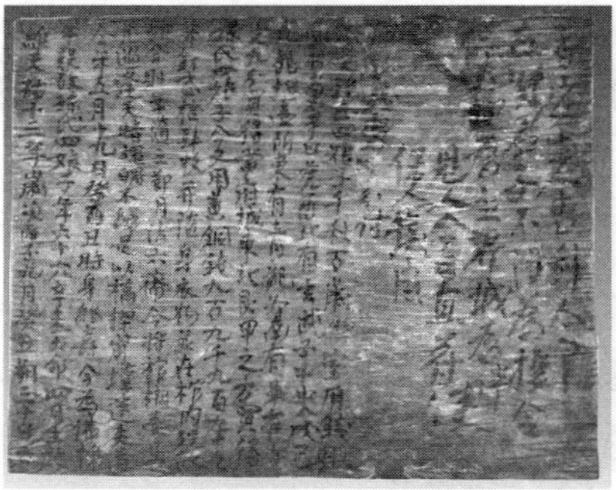

图一　孙氏四娘子买地券

现重新校录如下：

正面：维天祐十三年岁次丙子九月癸丑朔三十日壬午，殁故孙氏四娘子年六十六，辛未土命四月生，于今年五月十九日癸酉丑时身终寿。今为佛采花，遇逢天暗，魂魄不归，是以桥梁崩坏，迷失道路。今则年随三节，月法六斋。今将棺椁壹具[1]并钉贰拾肆枚并随身衣物葬在棺内[2]。殁故孙氏四娘子，今又用黄铜钱九万[3]九千九百九十九文九分，买得当府城东北艮甲之方，买得九龙冈壹所。东有青龙卯，南有朱雀午，西有庚辛白虎酉，北有玄武子，中央戊己土，是孙氏四娘子[4]。千秋万岁，幽室用钱。虾蟆数钱，燕子分付。保人：岁月。见人：今日直符使[5]。停□地为主界城为伴[6]。古贤君子不得为扰，令亡者安，生人吉利[7]。令

背面：亡人但执此以为证据[8]。嘉气帝（充?）田，离断凶神[9]。

[1] 壹具:《简报》释作“壶具”。

[2] 葬在棺内:《简报》释作“并在棺内”。

[3] 九万:《简报》漏释。

[4] 中央戊己土,是孙氏四娘子:简报释作“中央戊己,土是孙氏四娘子”。

[5] 今日直符使:《简报》释作“今日直符”,“使”列下一句。

[6] 停□地为主界城为伴:《简报》释作“使□地为主界城为伴”。

[7] 古贤君子不得为扰,令亡者安,生人吉利:《简报》释作“古贤君子不得为扰令,若安生人吉利令”。

[8] 令亡人但执此以为证据:《简报》释作“亡人但执此以为证据”,并置于背面第二句。我们认为应置于背面第一句,接正面末尾“令”字。

[9] 嘉气帝(充?)田,离断凶神:简报释作“□□□□断凶神”,并置于背面第一句。我们认为应置于背面第二句。

根据券文,墓主人为孙氏四娘子,后文买地券中还有马氏七娘子。南汉曾出土大宝三年(960年)刘氏二十四娘买地券、大宝五年(962)马氏二十四娘买地券等。有学者推测,“二十四”等是吉祥数字,因此女性以为其名[①];或是按墓主人在宗族同辈中的排行取名[②]。《礼记·丧服小记》记载:“复与书铭,自天子达于士,其辞一也。男子称名,妇人书姓与伯仲。如不知姓则书氏。”[③]在唐人诗文集中,常以行第(排行)相互称

① 易西兵:《广州出土五代南汉刘氏二十四娘买地券考》,《东南文化》2016年第3期。

② 易西兵:《五代南汉买地券初步研究》,《江汉考古》2019年第6期。

③ 《十三经注疏》,中华书局,1980年,第1499页。

呼,唐人如何计算行第,岑仲勉认为"殆亦合曾祖所出以计也"且"不宁为男,女复如是。唐人文字往往称廿几娘,非同父而生廿余人也"①。可见,对于女性丧者的称谓,也表现在随葬的买地券中。

"为佛采花"式买地券,是买地券文中常见的一类文辞,最早出现于南北朝前后,主要流行于两宋时期,出土材料以今南方地区较为集中。所欲表达的含义是佛教文化对人死亡的一种讳称,是佛教徒丧葬仪式活动的遗存,在一定程度上反映了券主的宗教信仰倾向②。同为五代杨吴时期,合肥出土的天祚三年(937)天水郡赵氏娘子买地券,券文云"为佛采花,去而不返,来时迷乱,不知家人身受观菩萨戒"③,鲁西奇认为当系对佛家弟子(或佛教信徒)殁故的婉转陈述④。这类用语已见于出土于山东临朐北齐武平四年(573)王江妃衣物疏中⑤,疏文中有"与佛取花,往之不返"等内容,陕西靖边征集的唐景龙四年(710)随葬衣被杂物疏也有"随佛采花"等内容,张建林认为"以表现墓主人生前对佛教的虔诚态度,并以期获得死后的解脱"⑥。至于"月法六斋",是指佛教僧众、居士于每月初八日、十四日、十五日、二十三日、二十九日、三十日六日持斋受戒。据此,我们认为,孙氏四娘子也是一位佛教徒。

① 岑仲勉:《唐人行第录(外三种)》自序,上海古籍出版社,1982年,第5页。

② 黄文博:《南北朝至两宋时期买地券文"为佛采花"释读》,《中国国家博物馆馆刊》2016年第4期。

③ 汪炜、赵生泉、史瑞英:《安徽合肥出土的买地券述略》,《文物春秋》2005年第3期。

④ 鲁西奇:《中国古代买地券研究》,厦门大学出版社,2014年,第222页。

⑤ a. 端方:《陶斋藏石记》卷十三,收入《石刻史料新编》第11册,新文丰出版公司,1977年,第8103—8104页。b. 龙潜:《揭开〈兰亭序帖〉迷信的外衣》,《文物》1965年第10期;c.《中国书法》2010年第5期,刊有图片。

⑥ 张建林:《唐代丧葬习俗中佛教因素的考古学观察》,《西部考古》第一辑,三秦出版社,2006年。

（二）天祐十五年(918)陈留郡谢府君买地券

2014年4月，扬州平山乡朱塘路土坑竖穴墓出土。买地券放置于木棺头部棺盖上，正面朝下，木质，尺寸横34厘米、纵32厘米、厚1厘米。券文墨书行体，自左向右纵书，14列计161字(图二)。

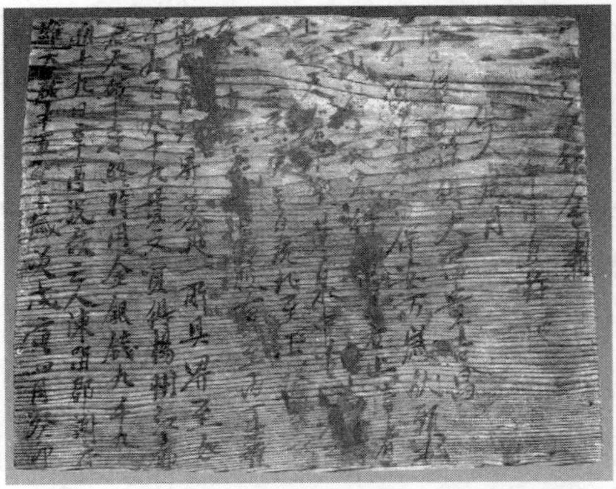

图二　谢府君买地券

《简报》刊有相片和录文，录文有数处漏释或错释，李明晓进行了校释，指出了几处错误，后简报作者秦宗林《扬州新出三方五代十国时期买地券考释》(下文简称《考释》)对录文进行了一定的更正，但仍存在错释的地方，现重新校录如下：

维天祐十五年岁次戊寅四月癸卯朔十九日辛酉，没故亡人陈留郡谢府君天命寿终时，用金银钱九千(万)九千九百九十九贯文，买得杨(扬)州江都县同轨北界墓地一所。具界至如后：东至甲乙青龙，南至丙丁朱雀，西至庚辛白虎，北至壬癸玄武，上至天仓(苍),下至黄泉。中安亡人之宅[1],山神土地不得止障[2],若止障者分付河伯知当[3],保安万岁。伏愿安厝已后,子孙得大富贵吉昌。保人:岁月。见人:今日直符使。急=如律令敕。

[1] 中安亡人之宅:《简报》释作“中安□□宅”;《整理与研究》《考释》释作“中安亡人宅”。

[2] 止障:《简报》《考释》未释出;《整理与研究》释作“止障”。

[3] 若止障者分付河伯知当:《简报》释作“若止清者公付河伯知当”;《整理与研究》释作“若止障者公付河伯知当”;《考释》释作“若止清者分付河伯知当”。

(三) 顺义三年(923)扶风郡马氏七娘子买地券

2014年10月,扬州城北乡三星村江都北路小型单室砖墓内出土。墓葬早期被盗,存木质棺床。地券位于墓室西南角,木质,尺寸横43厘米、纵41厘米、厚3厘米。该买地券形制较为特殊,四边略弧,横断面亦呈弧形,正面墨书楷体,自左向右纵书,13列计282字;背面中央墨书楷体“合同”二字(图三)。

《考释》刊有相片和录文,录文有数处误释、错释,现重新校录如下:

维吴顺义三年岁次癸未八月壬申朔一日壬申,没故扶风郡马氏七娘子,年卅七,丁未水命,十二月生[1],天命寿终。伏惟亡魂生居城邑,死迁幽室。龟筮叶从,相地袭吉,谨课葬律,宜用金银钱万=贯文、五方缯彩、信币生醪为契,迁江都府江都县同轨北界庚首墓地一段。东西六步,南北五步,东至甲乙青龙,南至丙丁朱

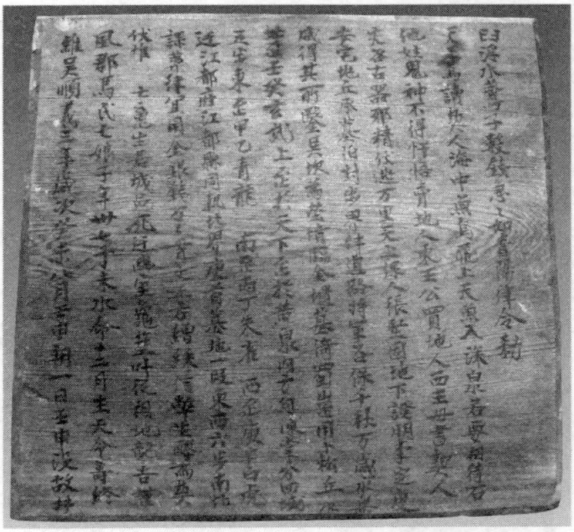

图三　马氏七娘子买地券

雀，西至庚辛白虎，北至壬癸玄武，上至于天，下至于黄泉。内方勾陈，掌分四域，咸得其所。凿吴坎为茔，坟临金壙[2]，墓倚蜀冈，用卜松丘，永安宅兆[3]。丘承(丞)墓伯，封步界伴(畔)；道路将军，各保千秋万岁，永无灾咎。古器(故气)邪精，伏逃万里。天上保人：张坚固。地下证明：李定度。他姓鬼神不得忏悟(讦牾)。卖地人：东王公。买地人：西王母。书契人：天上乌。读契人：海中鱼。乌飞上天，鱼入深泉，若要相待，石白浮水，燕子数钱。急＝如青阳律令敕。

[1] 十二月生：《考释》释作"十二月主"。

[2] 凿吴坎为茔，坟临金壙：《考释》释作"凿吴坎为茔坟，临金壥"。

[3] 宅兆：《考释》释作"宅地"。

根据《茔原总录》所记载:"今分券,背上又书'合同'二字。"[①]城北乡三星砖瓦厂出土的《□赟墓志》,记载志主□赟于杨吴武义二年(920)"葬于江都县同轨里金匮山之后"[②],发掘者释为金壝。

(四)顺义四年(924)晋昌郡康司马买地券

2016年3月,扬州城北乡秋实路竖穴土坑墓出土。买地券放置于木棺头部棺盖上,正面朝下,木质,尺寸横36.5厘米、纵41厘米、厚3厘米。墨书行楷,自左向右纵书,10列计约130余字(图四)。

图四　康司马买地券

---

① 《茔原总录》卷三,中国国家图书馆藏,元刻本。

② a. 周阿根:《五代墓志汇考》,黄山书社,2012年,第85—86页,标题为《陈赟墓志》;b. 扬州博物馆:《扬州博物馆藏唐宋元墓志选辑》,广陵书社,2018年,第70—71页。崔世平、余国江认为志主应为魏赟,笔者也赞同此说。

《简报》刊有相片，未录文，朱超龙、张敏《试析扬州发现的一座五代时期粟特人墓葬》(下文简称《试析》)录有释文①，录文有数处误释、漏释，现重新校录如下：

维顺义四年岁次甲申四月己巳朔廿三日辛卯，晋昌郡没故府[1]康司马，法用金银铜铁等钱于江都县同轨北界买得茔地壹段。具[2]四至如后：东至甲乙青龙，西至庚辛白虎，南至丙丁朱雀，北至壬癸玄武，上至黄天，下至黄泉，中安亡人之宅。山川土地并不得止障，如有指(止)障，分付河伯知当。保人：岁月。知见：今日直符。合[3]同阴阳符一道。急急如律令敕。

[1] 府：《试析》释作"亡人"。

[2] 具：《试析》释作"其"。

[3] 合：仔细查看相片，似为"食"字，则此二句应释作"今日直符食(使)。同阴阳符一道"。

棺内出土一件大都功版，为长方形木板，出土时已残损，长14.2厘米、宽10厘米、厚0.2厘米。都功版上由朱线勾勒边线，分成10竖栏，右数第6栏及第7栏下部为朱书文字，其他各竖栏内均墨书楷体②。通过随葬的都功版可知，墓主人是职业道士，受大都功者为京兆府万年县洪固乡胄贵里男官弟子康周行，据文末"太岁丁巳十月癸卯

① 中国人民大学北方民族考古研究所、中国人民大学历史学院考古文博系：《北方民族考古》(第10辑)，科学出版社，2020年。

② 南京大学历史学院文物考古系、扬州市文物考古研究所：《江苏扬州市秋实路五代至宋代墓葬的发掘》，《考古》2017年第4期。

朔十五日丁巳”，推算迁受天师门下大都功时间为唐昭宗乾宁四年(897)。买地券载墓主人为晋昌郡康司马，卒年据文首“顺义□……岁次甲申四月己巳朔廿三日辛卯”推算为杨吴顺义四年(924)。从现有考古材料分析，墓主人康司马即为天师道徒康周行。康氏是职业道教徒，被版署阳平治左平炁，拥有一定的教阶。康周行受都功版文中，保举师刘得常为男官祭酒，是二十四治中某一治的领袖，为茅山上清派第十八代宗师①。《试析》认为康司马法是康周行粟特本命的音译。《建兴二十四年(336)孙阿惠墓券》：“后世子孙法出二千石”②。

(五)天祚二年(936)博陵郡崔氏夫人买地券

2011年11月，扬州西湖镇蜀岗村润扬北路西延工地采集。买地券木质，尺寸横48.5厘米、纵41.5厘米、厚2.2厘米。墨书行体，自左向右纵书，16列计240字(图五)。

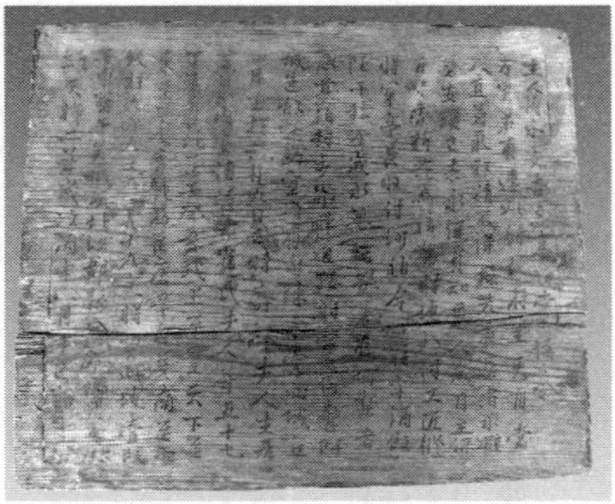

图五　崔氏夫人买地券

① (元)刘大彬：《茅山志》，收入《道藏》第5册，文物出版社、上海书店、天津古籍出版社，1988年，第603页。

② 曹国新：《骆驼城出土珍贵文物》，《丝绸之路》1999年第3期。

现释录如下：

维天祚二年岁次丙申八月丁巳朔十六日壬申，葬于吴城西北江都县兴宁乡。用金银钱财九万九千九百九十九文，将买此地壹段。东至甲乙青龙，西至庚辛白虎，南至丙丁朱雀，北至壬癸玄武，上至皇天，下至黄泉。内安博陵郡崔氏夫人，年五十七，四月生，于六月九日巳时寿终。夫人生居城邑，故迁幽室。内有勾陈，分掌四域。丘承(丞)墓伯，封步界畔；道路将军，齐整阡陌。千秋万岁，永无殃咎。若有呵禁者，将军亭长收付河伯。今以牲牢酒饭、百味香新(馨)，共为信契。财地分付，工匠修茔安殡已[后]，志永保贞。知见人：岁月主。保人：直符。[故]气邪精不得忓，先有居者，永避万里。若有违此约，地府主吏自当。生人内外安吉，急急如当律令。

与后来《地理新书》所记载买的典型地券样式相同。该书为官方编纂刊行，成书于北宋中期①。

(六) 昇元元年(937)田氏买地券

2015年1月，扬州西湖镇经圩村竖穴土坑墓出土。买地券放置于木棺头部棺盖上，正面朝下，木质，尺寸长40.5厘米、宽33厘米、厚2～5厘米。正面为平面，墨书行草，自左向右纵书，11列计164字；背面微弧，中部纵向墨书“田氏地券”四字(图六)。

---

① 刘未：《宋元时期的五音地理书——〈地理新书〉与〈茔原总录〉》，《北方民族考古》第1辑，科学出版社，2014年。

图六　田氏买地券

《简报》刊有相片和录文，未断句，李明晓《研究》进行了校释，指出了几处错误，后简报作者秦宗林《考释》对录文进行了一定的更正，但仍存在错释的地方。现重新校录如下：

维昇元元年岁次丁酉十二月庚辰朔，于十二月十八日辰后[1]巳前巽时寿终。廿一日庚子安殡，葬于大吴城江都县兴宁乡。殁故田氏年廿三，乙亥火命，生居城邑，死迁幽室。是以归是（龟筮）叶从，相地袭吉，宜□□□安厝[2]。东止甲乙，西止庚辛，南止丙丁，北止壬癸，上止仓天，下止黄泉。内得四方勾陈，分掌四域。咸得其所，安厝宅兆[3]，谨用金银钱万＝贯文，买得墓地一段，作丙首，次及永。见券人[4]：岁月今日月直府是（符使）。弖司。急＝如律令敕。

[1] 辰后：《简报》《考释》《整理与研究》释作“辰及”。

[2] 宜□□□安厝：《简报》释作“□□氏□安厝”；《整理与研究》释作“宜□氏（?）□安厝”；《考释》释作“□□□□安厝”。

[3] 宅兆：《简报》《考释》释作“宅地”。

[4] 作丙首，次及永。见券人：《简报》释作"作丙首北及永见券人"；《考释》释作"作丙首北及永。见券人"；《整理与研究》释作"作丙首北及，永见券人"。

丮司，李明晓认为此乃"合同"半书①，发掘者也持此说②，可从。

（七）昇元二年(938)颍川陈氏买地券

1956年夏季出土。买地券木质，全文墨书共13列，部分字迹模糊不清，券的背面书"请券为验"四字，朱江《四件没有发表过的地券》（下文简称《地券》）刊有相片和录文，惜相片十分模糊。另，朱江录文颠倒，鲁西奇《中国古代买地券研究》（下文简称《研究》）对其重新进行了校释③。本文以鲁文为基础，重新校录如下：

维唐昇元二年太岁戊戌正（三?）月戊申朔五日壬子，殁/故亡人颍川郡[1]陈氏尊婆[2]，年[3]六十九，天禄□□卅□/人，开勘阴阳，葬疏选拣□方，用金银钱五百贯，/宜于江都县同轨[4]□□界□□一所，具四至如后：/□东至甲乙青龙，□西至庚辛白虎，□南至丙丁朱雀□□，□北至壬癸玄武。上至青天，/下至九泉。内方勾陈，分掌四域，/咸得其所。四至□□，□□亡人，不□外姓□/□亡人□□□□持□此券□验。□人：/岁月□；见人：□□□□侯（使）□。急急如律令。/夫□□□□光□□。券日：/□□故。

① 李明晓：《新见魏晋至元买地券整理与研究》，人民出版社，2020年，第82页。

② 秦宗林：《扬州新出三方五代十国时期买地券考释》，《扬州考古发掘与研究2020年（总第1辑）》，文物出版社，2020年。

③ 鲁西奇：《中国古代买地券研究》，厦门大学出版社，2014年，第223页。

[1] 郡：《地券》《研究》皆未释出。

[2] 婆：《地券》《研究》皆未释出。

[3] 年：《地券》《研究》皆未释出。

[4] 轨：《地券》《研究》皆未释出。

朱江称扬州西郊司徒庙出土，张传玺谓1962年2月瘦西湖乡平山社出土[1]。根据券文内容参考本文其他买地券，其买地位置为江都县同轨里，故该买地券应出土于原瘦西湖乡平山社境内。需要说明的是，此券墓主并非陈尊，应为陈氏尊婆。查《二十史朔闰表》，昇元二年戊申朔日壬子五日为正月或三月。

（八）保大十年（952）东平郡吕氏买地券

1990年，扬州西湖乡（现西湖镇）五代墓出土，出土具体位置不详。买地券木质，横44.5厘米、纵36.5厘米、厚3.5厘米。正面墨书行楷，自左向右纵书，13列162字；背面有“合同”二字（图七）。

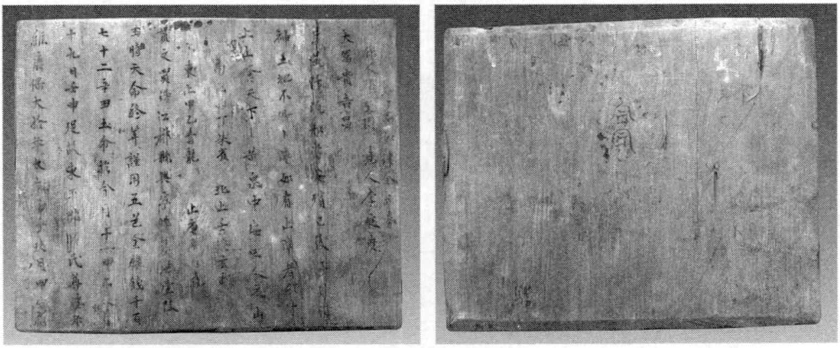

图七　吕氏买地券

① 张传玺主编：《中国历代契约会编考释》，北京大学出版社，1995年，第261页。

《邗江出土文物精粹》刊有相片和文字说明，未录券文。现释录如下：

维唐保大拾年太岁壬子玖月甲寅朔十九日壬申，殁故东平郡吕氏尊婆年七十二，辛丑土命，于今月十一甲子冬日丑时天命终筭。谨用五色金银钱千百贯文，买得江都县兴宁乡墓地壹段。东止甲乙青龙，西止庚辛白虎，南止丙丁朱雀，北止壬癸玄武，上止苍天，下止黄泉，中安亡人之。山神土地不得止障，如有止障者，分付与道阡陌知当。安殡已后子孙得大富贵吉昌。保人：张坚固。见人：李定度。急急如律令。谨券。

（九）保大十二年（954）乐安郡孙府君买地券

2014年1月，扬州西湖镇蚕桑村（四季金辉工地）出土。买地券放置于土坑竖穴墓木棺头部棺盖上，木质，尺寸横21厘米、纵19厘米、厚1.5厘米，正面墨书行楷，自左向右纵书，上部部分字迹漫漶不清，券文13行约160余字（图八）。

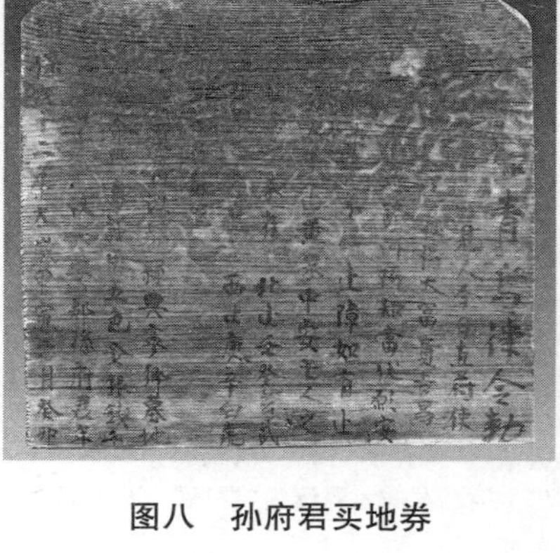

图八　孙府君买地券

简报刊有相片和录文，录文未断句，李明晓已进行了校释，但仍有数处漏释或错释。现重新校录如下：

维保大十二年太岁甲寅六月癸卯朔三十日壬申[1]，故乐安郡孙府君年□□□天命终寿[2]，谨用五色金银钱千□□贯文买得江都县兴宁乡墓地□□。具四止如后[3]：东止甲乙青龙，西止庚辛白虎，南止丙丁朱雀，北止壬癸玄武，上止仓（苍）天，下止黄泉。中安亡人之□，□神土地不得止障，如有止障□□分付[4]道路阡陌知当，伏愿安……子孙得大富贵吉昌。……见人：今日直苻（符）使。如青乌律令敕。

[1] 朔三十日壬申：《简报》《整理与研究》皆未释出。

[2] 天命终寿：《简报》《整理与研究》"天"字皆未释出。

[3] 具四止如后：《简报》"具"字未释出。

[4] 分付：《简报》《整理与研究》释作"□迎"。

孙府君买地券"如青乌律令"，至少可以追溯到西晋时期，在敦煌祁家湾出土泰熙元年、元康五年、建兴九年、升平十二年、建元六年、建初五年、建初十一年、太康六年、元康六年朱书或墨书斗瓶上有"青乌子告北辰，诏令死者自受其殃"一类镇墓铭文①，稍后的敦煌佛爷庙湾

① 甘肃省文物考古研究所（戴春阳、张珑）：《敦煌祁家湾——西晋十六国墓葬发掘报告》，文物出版社，1994年。发掘者释读为"青鸟"，应为"青乌"。

五凉时期墓葬陶瓶上也有相同的镇墓文[①]。

（十）至道二年(996 年)太原郡王第买地券

2004 年 3 月,扬州城西维扬路出土。买地券木质,横 28.5 厘米、纵 23.4 厘米、厚 1.8～2.2 厘米,券文行体墨书,部分字迹模糊不清。正面墨书行楷自左向右纵书,14 列,每列满字 12—13 字,计约 160 字,左上角字迹漫漶不清;背面正中墨书“合同”二字(图九)。

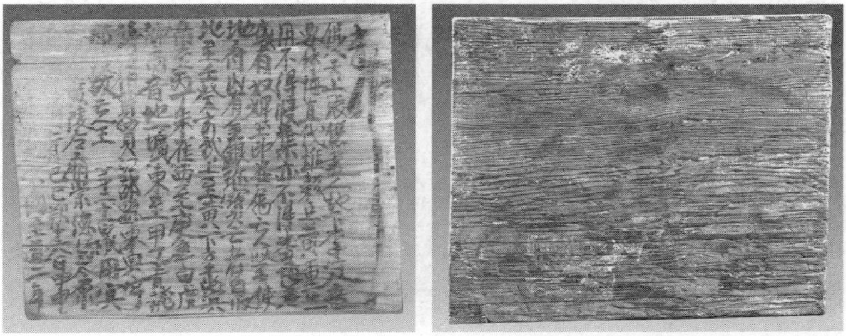

图九　王弟买地券

《广陵遗珍——扬州出土文物选粹》上刊有相片和文字说明,未录券文。现释录如下:

……大宋国至道二年……闰七月己巳朔十六日甲申……广陵左厢崇德坊太原郡殁故亡人王第二十一岁,用冥钱伍佰贯买江都县东兴宁乡商音地一圹。东至甲乙青龙,南至丙丁朱雀,西至

① 甘肃省敦煌县博物馆:《敦煌佛爷庙湾五凉时期墓葬发掘简报》,《文物》1983 年第 10 期。发掘者释读为“青鸟”,应为“青乌”。

庚辛白虎，北至壬癸玄武，上至黄[天]，下至幽冥地府，内有金银珎宝，亡者自收盛，有奴婢玉印并属亡人收留。使用不得侵夺，亦不得番悔，若要休悔直代(待)燋谷豆黄重生。保人：天上张愆。书人：地下李定度。敕。

查《二十史朔闰表》，996年正好闰七月，朔日己巳，十六日甲申。“张愆”，按既往词例，应释作“张坚固”，但仔细查看相片后二者似为一个字，暂释作“愆”。王姓商音属金，西方属金，江都县东兴宁乡位于扬州城西北。

（十一）北宋景德二年(1005)顿丘郡万氏夫人买地券

2014年1月，扬州西湖镇蚕桑村出土。地券放置于土坑竖穴墓木棺头部棺盖上，近似正方形，木质，尺寸边长20厘米、厚1.5厘米。正面墨书草体，16列计约150字；背面向上，墨书“合同”二字(图一〇)。

图一〇　万氏夫人买地券

简报刊有相片和录文，录文未断句，李明晓已进行了校释，有数处错释或漏释。现重新校录如下：

维大宋景德二年岁次乙巳二月己卯朔十四日壬辰，殁故顿丘郡万氏夫人年三十二[1]，甲戌火□[2]，今月十二日[3]庚寅天命终世，谨用金钱（财?）五百贯买得江都东兴宁乡墓地一段[4]。东止甲乙青龙，西止庚辛白虎，南止丙丁朱雀，北止壬癸玄武，上止仓（苍）天，下止黄泉，中安亡人之位[5]。天上保人：张坚固[6]。地下见人：李定度[7]。安殡已后大富吉昌[8]……万里。急急如律令敕。

[1] 三十二：《简报》《整理与研究》释作"三二"，漏释"十"。

[2] 火□：《简报》"火"字未释出，《整理与研究》释作"大故"。

[3] 今月十二日：《简报》"今"字未释出。

[4] 谨用金钱（财?）五百贯买得江都东兴宁乡墓地一段：《简报》释作"谨用□□□□□买得江都东兴宁乡墓地一□"，《整理与研究》释作"谨用□□五□□买得江都东兴宁乡墓地一□（所?）"。

[5] 中安亡人之位：《简报》未释出，《整理与研究》释作"中至……"。

[6] 天上保人：张坚固：《简报》未释出，《整理与研究》释作"天上……人：张坚固"。

[7] 地下见人：李定度：《简报》未释出，《整理与研究》释作"……见人：李定度"。

[8] 安殡已后大富吉昌：《简报》未释出，《整理与研究》释作"安□……大……"。

[9] "……万里。急急如律令敕"：《简报》未释出，《整理与研究》释作"……万里……"。

十四日壬辰，由"庚寅"改写为"壬辰"，十二日死时正是庚寅，十四日买地为壬辰,可能因此写串。

(十二) 北宋景德四年(1007)钊六郎买地券

2014 年 1 月,扬州西湖镇蚕桑村(四季金辉工地)出土,地券放置于土坑竖穴墓木棺头部棺盖上,木质,尺寸长 25 厘米、宽 13 厘米、厚 1.5 厘米,券文墨书行草,自左向右纵书,14 列计约 150 字;背面向上,墨书"合同"二字(图十一)。

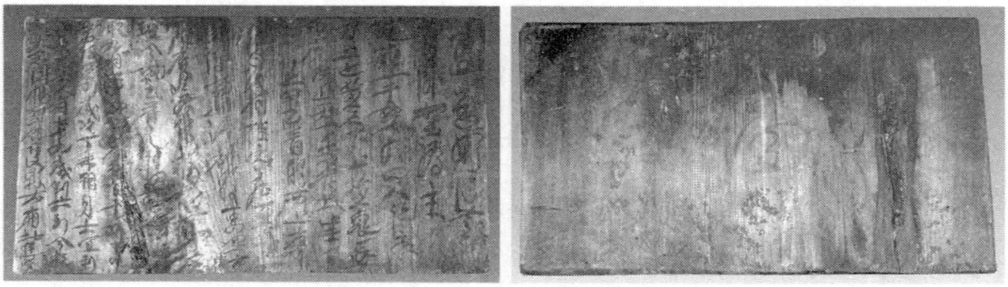

图一一　钊六郎买地券

简报刊有相片和录文,录文未断句,李明晓已进行了校释,但仍有数处错释或漏释。重新校录如下:

维大宋国杨(扬)州广陵县左厢北进贤坊,殁故亡人年七十九岁钊六郎[1],今于景德四年岁次丁未朔身亡,宜利取九月壬申[2]□□□□□理今就土符[3]之神买□□一所[4]。府君为佛采花而不□□[5],买得当州江都县东田一亩[6]口乌坂村桂家庄墓地一口。东止甲乙青龙,西止庚辛白虎,南止丙丁朱雀,北止壬癸玄[武],上止黄天,下止黄泉,遂银钱一千贯文[7]买讫,永为卧堂为主。急急如律令敕[8]。

[1] 钊六郎:《简报》释作"刘六到",《整理与研究》释作"刘六到今"。

[2] 壬申:《简报》《整理与研究》未释出。

[3] 土符:《简报》《整理与研究》释作"土府"。

[4] 买□□一所:《简报》《整理与研究》未释出。

[5] 为佛采花而不□□:《简报》《整理与研究》"佛采花而不"五字未释出。

[6] 东田一亩:《简报》《整理与研究》释作"东□曹"。

[7] 遂银钱一千贯文,《简报》释作"□银钱一千贯□",《整理与研究》释作"□银钱一千贯,穴"

[8] 敕:《简报》《整理与研究》未释出。

报告买地券墓主人释作"刘六",扬州大学社会发展学院汪华龙仔细查看图版,指出应释作"钊六郎"。景德四年九月甲子朔,九月壬申即九月初九,重阳。扬州出土的唐五代墓志尚未有进贤坊,南京大报恩寺遗址地宫出土七宝阿育王塔,塔座北面錾刻有"扬州左厢北进坊"、塔身錾刻有"扬州广陵县进贤坊"等坊名①,但《南京大报恩寺遗址塔基与地宫发掘简报》未提及两处坊名。

三

美国学者韩森认为墓葬中随葬买地券的观念不属于道教、佛教和儒教,而是中国人最基本的想法,可以说是中国的民间宗教,用途是为

① 曾立平:《地久天长 斯文永振——揭开长干寺真身塔地宫佛顶真骨舍利之谜的碑刻》,《东方收藏》2015年第1期。

了防备冢讼、保护后代[①]。不同的墓主随葬的器物，不仅受到社会环境、丧葬制度的影响，也深受宗教信仰的影响。道教兴起以后开始对期丧葬制度产生影响，产生了道教丧葬科仪。买地券文作为一种模式文本，也可能脱离葬仪书而单独流传[②]。

鲁西奇统计可见唐代买地券十一种，其中出于江西、福建、新疆、河北者各二种，出于江苏、广东、四川者各一种[③]，江苏仅镇江发现武周延载元年（694 年）伍松超买地券[④]。唐末五代的扬州买地券却急剧增多。唐代由于安史之乱、藩镇割据与黄巢之乱的影响，致使北方战乱不堪，大量人口流移南方。到五代十国时期，北方政权交迭频繁，战火始终未能平息，人口持续大减。江淮的杨吴、南唐则较为安定，扬州作为杨吴的国都、南唐的东都吸引了较多的北方流民。

杨吴、南唐控制的江淮区域随葬买地券应该是较为普遍的葬俗，我们认为属于道教的丧葬礼仪程序，即使是佛教徒也可能采用道教（士）的葬仪，这应该与上清派聂师道、刘得常等人的传道以及五代杨吴南唐统治者的崇道有关。《续仙传》记载聂师道十三岁入道门，十五岁授符箓。吴太祖杨行密闻其名，召至广陵，建紫极宫居之。褒为逍遥太师问政先生。居广陵三十余年，传上清法，有弟子五百余人[⑤]。南

① [美]韩森：《宋代的买地券》，《国际宋史研讨会论文选集》，河北大学出版社，1992 年。

② [美]韩森著、鲁西奇译：《传统中国日常生活的协商：中古契约研究》，江苏人民出版社，2008 年，第 166 页。

③ 鲁西奇：《中国古代买地券研究》，厦门大学出版社，2014 年，第 183 页。

④ a. 刘兴：《武周延载伍松超地券》，《文物》1965 年第 8 期；b.《隋唐五代墓志汇编·江苏山东卷》，天津古籍出版社，1991 年，第 28 页。

⑤ （南唐）沈汾：《续仙传》卷下，收入《道藏》第 5 册，文物出版社、上海书店、天津古籍出版社，1988 年，第 93—96 页。

唐李昪为茅山第十九代宗师王栖霞建玄真观，赐印、绶，号玄博大师①，昪元四年他在东都扬州举行了金箓斋醮，以金龙玉璧投诣西山洞府。上述，皆是杨吴南唐君主信仰道教的表现②，我们可以窥见五代扬州乃至江淮地区道教的盛行。对于道教流派的发展、买地券的传播等问题，仍需要继续研究，扬州出土的买地券无疑提供了重要实物资料。

---

① (元)刘大彬：《茅山志》，收入《道藏》第5册，文物出版社、上海书店、天津古籍出版社，1988年，第603—604页。

② a.张良：《宋服之冠：黄岩南宋赵伯澐墓文物解读》，中国文史出版社，2017年，第21—33页；b.杨小霞、周晶纯：《南唐烈祖李昪投龙玉璧相关史实考据及铭文释读》，《中国道教》2019年第3期。

试论唐宋壁画墓墓主身份的变化

程　义

（苏州博物馆）

根据已有唐宋壁画墓材料，我们可以将唐宋壁画墓墓主的身份归纳为：唐代前期以高层贵族为主，身份多为五品以上官员；安史乱后，宦官和藩镇官的数量占绝对多数；五代壁画墓的墓主显得比较复杂，既有高级官吏，也有没有墓志的庶人；北宋壁画墓前期尚有元德李后墓、富弼夫妇墓，但中晚期多为没有墓志的庶人，其墓主身份应该是五等户之上中户之家，或者是坊郭户之六等以上人家①。

这是一个有趣的现象——唐代皇亲国戚贵胄高官使用的壁画墓，到了北宋中晚期，竟然成了市户税户等暴发户的专利。事实上，在考古研究领域一直存在一个误区：唐代前期墓葬规模宏大，后期墓葬缩小，过去的解释不外乎是中晚唐政局不稳、经济衰落、丧葬制度遭到破坏之类。但是这个解释，尤其是所谓的节葬和文献的矛盾非常严重。齐东方认为，造成这个解释误区的重要原因之一是，用唐代前期墓葬规律来套用晚唐墓葬现象。这是过分强调唐王朝为一个整体的后果。

---

① 程义：《唐宋变革视野下的唐宋壁画墓比较》，载陕西历史博物馆：《艺术与技术——古代壁画保护研究与制作国际学术研讨会论文集》，陕西人民美术出版社，2019 年，第 105—112 页。

他指出论及墓葬变化，未必要拘泥于政治上的断代王朝。[①] 对于壁画墓的研究也要注意这个问题，也即从高级贵族向平民的蔓延趋势可能在唐代中期已经孕育了苗头。在壁画墓盛行的唐代早期，墓葬拥有绘制壁画的殊荣，是权贵们竞相争取的目标之一。这方面，虽然没有文献的明确记载，但是齐东方先生指出山西万荣薛儆墓给我们提供了一个很好的例子。

薛儆最初通过科举入仕，"补安国典签，转法曹"，不过是从七品下的小官。尚唐睿宗之女荆山县主后，为朝散大夫、秘书郎、太常丞，其时睿宗不在皇位。睿宗登基，荆山县主封为"鄎国公主"，薛儆升为殿中少监、太仆少卿，为四品官。后来薛儆又做过岐州等州刺史，死前是绛州、汾州别驾，为从四品下。薛的身份是皇婿，历经浮沉后官职是在下降，为什么使用了在丧葬礼仪中极为特殊的石椁呢？考古发掘和出土遗物有两个重要现象：一是石墓表、石武士出土在天井底部，墓道填土中有壁画残块，这两处恰恰是未经后代盗扰过的地方，即石墓表、石武士、壁画是下葬时已经被打碎放入墓内。二是墓志文中有"谥号□□"，即谥号空出。唐代高官死后，要等待朝廷颁布谥号。唐代只有职事官三品以上、散官二品以上才有请谥的特权，薛死前是绛州、汾州别驾，不过是州刺史的僚属，地位是从四品下，根本不够资格。也许是薛儆家族想利用薛儆之死以获得荣誉，私下撰好墓志，等待谥号颁下，没想到请谥等要求未得其果，为了避免违礼僭越的罪名，只好毁坏已经绘制完毕的越制壁画，打碎石墓表、石武士，最后只剩下盛放尸体的

---

① 齐东方：《唐代的丧葬观念习俗与礼仪制度》，《考古学报》2006 年第 1 期。

石椁,草草收场埋葬。[①] 尤其是毁掉墓道壁画,如果不是内容违规,以他的身份是可以拥有壁画的,诸如简单的青龙白虎、人物仪仗等。可惜,壁画残块无法辨别。据这个例子旨在说明,即使在法制很健全的时代,也可能"商贾富人,厚葬越礼"[②]。

太极元年(712),左司郎中唐绍上疏说:"近者王公百官,竞为厚葬,偶人像马,雕饰如生,徒以眩耀路人,本不因心致礼。更相扇慕,破产倾资,风俗流行,遂下兼士庶。若无禁制,奢侈日增。"[③]唐绍指出的问题当时应该已经很严重了,尤其令他不安的是"风俗流行,遂下兼士庶。若无禁制,奢侈日增"。

乱前尚且如此,安史乱后,法纪败坏,中央朝廷威信一落千丈,藩镇连辖区内的人事权、财权、军事权都已拥有,更何况区区丧葬制度? 所以,这些骄兵悍将便以自己耳闻目见的经验,再加上自己的意愿,超规格安排自己的丧葬规模。这时壁画墓已不再是严格制度下的产物,其使用者的身份开始出现下降的趋势。

另外一个值得注意的是,丧葬制度和礼仪是一个复杂的体系,如果放弃旧的制度,创立新的体系,这就需要专门的人才。因为,即便是目不识丁的藩镇军校,他的丧葬仪式仍然带有很强的"礼"的意义,如果没有一定的历史渊源和儒家理论依据,不参照一定的"故事"行事的话,势必遭到舆论的讥讽和嘲笑。这样的专门文化人才主要有两个来源:其一,入幕的文士;其二,避乱的衣冠士族。这两类人本应聚集在政治中心,为朝廷服务。但是因为动乱的原因,不得不向地方流动。

---

① 齐东方:《唐代的丧葬观念习俗与礼仪制度》,《考古学报》2006 年第 1 期。

② 《旧唐书·高宗纪下》,中华书局,1975 年,第 107 页。

③ 《旧唐书·舆服志》,中华书局,1975 年,第 1958 页。

唐代科举兴起后，本来文人的最佳选择是中进士，然后通过待选，进入中央正式官僚体系。这也是一般研究者所持的观点。但是孙国栋认为研究唐史者率谓中唐以后旧族衰替，新门代兴，社会人物已由贵胄转让于寒门，此是未经细考之论。晚唐寒门虽有上达，然其势力尚不足以与旧族相抗，政治上之核心人物，仍多出阀阅①。他的研究很具体，有很多资料支撑他，是可信的。这样的官场局面，导致寒门即使高中进士，仍然无法迅速取得相当的职位。加之长达三年的候选期、微乎其微的录取率等因素，造成大多数举子并无取得朝廷正式职位的可能。因此，很多文士都转向各藩镇，蔚然成风，各藩镇为了壮大自己的势力，也往往刻意网罗这些人才，于是就形成了洪迈在《容斋续笔》中所谓的："唐世士人初登科或未仕者，多以从诸藩府辟置为重。"②不仅韩翃、戴叔伦、李益、李商隐、罗隐之类的寒士奔走于幕府，而且后来出将入相官居高位的张建封、令狐楚、李德裕、高骈等人也都有过入职幕府的经历。除了士族把持官僚集团的因素，战乱也是文士逃入地方的一个主要原因。唐末接连不断的藩镇征伐与黄巢起义，又加剧了文人向江南的流动③。

流入地方的文化人才除了寒士文人外，昔日盘踞京洛的世家大族，竟也可能失其故业，流落江湖。孙国栋在《宋史》中所查找的诸例是很典型的士族避乱而流寓的例子。旧史称"蜀恃险而富，当唐之末，

① 孙国栋：《唐宋之际社会门第之消融》，载其著《唐宋史论丛》，上海古籍出版社2010年，第271页。

② （宋）洪迈：《容斋续笔》，上海古籍出版社，1978年，第223页。

③ 杨国宜、陈慧群：《唐代文人入幕成风的原因》，《安徽师大学报（哲学社会科学版）》1991年第3期；吴玲玲：《唐末农民起义期间文人入幕状况之研究》，《凯里学院学报》2009年第4期。

士人多欲依(王)建以避乱。建虽起盗贼,而为人多智诈,善待士,故其僭号,所用皆唐名臣世族。"①

这些衣冠士族和文人士子相对本地土著而言,自然有文化上的优越性,其衣着举止礼仪就成了本地人模仿的对象。文化人才由中央向地方的流动,带来中央相对先进的文化。这一人员的流动,使得原来文化较为落后的地区,迅速赶上,甚至有超越关陇的可能。江南和蜀郡成了唐末五代大动乱人口迁入的主要区域,这些新鲜血液的加入,带来了北方甚至是关陇旧俗,对墓室壁画的流传起到了推波助澜的作用②。

这样人群的移动,以及藩镇和五代割据政权对旧制度的变通和僭越,无疑是壁画墓适用人群开始扩大和下移的主要动因之一。

进入宋代以后,就目前的考古资料来看,上层官员似乎仍然坚持唐代旧制,但很快就放弃了这一传统,如最近发掘的陕西北宋吕大临家族墓③。对于这个问题,秦大树先生曾有过论述。秦大树指出:墓葬自身的变化都很大,最重要的是墓主人的身份发生了一个完全的角色转变。具体而言,简单砖室墓开始是有一定经济基础的平民墓,从北宋后期开始北方几乎所有的品官都使用这种几乎没有装饰的简单砖墓。与之相反,仿木结构砖室墓从五代以来,一直在帝后和品官贵胄中流行,从北宋中期开始,大型的品官贵胄墓不再使用仿木结构装饰,

---

① 《新五代史·前蜀世家》,中华书局,1974年,第787页。

② 谢元鲁:《唐五代移民入蜀考》,《中国社会经济史研究》1987年第4期;陶懋炳:《论我国古代文化重心南移成于五代》,《湖南师大社会科学学报》1987年第4期。

③ 陕西省考古研究院:《陕西蓝田县五里头北宋吕氏家族墓地》,《考古》2010年第8期。

逐渐变得壁面毫无装饰。与此同时仿木结构砖室墓却大量为平民使用①。他指出以北方宋墓为例,可以清楚地看出品官墓葬和平民墓葬的区别,如早期平民墓不使用仿木结构,到了北宋中期以后,品官墓就不再使用仿木结构,甚至墓内变得没有任何装饰。相反在富有的庶民墓中,开始大量使用仿木砖室墓,而且墓内的装饰随时代的推移而日益华丽。他还推测这可能和官府明文禁止有关,而平民却不受限制②。

这个现象很明确,但是导致如此巨大变化的原因却未有合理的解释,历代都反对厚葬,但只有愈演愈烈,并没有因为一个诏令、一个法律就可以断绝厚葬的先例,宋代官员的自觉程度真的就比别的朝代高吗?宋代法律的执行真的就如此雷厉风行吗?显然,这样的解释并不能令人信服,这个转变的后面一定有深厚的社会原因。

如果简单地将唐代早期和宋代中晚期墓主身份进行比较,很明显会发现,壁画墓的墓主有一个由贵族向平民转变的过程。这个过程和唐宋变革中市民阶层的兴起相吻合,也就是贵族势力的消融、平民势力的抬头。这一转变的过程,正是内藤湖南所言中国中世向近世转变的主要内容之一。漆侠先生在研究唐宋经济变化的基础上指出,山东士族在历史上消亡之后,对社会产生了两点关键的变化:其一,压在新兴地主阶级头上的一座大山,随着山东士族的衰亡而消失,他们的政治道路进一步拓宽。在宋代,由于经济的发展,中下层士大夫成为中坚分子,是北宋一代不可轻视的政治力量。其二,随着山东士族的衰

---

① 秦大树:《宋元考古》第五章第三节,文物出版社,2004 年。

② 秦大树:《宋代丧葬习俗的变革及其体现的社会意义》,《唐研究》第十一卷,北京大学出版社,2005 年。

亡，山东士族的看家学问即礼学也随之衰亡。当然，旧礼学虽然衰亡，新兴地主阶级要制订新的礼来维护现存等级制度。但不论怎样讲，曾经禁锢人们思想和限制人们行动的礼学的衰亡，带来更为宽松的社会环境①。

唐代早期，墓室壁画是贵族的特权，我们统计的每一座唐代壁画墓都是五品以上官员的墓葬，且根据不同的身份，安排了不同的内容，等级观念异常严格而有秩序。这些墓室壁画是一种"待遇"，犹如生前门前列戟、死后墓上立碑、鼓吹送葬等，我们称之为身份性消费，现代经济学称之为象征性消费。这种消费和自己的财力没有关系，决定是否有能力消费的主要因素是身份，而消费的目的也不是为了满足自身的感官享受，只是为了体现消费者的社会地位。唐代在开元以前，所有的官员葬礼所费，由官方承担一部分，如所需人力、帐幕、鼓吹卤薄等。一些功劳卓著的大臣，死后一切都是由官府负担，且明器"别敕优厚官供者，准本品数，十分加三等"②。由于官府承担了丧葬的部分费用，丧家实际负担就大大降低，人们自然乐意享受这样的级别待遇。但是，安史乱后，国家经济，尤其是中央财政，几乎陷入了入不敷出的局面，军国大事尚无经费保障，这样的虚费自然要受到节制。这点在中央政府控制力较强的区域，应该得到了较好的执行。很明显，在关中地区，大型墓葬的比例在开元天宝以后急剧下降。但是新的问题出现了，作为新兴的权贵宦官集团和藩镇系统的政治地位和经济地位，迅速抬升，他们虽然没有名义上的"贵"品阶，但是实际权力却是众所

---

① 漆侠：《唐宋之际社会经济关系的变革及其对文化思想领域所产生的影响》，《中国经济史研究》2000年第1期。

② 《唐会要》卷三十八，中华书局，1960年，第693页。

周知的。因此，他们利用自己的经济实力和政治地位，享受起了原本属于贵族的壁画墓，这是晚唐五代大型壁画墓向下和向外扩张的主要动因。在制度约束力越来越小的时候，决定壁画墓的唯独剩下经济实力一种因素。所以在五代时期，偏远的内蒙古清水河竟然也出现了砖室壁画墓。

这一乱用壁画墓的趋势在宋初也许得到一定的改观，因为每一个王朝建立之初，都会有一个整顿前朝弊政的举措，以彰显新政权的合理性。新修的《开宝礼》本于《开元礼》，所以陈襄等人说："国朝大率皆循唐故。"北宋初期出现了像元德太后等高级皇室成员的壁画墓正是对唐代制度的模写。但是如前所述，壁画墓事实上在很长时间里并不能真正代表自己显赫的身份。作为一种身份消费，壁画墓已经失去了其优势，所以很快就被放弃了。这恐怕是北宋缺乏高级官僚壁画墓的原因之一。

流行或习俗往往是一个阶层放弃了，而另一个较低的、原来没有资格享用的阶层就会将其当作一种自我标榜的身份标识使用起来。这时候，在商品经济大潮中获得财富的"富民"不约而同步了骄兵悍将的后尘，将壁画作为自己墓葬的装饰。唐宋壁画墓墓主身份之所以有如此大的差别，其深层原因正在于此——富民的兴起。长期研究唐宋社会变革和富民社会的林文勋指出：当时人总结的贫富贵贱、离而为四，至少包括五个方面的变化：1. 贵者未必富；2. 富者未必贵；3. 贫者未必贱；4. 贱者未必贫；5. 富贵贫贱处于经常性的转化之中。在门阀制度下，士族地主既把持政权，也拥有巨额财富，他们既是社会的贵者，又是富者。到了唐初这一情况发生了很大的变化，中唐以后贵者的贫穷进一步加剧。到了宋代贵者的贫穷更为普遍，更为突出，就连宰相之家也生机窘迫。如太祖朝宰相范质的侄子范杲“家贫，贷人钱数百万”、仁宗朝宰相杜衍“罢相居南京，无宅，假驿舍居之数年”、富弼死后“家世零替”、司马光“丧其夫人，质田以葬”。这时候贵和富分离已非偶然[①]。与之相反的是，一直被鄙视的贱商却拥有大量的财富。从我们可以考定的宋代壁画的墓主身份来看，其中不乏从事工商业的市户、税户之类。

一方面是拥有官职的人群财富相对减少，另一方面是过去的贱民财富急剧增加。他们一方无力承担丧葬费用，需要质田葬妻；另一方则货物山积，富可抵国。这时候，耗资巨大的壁画墓墓主身份的大翻转已是必然发生的事情。在商品经济高度发达的宋代，尽管对富人仍有种种限制，但这并不能改变政府不得不依靠富民的现实。因此在经济地位提高的同时，他们有了身份认同和区分意识，富民在日常生活规范、礼仪等方面有了新的要求。在这样的形势下，在旧制度下具有很明显等级色彩的壁画墓广泛被富民利用起来。

富民虽然拥有财富带来的一些权力，但官僚集团并不会自愿地放弃自己的特权。如果简单地认为官僚放弃壁画墓是经济方面的原因，还不能说明那些既富又贵的高级官员为何也没有采取壁画墓的问题。况且根据徐吉军等人对文献和考古发现的综合研究，宋代是一个厚葬的社会。[②] 这个结论既有文献支持，也有考古发现验证，是值得信赖的，尤其是对于官员而言。前举司马光、富弼等人，身居高位，即使不是巨富，其财力也肯定比普通编户强很多，但他们竟然无力葬亲，应该

---

① 林文勋：《唐宋社会变革论纲》，人民出版社，2011年，第101页。

② 徐吉军等：《中国风俗通史：宋代卷》，上海文艺出版社，2001年，第472页。

是葬礼耗费过高所致。这也反证了北宋官员流行厚葬的事实。厚葬而不使用壁画，只能推断壁画已经不是厚葬的必需内容了。高级官员不使用壁画墓这样的方式来显示自己的地位和身份，他们又是如何考虑自己和富民在丧葬方面的不同呢？又如何表达对死去先人的追思与供奉呢？毕竟传统中国社会是一个身份社会，上可兼下，下不可僭上一直是中国礼法的基本原则之一，富民使用的壁画墓，如果上层有需要，一定也可以使用。壁画墓之所以被上层放弃，一定是有新的等级标识出现，笔者认为这个标识物就是家庙。墓葬和家庙之间有很多共同点，尤其是在纪念和追思死者这个核心功能上，二者几乎可以互换。因此，家庙是一个绝佳的替代品。

关于家庙的起源兴衰，司马光曾对此作过简练的概述："先王之制，自天子至于官师皆有庙。君子将营宫室，宗庙为先，居室为后。及秦，非笑圣人，荡灭典礼，务尊君卑臣，于是天子之外，无敢营宗庙者。汉世公卿贵人多建祠堂于墓所，在都邑则鲜焉。魏晋以降，渐复庙制。其后，遂著于令，以官品为所祀世数之差。唐侍中王珪不立私庙，为执法所纠，太宗命有司为之营构以耻之，是以唐世贵臣皆有庙。及五代荡析，士民求生有所未遑，礼颓教隳，庙制遂绝。"①唐以前虽有家庙，但尚无明确规制。唐代为了抵制和打击旧的士族，直到《开元礼》时才将家庙作为一种定制确定下来②。除了可以立家庙的高级官员外，据《开元礼》卷三记载："六品以下达于庶人，祭祖祢于正寝。"这样就以正式礼制的形式将祖先祭祀的场所确定下来。家庙里最主要的祭祀对象

---

① 司马光：《温国文正司马公文集》卷79《文潞公家庙碑》，《四部丛刊初编》，上海书店，1989年。

② 甘怀真：《唐代家庙礼制研究》，台湾商务印书馆，1991年，第36—37页。

是神主。祖先祭祀的信仰，认为设神主是使祖先的灵魂有所归依，无主难成祭祀。开元以后，庙祭变得越来越被重视，而葬的隆重场面有逐渐下降的趋势。齐东方在研究晚唐葬俗的演变时指出："无论采用什么墓葬形制，使用什么随葬品，毕竟要封闭在地下世界不为人所知，短暂时刻的展示也必将消失于人们的视野中。而丧和祭不同，其张扬显示、喧嚣热闹，社会宣传的效果更加直截了当。面对安史之乱后一系列深刻的社会变革，人的思想和行为也悄悄地发生了改变，墓葬本身及其内部表现失去了魅力，整个丧葬活动的外化形式得到了前所未有的重视。"[①]这样一来，相对于暂时的丧礼而言，寝庙则是长久的。对于祖先的供奉和追思自然比墓葬更为具体。在对先人的祭祀中，先秦以来的木主只是一个象征物，到了唐代晚期，人们开始借鉴佛教影堂的做法，开始以具象的画影替代抽象的神主，故宋初年王禹偁称："古者自天子至士皆有家庙，祭祀其先，以木为神主，示至敬也。唐季以来，为人臣者此礼尽废，虽将相诸侯多祭于寝，必图其神影以事之。"[②]这一现象的出现正是司马光所谓的"俗"，即下层人士利用祖宗画像来替代木主作为祭祀对象的风气。这样，在晚唐墓葬中开始出现的墓主画像，也进入到寝庙中接受子孙的祭拜和供奉[③]，这可能是高级官僚集团放弃墓室壁画的一个原因。事实上，寝庙画像和实在的祭品完全替代了壁画中的一桌二椅和夫妇对坐图以及相应的供器。

但是，并不是所有人都可以立庙设寝，宋代规定文武升朝官以上

① 齐东方：《唐代的丧葬观念习俗与礼仪制度》，《考古学报》2006 年 1 期。

② 王禹偁：《小畜集》卷十四《画继》，文渊阁四库全书，台湾商务印书馆，1986 年影印本。

③ 武怀军：《影堂源流考论》，《文史哲》2020 年第 4 期。

方可立庙，祭二世[①]。元丰改制后，相应文臣通直郎、武将修武郎以上为朝官。也就是说，以正八品为界限，正八品之上的官员立三庙，其余官员立二庙。这一规定大大降低了立庙的官品，使得大部分有品级的官员都有资格立庙祭祖[②]。这一品阶界限和我们所统计的北宋中晚期壁画墓墓主的身份非常吻合，即很少有品官使用壁画墓，即使有也是八九品的低级官吏。对于没有权力设立家庙的庶人，除了在家中设立祭堂外，则只能继续沿用已经被高层放弃的墓室壁画和砖雕来作为身份标识。

根据最近发掘的陕西蓝田吕氏家族墓的报道，吕氏家庙位于墓园正南方 500 米处，经实地调查和文献查阅证实，家庙遗址形制与勘探结果大致相同，乃北宋吕大临四兄弟所建[③]。根据碑石的记载，在夏县司马光墓附近，也建有司马光茔祠[④]。可见，除了在正寝附近择地立庙者外，也有恢复汉代墓祭的旧习而在墓侧立庙者。因此我们认为墓室壁画的消失和家庙与影祭的兴起有相当的关联性。

总而言之，市民阶层经济地位的上升，带动了其政治地位的上升，他们因而乘着唐末五代礼制破坏的风气，开始在墓葬壁画的使用上向上层靠拢。因为壁画墓的使用身份日益猬杂，已不能反映自己的特权，所以统治阶层开始使用家庙这一新的身份标识，这一变化最后导致壁画墓墓主身份发生了大颠倒。

---

① (元)马端临:《文献通考》卷一〇四《宗庙考十四》，中华书局，1986 年。
② 刘雅萍:《宋代家庙制度考略》，《兰州大学学报(社会科学版)》2009 年第 1 期。
③ 陕西省考古研究院:《陕西蓝田县五里头北宋吕氏家族墓地》，《考古》2010 年第 8 期。
④ 杨明珠:《司马光茔祠碑志》，文物出版社，2004 年。

唐宋拘束制度研究

——以唐宋《狱官令》为中心

刘可维

（南京师范大学）

所谓"拘束制度"是指在刑事监禁过程中，限制犯人身体自由的制度。在儒家的理想化政治典籍《周礼》中已记载有较为系统的拘束制度[①]。汉代以降，拘束制度一直作为历代刑狱体系中的重要组成部分。唐代的《狱官令》是有关司法、刑罚等事务的令典篇目，其中收录有多条涉及拘束制度的令文。宋代以唐令为底本编定的《天圣令》同样设置有《狱官令》的篇目，由此奠定了宋代拘束制度的法制基础。

众所周知，唐代令典早已散佚，《唐令拾遗》《唐令拾遗补》两书已基本复原了唐《狱官令》的内容。随着明钞本《天圣令》残卷的发现，《唐开元狱官令复原研究》进一步完善了相关令文的复原[②]。另一方面，《天圣令》残卷的发现也为探讨宋代制度提供了新史料。近年来

---

① 《十三经注疏》整理委员会整理《周礼注疏》卷三六《秋官·掌囚》："掌囚掌守盗贼，凡囚者，上罪梏拲而桎，中罪桎梏，下罪梏，王之同族拲，有爵者桎，以待弊罪。"（北京大学出版社，1999 年，第 959 页）

② 天一阁博物馆、中国社会科学院历史研究所天圣令整理课题组：《天一阁藏明钞本天圣令校证》，中华书局，2006 年。以下简称《校证》。

《天圣令译注》[①]、《〈天圣令·狱官令〉译注稿》[②]均对天圣《狱官令》进行了校勘、考释,促进了对其法律内涵的理解。

前代学者已广泛关注到唐宋《狱官令》中保存的拘束制度[③],不过由于同类令文在《狱官令》中较为分散,先行研究尚未系统整理诸令文间存在的关系,特别是唐宋之际相关制度的继承与变革。此外,《狱官令》部分令文所涉及的制度较为复杂,此前对于《狱官令》的考释主要集中于条文语义方面,未能从执行角度考察具体制度。鉴于现阶段研究中存在的不足,以及唐宋《狱官令》在中国法制史上的重要地位,本文希望全面整理唐宋《狱官令》中有关拘束制度的令文,系统探讨相关制度在唐宋间的发展与变迁。

一、唐宋的法定拘束具

有关唐代的法定拘束具,唐《狱官令》复原 57 条规定:

---

① 高明士:《天圣令译注》,元照出版公司,2017 年。

② 中国社会科学院历史研究所《天圣令》读书班:《〈天圣令·狱官令〉译注稿》,《中国古代法律文献研究》第 12 辑,2018 年。

③ 仁井田陞依据唐宋《狱官令》佚文与图像史料,考证了唐代以降多种拘束具及相关制度。参照氏著《中國法制史研究 刑法》第四部第十三章《敦煌發見十王經圖卷に見えたる刑法史料》、第十四章《中国の劇曲小説の揷畫と刑法史料》,东京大学出版会,1959 年。刘俊文、戴建国、邵治国等学者在探讨唐宋时代刑狱诉讼制度之际,考察了部分唐宋《狱官令》佚文。参照刘氏《唐代狱讼制度考析》,《纪念陈寅恪先生诞辰百年学术论文集》,北京大学出版社,1989 年;戴氏《宋代的狱政制度》,《上海师范大学学报》1987 年第 3 期(后收入氏著《宋代法制初探》,黑龙江人民出版社,2000 年);邵氏《唐代监狱制度述要》,《河北师范大学学报(哲学社会科学版)》2004 年第 6 期。此外,笔者也曾基于唐宋《狱官令》,探讨了枷、杻等拘束具的制度。参照拙稿《北魏·唐における枷について——獄官令の検討から見た》,《九州大学東洋史論集》第 43 号,2015 年;《敦煌本〈十王图〉所见刑具刑罚考——以唐宋〈狱官令〉为基础史料》,《文史》2016 年第 3 辑。

诸枷长五尺以上、六尺以下，颊长二尺五寸以上、六寸以下，共阔一尺四寸以上、六寸以下，径三寸以上、四寸以下。杻长一尺六寸以上、二尺以下，广三寸，厚一寸。钳重八两以上、一斤以下，长一尺以上、一尺五寸以下。锁长八尺以上、一丈二尺以下。[①]

此条令文规定了四种法定拘束具（枷、杻、钳、锁）以及其尺寸、重量的标准。其中刑具枷是用于拘束颈部的刑具，其基本形态由一长一短两块木板拼合而成，复原57条中“枷长”指两块木板中长板的长度，“颊长”指短板长度，“共阔”指两块木板拼合后的宽度。两块木板拼合后，中间需留有拘束颈部的孔洞，令文中的“径”即指这一孔洞的直径[②]。枷作为法定拘束具最早见于北魏时期，此后北齐、北周均继承了北魏枷禁的制度。而南朝的法制史料中并无使用枷的记录。据此可知，唐令中的枷源于北朝以来的制度[③]。

杻又写作杽，是一种腕部的拘束具。实际上，杻即对应于《周礼》所载“桎梏”中的“梏”，如《广雅》卷七《释宫》：“杽谓之梏。”[④]居延新简中记载有“□不相应●谨自杻械闭▨”（E. P. F22：486）[⑤]，可见从汉代起杻已作为一种拘束具。至南北朝时代，南北方政权均将杻确立为法

① 本文所引唐《狱官令》依据《唐开元狱官令复原研究》，称为“复原某条”。复原57条参照《校证》，第648页。

② 林沄：《枷的演变》，《中国典籍与文化》1994年第3期。

③ 前揭拙稿《北魏・唐における枷について》。

④ （清）王念孙：《广雅疏证》，江苏古籍出版社，1984年，第216页。又（唐）陆德明《经典释文》卷十一《礼记音义》：“梏，古毒反，今之杻也。”（中华书局，1983年，第175页）

⑤ 甘肃省文物考古研究所等：《居延新简》，文物出版社，1990年，第510页。

定的拘束具[①]。

此外，复原57中规定的钳原为一种铁制拘束具，广泛应用于汉代以来髡钳城旦舂等刑罚之中。基于西晋钳的重量（445克）远轻于汉代铁钳（1150～1600克），冨谷至指出西晋曾效仿东汉末曹操颁行的制度，将铁制钳改为木制[②]。从复原57“钳重八两以上、一斤以下”的规定来看，唐代的钳重约329.6～672克[③]。其重量明显小于汉代的钳，而与西晋钳相仿。由于唐代钳的重量较轻，如果采用铁制势必会造成其结构细小，这样一来将难以达到有效拘束犯人的目的。因此，唐代很可能继承西晋以来的制度，采用的是木制的钳。

锁为拘束犯人颈部的铁制锁链，其在文献中又被记作“琅当”、“银铛”等，汉代时已被用作押运、连行等特殊场合之中，此后其在南北朝时代进一步完成了法制化过程，成为常用的法定拘束具[④]。

与唐令相对，天圣《狱官令》宋49条（划线部分为笔者所示与唐令存在显著差别之处，以下宋令同此）：

> 诸枷，大辟重二十五斤，徒、流二十斤，杖罪一十五斤，各长五尺以上、六尺以下。颊长二尺五寸以上、六寸以下。共阔一尺四寸以上、六寸以下；径三寸以上、四寸以下。仍以干木为之，其长阔、轻重，刻志其上。杻长一尺六寸以上、二尺以下，广三寸，厚一

---

① 参照（清）沈家本《历代刑法考·刑具考》“杻”条收录的相关史料，中华书局，1985年，第1198页。

② ［日］冨谷至：《秦漢刑罰制度の研究》，同朋社，1998年，第113页。

③ 唐代一两（大两）约41.4～42克，一斤（大斤）约662～672克。参照丘光明、邱隆、杨平：《中国科学技术史（度量衡卷）》，科学出版社，2001年，第347页。

④ 参照（清）沈家本《历代刑法考·刑具考》“锁”条收录的相关史料，第1210—1213页。

> 寸。钳重八两以上、一斤以下，长一尺以上、一尺五寸以下。锁长八尺以上、一丈二尺以下。[1]

宋代在继承唐代拘束具种类的同时，根据罪行细化了枷的类型。与此同时，还增加了对枷材质上的要求，并规定在其表面标明尺寸、重量等信息。尽管唐令中明确了枷的尺寸，但唐、五代以来，现实的司法刑狱中广泛存在着违制的枷[2]。为防范此类刑狱中的弊端，北宋太宗朝就已下令完善枷的规制。《宋会要辑稿》刑法六之七七记载：

> 太宗淳化二年(991)九月，诏所置枷，徒、流罪重二十斤，死罪重二十五斤，并用干木，长短阔厚如令。
>
> (淳化)三年十月，大理寺丞惠价言："州县制枷多不如令。请委逐处知州、通判依令制造称校，一依等第书字刻讫，各据所犯罪施用。违者官吏劾罪，不如令者一切毁弃。"[3]

淳化二年，北宋在唐令的基础上，明确了枷的材质，以及死、流、徒诸刑所用枷的重量。次年，大理寺官员请求在枷的表面注明相关信息，以便全面推广标准化的枷。此外，如后文所述，真宗景德四年(1007)又颁布了对杖

---

① 本文所引宋令依据《校证》整理的《天圣令》令文，称为"宋某条"。宋49条参照《校证》，第418页。

② 如《新唐书》卷二〇九《酷吏传·敬羽》："京师平，任遇寖显，凶态不能忍，乃作巨枷……囚人多死。"(中华书局，1975年，第5919页)《旧五代史》卷三七《唐书·明宗纪》记载天成元年(926)十月刑部官员上奏："自兵兴以来，法制不一，诸道州县常行枷杖，多不依格律，请以旧制晓谕，改而正之。"(中华书局，1976年，第511页)

③ 刘琳等校点：《宋会要辑稿》，上海古籍出版社，2014年，第8571—8572页。

罪及以下犯人使用十五斤枷的规定。可见，天圣《狱官令》以唐令复原57条为基础，通过整理、吸收北宋前期的新制度，编定了宋49条。

在完善唐代以来拘束具相关规定的同时，北宋还进一步强化了检查刑具的制度。有关唐代相关制度，可参照唐《狱官令》复原4条：

诸州断罪应申覆者，刑部每年正月共吏部相知量，取历任清勤、明识法理者充使，将过中书门下，定讫奏闻，令分道巡覆。①

根据此条令文，唐代每年由刑部与吏部共同选定明识法理的官员作为使职，赴地方审核司法、刑狱事务。与此相应，复原6条规定：

诸覆囚使人至日，先检行狱囚枷锁、铺席及疾病、粮饷之事，有不如法者，皆以状申。②

据此，当中央派遣的使职官员到达地方后，其首要任务就是检查在狱犯人的拘束具、监禁环境等情况。与唐代制度相对，天圣《狱官令》宋4条规定：

诸举辖刑狱官，常检行狱囚枷锁、铺席及疾病、粮饷之事，有不如法者，随事推科。③

宋4条基本继承了复原6的内容，但二者限定的责任官员并不相同。

①② 《校证》，第644页。
③ 《校证》，第415页。

实际上，北宋已废除由使职官员赴地方监督刑狱的制度。这体现在天圣《狱官令》将前揭复原4条收录至“不行唐令”之中。也就是说，北宋不再实行复原4条的制度。另一方面，宋4条中的“诸举辖刑狱官”并非指某一具体官职，其主要包括管理各级监狱的官员[①]。此外，北宋于诸路还常设有转运使以及由转运使分化出的提点刑狱官，此类官员的重要职责之一即监督州县的狱政[②]，因此其也应属于“诸举辖刑狱官”的范畴。相比唐令而言，宋令中将检查拘束具、监禁环境的特定使职官员扩大为常设的各类刑狱官员与狱政监督官员，并将一年一度的检查频率改为日常性的检查。

二、唐宋一般犯人的拘束标准

在确立法定拘束具的同时，唐《狱官令》复原42条、复原45条等令文中分别规定了一般犯人与特权犯人在触犯五刑之际的拘束标准。其中复原42条规定：

诸禁囚，死罪枷杻，妇人及流罪以下去杻，其杖罪散禁。年八

---

① 参照前揭高明士主编：《天圣令译注》，第463页；中国社会科学院历史研究所《天圣令》读书班：《〈天圣令·狱官令〉译注稿》。

② 需要强调的是在编定《天圣令》之际，此条令文的对象并不包括提点刑狱官，这是由于仁宗朝曾于天圣六年（1028）至明道二年（1033）废除了提点刑狱司官（参照王晓龙：《宋代提点刑狱司制度研究》，人民出版社，2008年，第46—49页），其间正当《天圣令》编定的时期。不过，在《天圣令》的执行过程中，提点刑狱司官又再度发挥了监督狱政的职责。《宋会要辑稿》刑法六之五五载庆历七年（1047）三月河东转运司的奏言：“欲望令转运、提刑司每巡历至州县，先入刑狱中询问罪人……”（第8560页）最终，这一奏请获得了仁宗的许可。

十及十岁，并废疾、怀孕、侏儒之类，虽犯死罪，亦散禁。①

根据此条令文，唐代男性死刑犯佩戴枷、杻，女性死刑犯与男、女流刑以下（包括流、徒）的犯人，仅佩戴枷。杖罪的犯人应“散禁”，即不佩戴任何拘束具。虽然令文中没有言及笞刑的情况，但不难推断当触犯相比杖刑更轻的笞刑时，同样不应佩戴任何拘束具。除此之外，唐代服流刑、徒刑之际，犯人应“居作”，即接受强制性劳动。关于居作时的拘束制度，复原 21 条规定：

诸流徒罪居作者，皆著钳，若无钳者著盘枷，病及有保者听脱。不得著巾带……②

可见，在居作情况下，犯人应佩戴钳或者盘枷。众所周知，钳在秦代就已广泛用于拘束刑徒。至汉文帝十三年（前 167）刑法改革之际，正式确立了髡钳城旦舂的刑罚③。由此以降至南北朝之际，钳一直发挥着劳役刑拘束具的功能④。而徒刑的本质就是对罪犯实施强制性劳动的惩罚⑤。因此，唐代徒刑居作时佩戴钳无疑源于前代髡钳等刑罚的执行方式。与徒刑相对，从汉代至南北朝时，尚未形成流刑犯人服劳役

① 《校证》，第 647 页。

② 《校证》，第 645 页。

③ ［日］冨谷至：《秦漢刑罰制度の研究》，第 143—144 页。

④ 例如《隋书・刑法志》记载南朝梁仅次于死刑的刑罚“有髡钳五岁刑，笞二百”（中华书局，1973 年，第 698 页）。又同书同卷记北齐五等耐罪“并锁输左校而不髡。无保者钳之”（第 705 页）。

⑤ 刘俊文：《唐律疏议笺解》，中华书局，1996 年，第 30—32 页。以下简称《笺解》。

的固定制度。直到隋编定《开皇律》之际，首次将居作确立为流刑的附加刑[①]。唐律不仅继承了隋代的流刑制度，并改造了流刑居作的年限。在流刑与居作结合的法制背景下，徒刑所用的钳也被扩展为流刑居作的拘束具。此外，根据复原21条的规定，在没有钳的情况下，还可使用“盘枷”代替。所谓盘枷即一种特殊形制的枷，其整体呈盘状，同样用于拘束犯人的颈部[②]。

在唐令的基础上，天圣《狱官令》同样制定了与五刑相应的拘束标准，即宋36条：

> 诸禁囚，死罪枷杻，妇人及流罪以下去杻，其杖罪散禁。若隐情拒讯者，从别敕。年八十以上、十岁以下及废疾、怀孕、侏儒之类，虽犯死罪，亦散禁。[③]

与唐令相比，宋令中增加了“若隐情拒讯者，从别敕”的补充说明。“隐情拒讯者”即在讯问过程中抗拒审讯的嫌犯，其对应的拘束方式依据“别敕”中的规定。这里的“别敕”指附令敕，即《天圣令》的附敕[④]。景德四年宋真宗批准了河北提点刑狱陈纲的上奏，确立了杖罪以下及抗拒审讯之类的犯人佩戴十五斤枷的制度，相关规定最终应以诏敕的形

① [日]冨谷至：《漢唐法制史研究》第二部第二章《遷徙刑から流刑》，创文社，2016年，第311页。

② 有关盘枷的形象参见拙稿《敦煌本〈十王图〉所见刑具刑罚考》。

③ 《校证》，第334页。

④ 黄正建主编：《天圣令与唐宋制度研究》，中国社会科学出版社，2011年，第42—45页。

式下达[①]。笔者曾考证宋 36 条中"从别敕"的对象正是这份诏敕[②]。也就是说,"隐情拒讯者"应佩戴十五斤的枷。

此外,以唐令复原 21 条为基础,《天圣令》编定了宋 16 条,不过其内容删除了有关拘束具的规定:"诸流配罪人居作者,不得着巾带……"[③]与唐令复原 21 涉及流、徒两种刑罚不同,宋 16 的对象仅被限定为流刑居作的犯人。笔者认为这是由于随着北宋初年折杖法的颁行,仅流刑在执行折杖后,仍服一定的"配役",而徒刑已不再执行居作[④]。另一方面,宋代除流刑外,配军、编管等五刑外的刑罚中,也涉及劳役的情况。宋代以唐令为基础编纂《天圣令》时,面对唐宋间相关制度发生的明显变化,所采取的编纂方式之一即"保留旧文,只删不补"[⑤]。笔者认为由于宋代劳役的情况相比唐代变得更为复杂,《天圣令》在编定宋 16 条时,最终删除了复原 21 中"皆著钳,若无钳者著盘枷,病及有保者听脱"的部分[⑥]。

---

① 《宋会要辑稿》刑法六之七七载:"(景德)四年十二月二十八日,太常博士、河北提点刑狱陈纲言:'诸州勘事,杖已下,法当令众及抗拒不招当枷问者,未有定制。自今请置枷重十五斤。'命法寺参议,如纲奏,从之。"(第 8572 页)

② 前揭拙稿《敦煌本〈十王图〉所见刑具刑罚考》。

③ 《校证》,第 416 页。

④ [日]川村康:《宋代折杖法初考》,《早稻田法学》第 65 卷第 4 号,1990 年。

⑤ 戴建国:《宋〈天圣令〉"因其旧文,参以新制定之"再探》,《史学集刊》2017 年第 5 期。

⑥ 管见所及宋代法制史料中并无有关诸劳役场合拘束制度的明确规定,不过《续资治通鉴长编》卷二一四"熙宁三年八月戊寅"条记载中书上奏要求对于配军、编管等人员"量立役作时限,不得髡钳"(中华书局,2004 年,第 5212 页)。此外,《宋会要辑稿》刑法六之七八载庆历五年(1045)三月二十六日殿中丞田颖的上奏中介绍了盘枷的用途,从"锢身千里之外"的记述来看,其也用于远配的情况(第 8572 页)。因此,北宋很可能在实际的劳役场合中,仍继续使用钳与盘枷。

通过以上论述，可总结唐宋《狱官令》中适用于一般犯人的拘束标准如表一所示：

表一　唐宋《狱官令》所见一般犯人的拘束标准

时代、身份＼五刑		死	流	徒	杖、笞
唐	一般男性犯人	枷、杻	枷（居作时用钳或盘枷）	枷（居作时用钳或盘枷）	散禁
	一般女性犯人	枷	枷（居作时用钳或盘枷）	枷（居作时用钳或盘枷）	散禁
宋	一般男性犯人	枷（二十五斤）、杻	枷（二十斤）	枷（二十斤）	散禁、隐情拒讯等情况佩戴一十五斤枷
	一般女性犯人	枷（二十五斤）	枷（二十斤）	枷（二十斤）	散禁、隐情拒讯等情况佩戴一十五斤枷

三、唐代特权阶层的拘束标准

唐代在法律层面存在议、请、减、赎等特权身份，对于具有这些身份的犯人，唐令中规定了有别于一般犯人的拘束制度，即不行唐令 9 条。《校正》曾依据此条复原为唐《狱官令》45 条。《天圣令译注》《〈天圣令·狱官令〉译注稿》中均对该令文进行了校勘、考释。不过，复原 45 条内容较为复杂，此前的研究并未详细探讨令文中的具体制度，也未能辨析其中存在的矛盾之处。以下结合唐代特权阶层的法律权利，对复原

45 条展开进一步的考察。[①]复原 45 条规定(字母、数字为笔者标注):

A 诸应议请减者,① 犯流以上,若除、免、官当,并锁禁。② 公坐流,私罪徒(并谓非官当者),责保参对。B 其九品以上及无官应赎者,① 犯徒以上,若除、免、官当者,枷禁。② 公罪徒,并散禁。不脱巾带,办定,皆听在外参对。[②]

从对象所涉及的范围来看,复原 45 条中将特权阶层分为 A、B 两组,其中 A 组为具有议、请、减身份的犯人,B 组为九品以上以及无官应赎的犯人。

议、请、减的资格包括皇室成员、部分官员以及官员家属等多种身份,其中官员主要为七品以上诸官[③]。复原 45 规定了对于 A 组身份在①②两种情况下的拘束制度。①中所见"流以上"包括五刑中的死刑、流刑。此外,"除""免"包括"除名""免官""免所居官",三者是针对官员官职的惩罚[④]。此外,A①中的"官当"是官员在犯流刑、徒刑之际,以官抵罪的一种特权[⑤]。由于除、免、官当的对象只能为各级官员,因此 A①中"除、免、官当"仅面向具有议、请、减资格的官员,而"流以

---

① 笔者曾简要分析了相关制度,参照拙稿《〈天圣令·狱官令〉不行唐令第 9 条法制内涵解读》,《中国社会科学报》2020 年 8 月 3 日。

② 《校证》,第 647 页。令文标点根据文意有所修改。

③ 参照《唐律疏议》卷二《名例律》八议者(议章)、官爵五品以上(请章)、七品以上之官(减章)条。

④ 唐律中"免"通常包括免官与免所居官,参照《唐律疏议》卷三《名例律》除免官当叙法条中"免"的含义。"除名"指在触犯严重刑罚后,免去一切官爵的惩罚。"免官"为触犯部分刑罚后,免去职事官、散官、卫官、勋官的惩罚。而"免所居官"指在触犯特定刑罚后,免除所任一官的惩罚。参照《唐律疏议》卷二、三《名例律》除名条、免官条、免所居官条。

⑤ 参照后揭《唐律疏议》卷二《名例律》官当条。

上”则指具有议、请、减资格的非官员，以及非除、免、官当情况下的官员。根据复原45条，对于A①的犯人以锁拘束。

此外，复原45条A②部分为具有议、请、减资格者在触犯“公坐流”和“私罪徒”时的情况。“公坐”在B②部分又写作“公罪”，本条令文中二者的含义并无区别[①]。所谓“公罪”指官员在公务中无主观犯罪动机的过失和违法行为；而“私罪”则主要指官员在公务中以权谋私而获罪[②]。复原45条规定对于A②的犯人“责保参对”，即允许其保释并接受讯问。“责保参对”显然比A①“锁禁”的方式更为宽松。在实际中，与公罪的流刑相比，公罪徒、杖、笞诸刑的罪等更低，与私罪的徒刑相比，私罪杖、笞刑的罪等更低，因此对于这些犯人同样应采取相比“锁禁”更轻的“责保参对”。也就是说，A②的“公坐流”“私罪徒”应分别包括公罪流刑以下以及私罪徒刑以下之诸刑[③]。

根据《名例律》官当条，当官员触犯公罪、私罪的流刑和徒刑时，具有以官抵罪的特权，即官当。也就是说，A②“公坐流”“私罪徒”中包含的公罪流刑、徒刑以及私罪徒刑属于官当的范畴，理应按照A①规定处理。不过，A②特别补充说明“并谓非官当者”。对于这种“非官当”的“公坐流”“私罪徒”，令文以及之前的考释中并未给与明确解释。对

---

① 滋贺秀三曾指出“公坐”与“公罪”的含义相同。参照［日］滋贺秀三：《唐律疏議訳註》，东京堂，1979年，第238页。此外，梅原郁认为在个别场合下不能将二者完全等同，但其含义大体相仿。参照［日］梅原郁：《宋代司法制度研究》，创文社，2006年，第717页。A②中“公坐流”与“私罪徒”相对，因此复原45中的“公坐”与“公罪”应无区别。

② 《唐律疏议》卷二《名例律》官当条，《笺解》，第182页。另参照柏桦、葛荃：《公罪与私罪——中国古代刑罚政治观》，《政治与法律》2005年第4期。

③ 在唐宋律令中常见此类省略表述。如前揭复原42规定“杖罪散禁”的对象实际包括杖罪以及相比杖罪更轻的笞罪。此前的研究往往忽视了这一点。

此有必要从官当的执行方式入手展开分析。《唐律疏议》卷二《名例律》官当条规定：

诸犯私罪，以官当徒者（私罪，谓私自犯及对制诈不以实，受请枉法之类），五品以上，一官当徒二年；九品以上，一官当徒一年。若犯公罪者（公罪，谓缘公事致罪而无私、曲者），各加一年当。以官当流者，三流同比徒四年。①

根据上述记载，可整理官当的比定标准如表二所示：

表二　官当的比定标准②

官品 罪别	五品以上	六品以下至九品以上
私罪流、徒	一官当徒二年	一官当徒一年
公罪流、徒	一官当徒三年	一官当徒二年

如前所述，九品以上官员在犯流、徒之际应以官当抵罪。然而，实际中也存在着不执行官当的情况。《名例律》以官当徒不尽条规定：

诸以官当徒者，罪轻不尽其官，留官收赎；官少不尽其罪，余罪收赎。

疏：议曰：假有五品以上官，犯私坐徒二年，例减一等，即是"罪轻不尽其官，留官收赎"。官少不尽其罪者，假有八品官，犯私

① 《笺解》，第182—183页。
② 另参照《笺解》，第192页。

坐一年半徒，以官当徒一年，余罪半年收赎之类。①

根据此条唐律，当官员以官抵罪换算的徒刑年数，比实际所犯徒刑年数多的情况下，可不执行官当，而以纳铜抵罪。结合表二，笔者整理七品以上官员理论上官当的情况，如表三所示：

表三　七品以上官员官当情况表②

官品＼罪等		徒刑					流刑
		一年（原一年半）	一年半（原二年）	二年（原二年半）	二年半（原三年）	三年（原二千里流）	比四年（原三千里、二千五百里）
五品以上	私罪（一官当徒二年）	一官官当不尽	一官官当不尽	一官官当	一官官当，半年听赎	一官官当，一年徒听赎	二官官当
	公罪（一官当徒三年）	一官官当不尽	一官官当不尽	一官官当不尽	一官官当不尽	一官官当	一官官当，一年徒听赎
六·七品	私罪（一官当徒一年）	一官官当	一官官当，半年听赎	二官官当	二官官当，半年听赎	三官官当	四官官当
	公罪（一官当徒二年）	一官官当不尽	一官官当不尽	一官官当	一官官当，半年听赎	一官官当，一年徒听赎	二官官当

以《疏议》所举案例为例，当一名五品官因私罪犯徒刑二年，按照议、

① 《笺解》，第242页。

② 《唐律疏议》卷二《名例律》官爵五品以上（请章）条、七品以上之官（减章）条规定七品以上官员流罪以下减刑一等。另外，根据官当条中“三流同比徒四年”的规定，官员在犯流刑之际，“三流”（二千、二千五百、三千里的流刑）均换算为四年的徒刑。

请、减的特权，其应减刑一等，即应判徒刑一年半，而五品以上官员的一个告身可官当两年徒刑，因此出现了“罪轻不尽其官”的局面。在这种情况下，不施行官当，而采用赎铜的方式抵罪，由此构成了 A②中“非官当”的条件，对于该官员应“责保参对”。再如，某五品以上官员犯公罪三千里的流刑，由于可减刑一等，因此应判二千五百里的流刑。根据前揭“三流同比徒四年”的规定，其罪换算为四年的徒刑。在公罪条件下，五品以上官员一官当徒三年，因此在执行完一官官当后，该官员仍剩余有一年的徒刑。此时，剩余的一年徒刑仍应“留官收赎”，即不执行第二次官当，而以赎铜的方式抵罪。不过，这种情况是在执行官当后的赎，因此该官员依然属于复原 45 条 A①的范畴，即在监禁过程中以锁拘束。实际上，只有官员在触犯相对较轻的罪行时才会出现一官官当不尽的局面，这也是复原 45 将具有官当资格者分为①(执行官当)、②(“非官当”)两类，并分别执行不同程度的拘禁、审问方式的原理。

以下再来探讨复原 45B 的规定，在 B 的对象中“九品以上”指八、九品官员，“无官应赎者”指具有“减”资格官员的祖父母、父母、妻及子孙[①]。而根据 B①的规定，上述两类犯人当犯徒刑以上(死、流、徒刑)以及除、免、官当的情况下，采用枷禁。此外，B②中规定在“公罪徒”的情况下，对于相关犯人“散禁”，即在监禁过程中不佩戴任何刑具。结合前文 A②的规定，B②中的“公罪徒”同样是指“非官当”的情况。整理八、九品官员理论上官当的情况，如表四所示：

---

① 《唐律疏议》卷二《名例律》应议请减条(赎章)条。

表四　八、九品官员官当情况表

罪等 官品		徒罪					流罪
		一年	一年半	二年	二年半	三年	比四年
八·九品	私罪（一官当徒一年）	一官官当	一官官当，半年徒听赎	二官官当	二官官当，半年徒听赎	三官官当	四官官当[①]
	公罪（一官当徒二年）	一官官当不尽	一官官当不尽	一官官当	一官官当，半年徒听赎	一官官当，一年徒听赎	二官官当

复原45B②中并未言及私罪情况下的“非官当”，参照表四可知八、九品官员私罪情况下一官当徒一年，而徒刑最低的一等即为一年，所以一般情况下并不会出现一官官当不尽的局面。以上探讨了唐令复原45条中对于各类特权阶层的拘束制度。复原45条的内容是依据宋《天圣令》残卷《狱官令》中“不行唐令”第9条复原而成。也就是说宋令最终放弃了复原45条的制度。实际上，这与宋代法制中特权的萎缩密切相关[②]。从现存天圣《狱官令》的条文来看，其中并未收录有适用于特权阶层的拘束制度。可以肯定，至北宋编定《天圣令》之际，在令典层面已废除了相关制度。

四、特殊情况下免除拘束的制度

前揭有关一般犯人拘束标准的复原42条中明确规定“年八十及

---

① 前揭《名例律》官当条“以官当流者，三流同比徒四年”条疏议记载：“假有八品、九品官，犯私罪流，皆以四官当之；无四官者，准徒年当、赎。”（《笺解》，第183页）

② 潘萍：《〈天圣·狱官令〉与唐宋司法理念之变》，《法制与社会发展》2017年第6期。

十岁，并废疾、怀孕、侏儒之类，虽犯死罪，亦散禁”。此后，宋36条中完整继承了这一部分的令文。在中国古代的儒家经典中，就已形成在司法审判中优待年长、年幼等群体的思想，其最为系统地体现在《周礼》所载“三赦”制度中。《周礼》卷三六《秋官・司刺》载：

司刺掌三刺、三宥、三赦之法……壹赦曰幼弱，再赦曰老旄，三赦曰惷愚。[①]

随着儒家思想影响的不断深化，上述三赦的理念也被运用于现实的行政、司法之中。汉景帝曾下诏免除刑狱中对年长、年幼、残疾等群体的拘束，《汉书》卷二三《刑法志》记载：

(后元)三年(前141)复下诏曰：“高年老长，人所尊敬也；鳏寡不属逮者，人所哀怜也。其著令：年八十以上、八岁以下，及孕者未乳、师、朱儒当鞫系者，颂系之。”[②]

这里所见“颂系”即相当于唐宋令文中的“散禁”[③]。诏书中所见“其著令”是汉代编定令典之际的常见用语，指将皇帝颁布的诏作为持久的、普遍性的法令[④]。可见，后元三年诏中的相关规定在此后成为了

① 《周礼注疏》，第946—947页。
② 《汉书》，中华书局，1962年，第1106页。
③ 前揭《汉书・刑法志》后元三年诏条颜师古注：“颂读曰容。容，宽容之，不桎梏。”(第1108页)
④ [日]冨谷至：《晋泰始律令への道——第一部 秦漢の律と令》，《東方学報(京都)》第72册，2000年。

一条通行的法令。此后西汉平帝、东汉光武帝等均颁布过类似的规定①。汉代形成的在刑狱中优待特殊群体的法令对后世产生了深远影响。《隋书》卷二五《刑法志》:

> (南朝梁)耐罪囚八十已上,十岁已下,及孕者、盲者、侏儒当械系者……并颂系之。②
>
> (北朝北齐)自犯流罪已下合赎者,及妇人犯刑已下,侏儒、笃疾、癃残非犯死罪,皆颂系之。③

上述北齐条中所见"合赎者"指具有赎罪资格的犯人,其中包括六十六岁以上以及十五岁以下的"老小"④。由此可见,虽然南北两朝对于具体的年龄限定不同,但均在拘束制度层面存在优待年长、年幼以及身体残疾等群体的制度。复原42条中"年八十及十岁,并废疾、怀孕、侏儒之类,虽犯死罪,亦散禁"的直接法源无疑可以追溯至上述南北朝乃至汉代的法令,而其法制思想与《周礼》"三赦"的理念一脉相承。

除免除特殊群体罪犯的拘束外,唐令中还规定了当一般罪犯患病之际,也具有免除拘束的权利。复原60条规定:

---

① 《汉书·平帝纪》元始四年(4)春正元诏,第356页;《后汉书·光武帝纪》建武三年(27)庚辰诏,中华书局,1965年,第35页。

② 《隋书》,第700页。

③ 《隋书》,第706页。

④ 《隋书》卷二五《刑法志》载北齐"合赎者"为:"谓流内官及爵秩比视、老小阉凝并过失之属。"(第706页)同书卷一九《食货志》:"至河清三年定令……六十六已上为老;十五已下为小。"(第677页)

诸狱囚有疾病，主司陈牒，长官亲验知实，给医药救疗，病重者脱去枷、锁、杻，仍听家内一人入禁看侍（若职事、散官三品以上，听妇女、子孙内二人入侍）。其有死者，亦即同检，若有他故，随状推科。①

该令文规定当狱囚病重时，经核实可解除其拘束。又前揭复原21条中也存在类似的规定，即“诸流徒罪居作者，皆著钳，若无钳者著盘枷，病及有保者听脱”。为保证狱囚的上述权利，唐律中还规定了违反相关令文的惩罚措施。《唐律疏议》卷二九《断狱律》规定：

诸囚应请给衣食医药而不请给及应听家人入视而不听、应脱去枷、锁、杻而不脱去者杖六十，以故致死者徒一年。②

与上述律令相应，白居易所作《得甲在狱病久请将妻入侍法曹不许诉称三品已上散官》的判文中记载：

狱虽慎守，病则哀矜。苟或无瘳，如何罔诏？甲罪抵刑宪，身从幽絷。忧能成疾，膏肓之上未痊；危则思亲，缧绁之中有请。势穷摇尾，念切齐眉。卧或十旬，既轸弥留之惧；官惟三品，宜从侍执之辞。敢请法曹，式遵令典。③

① 《校证》，第649页。
② 《笺解》，第2027页。
③ 朱金城笺校：《白居易集笺校》，上海古籍出版社，1988年，第3598页。

这份判中记载了一位三品以上的散官在狱中病重请求妻子入狱服侍的内容。从“膏肓之上未痊”“既轸弥留之惧”的表述来看，该官员处于病重状态。根据本判的题目可以确定，当时的法曹并未允许官员之妻入狱侍奉。对此判中要求“式遵令典”，这里所说的“令典”无疑指上述复原 60 条。由此展现了相关令文在现实中的应用。

除细微之处存在差异外，宋 52 条几乎完整继承了上述复原 60 条的内容[①]。宋代此后编定的《断狱令》中也继承了相关制度。《庆元条法事类》卷七四《刑狱门四》引《断狱令》：

> 诸囚在禁病者，即时申州（外县不申），差官视验，杖以下（品官流以下），情款已定，责保知在，余别牢医治，官给药物，日申加减（在州仍差职员监医，其取会未圆，责送官司，知管者准此），轻者不妨取问，稍重者去枷、锁、杻，仍量病势听家人一名入侍（四品以上官若妇人有官品封邑者，听妇女、子孙二人入侍）。其困重者，州差不干碍官押医看验有无他故，及责囚得病之因申州。虽犯徒、流罪而非凶恶，情款已定者，亦听责保知在。元差官每三日一次看验病损，日勾追结绝。[②]

本条令文源于南宋绍兴三年（1133）编定的《重修断狱令》[③]。从内容

① 《校证》，第 419 页。

② （宋）谢深甫：《庆元条法事类》，新文丰出版公司，1976 年，第 512、513 页。

③ 《宋会要辑稿》刑法六之六三至六四中记载绍兴二年（1133）七月十五日刑部上奏了与上述《断狱令》相仿的内容，并获得高宗的许可，其规定应由此产生。此外，《宋会要辑稿》刑法六之六四中还记载：“（绍兴）三年三月五日，敕令所增修到条法，已入《绍兴重修敕令》及《重修断狱令》。”（第 8565 页）可见至绍兴三年增补了《重修断狱令》，上述令文应在此时补入《断狱令》中。

上看，该令文不仅继承了宋52条中根据病情向病囚提供医药、免除拘束具、允许家人看护等措施，甚至还进一步允许除“凶恶”之外的犯人经过审核后在接受监督的条件下保外就医（即“责保知在”）。可见，相关制度在南宋时期获得了进一步的完善。

结 语

在前代制度基础上，唐《狱官令》将枷、杻、钳、锁确立为法定拘束具，并从一般犯人的拘束标准、特权阶层犯人的拘束标准、特殊情况下免除拘束等方面构建起唐代的拘束制度。南北朝之际，虽已形成了五刑体系的雏形，但刑名与执行方式尚未统一。伴随着五刑体系的完善，唐《狱官令》明确了诸刑罚的拘束标准，从刑罚实施层面完善了五刑制度。可以说唐代的拘束制度构成了当时五刑体系建设中的一环。众所周知，北宋《天圣令》是在以唐令为底本、参考宋代新制的指导方针下编纂而成的。从拘束制度方面来看，天圣《狱官令》的令文展现出多种编定方式，其中如宋52条（患病罪犯免除拘束）几乎完全继承了唐令令文，而宋49条（法定拘束具种类）、宋36（一般犯人的拘束标准）则是基于北宋前期的新制度，通过修订相应唐令成文的。甚至还存在着如不行唐令9条（特权阶层犯人的拘束标准）那样完全废除唐代制度的情况。与此同时，相关令文还展现出与北宋折杖法以及天圣编敕间的密切关系。由此可见，天圣《狱官令》中有关拘束制度的令文是在北宋新的法制背景下，对唐代制度的深入改造与进一步发展。

蒙元时期的南人士族

——以任仁发家族为例的考察

王建文

任仁发(1255—1328),青浦青龙镇人,元代著名水利家、画家,有《水利集》10卷及《二骏图》《张果见明皇图》等画作传世。关于任仁发家族的研究,在20世纪50年代以前,由于资料匮乏,鲜有学者论述。1952年当地村民平整土地将任氏家族墓葬破坏,出土了大批珍贵文物及墓志,经上海市文物管理委员会及青浦县法院追缴后归藏博物馆[①]。这批文物在当时引起考古文博界的极大注意,也是元代考古的重要发现。

宗典最早披露了任氏家族墓的出土墓志情况,并考证了其中的一方墓志志主为元代任仁发[②]。1982年,沈令昕、许勇翔在《文物》杂志发表了《上海市青浦县元代任氏墓葬记述》一文,比较全面系统地发表了元代任氏家族墓出土文物并作了研究,引起了学界的关注。[③] 自普陀志丹苑元代水闸遗址发现后,发掘者对其建造年代、建筑工艺、功用

① 沈令昕、许勇翔:《上海市青浦县元代任氏墓葬记述》,《文物》1982年第7期。

② 宗典:《元任仁发墓志的发现》,《文物》1959年第11期。

③ 沈令昕、许勇翔:《上海市青浦县元代任氏墓葬记述》,《文物》1982年第7期。

等进行了深入研究，认为其即是任仁发主持建造的赵浦闸①。何继英通过查阅上海博物馆档案及走访当地群众，对任氏家族墓文物流失情况作了详细的调查②。最近陆明华在《东方早报》艺术评论专栏发表《元代任氏家族及其墓葬出土瓷器》，对任氏家族相关文献材料及出土瓷器的相关问题作了研究③。任氏家族墓虽未经科学发掘，但由于出土文物精美，出土的瓷器、漆器、金银器、砚台等散见于各种图录，在相关论文中也多有引用。尽管如此，迄今仍未有论者将任氏家族放在蒙元帝国的宏观背景下作一考察，本文拟在前辈研究基础上，结合文献、考古及传世画作，对任仁发家族进行个案研究，以就正于方家。

一、史料的检讨

关于任氏家族的史料非常少，主要有元末著名诗人王逢的《梧溪集》、元人张观光的《屏岩小稿》、陶宗仪的《书史会要》、《二马图》的跋文及其他传世画作的题跋、《水利集》及赵孟頫的跋等。20 世纪 50 年代以后陆续收集的任氏家族墓志 8 方，除任仁发墓志可与方志互补

① 志丹苑考古队:《志丹苑水闸遗址的发掘与研究》,《上海文博论丛》2003 年第 1 期。上海博物馆考古研究部:《上海市普陀区志丹苑元代水闸遗址发掘简报》,《文物》2007 年第 4 期。何继英:《志丹苑元代水闸遗址与元水利专家任仁发》,《上海博物馆集刊》2012 年第 12 期。

② 何继英:《失而复得的元任仁发家族墓随葬品》,《云间文博》第八卷,上海古籍出版社,2013 年,第 6—22 页。

③ 陆明华:《元代任氏家族及其墓葬出土瓷器》,《东方早报 · 艺术评论》,2014 年 6 月 18 日。

外，其余7方墓志所记多未见于方志，可谓“地下之新材料”[①]。

关于任仁发的史料，主要见于元人的文集，已有学者进行了汇编[②]。其中《谒浙东宣慰副使致仕任公及其子台州判官墓（有后序）》[③]详细记载了任仁发的生平，可补墓志之不足。兹录于下：

残阳燠青苔，桧夹神道古；
眷惟任公茔，穹碑几风雨。
龙江余衣带，驼阜犹偃釜；
荒寒螘尊垤，惨淡蛟迁户。
旧封四名邦，包络吴水府；
不有疏导迹，未已昏垫苦。
右军社稷器，世仰法书祖；
公也白公郑浑才，游戏追顾虎。
台州我姻娅，晚节托元圃；
袝陇面北辰，霜至亦宿莽；
怆恍来轩车，头颅整章甫。

予避地青龙时，闻遗老言：东尽艾圻浦，皆葭菼茅筱，居氓十余家，日弋水禽野雉为业。公产是间，辄异群儿习，负笈力学，年

① “吾辈生于今日，幸于纸上之材料外，更得地下之新材料；由此种材料。我辈固得据以补正纸上之材料，亦得证明古书之某部分全为实录，即百家不雅驯之言，亦不无表示一面之事实。此二重证据法，惟在今日始得为之。”王国维：《古史新证——王国维最后的讲义》第一章《总论》，清华大学出版社，1994年，第2—3页。

② 陈高华：《元代画家史料汇编》，杭州出版社，2004年，第226—235页。

③ （元）王逢：《梧溪集》卷六，知不足斋丛书本。

十八，第郡试。既冠，宋革命，袖一刺见游平章。奇之，辟宣慰橼。既省授青龙逻官，俘蟠龙寺作耗者，尽释胁从。至元二十五年，擢海道副千户，以功转正千户。会征交趾，改海船上千户。

是年，浙西淫潦。建言："河沙汇乃吴淞咽喉，不先此而他浚，罔效。"大臣不纳，后果湮塞。大德七年，重涝。平章阇里起公督七十余里万畚锸之役，井然有条。率入觐，成宗老赉有差，进都水监臣。至大元年，除同知嘉兴。又明年，迁中尚院判官。适大都通惠河闸底钻木汛涌流覆舟，讹传有怪物，中书檄公，不兼旬缮完。会通梗塞，复窒泉眼，镬僵沙，舟楫以达。升都水少监。河决汴梁，溢入归德府治，公结篴篠凤埽实河口，筑堤五百余里以扞横流，编户奠宁。延祐三年，出知崇明，修学阐教，民胥兴行。至治二年，盐官海激岸崩，镇江练湖淤积，并命公治，海岸以固，邦赋无阻。泰定改元，诏赐银币。与行省朶班左臣部六郡夫疏导吴淞二道、大盈、乌泥二河，事竣，加江阴尹。以七秩闻，上不听，特任都水庸田使司副使。计创石闸六，筑塍围八千，浚沟汊千有奇，太湖众水东入于海。四年，盐官海荐为害，公一如制，河决，用再帖安。以中宪大夫浙东道宣慰使司副使致仕，寿七十三卒。

讳霆发，字子明，月山其号也。所著水利书具存。尤善画，其《熙春》《天马》二图，仁宗诏藏秘监。其先本徐邳三山人。考珣，赠高邮知府；妣夏，妻高，并赠乐安郡君。子姓多致通显。曰：贤明，精窦太师针焫。至正初(1341)，学士揭傒斯引见，上欲官之，辞归。监丞陈旅送以序。曰：贤佐，由荫累官台州判官，阶从五品，遭乱，遂远引。相知予久，长儿掖实娶台州女。殁而自乌泾往祭，就谒宣慰公墓。宣慰孙璞，尝割田二顷，赡青龙镇学，中年谢军职。迨世变,一褐亩庐,义不去圻上。因示墓碑,乃录其概于诗后以归之。

任仁发墓志,高 90.5 厘米,宽 49 厘米,文共十一行,行十九格,正书。志文大部分磨损,文字漫漶不清,现藏青浦区博物馆。录文如下[①]:

先考任公,讳仁发,字子明,号月山。世居嘉禾青龙/镇东。父珣,故赠中顺大夫高邮府知府上骑都尉/封乐安郡。妣高氏,追封乐安郡君。先考历仕至中/宪大夫、浙东宣慰副使,泰定四年冬逝于正寝。呜/呼!公生于宝祐二年七月十二日午时,卒于丁/卯十二月□□日□时,享年七十三。娶高氏,先殁。/继黄氏,□□□□。子□人,女八人,孙男十二人,孙/女□□人。□□□□□以泰定五年三月初九日/□□□□□□□□□□郭巷泾南之祖茔,故记其/□□□□□□□□□□□ □□□□泣血谨书/□□□□□□□□□□世泽填讳。/

除此外,任仁发的传记尚见于崇祯《松江府志》卷三十七《人物二·宋元贤达》、弘治《上海志》卷八、光绪《青浦县志》及《新元史》卷一百八十七等史志。上述几家史志,所载与王逢序如出一辙,并无新史料,可见撰写传记时,所据仍是王逢的《谒浙东宣慰副使致仕任公及其子台州判官墓(有后序)》。

---

① 何继英:《上海唐宋元墓》,科学出版社,2014 年,第 168—169 页。

王逢的序是任仁发孙任璞"因示墓碑,乃录其概于诗后以归之",也就是说王逢所记的任仁发生平是根据其孙子任璞家里所藏的墓志副本抄录。古人有在家中收藏墓志副本的习俗,如任贤德墓志载"姑叙其岁月梗概,纳诸幽,而藏其副于家"。对比王逢的序与出土墓志,可知墓志记载非常简单,仅有一百六十余字,对于墓主的生平事迹几无记载,而其三个儿子任贤才、任贤能、任贤德的墓志字数都在四五百余字,对主要事迹记载颇详。因此,他的墓志可能有两个版本,随葬的墓志,对其一生事迹略而不记,可能出于生前之遗愿。较详细的墓志副本,则藏于家中,传之于子孙后代。任氏一生虽致力于水利,但却"不遇于世",世人对其褒贬不一,以至于其发出"知我罪我,其惟《春秋》"的感叹。他的墓志,或许隐含着任凭后人评说的寓意。

也有学者认为该墓志应该是墓碑[①]。前引王逢诗中记载"残阳燠青苔,桧夹神道古;眷惟任公茔,穹碑几风雨",说明任仁发的墓有神道及穹碑,与其四品官身份相符。穹碑为高大圆顶的石碑,而现在出土的尺寸较小的方碑,与王逢前述及任仁发身份皆不符。且该碑既无碑首篆额,也无碑文名称,与墓碑形制不符。因此,其不大可能为墓碑。

关于任仁发的生平,有几点需要阐明。王逢的序记任仁发"负笈力学,年十八,第郡试"。崇祯《松江府志》卷三十四"乡贡进士"条记:"任仁发,未详何年,十八中式。"根据其年龄推算,任仁发应该是南宋淳祐八年(1272)举乡贡进士。"至元十四年,伯颜大军攻陷南宋首都临安,南宋亡。至元十六年,游显迁中奉大夫、中书右丞、行浙西宣慰

① 陈菊兴:《任仁发墓志考述》,《青浦碑刻》,上海青浦博物馆,1998年,第260—268页。

使。"[①]约在至元十六年(1279)，任仁发以南宋举人的身份，自持名刺往见时任中奉大夫浙西道宣慰使游显。游氏慧眼识才，将其纳入府中，负责整理文书档案。由此，任仁发开始了其作为一个身历两朝的"南人""由吏而仕"的艰辛人生，也是那个时代期望仕进的南人的一个缩影。

二、任仁发家族的谱系

20世纪50年代至90年代，在青浦区高家台相继收集了任氏家族墓地出土的8方墓志及3方墓碑，主人公分别为任仁发、任贤才、任贤能、任贤德、任良佑、任良辅、陈明、钦察台氏守真荣，结合方志史料，可对任氏家族谱系作一梳理[②]。

据任仁发及其子墓志可知，任氏祖籍徐邳三山，即今徐州市铜山县。祖父任通，妻胡氏，宋代在苏州官至宣义郎，七品阶，遂安家于青龙镇。至任仁发父亲任珣这一辈，家道中落，居于青龙镇东艾其浦，"日弋水禽野雉为业"，以任仁发官职赠中顺大夫高邮府知府上骑都尉，追封乐安郡伯，母夏氏，追封乐安郡君。子二人，为任仁发、任仲父。

任仁发(1255—1328)，字子明，号月山，传世画作常钤"月山道人"印，显示其与道教的关系颇深。累官至浙东道宣慰副使致仕，四品阶。原配高氏，先殁。继室黄氏，妾毕氏。子5人，黄氏生贤德、贤能，毕氏生贤才，另有贤明、贤佐。女8人。孙男12人，孙女人数未知。

---

① 柯劭忞：《新元史》列传六十四。

② 关于任氏家族的谱系，最早梳理可见黄莎莉：《元任子昭奔马图》，《新亚学术集刊》第四期，1983年，第303—309页。该文对任氏谱系考证颇详，惜其时任贤才、任良辅墓志尚未发现，致有疏漏，今略加补正。

任仁发子贤才、贤能、贤德出土有墓志[①]，贤明、贤佐见于王逢的序。

任贤才(1284—1356)，字子文，自号野云。承务郎汴梁路考城县尹兼管诸军与鲁劝农事知河防事，从六品阶。妻孟氏，宜人。子3人，长子时，娶徐氏，早卒。次子晖，娶徐氏、曹氏。三子昉，娶诸氏。孙男3人，炳、赟、焕。孙女5人。

任贤能(1285—1348)，字子敏，号云间子。承务郎宁国路泾县尹兼劝农事知渠堰事，从六品阶。原配丁氏，封宜人，先殁。继室沈氏，封宜人。子3人。长子士中，娶俞氏，早逝；次子士诚，娶章氏；三子奴奴。女4人。长女妙宁，赘王畋；次女妙静，嫁钱氏；妙严，嫁周氏；三奴。孙子1人，兼善。孙女4人。黄庚《送任子敏司丞赴北》："鞭影托云入帝京，少年正好作功名。不辞驿骑三千里，欲奋鹏抟九万程。白玉楼中挥翰墨，黄金台上被恩荣。何须折柳送行色，只写诗篇话别情。"[②]该诗即是黄庚送别任贤能赴京所作。

任贤德(1289—1345)，字子恭。提举，擅长水利家传之学。妻金氏。子3人。长子士质，娶蒙古必阇赤高时中之女；次子士文，参监修国史掾史，娶南安路达鲁花赤别里怯之孙女；三子士珪，娶教授徐于正之女。女2人。长女嫁徐子敬学录，次在室。孙男3人，佐才、太平奴、百家奴。孙女7人。

任贤明，生卒年不详，精窦太师针灸术。至正初年(1341)，由总修宋、辽、金三史、"元诗四大家"之一的揭傒斯引见，元惠宗欲授官，辞

① 本文任氏家族墓志皆引自何继英:《上海唐宋元墓》，科学出版社，2014年，第167—184页。以下不再注明。

② (元)黄庚:《月屋漫稿》，文渊阁《四库全书·集部》，上海古籍出版社，1987年。

归。著名文学家陈旅赠序送别[①]。

文献中尚有任子昭者，见于如下记载：

> 任子昭，仁发之子，画人马，能绍父业[②]。
>
> 〈西域奇术〉任子昭云："向寓都下时，邻家儿患头疼，不可忍，有回回医官，用刀划开额上，取一小蟹，坚硬如石，尚能活动，顷焉方死。疼亦遄止。当求得蟹，至今藏之。"[③]
>
> 送任子昭北上 [④]
>
> 江南二月柳如缫，欲折未折风骚骚。天上神京春色好，兰台玉堂多俊髦。龙江公子少年日，乃翁携之与游遨。翰墨之余及丹青，譬彼鲁削非凡刀。胡为历碌风尘下，与世俯仰犹桔槔。未必屠龙不及豨，要是钓鱼须钓鳌。亟亟上书自荐达，一刺民瘼针如毛。

上述史料说明，任子昭是仁发子。"龙江"即青龙江，任仁发曾在青龙江筑来青楼、揽辉阁，也称"青龙任月山"[⑤]，古人常用出生地指代其人，"龙江公子"[⑥]亦即任仁发之子。任子昭继承父业，擅画人马，兼

---

① (元)王逢：《梧溪集》卷六，《谒浙东宣慰副使致仕任公及其子台州判官墓》，知不足斋丛书本。

② (清)王原祁等：《佩文斋书画谱》卷五十四引《书画史》。

③ (元)陶宗仪：《南村辍耕录》卷二十二，中华书局，1959年。

④ (元)黄玠：《送任子昭北上》，《弁山小隐吟录》。

⑤ (元)白珽：《赠青龙任月山》，《湛渊遗稿》，武林往哲遗著本。

⑥ "公子"在古诗文中有几个含义，一指诸侯之庶子，以区别于世子；二是尊称富贵人家的子弟；三是敬称他人之子。此处的"青龙公子"应是第二层含义。洪再（转下页）

及书法，少年时随父游历。后北上游历大都，上书自荐，体恤民间疾苦，针砭时弊。从其对回回医术的记载看，很可能对中医有涉猎。上述记载与王逢序中的任贤明多有相合，就目前材料而言，任仁发五个儿子，只有任贤明不知字号，他们很可能是同一人，子昭或即任贤明。

任贤佐，字子良①，由荫累官台州判官，从五品阶，遭乱，遂远引。与王逢为亲家，长子王掖娶贤佐女②。任贤佐生卒年不详，王逢于1366年迁居乌泾③，“（贤佐）殁而自乌泾往祭”，因此贤佐应逝于1366年之后。有《人马图》《三骏图》传世④。

任良佑（1281—1338），任仲夫长子，字子德。母高氏。敕授集庆路溧阳州儒学教授。妻吴氏。子5人，敬德、敬诚、敬古、敬蔄、敬善。女5人。孙男8人，孙女5人。

陈明（1286—1351），任仲夫次子，字彦古，号云山。因过继给姑父陈勇，遂改姓陈。累官中议大夫同知赣州路总管府事，从三品阶。原配章氏，封颍川郡君。继室色目氏。子4人。长子补贤，娶张氏；次子

（接上页）新认为青龙公子“这表明他是任仁发的儿子，但是次子而非长子”，参见氏著《元季蒙古道士张彦辅〈棘竹幽禽图〉研究》，《新美术》1997年第3期。

① （元）王逢：《梧溪集》卷一《简任子良县尹》：“儒雅南陵尹，归吴赋遂初；画传韩干马，羡煮季鹰鱼。”卷五《任子良县尹除奉训大夫台州判官》：“逢避地相邻，而又姻娅之好，承闻大军驻汴，经略使已至浙东，小康有日。先诗奉贺子良，名贤佐，宣慰仁发之嫡子也。”可知任贤佐字子良。

② （元）王逢：《梧溪集》卷六《谒浙东宣慰副使致仕任公及其子台州判官墓》，知不足斋丛书本。王逢女事迹见于《青浦县志》卷二十三《烈女贞孝传》，记载颇详。

③ （元）王逢：《梧溪集》卷六《文犨洲倡咏》：“至正丙午（1366）三月廿八日自横柳迁居乌泾。”

④ 《三骏图》（故宫博物院藏）卷尾自题“至正壬午季秋叔九峰道人作此图拜进”。《人马图》（故宫博物院藏）款“子良于可诗堂作”。余辉考证此二图皆为任贤佐所作。参见余辉：《九峰道人〈三骏图〉卷考略及其它》，《文物》1993年第1期。

补化，娶章氏；三子辟识温，娶李氏；四子识里温，娶李氏。女3人，嫁王氏、张氏、蒙古氏。孙2人，显忠、秉忠。孙女4人。曾孙虎儿。

任良辅(1289—1350)，任仲夫三子，字子翼，号肃斋。信州路叠山书院山长。妻李氏。子5人。义男敬忠，娶李氏；嫡男敬祖，娶王氏；敬父，娶李氏；庶男敬伯，娶吴氏；敬叔在幼。女4人。孙子5人，孙女5人。

钦察台氏守真荣(1317—1353)，完者都拔都、封林国公、谥武宣之曾孙女，故嘉议大夫、南安路达鲁花赤兼劝农事别里怯之孙女。父阔阔出，直省舍人。母畏吾氏。任士文妻。子3人。长子佐才，娶徐教授孙女；次子惟吉；三子祐童。女3人。长女玉真，许适江阴镇守万户买□；次女妙坚，许适钱大本；三女寿真，未笄。

三、任仁发家族墓葬形制与出土遗物的讨论

(一) 墓葬形制

任仁发家族墓位于上海市青浦区重固镇章偃乡北庙村和淮海乡高家台，今青浦区重固镇新桥大队高家台生产队。现在保存有6座石墓圹，形制相同，方向基本呈北向，由北向南分三排依次排列，编号为M1—M6(图一)[①]。墓地北原有一条小河叫郭巷泾，现已不存。关于任氏家族墓，地方志也有记载。

明崇祯《松江府志》卷四十八："浙东宣慰副使任仁发墓在骆驼墩。"明正德《松江府志》卷七十九："元浙东道宣慰副使任仁发墓在骆驼墩。"又曰："骆驼墩又呼落弹墩，在簳山北，任仁发墓在焉。"明万历

① 何继英：《上海唐宋元墓》，科学出版社，2014年，第145页。

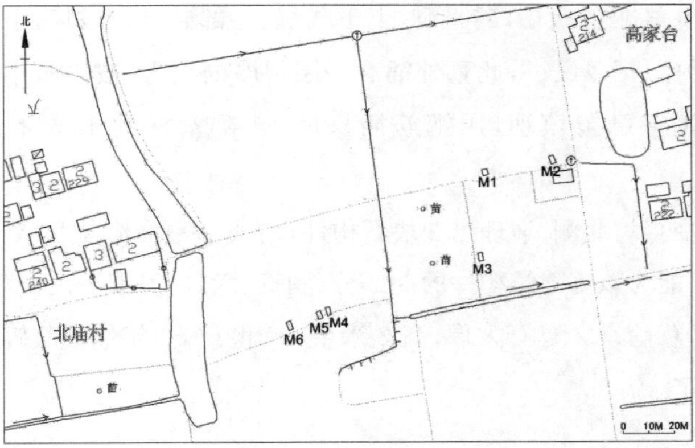

图一 任仁发家族墓位置图

《青浦县志》:“浙东宣慰副使任仁发墓在骆驼墩四十五保四区,凡七座。”

上述记载说明,从明万历年间到 20 世纪 50 年代当地村民平整土地之前,任氏家族墓基本保持了原貌,仅数量上由 7 座变为 6 座。目前发现了 8 方墓志,因墓志是随葬于墓室内,所以这 6 座墓应该是属于这 8 方墓志所载墓主中的 6 人。

6 座墓皆为石圹墓,形制相同,排列有序,仅体量略有差别,现以 M1 为例,介绍其形制。[①]

M1 为长方形石室墓,墓圹由石盖板、石壁、石底板等构成,长 5.25 米,宽 3 米,露出地表部分高 1.25 米。石圹长 4.5 米,宽 2.2 米。墓壁用 4 块大石板砌筑,内壁平整,外壁毛糙,厚 0.35～0.4 米。盖板与石壁以企口套合,石灰勾缝。经对墓外局部解剖,发现石圹外围砌

① 何继英:《上海唐宋元墓》,科学出版社,2014 年。

一道宽 0.3 米的砖墙,砖平砌,上下错缝,上部砖已被破坏,下部保存基本完好。据乡民讲,此墓外铺有一层很厚的松香,被盗时用火烧了几天。墓室已被填埋,用钢筋插墓底,知墓室深约 1.6 米(图二、三、四)。

另在墓圹北侧,清理出 2 块石构件,均残。一块长方形,一块呈人字形,可能为该墓建筑构件的一部分(图五、六)。另据乡民讲,此墓原有封土,墓前有 2 尊石人像,高 2 米余,20 世纪 50 年代被敲碎后拉去烧石灰了。

图二 任仁发家族墓 M1

图三　任仁发家族墓 M1 墓圹石板企口

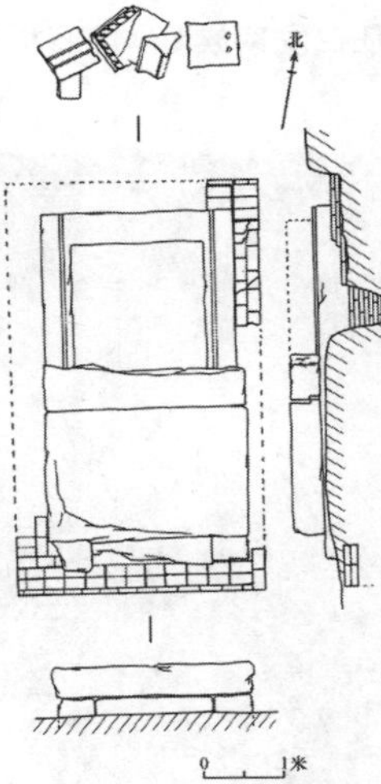

图四　任仁发家族墓 M1 平剖面图

图五　任仁发家族墓 M1 石构件

图六　任仁发家族墓 M1 石构件

M1在6座墓葬中体量最大，做工最精，在整个墓地中居于前排中间，墓前有建筑石构件，应该是以四品官致仕的任仁发墓[①]。又据前引王逢诗，“桧夹神道古”，说明该墓前有神道，两侧种植刺柏。

蒙古人占领南方地区较晚，其时已采用汉法统治，对南方地区的社会秩序并未造成重大破坏，在墓葬制度与丧葬习俗上多沿袭宋代以来的传统，少见中原地区流行的仿木构砖室墓及壁画墓。南方地区元墓的平面形制较单一，基本为长方形，个别为正方形。主要有土坑竖穴墓、砖石墓、石室墓、砖石混筑墓等。不同于长城以南到长江以北地区的砖（石）室墓，南方元代砖（石）室墓多无墓道、墓门、甬道等部分，仅由墓室构成[②]。南方地区发现了一些元代石室墓，如江西万载元墓[③]、广州沙河双燕岗元墓[④]、江苏徐州大山头元墓[⑤]、四川简阳东溪园艺场元墓[⑥]等，多用小块条石砌筑墓壁，像任氏家族墓M1以长4.2米、重达7～8吨的整块花岗岩作为墓圹的墓葬，在已发现的元墓中仍属罕见。墓葬的建造工艺可能是由于任氏家族擅长水利营造之法，设计营造了墓穴，如任贤德墓志载：“其茔域密迩先垄，盖生前所自经营。尝曰：‘乐哉斯丘，吾他日得所藏矣。’今从先志也。”从任仁发主持建造的普陀志丹苑元代水闸的精湛工艺也可见一斑[⑦]。

---

① 《大元通制》，收入黄时鉴辑：《元代法律资料辑存》，浙江古籍出版社，1988年，第74页。

② 侯新佳：《蒙元墓葬研究》，郑州大学硕士学位论文，2009年，第51—61页。

③ 陈美英、宴扬：《江西万载发现元代墓葬》，《南方文物》1992年第2期。

④ 黎金：《广州沙河双燕岗发现元墓》，《考古》1960年第4期。

⑤ 邱永生等：《江苏徐州大山头元代纪年画像石墓》，《考古》1993年第12期。

⑥ 四川省文物管理委员会：《四川简阳东溪园艺场元墓》，《文物》1987年第2期。

⑦ 上海博物馆考古研究部：《上海市普陀区志丹苑元代水闸遗址发掘简报》，《文物》2007年第4期。

任氏家族墓体现了道教因素在丧葬习俗中的影响。首先是卜日入葬，如任贤能墓志载："至正八年三月二十四日卒于正寝……卜至正九年正月二十八日，葬于新江乡郭巷泾南原祖茔之东。"任贤德墓志载："乙酉至正五年夏……十一月廿二日午时终于正寝，享年五十有七岁。呜呼哀哉！诸孤忍死卜以次年四月十三日，礼葬于松泽里郭巷泾之阴。"体现了道家的堪舆术在丧葬习俗中的运用。

墓葬延续了宋代以来南方地区流行的习俗，采用了糯米浆三合土及松香封固技术，注重防潮防湿，以使尸体不腐。墓室狭小而坚固，墓室结构和一些蜕变期的昆虫所结成的土室有几分相似，这种墓室的构筑理念中很可能也蕴含着一些涉及尸解飞升的方术思想。无锡黄钺墓的棺盖上自铭"蜕室"，带有道家尸解术的痕迹[①]。

任氏家族墓出土了一方澄泥蓬莱仙岛图嵌端石连盖砚，从砚首到砚尾构成一座两层顶大殿，檐上挂一横匾，刻"蓬莱仙岛"四字。砚首两侧方框内刻"朱明曜真""醴泉华池"铭文（图七）。蓬莱是传说中仙人居住的三座仙岛之一，朱明曜真是道教十大洞天的第七天，亦为仙人统治之所，醴泉和华池位于仙人聚居的昆仑山上。这幅图案刻画了仙人居住的场所，反映了当时人们向往仙界、登山请乞、得道成仙的愿景。

元代江南盛行道教的全真教派，信徒以"道人"为号者居多，如赵孟頫号"松雪道人"、黄公望号"一峰道人"、任仁发号"月山道人"。任贤佐号"九峰道人"、任贤能号"云间子"，则是以地名为号，松江九峰地区是当地全真教信徒们的活动中心。以上说明任仁发家族与全真教

---

① 马晓光：《长江下游地区元明墓葬》，吉林大学硕士学位论文，2008年，第52页。

图七 澄泥蓬莱仙岛图嵌端石连盖砚

有密切的关系，其在墓葬中表现出道教因素也就不足为怪了。

（二）出土遗物

任氏家族墓共发现随葬品74件，其中陶、瓷器39件，漆器7件，金、银、铜器14件，砚台3方，木、角、玉器3件，墓志、碑11件。尽管这些文物未经科学发掘，已经很难准确判断其归属，但是透过文物本身的组合及所包含的信息，仍可作一大致的推断，进而探讨其背后所蕴含的社会风俗与士大夫的趣味。

在出土的瓷器中，“任氏家族墓葬出土的官窑瓶、箭壶、炉，根据调查材料，出土于任明墓中”①。这8件官窑器，可以确定出自于陈明墓。其中胆式瓶4件，形制基本相同，大小稍有区别，主要是用作花瓶（图八）。宋元文人常有诗咏胆式瓶，如元人张观光为任仁发书馆题诗“瓶梅香笔砚，窗雪冷琴书”②；许有壬也有诗描写胆瓶，“瓮牖风来书叶

① 沈令昕、许勇翔：《上海市青浦县元代任氏墓葬记述》，《文物》1982年第7期。
② （元）张观光：《月山书馆》，《屏岩小稿》，续金华丛书本。

乱，胆瓶花落砚池香”①。

图八　郊坛下官窑胆式瓶

贯耳瓶 2 件（图九），这种瓶与《事林广记》续卷六《投壶格范》所载壶式相似②。元人诗歌中记述投壶之诗词颇多，如“元曲四大家”之一的白朴《西江月 · 李元让赴广东帅幕》：“皎皎风前玉树，煌煌腰下金符。陈琳檄草右军书。香满红莲幕府。　　政自雄心抚剑，不妨雅唱投壶。长缨系越在须臾。看扫蛮烟瘴雨。”元代著名书画家萨都剌《花山寺投壶》：“落日花山寺，秋风铁瓮城。野人欢讼简，稚子说官清。系马岩花落，投壶山鸟惊。兴阑山下路，相送晚钟鸣。”著名书法家鲜于枢墓也出土了两件龙泉窑投壶胆式瓶③。士大夫多以投壶雅唱寄兴，是一种文房雅玩。

图九　郊坛下官窑贯耳瓶

鬲式炉、双耳炉各 1 件（图一〇、一一），造型古朴典雅。元代传世器及出土物中，陶瓷香炉甚多，此或与祭奠的习惯有关，元代祭祀的祝案上，多陈设香鼎、香盒④。

---

① （元）许有壬：《闲居杂诗 · 其二》，《至正集》卷十七，清宣统石印本。
② （宋）陈元靓：《投壶格范》，《事林广记》续卷六，建安椿庄书院刊本。
③ 张玉兰：《杭州市发现元代鲜于枢墓》，《文物》1990 年第 9 期。
④ 《大汗的世纪——蒙元时代的多元文化与艺术》，台北故宫博物院，2009 年，第 333 页。

图一〇 郊坛下官窑鬲式炉

图一一 郊坛下官窑双耳炉

任氏家族墓出土了一件云龙纹印花高足碗(图一二),内壁模印双角五爪行龙纹,器内隐约可见两个对称的“枢府”字款,与故宫博物院藏"太禧"款卵白釉印花八宝盘风格一致①，后者制作年代约在1328—1340年间，双角五爪行龙纹在延祐后被定为帝王的专用图案②。任仁发逝世于1328年1月，应该不可能是他的随葬品。如此精细的皇家用瓷，最有可能出土于从三品官的陈明墓中，可能来自于皇帝的赏赐。

图一二　景德镇窑卵白釉印花云龙纹高足碗

任氏家族墓出土一件剔红东篱采菊图圆盒，盒面中心雕一老者，头戴风帽，身着宽袍，衣带飘然，策杖而行，身后随一仆童，手捧一盆盛开的菊花（图一三）。此图与李公麟的《归去来兮图》在人物刻画上比较接近，雕工在雕漆时应该是有所本的。

元代以后各家陶渊明画像有一种趋同的现象，陶渊明的形象定型，大体上是头戴葛斤，身着宽袍，衣带飘然，微胖，细目，长鬓，持杖。这种定型化的陶渊明形象，很可能源自李公麟。钱选、何澄、赵孟頫等

① 孙瀛洲：《元卵白釉印花云龙八宝盘》，《文物》1963年第1期。

② 刘新园：《元文宗——图帖睦尔时代之官窑瓷器考》，《文物》2001年第11期。

图一三　剔红东篱采菊图圆盒

人都绘过陶渊明像，作为一个文化符号，陶渊明以及他的诗文、事迹代表着清高、隐逸、脱俗，最符合士大夫的生活习气，特别受到遗民画家的青睐[①]。因此，任氏家族墓出土的这件圆盒，很可能是来自于任仁发墓，一是因为其师李公麟绘画，“用笔逼龙眠”[②]，这件盒与李公麟所绘《归去来兮图》非常相似；二是其作为身历两朝的士人，积极入世，献身于水利事业，却颇受争议，陶渊明代表的清高、隐逸恰好表达了其不与世浮沉的心态。

任氏家族墓出土了 4 件金饰件，其中 3 件采用了累丝制作工艺，分别为金累丝嵌珠石帽花、金累丝嵌松石项链、金累丝嵌松石珊瑚幡形饰品，应该是出自于同一墓葬。其中的金累丝嵌松石珊瑚幡形饰品，长 21 厘米，宽 1.8 厘米，重 31.6 克(图一四)。整件为长条幡形，

---

① 袁行霈:《古代绘画中的陶渊明》,《北京大学学报(哲学社会科学版)》2006 年第 6 期。

② [高丽]李齐贤:《奇参政宅月山〈双马〉手卷》,《益斋集》卷四,粤雅堂丛书本。

以极细的金丝累制的卷草纹为地纹,其上有金丝累制的花草纹,分别嵌以绿松石、红珊瑚制成花叶与花朵,间有金丝堆累而成的球形果实。近边框处装饰卷云纹,金饰底端为嵌青金石如意,顶端为嵌红珊瑚莲花。整件饰品高贵典雅,工艺繁复,展现了元代手工业的高超水平①。

图一四 金累丝嵌松石珊瑚罟罟冠饰

这件金饰件如此精美,其功用为何?元人文献和传世画作,为我们提供了一些线索。

元人熊梦祥《析津志》记载:"罟罟,以大红罗幔之。胎以竹,凉胎者轻。上等大,次中,次小。用大珠穿结龙凤楼台之属,饰于其前后。复以珠缀长条,橡饰方弦,掩络其缝。又以小小花朵插带,又以金累事件装嵌,极贵,宝石塔形,在其上。顶有金十字,用安翎筒以带鸡冠尾。"②以上提到,在元代妇女戴的罟罟冠上,以"金累事件装嵌,极贵"。现传世的一幅藏于台北故宫博物院的元世祖后画像,绢本设色,元世祖后察必头戴珍珠饰罟罟冠,冠上即有相似的幡形饰品③(图一五)。从以上可知,任氏家族墓出土的这件金累丝嵌松石珊瑚带饰应该是妇女所带的罟罟冠上的饰品。

至顺本《事林广记》后集卷十《服饰类·服用原始》载:"固姑,今之挞旦、回回妇女戴之,以皮或糊纸为之,朱漆剔金为饰,若南方汉儿妇

① 《申城寻踪——上海考古大展》,《城镇之路》,上海博物馆,第81页。

② 转引自方龄贵:《罟罟考述》,《内蒙古社会科学》1989年第5期。

③ 《大汗的世纪——蒙元时代的多元文化与艺术》,台北故宫博物院,2009年,第24页。

图一五　元世祖后察必像

女则不得戴之。"①从以上可知，罟罟冠为蒙古、色目妇女所戴，汉人妇女不得戴之，现任氏家族墓出土的墓志只有任仁发孙媳钦察台氏守真荣为色目人，其祖父完者都拔都，为世臣之家②。这三件金饰品工艺相同，应该是出自守真荣之墓。

这些随葬品多是实用器，反映了南方地区士大夫的文房雅趣，延续了两宋以来的风格。而金饰件的发现，则反映了南方汉族士人与色目人通婚，南方汉族士人进而利用色目权贵的政治优势，来提高自己家族的政治地位。

四、南人的仕进与出路

蒙元伐宋时，为求速胜，并未大肆杀戮，对南方造成的破坏远较北方为小。平宋以后，更力求保存原有社会秩序。蒙元伐宋时采取招降政策，归降者皆保留官职。任仁发即是在这一大背景下，自荐入仕。但是，平宋后整体政治环境对南人极为不利，不光元廷对南人猜忌，北人对南人也很歧视，多方排挤。南方主政者多为蒙古人、色目人或北方汉人。直至1314年，元朝才恢复科举制，但是采用族群与区域两种配额选取进士。蒙古、色目人虽少，却享有与汉人、南人相等的配额。

---

① 转引自方龄贵：《罟罟考述》，《内蒙古社会科学》1989年第5期。

② 完者都拔都《元史》有传，见《元史》卷一百三十三，中华书局，1976年，第3233—3234页。

地域配额制厚待北方汉人而压抑人口众多、文化发达的南人。蒙元征服对南方士人影响最大的是后者传统仕进途径的丧失及其与国家关系之疏离，士人仕进机会不多，其在精英阶层中的地位也由中心转至边缘①。

在此背景之下，南方士人不得不在其他方面寻求安身立命之道。任仁发的五个儿子，都未能由科举入仕，所以必须在其他方面寻找出路。

据墓志记载，任贤才为考城县尹，知河防事；任贤能为泾县尹，知渠堰事；任贤能还善画，“大德、皇庆间，入觐进画，赐金段旨酒”②。申叔舟《匪懈堂画记》载：“画马名者，曰周郎、任贤能也。”任贤德为提举钱谷，擅长水利家传之学③。任贤佐也有画名，有《人马图》《三骏图》传世。任贤明则“翰墨之余及丹青”，绘画与书法兼通。

上述情况说明，在缺乏传统仕进道路的不利情况下，其儿辈通过继承家学，进而求得入仕机遇，也是一种应对策略。

此外，江南儒士为改变自身处境，通过游学大都，希望得到识者的引荐，进而入仕，这在当时也很普遍。如揭傒斯、陈旅、虞集、吴直方、危素等京城官员大多以文辞见长，与江南儒士有许多共同的兴趣和爱好，有的还与一些江南儒士存在亲属关系、同乡关系、师生关系，因此成为江南儒士京城社会网络的重要组成部分。④ 如“延祐初，先君（任

---

① 萧启庆：《元代的族群文化与科举》，联经出版事业股份有限公司，2008 年，第 147—154 页。

② 见《任贤能墓志》。引自何继英：《上海唐宋元墓》，科学出版社，2014 年，第 174 页。

③ 《保闲斋集》卷一四，朝鲜总督府编：《朝鲜史料丛刊》第 14 辑，1973 年。

④ 申万里：《元代江南儒士游京师考述》，《史学月刊》2008 年第 10 期。

贤才)侍中宪宦游,留京师"[①]。任贤明也曾寓居大都,经揭傒斯引见,元惠宗欲授官,辞归,著名文学家陈旅以序相赠。

五、任仁发的"不遇于世"—南方士人的缩影

任仁发一生的主要功绩在治水,先后主持过太湖流域、元大都通汇河扬隐闸、汴梁黄河、镇江练湖运河、杭州盐官海塘的治理工作,对太湖流域的治理是他一生中最辉煌的成就。以太湖为中心的浙西地区是宋以来国家最重要的粮食产区之一。然而,宋元以来,浙西地区的水灾频繁,直接影响到整个国家的供给,治理浙西水利的呼声高涨起来。大德八年(1304)开始疏浚吴淞江,任仁发被任命为都水监丞,是主要的负责人。疏浚从大德八年十一月开始,九年二月结束,共役夫一万五千人,设置闸门六座,疏浚河道三十八里。但是,疏浚工程遭到了极大的阻力,大德十一年(1307),元政府下令撤除行都水监,疏浚吴淞江的工程半途而废。之后任仁发调离浙西,先后主持过治理通惠河淤积,堵塞黄河归德、封丘决口等工程,因功升任都水少监。延祐年间,任仁发回到浙西,调筑盐官州海塘和疏浚镇江练湖淤积。泰定元年(1324),朝廷任命任仁发主持疏浚淀山湖、吴淞江水利工程,特别授予他都水庸田使司副使之职。这次工程可以说是他大德八年至十一年未完工程的继续[②]。泰定四年(1328),任仁发卒,累迁浙东道宣慰副使之职,正四品。

---

① 见《任贤才墓志》。引自何继英:《上海唐宋元墓》,科学出版社,2014年,第182页。

② 刘春燕:《元代水利专家任仁发及其〈水利集〉》,《上海师范大学学报(哲学社会科学版)》2001年第30卷第2期。

任仁发继承了范仲淹、苏东坡的治水理论，著有《水利集》十卷[①]，赵孟頫为《水利集》作跋云："圣上知其敢言，嘉其成绩，授以水衔之官。始为拯治浙西，继而分监东平、汴梁等处，备殚七八年之勤劳，不惮数千里之跋涉，按行所部随处拯治，罔有□失。水顺其性，民蒙其福，利泽在人心，名声满天下。岂尸位苟禄可同日而语哉！……今日佩都水印绶者，能以任公忧民之心为心，任公治水之法为法，仿而行之，安而勿失，千载犹一日也，何患不能久乎。故并及之，以俟来者。"[②]

尽管任仁发毕生致力于水利事业，但也遭到很多阻力与反对，没有得到朝廷的重用，其经世致用的抱负并没有完全实现，以至于他在自序中发出了"知我罪我，其惟《春秋》"[③]的感叹，这在他传世至今的珍贵画作中也有所流露。

任仁发有《二马图》卷传世，现藏于故宫博物院（图一六）。画肥瘦二马，右边一肥马，花斑橙白二色；左面一瘦马，棕色。任仁发在接绢跋文中云："予吏事之余，偶图肥瘠二马，肥者骨骼权奇，萦一索而立峻坂，虽有厌饫刍豆之荣，宁无羊肠跲蹶之患。瘠者皮毛剥落，啮枯草而立风霜，虽有终身摈斥之状，而无晨驰夜秣之劳。世之士大夫，廉滥不同，而肥瘠系焉。能瘠一身而肥一国，不失其为廉；苟肥一己而瘠万民，岂不贻污滥之耻欤！按图索骥，得不愧于心乎？因题卷末，以俟识

① 曾炎：《上海师院发现〈水利集〉明末钞本》，《图书馆学研究》1980年7期。

② （元）任仁发《水利集》，载《四库全书存目丛书》史二二一，齐鲁书社，1996年，第70—71页。

③ （元）任仁发：《水利集》序，载《四库全书存目丛书》史二二一，齐鲁书社，1996年，第69页。

者。”作者以瘦马自居，一方面对吏治的腐败予以谴责，另一方面则发出抱负不能实现的感叹，希望“识者”“按图索骥”，发现作者的吏治才干。

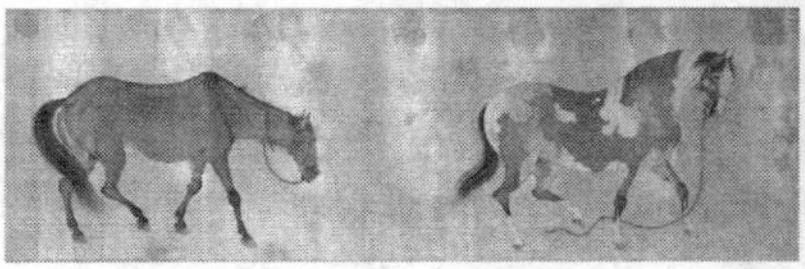

任仁发《二马图》卷

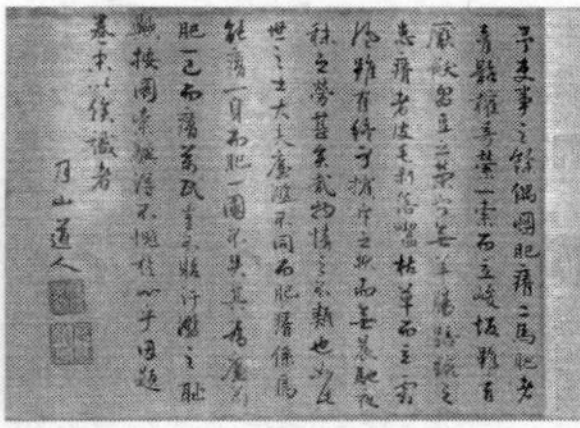

任仁发《二马图》卷 。绢本，设色。纵 28.8 厘米，横 142.7 厘米。北京故宫博物院藏。

图十六

任仁发在另一幅画作《张果见明皇》中，隐含了相似的寓意（图一七）。在这幅“供奉之作”[①]中，画家一是选择盛唐的宫廷活动为画面背景；二是强调了道教仙人和一代君王的相互关系。从出仕的立场考虑，盛唐的文化可以被蒙古、色目和南北汉族统治者作为认识元代文化制度的基本参照。通过这个参照，艺术家们能够传达对元朝帝王的期望——期望蒙古的大汗能和唐代的君王一样赏识和重用人才，在文治方面开创出与其武功相当的业绩[②]。元末的文坛巨擘康里巎在跋文中写到：“月山宜慰所画《张果见明皇图》，笔法精妙，人物生动，求之同时，盖不多见。且月山之为人，多才而智，有益于世。至于水利钱法，

① 洪再新：《任公钓江海，世人不识之——元任仁发〈张果见明皇图〉研究》，《故宫博物院院刊》2000 年第 3 期。

② 洪再新：《任公钓江海，世人不识之——元任仁发〈张果见明皇图〉研究》，《故宫博物院院刊》2000 年第 3 期。

皆深造极致。惜乎不遇于时,世之士大夫皆言其精于画马,是矣。然因其不遇,但知此而不言彼,宜其尔也。余之三侄大年,月山之婿也。故颇详其一二云。"①这正好反映了画家描绘"张果见明皇"的良苦用心。

图一七 任仁发《张果见明皇图》卷。绢本,设色,纵 41.5cm,横 107.3cm。故宫博物院藏

任仁发纵"多才而智",但在仕途上并没有取得为时人艳羡的成绩。比任仁发稍晚的文人中,也多有为其"不遇于世"惋惜者。"少监材抱岂画史,禹迹曾为帝亲理"②,儒家重功名而轻技艺,王逢为其以画掩才而鸣不平。"任公钓江海,世人不识之"③,杨维祯也一再为任画题跋,以"使南北士友知吴下丛林中有此郎也"④。

作为"南人"的任仁发,其"不遇于世",并非个案。即使是"荣际五朝,名满四海"⑤的赵孟頫,官至从一品的翰林学士承旨,在南人中已经算是凤毛麟角了,但其一生所担任的大多是些闲散的职务,在政治上

① 李修生主编:《全元文》卷一六七四,凤凰出版社,1998 年。
② 王逢:《任月山少监〈职贡图〉引》,《梧溪集》卷一,知不足斋丛书本。
③ 《次韵跋任月山〈绿竹卷〉》,《铁崖诗集》丙集,诵芬室丛刊本。
④ 杨维桢:《任月山画〈马〉图》小序,《铁崖诗集》壬集,诵芬室丛刊本。
⑤ 夏文彦:《图绘宝鉴》卷五,《津逮秘书》本。

并无实权。这些为任仁发打抱不平的人，何尝不是对自己的身世有所感怀？

任仁发的不遇于世，归根到底是由于蒙元时期的族群等级制造成的。身为“南人”，纵有才智与抱负，也得不到重任。他的际遇，是那个时代“南人”的一个缩影。

锦衣卫与占星家

——明初南京的内亚来客与丝绸之路上的知识传播

尹　磊

（南京中国科举博物馆）

有明初肇，以南京为京师所在，四方人物辐凑，特别是大量具有专业知识的内亚人群体或被征而至，或主动而来，使南京与丝绸之路上各个国家和地区的交往空前密切。明代南京锦衣卫中的非汉人武官及其家族，就是这类交往的典型代表；而丝绸之路上流传的知识，也在明代有了继承和发展，14 世纪通过丝绸之路传来的天文、星相学著作《天文书》在南京被译成汉文并刊刻出版，更是具有重要意义的标志性事件。

一、锦衣卫由来：源自蒙元

散步于今日的明故宫遗址公园内，昔时金碧辉煌的宫殿群之柱础残基，仍予人以气象森严之感。沿着御道街向南，从现已不存的承天门（即北京天安门的原型）经过今称五龙桥的明代皇城金水桥，眼前雪松掩映下的高楼大厦，即是明代中央权力机构诸多部门曾经的所在地。这其中最为神秘的，便要属毗邻五军都督府，与六部隔街相望的锦衣卫衙门了。

提到锦衣卫，给人的第一印象往往是明代背景的武侠剧中受命阉党、飞剑取人首级的秘密特务部队，殊不知其设立由来有自，锦衣卫制度不但上承蒙元时代的宿卫，且南京锦衣卫在明代还成为沿着丝绸之路来到中原后流连不去的商人、使节等内亚人群体的最后归宿，南京也正是自那时起，掀起了新一波"国际化"的潮流，从而也为作为金陵文化重要组成部分之一的明清以来回、汉杂居的历史格局构建了基础。

蒙古初兴，成吉思汗设立了怯薛制度，即由特别选定的侍卫之人，三日一轮换，番直宿卫。其主要职责是"属櫜鞬，列宫禁"①，但在实际运用中则更为复杂，《元史·兵志》称："（宿卫）用之于大朝会，则谓之围宿军；用之于大祭祀，则谓之仪仗军；车驾巡幸用之，则曰扈从军；守护天子之帑藏，则曰看守军；或夜以之警非常，则为巡逻军；或岁漕至京师用之以弹压，则为镇遏军。"②元世祖时"又设五卫，以象五方，始有侍卫亲军之属"③。由此可见，洪武三年（1370）由拱卫司改制的亲军都尉府，其统管左、右、中、前、后五卫军士正与元代之宿卫五卫有承袭关系，而锦衣卫的前身仪鸾司即属于此时设立的亲军都尉府④。此外，《明史·职官志》称锦衣卫"宿卫则分番入直"也与元代怯薛"番直宿卫"⑤的职能运作方式如出一辙。

元代的宿卫按其职掌分，有云都赤，即蒙语带刀之人；有霸都鲁、

---

① 《元史·兵志二》，中华书局，1976年，第2523页。
② 同上。
③ 同上。
④ 《明史·职官志五》，中华书局，1974年，第1862页。
⑤ 同上。

拔突(此二名为同音异译),即蒙古语忠勇无敌之士。这些宿卫带刀多力的形象,也与《明史·职官志》所载锦衣卫“服飞鱼服,佩绣春刀,侍左右”,以及“率大汉将军(共一千五百七员)等侍从扈行”①的描述相互印证,从今藏故宫博物院之《徐显卿宦迹图》中徐显卿担任经筵讲官的那幅图中可以清楚看到,两旁夹侍而立的正是大汉将军。所谓大汉将军,据陶宗仪《南村辍耕录》的记录,或即“身躯长大异常”②所谓彪形大汉者。其初名天武将军,入选者务须“身长五尺三寸以上、力胜三百五十斤”③,联系到元末汉人往往有因其勇健而称刘拔都、李拔都等,则蒙古语对勇士的称呼——拔都,在元代社会生活中成为得到一般民众承认的普遍价值,又进而影响了作为明代天子扈卫的大汉将军的塑形,从中亦可见元、明文化上继承关系之一斑。

从任职资格看,元代怯薛宿卫的长官怯薛长,通常是由早期作为成吉思汗怯薛长的“四杰”后裔来担任,可以认为是由世袭贵族作为负责人的机构,这一形态也与锦衣卫“恒以勋戚都督领之”的记载相一致。

更为值得注意的是,锦衣卫所统十七所中,除掌銮舆法驾、分领将军校尉的基本职能外,还专设有一“驯象所”,负责“领象奴养象,以供朝会陈列、驾辇、驮宝之事”④,如所周知,驯象职司的异域色彩决定了必然有非汉人参与其事,且其他十六所中,有六个亲军所分领“军匠”,

① 《明史·职官志五》,中华书局,1974 年,第 1862 页。

② (明)陶宗仪:《南村辍耕录》,中华书局,2004 年,第 19 页。

③ 《古今图书集成·经济汇编·戎政典·兵制部》,中华书局,1934 年,第七四四册第 32 页。

④ 《明史·职官志五》,中华书局,1974 年,第 1862 页。

也即现在所谓之武器制造专家，这批人中，也不乏以西域人身份留居汉地者。可以说，锦衣卫在设立之初，就具有与众不同的国际视野，它既是元代宿卫制度的继承和发展，也是明朝大一统格局形成后作为“中华文化圈”的核心而君临万国的必然产物。

二、南京锦衣卫：至自万邦

明成祖于永乐十九年(1421)正式迁都北京后，南北两京制度基本确定，南京在有明一代仍然具有相当重要的意义。正如江宁人(今南京)顾起元在其所撰《客座赘语》中的评论，他认为南京作为“宫阙陵寝所在，六军城守之事，府库图籍之所储，东南财赋之所辐辏，虽设六卿以分理之，犹惧不给也，可以为冗员而轻议之？善乎丘文庄公(笔者注：即明代名臣丘濬)有言：‘天下财赋，出于东南，而金陵为其会；戎马盛于西北，而金台为其枢。并建两京，所以宅中图治，足食足兵，据形势之要，而为四方之极者也。’呜呼，得之矣！考永乐十九年，始称南京，洪熙元年去之，正统六年复称南京，一时印信皆新铸给，然龟鼎虽奠于北，神居终表于南。且水殿之舟楫犹供，陪京之省寺不改，所以维万世之安，意固远也。岂前代旧邦可得而并论哉！即丘公亦特举其一端而言之耳”①。

顾起元所谓“陪京之省寺”中，即包括南京锦衣亲军都指挥使司(简称南京锦衣卫)。与北京锦衣卫多卷入宫廷内部斗争不同，南京锦衣卫的职任往往起到“恩荫寄禄”之用，这点从明代开国功臣之后多在南京锦衣卫世袭任职即可发现，如2012年在南京林业大学校园内出

① (明)顾起元：《客座赘语》卷二，国家图书馆藏明万历四十六年(1618)刻本。

土的明代墓葬及墓碑，显示墓主人即徐达六世孙徐君叙，为世袭南京锦衣卫指挥佥事。此外，根据《明史》记载，明代开国功臣常遇春、汤和、李文忠、邓愈等人的后嗣，也均担任“南京锦衣卫世指挥使”①，“世指挥使”这一名词表示该职任是只领俸而不亲事任的。同时，明代历史上隶籍或在南京锦衣卫为官者甚多，其中知名者如万历年间的状元朱之蕃，即附南京锦衣卫籍，迄今仍有故居在水西门朱状元巷；明末著名儒将张可大，其家世袭南京羽林左卫千户，曾以都指挥使的身份掌领南京锦衣卫，并撰有《南京锦衣卫志》二十卷；明亡后隐居不仕的蒙古人后裔余盉，据传他是元南平王后人，因祖荫世袭锦衣卫，生于南京，明亡后避乱不仕，诗工汉魏及六朝，有《增益轩诗草》《遣愁集》等作品传于世。

除了以祖荫而任职者之外，南京锦衣卫还有一个较为特殊且数量巨大的群体——内亚来客群体，这个群体之前甚少得到关注，他们的身份，很大程度上因现藏中国第一历史档案馆的《武职选簿》的发现而得以解明。

明代兵部《武职选簿》原藏北京故宫，它记录了明代卫所世袭武职的武官们的家族经历，是武选时兵部必须参照的重要资料，由于其记载的内容包括父、祖先辈从军缘由、武官功过以及武职升降原因等，为历史研究提供了大量珍贵的一手资料。此类选簿卷轶浩繁，本世纪初，广西师范大学出版社出版了一档馆和辽宁省档案馆所藏的明代档案 101 巨册，即《中国明朝档案总汇》，其中有 25 册为《武职选簿》的内容，与南京锦衣卫有关的见于第 73 册的《南京锦衣卫选簿》。现存《南

① 《明史·常遇春传》，中华书局，1974 年，第 3738 页。

京锦衣卫选簿》虽系残本，但根据对其形态的考察，亦可发现饶有兴味之处。根据河南大学民族研究所周松先生的统计，该《选簿》开列了分别任职卫指挥所、镇抚司官、屯田所、水军所、驯象所等的世袭武官198名，其中非汉人武官23名，占总数的10%以上①。但考虑到《明实录》和其他有关明代史料中还曾出现多例不见于《选簿》的内亚出身者的记录，则这一比例还应提高。结合《南京锦衣卫选簿》和《明实录》等史籍的有关内容，我们发现如下特征：

1. 从这些非汉人武官的来源地看，有山后胡人（乃马歹，根据其姓名籍贯分析，应是来自于山西北部的蒙古人）；鞑靼人（打耳罕）；凉州回回（沙即班）；吐鲁番回回（官火因、察乞儿）；西域回回（忝克里别儿的）；撒马儿罕回回（亦剌思、亦林的阿卜答里、哈只、帖儿不失、把好丁）；迤西回回（马哈麻、阿力）；古里国回回（舍班，古里在今印度喀拉拉邦）。从他们的来源地看，主要是来自明王朝的北方和西方边地。

2. 从这些非汉人武官归附时的身份来看，有蒙古王子的部下（也先土干）、商人（舍班）、使臣（哈三、察乞儿），基本涵盖了明代旧大陆跨文化交流的所有可能的身份（传教士除外）。当然，在明王朝的贡赐体系中，使臣和商人的身份本来就极易混同，如永乐年间中亚帖木儿帝国统治者沙哈鲁曾向明朝派遣一规模庞大的使团，其随行人员达510人，根据随团使节火者盖耶速丁的记载，"很多商人为使者们服役，侍候他们"②，则其中商人数量可想而知。更有甚者，在明朝统治中叶，甚

---

① 周松：《明代南京的回回人武官——基于〈南京锦衣卫选簿〉的研究》，《中国社会经济史研究》2010年第3期。

② ［波斯］火者·盖耶速丁著，何高济译：《沙哈鲁遣使中国记》，《海屯行纪·鄂多立克东游录·沙哈鲁遣使中国记》合刊本，中华书局，2002年，第115页。

至明知所谓西域诸国使节多为商人假冒，但为维持大国形象仍然以赏赐的形式购买他们所携来的商品，仅在对“使节”的待遇上有所降低[①]。传教士特别是伊斯兰教士的身份，比较不易甄别，但根据《利玛窦中国札记》所载，也有耶稣会士鄂本笃（葡萄牙人）这样从印度莫卧儿帝国的宫廷沿丝路而来，以商人身份加入新疆南部绿洲国家朝贡明朝使节团的三栖人物。此外，也有属于特殊身份者，如《明实录》记载，“正德二年（1507）九月庚午。初撒马儿罕差纳麻及其兄伍喇马力来贡狮子。孝宗皇帝命留京训演，赐名头目，至是乞官。上俱命为锦衣卫百户”[②]。这类驯狮人，应该视为与锦衣卫驯象所负责的职事类似。

3. 从这些非汉人武官归附后的作用来看，主要是发挥其在语言、宗教身份上的特长，担任明朝西北经营的使节。这里值得一提的重要人物是洪武年间归化明朝的撒马尔罕人亦剌思，他在归化后被任命为南京锦衣卫的千户（正五品），并在洪武、永乐年间多次担任出使瓦剌的使臣，因功授任锦衣卫指挥使（正三品）。亦剌思死后，其子马哈麻（Mahmud）在宣德元年（1426）又因父亲的功劳特授袭职为指挥使，继其父在明与瓦剌的交往中担任正使。天顺元年（1457），马哈麻由锦衣卫带俸都指挥使（从二品）升任为后军都督佥事（正二品），并蒙英宗赐名马政，出使瓦剌[③]。而任其副使的正是在英宗被虏期间追随左右，并写下了《正统临戎录》的蒙古人哈铭（英宗赐名杨铭），可以推测，马哈麻在英宗被虏时必也同哈铭一样随侍，因此英宗复辟后才得到了一系

---

① 尹磊：《从行纪作品看欧亚大陆文明传统——对15世纪初外交使节记录的比较研究》，《西域研究》2006年第2期。

② 《明实录·武宗·卷三十》。

③ 张文德：《入附明朝的撒马尔罕回回》，《西北民族研究》2003年第3期。

列的宠遇。马哈麻之子马鉴担任南京锦衣卫世指挥使，与其祖、父同样担任出使瓦剌的使节，其子、孙世袭指挥使之职，成为南京的一大望族，也是今日南京回族大姓马氏的源头之一。哈铭后来也升为锦衣卫指挥使，他的父亲曾是奉使瓦剌的使团通事（翻译），从他叙述其父的姓名为杨只来看，则其父原名应为哈只（Hajji），大约也是一个曾在瓦剌人中生活的穆斯林。

此外，南京锦衣卫的内亚来客中也有以发挥其军事特长而著名的，如西域回回忝克里别儿的（其名或可重构为 Tengriberdi，即突厥—波斯混合语名“天之仆”，周松文中释读为“黍克里别儿的”，显误），英宗天顺初入附，天顺七年（1463），忝克里别儿的以平湖广洪江苗民功迁南京锦衣卫副千户，后其子虎歹别儿的（Khudaiberdi，意为“自在者之仆”）袭百户[①]，子孙以虎为姓，世代袭位于南京锦衣卫。

像这类受到明代中央政府的关照，“送南京锦衣卫带俸”的内亚人在《南京锦衣卫选簿》中可谓屡见不鲜。然而为什么明代前、中期沿丝绸之路而来的这一群体通常被安置于南京，并且大多数任职或属籍于南京锦衣卫呢？首先，当然是南京作为京师，后来又作为南北二京之一的重要地位所致，明王朝初建时，虽然以“驱除胡虏、恢复中华”为口号，但此时之“中华”，与宋代的“中华”已绝不相似，蒙元帝国对欧亚大陆的统治，使作为继承者的明王朝不可避免地卷入欧亚世界格局的构建和维护中去。即以成祖永乐初邀请藏区高僧哈立麻来南京，命其建普渡大斋于灵谷寺为其亡母荐福，并册封其为大宝法王一事，可以发

---

① 《南京锦衣卫选簿》，《中国明朝档案总汇》第 73 册，广西师范大学出版社，2001 年，第 57 页。

现这种转折的根本性①。对于沿丝绸之路而来的内亚来客（主要是穆斯林），明朝统治者依赖他们与北方的蒙元后裔、西方的东察合台汗国、帖木儿帝国乃至东南亚国家进行沟通，从这个意义上看，郑和的航海绝不能视为孤立事件，而是明王朝重新规范欧亚世界格局的重大举措。

其次，考虑到这些内亚来客在归附前通常与西、北诸政权有密切的共生关系，在利用他们协助大明与这些政权联系沟通的同时，不得不有所防备，因此在帝国的腹地同时也是军事中心的南京赐给归化者房屋、生活用具等就不失为一个很好的选择。据《明实录》，"时（天顺元年[1457]八月）南京锦衣卫指挥佥事吕贵奏：本卫安插达官（Darqan）指挥、千百户、头目等二百五十八人，虽称归顺，其心难测。且汉人不晓其言语。乞选在京达官内素有名望，谙晓夷语者一员，以抚恤之"②。可见当时南京锦衣卫军官中内亚人所占比重之大，并且他们还保留着其原有的生活方式和语言，以致引起锦衣卫高层在安全上的顾虑，并上奏北京方面委派通晓这些人语言且忠诚可靠的官员来进行安抚。

三、丝路来客与南京：文明交流

明初南京的内亚来客，除了在外交、军事上为中央政府效力之外，对于中亚的天文学知识在汉地的传播也发挥了非常重要的作用，这其中的代表人物，如来自撒马尔罕并任职明廷为漏刻博士的伍儒，其家

① 参邓锐龄：《〈贤者喜宴〉明永乐时尚师哈立麻晋京纪事笺证》，《中国藏学》1992年第3期。

② 《明实录·英宗·卷二八一》。

世传承早已为其后人南京大学伍贻业教授进行了研究[1]，堪称丝绸之路来客对儒家文化适应的典范。此外，洪武十六年(1383)在南京译出了丝绸之路传来的天文、星相学著作《天文书》，更是南京乃至中国科技传播史以及丝绸之路文化交流史上的标志性事件。

如所周知，洪武元年(1368)即明太祖朱元璋登基称帝之初，就"征元太史院使张佑、张沂；司农卿兼太史院使成隶；太史同知郭让、朱茂；司天少监王可大、石泽、李义；太监赵恂；太史院监候刘孝忠；灵台郎张容；回回司天太监黑的儿、阿都剌；司天监丞迭里月实一十四人至京"[2]，"(洪武)二年又征元回回司天台官郑阿里等十一人至京，议历法"[3]，洪武三年又"改司天监为钦天监，以回回科隶焉"[4]，对掌握了作为蒙元遗产的西域历法和历数之学的人才表现出高度的重视。进而，朱元璋决定让手下文臣中的精英与西域的专业技术人士合作，"十五年诏伯宗与翰林李翀同译《回回历》《经纬度》《天文》诸书"[5]。

关于吴伯宗与李翀是否是《回回历》一书的译者，石云里教授和魏弢先生已有考证，此不赘论[6]。另有一种所谓吴伯宗翻译之《象宗书》，其实即《天文书》改换名字，前人亦已有说。今仅就阮元《畴人传》中所载《天文书》吴伯宗序文，参校国家图书馆藏明洪武十六年内府刻本

---

① 伍贻业：《从撒马尔罕到中国南京—— 一个穆斯林家族对中国儒家文化的适应》，《回族研究》1998 年第 4 期。

② 《明实录·太祖·卷三十五》。

③ (清)阮元等：《畴人传汇编·卷第二十九·吴伯宗》，广陵书社，2009 年，第 314 页。

④ 同上。据《明史》，此处之"回回科"为"回回历科"之省称，见《明史·历志一》，中华书局，1974 年，第 517 页。

⑤ (清)阮元等：《畴人传汇编·卷第二十九·吴伯宗》，广陵书社，2009 年，第 314 页。

⑥ 石云里，魏弢：《元统〈纬度太阳通径〉的发现——兼论贝琳〈回回历法〉的原刻本》，《中国科学技术史杂志》第 30 卷，第一期(2009 年)。

《天文书》,录入句读如下:

皇上奉天明命,抚临华夷,车书大同,人文宣朗,爰自洪武初,大将军平元都,收其图籍经传子史凡若干万卷,悉上进京师,藏之书府。万几之暇,即召儒臣进讲,以资治道,其间西域书数百册,言殊字异,无能知者。十五年秋九月癸亥,上御奉天门,召翰林臣李翀、臣吴伯宗而谕之曰:"天道幽微,垂象以示人。人君体天行道,乃成治功。古之帝王,仰观天文,俯察地理,以修人事、育万物。由是文籍以兴,彝伦攸叙。迩来西域阴阳家,推测天象,至为精密有验,其纬度之法又中国书之所未备。此其有关于天人甚大,宜译其书,以时披阅,庶几观象,可以省躬修德,思患预防,顺天心、立民命焉。"遂召钦天监灵台郎臣海达儿、臣阿答兀丁、回回大师臣马沙亦黑、臣马哈麻等,咸至于廷,出所藏书,择其言天文、阴阳、历象者,次第译之。且命之曰:"尔西域人,素习本音,兼通华语,其口以授儒,尔儒译其义,缉成文焉。惟直述,毋藻绘,毋忽。"臣等奉命惟谨,开局于右顺门之右,相与切摩,达厥本指,不敢有毫发增损。越明年二月,《天文书》译既,缮写以进,有旨命臣伯宗为序,臣闻:伏羲画八卦,唐尧钦历象,大舜齐七政,神禹叙九畴,历代相传,载籍益备。其言天地之变化,阴阳之阖辟,日月星辰之道行,寒暑昼夜之代序。与夫人事吉凶,物理消长,微妙宏衍矣。今观西域天文书,与中国相传殊途同归,则知至理精微之妙,充塞宇宙,岂以华夷而有间乎?恭惟皇上,心与天通,学稽古训,一言一动,森若神明在上,凡礼乐刑政,阳舒阴敛,皆法天而行,期于七曜顺度,雨旸时若,以致隆平之治。皇上敬天勤民,即伏羲、尧、舜、禹之用心也。经传所载，天人感应之理，存于方寸审矣。今又译成此书，常留睿览，兢兢戒慎，纯亦不已，若是其至哉。是书远出夷裔，在元世百有余年，晦而弗显。今遇圣明，表而为中国之用，备一家之言，何其幸也。圣心廓焉大公，一视无间，超轶前代远矣。刻而列之，与中国圣贤之书并传并用，岂惟有补于当今，抑亦有功于万世云。洪武十六年五月辛亥翰林院检讨臣吴伯宗序。

通过这篇序文我们可以了解到以下四点信息：一、《天文书》的西域原本是来自于蒙元皇室未能带走而留在大都的皇家典籍，徐达攻占大都后，这些书被送到京师应天府。后来，朱元璋由于得到了上文提及他所征召的“西域阴阳家”的效力，颇有效果，从而对天文历法、占星学方面的知识引起了重视，因此下令对“西域书”中涉及天文、阴阳、历象方面的著作进行翻译；二、参与翻译有名可稽者，为钦天监灵台郎海达儿、阿答兀丁、回回大师马沙亦黑、马哈麻四人。其中海达儿显然就是上文中洪武元年征到的回回司天太监黑的儿。阿答兀丁恐即上文阿都剌之异译，原名应为 Abdul al-din，即阿拉伯语“宗教之仆”之意。马沙亦黑，“沙亦黑”即 Shaikh，系对教长的尊称，此人以其汉名吴琼而知名，据传他是追随明朝使臣从帖木儿帝国统治下来到南京的撒马尔罕人，以天文知识受到朱元璋的重视，并被委派在钦天监任职，他的家族世代担任天文生，一直到明末[①]。他与另外一位马哈麻(Mahmud)被称为“回回大师”，这一称号是宋、元时代人们对伊斯兰宗教法官“哈

① 马明达、陈静：《中国回回历法辑丛》，甘肃民族出版社，第 1072 页。

的”的敬称，杨晓春教授已有考证①。可见当时后两位还没有在朝任官，而是在野的穆斯林学者。值得注意的是，根据序言中朱元璋的口谕记录，这些人“素习本音，兼通华语”，也就是说，他们不但以阿拉伯语、波斯语为母语，而且也通晓汉语。三、朱元璋特地强调了翻译的宗旨，“惟直述，毋藻绘，毋忽”，说明他选取翻译的著作，对于其本身应有相当的重要性，所以才要求翻译者直述其意，不得加以遗漏，以便自己能明白其中的意思。四、这部书的翻译非常迅速，从洪武十五年“立项”，到洪武十六年（1383）二月就已经完成并且誊写进呈，结合上文所述，同年又出现了“内府刻本”，这也从侧面说明朱元璋对此书的需求是何等迫切。

在吴伯宗的序言之后，还有一“天文书序”，此前学者们根据旧抄本《象宗书》天文书序结束部分附加的“灵台郎臣马哈麻译西域经书序”一行，定此序言为马哈麻所作，可以说是一个非常严重的误判。首先从这行字的内容来看，马哈麻的官衔为“灵台郎”，但根据上文对吴伯宗序言的分析可以得知，马哈麻是一位在野的穆斯林学者，并非“灵台郎”；其次，这部书也并非什么“西域经书”。其实，到“天文书序”开始已经进入原书之正文，此序相当于阿拉伯—伊斯兰著作中常见的解题部分。《象宗书》目录部分起首第一句就进行了篡改，《天文书》作“凡天文书有四类”；《象宗书》为避免让人觉得有“挂羊头卖狗肉”之嫌，改作“凡天文有四类”，凡此种种，均证明《象宗书》之作成，乃在明代中、晚期，至于此旧抄本，当系对刻本的再度抄写，时间应更晚近。

① 杨晓春：《元代杭州凤凰寺、阿老丁以及回回人在杭州的聚居》，杭州文史研究会编：《杭州文史》第三辑，2017年。

“天文书序”中提到“逮阔识牙耳大贤者生，阐扬至理，作为此书”[1]，为我们点明了此书的原作者。他就是活跃于10世纪下半期至11世纪初的著名伊朗天文学家伊本·拉班（Kiyā Abū al-Hasan Kūshyār ibn Labbān Bāshahrī al-Jīlī），阔识牙耳（Kūshyār）是他的波斯语名字Gūshyār的阿拉伯语化的形式，字面意义是“古实的赠礼”或“得古实之助”的意思，而古实则是伊朗人原本信奉的琐罗亚斯德教中天使的名字。《天文书》就是从他的著作《占星术导论》（*Al-mudkhal fīṣinā at aḥkām al-nujūm* ）翻译过来的，此书一名《占星术则例录要》（*Mujmal al-uṣūl fī aḥkām al-nujūm*），约成书于公元990年[2]。阔识牙耳系用阿拉伯语撰写此书，后来伊斯兰世界中又出现了一种波斯语译本。根据前人对《天文书》中音译词汇的研究，汉译本应当就是根据作为中介的波斯语译本翻译而来的。

从《天文书》的内容看，不仅反映了西域精深的天文学知识，其所讨论的话题，对于统治者而言也是相当严重和敏感的，兹引数例：

凡一大圣出，或一大贤出世，即将本年之命宫为主，断其吉凶。若看人主之命，不得知年月日时者，即看入城时或登位之时，是何宫度。出地平环上，即安命宫，以断其始终吉凶。[3]

若要知国家一岁之事。其安年命在昼者。看太阳，并第十宫，并第十宫主星。若安命年在夜者。看太阴，并第十宫，第十宫

---

① 明洪武十六年内府刻本《天文书》3a，国家图书馆藏。

② Thomas Hockey et al.（eds.）. *The Biographical Encyclopedia of Astronomers*, *Springer Reference*. New York：Springer，2007，pp. 560—561

③ 明洪武十六年内府刻本《天文书》，第二类第一门·总论题目。

主星。若要知民间一岁之事。看安年命宫,取最旺有力之星并太阴为主。若论臣宰,并吏人、公使人等,看水星。若论贤德君子之人,看木星。若论有名望之家,并老人、农人,看土星。若论军官、军人、军器,并一切军务,看火星。若论阴人、乐人,看金星。若论快行人,并使臣。看太阴。①

论人生相秉性。要看安命宫度强旺星。又看太阴宫度强旺星。又看何星在庙旺宫,或在分定度数。又看何星力气多。以上数等星,取一个最强旺者为主。②

此外,我们还可以从国家图书馆藏刻本在宫廷中的流传经历,来看这部书受重视的情况。在天文书卷末,有"钦天监臣克辑瑞批阅"字样,我们尚未能获知此克辑瑞为何人,但从他的名字看,很可能是清代供职于钦天监的满人;此外,在首两卷和后两卷的封面上,均有"康熙甲寅中秋节日奉敕题笺 译天文书全部 共四类 第一二类(第三四类)臣王原祁谨书"及"王原祁印"印文。也就是说,从该书刊刻的 1383 年到康熙甲寅即 1674 年的三百年间,此书一直受到明、清帝王之重视,并作为珍本秘笈在宫廷近臣或族人中小范围浏览传阅。那么,冠以《象宗书》《乾方秘书》《天文象宗西占》之名的诸多刊本、抄本,又是如何流传出去的呢?这不能不引起我们的思索与猜测。

沿着丝绸之路而来的内亚来客,在南京居住,在南京锦衣卫任职,对于南京城市格局和南京地域文化的包容性所起的塑型作用,不乏前

① 明洪武十六年内府刻本《天文书》,第二类第二门·论上下等第应验。
② 明洪武十六年内府刻本《天文书》,第三类第五门·说人生相秉性。

人论述。他们与任职于回回钦天监的西域天文学家，以王岱舆（同样是内亚来客的后裔）、张中为代表的金陵学派学者，共同构建了南京璀璨而多元的文化。在追寻意大利人利玛窦在南京的遗踪的同时，我们也不可忘记，也正是在利玛窦的时代，有一位印度佚名学者阿世格（ashiq，印度苏非教团对高阶传道员的称呼）“梯山航海”“遨游一十三载”“经数万里之程”来到南京，向张中和他的老师张少山，用阿拉伯语讲授伊斯兰的知识。这种讲论可以进行的基础，正是由以隶籍锦衣卫、效力钦天监者为主的丝绸之路来客所奠定的。

南京博物院“策展人制度”下展览工作报告大纲设置的理念与解读

——以《“法老·王”展览工作报告》为例

陈　刚

（南京大学历史学院、南京博物院）

2016年8月9日至2017年1月9日，“法老·王——古埃及文明和中国汉代文明的故事”①特展在南京博物院特展馆顺利举办，该展由南京博物院和加拿大皇家安大略博物馆（ROM）共同主办。展览将古埃及文明和中国汉代文明放置在同一个空间展示，分为“不朽”“生活”“权力”“生灵”四个单元，通过包括木乃伊在内的110件（套）古埃及文物和包括金缕玉衣在内的140件（套）中国汉代文物揭示文明差异，体现不同文化背景下的相同文化认知。在五个月的展期内，观众参观踊跃，展览在参观人数、观众满意度、文创销售等方面都取得了较好成绩。其中现场观众参观总数为314843人次，最高日参观数突破6000人次，门票收入为570万元，文创销售产品达5万件，销售总额超过150万元。

作为自博物馆免费开放政策实施以来，南京博物院策划并实施的

① 以下简称“法老·王”。

第一个收费大展，展览在社会效益、经济效益等方面取得了较好的成绩，其对博物馆界产生的影响较大并延续至今。比如，该展览创设并实施了符合中国国情的“策展人负责制”，即“一个策展人＋一组实施机构”的制度；该展览为探索大型原创性特展的资金募集与使用方式提供了成功案例；该展览为博物馆的大型原创性特展在展览营销与观众服务方面提供了参考；该展览为博物馆行业整体效能提升建立了样本，特别是为《江苏省政府办公厅关于做好文化文物单位文化创意产品开发工作的通知》（苏政办〔2016〕148 号）这一政策提供了成功案例。

总体而言，南京博物院“法老・王”展览是一次用低票价、非盈利的方法，举办了一个不用财政资金、为公众提供优质服务的高品质展览，并将展览作为文化创意产品的有益尝试，为中国博物馆界提供了一个可以复制的成功案例。

基于此，“法老・王”展览团队在顺利完成展览项目的同时，还完成了该展览的工作报告并于 2019 年 12 月顺利出版[①]。作为国内博物馆界迄今极少数正式出版的展览工作报告，该报告对今后展览项目的实施具有重要的研究意义。本文即介绍该展览工作报告编撰大纲的设置思路，以期为展览研究与工作实务提供样本参考。

一、展览工作报告的编纂意义

展览是博物馆发挥社会效益最基本的方式之一，在策划实施展览项目的过程中会形成大量具有保存价值的资料。如从策展方案的所有内容文本到形式设计图纸的各种修改优化版本，从各种审批文件到

---

① 南京博物院：《“法老・王”展览工作报告》，译林出版社，2019 年。

文物借展不同阶段的各版本协议，从配套文创商品设计思路定稿到讲解词内容的不同版本，从展览宣传文案到具体推广效果再到展厅内安保应急预案……这些资料反映了展览策划实施的整个过程，具有极为重要的研究与参考价值，尤其对今后展览项目的实施具有重大的影响。

然而，到目前为止，尽管很多展览会出版配套图录或学术论文集，但从一个展览的角度出发，系统介绍某个特定展览从策划到实施到结束再到总结的工作报告，迄今还没有公开出版过。[①] 无论是对于同行还是对于公众，博物馆都有必要将某个特定展览的整个过程以工作报告的方式公之于众。

---

① 关于博物馆展览工作报告出版的议题，学界涉及极少，目前关于这一内容的探讨大多是从档案学的角度出发，认为应当做好展览档案资料的收集，尤其是关于新媒体资料的保存汇总。尽管关于展览档案资料的重要性学界已有深刻认识，但从当下各博物馆实际运行情况看，临时展览的资料汇集还有很多问题，比如展览资料由哪个部门牵头尚无统一标准，是由陈列展览部还是图书信息中心还是办公室牵头？各个涉及展览工作的部门资料如何以统一的标准提交材料？需要的图片、文字、影音等格式如何规范等等。现实情况中，同行想要了解某个已经结束的展览，如果是关于该展览的形式设计与施工，通常需要与这部分工作的具体负责人对接沟通；如果想要了解该展览的配套教育活动具体如何策划实施，则需要与教育项目负责人具体对接沟通；如果想要了解该展览的宣传如何具体策划推进，则需要与具体宣传负责人对接沟通；想要了解某个展览的文创开发与销售情况，则需要与文创具体负责人对接沟通。这是一个效率低下的过程。近年来，全国博物馆十大精品陈列项目会以汇编的方式将展览有关的内容、形式、教育、文创、宣传等进行汇总编纂并统一出版，但受制于内容、文字体量、图片数量等因素，各个项目基本还是以汇报总结的材料为主，真正反映具体工作的过程却较少呈现，比如内容大纲从一开始到最后呈现之间有几个版本的改变，每个版本改变的原因在哪里，改变之后配套工作如何应对，哪些改变是成功的，哪些改变还有瑕疵，这些问题都无法让专业工作者了解，而这些内容反而是专业工作者更需要了解并借鉴的。如此，具体某个展览的工作报告进行公开出版将是一个极有意义的事情。

二、展览工作报告大纲架构的确定

世界上从没有两个相同的博物馆，因此各博物馆自有适合该馆的运行机制。"法老·王"展览项目的策划实施则是完全建立在南京博物院自有的组织架构之上，而围绕该展览所谓的"策展人制度"也完全是建立在南京博物院现有的组织运作模式基础之上。

因此，该展览工作报告大纲的确定，主要依据该展览在南京博物院具体实施过程中各职能部门实际参与的工作进行，在设定大纲的主题单元时，并不以具体每个职能部门为类别展开论述，而是以实际工作的主题单元分别说明。有些主题单元不是仅由一个部门完成，如展览的开放与维护单元中，具体工作需要物业中心、安全保卫处、社会服务部、办公室等部门一起进行。同样，有的部门也不单单是负责一个主题单元，如社会服务部要牵头负责教育服务、观众调查研究、志愿者管理等不同单元的工作。

三、《"法老·王"展览工作报告》大纲目录与概况

综合展览工作流程叙述习惯与南京博物院实际工作情况，《"法老·王"展览工作报告》大纲目录如下：

报告内容整体分为两个部分：正文和附录。

正文共分为十三个章节：主题策划（第一章）、内容设计（第二章）、形式设计（第三章）、资金控制与管理（第四章）、项目推进与协调（第五章）、宣传营销（第六章）、教育服务（第七章）、文创服务（第八章）、展品管理与控制（第九章）、展览开放与维护（第十章）、展览信息与档案（第十一章）、观众调查与研究（第十二章）、志愿者管理（第十三章）。

各章主要内容如下。

正文第一章主要对项目由来、展览概况等情况进行说明，重点对为什么要编写一本展览工作报告，如何编写一本展览工作报告，大纲主题如何确定，确定依据是什么等进行叙述。

第二章主题为内容设计，主要说明内容设计团队在法老王展览中的工作流程与工作内容。具体包括文本大纲的确定，文本内容的最终确定，文物的选择与确定，展览配套图录的撰写与编撰，参与或负责所有相关展品的点交，展品的布置，展厅内部题说明与说明牌等内容设计，为教育、文创、形式、施工等环节提供支撑，撰写展览工作报告等。

第三章主题为形式设计，主要说明本展览形式设计思路与理念、最终定稿方案等，包括形式设计如何服务灯光、展柜、流线等设计思路。

第四章主题为资金控制与管理，主要包括项目实施过程中围绕预案制定、前期筹备、预算管理与执行、收入监管、专项审计等角度进行工作总结和经验阐述。

第五章主题为项目推进与协调，主要从办公室这一职能部门的角度出发，关于所有推动协调“法老·王”展览的工作进行综合说明。其中包括交流中心前期的沟通、谈判、对接等工作中涉及的借展合同、策展人员前期往来、保险、交通、运输、布撤展以及与交流中心和其他职能部门的沟通协调（内容、文保、出入境、公众服务讲座培训等）。

第六章主题为宣传营销，主要从最初的宣传营销方案如何制定计划，到整个项目的宣传方案如何实施，到中间很多临时加入的宣传营销活动如何运作，到针对不同群体与达成不同目的的宣传方式，到市场反馈，到经验与总结，到资金费用的实施，到人力物力的投入等等。

第七章主题为教育服务，主要包括展览服务、教育活动、馆校合作等。具体涉及讲解培训、教育方案制定、分众化教育项目制定实施、语音导览器和智慧导览器设计实施、教育导览手册制定、少儿导览学习卡制作等等。

第八章主题为文创服务，主要包括针对该展览的文创整体思路、不同主题文创产品服务设计思路、文创销售设计与营销方案、文创产品信息等基本情况。

第九章主题为展品管理与控制，主要对展品在整个项目过程中的管理使用环节进行说明，包括如何提取展品图文资料、如何提取展品、中间按照哪些规章制度进行、库房藏品与常设展览展品再转入临时展厅后如何进行管理、临时展厅内的温湿度、光照如何制定预案来满足并完成不同类别展品的需求等等。

第十章主题为展览开放与维护，主要内容集中在以下方面：为保证整个项目的顺利实施，保洁、安保、安检、风电设备、网络信息等部门是如何调整的，各相关部门如何运作形成一套开放维护体制等。

第十一章主题为展览信息与档案，本部分的内容主要是从信息角度对该展览整体运行过程中，多维信息采集记录方案的制定与实施有哪些成果等等。

第十二章主题为观众调查与研究，主要就调查研究的概况进行的简要说明，详细报告则在附录中公布。

第十三章主题为志愿者管理，该主题主要围绕志愿者从策展阶段开始到展览项目最后如何参与、做了哪些工作，馆方如何管理引导以及对这方面工作的总结与反思等。

附录则主要包括了三部分：第一部分为南京博物院在展览闭展之

后向国家文物局正式提交的展览工作情况的报告；第二部分为龚良院长以“法老·王”展览为例对大型原创性的展览策划进行的总结（原文刊发于《东南文化》2016 年第 6 期）；第三部分则是针对该展览的观众调查与研究报告。

四、对工作报告大纲目录的解读

为了更好地解释大纲单元，有必要对南京博物院现有的职能部门分工及各部门在展览中承担的具体工作进行进一步说明。

南京博物院现有职能部门 18 个，分别是考古部（江苏省考古研究所）、文物保护部（江苏省文物保护研究所）、陈列展览部（南京博物院陈列艺术研究所）、社会服务部、典藏部、民族民俗部（江苏省非物质文化遗产保护研究所）、古建筑部（南京博物院古代建筑研究所）、古代艺术部（南京博物院古代艺术研究所）、文物征集部（国家文物出境鉴定江苏站）、图书信息部、文化创意部、《东南文化》编辑部、办公室、人事组织部、计划财务部、学术委员会秘书处、安全保卫部、后勤保障部。

就“法老·王”展览工作流程而言，18 个职能部门中，仅有民族民俗部、古建筑部、古代艺术部、《东南文化》编辑部 4 个部门没有直接参与该项目的工作，其余 14 个部门或多或少都直接负责或参与了该项目的相关工作，为项目顺利开展承担了各自职责。

14 个部门在“法老·王”展览中承担的具体工作简介如表一。

表一　各部门在"法老·王"展览中承担的工作

部门	"法老·王"展览中承担的相关工作
考古部	与策展人进行前期沟通，提供考古部临时考古品库房（非典藏部库房）内汉代展品的甄选名单； 办理考古品库房内展览用出库文物展品清单及相关程序性手续； 展览结束后接收出借文物展品并办理相关程序性手续； 与策展人、该展览教育项目负责人沟通，安排考古部相关专家及工作人员开展公众讲座、图录中科普文章写作等事宜； 与该展览教育项目负责人沟通，承担展览开放期间配合该展的公众考古、夏令营等教育活动； ……
文物保护部	前期应展览合作方 ROM 的要求，通过现场测试等手段，提供南京博物院"法老·王"展的展厅温湿度现状； 通过办公室与 ROM 进行沟通，对该馆就古埃及金属器展品的温湿度控制范围进行协商，通过展示展厅内实验所得的数据使南博与 ROM 在借展协议中关于藏品控制的条款达成一致； 提出展柜内温湿度控制要求，委托第三方完成设备定制； 与陈列展览部进行沟通，就温湿度控制设备的安装、摆放、是否影响展陈效果等展开讨论并具体落实； 与策展人沟通，就南京博物院藏品是否适合进入该展进行评估，对需要进行表面清理保护与修复的藏品完成展示修复； 与物业中心就温湿度控制设备的电路走向、不间断通电等进行沟通并落实； 与安全保卫部就温湿度控制设备安排专人定期开柜核查、检修进行沟通并落实； 安排配合该展的藏品控制负责人进行每周一下午定时开柜核查检修； 24 小时接受展厅内温湿度控制数据并进行整理，每周一次发送相关数据给 ROM； 展览结束后安排专人撰写该展览的藏品控制报告； ……

续表

部门	“法老·王”展览中承担的相关工作
陈列展览部	根据年度展览档期，提供特展馆空档期展厅并建议展览时间，报南京博物院管理层进行决策； 根据“法老·王”展的内容文本，与策展人进行沟通，完成该展的形式设计并与施工团队协商落实； 与策展人与形式设计师沟通，负责“法老·王”展的制作施工； 根据办公室宣传工作的需求，负责南京博物院场馆内外与“法老·王”展有关的海报、招贴画、指示牌、显示屏画面等的设计、制作、安装、拆除等工作； 根据社会服务部的需求，负责南京博物院场馆内一处导览器发放点、四处门票销售点背景板以及柜台的设计、制作、安装、拆除等工作； 根据文化创意部的需求，负责南京博物院场馆内与“法老·王”展有关的文创专柜背景板、灯光、柜台的设计、制作、安装、拆除等工作； 与策展人共同承担扬州博物馆与徐州博物馆外借展品的借还工作，共同承担外方ROM展品的验收工作，共同签字完成相关程序性手续； 与策展人沟通，共同完成展品进场后的布展及撤展的相关工作； 指派专人负责该展的资料收集与整理工作； ……
社会服务部	组织“法老·王”展览教育项目负责人团队，从展览前期一直跟进整个项目全过程； 开展“法老·王”展览前置调查，重点对教师群体与公众进行调查，汇总相关结论为后期工作提供参考； 开展期间，准备组织团队进行“法老·王”展览观众信息采集与观展行为记录调查，闭展之后进行相关资料整理工作； 抽调专人负责“法老·王”展览纸质门票现场销售工作，根据节假日人流增加排班人员，确保销售顺利进行； 制作印刷该展的配套公众导览手册与少儿观展学习卡，放置于售票处凭票领取；

续表

部门	"法老·王"展览中承担的相关工作
	负责向购票观众免费提供"法老·王"展览语音导览与智慧导览服务,完成内容制作与版面审核等工作; 策划覆盖全年龄段教育活动,包括公众讲座、青年沙龙、少儿主题活动、进社区、进学校等; 开展实施"法老·王"展览馆校合作教育项目,进行学校推广活动; 开展"法老·王"展览志愿者培训项目,通过展前培训考核环节,为志愿者讲解提供基础; 开展"法老·王"展览志愿者综合服务项目,确保常态化展厅导览器收发工作、法老与王的 cosplay 项目、南博蓝教育课程项目等顺利进行; 教育项目负责人完成"法老·王"展览教育服务工作报告; ……
典藏部	与策展人进行前期沟通,提供典藏部库房内汉代展品的甄选名单; 办理展览用出库文物展品清单及相关程序性手续; 提供展品高清图片、文字描述等基本信息; 根据策展人需求,补充拍摄相关展品高清图片; 展览结束后接收出借文物展品并办理相关程序性手续; 与策展人共同临时接收徐州博物馆、扬州博物馆展品并办理相关程序性手续; 根据策展人需求,临时接收从南京博物院常设展览中取出的汉代展品并办理相关程序性手续; ……
文物征集部	前期根据 ROM 展品清单,和交流中心(办公室)共同与金陵海关进行沟通,办理《关于对展会予以监管的申请》以及《关于对展会展品免于提交担保的申请》等程序性手续; 前期根据 ROM 展品清单中含有河马牙制品,和交流中心(办公室)共同办理《濒危物种允许进口证明书》

续表

部门	“法老·王”展览中承担的相关工作
	放置ROM展品的集装箱进入南京博物院时，与金陵海关共同完成监管流程； 放置ROM展品的集装箱进入“法老·王”展厅后，在开箱过程中，与金陵海关共同完成监管流程； 展览闭展后，ROM展品打包入箱过程中，与金陵海关共同完成监管流程； ……
图书信息部	前期与策展人沟通，安排专人通过摄影摄像的方式负责“法老·王”项目从策划到布展到撤展的整个环节记录，留取档案资料； 前期与办公室进行沟通，安排专人负责拍摄、剪辑等工作，提供开幕式、媒体宣传及场馆内电子显示屏用6分钟“法老·王”展览视频宣传片； 展览开幕式前后，在展厅内完成ROM相关专家的视频采访，后期加工为供办公室与社会服务部进行宣传、教育推广的素材； 与办公室等相关部门进行沟通，完成开展期间重大活动的视频记录与采编工作； 根据办公室、社服部等部门需求，在特展馆多功能厅、学术报告厅等处开展活动、会议时进行电子设备试调维护等工作； ……
文化创意部	前期与策展人、教育项目负责人共同协商，安排两位设计师分别负责汉代文明与古埃及文明的文创开发实施； 前期完成南京博物院现有汉代主题文创产品观众兴趣度的微信在线调查，汇总调查成果，优化“法老·王”展文创设计与销售计划； 开展前完成南京博物院特展馆主卖场“法老·王”展文创专柜的设计、铺货、销售人员培训、网络、电路等工作； 开展前完成南京博物院“法老·王”展展厅外文创销售专柜的设计、铺货、销售人员培训、网络、电路等工作； 开展前完成南京博物院“法老·王”展展厅内配套图录销售专柜的设计、铺货、销售人员培训、网络、电路等工作； ……

续表

部门	"法老·王"展览中承担的相关工作
	展览开放期间，开展相关文创产品销售、推广等工作； 与策展人对接，完成"法老·王"展配套图录的印刷出版工作； 展览结束后安排专人撰写配套该展览的文创工作报告； ……
办公室	汇总相关材料，负责前期展览申报、后期全国博物馆"年度十大精品陈列"申报等流程性工作，上通下达； 负责"法老·王"展项目中与ROM、扬州博物馆、徐州博物馆有关的展品清单、人员接待往来、项目合同签订、翻译等相关工作； 负责与"法老·王"展有关的公务接待、同行座谈等事务； 负责"法老·王"展整体的宣传营销工作，包括微信推送、媒体接待、提供通稿、联系专家等； "法老·王"展为2008年以来第一个收费特展，重点负责院内外就该展有关的舆情工作，开幕式前主动召开新闻通气会，增强与媒体沟通力度； 负责与该展有关的文化活动，全面负责"法老·王"展开幕式、"法老·王"展主题研讨会等重大活动； 全面协调、督促、落实与"法老·王"展有关的各项工作； ……
人事组织部	前期根据社会服务部的需求，因"法老·王"展门票销售需要临时用工进行招聘，完成程序性手续； 组织相关部门在"法老·王"展期间因此项工作顺利进行增加的工作量进行汇总申报； 根据"法老·王"展览项目各人发挥效益程度及各部门参与者的加班工作量，与计划财务部进行沟通，制定奖励方案并向院长办公会报批； 展览结束后以"法老·王"展览激励方案为主，制定同类项目的员工激励办法； ……

续表

部门	“法老·王”展览中承担的相关工作
计划财务部	前期根据项目特殊情况，结合相关国家与地方财政政策，为申请资金支持补助提供决策依据； 负责该展纸质门票的设计、防伪、印刷等工作，委托第三方实施； 负责门票销售现金收入、文创销售收入、教育服务收入定时入账，按照财务流程进行相关处理，为院管理层决策实时提供基本参数； 从前期项目确定开始，定时汇总该项目成本支出(策展、制作、教育、文创、宣传等支出)，为院管理层掌控项目运作过程中相关资金支出提供基本参数； 展览结束后，提供该项目整体财务报表，为该展的创造性收益奖励机制实施提供参考； 按照南京博物院财务管理制度，负责整个展览项目资金的收支管理； ……
学术委员会秘书处	前期组织该项目内容文本脚本各阶段专家讨论，为该展内容设计最终定稿提供学术支撑； ……
安全保卫部	与策展人进行沟通，在院藏展品从历史馆常设展厅提取时进行对接，办理程序性手续； 与策展人进行沟通，前往徐州博物馆、扬州博物馆接收及返还“法老·王”展汉代展品过程中，承担文物运输、安全押运等工作； 建立检票工作人员团队，负责该展览纸质门票的检票核查工作，同时根据持票待检观众排队长度，增加或减少工作人员； 与图书信息中心共同确定“法老·王”展厅内实时观众量上限，制定实施“法老·王”展观众参观应急预案，应对节假日人流高峰，安排疏导，控制入展人数；

续表

部门	"法老·王"展览中承担的相关工作
	展览开放期间，安排专人负责展厅内安保，确保观众、展品的安全，维持观展秩序； 与策展人、陈列部沟通，对展厅内的裸展展品提出安保意见，放置"一米线"，安排专人重点维护； 与陈列部、文创部、社服部、物业中心、文保部等部门沟通，办理"法老·王"展工作人员出入证，在布展、撤展、展览开放维护期间实行人员物资进出临展厅管理办法； 前期于"法老·王"展厅内设计监控摄像探头布点，安装并实施24小时监控； ……
后勤保障部	在展前施工过程中，负责"法老·王"展厅内地面、展柜内外、墙壁的全面打扫清理，文物全部进入展柜正式开放前进行地面整体打蜡保养工作； 展览开放期间，安排专人负责展厅内保洁维护，确保展柜玻璃、地面等处整洁，在每周一下午闭馆期间，安排专人进行全面保洁； 根据办公室的统一安排，在"法老·王"展整个项目过程中，负责特展馆多功能厅、学术报告厅、嘉宾休息室等处的日常维护与开放，确保教育、宣传、会务等活动的顺利开展； 根据文保部的需求，在展前开展温湿度控制实验，通过调整送风与空调设备，确保展览开放期间温湿度24小时不间断达标； 根据文创部需求，项目期间对展厅内外"法老·王"展文创专柜进行电力改造并维护； 根据社会服务部需求，项目期间对"法老·王"展四处售票点、一处导览器收发点、展厅导览设备信号发射源等处进行电力改造并维护； 根据安全保卫部需求，项目期间对"法老·王"展展厅内外多处监控探头及报警装置等进行电力改造并维护； 根据陈列部需求，项目期间对展陈施工用电、展柜灯光等进行全面电路保障及维护； ……

综上，从展览实际工作开展层面而言，“策展人制度”下的“法老·王”展览，虽然核心策展人发挥非常重要的作用，“策划团队”下的各团队成员也付出了大量努力，但绝大部分具体工作仅靠某个部门的一个人是无法完成的，一部分部门进入“策划团队”的某个成员更多的只是承担“项目联络员”的角色。

也正因为如此，与考古项目负责人编纂考古发掘报告和文物修复项目负责人编纂文物修复研究报告不同，展览项目中的“策展人”在编纂展览工作报告时，无法仅靠个人或两三个核心成员的努力来完成工作报告，其本质上也还仅是一个“展览编纂工作报告”这个项目的项目领头人。他既不能像考古项目负责人那样完全掌控某个考古项目的绝大部分原始档案资料，也不可能像某个文物修复项目负责人那样几乎完全经历了某件文物修复的所有环节。因此，基于现阶段展览项目的原始工作资料几乎都还是保存在各个参与部门的现状，展览工作报告的编纂注定是一个需要大量沟通交流且需要打破部门壁垒的大型团队工作。

尽管如此，展览工作报告的编写并出版，依然是一件极为重要的事情。而本文尝试从展览工作报告大纲设置思路的角度提出讨论，也仅仅是从南京博物院自身的馆情与部门架构出发，希望这一讨论能为其他博物馆同行开展相关工作提供参考。

弘扬传统文化　坚定文化自信

——浅议新时期博物馆的社会责任

黄　潇

（北京古代建筑博物馆）

文化是一个国家、一个民族的灵魂。从党的十七大提出推动“文化大发展大繁荣”到十八大明确“建设文化强国”，再到十九大强调要“坚定文化自信”，文化在国民经济与社会发展中的重要性日益提升。从“四位一体”到“五位一体”的总体布局更新，“文化建设是灵魂”，已然成为社会主义事业总体布局的重要组成部分。随着中国特色社会主义进入新时代，随着人民的需要从物质文化需求发展到美好生活需要，随着中华民族迎来从站起来、富起来到强起来的伟大飞跃，文化建设也提升至更高层面，肩负更多的使命。作为重要文化教育机构之一的博物馆应该要充分发挥自身的职能，满足公众对精神食粮的追求，宣扬和传承中华优秀传统文化，增强国人的文化自信，为社会主义事业建设贡献力量。

一、博物馆与新时期文化建设

（一）传承中华优秀传统文化是培育和弘扬社会主义核心价值观的根基

“源自于中华民族五千多年文明历史所孕育的中华优秀传统文化，熔铸于党领导人民在革命、建设、改革中创造的革命文化和社会主义先进文化，植根于中国特色社会主义伟大实践”。十九大报告对中国特色社会主义文化的阐释，彰显了一个伟大民族在苦难与奋斗的历程中积淀的文化自觉与文化自信，也体现了中华优秀传统文化的重要作用及地位。习近平总书记近年来在多次讲话中也提到了这一点。例如，他在北京主持召开文艺工作座谈会并发表重要讲话时谈到：没有中华文化繁荣兴盛，就没有中华民族伟大复兴。一个民族的复兴需要强大的物质力量，也需要强大的精神力量。没有先进文化的积极引领，没有人民精神世界的极大丰富，没有民族精神力量的不断增强，一个国家、一个民族不可能屹立于世界民族之林。

“坚持社会主义核心价值体系”是新时代坚持和发展社会主义的基本方略之一，习近平总书记指出，培育和弘扬社会主义核心价值观必须立足中华优秀传统文化。牢固的核心价值观，都有其固有的根本。抛弃传统、丢掉根本，就等于割断了自己的精神命脉。博大精深的中华优秀传统文化是我们在世界文化激荡中站稳脚跟的根基。中华文化源远流长，积淀着中华民族最深层的精神追求，代表着中华民族独特的精神标识，为中华民族生生不息、发展壮大提供了丰厚滋养。中华传统美德是中华文化精髓，蕴含着丰富的思想道德资源。不忘本来才能开辟未来，善于继承才能更好创新。对历史文化特别是先人传承下来的价值理念和道德规范，要坚持古为今用、推陈出新，有鉴别地加以对待，有扬弃地予以继承，努力用中华民族创造的一切精神财富来以文化人、以文育人。

（二）博物馆是传承中华优秀传统文化的阵地

习近平总书记在巴黎联合国教科文组织总部发表演讲时讲到：每一种文明都延续着一个国家和民族的精神血脉，既需要薪火相传、代代守护，更需要与时俱进、勇于创新。中国人民在实现中国梦的进程中，将按照时代的新进步，推动中华文明创造性转化和创新性发展，激活其生命力，把跨越时空、超越国度、富有永恒魅力、具有当代价值的文化精神弘扬起来，让收藏在博物馆里的文物、陈列在广阔大地上的遗产、书写在古籍里的文字都活起来，让中华文明同世界各国人民创造的丰富多彩的文明一道，为人类提供正确的精神指引和强大的精神动力。

这里特别提到了博物馆，博物馆是抢救文化遗产、保存各类文物、珍藏民族记忆、守护中华文明的重要场所，在收藏文物的基础上，其基本职能之一就是利用自身的藏品，挖掘文化内涵，通过展览、活动等传承和宣扬中华优秀传统文化，也就是要通过博物馆人的努力，用文物来讲述中国故事。

（三）博物馆为公众提供丰富的精神食粮

新时代文化建设的出发点和落脚点就是要为人民过上美好生活提供丰富精神食粮。随着我国经济的长期快速发展，人民群众收入增加了，在物质生活水准及精神文化方面的需求自然水涨船高，这其中就包括有更丰富的精神文化生活。丰富的高层次的精神文化生活是人民美好生活的关键要素，有助于提高人民的获得感和幸福感。博物馆正是为公众提供优质精神食粮的重要场所之一。第一，它通过展览向公众传播知识、宣扬文化，越来越多地成为公众休闲文化旅游的必选场地之一；第二，它借由文化和场地资源，开展各类丰富的文化活动，吸引公众走进博物馆，感受中华优秀传统文化的魅力；第三，随着青少年教育和博物馆发展理念的不断更新，博物馆逐渐成为学生的"第二课堂"，博物馆利用自身的文物和场地资源，接待参观，开展各类主题活动，或是直接走进校园，为学生授课并进行互动交流，让文物背后的故事成为孩子们学习历史、传承文明的教科书。

二、博物馆社会职责的具体体现

（一）做好藏品保管，为博物馆业务奠定基础

近年来，随着时代发展和社会进步，博物馆为社会公众服务，特别是公众教育这一职责，越来越受到重视，博物馆应如何融入大众的社会生活，满足民众的精神文化需求，成为博物馆发展中的核心问题。但同时，我们仍不能忽视藏品保管这一博物馆最基本的职能之一，藏品是国家宝贵的科学文化财富，是人类社会发展和自然界演变的最可靠的原始实物见证。它们通常都具有历史价值、艺术价值和科学价值，是国家文明进步的象征，是学习和发展民族文化、科技的重要资源。因此，它是博物馆展示、研究、宣传教育等一系列工作的基础，"巧妇难为无米之炊"，如果没有保管良好的藏品，博物馆的其他工作将很难开展。

（二）发掘文化内涵，打造高质量的展览

陈列展览是博物馆开展公共文化服务的直接载体以及博物馆最核心的文化产品，它是博物馆发挥自身社会教育职能的基础。如果没

有主题陈列将一件件文物串联起来，观众看到的只是一个个古老、精美的器物，很难了解到文物背后蕴含的文化，“让文物活起来”就是要通过文物来讲故事，讲出中华优秀传统文化的历史渊源、发展脉络、基本走向，而这一切就都需要博物馆陈列来实现。通过主题鲜明、策划精良、体验友好的展览讲好“中国故事”，展示中华文化的独特创造、价值理念、鲜明特色，以此来增强国人的文化自信。

1. 固定陈列

固定陈列是博物馆陈列工作的核心业务，反映着博物馆文物研究和陈列工作的水平，也是博物馆与观众对话最直接、最密切的媒介，因此博物馆在策划固定陈列时，要深入挖掘馆藏文物或是所在地区的历史文化，以合理的展品组合设计方案，辅以强化展品作用、揭示展品内在联系的辅助展品，运用带给观众艺术性和体验乐趣的多媒体展示手段，来打造内容和艺术和谐统一的陈列，带给观众准确、鲜明、生动又富于感染力的参观感受。目前，博物馆已经进入稳步发展阶段，对于大多数博物馆来说，基本已不存在“从零开始”策划固定陈列的问题，而是需要适应时代发展，维护和不断改进已有的固定陈列，提升观众的参观体验。

以北京古代建筑博物为例，作为固定陈列的“中国古代建筑展”于1991年起面向公众开放，展览的展厅直接运用先农坛太岁殿院落中的拜殿、太岁殿以及西配殿，在开展十余年的时间里，人员的参观活动等因素必然会对古建筑造成一些损害。此外，在这期间，文物保护的技术、展览展示的技术都在进步，特别是公众对精神文化的需求与日俱增。为了更合理地保护与利用古建筑，也为了更好地满足观众的参观需要，加深受众对展览的理解，博物馆从2009年开始进行基本陈列

“中国古代建筑展”的大规模改造工作，并同时对古建筑进行修缮，共历时三年。

在此次改陈中，在所有原有金砖墁地上垫起了一层地台，这样做一是可以保护原有的地面，二是抬高的空间可以布置电线，既增加了安全性又更为美观。同时为了便于向观众展示大殿的整体结构，将地台的某些区域设置成透明，透过地台可以看到原有的金砖和大殿内的柱础等。由于开馆之初的“中国古代建筑展”筹备于 20 世纪 80 年代末，当时我国的数字化、信息化技术尚处于起步阶段，所以在展览中多媒体展示手段并不多，且经过长时间的使用，很多设备已经老化或者损坏，因此这次改造工作中，在展览中重新引入了大量多媒体展示手段和互动技术，增加展览的趣味性和观众的参与感。在全部三个展厅中，共安装了 11 块显示屏，循环播放与展览内容相关的解说视频或图片；安装了 8 台互动触摸屏，合作开发了多款互动软件，例如在“中国古代建筑营造技艺”部分有可以供观众体验古建筑营造过程的互动游戏，以太岁殿大殿的修建为蓝本，通过电脑操作体验从筑造台基到搭建木构到最后粉饰彩画的全过程；使用多种设备共同配合展示与说明，在“匠人营国”部分，在传统的 1949 年北京城模型沙盘之上，加上追光灯，利用投影播放解说视频，采用了声、光、电、影像等多维方式充分向观众展示北京这一千年古城所蕴含的先贤智慧、所包含的劳动人民的心血、所经历的盛世辉煌和战火洗礼。

2. 临时展览与巡展

与固定陈列相比，临时展览一般小型多样，陈列内容和形式比较灵活，可以作为固定陈列很好的补充，博物馆的固定陈列展出周期都比较长，内容和展品也比较固定，所以对那些经常来博物馆的观众吸引力会有所减弱，而内容丰富、经常更换的临时展览，可以吸引他们经常走进博物馆。同时因为临时展览内容和形式灵活、制作周期短等特点，十分方便走出馆外进行巡展，走进社区和学校，甚至走出国门，使文化传播的范围更广，更加贴近公众，同时也可以吸引更多的人走进博物馆。此外，走出原本的馆舍，在不同博物馆中流动的临时展览还可以促进馆际之间的互助合作和交流经验，也为培养和锻炼业务干部提供更多的实践机会。

以北京古代建筑博物馆为例，将“中国古代建筑展”的内容进行浓缩制作而成的“土木中华展”是馆内打造系列专题临时展览的一个开端，随后又相继推出了“中华”系列古建专题展览“中华牌楼”“中华古桥”“中华彩画”“中华古亭”“中华古村落——京津冀风情展”等，基本做到每年一个专题，帮助观众深入了解和欣赏不同类型的古建筑，体味丰富多彩的古建筑文化。同时，这一系列主题鲜明的小型展览，在馆内临时展出后，因其制作和运输的便捷，作为古代建筑博物馆的代表走出馆舍，在全国乃至全世界巡回展览。这一系列的巡回展览使古建文化走出博物馆，传播得更远更广，同时也是对博物馆的宣传，吸引更多的人走进博物馆。

又如，为了更好地保护养心殿，2015 年底故宫博物院启动了为期五年的“养心殿研究性保护项目”。在保护修缮期间，养心殿中的文物带着它们的故事走出紫禁城，先后走进首都博物馆、香港文化博物馆、南京博物院、山东博物馆，让公众可以近距离了解清代帝王在养心殿的理政活动、生活起居和国家的兴衰历程。这一系列展览为博物馆的文物展示与利用提供了很好的思路，文物在展室修缮等特殊时期，不是只能“躺”在库房里，还可以在不同的博物馆之间流动起来，向更多的人讲述自己的故事，另一方面文物的巡展促进了博物馆之间的交流。

（三）聚焦青少年教育，让博物馆真正成为学生的“第二课堂”

对青少年的教育，正是博物馆社会教育中最核心的内容之一，博物馆正在逐步成为学生的“第二课堂”。在博物馆内，除了传统的讲解外，很多博物馆都会根据不同的展览，开发了针对不同年龄段青少年的学习手册，通过设置生动有趣的问题，增强参观的互动性，激发青少年观众对展览的兴趣以及对展览内容的思考，并可以引导他们在参观结束后，深入了解和学习相关知识。例如首都博物馆《读城》学习手册、北京古代建筑博物馆《中国古代建筑展》学习手册等；此外，越来越多的博物馆在馆内设立专门的青少年活动中心，例如首都博物馆的七彩坊，孩子们可以在里面体验陶艺、拓片、制扇等各类传统手工艺，并且这里还会配合展览推出一些特色的体验活动，比如配合“天路文华——西藏历史展”，组织“到北京的卓玛家做客 体验藏族生活”活动。博物馆带着自身的文化走进校园，开展专门的课程，让学生系统、深入地感知中华优秀传统文化的魅力，增强他们的文化自信。

以北京古代建筑博物馆为例，在馆内开展互动体验课程，通过斗拱拼插、彩画绘制等内容，让参与其中的学生感知中国传统建筑魅力，体会精湛的古建筑技术。由于以往开展互动体验课程并没有固定的场地，为更好地接待越来越多来馆活动的学生团体，馆内目前正在打造专门的活动教室；在馆外，直接将互动体验课程带入学校，已走进北京史家小学、河北省邢台县河古庙中心小学等多所学校，让学生在课堂中就能学习和体验到中国传统建筑文化。又如，将巡展“华夏神工”及榫卯互动项目带到中国矿业大学附中，参加学校举办的“创客校园绿色科技”首届科技嘉年华活动，使学生和家长在学校里就可以近距离体会中国古代建筑的神奇魅力，感受中国古代匠师的智慧与创造力。

（四）开展丰富多彩文化活动，充实公众业余文化生活

对于大多数博物馆来说，在拥有文化资源的同时，还拥有场地资源。以古建筑为馆址的博物馆通常具有园林般的环境与一定可利用的场地，而新建现代建筑之内的博物馆，通常也有会有广阔的大厅或是广场，这些皆可以成为博物馆依托自身文化内涵，开展丰富多彩文化活动的场地，或是与其他文化机构合作，成为为公众提供文化休闲场地的不二之选。

例如，北京古代建筑博物馆因地处先农坛，为宣传明清皇家祭祀礼仪，传承敬农重农、珍惜粮食的美好情操，在清明节前后举办“敬农文化节”，再现清代帝王祭祀先农神以及亲耕的礼仪，除了观众参观外，还邀请周边社区居民和学生参与其中，种植五谷，领会古人敬畏之心和农人耕种的辛劳。又如，孔庙和国子监博物馆在孔庙崇圣祠推出“大成礼乐展演”项目，除冬季（11 月 30 日至次年 3 月 5 日）和恶劣天气外，每天为观众呈现一台好看好懂的节目，真正让观众感受礼乐的“肃穆、庄重、典雅、含蓄、和谐、纯正”之美，感受中国传统文化的精髓，感受孔子思想的时代精神。每年举办国学文化节，在博物馆内开展拜师礼、“释奠礼”、国学文化大师系列讲座等，通过“国学展示”“国学交流”“国学体验”“国学传播”等主题活动，为大众奉上国学饕餮盛宴。

博物馆开展的文化活动也可以不仅仅局限于自身的文化内涵，还可以拓展思路，利用自身的文化和场地资源优势，同其他单位合作，开

展丰富多彩的活动。例如，首都博物馆的“博物馆约会夜”在多家单位的共同支持下，目前已经成功举办两年。单身青年们通过“假面舞会”“文艺冷餐”“展览探秘”“爱的礼物”等浪漫多彩的活动相识、相知。结合“展厅探秘”游戏环节，青年们学习了很多有益的历史文化知识，这也成为博物馆约会夜的一大亮点。在“爱的礼物”环节中，青年们跟随首博青年教育专员学做“北京绒花”这一国家级非物质文化遗产，技艺与柔情相结合，勾勒出一幅温馨浪漫的意境图。通过这一活动，除了拓宽单身青年们交友渠道，提供给他们沟通交流的机会，还充分利用了博物馆的资源优势，通过参观展览、手工制作活动，让青年们获取新知、提高自身修养，并以此弘扬中华传统文化，可谓一举多得。

（五）开发独具匠心的文创产品，把博物馆“带回家”

近年来，伴随着博物馆文创产品、文化品位和生产工艺的不断提升，特别是开发思路的不断创新，加之新媒体飞速发展的助推，博物馆文创产品越来越受到大家的关注，一些“网红”文创产品受到热捧，时常会卖断货，逛文创商店也逐渐成为参观博物馆的必要行程之一。与此同时，国家也释放了一系列政策红利，推动博物馆文创产品开发。面对这一大好形势，博物馆更应该冷静下来，不是盲目追求开发出产品以赶上“潮流”，而是要专注于深入挖掘与利用自身的文化“基因”，在“创”上面下功夫，结合自身特色，设计开发出独具匠心、有独特文化印迹的产品，避免粗放同质、创意不足的文创产品充斥市场，消耗公众对文创产品的热情与喜爱。文创产品的开发与推广，在保证经济效益的同时，更应该追求的是社会效应，满足公众的文化消费需求，实现大家把博物馆带回家的愿望，从而扩展博物馆影响的广度和深度，更好地实现博物馆的宗旨。

三、总结

文化是民族的血脉，是人民的精神家园。文化自信是更基本、更深层、更持久的力量。中华文化独一无二的理念、智慧、气度、神韵，增添了中国人民和中华民族内心深处的自信和自豪。在中国特色社会主义进入新时代的当下，传承和宣扬中华优秀传统文化对于全面提升人民群众文化素养、维护国家文化安全、增强国家文化软实力、推进国家治理体系和治理能力现代化等都具有重要意义。作为传承中华优秀传统文化重要阵地之一的博物馆，理应肩负起更多的社会责任，以推动建设社会主义文化强国为己任，以做好藏品保管为基础，推出高品质的展览，聚焦社会教育特别是青少年教育，开展丰富多彩的文化活动，设计开发特色鲜明的文创产品，满足公众对精神食粮的追求，宣扬和传承中华优秀传统文化，增强国人的文化自信。

本文原载《京豫陕晋冀五省市博物馆理论与实践论文集》，河南美术出版社，2019 年

月　出

杨小妹

（南京大学校史博物馆）

月出东窗，
皎皎其光。
十方锦绣，
白地当床。

中夜振衣，
倚户临窗。
袅袅春风，
不在其凉。

手奉珠玉，
目有炽光。
怀彼伊人，
莫知其方。

有土野人的故事

张学锋

一

有土是他的名字，姓张，与我家算是一个族里的人，至于乡人提起他的时候为什么总在名字后面加上“野人”二字，一直以来也不清楚。旧时乡人几乎人人都有绰号，因此当时也不觉得奇怪。

我儿时看到的有土野人，已经是一个非常苍老的老人，驼着背为生产队放牛。年老背驼的有土看上去还挺高，年轻时个子肯定不矮。总是眯着个眼微笑着，时不时还露出一口尚算白净的牙齿。

如果我会速写的话，印象中的有土有三幅画像。

第一幅是夏天赤膊的有土，最典型。

二十世纪六七十年代的江南农民，尤其是丹阳这种穷地方的男人们，无衣少食，能赤膊的时候一定赤膊，能光脚的时候一定光脚，只穿一条老式的棉布短裤。白布的裤腰、靛蓝的裤裆和两条垂到膝盖的裤管，往往洗得泛白。与裆同宽的裤腰，在腰腹上折叠后用腰带捆上，裤管多是一高一低，然后满脚是泥。有土就是这个形象。

有土被晒得很黑。那种黑，如果是艺术品中的青年男子，会称它为“古铜色”，但有土老了，他的黑毫无美感可言。由于背驼，早已松弛了的胸口，像两片皱巴且肮脏的牛皮纸一样垂在胸前，走起路来前后左右晃荡。头上戴了顶芦帽，是用劈开的芦苇老杆压平后编织的那种，整体是缓缓的圆锥形，帽沿做成六边形，内里顶上缝了个细篾编的镂空头箍戴在头上，头箍上垂下一圈白棉线搓的细绳，往下卡在颚下。白棉线的细绳照例已经变得灰黑。

有土为生产队放的是水牛。牛长得健壮，毛色很黑，一对弯弯的牛角特别长。我在乡村那几年间，要么看着他牵着牛缓缓地走出村子，要么看着他牵着牛缓缓地走进村子，见到人都会点个头微微一笑，至于人家是否理他，那就不是有土关心的事了。

第二幅是夏天穿衣服的有土，但不太典型。

如果遇上下雨天或天黑前估摸着要下雨的时候，牵着牛出村的有土便会穿上一件旧短褂。那短褂的料子很特别，正面色泽乌黑，内里呈土黄色。褂子可能已经穿了几十年了，表面已经褪去了原本乌黑的光泽，就像一张黑纸无数次折叠后再铺平的那样，斑驳得很。后来才知道这种料子叫做“香云纱”，丹阳土话近似“香油纱”，是明清以来广东顺德一带的特产。香云纱具有多种优点，轻薄挺爽，柔润有形，不粘皮肤，防水性强，色深耐脏，适合炎热的夏天穿着。旧时“小康”以上的人家，多少都有几件这样的夏季着装。

有土穿的香云纱短褂是永远不扣扣子的，因为短褂上原有的直脚盘扣早已脱落，只留下曾经钉过扣子的针脚痕迹。扣不上扣子的短褂，披在背驼的有土身上，前胸的两片衣襟就像是从他肩膀上垂下来的黑瀑，一直挂到他的裆部，走起路来，跟他那松弛的胸肌一样，前后左右摇晃。偶尔有风吹过，可以看到被风掀起的衣角土黄色的内里。

这个时候的有土往往会带一把油布伞。制伞业，是丹阳在民国时期的支柱产业，油布伞也是江苏省的优质土特产品，地产价并不贵，大多乡人都用得起。有土的那把油布伞也很有年头了，原本用桐油涂成金黄色的伞面已经乌黑。有土很爱惜他的伞，不用时总是收得好好的，用一根破布条捆住伞口，另外再用一根长的破布条，一头绑在伞顶上，一头绑在伞柄上，斜跨在背上，像一个老兵斜跨着步枪那样，牵着牛缓缓地出村，又牵着牛缓缓地进村，逢人还是点点头微笑一下。

第三幅是秋冬季节穿絮衣的有土，也很典型。

旧时农村的贫苦人是很难备得齐一年四季的衣物的，秋凉后便穿上絮衣，热了就解开怀，冷了就扣上扣子，再冷就只能用一根腰带将絮衣捆在腰上。而连腰带都没有的人，只能搓根草绳捆在腰上。有土的腰上就经常捆着草绳。

冬天，有土有一顶旧毡帽。那么多年，没看到他换过帽子。这顶毡帽原本是顶深灰色的带一圈宽帽檐的呢子礼帽，想必是他那嫁到上海的女儿小丫头给他买的。戴久了，帽檐都掉了，只剩下了帽顶，戴在头上像瓜皮帽似的。戴了毡帽放牛的有土，怕太阳刺眼，出门时总是用两张土黄色的草纸叠起来，从额前往上斜着插进帽檐。那个形象非常古怪。

戴着插了草纸的毡帽，腰上捆着草绳的有土，缓缓地牵着牛出村，缓缓地牵着牛进村，逢人还是点头微笑。

春夏两季，吃饱了的牛晚上就拴在屋外山墙下的那块空地上，第二天队里负责耕田耙耨的壮年汉子随时可以来牵走，只是在秋收后进入冬天的季节里，有土必须每天把牛牵进他晚上睡觉的那间屋里，免得牛夜间被冻死。

二十世纪七十年代初的一个极寒的冬夜，牛没冻死，有土却在那间屋子里冻死了。

二

有土野人的父亲是我们家族“邦”字辈的人,叫长庚,是始迁祖叔千公第二十六世孙。有土是第二十七世孙,是我父亲爷爷辈的人,我父亲要叫他太公(曾祖父)。

位于丹阳县南门外十八里的麦溪村,明朝中期以来就应该是镇江府下最大的同姓聚居村落。据历修《麦溪张氏家乘》记载,麦溪张氏始迁祖为北宋末年名宦张叔夜的堂弟张叔千。靖康二年(1127)东京(今开封市)沦陷,张叔夜殉国,户部侍郎张叔千率全家随高宗南渡,居临安(今杭州市)。张叔千建炎元年(1127)封三品嘉议大夫,任南道都总管、签枢密院事。后转临安知府,又降为绍兴知府。辞官后卜居润州城(今镇江市),后定居丹徒马陵。宋理宗时,叔千公后第五世千宁公因家族繁衍,旧地不敷居处,于是枝分叶散,本枝迁往丹阳城南空旷之地。叔千公以下至今繁衍三十余世,我是第三十世。《麦溪张氏家乘》始纂于明嘉靖辛酉年(1561),莆田冲崖林炯撰序,今已递修十二次。祠堂号“报本堂”,清乾隆朝日讲官兼翰林院事后乐于辰书额。于辰,金坛人,雍正元年(1723)殿试状元,乾隆朝文华殿大学士于敏中从兄。

麦溪村名,典出北宋范仲淹之子范纯仁赠文士石曼卿两船租麦之事。村东为三国孙吴时开凿的人工运河简渎,今称简渎河。北宋范仲淹之子纯仁(字尧夫)曾在此以舟麦五百斛赠困顿文士石曼卿助丧,故有“麦舟之赠”一说。曼卿因余资建桥渡人,桥曰麦溪桥。千宁公的迁居地距麦溪桥三里,村因此为名。

我家祖屋说来也话长。我的十世祖(始迁祖第二十一世)友楷公(名德培,生于清雍正壬子年[1732])是太学生,生有六子:庭燕公、庭熊公、庭鹏公、庭鸿公、庭鹗公、庭凤公，六子均为秀才。兄弟六人于乾隆、嘉庆年间兴建宅邸，当时秀才也称相公，因此兴建的宅邸也称“相府”。长子庭燕公、次子庭熊公的相府敦叙堂在东南，三子庭鹏公、四子庭鸿公的相府树德堂在东北，五子庭鹗公、六子庭凤公的相府花萼楼在西北，西南则是为家族老人养老建的夕阳房和分支祠堂等公共用房。各堂占地面积都在近千平方米，四堂之间是东西南北的十字路。我儿时在乡村时，家门前的街巷依然称“相门头”。

长庚、有土父子是长房庭燕公的裔孙，我家是次子庭熊公的裔孙，因此，清朝乾嘉至同光年间都住在敦叙堂里。

太平天国时，麦溪张姓家族的第二十三、二十四世男丁，组成了乡勇加入了清军将领和春的江南大营，又与清将张国梁有些关系，李秀成领兵横扫江南时，麦溪村自然是重点摧毁的对象，相府亦于此时毁于战火，家道由此中落。四堂之中，只有我高祖父邦勤公（始迁祖第二十六世，名裕盛，生于道光戊戌年[1838]）于光绪十六年（1890）前后在敦叙堂原址上重建了前后三进的住宅，第三进正房五间两厢。邦勤公遵从“哥东弟西”的乡俗，将东边的两间一厢及附属的柴房、院子给已经沦落为贫户的庭燕公裔孙长庚家住，自家住西边的三间一厢及附属的柴房、磨房、院子。新建的住宅规模虽不及旧敦叙堂，但由南往北层层递进，第三进正房的后檐墙高一丈九尺六，是麦溪村里最高的房子之一，大家都叫它“高屋”。

长庚家是庭燕公裔孙，辈分高。因此长庚兄弟虽然是二十六世邦字辈的人，但也都活到了抗战前夕，我父亲（1932 年生）小时候就见过曾祖父辈的长庚兄弟。

太平天国兵燹以后的庭燕公裔孙一直没能重振，到长庚兄弟时已经沦落为一般农户了。村里有个顺口溜,叫做“长庚老大,牵牛驾磨;洪鼻头背纤,九二瘌子耕田”。长庚是老大,最本分,牵牛耕田,推磨磨面,过着传统乡村最普通的日子。

老二叫洪,大家不知道他的大名,或许是他的鼻子长得特别,大家都叫他“洪鼻头”。也许是因为家里耕地不够,也可能是不太安分,于是外出,沿简渎河为过往商旅客船背纤,做了纤夫。

麦溪村东的简渎河是三国孙吴时期开凿的人工运河,与另一条更有名的人工运河破冈渎相通,是沟通太湖平原和都城建康(今南京市)之间的水上交通干线。隋朝统一后,政治格局发生了变化,隋炀帝时期完善的运河,直接从常州经丹阳通向镇江,然后过江到扬州,往北经淮安过淮河一直通向洛阳。破冈渎便失去了原有的功能而逐渐湮废,但简渎河在唐宋以后却依然承担着重要的运输功能。简渎河北接大运河,南边一直通到丹阳的另一大镇延陵。延陵往南往西就是茅山山区,交通相对不便。因此,句容、金坛、溧阳等茅山地区与外界的交往,主要就通过丹阳境内南北向的三条运河,自西往东为香草河、简渎河、珥渎河(今称“丹金溧漕河”),河运还是非常繁忙的。

纤夫是个很辛苦的职业,与打铁、磨豆腐一起,被视为人世间最苦的职业。丹阳当地有一句骂人的话,叫“背头纤”。走在纤夫行列最前头的那个人叫“背头纤”,像是领头羊,不仅要费最大的力,还要不停地喊号子来整齐纤夫,鼓动士气,是纤夫中最辛苦的一位。作为骂人话的“背头纤”,包含没出息、活该吃苦、混蛋、流氓等各种意思,有点类似于“杀千刀”。洪鼻头就是这样背纤的人。

老三叫九二,满头的瘌子,人称“九二瘌子”。九二生下来就是个愚痴之人,没有独立生活能力,家里人却给他起了个至高无上的名字

(道教思想中,“九二”有暗指皇帝、宫阙的意思)。九二平时与长庚过,帮着长庚种种田,所以村民们用“九二瘌子耕田”来定位九二。1938年7月陈毅创立镇江府下丹徒、丹阳、金坛、句容“四县抗日联合政府”后,我祖父张子瑞(名元昌,字子瑞,号凤鸣,以字行)被任命为联合政府延陵区麦溪乡的乡长。1938—1942年间日伪对丹阳乡村疯狂扫荡的目的之一就是“活捉张子瑞”。疯狂的扫荡,频繁的抓人,给我们家精神上、物质上造成了极大的损失。有次扫荡,九二没能逃脱,被鬼子抓住了,鬼子不停地问“子瑞呢”,九二真的是没听懂,以为是在问他“几岁了”,于是吞吞吐吐地回答了一个“二十九岁”(其实他根本不知道自己的年龄),结果被打得口鼻出血。

清末以来到抗战时期,长庚兄弟过得就是这样的日子。“高屋”是我高祖父建的,但“高屋”的部分宅基地是长庚兄弟祖上的,因此建成后送了东边的两间一厢给长庚的父亲,长庚兄弟三人这才住进了砖瓦楼房,才有了个相对体面的房子,也是出于这个原因,有土才能与我家住在了同一个屋檐下,也才有了下面的故事。

三

长庚的老婆皇庄姥(皇庄村嫁过来的女人,麦溪人以其娘家的村名加上“姥”来称呼已婚妇女)为长庚生了两个儿子,有土是老大,老二叫六孝。有土、六孝兄弟长大后,长庚为了他们的迎娶,尽其所能在“高屋”的东北起了两楼两底的砖瓦房。房子不大,坐东朝西,叫“新屋”。有土与六孝各住一楼一底。有土娶了雅园里村的女人,麦溪人按例叫有土家老婆为雅园姥;六孝娶了徐甲村的女人,麦溪人按例叫六孝家老婆为徐甲姥。

雅园里是皇庄村北边一个很小的村子，据说当时只有几户人家，在今天的地图上也找不到这个小村。有土与雅园姥生了一个女儿，可能也有名字，但大家都叫她小丫头，解放前就嫁给了景巷村一个在上海学生意的男子。清末以来，扬州府、镇江府下各县的年轻人到上海学生意，不外乎就是开浴室、开理发店，后来出现了做纸板箱，因此有"三把刀"之说，也就是扦脚刀、剃头刀、切纸刀。小丫头的丈夫就是到上海去学生意的丹阳青年，结了婚以后不久就把小丫头带到上海去了，解放以后没有回乡，就在上海落了户。解放初期有土还被小丫头接到上海玩过几天，回到麦溪的有土精神焕发，讲了好多让村民们大开眼界的新奇事。譬如上海的大路叫马路，却没有马在路上跑，跑的都是房子(实际上是有轨电车)；又如上海的房子你不知道有多高啊，我抬起头想看看屋顶在哪里，还没看到屋顶呢帽子就掉了下来。有土经常说起他去上海的见闻，他自己津津乐道，乡人们也听得津津有味。有土每次讲完，乡人每次听完，大家都要长吁一口气，说声"苏州上海到一到，死了棺材都不要"。有土的那顶礼帽也许就是那时候女儿女婿给他买的。

有土和雅园姥生了小丫头后，雅园姥就再也没有生育了，无奈之下，领养了一个儿子，取名金康，约生于1933—1934年。金康成年后，娶了袁岸村的女人，称袁岸姥，生了建仁、建海、毛丫头二子一女。老二建海与我同龄。

麦溪张氏族人族谱上各分支的辈分用字是明代祖先定下来的，其中的惟字六房分支，从始迁祖第十九世孙开始，按"积、玉、友、庭、汉、朝、肇、邦、国、贤、能、进"排序。我父亲是"能"字辈的，1944年第十一次修谱(甲申版)时，我父亲他们"能"字辈的已经入了谱。1944年以后七十年间没有再修族谱，2017 年 6 月，由退休乡镇干部和中小学老师负责修纂的族谱（丁酉版）。虽可称是第十二修，但世事巨变，族人四散，人物凋零，乡无耆旧，所修之谱实际上只是“名人传记”，且错误百出。至于辈分用字等旧俗，荡然不存。

有土家是庭燕公裔孙，我家是庭熊公裔孙。有土与我祖父一辈虽然已出五服，但还在七世共祖的范围内，还算是一个族里的。在乡村传统的农业社会里，一个祖宗下来的、住得也近，合得来就多往来，合不来就是他人。有土、六孝都是本分人，因此虽然相隔七八代人，又曾在同一屋檐下住过，相互之间都还算合得来。

有土一人累死累活地干，手头有些积余时还添了几亩地，但雅园姥名声很坏，不务正业，与村北的小麻子、强霸郎（都是外号，可见两人的人品）眉来眼去，甚至还让金康认小麻子为干爹，称“继父”。

雅园姥与我家司马氏祖母同住“高屋”，与马氏祖母隔巷对门，虽然按孩子的辈分我的两位祖母（妯娌，司马氏是我父亲生母，马氏是我父亲养母）都要称雅园姥为奶奶，但因年纪相仿，又是族里人，又住在一起，平时虽然防着点儿，但还是客客气气的。

四

1937 年 8 月中旬，上海淞沪战争的消息传到丹阳城里，城里的居民开始惶恐起来。8 月 17 日，日军飞机首次轰炸丹阳县城，以后又有数次轰炸，丹阳城里伤亡非常大，太平天国兵燹以后七十年的重建成果毁于一旦。花萼楼裔孙溪舟家父亲连庚就是那几天被炸死的。当时连庚在丹阳城里做油布伞生意，字号为“复兴伞号”，相当有名，结果是店毁人亡。我家二爷爷贤庆公（名元良）后来续娶的夫人陈氏，她前夫贺氏也是那几天在自家店铺里被炸死的。

嫁到城里的姑姑令娣（司马氏祖母婚后长时间无生育，按乡俗从娘家领养一个女孩，意在促成自己生育，这样的女孩称“押子女”，通常起令娣、留娣、来娣、连娣一类的名字。令娣到我家后，司马氏祖母接连生了三个儿子，我父亲是幼子，后过继给无子寡居的婶婶马氏为嗣子），夫家是丹阳城里开香铺的，字号“蔡义盛”，店铺和作坊在东门内大街。蔡家是当时城里有名的商户，姑姑的丈夫蔡顺兰是蔡义盛的少东家，住在城里沈家桥（宋代桥梁，今为江苏省重点文保单位）北埦，我儿时去过几回。令娣姑姑意识到灾难将近，总觉得乡下应该比较安全，于是就将当年出嫁时娘家陪嫁的金银细软打包后送回麦溪娘家收藏。金银细软之外，还有一尊金佛像和多套明清时期的宴会餐具、紫砂壶等，当时是雇了一辆小车从城里推回来的。司马氏祖母将各种器物分类捆包，藏在二楼卧室的大柜底下。没过几天，蔡义盛店铺和作坊就全部被日军炸光了。

丹阳遭受日军飞机连续轰炸的同时，大批国民党散兵游勇开始从上海往南京撤退，沿途抢劫，一时间陷入了无政府状态。丹阳有京沪铁路的车站，又是京沪公路的必经之地，每天都能听到不好的消息。

为以防万一，司马氏祖母与二伯沛然整理了一部分最贵重的细软，用包袱布包好藏在天井南侧弄堂隔壁磨房里的草堆后。晚上藏的，可能被没睡觉的雅园姥在东间二楼的窗户前觉察到了。1938年除夕，趁家里人都在忙年，雅园姥带了村北的小麻子等人来放了一把火，趁“救火”之际把包裹偷了出去。小麻子和雅园姥手上拿着包裹的背影被司马氏祖母看到，连呼放下，对方却扬长而去。从此，两家不再讲话，而且还禁止家里的孩子踏进有土家的门，从此成为路人。被窃走的大部分是金银首饰，没有佛像和陶瓷器。

祖父张子瑞自从做了抗日政府的麦溪乡乡长后，在家的时日少。麦溪村北还有一个日伪维新政府任命的麦溪乡乡长张明善，日伪下乡扫荡常到麦溪来，在张明善和乡丁的带领下，直扑村南来抓乡长张子瑞和其他抗日分子。因此，即使偶尔回家，祖父晚上也不敢在家里睡觉，夏天睡在芋头地里隐蔽，秋冬则在高埂旁挖个猫耳洞藏身。日伪抓不到张子瑞，只能抓家属。司马氏祖母三次被抓，关在丹阳县城的牢房里，老虎凳、辣椒水样样都尝过。伯父沛然也被抓过一次。每当人被抓走，日伪就提出花钱赎人。家人记得有一次为了赎回司马氏祖母，用了小麦 120 担。因抓张子瑞屡次不成，从 1940 年开始，日伪开始破坏家屋，"高屋"险些被烧。抢走的藏书、文房四宝等物品，被日伪用印花蓝布做成的包袱布包上，挑在枪上带走。那场面成为家人们难以磨灭的印象。

1942 年日伪扫荡时，二楼大柜底下的金佛像和陶瓷器终于被搜了出来，日伪用枪托将之全部砸碎。日伪撤走后，司马氏祖母命我父亲打扫碎片，用挑箕挑到旺家塘坝侧的垃圾场挖坑埋下。挖坑埋下，是怕伤了光脚村民的脚。家父当时 10 岁，已经学了很多字，清理这些碎片时，至今还清楚地记得有"成化年制""时大彬""八大山人"等文字。1942 年的那次扫荡以后，家里的东西已基本被抢光，劫后所剩无几，只留下被火烧过的后墙外倾的房子。

现在我手头还留有部分当时的劫余，一方雕花的端砚和几种线装书。端砚的原主人是清末秀才张志和，后家道中落，把一方祖传的砚台卖给了我祖父张子瑞。1958 年我父亲回乡探亲，已被打成"历史反革命分子"的二伯沛然让父亲把家里剩余的几种书带走。父亲当时也只是取了几种儿时读私塾时用过的书作为纪念,有《千家诗》《唐诗三百首》《玉台新咏》《文心雕龙》《幼学琼林》等几种。父亲曾说过,他至今都读不懂《文心雕龙》,但为什么把它带走,是因为1940年鬼子扫荡时他和我二伯父没能逃走,拿了手上的书就往柴房的草堆里躲,二伯当时手上拿的正是这本《文心雕龙》。鬼子后来没进柴房,兄弟俩又不敢出门,于是在昏暗的光线下一起读了几页《文心雕龙》。父亲当时在部队,严格要求与家庭划清界限,可能意识到今后见二哥的机会少了(大哥抗战期间到后方参加抗日活动,兼任桂林的中学校长,后在桂林病故),于是拿着做个念想。父亲知道还有一套明版的《昭明文选》,可能还值些钱,故意留了下来,供今后家里困难时卖些钱度日。父亲没拿走的书,"文革"前都卖了供日常的油盐钱,否则"文革"期间也逃脱不了被焚烧的命运。

五

雅园姥是1947年左右死的。雅园姥死后,有土续娶了个寡妇,是云林史甲村人,称史甲姥。史甲姥面色毛发枯黄,大家背后都称她"黄婆"。黄婆带了一个拖油瓶儿子,叫史和鸣,文明一点的就叫黄婆为"和鸣家娘"。和鸣后来读书很好,做了老师,人称"史老师"。娶了金梅后住在"高屋"的第二间,一楼一底,就在有土的隔壁。

六孝土改前土地不足十亩,土改时被划为中农。六孝自幼多病,1958年病死,与徐甲姥之间没有生育。有土土改前有十余亩地,种不过来,农忙时还常常雇个短工来帮忙,土改时被划为富农。

黄婆见势不好,带着史和鸣主动离开了有土,与贫下中农代表秋金好了起来,搬出去住到秋金家中去了。秋金是个又穷又懒又坏的光棍，土改时分到了几亩地几间平房，房子在麦溪大巷南端街东大演场的一角，离有土住的地方不远。我儿时跟史和鸣家大儿子东亮一起去玩过，那房子原来可能是一家商店，记得有许多玻璃门窗，与麦溪人家一般住户的房子不同，所以记忆深刻。史和鸣、金梅和他们的两个儿子偶尔与黄婆来往，但与住在隔壁的有土形似路人。黄婆走后，有土唯留养子金康一人，因六孝与徐甲姥一房没有子嗣，因此金康属于独子双祧。

金康是个老实的种田人。徐甲姥年老后先是作为孤寡老人成了五保户，后来，金康不知出于什么目的，与徐甲姥合户成为一家，徐甲姥由金康来赡养，当然徐甲姥住的一楼一底也全归了金康。我儿时见到的徐甲姥比周边的老妇要清爽干净许多，总说她这一生世最幸运的是随我马氏祖母去南京我父母那儿玩过一次，逢人便说我父母的好。只是老年悲苦，最后悬梁自尽。

1957—1958 年“反右”的同时，农村出现了一股风潮，说是要搞第二次土改，要把第一次土改时漏划的地主揪出来。中央其实没有这个政策，只是地方基层组织乱来而已。一些贫苦且奸巧的村民闻风而动，跑到有可能被定为“漏划地主”的人家占领房子或搬走家具。听家里老人说，附近兰根家老婆门楼下姥(女人娘家是门楼下村)第一时间就拿着蓑衣睡到了我家的楼上，称“先占先得”。也有人认定富农有土必定会划为地主，于是跑到有土家里，搬走了家具，拆了楼板，锯了楼梯，有土住的“高屋”东侧的一间一下子就成了个空架子，冬天极冷，有土就是冻死在那里的。

人民公社成立后，有土分在麦南村第一生产队，为队里放牛。牛虽然换了代，但总只有一头。十余年间，驼着背的有土，或赤着膊，偶尔穿着他那件香云纱的旧褂子，或穿着絮衣，腰间捆着根草绳，牵着牛早上缓缓地走出村子，傍晚再缓缓地回到“高屋”，这是我儿时在乡村时再熟悉不过的画面。

有土与牛人畜同住，因此“高屋”的东间又被称为“牛房”。金康成家后，还在牛房里围了个圈养猪。金康一日三次左手拎着装满猪食的大木桶，上半身狠狠地斜向右侧，甩动着右臂经过我家门口的身影，同样也给我留下了深刻的印象。

有土出门放牛时也从来不锁门，我有时会站在门口偷偷望一眼那间屋子。阴暗的屋子里堆了半屋子柴草，抬头就能看到屋顶黑黢黢的瓦片，除了猪屎臭和猪吃食时的吧咕声外，只看到有土睡觉的那张床，床板上铺着稻草，上面放了一床乌黑的棉絮，颜色跟他那件香云纱褂子差不多。

六

雅园姥死后，司马氏祖母和马氏祖母又开始跟有土家走动了，按孩子们的辈分叫有土“太公”。

二十世纪六十年代后期我在麦溪时，每年秋天，马氏祖母都要请有土来帮着腌菜。

麦溪人家过冬吃的腌菜不是雪里蕻，也不是一般的青菜，是专门种出来腌菜的“大菜”。大菜又叫长梗菜，能长到两尺来高，茎长叶少，腌出来的菜清爽脆口。大菜其实也是青菜的一种，只是在长期的栽培过程中出现了变异，鲜菜略苦，不适合炒了吃。霜降后，大菜收下来后晾晒，干瘪后洗净，沥尽水分，入缸腌制。那时候的农民，整个冬天几乎只有腌菜可吃。需要腌菜的量很大，因此用来腌菜的缸，大的口径可有三四尺。第二年夏天腌菜吃完了，发臭泛黑的腌菜水都舍不得倒掉，放些山芋藤、豇豆之类的菜蔬进去，做成臭山芋藤、臭豇豆。后来做了延陵镇镇长的荣法，他母亲当年就时不时地拿一个碗到我家舀半碗腌菜水，回家抓两把面粉搅在里面，炖一炖就当菜吃了。

腌菜时须一层菜一层盐整齐地铺开，而且要用脚踩，叫“踩腌菜”。踩腌菜是个体力活，听说还不许女人踩。马氏祖母家中当时没有男丁，因此每年秋天就请有土来“踩腌菜”。

具体细节已经记不清了，只记得马氏祖母每逢此时必然要掰下一些大菜的菜心，切成段用油煸炒后加点酱油烧烂，给有土当下饭菜。用油煸透的大菜心就没什么苦味了，加了酱油烧烂后，还有一种特殊的香味。有土难得坐下来吃顿饭，夹点红烧大菜心在米饭上，然后往嘴里拨，整个碗都好像要贴到脸上似的，吃着吃着总会讲一句“这菜还真有肉的味道”。

有一年腌菜，有土没有来，是我母亲下缸踩的。我很好奇：不是女人不能踩腌菜吗？我家迁到苏州后，还保留了冬天腌菜的传统，下缸踩菜的任务已经落到了我这个少年的身上。每次腌菜，一定会谈到有土野人。我向母亲求证，女人是不是真的不能踩腌菜，母亲笑笑说：“倒不是女人不能踩，那些年，你奶奶只是想让有土吃顿饱饭。”

有土人老实，用我父亲的话说是“唾面自干，报以微笑”。最近才听母亲说，有土很苦，年少时就吃生的，一辈子都舍不得生个火做顿好吃的，能生吃的就生吃，黄瓜、山芋这类东西就算了，但有土连茄子、南瓜都生吃，就像个野人。我听说的有土和我看到的有土，也许以前也过过几年温饱的日子，夏天也穿过“小康”人家才能备置的香云纱短褂，但大部分时间里是猪食牛衣、人畜共居。这野草一般的人生，不正是“野人”吗！

张学锋教授论著目录

（1989—2021 年）

（篇名后括号内，A：论文，B：著作，C：参著，D：译著，E：译文，F：词条，G：书评、书序，H：随笔、讲演录、访谈录，I：古籍整理，J：再录、转载）

1989 年

《魏晋南北朝隋唐——中国历史文献学的成长时期》（C），杨燕起、高国抗主编：《中国历史文献学》，第六章，书目文献出版社，第 75—92 页。

《论唐代江南在唐帝国地位的演变》（A），与孟昭庚合著，第二作者。江苏省六朝史研究会、江苏省社会科学院历史所编：《古代长江下游的经济开发》，三秦出版社，第 114—127 页。

1990 年

《唐代江南灾荒研究》（A），《江苏社会科学》1990 年第 5 期。

《试论六朝江南之麦作业》（A），《中国农史》1990 年第 3 期。

1991 年

《滂民考述》（A），《南京大学学报（哲学社会科学版）》1991 年第 3 期。

后收入自选论文集《汉唐考古与历史研究》,生活·读书·新知三联书店,2013年,第10—15页。

《后赵浮海抄略散论》(A),《南京史志》1991年第3期,第66—68页。

《现代科学技术检索手段》(C),张大可主编:《中国历史文献学》,陕西人民教育出版社,第506—518页。

《回教传入中国及其批判——隋开皇年间说》(E),原著:[日]田坂兴道,《中国回族研究》第一辑。

莫高窟交脚弥勒像、莫高窟禅定佛像、陶牛车、萨满巫师俑、商山四皓彩色画像砖、战马彩色画像砖、莫高窟唐代群塑、紫金庵罗汉塑像、炳灵寺石窟佛像、帝后礼佛图石刻、响堂山石窟造像、麦积山石窟男童女童像、天龙山半跏趺坐菩萨像、大秦景教流行中国碑、飞来峰布袋和尚造像、大足转轮经藏窟造像、大足地狱变相图石刻(F),罗宗真、秦浩主编:《中华文物鉴赏》,江苏教育出版社。

1992年

《江苏境内的汉代王陵》(H),《江苏侨声》1992年第3期。

《隋唐石窟寺艺术》(C),秦浩编著:《隋唐考古》第十九章,南京大学出版社,第486—529页。

《隋唐时期的中外物质文化交流》(C),秦浩编著:《隋唐考古》第二十章,南京大学出版社,第530—556页。

1993年

《唐代水旱赈恤、蠲免的实质与实效》(A),《中国农史》1993年第1期。

《菰菜、莼羹、鲈鱼脍与吴人的乡思》(A),江苏省六朝史研究会编:《六朝史论集》,黄山书社,第78—85页。后收入自选论文集《汉唐考古与历史研究》，第3—9页。

《农业》(C)，许辉、蒋福亚主编：《六朝经济史》第五章，江苏古籍出版社，第238—296页。

1998年

《曹魏租調制度につての一考察——特にその租額問題を中心として》(A)，《史林》(日本京都)第81卷第6号，第106—140页。

《简牍的古文书学研究》(E)，原著：[日]永田英正，《简帛研究》第三辑，广西师范大学出版社。

白直、北运、并籴、舶脚、博征、仓曹、仓督、仓监、仓子、漕吏、茶税、常平仓本钱、常平监、常平盐、出界粮、除陌法、船头、大尺、大两、大升、大同市、大盈库、埭程、地头钱、递场、递运夫、典仓署、殿脚、丁匠、东渭桥仓、斗门长、都会市、都梁山仓、度支使、度支司、渡子、短番匠、番匠、蕃彩、丰都市、烽铺粮贮、烽丁、纲运、公廨本钱、宫市、馆驿、广通渠、广运潭、柜坊、贵乡西渠、过贱、过往盐税、含嘉仓、和雇、河东道开元贡、河南道开元贡、河阴仓、胡落池、虎牢仓、户等税、互市监、淮南道开元贡、回洛仓、集津仓、间架税、剑南道开元贡、江汉转运线、江南道开元贡、江南河、交市监、脚值、借商钱、进奉、京仓、酒户、军仓、军镇仓、开元新河、旷年长运、黎阳仓、两池盐、两税盐钱、料钱、陵墓户、岭南道开元贡、六库、陇右道开元贡、洛口仓、门夫、门匠、纳课户、牛皮税、农具钱、配籴、品子课钱、平准署、牵船夫、亲事帐内、青白榷税院、曲务、絇、榷茶、榷酒钱、榷酒务、榷粜场院、榷盐法、榷盐院、榷盐制、三门仓、色役、山南道开元贡、商税务、上门填阙船、赊籴、省陌、剩茶钱、十二番、食盐钱、士力、市舶司、市券、侍丁、手力、守桥丁、司仓参军事、司仓佐、司农丞、司农主簿、四节进奉、宿场、随身、随丝盐钱、搨地钱、太仓署、摊征、通济渠、通市监、通远市、屯、橐皋仓、乌池、屋税、屋税盐、小尺、小两、小绿豆税、小升、小徭役、新漕渠、新潭、新源水、悬欠、巡院、延资库、盐池使、盐户、盐米、盐税、盐铁转运使、盐屯、郾城输场、扬子院、冶监、营墓夫、营窖税、颍州税场、庸、永丰仓、永济渠、阅商钱、杂税务、杂徭、仗身、镇戍仓、执衣、直河、竹木茶漆税、铸钱监、铸钱使、转运仓、转运使、转运使司、转运院、捉钱户、捉钱令史、左藏署(F),唐嘉弘主编:《中国古代典章制度大辞典》,中州古籍出版社。

1999 年

《〈觀世音應験記〉の六朝隋唐における著録と流佈》(A),校译:[日]山口正晃,《古代文化》(日本京都)第 51 卷第 6 号。

《战国秦汉大小亩制新证》(A),香港中文大学中国文化研究所:《中国文化研究所学报》新第八期,第 1—33 页。后收入自选论文集《汉唐考古与历史研究》,第 107—142 页。

《论曹魏租调制中的田租问题》(A),《中国经济史研究》1999 年第 4 期。后收入自选论文集《汉唐考古与历史研究》,第 159—177 页。

《〈观世音应验记〉的发现、研究及其在六朝隋唐时期的著录和流布》(A),苏州市传统文化研究会编:《传统文化研究》第 7 辑,古吴轩出版社,第 130—147 页。后收入自选论文集《汉唐考古与历史研究》,第 405—417 页。

《近代日本的中国认识》(D),原著:[日]野村浩一,中央编译出版社,总 300 页。

《中国文明记》(D),原著:[日]宇野哲人,光明日报出版社,总 218 页。

2000 年

《论东晋的度田税米制——特别是从其与土断的关系来看》(A),《中国史研究》(韩国大邱)第 8 号。后收入自选论文集《汉唐考古与历史研究》,第

212—239 页。

《西晉の占田、課田、租調制の再檢討》(A)，校译：[日]佐藤达郎，《東洋史研究》(日本京都)第 59 卷第 1 号。中文稿收入自选论文集《汉唐考古与历史研究》，第 178—211 页。

《東晉の哀帝——哀帝を通してみた東晉前、中期の政治と社會》(A)，校译：[日]佐藤达郎，《古代文化》(日本京都)第 52 卷第 8 号。

《遣唐使的虚像与实像》(H)，《日本新华侨报》第 37—40 期连载，7 月 8 日— 8 月 8 日。

2001 年

《西晋诸侯分食制度考实》(A)，《中国史研究》2001 年第 1 期。后收入自选论文集《汉唐考古与历史研究》，第 16—35 页。

《评点校本〈观世音应验记〉(三种)》(A)，《文史》2001 年第 4 期。后收入自选论文集《汉唐考古与历史研究》，第 54—68 页。

《日本国立三馆所藏国宝数位处理作品解题》(E)，平凡社(日本东京)。

《简牍的古文书学研究》(J)，原著：[日]永田英正，《安作璋先生从教 50 周年纪念文集》，泰山出版社，第 627—646 页。

《1999 年日本史学界关于商周春秋历史的研究》(E)，原著：[日]高津纯也，《中国史研究动态》2001 年第 5 期。

《1999 年日本史学界关于战国秦汉史的研究》(E)，原著：[日]宫宅洁，《中国史研究动态》2001 年第 6 期。

《1999 年日本史学界关于魏晋南北朝史的研究》(E)，原著：[日]渡边义浩，《中国史研究动态》2001 年第 7 期。

《1999 年日本史学界关于隋唐史的研究》(E)，原著：[日]松本保宣，《中国史研究动态》2001 年第 9 期。

《1999年日本史学界关于五代宋元史的研究》(E)，原著：[日]堤一昭，《中国史研究动态》2001年第10期。

《1999年日本史学界关于明清史的研究》(E)，原著：[日]太田出，《中国史研究动态》2001年第11期。

2002年

《东晋的哀帝——东晋前中期的政治与社会》(A)，《南京大学历史系考古专业成立三十周年纪念文集》，天津人民出版社社，第280—289页。后收入自选论文集《汉唐考古与历史研究》，第36—53页。

《九品相通：再论魏晋时期的户调》(A)，《江海学刊》2002年第5期。后收入自选论文集《汉唐考古与历史研究》，第240—253页。

《2000年日本史学界关于战国秦汉史的研究》(E)，原著：[日]滨川荣，《中国史研究动态》2002年第3期。

《2000年日本史学界关于五代宋元史的研究》(E)，原著：[日]冈元司，《中国史研究动态》2002年第9期。

2003年

《中国·南京云锦》(D)，原著：黄能馥等，南京出版社，总204页。

《2001年日本史学界关于战国秦汉史的研究》(E)，原著：[日]角谷常子，《中国史研究动态》2003年第5期。

《2001年日本史学界关于五代宋元史的研究》(E)，原著：[日]长井千秋，《中国史研究动态》2003年第10期。

《魏晋南北朝隋唐——中国历史文献学的成长时期》(J)，杨燕起、高国抗主编：《中国历史文献学》，第六章，北京图书馆出版社，第79—96页。

《九品相通：再论魏晋时期的户调》(J)，中国人民大学报刊资料中心复印报刊资料《魏晋南北朝隋唐史》2003 年第 1 期。

2004 年

《城市文化遗产保护中亟需认识的两个问题》（H），《中国文物报》2004 年 2 月 6 日遗产周刊。

《日本对文化遗产的界定》（H），《中国文物报》2004 年 2 月 13 日遗产周刊。

《日本文化遗产保护、利用中的财政预算与相应政策》（H），《中国文物报》2004 年 2 月 20 日遗产周刊。

《日本京都、奈良的文化遗产保护法规》（H），《中国文物报》2004 年 2 月 27 日遗产周刊。

《千年历史、百年大计：日本奈良、京都文化遗产保护四例》（H），《中国文物报》2004 年 3 月 5 日遗产周刊。

《南京司家山出土谢氏墓志研究》（A），《南京晓庄学院学报》2004 年第 3 期。后收入自选论文集《汉唐考古与历史研究》，第 370—383 页。

《书评：王永平〈六朝江东世族之家风家学研究〉》（G），《中国学术》第 16 期。

《2002 年日本史学界关于战国秦汉史的研究》（E），原著：[日]阿部幸行，《中国史研究动态》2004 年第 6 期。

《2002 年日本史学界关于五代宋元史的研究》（E），原著：[日]矢泽知行，《中国史研究动态》2004 年第 10 期。

2005 年

《读西安出土姚无陂墓志》（A），《华夏考古》2005 年第 2 期。后收入自选论文集《汉唐考古与历史研究》，第 346—354 页。

《东晋文化》(B),合著:傅江,南京出版社,总 224 页。

《中国善会善堂史研究》(D),原著:[日]夫马进,合译:伍跃、杨文信,商务印书馆,总 804 页。

《内藤湖南的世界——亚洲再生的思想》(D),原著:[日]内藤湖南研究会,合译:马彪、胡宝华、李济沧,三秦出版社,总 380 页。

2006 年

《南京象山东晋王氏家族墓志研究》(A),牟发松主编:《"社会与国家关系视野下的汉唐历史变迁》,华东师范大学出版社,第 319—336 页。后收入自选论文集《汉唐考古与历史研究》,第 355—369 页。

《六朝建康城的发掘与复原的新思路》(A),《南京晓庄学院学报》2006 年第 2 期。

《论南京钟山南朝坛类建筑遗存的性质》(A),《文物》2006 年第 4 期。后收入自选论文集《汉唐考古与历史研究》,第 310—325 页。

《四—五世纪における東アジア世界の形成と東晉南朝——中国側の史料を中心として》(A),翻译:[日]稲住哲郎、福永善隆,田中良之、川本芳昭编:《東アジア古代国家論》,すいれん舍,第 298—323 页。

《日本入唐求法僧最澄所携唐代官文书三种(上)》(A),苏州市传统文化研究会编:《传统文化研究》第十四辑,群言出版社,第 257—264 页。

《六朝农业经济概说》(J),范金民主编:《江南社会经济研究(六朝隋唐卷)》,中国农业出版社,第 170—227 页。

《论东晋的度田税米制——特别是从其与土断的关系来看》(J),范金民主编:《江南社会经济研究(六朝隋唐卷)》,中国农业出版社,第 306—343 页;

《再论六朝江南的麦作》(J),范金民主编:《江南社会经济研究(六朝隋唐卷）》，中国农业出版社，第271—305页。后收入自选论文集《汉唐考古与历史研究》，第254—281页。

《论唐代江南在唐帝国地位的演变》(J)，范金民主编：《江南社会经济研究》(六朝隋唐卷)，中国农业出版社，第344—356页。

《20世纪日本的魏晋南北朝经济史研究》(A)，范金民主编：《江南社会经济研究（六朝隋唐卷）》，中国农业出版社，第440—497页。

2007年

《日本入唐求法僧最澄所携唐代官文书三种（下）》(A)，苏州市传统文化研究会编：《传统文化研究》第十五辑，群言出版社，第319—322页。

《考古学》(C)，苏新宁主编：《中国人文社会科学学术影响力报告》第六章，中国社会科学出版社，第222—271页。

《礼忠简、徐宗简研究的展开——以居延新简的发现为契机》(E)，原著：[日]永田英正，《安作璋先生史学研究六十周年纪念文集》，齐鲁书社，第357—372页。

《居延汉简研究》(D)，原著：[日]永田英正，广西师范大学出版社，总604页。

2008年

《山东临沂洗砚池晋墓墓主身份蠡测——以随葬品的考察为中心》(A)，《文史》2008年第1辑。增订稿以《山东临沂洗砚池晋墓墓主身份研究——以随葬品的考察为中心》为题，收入自选论文集《汉唐考古与历史研究》，第326—345页。

《日本入唐求法僧最澄所携明州、台州官文书三种》(J)，宁波市文物考古研究所、宁波市文物保护管理所编著：《宁波文物考古研究文集》，科学出版社，第 240—248 页。后收入自选论文集《汉唐考古与历史研究》，第 418—428 页。

《中国考古学研究领域作者、机构和地区的学术影响分析——基于 CSSCI 的分析》(A)，《西北大学学报(哲学社会科学版)》第 38 卷第 6 期，第 32—43 页。

《论洗砚池晋墓出土漆器的官工产品性质》(A)，《南京博物院集刊》(10)，文物出版社，第 47—50 页。

《中国文明记(修订版)》(D)，原著：[日]宇野哲人，张明杰主编"近代日本人中国游记"丛书，中华书局，总 247 页。

《关于东汉边郡统治的一个考察——以放弃和重建为线索》(E)，原著：[日]饭田祥子，《日本中国史研究年刊》刊行会编：《日本中国史研究年刊 2006 年度》，上海古籍出版社，第 109—145 页。

2009 年

《中国考古学研究概况分析(2005—2006)——基于 CSSCI 的分析》(A)，《西北大学学报(哲学社会科学版)》第 39 卷第 1 期。

《四至五世纪东亚世界的形成与东晋南朝——以中国史料为中心》(A)，中国魏晋南北朝史学会、武汉大学三至九世纪研究所编：《魏晋南北朝史研究：回顾与探索——中国魏晋南北朝史学会第九届年会论文集》，湖北教育出版社，第 261—275 页。后收入自选论文集《汉唐考古与历史研究》，第 387—404 页。

《六朝建康城的研究、发掘与复原》(A)，《蒋赞初先生八秩华诞颂寿纪念论文集》编委会：《蒋赞初先生八秩华诞颂寿纪念论文集》，学苑出版社，第 276—292 页。后收入自选论文集《汉唐考古与历史研究》，第 283—309 页。

《隋炀帝对扬州的经营及江都陪都地位的确立》(A)，赵昌志主编：《扬州文化研究论丛》第四辑,广陵书社,第 85—96 页。

《中国墓葬史》(B),广陵书社,总 589 页。荣获“2009 年度中国最美的书”、“2010 年度全国优秀古籍图书奖”二等奖。

《南京司家山出土谢氏墓志研究》(J),李洪天主编:《回望如梦的六朝——六朝文史论集》,凤凰出版社,第 390—405 页。

《六朝建康城的发掘与复原的新思路》(J),李洪天主编:《回望如梦的六朝——六朝文史论集》,凤凰出版社,第 324—348 页。

2010 年

《南京滨江开发区吴墓出土“建衡元年”买地券补释》(A),《东南文化》2010 年第 1 期,第 60—61 页。

“The Formation of East Asian World during 4th and 5th Centuries: A Study Based on Chinese Sources,” *Frontiers of History in China*. *Volume* 5. Number 4. December 2010. p. p. 525 - 548.

《江苏地域文化通览·隋唐五代时期》(A),合著:邹劲风,《江苏文史研究》2010 年第 4 期,第 31—54 页。

《六朝贵族的精神世界》(C),胡阿祥主编:《魏晋南北朝史十五讲》,第十二讲,凤凰出版社,第 211—237 页。

《来自异域的风采——祆教徒墓葬》(C),胡阿祥主编:《魏晋南北朝史十五讲》,第十四讲,凤凰出版社,第 256—271 页。

2011 年

《“齐梁故里”研究中的史料学问题——兼论“晋陵武进县之东城里”的地望》(A),《南京晓庄学院学报》2011 年第 1 期。后收入自选论文集《汉唐考古与历史研究》,第 69—96 页。

《圆仁〈入唐记〉所见晚唐新罗移民在江苏地域的活动》(A),《淮阴师范学院学报》2011 年第 3 期。

《江苏连云港“土墩石室”遗存形制刍议——特别是其与新罗移民的关系》(A),《东南文化》2011 年第 4 期。获江苏省委宣传部、省哲学社会科学界联合会举办“2011 年度全省社科类学会学术成果交流大会”优秀成果一等奖。修订后以《论江苏连云港“土墩石室”遗存的性质——特别是其与新罗移民的关系》为题,收入自选论文集《汉唐考古与历史研究》,第 429—447 页。

《江蘇 連雲港 土墩石室 遺蹟의 性格 研究——新羅 移民 關係를 中心으로》(A),翻译:孙璐,[韩]财团法人湖南文化财研究院编:《湖南文化财研究》第 11 辑,2011 年 12 月,第 69—86 页。

《吴国历史的再思考——以近年来苏南春秋古城遗址的发掘为线索》(A),苏州博物馆编:《苏州文博论丛》总第 2 辑,文物出版社,第 9—16 页。

《五代十国帝王陵墓通叙》(A),《南京博物院集刊》(12),文物出版社,第 75—88 页。

《中国人文社会科学学术影响力报告·考古学》(C),苏新宁主编:《中国人文社会科学学术影响力报告 2011 年版》,第六章,高等教育出版社,第 203—244 页。

《栖息在 frontier 的“蚁群”——序孙彦〈河西魏晋十六国壁画墓研究〉》(G),《淮阴师范学院学报》2011 年第 1 期。孙著,文物出版社“考古新视野丛书”,2011 年。

《服饰史探微·序》(G),朱笛著:《服饰史探微》,中国矿业大学出版社,第 1—13 页。

《南京司家山出土谢氏墓志研究》(J),周维林、许长生主编:《江宁出土历代墓志考释》,南京出版社,第 1—13 页。

2012 年

《六朝建康城研究中的史料学问题——以建初寺的地点考证为例》(A),《南京晓庄学院学报》2012 年第 1 期。后收入自选论文集《汉唐考古与历史研究》,第 97—104 页。

《なるほどランド原稿・曹操のお墓?》(H),『中日新聞』(名古屋)2012 年 3 月 8 日,采写:栗山真宽。

《建康城の研究——発掘と復原》(A),翻译:[日]小尾孝夫,山形大学历史、地理、人类学研究会编:《山形大学歴史、地理、人類学论集》第 13 号,第 55—79 页。

《江苏通史・隋唐五代卷》(B),主编,凤凰出版社,总 491 页。

《中国六朝瓦图谱》(D),原著:[日]井内古文化研究室编,神户:交友印刷株式会社。

《井内古文化研究室藏〈中国六朝瓦图谱〉序》(G),《南京晓庄学院学报》2012 年第 4 期。后收入自选论文集《汉唐考古与历史研究》,第 448—455 页。

2013 年

《汉唐考古与历史研究》(B),生活・读书・新知三联书店,总 460 页。

《贬抑与繁荣:江苏在隋唐五代文化中的地位》(C),合著:邹劲风,周勋初主编:《中国地域文化通览・江苏卷》,上编第四章,中华书局,第 111—147 页。

《六朝考古的新篇章——读余杭小横山东晋南朝墓》(G),《中国文物报》2013 年 12 月 13 日第 4 版。

《"齐梁故里"研究中的史料学问题——兼论"晋陵武进县之东城里"的地望》(J),李洪天主编:《回望如梦的六朝——六朝文史论集(二)》,江苏大学出版社，第 357—390 页。

《吴国历史的再思考——以近年来苏南春秋古城遗址的发掘为线索》(J)，范金民、胡阿祥主编：《江南地域文化的历史演进文集》，生活・读书・新知三联书店，第 421—432 页。

2014 年

《墓志所见北朝的民族融合》(A)，《许昌学院学报》2014 年第 3 期。

《读〈余杭小横山东晋南朝墓〉札记》(G)，《东南文化》2014 年第 3 期。

《扬州曹庄隋炀帝墓札记》(A)，童岭主编：《皇帝・单于・士人——中古中国与周边世界》，中西书局，第 11—36 页。

《"卑離""夫里"그리고"buri"——馬韓早期社會의百越文化요소검토》，载《전남지역 마한 제국의 사회 성격과 백제》(全南地区马韩诸国的社会性质与百济)，首尔：学研文化社，第 255—285 页。

《近代日本的中国认识》(D)，原著：[日]野村浩一，"海外中国研究系列"，江苏人民出版社，总 238 页。

《明代江南土地制度研究》(D)，原著：[日]森正夫，合译：伍跃，江苏人民出版社，总 521 页。

《南京怀古》(E)，原著：[日]常盘大定，卢海鸣、邓攀编：《金陵物语》，南京出版社，第 282—309 页。

《建康城の研究——発掘と復原》(J)，[日]新宫学编：《近世東アジア比較都市史の諸相》，东京：白帝社，第 195—220 页。

2015 年

《忠良的荣光与苦恼——唐代浙西观察使散论》(A)，冻国栋、李天石主编：《"唐代江南社会"国际学术研讨会暨中国唐史学会第十一届年会第二次年会论文集》,江苏人民出版社,第234—246页。

《所谓"中世纪都城"——以东晋南朝建康城为中心》(A),《社会科学战线》2015年第8期。

《南京狮子冲南朝大墓墓主身份的探讨》(A),合著:许志强,《东南文化》2015年第4期。

《"近世都城"的出发——以南唐金陵城为例》(A),《南京晓庄学院学报》2015年第5期。

《扬州曹庄隋炀帝墓研究六题》(A),《唐史论丛》第二十一辑,三秦出版社,第65—82页。

《"卑离"、"夫里"与"buri"》(A),徐冲主编:《中国中古史研究》(第5卷),中国中古史青年学者联谊会会刊,中西书局,第3—15页。

《从"狗邪"到"加罗"》(A),张伯伟主编:《域外汉籍研究集刊》第十二集,中华书局,第3—13页。

《六朝建康都城圈的东方》(A),武汉大学三至九世纪研究所编:《魏晋南北朝隋唐史资料》第三十二辑,上海古籍出版社,第63—83页。

《"六朝建康城 东方大都会"国际高层论坛会议总结》(H),《南京晓庄学院学报》2015年第4期。

《"近世都城"的出发——以南唐金陵城为例》(J),夏仁琴主编:《南唐历史文化研究文集》,南京出版社,第74—91页。

《五代十国帝王陵墓通叙》(J),夏仁琴主编:《南唐历史文化研究文集》,南京出版社,第141—167页。

2016年

《吴国历史的再思考》(J),丹阳市档案局编著:《落花飞絮——档案与丹阳文化遗存研究文丛》,大众文艺出版社,2016年,第1—37页。

《墓誌から見た中国北朝時代の民族融合》(A),[日]京都大学大学院人间·环境学研究科:《历史文化社会讲座纪要》第13号,第1—11页。

《"宫崎史学"的东西交通视野》(A),《江海学刊》2016年第5期。

《"宫崎史学"的东西交通视野》(J),中国人民大学书报资料中心报刊复印资料《世界史》2016年第12期。

《〈南朝真迹〉序》(G),南京市博物馆总馆、南京市考古研究所编:《南朝真迹》,江苏凤凰美术出版社,第008—011页。

2017年

《吳나라수도建業의都城공간과葬地》(A),翻译:[韩]金洪洙,韩国忠南大学校百济研究所编:《百济研究》第65辑,第99—128页。

《宫崎市定及其史学研究中的东西交通视野》(J),《文汇学人》第304期,2017年8月4日。

《宫崎市定亚洲史论考》(上中下卷)(D),原著:[日]宫崎市定,合译:马云超等,上海古籍出版社,总1432页。

《吴都建业的都城空间与葬地》(A),合著:陈刚,武汉大学三至九世纪研究所编:《魏晋南北朝隋唐史资料》第三十六辑,上海古籍出版社,第1—27页。

2018年

《壁に竹林の七賢図　昭明太子太子の墓か　異例の規模に脚光》(H),《朝日新聞》2018年2月17日(大阪),采写:塚本和人。

《六朝并没有想象中那么好》(H),《东方文化周刊》2018年第10期,采写:廖秋月。

《六朝建康城的考古发掘与展望》(H),《文汇学人》2018年3月23日,采写:石外。

《中古史研究中考古资料的利用和开掘》(H)，《文汇学人》2018年4月13日，采写：陆帅。

《南京北宋长干寺地宫出土文字资料研究》(A)，西安碑林博物馆编：《纪念西安碑林930周年华诞学术研讨会论文集》，三秦出版社，第449—470页。

《释“安石不肯出，将如苍生何！”》(A)，《南京晓庄学院学报》2018年第5期。

《“百济遗民”还是“新罗移民”？——连云港土墩石室墓墓主群体身份的再辨析》(A)，浙江大学“一带一路”合作与发展协同创新中心、刘进宝主编：《丝路文明》第三辑，上海古籍出版社，第59—72页。

《句吴是早期方国，泰伯奔吴不可信》(H)，“澎湃网·私家历史”，2018年12月22日。

《东洋的朴素主义民族与文明主义社会》(D)，原著：[日]宫崎市定，上海古籍出版社，总162页。

《东洋的近世》(D)，原著：[日]宫崎市定，上海古籍出版社，总119页。

《菩萨蛮记——西非北亚游记》(D)，原著：[日]宫崎市定，合译：焦堃，上海古籍出版社，总233页。

《日出之国与日没之处》(D)，原著：[日]宫崎市定，合译：马云超，上海古籍出版社，总279页。

《中国聚落形态的变迁》(D)，原著：[日]宫崎市定，合译：马云超、石洋，上海古籍出版社，总171页。

《东洋的古代》(D)，原著：[日]宫崎市定，合译：马云超、尤东进、石洋，上海古籍出版社，总203页。

《从部曲到佃户——唐宋间社会变革的一个侧面》(D)，原著：[日]宫崎市定，合译：马云超，上海古籍出版社，总153页。

《中国的历史思想——宫崎市定论中国史》(D)，原著：[日]宫崎市定，合译：尤东进、马云超、童岭、杨洪俊、张紫毫，上海古籍出版社，总 338 页。

《雍正皇帝》(D)，原著：[日]宫崎市定，合译：马云超，上海古籍出版社，总 264 页。

《宫崎市定亚洲史论考杂纂》(D)，原著：[日]宫崎市定，合译：马云超，上海古籍出版社，总 148 页。

《东洋的古代——从都市国家到秦汉帝国》(D)，原著：[日]宫崎市定，合译：马云超、石洋，中信出版集团，总 299 页。

《东洋的近世——中国的文艺复兴》(D)，原著：[日]宫崎市定，合译：陆帅、张紫毫，中信出版集团，总 264 页，156 千字。

《战国秦汉时期大、小亩制新证》(J)，青川县文物管理所编：《青川郝家坪战国墓木牍考古发现与研究》，巴蜀书社，第 270—294 页。

《胡汉交融——平城的建康贵胄》(A)，南京博物院编：《琅琊王——从东晋到北魏》，译林出版社，第 8—15 页。

2019 年

《백제 遺民 인가 신라 移民 인가——連雲港　土墩石室墓群　墓主들의 신분에 대한 재해석 》(A)，翻译：[韩]徐呈锡，韩国公州大学百济文化研究所编：《百济文化》第 60 辑，第 184—197 页。

《"山胡"世界的形成及其背景——东汉末至北朝黄河东西岸的地域社会》(E)，原著：[日]北村一仁，《日本中国史研究年刊》刊行会编：《日本中国史研究年刊 2011 年度》，上海古籍出版社，第 75—121 页。

《吴人的迁徙：说"姑苏"》(H)，《环球人文地理》2019 年第 7 期。

《孙吴、东晋的都城空间与葬地》(A)，合著：陈刚，载夏炎主编：《中古中国的都市与社会》(南开中古社会史工作坊系列文集 一)，中西书局，第 25—

88 页。

《南朝建康的都城空间与葬地》(A),《中华文史论丛》2019 年第 3 期,上海古籍出版社,第 77—111 页。

《新版〈建康实录〉整理说明》(G),《南京晓庄学院学报》2019 年第 5 期。

《建康实录》(I),原著:(唐)许嵩,线装一函八册,南京出版社,“南京大学六朝研究所书系”[丁种・资料]第壹号。

2020 年

《白太守的苏州一年》(H),吴中博物馆微信公众号,2020 年 2 月 12 日。“澎湃网・私家历史”2020 年 3 月 16 日。

《南朝瑰宝——齐梁帝王陵墓石刻》(精华录)(H),南京大学博物馆微信公众号,2019 年 11 月 27 日。《扬子晚报・紫牛新闻》2020 年 3 月 5 日。

《唐陵蕃酋像、蕃酋殿所处位置的考察》(A),叶炜主编:《唐研究》第二十五卷,北京大学出版社,第 651—664 页。

《〈“都城圈”与“都城圈社会”研究文集——以六朝建康为中心〉编辑前言》(G),《南京晓庄学院学报》2020 年第 1 期。

《释“安石不肯出,将如苍生何!”(增订稿)》(A),曹劲松、卢海鸣主编:《南京学研究》第一辑,南京出版社,2020 年 5 月,第 145—157 页。

《建康实录》(I),原著:(唐)许嵩,“文学之都经典文库”丛书,南京出版社,总 406 页。

《上书房行走:走进张学锋教授的书房》(H),南京大学图书馆微信公众号 2020 年 5 月 22 日。《扬子晚报・紫牛新闻》2020 年 8 月 24 日。

《说“姑苏”——吴人的迁徙》(H),上海建投书局编:《江南纪》,学林出版社,第 18—38 页。

《沟通“船的世界”与“马的世界”——漫说隋唐运河的“世界史意义”》

(A),赖永海、严圣军主编:《丝路文化研究》,商务印书馆,第5—11页。

《从吴越文化到江南文化——苏州早期文化的发展轨迹》(A),吴中博物馆·吴文化博物馆编:《吴中博物馆图录》,江苏凤凰文艺出版社,第7—21页。

《〈史记吴太伯世家疏证〉序》(G),苏州博物馆编:《苏州文博论丛》(总第11辑),文物出版社,第73—76页。

2021年

《"都城圈"与"都城圈社会"研究文集——以六朝建康为中心》(C),主编,南京大学六朝研究所书系·乙种论集·第壹号,南京大学出版社,总415页。

《麦舟的朋友圈》(H),山东人民出版社,总370页。

《西风东渐——大视野下的早期东西文明交流》(H),南京博物院编:《南博讲坛2016·传统文化的当代形塑》,江苏凤凰文艺出版社,第105—126页。

《从吴越文化到江南文化:苏州早期文化的发展轨迹》(J),南京大学历史学院、张生主编:《史地》第4辑"名家讲坛",社会科学文献出版社,第1—19页。

《麦舟的朋友圈:一位考古学家的日常》(H),《现代快报》2021年5月16日《读品周刊》,采写:白雁。

《新版〈建康实录〉整理说明》(J),《南京史志》2021年第2期,第37—40页。

《中国历史分期中的"近世"》(H),《环球人文地理》2021年第6期。

《唐长孺先生与中日学术交流》(H),《吐鲁番文书研究》微信公众号,2021年7月31日。

《〈战国秦汉髹漆妆奁研究〉序》(G)，刘芳芳著：《战国秦汉髹漆妆奁研究》，文物出版社，2021年。

《南朝建康的都城空间与葬地》(J)，西北大学历史学院主办、李军主编：《中国历史文摘》2020年第1期(总第1期)，中国社会科学出版社，第339—341页。